AMANDA QUICK

Geliebte Rebellin

Buch

Charlotte Arkendale entspricht mit ihrer energischen Selbständigkeit nicht gerade den üblichen Vorstellungen einer jungen Dame des 19. Jahrhunderts. Doch nach dem frühen Tod ihrer Eltern ist sie es gewöhnt, ihr Leben und das ihrer kleinen Schwester allein in die Hand zu nehmen. Als ihr betrügerischer Stiefvater zu allem Überfluß das gesamte Vermögen verspielt hat, entschließt sie sich, ihr Geld als Heiratsvermittlerin für die feine Gesellschaft Londons zu verdienen. Da wird eine ihrer vornehmen Klientinnen, Drusilla Heskett, ermordet. Charlottes angeborene Neugier und ihr Sinn für Gerechtigkeit treiben sie dazu, der Sache auf den Grund zu gehen. Dabei erhält sie unverhofft die Unterstützung des berühmten Chemikers Baxter St. Ives, dem unehelichen Sohn von Lord Esherton. Obwohl Charlotte ihre Skepsis Männern gegenüber redlich pflegt, verlobt sie sich zum Zweck der Tarnung mit Baxter. Prompt stoßen die beiden wenig später auf einen exklusiven Männerclub, in dem nicht nur über Politik oder Geschäfte diskutiert wird ... Der Mörder nimmt Charlotte ins Visier, und plötzlich fürchtet sie um ihr Leben – und ihr Herz. Denn das dunkle Geheimnis steht mit dem undurchschaubaren Baxter in Verbindung.

Autorin

Amanda Quick ist das Pseudonym der vielfach ausgezeichneten Bestsellerautorin Jayne Ann Krentz. Die Gesamtauflage ihrer historischen und modernen Liebesromane liegt bei über zwanzig Millionen Exemplaren. Zusammen mit ihrem Mann lebt die Autorin an der pazifischen Nordwestküste der USA.

Von Amanda Quick im Taschenbuch lieferbar

Entfesselt (42622) · Gefährliche Küsse (42620) · Rendezvous (42628) · Skandal (42445) · Süßer Betrug (42621) · Süßes Gift der Leidenschaft (43218) · Verführung (42443) · Verlangen (42444) · Verruchte Lady (42627) · Zärtliche Teufelin (35050) · Verhext (35085)

AMANDA QUICK

Geliebte Rebellin

Roman

Deutsch von Uschi Gnade

BLANVALET

Die amerikanische Originalausgabe erschien unter dem Titel
»Affair« bei Bantam Books, Bantam Doubleday Dell
Publishing Group, Inc., New York.

Umwelthinweis:
Alle bedruckten Materialien dieses Taschenbuches
sind chlorfrei und umweltschonend.
Das Papier enthält Recycling-Anteile.

Blanvalet Taschenbücher erscheinen im Goldmann Verlag,
einem Unternehmen der Verlagsgruppe Bertelsmann

Taschenbuchausgabe Mai 1999

Umschlaggestaltung: Design Team München
Umschlagillustration: Daeni/Schlück, Garbsen
Satz: DTP Service Apel, Hannover
Druck: Elsnerdruck, Berlin
Verlagsnummer: 35103
SK · Herstellung: Heidrun Nawrot
Made in Germany
ISBN 3-442-35103-0

1 3 5 7 9 10 8 6 4 2

Für Irwin Applebaum
mit Respekt und Bewunderung.

Das Engagement,
mit dem Du populäre Romane verlegst,
hat in der Welt der Bücher
die gesamte Landschaft verändert.
Du hast neue Autoren mit frischen,
bislang nicht gehörten Stimmen und Unmengen
von begeisterten neuen Lesern
einer beliebten Literaturgattung
näherbringen können.
Aber andererseits war Dir schon immer klar,
daß sich alles nur darum dreht,
eine gute Geschichte zu erzählen.

Meinen Dank an Dich.

Prolog

Mitternacht
London

Charlotte sollte nie erfahren, was sie in den frühen Morgenstunden vor Anbruch der Dämmerung geweckt hatte. Vielleicht hatte ihr Unterbewußtsein im Schlaf das Quietschen einer Bodendiele oder die gedämpfte Stimme eines Mannes wahrgenommen. Ganz gleich, was auch immer die Ursache gewesen sein mochte, sie öffnete abrupt die Augen und setzte sich in ihrem Bett auf. Eine unerklärliche Unruhe überfiel sie, und ihr Körper war von einer bösen Vorahnung erfüllt.

Die Haushälterin hatte ihren freien Abend. Winterbourne, ihr Stiefvater, kam derzeit nie vor dem Morgengrauen nach Hause. Charlotte wußte, daß sie und ihre Schwester Ariel allein im Haus waren.

Aber gerade eben war jemand die Treppe heraufgekommen und über den Gang gelaufen.

Charlotte schlug die Decken zur Seite und stand auf. Einen Moment lang hatte sie nicht die leiseste Ahnung, was sie als nächstes tun sollte.

Wieder ächzte eine Bodendiele.

Sie ging zur Tür, öffnete sie einen Spaltbreit und blickte den dunklen Korridor hinunter. Zwei Gestalten, die in lange, weite Mäntel gehüllt waren, standen im Schatten am Ende des Flurs vor Ariels Tür.

Einer der Männer hielt eine Kerze in der Hand. Der Lichtschein fiel auf Winterbournes schwammiges verlebtes Gesicht.

»Machen Sie schnell«, sagte Winterbourne, und seine Worte waren nur ein gepreßtes Murren. »Und dann verschwinden Sie. Es dämmert schon bald.«

»Aber ich will dieses seltene Vergnügen in aller Ruhe auskosten. Es kommt schließlich nicht alle Tage vor, daß sich einem die Gelegenheit bietet, in den Genuß einer echten Jungfrau von derart hervorragender Abstammung zu kommen. Vierzehn, sagten Sie? Ein gutes Alter. Ich gedenke, mir Zeit zu lassen, Winterbourne.«

Charlotte unterdrückte einen erzürnten und furchtsamen Aufschrei. Die Stimme des zweiten Mannes klang wie ein geheimnisvoll gespieltes Musikinstrument und selbst dann noch voller Anmut und Eindringlichkeit, wenn sie zu einem Flüstern gedämpft war. Es war eine Stimme, die wilde Tiere beschwichtigen oder Choräle hätte singen können, und doch hatte Charlotte nie einen grauenerregenderen Klang gehört.

»Sind Sie wahnsinnig geworden?« zischte Winterbourne. »Eilen Sie sich, und sehen Sie zu, daß Sie es schnell hinter sich bringen.«

»Sie schulden mir eine ganze Menge Geld, Winterbourne. Sie rechnen doch gewiß nicht damit, Ihre Schulden begleichen zu können, indem Sie mir nicht mehr als ein paar Minuten mit meinem sehr teuer bezahlten kleinen Unschuldslamm zubilligen. Ich will mir mindestens eine volle Stunde Zeit dafür nehmen.«

»Das ist völlig ausgeschlossen«, murmelte Winterbourne. »Das ältere Mädchen hat sein Zimmer am anderen Ende dieses Ganges. Sie ist die reinste Hexe. Absolut unbezähmbar, mit ihr kann niemand fertig werden. Und wenn sie wach wird, ist nicht abzusehen, was sie unternehmen wird.«

»Das ist Ihr Problem und nicht meines. Schließlich sind Sie der Herr in diesem Haus, oder etwa nicht? Ich überlasse es Ihnen, sie mir vom Hals zu halten.«

»Und was, zum Teufel, erwarten Sie von mir für den Fall, daß Sie das Mädchen wecken sollten?«

»Schließen Sie sie in ihrem Zimmer ein. Fesseln Sie sie. Stecken Sie ihr einen Knebel in den Mund. Schlagen Sie sie bewußtlos. Mir ist es egal, wie Sie diese Angelegenheit handhaben, solange Sie nur dafür sorgen, daß mein Genuß nicht beeinträchtigt wird.«

Charlotte schloß lautlos ihre Schlafzimmertür, lehnte sich dagegen und sah sich mit wilden Blicken in ihrem mondhellen Zimmer um. Sie holte tief Luft, um die Panik abzuschütteln und ihren klaren Verstand wiederzufinden, und dann eilte sie über den Teppich zu einer Truhe, die dicht am Fenster stand.

Sie rüttelte an dem Verschluß der Truhe, bis es ihr gelang, den Deckel zu öffnen und die beiden Decken herauszuziehen, die obenauf lagen. Der kleine Koffer, der die Pistole ihres Vaters enthielt, lag ganz unten auf dem Boden der Truhe.

Charlotte hob den Koffer aus der Truhe. Sie legte ihn auf ihr Bett, öffnete ihn mit zitternden Fingern und zog die schwere Waffe heraus. Sie war nicht geladen. Daran ließ sich im Moment nichts ändern. Es fehlte ihr nicht nur an dem notwendigen Schießpulver und einer Kugel, sondern sie hatte jetzt auch keine Zeit dahinterzukommen, wie man die Pistole laden mußte.

Sie ging zur Tür, riß sie weit auf und trat in den Flur hinaus. Ihr war klar, daß der Fremde, der Ariel vergewaltigen wollte, der gefährlichere der beiden Männer war. Sie ahnte auch, daß jedes Anzeichen, das auf Angst oder Unsicherheit ihrerseits schließen ließ, ihn ermutigen würde, ganz zu schweigen von ihrer Panik, die sie sich jedoch unter gar keinen Umständen anmerken lassen durfte.

»Schluß jetzt, und zwar sofort, oder ich schieße«, sagte Charlotte mit ruhiger Stimme.

Winterbourne taumelte vor Erstaunen. Die Flamme der Kerze in seiner Hand ließ deutlich erkennen, daß sein Mund offenstand. »Der Teufel soll dich holen, Charlotte.«

Der zweite Mann drehte sich wesentlich langsamer zu ihr um. Sein weiter Mantel schwang mit einem leisen raschelnden Geräusch um ihn herum. Der matte Schein von Winterbournes Kerze erreichte ihn nicht. Er hatte den Hut nicht abgesetzt. Die breite Krempe und der hochgestellte Mantelkragen tauchten sein Gesicht in einen tiefen Schatten.

»Ah«, murmelte er. »Vermutlich handelt es sich hierbei um die ältere Schwester?«

Charlotte stand nun direkt im hellen Mondschein, der von ihrem Fenster aus durch die offene Tür flutete. Der Fremde konnte die Silhouette ihres Körpers sehen, die sich durch ihr weißes Leinennachthemd abzeichnete.

Sie wünschte sich von ganzem Herzen, die Pistole, die sie in der Hand hielt, sei mit einer schweren Ladung gefüllt. Nie in ihrem ganzen Leben hatte sie jemanden so sehr gehaßt, wie sie diesen Mann in ebendiesem Augenblick haßte. Und sie hatte sich auch noch nie so sehr gefürchtet.

Einen Moment lang drohte ihre Phantasie, ihren Verstand außer Kraft zu setzen. Tief in ihrem Innern machte sich die Überzeugung breit, daß sie es hier nicht etwa mit einem Menschen zu tun hatte, sondern mit einem Ungeheuer.

Charlotte schwieg, schlang beide Hände um den Griff der Pistole, hob sie hoch und peilte mit größter Genauigkeit ihr Ziel an, als sei die Waffe wirklich geladen. Dann spannte sie den Hahn. Das unverwechselbare Geräusch hallte laut durch den stillen Flur.

»Verdammt noch mal, Mädchen, hast du den Verstand verloren?« Winterbourne sprang mit einem Satz auf sie zu und blieb dicht vor ihr stehen. »Leg die Pistole weg.«

»Verschwindet.« Charlotte ließ nicht zu, daß der Lauf der Waffe schwankte. Ihre Aufmerksamkeit galt voll und ganz dem Ungeheuer in dem schwarzen Mantel. »Und zwar alle beide. Jetzt sofort.«

»Ich glaube tatsächlich, sie hat vor abzudrücken, Winterbourne.« Die liebliche Stimme des Ungeheuers war voller Gehässigkeit und einem furchteinflößenden Maß an Belustigung.

»Das würde sie nicht wagen.« Dennoch wich Winterbourne einen Schritt zurück. »Charlotte, hör mir zu. Du kannst nicht so dumm sein, dir einzubilden, du könntest mir nichts, dir nichts einen Mann kaltblütig erschießen. Dafür wird man dich hängen.«

»Von mir aus.« Die Pistole lag fest in Charlottes Händen.

»Kommen Sie, Winterbourne«, sagte das Ungeheuer leise. »Lassen Sie uns von hier verschwinden. Die Kleine hat im Ernst vor, einem von uns eine Kugel in den Leib zu jagen, und ich habe den Eindruck, daß sie mich als ihr Opfer auserkoren hat. Keine Jungfrau auf Erden ist es wert, sich soviel Ärger einzuhandeln.«

»Aber was ist mit meinen Schuldscheinen?« fragte Winterbourne mit bebender Stimme. »Sie haben versprochen, Sie würden sie mir zurückgeben, wenn ich Ihnen das jüngere der beiden Mädchen überlasse.«

»Es scheint ganz so, als müßten Sie sich etwas anderes einfallen lassen, um Ihre Schulden zu begleichen.«

»Aber mir stehen keine anderen Mittel zur Verfügung, Sir.« Winterbournes Stimme klang verzweifelt. »Ich habe nichts mehr zu verkaufen, was genug einbrächte, um meine Verluste zu decken und meine Schulden bei Ihnen zu bezahlen. Der Schmuck meiner Frau ist bereits fort. Nur ein kleiner Teil des Tafelsilbers ist mir noch geblieben. Und dieses Haus gehört mir nicht. Ich habe es lediglich gemietet.«

»Ich bin ganz sicher, daß Ihnen etwas einfallen wird, wie Sie mich entschädigen können.« Das Ungeheuer ging langsam zur Treppe und ließ Charlotte keinen Moment lang aus den Augen. »Aber sorgen Sie dafür, daß mir die Notwendigkeit erspart bleibt, mich mit einem Racheengel anzulegen, der eine Pistole in den Händen hält, wenn ich meine Bezahlung erhalten soll.«

Charlotte hielt die Pistole weiterhin auf den Fremden gerichtet, als er die Treppe hinunterlief. Da er den Schein von Winterbournes Kerze sorgsam gemieden hatte, war es ihm die ganze Zeit gelungen, in Dunkelheit gehüllt zu bleiben. Charlotte beugte sich über das Treppengeländer und sah zu, wie er die Haustür öffnete.

Zu ihrem Entsetzen blieb er noch einmal stehen und blickte zu ihr herauf. »Glauben Sie an die Macht des Schicksals, Miss Arkendale?« Seine Stimme klang aus der Dunkelheit zu ihr herauf.

»Mit solchen Angelegenheiten gebe ich mich nicht ab.«

»Das ist ein Jammer. Wenn man bedenkt, was für einen grandiosen Beweis Sie gerade dafür geliefert haben, daß Sie zu den wenigen Menschen zählen, in deren Macht es steht, ihr Los selbst in die Hand zu nehmen, dann sollten Sie diesem Thema wirklich mehr Aufmerksamkeit widmen.«

»Verlassen Sie dieses Haus.«

»Leben Sie wohl, Miss Arkendale. Es ist sehr amüsant gewesen, um es zurückhaltend auszudrücken.« Der weite Mantel schwang noch ein letztes Mal um ihn herum, und dann war das Ungeheuer verschwunden.

Charlotte bekam endlich wieder Luft. Sie drehte sich zu Winterbourne um.

»Und Sie werden jetzt ebenfalls verschwinden, Sir. Verlassen Sie das Haus, oder ich schieße.«

Sein schwammiges Gesicht geriet in heftige Bewegung. »Ist dir überhaupt klar, was du angerichtet hast, du dummes Biest? Ich schulde diesem Kerl ein verdammtes Vermögen.«

»Mich interessiert nicht, wieviel Sie an ihn verloren haben. Er ist ein Ungeheuer, und Sie sind ein Mann, der einer Bestie ein unschuldiges Kind zum Fraß vorwerfen würde. Das macht auch Sie zu einem Ungeheuer. Raus jetzt.«

»Du kannst mich nicht einfach aus meinem eigenen Haus vertreiben.«

»Genau das beabsichtige ich. Gehen Sie, oder ich schieße. Ich rate Ihnen, meine Worte nicht in Zweifel zu ziehen, Winterbourne.«

»Um Himmels willen, ich bin dein Stiefvater.«

»Sie sind ein heruntergekommener, verabscheuungswürdiger Lügner. Und außerdem sind Sie ein Dieb. Sie haben die Erbschaft gestohlen, die mein Vater Ariel und mir hinterlassen hat, und Sie hatten nichts Besseres zu tun, als unser Geld in Spielhöllen zu tragen. Glauben Sie etwa, nach allem, was Sie uns angetan haben, könnten Sie auf meine Loyalität setzen? Wenn Sie das tatsächlich meinen, müssen Sie wahnsinnig sein.«

Winterbourne geriet in Wut. »Dieses Geld ist an mich übergegangen, als ich deine Mutter geheiratet habe.«

»Verlassen Sie dieses Haus.«

»Charlotte, warte. Du hast die Situation nicht erfaßt. Mit diesem Mann, der gerade fortgegangen ist, ist nicht zu spaßen. Er hat verlangt, daß ich meine Spielschulden noch heute nacht bezahle. Ich muß diese Angelegenheit unbedingt regeln. Ich weiß nicht, was er tun wird, wenn es mir nicht gelingt.«

»Verschwinden Sie.«

Winterbourne machte den Mund auf und schloß ihn dann sofort wieder. Er starrte die Pistole an und hastete mit einem gepeinigten Ächzen zur Treppe. Er umklammerte das Treppengeländer, als er die Stufen hinabtaumelte, durchquerte die Eingangshalle und lief zur Tür hinaus.

Charlotte verharrte stocksteif im Schatten auf dem oberen Treppenabsatz, bis sich die Tür hinter Winterbourne geschlossen hatte. Sie atmete mehrmals tief durch und ließ langsam die Pistole sinken.

Einen Moment lang schien die Welt um sie herum zu schwanken und sich im Kreis zu drehen. Die Geräusche von Kutschen, die mit klappernden Rädern durch die Straße holperten, klangen fern und unwirklich. Die vertrauten Umrisse der Eingangshalle und der Treppe wirkten mit einem Mal sehr gespenstisch auf Charlotte.

Ariels Tür am Ende des Korridors öffnete sich. »Charlotte? Ich habe Stimmen gehört. Ist alles in Ordnung mit dir?«

»Ja.« Charlotte preßte die ungeladene Pistole an ihre Seite, damit ihre Schwester sie nicht sehen konnte. Sie drehte sich langsam um und zwang sich zu einem zittrigen Lächeln. »Ja, es ist alles in Ordnung, Ariel. Mir fehlt nichts. Winterbourne ist wie üblich betrunken nach Hause gekommen. Wir hatten eine kleine Auseinandersetzung. Aber jetzt ist er wieder aus dem Haus gegangen. Heute nacht wird er nicht noch einmal zurückkommen.«

Ariel schwieg einen Moment. »Ich wünschte, Mama wäre noch da. Manchmal fürchte ich mich sehr in diesem Haus.«

Charlotte spürte, wie Tränen in ihren Augen brannten. »Ich fürchte mich auch manchmal, Ariel. Aber wir werden schon bald frei sein. Oder, genauer gesagt, wir werden morgen die Postkutsche nach Yorkshire nehmen.«

Sie eilte auf ihre Schwester zu und schlang einen Arm um sie. Die Pistole verbarg sie in den Falten ihres Nachthemds. Das kalte Eisen fühlte sich auf ihrem Oberschenkel heiß an.

»Dann hast du also das letzte Silber und den Rest von Mamas Schmuck verkauft?« fragte Ariel.

»Ja. Das Teetablett habe ich gestern versetzt. Jetzt ist nichts mehr übrig.«

In dem Jahr seit dem vorzeitigen Tod ihrer Mutter, die bei einem Reitunfall ums Leben gekommen war, hatte Winterbourne die wertvollsten Stücke aus der Sammlung des Familienschmucks der Arkendales und die meisten größeren Gegenstände aus Silber verkauft, um seine wachsenden Spielschulden zu bezahlen.

Als sie begriffen hatte, was hier geschah, hatte Charlotte heimlich diverse kleine Ringe und Broschen und einen Anhänger an sich gebracht. Auch Teile des silbernen Teeservices hatte sie zur Seite geschafft, und im Lauf der letzten Monate hatte sie diese Gegenstände unauffällig verpfändet.

Winterbourne kam meist in angetrunkenem Zustand nach Hause, so daß er noch nicht einmal merkte, wie viele Wertgegenstände aus dem Haushalt verschwunden waren. Wenn ihm gelegentlich doch auffiel, daß etwas fehlte, teilte Charlotte ihm mit, er persönlich hätte die betreffenden Gegenstände im Suff versetzt.

Ariel blickte auf. »Glaubst du, daß es uns in Yorkshire gefallen wird?«

»Es wird sehr schön dort sein. Wir werden uns ein kleines Häuschen suchen und es mieten.«

»Aber wovon sollen wir leben?« Sogar im zarten Alter von vierzehn Jahren hatte Ariel bereits eine erstaunlich praktische Art. »Das Geld, das du für Mamas Sachen bekommen hast, wird nicht lange reichen.«

Charlotte umarmte sie. »Mach dir bitte keine Sorgen. Mir wird schon etwas einfallen, um uns beide durchzubringen.«

Ariel zog die Stirn in Falten. »Du wirst doch nicht etwa gezwungen sein, dich als Gouvernante zu verdingen? Du weißt doch selbst, wie übel die Damen dran sind, die diese Laufbahn einschlagen. Niemand bezahlt sie besonders gut, und oft werden sie schlecht behandelt. Und wenn du dich von jemandem in seine Dienste nehmen läßt, kann ich wahrscheinlich nicht mit dir dort einziehen.«

»Du kannst ganz sicher sein, daß ich eine andere Möglichkeit finden werde, um unseren Lebensunterhalt zu verdienen«, versicherte ihr Charlotte.

Es war allgemein bekannt, daß das Los einer Gouvernante nicht gerade erfreulich war. Zu den niedrigen Löhnen und der demütigenden Behandlung kamen noch die Männer des jeweiligen Haushalts dazu, die in Gouvernanten eine leichte Beute sahen.

Es mußte eine andere Möglichkeit geben, wie sie sich durchschlagen konnten, sagte sich Charlotte.

Aber schon am nächsten Morgen hatte sich ihre Situation grundlegend verändert.

Lord Winterbourne war mit aufgeschlitzter Kehle aus der Themse gefischt worden, und man ging davon aus, daß er einem Wegelagerer zum Opfer gefallen war.

Es gab jetzt keinen Grund mehr, nach Yorkshire zu fliehen, aber es bestand noch immer die Notwendigkeit, sich etwas zu suchen, womit sie ihren Unterhalt finanzieren konnten. Daher war es unbedingt erforderlich, daß Charlotte einen Beruf fand.

Sie nahm die Neuigkeiten über Winterbournes Tod mit großer Erleichterung auf. Aber sie wußte auch, daß sie niemals das Ungeheuer mit der faszinierend schönen Stimme vergessen würde, dem sie im Flur begegnet war.

Mitternacht
An der italienischen Küste, zwei Jahre später

»Dann hast du dich also doch noch entschlossen, mich reinzulegen. Du willst mich verraten.« Morgan Judd stand in der Tür des alten steinernen Verlieses, das ihm als Laboratorium diente. »Was für ein Jammer. Dabei haben wir beide doch soviel miteinander gemeinsam, du und ich, St. Ives. Wir hätten ein Bündnis schmieden können, das uns beiden zu unerhörtem Reichtum und enormer Macht verholfen hätte. Welche Vergeudung angesichts dieser glorreichen Aussichten. Aber andererseits glaubst du ja nicht an die Macht des Schicksals, stimmt's?«

Baxter St. Ives' Finger umklammerten das Notizbuch, das er gerade entdeckt hatte. Die Angaben, die darin standen, reichten aus, um Morgan zu vernichten. Er drehte sich zu ihm um.

Frauen waren von Judds Aussehen fasziniert. Sein schwarzes Haar war von Natur aus gelockt und verlieh ihm das lässig elegante Aussehen der romantischen Dichter, die zur Zeit groß in Mode waren. Es umrahmte eine hohe, intelligente Stirn und Augen, die das undenkbare Blau von Gletschereis aufwiesen.

Morgans Stimme hätte Luzifer persönlich gehören können. Es war die Stimme eines Mannes, der in Oxford im Chor gesungen, gebannten Zuhörern Gedichte vorgelesen und Damen der besseren Gesellschaft in sein Bett gelockt hatte. Es war eine volltönende dunkle Stimme, die einen mitriß, eine Stimme, in der subtile Zweideutigkeiten und unausgesprochene Versprechen mitschwangen. Es war eine Stimme voller Eindringlichkeit und Glut, und Morgan setzte sie – wie alles andere und jeden anderen – dafür ein, seine eigenen Ziele zu erreichen.

Das Blut, das in seinen Adern floß, war so blau wie das Eis in seinen Augen. Er war der Sprößling einer der höchstgestellten adeligen Familien in ganz England. Aber sein elegantes aristokratisches Gebaren verleugnete die wahren Umstände seiner Geburt.

Morgan Judd war ein uneheliches Kind, ein Bastard. Diese Tatsache, da hatte Baxter tatsächlich recht, war eine der wenigen Gemeinsamkeiten zwischen beiden. Der zweite Punkt war die Faszination, die die Chemie auf beide ausübte. Letzteres hatte diese mitternächtliche Auseinandersetzung herbeigeführt.

»Das Schicksal ist etwas für romantische Dichter und die Autoren von Romanen.« Baxter drückte sich die Goldrandbrille fester auf die Nase. »Ich habe mich den Naturwissenschaften verschrieben. An diesem metaphysischen Unsinn fehlt mir jegliches Interesse. Ich weiß jedoch, daß es einem Menschen möglich ist, seine Seele an den Teufel zu verkaufen. Und genau das hast du getan. Warum, Morgan?«

»Ich nehme an, du sprichst von dem Abkommen, das ich mit Napoleon geschlossen habe.« Morgans sinnlicher Mund verzog sich zu einem kalten belustigten Lächeln.

Er ging zwei Schritte in das düstere Verlies und blieb dann stehen. Die Art, wie die Falten seines schwarzen Umhangs um den oberen Rand seiner blankpolierten Stiefel schwangen, ließ Baxter unwillkürlich an die Flügel eines großen Raubvogels denken.

»Ja«, sagte Baxter, »von diesem Geschäft spreche ich.«

»Meine Entscheidung ist alles andere als geheimnisvoll. Ich tue einfach nur das, was getan werden muß, damit sich mein Los erfüllt und ich mich selbst verwirklichen kann.«

»Du würdest dein eigenes Land verraten, weil du von dieser irrsinnigen Vorstellung eines glorreichen Schicksals besessen bist?«

»Ich bin England nichts schuldig, und du schuldest diesem Land ebensowenig. Es wird von Gesetzen und ungeschriebenen gesellschaftlichen Regeln beherrscht, die es geistig überlegenen Männern wie dir und mir verbieten, den Platz einzunehmen, der uns in der natürlichen Ordnung der Dinge rechtmäßig zusteht.« Morgans Augen funkelten im Kerzenschein. Bitterer Zorn ließ seine Stimme knistern. »Es ist noch nicht zu spät, Baxter. Mach mit. Schließ dich meinem Unterfangen an.«

Baxter hielt das Notizbuch hoch. »Du willst, daß ich dir dabei helfe, die Formel für dieses gräßliche chemische Gebräu zu finden, damit Napoleon es als Waffe gegen unsere eigenen Landsleute einsetzen kann? Du mußt wirklich vollkommen wahnsinnig sein.«

»Ich bin keineswegs wahnsinnig, aber du bist ganz entschieden ein Narr.« Morgan zog eine Pistole aus den weiten Falten seines schwarzen Umhangs. »Und du bist trotz deiner Brille blind, wenn du nicht selbst sehen kannst, daß Napoleon richtungweisend für die Zukunft ist.«

Baxter schüttelte den Kopf. »Er hat versucht, zuviel Macht an sich zu reißen, und das wird zu seinem Untergang führen.«

»Dieser Mann hat begriffen, daß große Schicksale von denjenigen geschmiedet werden, die den Willen und den Intellekt besitzen, sie zu formen. Hinzu kommt, daß dieser Mann an den Fortschritt glaubt. Er ist derzeit der einzige Herrscher in ganz Europa, der sich über den potentiellen Wert der Wissenschaft wahrhaft im klaren ist.«

»Mir ist durchaus bewußt, daß er einigen Leuten große Summen zur Verfügung gestellt hat, um auf dem Gebiet der Physik und der Chemie und dergleichen zu experimentieren.« Baxter blickte auf die Pistole in Morgans Hand. »Aber er wird das, was du hier in diesem Laboratorium produzierst, dafür einsetzen, den Krieg zu gewinnen. Engländer werden eines grausamen Todes sterben, wenn du erfolgreich große Mengen tödlicher Dämpfe herstellst. Bedeutet dir das denn gar nichts?«

Morgan lachte. Das Geräusch hatte die tiefe Resonanz einer großen Glocke, die sehr behutsam geläutet wird. »Nein, nicht das geringste.«

»Hast du nicht nur deine eigene Ehre, sondern auch das Land, in dem du geboren bist, der Hölle verschrieben?«

»St. Ives, du überraschst mich. Wann wirst du endlich lernen, daß die Ehre eine Sportart ist, ein Zeitvertreib zur Belustigung jener Männer, die auf dem richtigen Bettlaken gezeugt worden sind?«

»In dem Punkt bin ich nicht deiner Meinung.« Baxter setzte seine Brille ab und begann, die Gläser mit seinem Taschentuch zu polieren. »Ehre ist etwas, was für jeden gilt, und jeder kann sie nach seinen eigenen Vorstellungen definieren.« Er verzog den Mund zu einem Lächeln. »Das widerspricht noch nicht einmal deiner eigenen Vorstellung vom Schicksal, wenn du es dir genau überlegst.«

Blanker Hohn und eiskalte Wut ließen Morgans Augen härter werden. »Die Ehre ist etwas für Männer, die Macht und Reichtum schlichtweg deshalb in die Wiege gelegt bekommen, weil ihre Mütter den gesunden Menschenverstand besessen haben, einen Ehevertrag zu bekommen, ehe sie die Schenkel spreizen. Das ist etwas für Männer wie unsere hochwohlgeborenen und angesehenen Väter, die ihren Titel und ihren Grundbesitz ihren ehelichen Söhnen vermachen und ihre unehelichen Kinder mit leeren Händen dastehen lassen. Für unsereinen gilt das nicht.«

»Weißt du eigentlich, was deine entscheidende Charakterschwäche ist, Morgan?« Baxter setzte seine Brille mit größter Behutsamkeit wieder auf. »Du gestattest es dir, bei gewissen Themen unsachlich zu werden. Heftige Gefühle zählen nicht zu den Charaktereigenschaften, die einem Chemiker bei seiner Arbeit förderlich sind.«

»Der Teufel soll dich holen, St. Ives.« Morgans Hand umfaßte den Griff der Pistole fester. »Ich habe genug von deinen außerordentlich langweiligen und übermäßig stumpfsinnigen Predigten. *Dein* größter Makel besteht darin, daß es dir an Durchsetzungsvermögen und an der waghalsigen Natur fehlt, die eine unumgängliche Voraussetzung dafür sind, dein eigenes Schicksal zu verändern.«

Baxter zuckte die Achseln. »Wenn es so etwas wie ein Schicksal gibt, dann nehme ich an, meines wird so aussehen, daß ich bis zum Tage meines Ablebens ein unglaublicher Langweiler sein werde.«

»Ich fürchte, dieser Tag ist jetzt gekommen. Es mag zwar sein, daß du mir nicht glaubst, aber ich bedaure es tatsächlich, daß sich die Notwendigkeit ergeben hat, dich zu töten. Du bist einer der wenigen Männer in ganz Europa, die die Brillanz meiner Errungenschaften hätten würdigen können. Es ist ein Jammer, daß du nicht mehr am Leben sein wirst und nicht mehr zusehen kannst, wie sich mein Schicksal entwickelt.«

»Das Schicksal! Ist es noch zu fassen? Was für ein Haufen Blödsinn. Ich muß dir schon sagen, diese Besessenheit vom Metaphysischen und vom Okkulten ist ein weiterer beklagenswerter Charakterzug für einen Naturwissenschaftler. Früher einmal sind diese Dinge nur ein amüsanter Zeitvertreib für dich gewesen. Wann hast du begonnen, diesem Blödsinn wirklich Glauben zu schenken?«

»Du bist ein Dummkopf.« Morgan peilte mit größter Präzision sein Ziel an und spannte den Hahn.

Baxter starrte fassungslos auf den Revolverlauf. Er hatte nichts mehr zu verlieren. In seiner Verzweiflung packte er den schweren Kerzenständer. Er warf ihn mitsamt der brennenden Kerze auf die nächstbeste Werkbank, auf der sich alles mögliche zu einem unordentlichen Stapel türmte.

Der eiserne Kerzenhalter prallte gegen ein Glasröhrchen, das augenblicklich zerbarst. Die blaßgrüne Flüssigkeit spritzte über die Werkbank, floß in die Flamme, entzündete sich im nächsten Moment mit einem Zischen und loderte bedrohlich hell auf.

»Nein«, schrie Morgan panisch. »Der Teufel soll dich holen, St. Ives.«

Er gab einen Schuß ab, aber seine Aufmerksamkeit galt dem Feuer, das sich immer weiter ausbreitete, und nicht seinem Ziel. Die Kugel schlug in das Sprossenfenster hinter Baxter. Eine der kleinen Scheiben zerbrach. Baxter rannte mit dem Notizbuch in der Hand auf die Tür zu.

»Wie kannst du es wagen, dich meinen Plänen in den Weg zu stellen?« Morgan nahm ein grünes Glasfläschchen von einem Regal und drehte sich sofort wieder um, um Baxter den Weg abzuschneiden. »Du verdammter Narr. Du kannst mich nicht aufhalten.«

»Das Feuer breitet sich schnell aus. Um Gottes willen, lauf los.«

Morgan mißachtete Baxters Warnung. Sein Gesicht war vor Wut verzerrt, als er seinem früheren Freund das grüne Fläschchen entgegenschleuderte, damit ihn die Flüssigkeit traf.

Baxter riß instinktiv einen Arm vors Gesicht. Dann wandte er sich eilig ab. Die Säure traf seine Schulter und seinen Rücken. Im ersten Moment spürte er nur ein merkwürdig kaltes Gefühl. Es war, als sei er mit Wasser übergossen worden. Aber schon im nächsten Augenblick hatten die Chemikalien sein Leinenhemd zerstört und fraßen sich in seine bloße Haut.

Schmerz durchzuckte ihn, ein glühendheißer Pfeil, der sich in seine Haut bohrte und ihm die Sinne zu rauben drohte. Er zwang sich, seine Gedanken nur noch auf seine Flucht zu richten.

In dem steinernen Verlies breitete sich das Feuer schnell aus. Eine dichte, übelriechende Rauchwolke breitete sich aus, als weitere Glasgefäße zersprangen und ihr Inhalt sich in die Flammen ergoß.

Morgan sprang mit einem Satz zu einer Schublade, zog sie auf und holte eine zweite Pistole heraus. Er drehte sich zu Baxter um und kniff die Augen zusammen, um durch die immer dichter werdende Rauchwolke die Waffe erneut auf ihn zu richten.

Baxter hatte das Gefühl, ihm würde die Haut in Streifen vom Leib gezogen. Durch den Schleier, den der Rauch und der Schmerz vor seine Augen zogen, konnte er gerade noch sehen, daß der Weg zur Tür bereits von mannshohen Flammen versperrt war. In dieser Richtung gab es kein Entkommen.

Er nahm Anlauf und trat mit dem Stiefel gegen die schwere Luftumwälzungsanlage. Sie fiel um und kippte gegen Morgans rechtes Bein.

»Der Teufel soll dich holen.« Morgan wankte zur Seite, und sank auf die Knie. Die Pistole fiel auf den Steinboden.

Baxter rannte zum Fenster. Die durchlöcherten Reste seines verätzten Hemdes hingen an ihm herab. Er erreichte das breite steinerne Fenstersims und warf einen Blick in die Tiefe.

Unter ihm tobte das aufgewühlte brodelnde Meer. In dem silbernen Schein der schmalen Mondsichel konnte er die wilde Brandung deutlich erkennen. Sie brach sich an den Felsen, die das Fundament des alten Schlosses bildeten.

Ein donnernder Schuß löste sich aus der Pistole.

Baxter stürzte sich hinunter in das dunkle Gewässer. Eine Reihe von heftigen Explosionen hallte durch die Nacht, während er wie ein Stein in die Tiefe fiel.

Der Aufprall auf der Wasseroberfläche entriß ihm Morgan Judds Notizbuch, das für immer auf den Meeresgrund sank.

Als er einen Moment später aus den tosenden Wellen auftauchte, merkte Baxter, daß auch seine Brille verschwunden war. Doch auch so sah er, daß sich das Laboratorium im Schloßturm in ein Inferno verwandelt hatte. Gräßliche Rauchschwaden trieben in die Nacht hinaus.

Einen solchen Großbrand konnte niemand überleben. Morgan Judd mußte tot sein.

Baxter dachte daran, daß er dem Mann den Tod gebracht hatte, der einstmals sein engster Freund und Kollege gewesen war.

Beinahe hatte er den Eindruck, daß es doch so etwas wie Schicksal und Vorbestimmung gäbe.

1

London, drei Jahre später

»Sie zwingen mich, schonungslos zu sein, Mr. St. Ives. Sie lassen mir keine andere Wahl. Leider sieht es jedoch so aus, daß Sie meinen Vorstellungen von einem Sekretär nicht ganz entsprechen.« Charlotte Arkendale saß hinter ihrem breiten Mahagonischreibtisch und musterte Baxter kritisch. »Es tut mir leid, daß Sie Ihre Zeit vergeudet haben.«

Das Einstellungsgespräch ließ sich gar nicht gut an. Baxter rückte die Brille mit dem goldenen Gestell auf seinem Nasenrücken gerade und gelobte sich insgeheim, dem Impuls, mit den Backenzähnen zu knirschen, jetzt nicht nachzugeben.

»Verzeihen Sie, Miss Arkendale, aber ich hatte den Eindruck, Sie wollten eine Person engagieren, die absolut harmlos, unauffällig und uninteressant wirkt.«

»Das kommt den Tatsachen recht nahe.«

»Ich glaube, Ihre exakte Beschreibung des idealen Kandidaten für diesen Posten lautete, ich zitiere wörtlich: *Ein Mensch, der so fad ist wie Haferschleim.*«

Charlottes große grüne, beunruhigend intelligente Augen blinzelten. »Sie verstehen mich nicht richtig, Sir.«

»Ich irre mich nur äußerst selten, Miss Arkendale. Meine Haupteigenschaften bestehen darin, daß ich präzise, methodisch und besonnen veranlagt bin. Irrtümer werden von jenen begangen, die impulsiv sind oder zu übermäßiger Leidenschaft neigen. Ich kann Ihnen versichern, daß das nicht meinem Naturell entspricht.«

»Was die Gefahren angeht, die eine leidenschaftliche Natur birgt, könnte ich nicht noch mehr mit Ihnen übereinstimmen«, entgegnete ihm Charlotte eilig. »Genau das ist auch eines der Probleme . . .«

»Gestatten Sie mir, Ihnen wörtlich vorzulesen, was Sie in dem Brief an Ihren kürzlich ausgeschiedenen Sekretär geschrieben haben.«

»Das ist nicht nötig. Ich weiß selbst, was ich an Mr. Marcle geschrieben habe.«

Baxter ignorierte sie. Er griff in die Innentasche seiner zerknitterten Jacke und zog den Brief heraus. Er hatte das verdammte Ding schon so oft durchgelesen, daß er es nahezu auswendig kannte, doch er blickte auf die geschwungene Handschrift.

»›Wie Sie wissen, Mr. Marcle, brauche ich als Ersatz für Sie einen Sekretär, der Ihre bisherige Stellung einnimmt. Dabei muß es sich um eine Person von einem gewöhnlichen und bescheidenen Äußeren handeln. Ich will diese Stellung mit einem Mann besetzen, der unbemerkt seinen Geschäften nachgehen kann; ich brauche einen Gentleman, mit dem ich mich häufig treffen kann, ohne ungebührliche Aufmerksamkeit zu erregen oder zufälligen Beobachtern vorschnelle Äußerungen zu entlocken.

Zu den üblichen Pflichten eines Sekretärs, den Aufgaben, die Sie im Laufe der vergangenen fünf Jahre so bewundernswürdig erfüllt haben, kommt allerdings diesmal noch etwas Weiteres hinzu. Ich muß mir strikt ausbedingen, daß der Gentleman, den Sie empfehlen, auch über gewisse andere Fähigkeiten und zusätzliche Kenntnisse verfügt.

Ich werde Sie nicht bis in alle Einzelheiten mit der Situation belasten, in der ich mich derzeit befinde. Belassen wir es dabei, zu sagen, daß ich aufgrund der Vorfälle in jüngster Zeit eines kräftigen und wackeren Individuums mit hellwachem Verstand bedarf, auf das absoluter Verlaß ist, wenn es um den Schutz meiner eigenen Person geht. Kurz und gut, ich wünsche, nicht nur einen Sekretär einzustellen, sondern auch einen Leibwächter. Der Kostenfaktor muß, wie immer, berücksichtigt werden. Daher bin ich zu dem Schluß gelangt, daß es sich als wirtschaftlicher erweisen wird, nicht etwa zwei Männer zu engagieren, sondern beide Aufgaben an einen einzigen Mann zu vergeben, der die Pflichten übernimmt, die beide Stellungen mit sich bringen . . .‹«

»Ja, schon gut. Ich kann mich noch recht deutlich an meine eigenen Worte erinnern«, fiel ihm Charlotte gereizt ins Wort. »Aber darum geht es hier nicht.« Baxter fuhr hartnäckig fort.

»›Daher bitte ich Sie darum, mir einen respektablen Gentleman zu schicken, der den obengenannten Anforderungen entspricht und von seinem äußeren Erscheinungsbild her so fad ist wie Haferschleim.‹«

»Mir ist nicht begreiflich, warum Sie den Wortlaut dieser ganzen Seite wiederholen müssen, Mr. St. Ives.« Aber Baxter gab nicht nach.

»›Er muß ein hohes Maß an Intelligenz besitzen, da ich von ihm erwarte, daß er die üblichen heiklen Nachforschungen für mich anstellt. In seiner Kapazität als Leibwächter muß er jedoch zudem auch noch geschickt im Umgang mit der Waffe sein, für den Fall, daß die Ereignisse eine unerfreuliche Wendung nehmen sollten. Und in allererster Linie muß er, wie Sie selbst sehr gut wissen, Mr. Marcle, Diskretion und ein ausgeprägtes Taktgefühl mitbringen.‹«

»Das genügt jetzt, Mr. St. Ives.« Charlotte griff nach einem schmalen, in rotes Leder gebundenes Büchlein und schlug damit auf die Tischplatte.

Baxter blickte von dem Brief auf. »Ich bin der Überzeugung, daß ich den meisten Ihrer Anforderungen entspreche, Miss Arkendale.«

»Gewiß eignen Sie sich in einigen der Punkte.« Sie bedachte ihn mit einem frostigen Lächeln. »Mr. Marcle hätte Sie mir niemals empfohlen, wenn das nicht der Fall wäre. Aber bedauerlicherweise mangelt es Ihnen an einer äußerst wichtigen Eigenschaft.«

Baxter faltete bedächtig den Brief zusammen und ließ ihn wieder in die Innentasche seiner Jacke gleiten. »Nach Marcles Angaben spielt die Zeit eine wesentliche Rolle.«

»Das ist durchaus korrekt.« Ein besorgter Ausdruck schimmerte in ihren glänzenden Augen auf, verschwand jedoch sogleich wieder. »Ich bin darauf angewiesen, daß dieser Posten augenblicklich besetzt wird.«

»In dem Fall sollten Sie vielleicht nicht ganz so wählerisch sein, Miss Arkendale.«

Sie errötete. »Aber die Sache ist die, Mr. St. Ives, daß ich einen Mann einzustellen wünsche, der *all* meinen Anforderungen entspricht und nicht nur einigen von ihnen.«

»Ich muß darauf bestehen, daß ich sämtlichen Anforderungen genüge, die Sie stellen, Miss Arkendale.« Er unterbrach sich. »Oder jedenfalls fast allen. Ich bin intelligent, umsichtig, besonnen und erstaunlich diskret. Ich gestehe, daß mein Interesse an Pistolen recht gering ist. Ich empfinde sie im allgemeinen als ziemlich unzuverlässig.«

»Aha.« Bei dieser Mitteilung hellte sich ihr Gesicht auf. »Da haben wir es. Eine weitere Voraussetzung, die Sie nicht erfüllen, Sir.«

»Aber ich kann mit gewissen Kenntnissen auf dem Gebiet der Chemie aufwarten.«

»Chemie?« Sie runzelte die Stirn. »Wozu soll das denn dienen?«

»Das kann man nie wissen, Miss Arkendale. Gelegentlich sind mir diese Kenntnisse schon sehr nützlich gewesen.«

»Ich verstehe. Nun, das ist natürlich alles äußerst interessant. Aber ich kann leider keinen Chemiker gebrauchen.«

»Sie haben darauf bestanden, daß es ein Mann sein muß, der so gut wie keine Aufmerksamkeit erregt. Ein seriöser, gesetzter und unauffälliger Sekretär.«

»Ja, aber ...«

»Gestatten Sie mir, Ihnen mitzuteilen, daß ich oft mit ebendiesen Worten beschrieben worden bin. In jeder Hinsicht so fad wie Haferschleim.«

Charlottes Augen begannen, Funken der Gereiztheit zu sprühen. Sie sprang auf und schritt um ihren Schreibtisch herum. »Es fällt mir außerordentlich schwer, Ihnen das zu glauben, Sir.«

»Ich kann mir nicht vorstellen, weshalb Ihnen das schwerfallen sollte.« Baxter setzte seine Brille ab, während Charlotte in dem kleinen Arbeitszimmer umherlief. »Sogar meine eigene Tante sagte mir immer wieder, ich brächte es fertig, innerhalb von weniger als zehn Minuten jeden im Umkreis von zwanzig Metern in einen Zustand akuter Langeweile zu versetzen. Miss Arkendale, ich kann Ihnen versichern, daß ich nicht nur langweilig aussehe, nein, ich bin es tatsächlich.«

»Vielleicht sind schlechte Augen in Ihrer Familie verbreitet, Sir. Ich würde Ihrer Tante empfehlen, sich Augengläser wie die zuzulegen, die Sie tragen.«

»Meine Tante würde um keinen Preis auf Erden mit einer Brille herumlaufen.« Baxter sann einen Moment lang über die unerhört modebewußte Rosalind, Lady Trengloss, nach, während er seine Brillengläser polierte. »Sie trägt ihre Brille nur dann, wenn sie ganz sicher sein kann, daß niemand in ihrer Nähe ist. Ich möchte bezweifeln, daß ihre eigene Zofe sie jemals mit einer Brille auf der Nase zu sehen bekommen hat.«

»Das wiederum bestätigt mich nur in meinem Verdacht, daß Ihre Tante Sie schon seit geraumer Zeit nicht mehr genauer angesehen hat, Sir. Vielleicht waren Sie damals noch ein Wickelkind.«

»Wie bitte?«

Charlotte drehte sich abrupt zu ihm um. »Mr. St. Ives, die Frage des Augenlichts hat eine ganze Menge mit dem zu tun, was ich Ihnen gerade klarzumachen versuche.«

Baxter setzte seine Brille mit besonnener Bedächtigkeit wieder auf. Ganz offensichtlich verlor er den Gesprächsfaden aus den Augen. Das war kein gutes Zeichen. Er zwang sich, Charlotte mit seiner gewohnten analytischen Distanz zu mustern.

Sie wies so gut wie keine Ähnlichkeit mit den meisten anderen Damen in seinem Bekanntenkreis auf. In Wahrheit gelangte Baxter, je länger er sich in ihrer Gegenwart aufhielt, immer mehr zu der Überzeugung, daß sie absolut einzigartig war.

Zu seinem Erstaunen mußte er feststellen, daß er trotz allem, was er über sie wußte, wider Willen fasziniert von ihr war. Sie war um einiges älter, als er erwartet hatte. Fünfundzwanzig, das hatte er ganz nebenbei in Erfahrung gebracht.

Ihr Mienenspiel erinnerte an die Geschwindigkeit chemischer Reaktionen in einem Röhrchen über einer glühendheißen Flamme, und obwohl sich auf ihren Zügen alle Emotionen mit äußerster Intensität zeigten, waren sie doch ebenso schnell wieder verschwunden. Ihre Augen wurden von kräftigen Augenbrauen und langen Wimpern eingerahmt. Eine ausgeprägte Nase, hohe Wangenknochen und ein ausdrucksvoller Mund vermittelten den Eindruck von temperamentvoller Entschlossenheit und einem unbeugsamen Willen.

Mit anderen Worten, dachte Baxter, *diese Frau setzt ihren Kopf um jeden Preis durch.*

Ihr schimmerndes kastanienbraunes Haar war über einer hohen, intelligenten Stirn in der Mitte gescheitelt. Sie hatte es zu einem strengen Knoten aufgesteckt, ließ jedoch ein paar kleine Korkenzieherlöckchen um ihre Schläfen tanzen.

Während die Mode der laufenden Ballsaison übertrieben tief ausgeschnittene Mieder und hauchdünne Stoffe vorschrieb, alles dazu gedacht, die weiblichen Formen möglichst deutlich zur Geltung zu bringen, trug Charlotte ein erstaunlich sittsames Kleid. Es war aus gelbem Musselin geschneidert, hatte eine hoch angesetzte Taille und lange Ärmel und war mit weißen Rüschen eingefaßt. Unter dem keineswegs kokett schwingenden, sondern nur angedeuteten Volant, der den Saum zierte, schauten gelbe Schuhe aus Glaceleder heraus. Ihm entging nicht, daß sie sehr hübsche Füße hatte, wohlgeformt und mit zierlichen Knöcheln.

Da ihn die Richtung seiner Gedanken entsetzte, wandte Baxter den Blick schnell ab. »Verzeihen Sie, Miss Arkendale, aber ich scheine nicht begriffen zu haben, was Sie mir klarmachen wollen.«

»Sie eignen sich schlichtweg nicht für den Posten, den ich zu besetzen habe.«

»Weil ich eine Brille trage?« Er runzelte die Stirn. »Und dabei hätte ich gedacht, das unterstreicht den Eindruck der Fadheit von Haferschleim erst recht.«

»Ihre Brille ist nicht das Problem.« Es klang ganz so, als sei sie inzwischen reichlich aufgebracht und frustriert.

»Ich dachte, Sie hätten gerade gesagt, darin bestünde das Problem.«

»Haben Sie mir denn überhaupt nicht zugehört? Allmählich fange ich an zu glauben, daß Sie mich absichtlich mißverstehen, Sir. Ich wiederhole es noch einmal: Sie eignen sich nicht für diesen Posten.«

»Ich eigne mich blendend dafür. Dürfte ich Sie daran erinnern, daß mich kein anderer als Ihr eigener Sekretär für diese Stellung empfohlen hat?«

Charlotte tat diesen Einwand mit einer wegwerfenden Handbewegung ab. »Mr. Marcle ist nicht mehr als mein Sekretär tätig. Er ist in diesem Moment bereits auf dem Weg zu seinem Häuschen in Devon.«

»Ja, richtig. Ich glaube, er hat sich tatsächlich dahingehend geäußert, daß er sich einen langen und friedlichen Ruhestand verdient hätte. Ich habe den Eindruck gewonnen, daß es sich bei Ihnen nicht gerade um eine besonders umgängliche Arbeitgeberin handelt, Miss Arkendale, und daß Sie enorm hohe Ansprüche stellen.«

Sie nahm eine steife Haltung ein. »Wie bitte?«

»Schon gut, das tut nichts zur Sache. Schließlich geht es hier nicht um Marcles Pensionierung. Was im Moment zählt, ist, daß Sie sich ein letztes Mal an ihn gewandt haben, um ihm die Anweisung zu erteilen, er solle seinen Nachfolger bestimmen. Seine Wahl ist auf mich gefallen, da es in seinem Sinne wäre, wenn ich seine bisherigen Verantwortungen übernähme.«

»In dieser Angelegenheit liegt die endgültige Entscheidung bei mir, und ich sage Ihnen, daß dieser Posten nichts für Sie ist.«

»Ich versichere Ihnen, daß Marcle der Meinung war, ich sei ganz außerordentlich gut für diesen Posten geeignet. Er hat nur zu gern das Empfehlungsschreiben aufgesetzt, das ich Ihnen vorgelegt habe.«

Der adrette John Marcle mit dem silbergrauen Haar war gerade dabei gewesen, seinen Haushalt aufzulösen, als er die letzten Anweisungen von seiner Arbeitgeberin, die schon sehr bald seine ehemalige Arbeitgeberin sein sollte, erhalten hatte. Baxter hatte den perfekten Zeitpunkt für sein Erscheinen gewählt. Oder zumindest hatte er sich das eingebildet, bis er den Versuch unternommen hatte, den unschlüssigen Marcle davon zu überzeugen, daß er sich unter allen Umständen für diesen Posten bewerben wollte.

Statt Erleichterung zu verspüren angesichts der Aussicht, er könnte dieses letzte »Arkendale-Problem«, wie er selbst es genannt hatte, aus der Welt schaffen, hatte sich der gewissenhafte Marcle gezwungen gesehen, Baxter von seinem Vorhaben abzubringen.

»Miss Arkendale ist, äh, recht ungewöhnlich«, hatte Marcle gesagt, während er mit seinem Federhalter herumgespielt hatte. »Sind Sie ganz sicher, daß Sie sich für diesen Posten bewerben wollen?«

»Ich bin mir ganz sicher«, hatte Baxter geantwortet.

Marcle hatte seine dichten weißen Augenbrauen hochgezogen und ihm ins Gesicht gesehen. »Verzeihen Sie, Sir, aber mir ist nicht ganz klar, warum Sie sich Miss Arkendale in dieser Eigenschaft verpflichten wollen.«

»Die üblichen Gründe. Ich brauche dringend eine Anstellung.«

»Ja, ja, das verstehe ich schon. Aber es sind doch gewiß auch noch andere Stellungen zu haben.«

Baxter beschloß, seine Geschichte ein wenig auszuschmücken. Er schlug einen Tonfall an, von dem er sich erhoffte, daß er vertraulich klang. »Wir wissen doch beide, wie nüchtern und langweilig die meisten dieser Posten sind. Man erteilt Rechtsanwälten und diversen Maklern Anweisungen. Man trifft Vorkehrungen für den Ankauf und Verkauf von Immobilien. Man erledigt Bankgeschäfte. Das ist doch alles andere als anregend. Wer könnte sich für so etwas schon begeistern?«

»Nach fünf Jahren als Sekretär in Miss Arkendales Diensten kann ich Ihnen versichern, daß sehr viel für eine Stellung spricht, in der man alltägliche Routineangelegenheiten abwickelt.«

»Ich bin ganz versessen darauf, endlich einmal etwas anderes zu tun«, sagte Baxter ernst. »Dieser Posten klingt ganz so, als fiele er ein wenig aus dem Rahmen. Ich habe sogar tatsächlich das Gefühl, er könnte für mich eine gewisse Herausforderung darstellen.«

»Eine gewisse *Herausforderung*?« Marcle schloß die Augen. »Ich möchte bezweifeln, daß Ihnen die volle Bedeutung dieses Wortes heute schon bekannt ist, Sir.«

»Man hat mir gesagt, ich bewegte mich in ausgefahrenen Gleisen. Es wurde angedeutet, ich solle mein Leben etwas aufregender gestalten. Ich hoffe sehr, daß mir dieser Posten die Gelegenheit bieten wird, mein Leben um das Element der Spannung zu bereichern.«

Marcle riß besorgt die Augen auf. »Wollen Sie damit etwa sagen, daß Sie etwas Aufregendes suchen?«

»Ja, allerdings, Sir. Ein Mann meines Schlages bekommt im Normalfall nur sehr wenig von den spannenden Seiten des Lebens mit.« Baxter hoffte, daß er nicht zu dick auftrug. »Ich habe bisher immer ein ruhiges Leben geführt.«

Eigentlich müßte noch gesagt werden, daß er sein friedliches Dasein jeglicher Aufregung bei weitem vorzog. Dieser abscheuliche Auftrag, zu dessen Ausführung ihn seine Tante mit ihren flehentlichen Bitten überredet hatte, stellte für ihn eine unliebsame Störung dar, die ihn aus seinem ruhigen Alltagstrott herausriß.

Er hatte sich nur deshalb dazu beschwatzen lassen, weil er Rosalind sehr gut kannte. Sie besaß zwar einen Hang zum Dramatischen – nichts anderes bedauerte sie so sehr wie den Umstand, daß sie nie zur Bühne gegangen war –, doch sie neigte nicht zu dummen Hirngespinsten und fieberhaften Wahnvorstellungen.

Rosalind machte sich ernstliche Sorgen, was die näheren Begleitumstände der Ermordung ihrer Freundin Drusilla Heskett anging. Die Behörden hatten sich darauf versteift, die Frau sei von einem Einbrecher erschossen worden. Rosalind hegte jedoch den Verdacht, daß es sich bei der Mörderin um niemand anderen als Charlotte Arkendale handelte.

Baxter hatte eingewilligt, sich die Situation einmal näher anzusehen, um seiner Tante einen Gefallen zu tun.

Diskrete Nachforschungen hatten die Information ans Licht gebracht, daß die geheimnisvolle Miss Arkendale zufällig gerade einen neuen Sekretär einstellen wollte. Baxter hatte nicht lange gezögert und beschlossen, sich für den Posten zu bewerben.

Er war überzeugt, daß, wenn es ihm gelänge, durch seine Überredungskünste an diese Anstellung zu kommen, dann sei das für ihn der ideale Ausgangspunkt für weitere Nachforschungen. Mit etwas Glück würde er die ganze Angelegenheit innerhalb von kürzester Zeit geklärt haben und könnte sich dann wieder ungestört in sein ruhiges Laboratorium zurückziehen.

Marcle seufzte. »Es stimmt schon, daß die Arbeit für Miss Arkendale manchmal das Element der Spannung mit sich bringen kann, aber ich bin mir trotzdem nicht ganz sicher, ob es sich dabei um die Art von Spannung handelt, die Ihnen zusagen würde, Mr. St. Ives.«

»Darüber werde ich mir selbst ein Urteil bilden.«

»Glauben Sie mir, Sir, wenn Sie danach lechzen, etwas Aufregendes zu erleben, dann täten Sie besser daran, in eine Spielhölle zu gehen.«

»Ich habe keinen Spaß an Glücksspielen.«

Marcle schnitt eine Grimasse. »Ich versichere Ihnen, eine Spielhölle, in der es lebhaft zugeht, ist nicht annähernd so nervenaufreibend wie die Verwicklungen, auf die man sich einläßt, wenn man sich mit Miss Arkendales Angelegenheiten befaßt.«

Baxter hatte bisher noch nicht die Möglichkeit in Betracht gezogen, Charlotte Arkendale könnte eine Anwärterin fürs Irrenhaus sein. »Sie halten sie für verrückt?«

»Wie viele Damen in Ihrem Bekanntenkreis haben Bedarf an einem Sekretär, der außerdem auch noch die Aufgaben eines Leibwächters zu übernehmen hat, Sir?«

Eine ausgezeichnete Frage, dachte Baxter kläglich. Die ganze Angelegenheit schien mit jeder Sekunde bizarrer zu werden. »Ich möchte mich trotz allem um den Posten bewerben. Die Gründe dafür, daß sie einen neuen Sekretär braucht, liegen auf der Hand. Schließlich gehen Sie in den Ruhestand, und Miss Arkendale braucht daher einen Ersatz für Sie. Aber vielleicht wären Sie so freundlich, mir zu erklären, warum Miss Arkendale so dringend einen Leibwächter benötigt?«

»Woher, zum Teufel, sollte ich die Antwort auf diese Frage kennen?« Marcle warf seinen Federhalter auf den Tisch. »Miss Arkendale ist eine sehr eigenartige Frau. Seit dem Tod von Lord Winterbourne, ihrem Stiefvater, habe ich als ihr Sekretär in ihren Diensten gestanden. Ich kann Ihnen versichern, daß diese letzten fünf Jahre die längsten fünf Jahre meines ganzen Lebens waren.«

Baxter musterte ihn neugierig. »Wenn Sie eine solche Abneigung gegen Ihren Posten gehabt haben, warum haben Sie dann nicht die Stellung gewechselt?«

Marcle seufzte. »Sie bezahlt ihre Mitarbeiter außerordentlich gut.«

»Ich verstehe.«

»Aber ich muß gestehen, daß ich jedesmal wieder vor Angst geschlottert habe, wenn ich einen Brief mit ihren neuesten Anweisungen erhalten habe. Ich konnte nie wissen, welche seltsamen Aufgaben sie für mich haben würde. Und das war noch zu den Zeiten, ehe sie auf den Gedanken gekommen ist, die Aufgaben eines Leibwächters auf die

Person zu übertragen, die auch den Posten eines Sekretär innehat.«

»Welche Art von Anforderungen stellt sie denn, wenn alles ganz normal verläuft?«

Marcle seufzte. »Sie hat mich losgeschickt, damit ich Erkundigungen über die merkwürdigsten Leute einziehe. Ich bin rauf in den hohen Norden gereist, um ihr Informationen über einen gewissen Gentleman zu beschaffen. Ich habe in ihrem Auftrag die Geschäftsführer der abscheulichsten Spielhöllen und Bordelle ausgehorcht. Ich habe detaillierte Erkundigungen über die finanziellen Verhältnisse zahlloser Männer eingeholt, die zutiefst schockiert wären, wenn sie zufällig erfahren sollten, daß Miss Arkendale sich für ihre Angelegenheiten interessiert.«

»Das klingt wirklich seltsam.«

»Und so ganz und gar nicht damenhaft. Ich versichere Ihnen, Sir, wenn die Bezahlung nicht so ansehnlich gewesen wäre, hätte ich meine Stellung schon nach dem ersten Monat wieder gekündigt. Aber wenigstens ist von mir nie verlangt worden, daß ich zusätzlich noch den Leibwächter spiele. Manchmal sollte man schon für Kleinigkeiten dankbar sein.«

»Sie haben also keine Ahnung, warum sie das Gefühl hat, in Gefahr zu schweben?«

»Nicht die geringste.« Marcles Stuhl quietschte, als er sich zurücklehnte. Er fuhr fort: »Miss Arkendale hat es nicht für angemessen erachtet, sich mir in diesem Punkt anzuvertrauen. In Wahrheit gibt es reichlich viele Dinge, die Miss Arkendale mir niemals anvertraut hat, da es ihr offenbar nicht angebracht erschien. Beispielsweise weiß ich bis heute nicht, woher sie ihre Einnahmen tatsächlich bezieht.«

Baxter stellte sich sehr geschickt an, wenn es darum ging, seine Gesichtszüge zu beherrschen. Ein Bastard erlernt diese Fähigkeit schon in jungen Jahren, selbst dann, wenn es sich bei ihm um das Zufallsprodukt eines wohlhabenden Earl handelt. Diese Begabung erwies sich im Moment als äußerst nützlich. Es gelang ihm nämlich, sich so zu geben, als interessierte ihn Marcles letzte Äußerung nur am Rande.

»Ich hatte bisher den Eindruck, Lady Winterbourne, Miss Arkendales Mutter, hätte aus ihrer ersten Ehe beträchtliche Einkünfte bezogen«, sagte Baxter behutsam. »Und ich hatte angenommen, die Erbschaft sei an Miss Arkendale und ihre Schwester übergegangen.«

Marcle zog die Augenbrauen hoch. »Genau das möchte Miss Charlotte die Leute gern glauben machen. Aber ich kann Ihnen sagen, Winterbourne hat das Arkendale-Erbe fast bis auf den letzten Penny ausgegeben, ehe er vor fünf Jahren endlich den Anstand besessen hat, sich von einem Wegelagerer umbringen zu lassen.«

Baxter setzte seine Brille ab und begann, mit seinem Taschentuch die Gläser zu polieren. »Und aus welcher Quelle stammt Ihrer Meinung nach Miss Arkendales Geld tatsächlich?«

Marcle unterzog seine Fingernägel einer eingehenden Prüfung. »Ich werde Ihnen die Wahrheit sagen, Sir. Obgleich ich ihr fünf Jahre lang dabei assistiert habe, ihr Einkommen zu investieren und es zu verwalten, habe ich keine Ahnung, woher das Geld stammt. Ich empfehle Ihnen wärmstens, meinem Beispiel zu folgen, falls Sie diesen Posten übernehmen sollten. Manchmal ist es das beste, nicht über alle Fakten informiert zu sein.«

Baxter setzte seine Brille langsam wieder auf. »Faszinierend. Ich nehme an, ein entfernter Verwandter ist verstorben und hat ihr eine Erbschaft hinterlassen, die das von Winterbourne vergeudete Erbe wieder wettgemacht hat.«

»Ich glaube nicht, daß das der Fall ist«, sagte Marcle bedächtig. »Vor ein paar Jahren bin ich meiner Neugier erlegen und habe einige diskrete Nachforschungen angestellt. Die Arkendales hatten keinen einzigen derart wohlhabenden Verwandten. Ich fürchte, ihre Einnahmequelle zählt schlichtweg zu den zahlreichen seltsamen Geheimnissen, in die Miss Arkendale gehüllt ist.«

Ihm waren ihre Einnahmequellen absolut kein Rätsel, vorausgesetzt, Rosalind lag richtig mit ihren Schlußfolgerungen, dachte Baxter. Dann handelte es sich bei der Dame nämlich um nichts weiter als um eine schnöde Erpresserin.

Ein Pochen, das nicht zu überhören war, ließ seine Gedanken wieder in die Gegenwart zurückkehren. Er warf einen Blick auf Charlotte, die vor dem Kamin stehengeblieben war. Sie trommelte mit den Fingern auf das marmorne Kaminsims.

»Mir ist beim besten Willen nicht begreiflich, was Marcle auf den Gedanken bringen konnte, Sie wären für diesen Posten geeignet«, sagte sie.

Baxter hatte keine Lust mehr, diese Frage noch länger zu erörtern. »Es verhält sich ja nicht gerade so, als gäbe es zahllose Männer, die Ihren absurden Anforderungen entsprächen, Miss Arkendale.«

Sie sah ihn finster an. »Aber Mr. Marcle kann doch gewiß einen Gentleman für mich ausfindig machen, der sich für diesen Posten besser eignet als Sie.«

»Haben Sie schon wieder vergessen, was Sie mir selbst gerade erzählt haben? Marcle ist bereits auf dem Wege nach Devon. Würde es Ihnen etwas ausmachen, mir genauer zu sagen, was Ihnen an mir derart ungeeignet erscheint?«

»Sie meinen, abgesehen davon, daß es Ihnen im Umgang mit einer Pistole an der nötigen Geschicklichkeit fehlt?« fragte sie mit einer übertrieben zuckersüßen Stimme.

»Ja. Was haben Sie sonst noch an mir auszusetzen?«

»Sie zwingen mich, grob zu werden, Sir. Das Problem besteht in Ihrem Äußeren.«

»Was, zum Teufel, ist gegen mein Äußeres einzuwenden?

Niemand könnte auf den ersten Blick noch weniger einnehmend wirken als ich.«

Charlotte zog die Stirn in Falten. »Versuchen Sie bloß nicht, mir eine Geschichte aufzutischen. Sie haben ganz eindeutig keinerlei Ähnlichkeit mit Haferschleim aufzuweisen. Tatsächlich ist sogar das genaue Gegenteil der Fall.«

Er starrte sie an. »Wie bitte?«

Sie stöhnte. »Sogar Ihnen selbst muß doch durchaus bewußt sein, Sir, daß Ihre Brille eine erbärmliche Verkleidung darstellt.«

»Eine Verkleidung?« Er fragte sich, ob er vielleicht die falsche Adresse genannt bekommen hatte und an die falsche Charlotte Arkendale geraten war. Vielleicht hatte er sich sogar in der Stadt geirrt. »Was, in drei Teufels Namen, sollte ich Ihrer Meinung nach verschleiern wollen?«

»Sie sind doch sicher nicht der Illusion erlegen, daß diese Brille über Ihre wahre Natur hinwegtäuschen kann.«

»Meine wahre Natur?« Baxters Geduldsfaden riß jetzt endgültig. »Verdammt noch mal, was zum Teufel bin ich denn, wenn ich nicht unauffällig und unsympathisch bin?«

Sie spreizte die Hände. »Sie haben das Äußere eines Mannes mit heftigen Leidenschaften, der sein Temperament nur mittels enormer Willenskraft und Selbstbeherrschung gebändigt hat.«

»Wie bitte? Könnten Sie etwas deutlicher werden!«

Ihre Augen waren grimmig entschlossen zusammengekniffen. »Ein solcher Mann hofft vergebens, er könnte sich unbemerkt in der Gegend herumtreiben. Sie werden zwangsläufig Aufmerksamkeit auf sich ziehen, wenn Sie geschäftliche Angelegenheiten für mich regeln. Das kann ich absolut nicht gebrauchen. Für meine Zwecke ist jemand erforderlich, der in der Menge untergehen kann. Jemand, dessen Gesichtszüge sich niemanden allzu klar einprägen. Verstehen Sie das denn nicht, Sir? Sie dagegen vermitteln den

Eindruck, als seien Sie, nun ja, um es plump auszudrücken, reichlich gefährlich.«

Baxter verschlug es die Sprache.

Charlotte faltete die Hände hinter dem Rücken und begann wieder, in ihrem Büro umherzulaufen. »Es liegt auf der Hand, daß es Ihnen niemals gelingen wird, wie ein langweiliger und gewöhnlicher Sekretär zu wirken. Daher müssen Sie begreifen, daß Sie für meine Zwecke vollkommen unbrauchbar sind.«

Baxter merkte, daß sein Kiefer hinuntergeklappt war. Es gelang ihm nur mit Mühe, den Mund wieder zu schließen. Er hatte sich schon vieles anhören müssen, und er war es durchaus gewöhnt, daß man ihn als einen Bastard beschimpfte, ihm seine schlechten Manieren vorwarf oder ihm vorhielt, was für ein unglaublicher Langweiler er war, aber niemand hatte ihm je den Stempel aufgedrückt, er sei ein Mann mit heftigen Leidenschaften. Und es hatte auch noch nie jemand von ihm behauptet, daß er gewissermaßen »gefährlich« wirkte.

Er war Naturwissenschaftler. Den distanzierten, sachlichen Ansatz, mit dem er an Probleme, Menschen und Situationen heranging, hielt er sich stolz zugute. Diese Eigenschaft hatte er bereits vor Jahren perfektioniert, nämlich schon damals, als er dahintergekommen war, daß ihm sein rechtmäßiges Erbe für immer versagt bleiben würde, da er der uneheliche Sohn des Earl of Esherton und der berüchtigten Emma, Lady Sultenham, war.

Schon seit dem Tag seiner Geburt waren Spekulationen über ihn angestellt worden, und seitdem waren auch stets Gerüchte über ihn in Umlauf gewesen. Er hatte schon sehr früh gelernt, Zuflucht bei seinen Büchern und naturwissenschaftlichen Apparaturen zu suchen.

Zwar fanden viele Frauen den Gedanken an eine Affäre mit dem unehelichen Sohn eines Earl anfangs recht aufregend, vor allem dann, wenn sie erfuhren, daß er trotz seiner unehelichen Geburt sehr wohlhabend war, doch diese Einstellung hielt nicht lange an. Die kraftlosen Flammen, die ins Leben sprangen, wenn er eine seiner seltenen Affären begann, waren ausnahmslos schon nach kürzester Zeit hinuntergebrannt und zischend erloschen.

Seit seiner Rückkehr aus Italien vor drei Jahren hatte sich die durchschnittliche Dauer seiner Affären noch mehr verkürzt. Die Verätzungen auf seinem Rücken und auf seinen Schultern waren zwar verheilt, doch er war für den Rest seines Lebens gezeichnet.

Frauen reagierten schockiert und angewidert auf die häßlich verfärbten, entstellenden Narben. Baxter konnte es ihnen nicht wirklich vorwerfen. Er hatte noch nie besonders gut ausgesehen, und die tiefen Spuren, die die Säure hinterlassen hatte, hatten nicht gerade dazu beigetragen, daß er besser aussehen würde.

Zum Glück war sein Gesicht verschont geblieben. Er hatte es jedoch satt, immer peinlich genau darauf achten zu müssen, daß die Kerzen gelöscht wurden und das Feuer heruntergebrannt war, ehe er sich auszog und mit einer Dame ins Bett stieg.

Bei dem letzten dieser Anlässe, vor rund sechs Monaten, hatte er sich an einem der Bettpfosten beinahe den Schädel eingeschlagen, als er in dem tintigen Dunkel, das durch das Fenster in das unbeleuchtete Schlafgemach drang, über einen seiner eigenen Stiefel gestolpert war. Dieser unliebsame Zwischenfall hatte den Rest des Abends ganz entschieden beeinträchtigt.

Befriedigung und Lust fand er vorwiegend in seinem Labor. Dort war er von seinen schimmernden Glasröhrchen und Phiolen umgeben, von Destillierkolben und Bunsenbrennern, und ihm blieben die nichtssagenden Gespräche und die frivolen Zeitvertreibe der feinen Gesellschaft erspart. An dieser Welt hatte er ohnehin noch nie seine Freude gehabt. Es war eine Welt, die ihn nicht einmal ansatzweise verstand. Eine Welt, die er als unerträglich oberflächlich, geistlos und schal empfand. Eine Welt, in der er sich nie heimisch gefühlt hatte.

Baxter riß sich zusammen, rief seine Gedanken zurück, die sich selbständig gemacht hatten, und zwang sich, schnell wieder Vernunft anzunehmen. Charlotte hatte ihn als Kandidaten für den Posten schlichtweg abgelehnt. Jetzt mußte er sich einen vollkommen neuen Ansatz einfallen lassen, wenn er sie davon überzeugen wollte, daß es das einzig richtige war, ihm die Stellung zu geben.

»Miss Arkendale, Ihre Beurteilung meiner wahren Natur scheint in einem krassen Gegensatz zu der Auffassung zu stehen, die sich die restliche Welt gebildet hat. Dürfte ich vielleicht vorschlagen, daß wir diese Angelegenheit klären, indem wir ein Experiment durchführen?«

Sie verharrte regungslos. »Und wie sähe dieses Experiment aus?«

»Ich schlage vor, die Angehörigen Ihres Haushalts zu rufen und jeden einzelnen nach seiner Meinung zu fragen. Falls alle darin übereinstimmen sollten, daß ich meine Aufgaben problemlos erfüllen kann, ohne aufzufallen oder gar aus der Menge herauszustechen, bekomme ich den Posten. Falls die anderen Befragten jedoch *Ihren* Auffassungen beipflichten sollten, werde ich mich klaglos verabschieden und mich anderswo nach einer geeigneten Stellung umsehen.«

Sie zögerte, und die Unschlüssigkeit war ihr deutlich anzusehen. Dann nickte sie. »Damit bin ich einverstanden, Sir. Es erscheint mir durchaus logisch. Wir werden das Experiment auf der Stelle durchführen. Ich rufe meine Schwester und unsere Haushälterin jetzt gleich in mein Büro. Beide besitzen eine ganz hervorragende Beobachtungsgabe.«

Sie griff nach der samtenen Klingelschnur, die neben dem Kamin hing, und zog energisch daran.

»Sie erklären sich einverstanden, das Ergebnis dieses Tests zu akzeptieren und sich an die Abmachungen zu halten?« fragte er mißtrauisch.

»Sie haben mein Wort darauf, Sir.« Sie lächelte mit einem Ausdruck kaum verhohlenen Triumphes. »Wir werden diese Frage augenblicklich klären.«

Im Flur waren Schritte zu hören. Baxter rückte seine Brille zurecht und lehnte sich auf dem Stuhl zurück, um den Ausgang des Experiments abzuwarten.

Er verließ sich darauf, daß er die Ergebnisse jetzt schon vorhersagen konnte. Er kannte seine Stärken besser als jeder andere. Niemand konnte ihn überbieten, wenn es darum ging, so langweilig wie Haferschleim zu wirken.

Zwanzig Minuten später verließ Baxter das Stadthaus der Arkendales und lief mit einem Gefühl stummen innerlichen Frohlockens die Stufen hinunter. Ihm fiel auf, daß der scharfe Märzwind, der noch vor einer Stunde äußerst kühl gewesen war, ihm jetzt wie eine erfrischende und belebende Brise entgegenwehte.

Mit einem sachgemäß durchgeführten naturwissenschaftlichen Experiment konnte sich nichts messen, wenn es darum ging, Streitpunkte aus der Welt zu schaffen, sagte er sich, noch während er eine vorüberfahrende Droschke an den Straßenrand winkte. Es war zwar nicht gerade einfach gewesen, aber schließlich hatte er sich seinen neuen Posten doch noch sichern können. Er hatte fest damit gerechnet, daß Charlotte Arkendale die einzige Person in diesem kleinen Haushalt sein würde, wenn, und das war mit großer Wahrscheinlichkeit anzunehmen, sie nicht sogar der einzige Mensch in ganz London war, dem er jemals in einer Menschenmenge aufgefallen wäre.

Er war sich nur nicht ganz sicher, was die seltsamen Vorstellungen, die sie sich von seiner wahren Natur machte, über sie selbst aussagten. Er wußte nur, daß John Marcles Meinung sich bestätigt hatte. Charlotte war eine sehr ungewöhnliche Frau, und einmalig.

Und sie entsprach ganz und gar nicht dem Bild, das man sich von einer Erpresserin und Mörderin machte, dachte Baxter.

2

»Ich weiß überhaupt nicht, warum du dich so aufregst, Charlotte.« Ariel blieb vor einem Tablett mit Eiern stehen, das gemeinsam mit dem übrigen Frühstück auf der Anrichte arrangiert war. »Mr. St. Ives scheint doch genau der zu sein, den du haben wolltest. Ein Sekretär, der keine Aufmerksamkeit auf sich lenken wird, wenn er seinen Aufgaben nachgeht. Und außerdem scheint er in einer blendenden körperlichen Verfassung zu sein. Vielleicht ist er nicht ganz so groß, wie man es sich wünschen würde, aber er ist recht breit gebaut, und seine Schultern wirken kräftig. Ich glaube, er wird sich als Leibwächter sehr gut machen, falls je die Notwendigkeit dazu bestehen sollte.«

»Ich fand ihn eigentlich groß genug.« Charlotte fragte sich verdrossen, warum sie sich genötigt sah, Baxters Statur zu verteidigen. Weshalb hätte es sie stören sollen, daß ihre Schwester fand, es fehlten ihm ein paar Zentimeter zur Idealgröße? »Ich mußte aufblicken, um ihm in die Augen zu sehen.«

Ariel lächelte verschmitzt. »Das liegt nur daran, daß du selbst ein wenig zu klein geraten bist. Aber natürlich nimmt sich das bei dir äußerst attraktiv aus.«

Charlotte schnitt eine Grimasse. »Ja, natürlich.«

»In Wahrheit ist Mr. St. Ives keine drei Zentimeter größer als ich.«

»Du bist sehr groß für eine Frau.« *Und anmutig und gertenschlank und sehr, sehr hübsch,* dachte Charlotte mit einem Anflug von schwesterlichem Stolz. Vielleicht war es auch ein mütterlicher Stolz. Schließlich war sie seit dem Tod ihrer Mutter für Ariel verantwortlich, sagte sie sich.

Und Ariel hatte sich wirklich wunderbar entwickelt. Sie war inzwischen zu einer sehr schönen jungen Dame von neunzehn Jahren herangewachsen. Mit ihrem blonden Haar, den blauen Augen, klassischen Gesichtszügen und einer wahrlich umwerfenden Figur gesegnet, war sie das lebende Abbild ihrer Mutter.

Charlotte war im Lauf der letzten Jahre von vielen Bedenken und Zweifeln geplagt worden. Ihr war nur allzu klar gewesen, daß sie niemals wettmachen konnte, was ihnen abhanden gekommen war. Ariel war erst elf gewesen, als der große, gutaussehende und liebevolle Vater der Mädchen gestorben war. Sie war noch keine dreizehn Jahre gewesen, als die beiden ihre schöne und lebhafte Mutter verloren hatten. Dann hatte Winterbourne das Erbe verspielt, das Ariel in vielen Dingen große Freiheiten zugebilligt hätte, einschließlich der Wahl ihres Ehemannes.

Mehr als alles andere bedauerte Charlotte, daß es ihr nicht möglich gewesen war, ihrer Schwester eine Ballsaison zu finanzieren. Mit ihrem Aussehen, ihrer Figur, ihrem Auftreten und der Bildung, die ihr anfangs von ihrer wunderschönen und intelligenten Mutter vermittelt worden war und die Charlotte anschließend in die Hand genommen hatte, wären Ariel durchschlagende Erfolge beschert gewesen. Dazu kam noch, sagte sie sich immer wieder, daß ihre Schwester die Opern und Theatervorstellungen und die aufregenden Bälle und Abendgesellschaften von ganzem

Herzen genossen hätte. Sie hatte die Liebe ihrer Eltern zu den Künsten und zu geselligen Veranstaltungen geerbt. Man hätte ihr eine Chance geben müssen, den Menschen zu begegnen, die gesellschaftlich auf einer Stufe mit ihr standen. Sie hätte die Gelegenheit haben sollen, mit einem gutaussehenden jungen Mann Walzer zu tanzen.

So viele Dinge, die für Ariel selbstverständlich hätten sein sollen, waren ihr entgangen.

Charlotte gab sich einen Ruck und wandte sich wieder dem akuten Problem zu. Sie zwang sich, das zu tun, was sie immer tat, wenn Gedanken an die Vergangenheit ihre Stimmung zu trüben drohten. Sie konzentrierte sich auf die Zukunft. Und im Moment schloß diese Zukunft Baxter St. Ives mit ein.

»Ich wünschte, ich wäre mir ebenso sicher wie du, was Mr. St. Ives angeht.« Charlotte stützte einen Ellbogen auf den Tisch im Frühstückszimmer und legte das Kinn auf den Handballen.

»Er eignet sich perfekt für den Posten.«

Charlotte seufzte. Inzwischen hatte sich herausgestellt, daß sie die einzige in diesem Haushalt war, die spürte, daß Baxter St. Ives weitaus mehr zu verbergen hatte, als er zu Beginn preisgeben wollte. Gestern hatten ihr sowohl Ariel als auch Mrs. Witty, die Haushälterin, eindeutig zu verstehen gegeben, daß sie ihn als Ersatz für Marcle billigten. Die beiden waren derart überzeugt von ihren Eindrücken, daß Charlotte fast ihr eigenes instinktives Mißtrauen angezweifelt hätte.

Fast, aber nicht ganz. Schließlich hatte sie bei der Einschätzung von Herren eine ganze Menge Erfahrungen gesammelt, und ihre Intuition ließ sie in solchen Momenten nur äußerst selten im Stich. Sie konnte ihren eigenen Eindruck nicht kurzerhand als unrichtig abtun.

Es verblüffte sie, daß die anderen nicht durch Baxters

Brillengläser hindurchsehen und die Wahrheit erkennen konnten, die dahinter lauerte. Er behauptete, sich für Chemie zu interessieren, doch ihrer Meinung nach handelte es sich bei ihm nicht um einen modernen Naturwissenschaftler. Dieser Mann hatte die Augen eines Alchemisten, die Augen eines dieser legendären Wissenschaftler, die von der Suche nach den mystischen Geheimnissen des Steins der Weisen besessen waren. Sie konnte sich mühelos vorstellen, wie er sich über einen brodelnden Schmelztiegel beugte und Experimente ersann, die es ihm ermöglichen würden, Blei in Gold zu verwandeln.

Gewaltige Intelligenz, wilde Entschlossenheit, ein erbarmungsloses Durchsetzungsvermögen und ein eiserner Wille glühten in den bernsteinfarbenen Tiefen seiner Augen. Dieselben Eigenschaften waren auch in seine kräftigen und ausgeprägten Gesichtszüge eingemeißelt. Sie hatte aber außerdem noch etwas anderes an ihm wahrgenommen, etwas, was sie nicht so recht entschlüsseln konnte. Vielleicht ein Anflug von Melancholie. Was keineswegs unerwartet kam, wenn sie es sich jetzt genauer überlegte.

Es lag eine weit zurückreichende, künstlerische Tradition der Darstellung dieses finsteren, sehnsüchtigen Strebens in den Symbolen der Alchemie und der Typenlehre. Diejenigen, die sich der endlosen Suche nach den verborgenen Geheimnissen der Natur verschrieben, waren zweifellos dazu verdammt, Phasen der Enttäuschung und Verzweiflung zu durchleben.

Baxter St. Ives war mit Abstand der interessanteste Mann, der ihr je begegnet war, gestand sich Charlotte ein. Aber gerade diese Eigenschaften, die sie so faszinierend an ihm fand, trugen auch zur Gefährlichkeit eines Mannes bei. Das mindeste, was man behaupten konnte, war, daß ein Mann mit dieser Veranlagung alles andere als leicht zu lenken sein würde.

Sie benötigte jedoch einen Sekretär, der Anweisungen entgegennahm, ohne Einwände zu erheben, und das letzte, was sie gebrauchen konnte, war jemand, der ständig Erklärungen und Rechtfertigungen verlangte. Sie glaubte nicht, daß Baxter sich klaglos herumkommandieren lassen würde. Bestenfalls würde er sich als schwierig erweisen.

»Vielleicht kann sich Mr. St. Ives jetzt, nachdem er einen neuen Posten hat, auch einen neuen Schneider leisten.« Ariel kicherte, als sie mit ihrem Teller an den Tisch zurückkehrte. »Sein Jackett hat alles andere als gut gesessen, und seine Weste war von einer auffallenden Schlichtheit. Ist dir aufgefallen, daß er statt einer richtigen Hose eine Kniebundhose getragen hat?«

»Das habe ich bemerkt.«

Sie hätte blind sein müssen, wenn ihr entgangen wäre, wie sich der geschmeidige und muskulöse Umriß seiner Schenkel durch die enganliegende Reithose abgezeichnet hatte, sagte sie sich. Sie ließ die Bilder von Baxter noch einmal vor ihren Augen vorüberziehen, wie er ihr in einem zerknitterten blauen Jackett, einem Leinenhemd ohne Plisseefalten, der konservativen Kniebundhose und den ungeputzten Stiefeln gegenübergesessen hatte. Sie zog die Stirn in Falten. »Seine Kleidungsstücke waren von einer außerordentlich guten Qualität.«

»Ja, aber betrüblich unelegant und altmodisch, sogar für einen Gentleman in seiner Position.« Ariel aß einen Bissen Wurst. »Und der Knoten in seinem Halstuch war äußerst phantasielos. Ich fürchte, unser Mr. St. Ives besitzt nicht das geringste Modebewußtsein, und auch an seinem Geschmack wäre einiges auszusetzen.«

»Von einem Sekretär erwartet man kein Stilempfinden.«

»Genau.« Ariel zwinkerte ihr zu. »Und das ist nur ein weiterer Beweis dafür, daß er genau das ist, was er zu sein scheint, nämlich ein Gentleman, der dringend eine Stellung braucht. Wahrscheinlich ist er der zweite Sohn einer Familie, die dem Landadel angehört. Du weißt ja, wie das ist.«

Charlotte spielte mit ihrer Kaffeetasse. »Vermutlich, ja.« Es war allgemein bekannt, daß viele zweit- und drittgeborene Sprößlinge des Landadels, die nicht den Gutshof der Familie erben würden, sich gezwungen sahen, ihren Lebensunterhalt als Sekretäre zu verdienen.

»Laß den Kopf nicht hängen«, sagte Ariel. »Ich bin ganz sicher, daß der farblose alte Marcle nicht St. Ives zu dir geschickt hätte, wenn dieser nicht die entsprechende Eignung mitbrächte.«

Charlotte beobachtete, wie sich ihre Schwester über die Eier und Würstchen auf ihrem Teller hermachte. Ihr eigener Appetit war morgens normalerweise sehr groß, doch heute war ihr selbst die Tasse Kaffee, die vor ihr stand, zuviel.

»Ich weiß es nicht, Ariel. Ich weiß es einfach nicht.«

»Also wirklich, Charlotte, diese trübsinnige Haltung sieht dir gar nicht ähnlich. Gewöhnlich gehst du morgens mit viel mehr Schwung und Begeisterungsfähigkeit an den neuen Tag heran.«

»Ich habe letzte Nacht nicht gut geschlafen.«

Das war eine gewaltige Untertreibung, dachte Charlotte. In Wahrheit hatte sie kaum ein Auge zugetan. Sie hatte sich stundenlang schlaflos herumgewälzt und von einer Seite auf die andere geworfen, denn ein äußerst besorgniserregendes Unbehagen hatte einfach nicht von ihr abfallen wollen. Ariel hatte recht. Ihre Stimmung war heute morgen tatsächlich schlecht.

»Hast du Mr. St. Ives genau erklärt, warum du einen Leibwächter brauchst?« fragte Ariel.

»Nein, bisher noch nicht. Ich habe ihn angewiesen, heute nachmittag wiederzukommen, damit ich ihm seine Aufgaben und Pflichten ganz genau erklären kann.«

Ariel riß die Augen weit auf. »Soll das etwa heißen, daß er sich keinerlei Vorstellung davon macht, warum du ihn eingestellt hast?«

»Richtig.«

In Wahrheit sah es so aus, daß sie Zeit gebraucht hatte, um über die Situation nachzudenken. Zeit, um sich davon zu überzeugen, daß es die richtige Entscheidung gewesen war, den enigmatischen St. Ives einzustellen. Es stand eine ganze Menge auf dem Spiel. Aber je länger sie über diese Angelegenheit nachdachte, desto weniger Alternativen schienen sich ihr zu bieten.

Sie war tatsächlich in einer recht verzweifelten Lage.

Ariel legte ihre Gabel hin und sah Charlotte an. »Vielleicht wird er den Posten nicht mehr übernehmen wollen, wenn er erst einmal die näheren Einzelheiten erfährt.«

Charlotte ließ sich Ariels Bemerkung durch den Kopf gehen. Sie wußte nicht, ob sie sich von dieser Aussicht aufgeheitert oder alarmiert fühlen sollte. »Es könnte durchaus sein, daß alles gleich viel einfacher ist, wenn Mr. St. Ives schleunigst von der Stelle zurücktritt, sowie er von der wahren Natur seiner Verantwortlichkeiten erfährt.«

Mrs. Witty tauchte in der Tür des Frühstückszimmers auf. Sie hielt eine frische Kanne Kaffee in ihren breiten, abgearbeiteten Händen. »Sie sollten lieber hoffen, daß er nicht davonläuft, wenn er hört, was er für Sie tun soll, Miss Charlotte. Es ist ja schließlich nicht so, als liefen in London unzählige Männer herum, die gewillt wären, Ihnen bei der Lösung eines Mordfalls zu helfen.«

»Das ist mir durchaus klar.« Charlotte sah sie finster an. »Und deshalb habe ich mich ja auch bereit erklärt, St. Ives einzustellen, oder etwa nicht?«

»Doch, und dafür danke ich dem lieben Gott. Wenn Sie es genau wissen wollen – diese ganze Situation gefällt mir überhaupt nicht. Nachforschungen anzustellen, um einen blutigen Mord aufzuklären, das liegt doch sonst nicht auf unserer Linie.«

»Auch das ist mir durchaus klar.« Charlotte sah zu, wie Mrs. Witty frischen Kaffee einschenkte.

Die Haushälterin war eine imposante Erscheinung, deren monumentale Proportionen einer Göttin aus alten Zeiten zur Ehre gereicht hätten. In den vergangenen drei Jahren, seit sie in diesem Haushalt eingezogen war, hatte Charlotte schon oft genug Grund gehabt, dankbar für Mrs. Wittys starke Nerven zu sein. Nicht viele Haushälterinnen hätten als Arbeitgeberin eine Frau geduldet, die einem Beruf nachging wie dem, den Charlotte für sich selbst maßgeschneidert hatte. Ein noch geringerer Prozentsatz wäre bereit gewesen, dabei wertvolle Unterstützung zu leisten.

Aber andererseits gab es auch nicht viele Haushälterinnen, die so gut gekleidet waren wie Mrs. Witty, sagte sich Charlotte. Wenn man von seinem Personal ungewöhnliche Dienstleistungen erwartete, dann lag es auf der Hand, daß man die Leute sehr gut dafür bezahlte.

»Sie hat recht.« Ariels Gesichtsausdruck wurde jetzt ernster. »Das, was du dir vorgenommen hast, könnte sich als gefährlich erweisen, Charlotte.«

»Ich habe keine andere Wahl«, erwiderte Charlotte mit ruhiger Stimme. »Ich muß dahinterkommen, wer Drusilla Heskett getötet hat.«

Baxter stand gerade in seinem Laboratorium und packte eine neue Lieferung von gläsernen Apparaturen aus, die nach seinen Angaben eigens für ihn hergestellt worden waren, als es an der Tür klopfte.

»Was ist, Lambert?« Er zog einen schimmernden neuen Destillierkolben aus der Schachtel und hielt ihn voller Bewunderung gegen das Licht. »Ich habe im Moment zu tun und eigentlich keine Zeit für Unterbrechungen.«

Die Tür ging auf.

»Lady Trengloss, Sir«, kündigte Lambert mit seiner gewohnten Grabesstimme an.

Baxter legte den Destillierkolben widerstrebend aus der Hand und sah Lambert an. Auf dem verkniffenen Gesicht seines Butlers stand ein gequälter Ausdruck, aber das war nichts Neues. Lambert wirkte immer gepeinigt. Er war sechsundsechzig Jahre und somit weit über das Alter hinaus, in dem sich die meisten Männer, die eine Position wie die seine innehatten, mit der finanziellen Unterstützung ihrer Arbeitgeber in den Ruhestand zurückzogen.

Die Jahre hatten ihren Tribut gefordert. Lambert litt enorm unter Gelenkschmerzen. Seine Hände waren geschwollen, die Finger gekrümmt, und seine Bewegungen waren im Lauf des vergangenen Jahres sichtlich langsamer geworden.

»Ich nehme an, meine Tante wünscht einen vollständigen Bericht über meinen neuen Posten als Sekretär«, sagte Baxter und fügte sich in das unvermeidliche Verhör.

»Lady Trengloss scheint ziemlich erregt zu sein, Sir.«

»Führen Sie sie hier herein, Lambert.«

»Wird gemacht, Sir.« Lambert wollte sich bereits zurückziehen, blieb dann aber doch noch einmal stehen. »Es gibt da noch etwas, was ich erwähnen sollte, Sir. Die neue Haushälterin hat vor einer Stunde ihre Sachen gepackt und ist gegangen.«

»So ein verdammter Mist.« Baxter begutachtete finster einen winzigen Makel, den einer der Glaskolben aufwies. »Nicht schon wieder. Das wäre jetzt das dritte Mal innerhalb der letzten fünf Monate.«

»Ganz richtig, Sir.«

»Worüber hatte sich diese Frau denn zu beklagen? In meinem Laboratorium ist es schon seit Wochen nicht mehr zu ernstzunehmenden Explosionen gekommen, und ich habe sorgsam darauf geachtet, daß keine widerlichen Gerüche in die Eingangshalle dringen.«

»Mrs. Hardy ist anscheinend zu der Schlußfolgerung gelangt, Sie seien bestrebt, sie zu vergiften, Sir«, sagte Lambert.

»Sie zu vergiften?« Baxter war entrüstet. »Was, in Gottes Namen, hat sie auf diesen Gedanken gebracht? Es ist doch heute ohnehin schon schwer genug, Haushälterinnen nicht versehentlich zu vergraulen, und da ich dringend eine Haushälterin brauche, liegt mir nichts ferner, als eine Frau dieses Berufsstandes zu vergiften.«

Lambert räusperte sich. »Ich glaube, es hat etwas mit den Flaschen voller Chemikalien zu tun, die sie gestern abend in der Küche gefunden hat.«

»Verdammt und zum Teufel, die habe ich doch nur dort hingestellt, weil ich ein Experiment vorbereitet habe, das eine sehr große pneumatische Wanne erfordert. Sie wissen doch, daß ich das Spülbecken in der Küche immer für diesen Zweck benutze.«

»Anscheinend hat der Anblick der Flaschen sie stark beunruhigt, Sir.«

»Verflucht noch mal! Aber jetzt läßt sich auch nichts mehr daran ändern. Fragen Sie schleunigst bei der Agentur nach, und beschaffen Sie uns eine neue Haushälterin. Nur Gott weiß, wieviel wir ihr diesmal bezahlen müssen. Jede neue ist immer teurer als die vorangegangene.«

»Ja, Sir.« Lambert wich schlurfend einen Schritt zurück und zuckte zusammen. Er preßte sich die Hand auf den Rücken.

Baxter sah ihn stirnrunzelnd an. »Mir scheint, der Rheumatismus spielt Ihnen heute übel mit.«

»Ja, Sir.«

»Es tut mir leid, das zu hören. Haben Sie mit diesen neuen Behandlungsmethoden, denen Sie sich unterziehen, bisher schon Glück gehabt?«

»Ich habe den Eindruck, daß ich nach jedem Besuch bei Dr. Flatt eine vorübergehende Besserung wahrnehmen kann, aber betrüblicherweise ist die Linderung nur sehr kurzlebig. Der Arzt versicherte mir jedoch, daß das Maß der Schmerzen mit jeder weiteren Behandlung stetig zurückgehen wird.«

»Hm.« Baxter stellte keine weiteren Fragen.

Er setzte absolut kein Vertrauen in Dr. Flatts Behandlungsmethoden, zu denen der Einsatz von animalischem Magnetismus gehörte, oder auch Mesmerismus, wie man es häufig nannte. Wenn man Naturwissenschaftler wie ihn fragte, dann war das die reinste Quacksalberei. Berühmte Autoritäten wie Benjamin Franklin aus Amerika und der französische Chemiker Antoine Lavoisier hatten Mesmers Arbeit schon vor Jahren öffentlich angeprangert. Die Meinungen dieser herausragenden Persönlichkeiten hatten jedoch nicht dazu beigetragen, die stetig steigende Flut von praktizierenden Ärzten einzudämmen, die behaupteten, unter Verwendung von Abwandlungen der Methoden Dr. Mesmers ganz erstaunliche Resultate erzielt zu haben.

»Lady Trengloss, Sir«, rief ihm Lambert noch einmal ins Gedächtnis zurück.

»Ja, ja, schon gut. Schicken Sie sie zu mir. Vermutlich ist es das beste, wenn ich dieses Gespräch so schnell wie möglich hinter mich bringe.« Baxter warf einen Blick auf die große Standuhr. »In einer Stunde habe ich einen Termin mit meiner neuen Arbeitgeberin.«

»Arbeitgeberin? Als das bezeichnest du sie also?« Rosalind, Lady Trengloss, rauschte unaufgefordert an Lambert vorbei in Baxters Laboratorium. »Was für eine seltsame Bezeichnung für dieses Geschöpf.«

»Aber bedauerlicherweise treffend.« Baxter nickte seiner Tante unwirsch zu. »Dir habe ich es schließlich zu verdanken, daß ich endlich doch noch eine einträgliche Erwerbstätigkeit gefunden habe, ob es mir paßt oder nicht.«

»Du kannst mich nicht für deine eigenen hinterlistigen Pläne verantwortlich machen.«

Rosalind legte ihren schwarzweißen Seidenhut ab und ließ sich mit theatralischer Grazie auf einen Stuhl sinken. Ihr schwarzsilbernes Haar war wie immer elegant frisiert, und die modische Frisur unterstrich den prachtvollen Schnitt ihrer Gesichtszüge. Ihre dunklen Augen funkelten vor Zielstrebigkeit.

Baxter musterte sie mit einer Mischung aus unwillig gezollter Zuneigung und akuter Ungeduld. Rosalind war die jüngere Schwester seiner verstorbenen Mutter, und er hatte sie sein Leben lang gekannt. Sie war jetzt sechzig, doch sie hatte sich das angeborene Empfinden für Eleganz und Stil bewahrt, das beiden Frauen in die Wiege gelegt worden war.

Emma und Rosalind Claremont hatten London in ihren jungen Jahren im Sturm erobert. Beide hatten eine brillante Partie gemacht. Beide waren in ihren frühen Zwanzigern verwitwet, und keine von beiden hatte sich jemals wieder verheiratet. Statt dessen hatten sie sich in der enormen Macht gesonnt, die sie als reiche, schöne, adelige Witwen zwangsläufig besaßen. Ihr gesellschaftlicher Status und ihr Charme hatte sie dazu befähigt, Skandale und Gerüchte zu überleben, die für andere Frauen den Ruin bedeutet hätten.

Baxter lächelte grimmig, als sich Lambert lautlos aus dem Laboratorium zurückzog. »Du mußt zugeben, daß ich als Sekretär einzigartige Eignungen mitbringe.«

Rosalind neigte den Kopf ein wenig zur Seite und dachte darüber nach. »Auf eine ganz seltsame Weise könntest du damit sogar recht haben. Du hast eine ganze Menge Erfahrung im Verwalten von Finanzen gesammelt, nicht wahr?«

»Das kann man wohl sagen.«

»Berichte mir, was du gestern bei deinem Vorstellungsgespräch über Charlotte Arkendale herausgefunden hast.«

»Im Grunde genommen habe ich nur sehr wenig in Erfahrung gebracht. Über die Einzelheiten meines neuen Postens werde ich heute nachmittag informiert. In weniger als einer Stunde, um es genau zu sagen.«

Baxter setzte sich an den Schreibtisch, den er für seine Aufzeichnungen benützte. Er bemerkte, daß er gerade unbewußt eine Seite voller Beobachtungen zerknüllt hatte, die er kürzlich während eines Experiments festgehalten hatte.

»Verdammt noch mal.« Er nahm das Blatt in die Hand und strich es sorgfältig glatt.

Rosalind warf einen abwertenden Blick auf die arg mitgenommenen Notizen und sah dann Baxter gebannt an. »Mute mir diese unerträgliche Spannung nicht noch länger zu. Was waren deine ersten Eindrücke von dieser Miss Arkendale?«

»Sie erschien mir geradezu ...« Baxter zögerte und suchte nach dem treffenden Wort. »Ungeheuerlich.«

»Teuflisch gerissen, was meinst du?«

»Schon möglich.«

»Eine hinterlistige, kaltherzige Verbrecherin?«

Baxter zögerte. »Ich muß dich darauf hinweisen, daß du faktisch keinerlei Beweise für deine Anschuldigungen in der Hand hast.«

»Pah. Du wirst schon bald auf das Beweismaterial stoßen, das wir brauchen.«

»Da wäre ich mir an deiner Stelle nicht so sicher. Ich kann mir Miss Arkendale in vielen Rollen vorstellen.« *Darunter auch in der einer Mätresse.* Die Bilder brachen aus heiterem Himmel über ihn herein, sengend und intensiv. Sein Körper reagierte so darauf, als hätte man ihn unversehens in ein zerwühltes Bett geworfen, dem ein Geruch von Leidenschaft und Verlangen anhaftete. Vielleicht war seit seiner letzten Liaison doch etwas zuviel Zeit verstrichen, dachte er verdrossen. »Aber es fällt mir schwer, eine Erpresserin und Mörderin in ihr zu sehen.«

Rosalind funkelte ihn an. »Solltest du etwa Zweifel an diesem Projekt hegen, das wir in Angriff genommen haben?«

»Wir? Mir scheint, diese Bemühungen bleiben ganz allein an mir hängen.«

»Betreibe bloß keine Haarspalterei mit mir. Du weißt ganz genau, was ich meine.«

»Ich habe dir von Anfang an gesagt, daß ich Bedenken habe«, sagte Baxter. »Und sogar schwerwiegende Bedenken. Zunächst einmal hast du absolut keinen Beweis dafür, daß Charlotte Arkendale Drusilla Heskett erpreßt hat, ganz zu schweigen davon, daß sie sie ermordet haben könnte.«

»Drusilla hat mir eines Abends, nachdem wir eine komplette Flasche Portwein geleert hatten, persönlich anvertraut, sie hätte Miss Arkendale eine ganz beträchtliche Summe bezahlt. Als ich mich genauer danach erkundigt habe, warum sie etwas Derartiges getan hatte, hat sie abrupt das Thema gewechselt. Ich habe mir in dem Moment keine weiteren Gedanken darüber gemacht, sondern erst nach ihrem Tod wieder daran gedacht. Dann ist mir auch wieder eingefallen, wie geheimnisvoll sie dieses Thema behandelt hat. Das kann doch nicht alles nur ein reiner Zufall sein, Baxter.«

»Mrs. Heskett war eng mit dir befreundet. Wenn sie erpreßt worden wäre, hätte sie dir doch gewiß etwas davon erzählt«, sagte Baxter.

»Nicht unbedingt. Bei Erpressung handelt es sich zwangsläufig darum, daß jemand an ein extrem intimes und privates Geheimnis rührt. Ein Erpresser muß damit drohen, etwas ans Licht zu bringen, wovon das Opfer nicht will, daß es herauskommt. Es geht doch alles nur darum, daß niemand etwas davon erfahren soll, möglicherweise noch nicht einmal die beste Freundin.«

»Wenn Mrs. Heskett bereitwillig bezahlt hat, weshalb hätte der Erpresser sie dann ermorden sollen? Das wäre doch keineswegs in seinem Sinne, und er hätte sich selbst damit geschadet, meinst du nicht auch?«

»Wer weiß, was im Kopf eines Erpressers vorgeht?« Rosalind erhob sich mit majestätischer Anmut und ging auf die Tür zu.

»Vielleicht hat Drusilla die Zahlungen eingestellt. Ich erwarte von dir, daß du hinter die wahren Umstände ihres Todes kommst, Baxter. Ich habe mir zum Ziel gesetzt, dafür zu sorgen, daß Gerechtigkeit walten wird. Halte mich auf dem laufenden.«

»Hm.«

»Übrigens, was ich dir noch sagen wollte.« Rosalind blieb an der Tür stehen und senkte die Stimme. »Ich glaube wirklich, du wirst den armen alten Lambert in den Ruhestand versetzen müssen. Inzwischen braucht er eine Ewigkeit, um die Haustür zu öffnen. Ich habe fast zehn Minuten auf den Stufen vor deinem Haus gestanden.«

»In meinen Augen ist die Langsamkeit, mit der er Besuchern die Tür öffnet, einer seiner größten Vorzüge. Die meisten Leute, die an der Tür pochen, geben auf und gehen wieder, ohne zu ahnen, daß ich zu Hause bin. Das erspart mir eine Menge Ärger.«

Er wartete, bis Rosalind das Laboratorium verlassen hatte. Dann ging er langsam zum Fenster und untersuchte die drei Töpfe, die auf der Fensterbank standen.

Die Töpfe waren Bestandteil eines Experiments auf dem Sektor der Agrarchemie, das er gerade durchführte. Jeder dieser Töpfe enthielt, in unfruchtbarer Erde vergraben, einige Samen von Gartenwicken. Die Erde war mit seiner neuesten Mischung aus Mineralien und Chemikalien versetzt.

Bisher war kein Zeichen irgendwelchen Lebens in den Töpfen zu erkennen.

Das Ticken der Uhr in ihrem Arbeitszimmer erschien ihr übermäßig laut. Charlotte rang um Fassung und sah über ihren Schreibtisch hinweg Baxter an. Sie hoffte, daß sie professionelle Kompetenz ausstrahlte. Vor dieser Begegnung hatte ihr den ganzen Tag gegraut.

Ihr hatte davor gegraut, und gleichzeitig hatte sie dem Treffen freudig erregt entgegengesehen, mit einem unerklärlichen Gefühl von morbider Spannung, anders konnte sie das nicht nennen.

»Ehe ich Ihnen Anweisungen hinsichtlich Ihrer ersten Aufgaben erteile, Mr. St. Ives, werde ich Ihnen etwas erzählen müssen, wovon ich Mr. Marcle nie etwas gesagt habe, weil es mir nicht notwendig zu sein schien.«

Baxter sah sie mit einem Ausdruck höflicher Neugier an. »Ach, tatsächlich?«

»Ich muß Ihnen ganz genau sagen, womit ich meinen Lebensunterhalt verdiene.«

Baxter setzte seine Brille ab und begann, die Gläser mit einem weißen Taschentuch zu polieren. »Man sollte doch meinen, daß das für Ihren Sekretär sicherlich von Interesse ist, Miss Arkendale.«

»Ja, da haben Sie gewiß recht. Aber ganz so einfach läßt sich das nicht erklären.«

»Ich verstehe.«

»Manche Leute würden behaupten, mein Beruf grenzte ans Skandalöse, aber ich habe das Gefühl, daß es sich dabei eher um so etwas wie eine Berufung handelt.«

»Sie meinen so etwas Ähnliches wie den Entschluß, Nonne zu werden?« Baxter hielt seine Brille gegen das Licht und überprüfte, ob die Gläser fleckenlos sauber waren.

»Ja.« Charlotte seufzte tief. »Das ist eine ganz ausgezeichnete Analogie. Sehen Sie, Mr. St. Ives, mein Unternehmen bietet sehr exklusive Dienste an. Mein Kundenkreis besteht ausschließlich aus Frauen, die zu etwas Geld gekommen sind – vielleicht eine Erbschaft oder eine ungewöhnlich hohe Abfindung von einem dankbaren Arbeitgeber.«

»Ich verstehe.«

»Ehrbare Damen einer gewissen Altersgruppe, die ganz allein auf Erden dastehen, ein gutes Einkommen haben und eine Eheschließung in Betracht ziehen.«

Baxter setzte sich die Brille ernst und konzentriert wieder auf die Nase. Seine Alchemistenaugen schimmerten. »Und welche Form von Dienstleistungen stellen Sie diesen Damen zur Verfügung?«

»Ich stelle Nachforschungen für sie an. Äußerst diskrete Nachforschungen.«

»Und was versuchen Sie zu erkunden?«

Sie räusperte sich. »Die Hintergründe der Herren, die diesen Damen Heiratsanträge machen.«

Er sah sie lange schweigend an. »Die Hintergründe?«

»Es ist meine Aufgabe, Sir, oder, besser gesagt, meine Berufung, solchen Damen zur Hand zu gehen und in ihrem Namen zu ermitteln, ob es sich bei den Männern, die ihren Heiratswünschen Ausdruck verleihen, um Mitgiftjäger oder Lebemänner handelt. Ich helfe ihnen, die Fallstricke und Gefahren zu vermeiden, denen solche Frauen unausweichlich ausgeliefert sind.«

Ein bedenkliches Schweigen senkte sich über das Arbeitszimmer. Baxter starrte sie an.

»Gütiger Himmel«, sagte er schließlich.

Charlotte war aufgebracht. Damit hatte sich ihre Hoffnung zerschlagen, er würde sich von ihrem einzigartigen Beruf im positiven Sinn beeindruckt zeigen. »Ich leiste wertvolle Dienste, Sir.«

»Worauf haben Sie sich eingelassen? Sie bilden sich doch nicht etwa ein, Sie könnten eine Art weiblicher Ermittler werden.«

»Nein, ganz und gar nicht. Ich stelle genau die Art von

außerordentlich delikaten Nachforschungen an, die ein Ermittler niemals durchführen könnte. Und ich kann mit Stolz von mir behaupten, daß ich persönlich dafür verantwortlich bin, etliche Damen davor bewahrt zu haben, verhängnisvolle Verbindungen mit Männern einzugehen, die sie binnen kürzester Zeit um ihre gesamten Finanzen gebracht hätten.«

»Da soll mich doch der Teufel holen. Allmählich begreife ich, warum Sie die Dienste eines Leibwächters gebrauchen könnten, Miss Arkendale. Sie müssen sich im Lauf der Zeit Unmengen von Feinden gemacht haben.«

»Unsinn. Ich führe meine geschäftlichen Angelegenheiten mit äußerster Diskretion durch. Meine Klientinnen erhalten klare Anweisungen, meine Dienste nur anderen Damen gegenüber zu erwähnen, die unter Umständen selbst Bedarf an dieser Art von Diensten haben könnten.«

»Das ist wirklich erstaunlich, Miss Arkendale. Wie, zum Teufel, gehen Sie bei Ihrer Arbeit vor?«

»Abgesehen davon, daß ich meinen Sekretär losschicke, damit er gewisse Informationen zusammenträgt, habe ich den aktiven Beistand meiner Schwester und kann mich auch auf die Hilfe meiner Haushälterin verlassen.«

Baxter sah sie fragend an. »Ihre Haushälterin?«

»Mrs. Witty ist sehr hilfreich, wenn es darum geht, Erkundigungen bei den Dienstboten und dem Personal einzuziehen. Solche Leute wissen oft besser als jeder andere über ihre Arbeitgeber Bescheid. Bis jetzt hat sich das alles bestens bewährt.« Charlotte stand auf und trat ans Fenster. Sie schaute auf den kleinen Garten hinaus. »Aber nun ist etwas Gräßliches passiert.«

»Etwas, was Sie auf den Gedanken bringt, daß Sie nicht nur einen neuen Sekretär, sondern auch einen Leibwächter brauchen?« fragte Baxter rundheraus.

»Ja. Bis vor kurzem hat es sich bei meinen Kundinnen ausschließlich um Frauen gehandelt, die einer ganz bestimmten Gesellschaftsschicht angehören. Respektabel, aber nicht übermäßig reich. Gouvernanten, alte Jungfern und Witwen, die dem Landadel entstammen. Aber vor zwei Monaten habe ich eine neue Klientin bekommen, eine Frau, die in politischen Kreisen verkehrte. Ich fand das extrem aufregend, denn das hieß, daß ich mein Geschäft möglicherweise auf eine wohlhabendere Klientel ausweiten könnte.«

»Der Teufel soll mich holen«, sagte Baxter sehr leise.

Sie tat so, als hätte sie ihn nicht gehört. Inzwischen gab es kein Zurück mehr. Sie hatte bereits zuviel gesagt. »Bei dieser Dame handelte es sich um eine gewisse Mrs. Drusilla Heskett. Ich habe die Erkundigungen eingezogen, um die sie mich gebeten hatte, und ich habe ihr meinen Bericht zukommen lassen. Sie hat mich für meine Dienste bezahlt, und ich bin davon ausgegangen daß damit diese Angelegenheit für mich endgültig abgeschlossen sei. Ich hatte gehofft, sie würde mich an einige ihrer Freundinnen weiterempfehlen.«

»Was ist passiert?«

»Letzte Woche ist sie in ihrem eigenen Haus ermordet aufgefunden worden. Von einem Einbrecher erschossen, so haben die öffentlichen Meldungen gelautet. Sie hatte an jenem Abend all ihren Dienstboten freigegeben und sie aus dem Haus geschickt. Ich habe guten Grund zu der Annahme, daß es sich bei der Person, die Mrs. Heskett getötet hat, um einen der Männer handelt, über die ich Nachforschungen angestellt habe.«

»Gütiger Himmel.«

Sie drehte sich zu ihm um. »Ich muß die Wahrheit in Erfahrung bringen, Sir.«

»Warum denn das? Was geht Sie das überhaupt an?«

»Begreifen Sie das denn nicht? Falls es sich bei dem Mann, der sie ermordet hat, um einen derjenigen handelt, über die ich Erkundigungen eingezogen habe, und falls es noch dazu ein Mann sein sollte, den ich ihr als ehrenwert und aufrichtig ans Herz gelegt habe, dann trage ich in gewissem Sinne einen Teil der Verantwortung für ihre Ermordung. Ich muß unbedingt die Wahrheit herausfinden.«

»Was bringt Sie eigentlich auf den Gedanken, der Mörder könnte einer ihrer Verehrer gewesen sein?« warf Baxter eilig ein.

»Ich habe exakt am Tag ihres Todes eine Nachricht von Mrs. Heskett erhalten. In dieser Nachricht schreibt sie, daß sie in den letzten Tagen zweimal beinah von einem Fahrzeug angefahren worden sei, einmal auf der Straße, das andere Mal in einem Park. In beiden Fällen hat es sich bei dem Fahrzeug um einen leichten vierrädrigen Zweispänner gehandelt, einen schwarzen Phaeton. Sie hat befürchtet, daß es sich bei diesen Geschehnissen nicht um reine Zufälle gehandelt hat, sondern um echte Anschläge auf ihr Leben.«

»Der Teufel soll mich holen.«

»Sie konnte das Gesicht des Kutschers nicht sehen, aber sie ist zu der logischen Schlußfolgerung gelangt, einer ihrer abgewiesenen Freier hätte derart erbost auf ihre Weigerung, ihn zu heiraten, reagiert, daß er ihr nach dem Leben trachtete und sie umzubringen versuchte. Am nächsten Morgen habe ich von ihrem Tod erfahren. Hier kann wohl kaum von einem reinen Zufall die Rede sein, Sir. Ich muß die Wahrheit herausfinden.«

»Und Sie erwarten von mir, daß ich Ihnen bei diesem irrsinnigen Unterfangen beistehe?«

»Ja, das erwarte ich allerdings.« Charlotte fing an, sich zu ärgern. »Sie haben sich bereit erklärt, den Posten anzunehmen, und ich zahle Ihnen ein ausgezeichnetes Gehalt, Sir. Dafür erwarte ich von Ihnen, daß Sie Ihre Pflichten als mein Sekretär und Leibwächter erfüllen. Mir erscheint das alles äußerst einfach und unkompliziert.«

»Etwa so einfach und unkompliziert wie die Phlogistontheorie der Verbrennung«, gab Baxter zurück.

»Wie bitte?«

»Schon gut, Miss Arkendale. Ich habe mich nur ganz am Rande auf diesen alten Unsinn bezogen, den sich die Deutschen hinsichtlich des hypothetischen Stoffs Phlogiston ausgedacht haben. Es ist behauptet worden, mit dieser Theorie ließe sich die Verbrennung von Substanzen erklären. Ich bezweifle, daß sie damit vertraut sind.«

Sie zog die Augenbrauen hoch. »Ganz im Gegenteil, Mr. St. Ives. Ich bin mir durchaus bewußt, daß Lavoisier vor ein paar Jahren etliche außerordentlich kluge Experimente durchgeführt hat, mit denen er die alte Theorie des Phlogiston widerlegen konnte.«

Baxter brauchte einen Moment, um das zu verkraften. »Sie interessieren sich für Chemie, Miss Arkendale?«

»Nein.« Sie schnitt eine Grimasse. »Aber man hat in der Schule von mir verlangt, daß ich *Gespräche über die Chemie* von Mr. Basil Valentine lese, wie man es von praktisch jedem anderen jungen Menschen in ganz England gefordert hat. Einige der dort enthaltenen Informationen haben sich in meinem Gehirn festgesetzt.«

»Ich verstehe.« Baxter sah sie an, und seine Augen waren unergründlich. »Ich darf doch wohl annehmen, daß Sie Valentines Buch als außerordentlich stumpfsinnig empfunden haben?«

»Chemie zählt nicht gerade zu meinen Lieblingsthemen.« Sie lächelte ihn schüchtern an. »Ich habe andere Interessen.«

»Das glaube ich gern.«

»Vielleicht sollten wir jetzt wieder zu dem Thema der Ermordung von Mrs. Heskett zurückkehren«, sagte Charlotte streng.

»Ja, allerdings. Sagen Sie mir eines, Miss Arkendale: Wie haben Sie sich das überhaupt vorgestellt? Wie wollen Sie es anstellen, den Mörder zu finden?«

»Mrs. Heskett hat im Lauf des vergangenen Monats vier

Männer abgewiesen. Einer von ihnen, ein Mr. Charles Dill, ist vor zwei Wochen an einem Herzanfall gestorben, und scheidet daher aus als Verdächtiger. Bei den drei anderen handelt es sich um die Lords Lennox, Randeleigh und Esly. Ich habe die Absicht, mich mit ihnen allen zu unterhalten. Aber vorher müssen wir erst noch eine genauere Untersuchung des Schauplatzes vornehmen, an dem das Verbrechen begangen worden ist.«

Baxter blinzelte wie eine Eule. »Mit einer Untersuchung?« fragte er erstaunt.

»Ich habe vor, Drusilla Hesketts Haus nach Anhaltspunkten zu durchsuchen.«

»Sie haben *was* vor?«

»Also wirklich, Mr. St. Ives, Sie müssen sich bemühen mir aufmerksamer zuzuhören. Sie können nicht von mir erwarten, daß ich alles, was ich sage, wiederhole. Ich wünsche, mich in Mrs. Hesketts Stadthaus umzusehen und es gründlich zu durchsuchen. Ich habe in Erfahrung gebracht, daß das Haus leersteht. Sie werden mich begleiten und sich nützlich machen.«

Baxter sah sie an, als sei sie ein Wesen aus einem übernatürlichen Reich. »Der Teufel soll mich holen.«

3

Sie hatte das Buch *Gespräche über die Chemie* gelesen und war mit der in Verruf geratenen Phlogistontheorie vertraut. Sie konnte den Namen Lavoisier beiläufig in ein Gespräch einwerfen. In ihrem Arbeitszimmer stand eine ganze Reihe ausgezeichneter Bücher über eine Vielfalt von anderen Themen, und vermutlich hatte sie diese Bücher auch gelesen. Na und? sagte sich Baxter. Diese klaren Hinweise auf intellektuelle Neigungen bewiesen noch lange nicht, daß sie keine Erpresserin und Mörderin war.

Eine große Zahl von gebildeten Schurken aus der Oberschicht konnte wissenschaftliche Fakten herunterrasseln, rief er sich ins Gedächtnis. Eine gute Allgemeinbildung lieferte noch lange keinen Hinweis auf ein reines Herz und eine aufrichtige Seele. Morgan Judd, beispielsweise, war einer der intelligentesten und belesensten Männer gewesen, denen er je begegnet war.

Baxter beschlichen böse Vorahnungen, als er sich auf der nebelverhangenen Straße umblickte. Es war eine ruhige und respektable Gegend. Außerordentlich respektabel sogar. Hier standen zwar keine großen Villen, aber die Häuser gehörten offensichtlich Leuten, die sehr gute Einkünfte hatten.

Er konnte noch immer nicht glauben, daß er sich bei so miserablen Wetterverhältnissen mitten in der Nacht aus dem Haus hatte locken lassen, um sich auf die Suche nach Hinweisen in einem Mordfall zu machen.

Charlotte meinte es entweder vollkommen ernst, oder sie war vollständig übergeschnappt. Es konnte aber auch sein, daß sie ihn dafür benutzte, ihr beizustehen und sie zu beschützen, während sie ihre eigenen hinterhältigen Pläne verfolgte. Eine Dame, die vor Erpressung und Mord nicht zurückscheute, konnte einen Sekretär, der zugleich auch noch die Funktion eines Leibwächters erfüllte, weiß Gott gebrauchen.

Baxter unterdrückte ein Seufzen. Für solche Dinge war er wirklich nicht geschaffen. Zu Hause in seinem Labor war das Leben soviel einfacher, soviel logischer und geordneter.

»Es ist wirklich ein Glück, daß wir heute nacht Nebel haben, nicht wahr, Mr. St. Ives?« Charlottes Stimme wurde durch die Kapuze ihres Umhangs und einen dicken wollenen Schal gedämpft. »Er hilft uns, daß unsere Anwesenheit in dieser Gegend hier unbemerkt bleibt. Und selbst, wenn wir jemandem auffallen sollten, dann kann er uns nicht klar genug erkennen, um unsere Identität festzustellen.«

Baxter ärgerte sich über ihre optimistische und gutgelaunte Art. Er warf ihr einen Seitenblick zu, als sie neben ihm vor dem verdunkelten Heskett-Haus stand. Ihr Umhang verlieh ihr Anonymität. Er war sich bewußt, daß auch er im selben Maß verhüllt war. Er hatte den breiten Kragen seines weiten Mantels hochgeklappt und sich die Hutkrempe tief ins Gesicht gezogen, um dafür zu sorgen, daß seine Züge in einen tiefen Schatten getaucht waren.

Der schwache Schein der Gaslaternen, die erst kürzlich in diesem Teil der Stadt aufgestellt worden waren, konnte den Nebel kaum durchdringen. Solange er und Charlotte sich aus der kurzen Reichweite der Lichtstrahlen heraushielten, konnten sie einigermaßen sicher sein, nicht entdeckt zu werden. Dennoch hielt Baxter es für das beste, noch einen allerletzten Anlauf zu unternehmen, um seine neue Arbeitgeberin von ihren riskanten Aktivitäten abzuhalten.

»Sie täten gut daran, sich erhebliche Sorgen zu machen, Miss Arkendale. Wie ich Ihnen bereits nahegelegt habe, ist dieses kleine Abenteuer, auf das Sie sich einlassen wollen, gefährlich. Es ist noch nicht zu spät, um umzukehren. Die Kutsche, die ich gemietet habe, erwartet uns nicht weit von hier im Park.«

»Kein weiteres Wort mehr, wenn ich bitten dürfte, Mr. St. Ives«, sagte sie schroff. »Schon seit unserem ersten Gespräch haben Sie ständig versucht, mich von diesem Projekt abzubringen. Allmählich empfinde ich Ihre Bestrebungen als ermüdend. Ich habe Sie schließlich nicht dafür engagiert, daß Sie jetzt den Miesepeter spielen.«

»Ich fühle mich verpflichtet, Ihnen Ratschläge zu erteilen.«

»Ich habe Sie auch nicht eingestellt, damit Sie mir Ratschläge erteilen, Sir. Uns bleibt keine Zeit mehr für Ihre

Warnungen und gräßlichen Voraussagen. Jetzt ist der Zeitpunkt gekommen, an dem wir die ganze Geschichte hinter uns bringen müssen.«

»Wie Sie wünschen, Miss Arkendale.«

Er beobachtete, wie sie das niedrige verriegelte Eisentor neben dem Haupteingang öffnete und die steinernen Stufen hinunterlief, die zur Küche führten.

Der vordere Bereich des Stadthauses, der so angelegt war, daß er Dienstboten und Lieferanten Zugang gewährte, lag tiefer als der Rest der Straße. Aus der schwarzen Grube, die sich am unteren Ende der Treppe auftat, stiegen Nebelgirlanden. Charlottes vermummte Gestalt schwebte wie eine Geistererscheinung in den dunklen Höllenschlund hinab, ehe sich Baxter weitere Warnungen oder Argumente einfallen lassen konnte.

Er beeilte sich, die Führung zu übernehmen. Als sie im Schatten neben der Küchentür stehenblieb, schaffte er es, Charlotte einzuholen.

»Gestatten Sie, Miss Arkendale.«

»Gern, Sir, aber ich muß Sie bitten, uns nicht noch länger aufzuhalten.«

»Ich denke im Traum nicht daran. Treten Sie zur Seite.«

»Wozu denn das, Sir?«

»Miss Arkendale, jetzt muß *ich* Sie ermahnen, uns nicht mit Ihren müßigen Fragen aufzuhalten. Da wir uns jetzt schon einmal auf diese unglaubliche Idiotie eingelassen haben, ist Geschwindigkeit von allergrößter Bedeutung.«

»Ja, selbstverständlich, Mr. St. Ives.« Charlottes Schuh verursachte ein leises Scharren auf dem Steinboden, als sie zurücktrat. »Gehen Sie voran.«

Baxter konnte in der dichten Dunkelheit nicht das Geringste sehen. Er brauchte dringend Licht, aber er wagte es nicht, die Lampe anzuzünden, solange sie noch nicht im Haus waren.

Er griff in seine Manteltasche und zog eines der drei kleinen Glasröhrchen heraus, die er dort aufbewahrte. Er brach die Phiole in zwei Hälften. Ein greller, intensiver Lichtschein flammte auf. Mit seinem Körper schützte er sich und seine Begleiterin vor der Helligkeit. Dennoch waren die Küchentür und das Türschloß deutlich zu erkennen.

Charlotte stieß einen verblüfften Ruf aus. »Was, um Gottes willen, ist das, Mr. St. Ives?«

»Ich habe mich in der letzten Zeit damit beschäftigt, eine neue Methode zu entwickeln, die unmittelbar Licht produziert.« Baxter fischte ein Sortiment Stahlnadeln aus seiner Tasche. »Ich versuche gerade, eine Lichtquelle zu erschaffen, die länger als nur für einige Sekunden Licht spendet.«

»Ich verstehe.« Charlottes leise Stimme klang bewundernd. »Das haben Sie wirklich sehr klug angestellt. Woher haben Sie diese kleinen Werkzeuge?«

»Wir Sekretäre müssen uns auf zahlreichen verschiedenen Gebieten eine gewisse Geschicklichkeit aneignen, wenn wir weiterhin beschäftigt werden wollen.« Wie man mit diesen Werkzeugen umging und ein Schloß knackte, hatte er zwangsläufig vor dem Wagnis erlernt, das ihn nach Italien geführt hatte. Ihm war schon im voraus klar gewesen, daß er in Morgan Judds Schloß vor zahlreichen verschlossenen Türen stehen würde, die er öffnen mußte.

Die Helligkeit ließ bereits nach. Baxter wählte eine Nadel aus und ließ sie in das Türschloß gleiten.

Er schloß die Augenlider und bewegte die Nadel behutsam. Ein leises Klicken war zu hören. Das Schloß gab in dem Moment nach, in dem der letzte Schein des Lichts erlosch, das er mit seinem neuen Phosphorpräparat erzeugt hatte.

»Sie haben ausgezeichnete Arbeit geleistet, Mr. St. Ives.«

»Das hängt ganz vom Standpunkt des Betrachters ab.« Baxter stieß die Tür auf und betrat vorsichtig die Küche.

»Der neue Besitzer dieses Hauses wird sich sehr viel weniger darüber freuen. Er könnte sogar ernsthafte Einwände gegen diesen kleinen Einbruch erheben. Ich wäre jedenfalls gewiß nicht damit einverstanden, wenn ich an seiner Stelle wäre.«

»Ich habe Ihnen doch schon gesagt, daß ich Erkundigungen eingezogen habe. Das Haus steht leer, und so wird es höchstwahrscheinlich auch bleiben, bis Mrs. Hesketts Erbe eintrifft und alles weitere in die Wege leitet. Nach allem, was ich gehört habe, handelt es sich dabei um einen entfernten Verwandten, der irgendwo in Schottland lebt und recht gebrechlich ist. Niemand rechnet mit seiner baldigen Ankunft.«

»Was ist mit den Dienstboten?«

»Sie sind kurz nach dem Mord alle fortgegangen. Es war niemand da, der ihnen ihre Löhne bezahlt hätte. Wir haben das Haus ganz für uns allein.«

»Da Sie wild entschlossen sind, sich nicht von dieser Suche nach Anhaltspunkten abbringen zu lassen, sollten wir möglichst schnell vorgehen.« Baxter schloß die Küchentür hinter sich ab und zündete die Lampe an. »Ich habe dem Kutscher die ausdrückliche Anweisung erteilt, sich auf die Suche nach uns zu machen, wenn wir nicht innerhalb von einer halben Stunde wieder im Park auftauchen sollten.«

»Eine halbe Stunde?« Im matten goldenen Schein der Lampe war Charlottes mißbilligendes Stirnrunzeln deutlich zu erkennen. »Ich weiß nicht, ob uns das genügend Zeit läßt, damit wir uns in diesem großen Haus gründlich umsehen können.«

Baxter sah sich mit einem Blick in der Küche um. »Je schneller wir es hinter uns bringen, desto besser.«

»Muß ich Sie noch einmal daran erinnern, Sir, daß Sie nicht derjenige sind, der bestimmt, was getan wird? Sie sind bei mir angestellt, und die Anweisungen erteile ich.«

Baxter zwängte sich an ihr vorbei in den Korridor. Er

öffnete eine andere Tür und sah ein kleines Wohnzimmer, das zweifellos das Reich der Haushälterin gewesen war. »Wir könnten ebensogut mit den Schlafzimmern im oberen Stockwerk beginnen und uns von dort aus ins Erdgeschoß vorarbeiten.«

»Sehen Sie mal, Mr. St. Ives . . .«

»Vertrödeln Sie Ihre Zeit nicht, Miss Arkendale.« Baxter nahm jeweils zwei Stufen auf einmal, als er die Treppe hinaufeilte. »Bei einem Einbruch lautet der oberste Grundsatz, daß man schnell und rationell vorgeht. Und da ich die Lampe habe, schlage ich Ihnen hiermit vor, daß wir zusammenarbeiten.«

»Warten Sie auf mich.« Charlotte sprang mit leisen Schritten die Treppe hinauf. »Also wirklich, Sir, wenn wir das hier hinter uns gebracht haben, dann werden wir beide uns zu einem ernsthaften Gespräch über Ihren präzisen Aufgabenbereich zusammensetzen müssen.«

»Wie Sie wünschen, Miss Arkendale.« Er hatte den Treppenabsatz erreicht und nahm die nächste Treppenflucht in Angriff. »Es könnte sich als zeitsparend erweisen, wenn Sie mir sagen würden, wonach wir heute nacht hier suchen.«

»Ich wünschte, ich wüßte es.« Ihre Stimme klang ein wenig atemlos, weil sie sich beeilen mußte, wollte sie mit ihm schritthalten. »Ich hoffe nur, daß etwas Nützliches ans Licht kommen wird.«

»Genau das hatte ich befürchtet.« Er blieb am oberen Ende der Treppe stehen und schaute in den langen dunklen Korridor. »Vermutlich haben wir es hier mit den Schlafzimmern zu tun. Sollen wir am Ende des Ganges beginnen?«

Charlotte holte ihn ein, blieb an seiner Seite stehen und schaute auf die Dunkelheit vor ihr. »Das scheint mir logisch zu sein.«

»An Logik hat es mir noch nie gefehlt, Miss Arkendale.«

»Mir auch nicht, Mr. St. Ives.« Sie reckte das Kinn vor und lief zur Tür am Ende des Korridors.

Baxter folgte ihr in das erste Schlafzimmer und stellte die Lampe auf einen Tisch. Er beobachtete, wie Charlotte Schubladen öffnete und wieder schloß. Ihr Gesichtsausdruck war entschlossen und konzentriert. Was auch immer sie vorhatte, es war ihr ernst damit. Er begriff, daß sie dieses Unternehmen nicht als ein Spiel betrieb.

»Dürfte ich fragen, wie lange Sie Ihren reichlich bizarren Beruf schon ausüben, Miss Arkendale?« Baxter blieb vor einem Schrank stehen und öffnete die Türen.

»Kurz nach der Ermordung meines Stiefvaters vor ein paar Jahren habe ich damit begonnen.« Charlotte blickte in die Tiefen einer Schublade der Frisierkommode. »Meine Schwester und ich sind mit äußerst knapp bemessenen Mitteln zurückgeblieben. Es gibt nicht allzu viele Berufe, die einer Dame offenstehen. Ich hätte mich nur als Gouvernante verdingen können, was bedeutet hätte, daß meine Einkünfte nicht für zwei Personen ausgereicht hätten, oder ich mußte mir eine Alternative einfallen lassen.«

Baxter schob die Kleider auf der Stange zur Seite, um zu sehen, ob sich dahinter noch etwas verbarg. »Was hat Sie zu dieser eigenartigen Alternative inspiriert?«

»Mein Stiefvater«, sagte Charlotte kühl. »Lord Winterbourne. Er war ein geldgieriger Opportunist, der meine Mutter ausgenutzt und ausgebeutet hat. Er hat sie davon überzeugt, daß er sich nicht nur ihrer annehmen würde, sondern auch für meine Schwester und für mich sorgen wollte, aber in Wahrheit ging es ihm ausschließlich darum, an ihr Geld zu kommen.«

»Ich verstehe.«

»Meine arme Mutter ist wenige Monate nach ihrer Eheschließung mit Winterbourne gestorben. Ich glaube nicht, daß sie jemals begriffen hat, was für ein abscheulicher Mann er war. Er war wirklich und wahrhaftig ein selbstsüchtiges, grausames und gefühlloses Geschöpf. Weder meine Schwester noch ich konnten um ihn trauern.«

»Das klingt ganz so, als seien Sie ohne ihn weitaus besser dran«, sagte Baxter, während er die nächste Schublade herauszog.

»Unendlich viel besser.« Charlotte kniete sich neben das Bett. »Die feine Gesellschaft ist von solchen verabscheuungswürdigen Lügnern durchzogen, Mr. St. Ives. Und die meisten Frauen, die sich in derselben Situation befinden wie meine Mutter, sind diesen Subjekten in einem extremen Maß ausgeliefert. Sie haben nur sehr wenig Möglichkeiten, um sich ein Bild von den wahren Fakten zu machen, was die familiären Hintergründe und die finanziellen Verhältnisse eines Verehrers angeht.«

»Und daher bieten Sie eben diesen Damen ihre Dienste an.« Baxter trat ans Fenster und tastete mit den Händen hinter die schweren Vorhänge. »Ist der Mörder Ihres Stiefvaters jemals gefaßt worden?«

»Nein.« Charlotte stand wieder auf und schaute sich auf der Suche nach einem weiteren Versteck in dem Zimmer um. »Irgendein namenloser Wegelagerer hat die Tat vollbracht.«

Wenn das nicht enorm praktisch ist, dachte Baxter. »Der Tod einer Ihrer Klientinnen hat also dazu geführt, daß Sie zum zweiten Mal innerhalb einer Zeitspanne von wenigen Jahren mit einem Mordfall konfrontiert sind. Viele Menschen bringen ihr gesamtes Leben hinter sich, ohne von diesem speziellen Verbrechen auch nur ein einziges Mal persönlich berührt zu werden, von zwei solchen Vorfällen ganz zu schweigen.«

Charlotte drehte sich abrupt zu ihm um. »Was wollen Sie damit andeuten, Sir?«

»Ich stelle lediglich eine Beobachtung an. Denjenigen unter uns, die sich für die Naturwissenschaften interessieren, fällt es zwangsläufig auf, wenn sie auf seltsame Logik oder auf ungewöhnliche Zusammenhänge stoßen.« Er wollte den Vorhang gerade wieder fallen lassen, als er auf der anderen Straßenseite eine verschwommene Bewegung wahrnahm.

Baxter kniff die Augen ein wenig zusammen. Der Schein der Gaslaterne reichte gerade aus, um ihn die Gestalt, die durch die Nebelschwaden schlich, undeutlich erkennen zu lassen. Vielleicht ein Dienstbote, der heute Ausgang gehabt hat und nach seinem freien Abend wieder zurückkehrt, sagte sich Baxter.

Oder sollte es sich etwa um jemanden handeln, der hier in dieser Gegend ebensowenig zu suchen hatte wie er und Charlotte?

»Stimmt etwas nicht, Mr. St. Ives? Warum starren Sie zum Fenster hinaus?«

»Ich habe mich nur auf der Straße umgesehen.« Die Gestalt war inzwischen verschwunden. Baxter ließ die Vorhänge an ihren Platz fallen. »Ich glaube, dieses Schlafzimmer haben wir gründlich genug durchsucht. Wir sollten uns jetzt besser das nächste Zimmer vornehmen.«

»Ja, natürlich. Ich möchte Mrs. Hesketts Schlafgemach finden.« Charlotte nahm die Lampe und eilte zur Tür.

Als sie an ihm vorbeikam, bedachte sie ihn mit einem vorwurfsvollen, tadelnden Blick. Ihr Umhang wehte so wild hinter ihr her, daß sich darin die Aufgebrachtheit seiner Besitzerin widerzuspiegeln schien.

Baxter folgte ihr langsam.

Ein paar Minuten später hörte Baxter, als sie gerade dabei waren, das letzte Schlafzimmer zu durchsuchen, wie Charlotte überrascht nach Luft schnappte.

»Haben Sie etwas gefunden?« Baxter drehte sich zu ihr um und sah sie an.

Sie kniete wieder auf dem Boden und zerrte an einem

Gegenstand, den sie unter einem großen Kleiderschrank mit verspiegelten Türen entdeckt hatte.

»Was halten Sie davon, Mr. St. Ives?« Sie zog ein großes in Leder gebundenes Buch heraus und schlug es auf.

»Was ist das?« Er begab sich an ihre Seite. »Ein Tagebuch?«

»Nein, es ist ein Zeichenblock.« Charlotte blätterte ein paar Seiten um und betrachtete die zarten pastellfarbenen Aquarelle. »Höchstwahrscheinlich hat er Mrs. Heskett gehört.« Sie hielt abrupt in der Bewegung inne und starrte eine der Skizzen an. »Gütiger Himmel.«

Baxter zog die Augenbrauen hoch, während er die Zeichnungen betrachtete.

»Es scheint ganz so, als hätte Mrs. Heskett großes Interesse an klassischen Statuen gehabt.«

»Ja, allerdings«, sagte Charlotte trocken. »Ich glaube, daß es sich größtenteils um griechische und römische Gottheiten handelt. Sie sind, äh, von der Natur außerordentlich üppig ausgestattet.«

»Ja, das kann man wohl sagen.«

Stumm betrachteten sie gemeinsam die Skizzen von nackten männlichen Statuen, die die meisten Blätter des Zeichenblocks bedeckten.

Charlotte räusperte sich. »Einige dieser Statuen habe ich selbst im Britischen Museum gesehen. Ich glaube, gefahrlos behaupten zu können, daß Mrs. Heskett sich bei bestimmten Teilen der Anatomie gewisse künstlerische Freiheiten herausgenommen hat.«

»Soviel steht mit Sicherheit fest.«

Charlotte schlug den Block energisch zu. »Nun, ihre Themenwahl ist für uns nicht von Interesse. Entscheidend ist nur, daß ich diesen Block unter dem Schrank gefunden habe, an einem Ort, wo ihn normalerweise niemand sehen kann.«

»Was soll daran so seltsam sein? Vielen Damen bereitet die Aquarellmalerei Vergnügen.«

»Das ist durchaus richtig. Auch meine Schwester Ariel malt gern Aquarelle.« Charlotte hob mit strahlenden Augen den Kopf. »Aber sie versteckt ihren Skizzenblock nicht unter einem Wandschrank.«

Plötzlich verstand er, was sie daraus geschlossen hatte. »Einen Moment mal, Miss Arkendale. Ich würde Ihnen raten, nicht vorschnell zu Schlußfolgerungen zu gelangen, die sich auf nichts stützen. Es ist äußerst unwahrscheinlich, daß Drusilla Heskett den Block mit ihren Aquarellen absichtlich versteckt hat. Als die Dienstboten nach ihrem Tod alles verpackt haben, ist er zweifellos versehentlich dort gelandet, weil jemand dagegen getreten hat.«

»Ich bin nicht Ihrer Meinung, Sir. Ich glaube, daß der Block absichtlich dort verborgen worden ist.«

»Falls dem so sein sollte, dann kann es gut an dem bevorzugten Sujet der Dame liegen. Vielleicht wollte Mrs. Heskett nicht unbedingt, daß ihre Hausangestellten erfahren, wieviel Freude es ihr bereitet, überdimensionale Phalli zu malen.«

Charlotte blinzelte. Sie wandte den Blick ab und war plötzlich vollauf damit beschäftigt, den großen Skizzenblock unter ihren Umhang zu stecken. »Trotzdem möchte ich mir die Zeichnungen genauer ansehen. Ich werde diesen Block mitnehmen.« Sie gab den Versuch auf, ihn mit ihrem Cape zu bedecken. Statt dessen preßte sie ihn entschlossen an sich.

Baxter nahm ihre akute Nervosität mit einem Stirnrunzeln zur Kenntnis. Es dauerte ein paar Sekunden, bis er begriff, daß er sie in Verlegenheit gebracht hatte. Die Vorstellung, daß sich die furchteinflößende Miss Arkendale von dem Gebrauch des Wortes *Phallus* aus der Fassung bringen ließ, belustigte ihn.

»Miss Arkendale, ich sehe mich genötigt, Sie darauf

hinzuweisen, daß Sie in den Augen einiger Menschen einen Diebstahl begangen haben, wenn Sie diesen Block an sich nehmen und ihn aus diesem Haus entfernen.«

»Unsinn. Ich will ihn mir doch nur eine Zeitlang ausleihen.«

»Ihn ausleihen?«

»Schließlich stelle ich Nachforschungen an, um die näheren Umstände des Todes meiner Kundin in Erfahrung zu bringen«, erinnerte sie ihn höchst unwirsch. »Ich brauche alle Informationen, derer ich nur irgend habhaft werden kann.«

»Welche Aufschlüsse versprechen Sie sich von einem Skizzenblock, auf dessen Blättern nackte Statuen abgebildet sind?« hakte Baxter nach.

»Wer weiß?« Sie wandte sich abrupt ab und marschierte entschlossen an ihm vorbei. »Kommen Sie. Wir müssen die Räume im unteren Stockwerk noch durchsuchen.«

Baxter fluchte leise und wollte ihr schon folgen, doch er zögerte. Die Neugier und ein Unbehagen, das ihm im Nacken saß, veranlaßten ihn, noch einmal ans Fenster zu treten.

Er zog den Vorhang wenige Zentimeter zur Seite und schaute auf die Straße hinunter. Der Ausblick aus diesem Schlafzimmer ähnelte dem aus dem ersten Zimmer, das er und Charlotte durchsucht hatten.

Der Nebel war dichter geworden. Die Gaslaterne auf der anderen Straßenseite war nur noch als ein leuchtender Stecknadelkopf wahrzunehmen, und ihr Schein trug nicht das geringste dazu bei, die Umgebung zu erhellen. Baxter blieb einen Moment lang stehen und bemühte sich, Schatten im Nebel zu erkennen, doch er konnte nirgends eine Bewegung wahrnehmen.

»Kommen Sie, Mr. St. Ives«, rief Charlotte ihm leise aus dem Korridor zu. »Wir müssen uns beeilen.«

Baxter ließ den Vorhang fallen und wandte sich zur Tür. Kein Anzeichen wies darauf hin, daß ihnen draußen im Nebel jemand auflauerte, aber aus irgendeinem Grund verspürte er dennoch keine Erleichterung.

Er folgte Charlotte nach unten.

Kurze Zeit später stieß er die letzte Schublade eines Schreibtischs zu und zog seine Uhr aus der Westentasche. »Wir müssen uns jetzt auf den Weg machen, Miss Arkendale.«

»Nur noch ein paar Minuten.« Charlotte stand auf Zehenspitzen da, um einige Bände, die sie aus einem Bücherregal gezogen hatte, wieder an ihren Platz zu stellen. »Ich bin gleich fertig.«

»Wir können uns nicht noch länger hier herumtreiben.« Baxter griff nach der Lampe.

Sie ließ schnell ihre Blicke über die Bücherregale gleiten. »Aber was ist, wenn wir etwas Wichtiges übersehen haben?«

»Sie wissen doch nicht einmal, wonach Sie suchen. Woher wollen Sie wissen, daß Sie etwas übersehen haben?« Er nahm ihren Arm und führte sie schnell in die Eingangshalle. »Beeilen Sie sich, Miss Arkendale.«

Sie blickte mit einem Anflug von Panik zu ihm auf. »Stimmt etwas nicht, Sir?«

»Erübrigt sich diese Frage nicht?« Er zog sie die Stufen zur Küche hinunter. »Es ist schon nach Mitternacht, und wir vergnügen uns damit, das Haus einer Dame zu durchsuchen, die kürzlich ermordet worden ist. Und zu allem Überfluß haben Sie auch noch vor, einen Gegenstand mitzunehmen, der einstmals der früheren Bewohnerin dieses Hauses gehört hat. Viele Leute könnten durchaus das Gefühl haben, daß diese Situation Anlaß zur Sorge gibt.«

»Sarkasmus ist im Moment absolut unangebracht, Sir. Als ich Sie gefragt habe, ob etwas nicht stimmt, hat sich das nicht auf die Befürchtungen bezogen, die Sie zu diesem Projekt bereits geäußert haben. Sie kommen mir mit einem Mal unruhiger vor.«

Er warf ihr einen Seitenblick zu und war verblüfft über ihr Wahrnehmungsvermögen. Sie hatte recht. Seit dem Moment, als er den Mann im Schatten auf der anderen Straßenseite entdeckt hatte, hatten sich seine Unruhe und sein Unbehagen von einer Minute zur anderen gesteigert.

Es war schon lange her, seit er diesen ganz speziellen Schauer zum letzten Mal verspürt hatte, einen Schauer von der unangenehmsten Art. Drei Jahre waren seither vergangen, um genau zu sein.

Er war Wissenschaftler, und daher widerstrebte es ihm, das Gefühl als eine böse Vorahnung zu bezeichnen. Der Moment, in dem ihn dieses Gefühl zum letzten Mal gepackt hatte, war jedoch denkwürdig gewesen. Wie knapp er dem Tod damals entkommen war, bewiesen seine Narben.

»Seien Sie vorsichtig, Sir, denn sonst werden wir beide auf diesen Stufen ins Stolpern geraten«, flüsterte Charlotte. »Mit gebrochenen Beinen kommen wir hier nicht so leicht wieder raus.«

»Wir haben es schon fast bis in die Küche geschafft«, sagte Baxter, als sie an dem Zimmer der Haushälterin vorbeikamen. »Ich werde unsere Lampe jetzt löschen. Wir werden uns mehr oder weniger blind vorantasten müssen, bis wir wieder im Freien sind. Hängen Sie sich bei mir ein, und lassen Sie meinen Arm nicht los.«

»Warum warten wir nicht noch und lassen die Lampe so lange brennen, bis wir wieder auf der Straße sind?«

»Weil ich es nicht riskieren will, beim Verlassen des Hauses bemerkt zu werden.«

»Aber in diesem dichten Nebel kann uns doch ohnehin niemand sehen«, wandte Charlotte ein.

»Der Schein der Lampe wird sichtbar sein, selbst dann,

wenn niemand unsere Gesichter erkennen könnte. Sind Sie bereit?«

Sie sah ihn mit einem forschenden Blick an. Er befürchtete, daß sie sich noch länger mit ihm über die Lampe streiten würde, aber etwas, das sie in seinem Gesicht gesehen haben mußte, überzeugte sie, daß es das beste war, dieses Thema für den Moment fallenzulassen. Sie preßte den Skizzenblock an sich und nickte kurz.

Baxter drehte das Licht herunter, und augenblicklich umfing sie die Dunkelheit der Küche.

Baxter verließ sich nun ausschließlich auf seine Erinnerung an diesen Raum. Er führte Charlotte zur Tür, die sich mühelos öffnen ließ und nur ein leises verräterisches Quietschen von sich gab. Der matte Schein der Laternen, deren Licht sich im Nebel spiegelte, wies ihnen den Weg auf die Straße.

Charlotte trat auf die unterste der steinernen Stufen, doch Baxter packte plötzlich ihren Arm und hielt sie zurück. Sie blieb gehorsam stehen und wartete auf ein Signal von ihm, mit dem er ihr bedeuten würde, daß sie sich jetzt gefahrlos wieder auf die Straße begeben könnten.

Gnädigerweise stellte sie keine weiteren Fragen. Er war dankbar für ihr Schweigen. Einen Moment lang stand er da und lauschte angespannt. Irgendwo in der Ferne war das Klappern der Räder von Kutschen auf den Pflastersteinen zu hören, aber nichts wies darauf hin, daß ihnen jemand auflauerte.

Baxter versetzte Charlotte einen sachten Stoß, und sie hastete sogleich die Stufen hinauf. Er folgte ihr schnell. Als sie die Straße erreicht hatten, schlug er die Richtung zum Park ein und zog Charlotte hinter sich her zu der Kutsche, die sie dort erwartete.

Ohne jede Vorwarnung gerieten die Schatten vor ihnen in Bewegung.

Eine wuchtige Gestalt kam aus dem Nebel heraus und

ragte vor ihnen auf. Der kräftig gebaute Mann trug die voluminöse Jacke eines Kutschers und einen flachen Hut. Der Schein einer nahen Gaslaterne ließ den langen Lauf der schweren Pistole matt schimmern, die er in seiner fleischigen Pranke hielt.

»Na, so was, was haben wir denn da?« fragte der Mann mit krächzender Stimme. »Das sieht mir doch ganz danach aus, als würde sich ein vornehmes Pärchen hier herumtreiben und seine Nasen in meine Angelegenheiten stecken.«

Baxter hörte, wie Charlotte nach Luft schnappte, doch sie fing nicht an zu schreien.

»Treten Sie zur Seite und lassen Sie uns vorbei«, befahl Baxter.

»Nicht so schnell, Freundchen.« Das Licht reichte aus, um dort, wo die Zähne des Schurken hätten sein sollen, etliche große dunkle Löcher erkennen zu lassen. »Sie sind gerade eben aus meinem Haus herausgekommen, und ich denke gar nicht daran, Sie mit Sachen laufenzulassen, die mir gehören.«

»Das ist Ihr Haus?« Charlotte starrte ihn voller Erstaunen an. »Wie können Sie es wagen, so etwas zu behaupten? Zufällig weiß ich ganz genau, daß eben dieses Haus noch vor kurzem einen anderen Besitzer gehabt hat.«

»Hören Sie, Miss Arkendale«, sagte Baxter leise. »Das ist nicht gerade der günstigste Zeitpunkt, um ...«

»Das ist mein Haus, Sie können es mir glauben«, fauchte der kräftige Mann Charlotte an. »Ich habe es schon vor drei Nächten entdeckt, und seitdem habe ich es nicht mehr aus den Augen gelassen. Ich habe es ständig beobachtet.«

»Und aus welchem Grund haben Sie dieses Haus beobachtet?« herrschte Charlotte ihn an.

»Weil ich sichergehen wollte, daß der Besitzer fortgefahren ist und nicht vorhat, mitten in der Nacht unerwartet zurückzukehren, was denn sonst?«

»Gütiger Himmel, Sie sind ein echter Einbrecher, ein Profi, der seinem Beruf nachgeht!«

»Das kann man wohl sagen.« Der Mann strahlte vor Stolz. »Und mich haben sie noch nie geschnappt, weil ich nämlich vorsichtig bin. Ich gehe immer erst auf Nummer Sicher, ob die Besitzer auch tatsächlich die Stadt verlassen haben, ehe ich zuschlage und mich bediene. Heute nacht sollte es dann losgehen, und was sehe ich? Ein vornehmes Pärchen, das versucht, mich um meinen Gewinn zu bringen.«

Baxter senkte die Stimme. »Ich habe gesagt, Sie sollen uns den Weg freimachen. Ich werde es Ihnen nicht noch einmal sagen.«

»Das höre ich gern. Heute nacht hab ich nämlich keine Zeit für stumpfsinnige Predigten.« Der Mann wandte sich mit einem letzten spöttischen Blick von Baxter ab und sah mit seinem zahnlosen Grinsen Charlotte an. »Also, was ist, Sie Herumtreiberin? Was haben Sie an sich gebracht? Vielleicht einen Teil des Tafelsilbers? Oder ein paar Klunker aus dem Schmuckkasten? Ganz gleich, was es ist, es gehört mir. Rücken Sie es sofort raus.«

»Wir haben keine Wertgegenstände aus diesem Haus entfernt«, empörte sich Charlotte.

»Irgendwas müssen Sie doch mitgenommen haben.« Der Mann warf einen finsteren Blick auf den Skizzenblock. »Und was ist das?«

»Nichts weiter als ein Skizzenbuch. Mit Ihnen hat das nichts zu tun.«

»Bücher interessieren mich nicht, aber ich werde mir mal ansehen, was Sie unter diesem Umhang verborgen haben. Ich wette, da stecken ein paar hübsche Kerzenhalter und vielleicht auch noch ein oder zwei Halsketten drin. Öffnen Sie diesen Umhang.«

»Das kommt überhaupt nicht in Frage«, sagte Charlotte mit eisiger Geringschätzung.

»Also, ich muß schon sagen, was für ein vorlautes Biest. Und jetzt gebe ich Ihnen mal eine kleine Kostprobe, was passieren wird, wenn Sie nicht rausrücken, was mir zusteht.«

Der Mann bewegte sich mit erstaunlicher Geschwindigkeit. Er hob die Pistole hoch, als sei sie ein Schlagstock, und dann holte er zügig zu einem brutalen Hieb auf Baxters Kopf aus.

»Nein«, keuchte Charlotte. »Warten Sie, tun Sie ihm nichts. Er arbeitet doch nur für mich.«

Baxter hatte sich bereits geduckt und war zur Seite gesprungen, um dem Hieb auszuweichen. Er zerrte eines der Glasröhrchen aus der kleinen Schachtel in seiner Manteltasche, brach es auf und schleuderte es seinem Angreifer mitten ins Gesicht.

Diese spezielle Phosphorverbindung strahlte, sobald sie mit Luft in Berührung kam, ein grelles, blendendes Licht aus. Der Schurke bekam einen Schock und stimmte ein Wutgebrüll an, sprang unbeholfen mit einem Satz zurück und rieb sich mit den Händen die Augen. Die Pistole fiel klappernd auf das Pflaster.

Baxter trat einen Schritt vor und versetzte dem Mann mit der Faust einen Kinnhaken. Der Kerl war immer noch geblendet von dem grellen Licht und geriet ins Taumeln.

»Du hast mich geblendet, du hinterhältiger Halunke. Ich bin *blind.*«

Baxter sah keine Veranlassung, ihm zu versichern, daß die Wirkung nur vorübergehend war. Er umklammerte Charlottes Arm. »Kommen Sie. Ich kann die Kutsche schon hören.«

»Eine solche Ungerechtigkeit«, jammerte der Schurke. »Ich bin hier doch der, der das leerstehende Haus gefunden hat. Es ist meines. Sucht euch euer eigenes Haus.«

Charlotte warf noch einen letzten Blick auf den entrüsteten Schurken. »Wir werden den Magistrat davon unterrichten, daß Sie sich in dieser Gegend herumtreiben. Sie sollten lieber schleunigst verschwinden.«

»Das genügt jetzt.« Baxter sah in der Ferne die Lampen der Kutsche. Er zerrte Charlotte hinter sich her. »Wir haben schließlich unsere eigenen Probleme.«

»Ich will aber nicht, daß dieser Schurke glaubt, er könnte sich einfach in Mrs. Hesketts Haus einschleichen und stehlen, was er will.«

»Und warum nicht? Wir haben doch gerade dasselbe getan.«

»Daß ich diesen Skizzenblock an mich gebracht habe, ist etwas ganz anderes«, protestierte sie atemlos.

»Hm.« Sie hatten die entgegenkommende Kutsche schon fast erreicht.

»Ich muß Ihnen sagen, daß es mich tief beeindruckt hat, wie Sie diese Situation gemeistert haben, Mr. St. Ives. Was für ein kluger Gedanke, Ihr Blitzlicht in dieser Form einzusetzen. Eine wirklich brillante Idee.«

Baxter ignorierte die Bewunderung, die in ihren Worten mitschwang, und konzentrierte sich darauf, die dunkle Kutsche zu beobachten, die aus dem Nebel auftauchte. Zuerst die Pferde, zwei graue Phantome, die eine klar umrissene Gestalt annahmen. Hinter ihnen nahm auch das Fahrzeug Konturen an. Der Kutscher, den er gemeinsam mit der Kutsche und dem Pferdegespann bei den Severedges-Ställen gemietet hatte, hatte Baxter schon viele Male herumgefahren. Er war an die verrückten Einfälle seines Kunden gewöhnt.

Baxter war schon seit Jahren Stammkunde bei dem großen Mietstall. Er empfand es als rationeller und wirtschaftlicher, keinen eigenen Stall zu unterhalten, sondern immer dann, wenn er eine Kutsche brauchte, Severedges zu verständigen. Insofern war er ein langjähriger und guter Kunde, und da er zudem seine Rechnungen prompt beglich, konnte er sich auf bevorzugte Behandlung und Diskretion verlassen.

»Hatten Sie Schwierigkeiten, Sir?« erkundigte sich der Kutscher, als er die Pferde zum Stehen brachte.

»Keine, die meine Begleiterin und ich nicht selbst hätten bewältigen können.« Baxter riß die Tür der Kutsche auf. Er umfaßte mit beiden Händen Charlottes Taille und hob sie behende auf die Sitzbank. »Bringen Sie uns wieder zu Miss Arkendales Haus.«

»Ja, Sir.«

Baxter sprang in die Kutsche, schloß die Tür und ließ sich gegenüber Charlotte auf den Sitz sinken. Das Fahrzeug setzte sich polternd in Bewegung.

Er überprüfte, ob vor sämtlichen Fenstern die Vorhänge zugezogen waren. Dann drehte er sich wieder zu Charlotte um. Im bleichen Schein der Innenbeleuchtung hatten ihre Augen einen strahlenden Glanz.

»Mr. St. Ives, ich kann Ihnen gar nicht genug dafür danken, wie Sie sich heute nacht verhalten haben«, sagte sie. »Sie haben sich in einer Krisensituation als wahrhaft edelmütig und heroisch erwiesen, und Ihr wacher Verstand nötigt mir Bewunderung ab. All meine Zweifel in bezug auf Ihre Anstellung in meinem Unternehmen haben sich zerstreut. Mr. Marcle hat absolut richtig gelegen, als er Sie zu mir geschickt hat.«

Wut wogte ohne jede Vorwarnung in ihm auf. Sie hätte heute nacht ohne weiteres ums Leben kommen können, sagte er sich. Und da saß sie jetzt, strahlte vor Begeisterung und lobte ihn, als sei er ein Dienstbote, der seine Aufgaben besonders gut erledigt hatte. Wenn das nicht genügt hätte, um in jedem halbwegs vernünftigen Mann den Wunsch zu wecken, spontan aus der Haut zu fahren.

»Es freut mich sehr, daß meine Dienste Sie zufriedenstellen, Miss Arkendale.«

»Allerdings, Sir. Ich bin absolut begeistert. Sie werden in der Tat einen ganz ausgezeichneten Sekretär abgeben.«

»Aber was meine *professionelle* Sicht der Dinge angeht«, fuhr er mit einer sehr leisen und einschmeichelnden Stimme fort, »muß ich sagen, daß Ihr leichtsinniges Vorgehen heute nacht unvertretbar war. Eine solche Dummheit läßt sich durch nichts rechtfertigen. Ich muß von Sinnen gewesen sein, als ich zugelassen habe, daß Sie Drusilla Hesketts Haus durchsuchen.«

»Ich kann mich nicht daran erinnern, Sie um Erlaubnis gefragt zu haben, Sir.«

»Dieser Mann, der sich uns auf der Straße genähert hat, hätte Ihnen etwas antun und Sie verletzen und vielleicht sogar töten können.«

»Ich war nicht in Gefahr, und das habe ich Ihnen zu verdanken, Sir. Ich wüßte wirklich nicht, was ich heute nacht ohne Sie getan hätte.« Ihre Augen leuchteten. »Kein Mann ist jemals zu meiner Rettung gekommen, Mr. St. Ives. Ich fand dieses Erlebnis eigentlich äußerst faszinierend. Solche Dinge liest man normalerweise nur in den Schauerromanen oder in einem von Lord Byrons Gedichten.«

»Verdammt noch mal, Miss Arkendale . . .«

»Sie waren einfach wunderbar, Sir.« Ohne jede Vorwarnung schlang sie ihre Arme um seinen Hals und drückte ihn einen Moment lang überschwenglich an sich.

Die Falten ihres Umhangs hüllten ihn von allen Seiten ein. Baxter wurde plötzlich von einem warmen, betörenden und ganz unbeschreiblichen Duft umfangen, der sich aus Charlottes unaufdringlichem blumigem Parfüm, aus den Kräuterextrakten ihrer Seife und aus dem einzigartigen und ungeheuer weiblichen Duft ihres Körpers zusammensetzte.

Eine sengende Klarheit durchzuckte ihn mit der Geschwindigkeit eines Stromstoßes, der wiederum eine wahrhaft alchemistische Reaktion hervorrief. In alten Zeiten hatte man daran geglaubt, daß es mit Hilfe von Feuer möglich sei, unedles Blei in prächtiges Gold zu verwandeln. Baxter wußte jetzt, daß es der Feuersbrunst in seinem Blut möglich war, seine Wut in ein intensives sexuelles Verlangen umzuwandeln.

Er wollte sie. Und zwar jetzt sofort. Noch heute nacht. In seinem ganzen Leben hatte er noch keine Frau so sehr begehrt.

Er nahm ihr Gesicht zwischen seine Handflächen, als sie sich gerade von ihm lösen wollte. Die Macht seines eigenen Verlangens bestürzte ihn, als er auf sie hinabsah.

»Verzeihen Sie mir, Mr. St. Ives.« Charlotte schien nervös zu sein. Sie lächelte mit bebenden Lippen. Ihre Blicke glitten auf seinen Mund. »Ich wollte Sie nicht in Verlegenheit bringen. Die Spannung des Augenblicks muß mich mitgerissen haben. Anscheinend hat sie über meinen Verstand gesiegt.«

Baxter erwiderte nichts. Ihm fiel absolut nichts ein, was er hätte sagen können.

Er tat das einzige, was ihm in diesem Moment noch übrigblieb. Er küßte sie.

4

Im ersten Moment begriff Charlotte nicht, was passiert war. Sie wußte nur, daß Baxters Mund auf ihren Lippen lag und daß er sie küßte. Und dann dämmerte es ihr. Er wollte sie lieben. Einfach so, gleich hier in der Kutsche.

Die Flammen der feurigen, glühenden Leidenschaft, die sie gleich bei ihrer ersten Begegnung in seinen Augen gesehen hatte, waren unaufhaltsam aufgelodert. Sie betäubten ihre Sinne in derselben Form, in der seine Blitzlichter die Augen blendeten.

Es war, als hätte sie einen verblüffenden unbekannten Raum betreten, in dem zu viele Spiegel glitzerten und ein unnatürliches Lichtermeer von gebündelten Kerzen funkelte. Es war faszinierend, verwirrend und auch ein wenig erschreckend zugleich. Sie konnte die Tür nicht sehen. Sie war nicht sicher, wie sie entkommen konnte, falls sich eine Flucht als notwendig erweisen sollte.

Baxters Mund bewegte sich auf ihren Lippen, als er den Kuß vertiefte. Er gab ein heiseres Stöhnen von sich. Seine Hände spannten sich sanft um ihr Gesicht und verstärkten ihren Druck, bis Charlotte seine enorme Kraft wahrnahm. Sie konnte die Muskeln seiner Oberschenkel spüren. Sie preßten sich angespannt und hart und unnachgiebig gegen ihr Bein.

Eine verblüffende Wärme nahm Besitz von ihr. Sie strömte in ihren Unterkörper, ließ sie von Kopf bis Fuß erzittern. Derart merkwürdig hatte sie bisher auf nichts und niemanden reagiert.

»Charlotte.« Baxters Stimme war heiser und absolut unwiderstehlich und drückte großes Verlangen aus, eine beharrliche Forderung und eine schmerzliche Sehnsucht zugleich. *»Charlotte.«*

Sie umfaßte seine Schultern, und ihre Lippen öffneten sich.

Er riß seinen Mund einen Moment lang von ihr los, hob den Kopf ein wenig und starrte sie mit einer Intensität an, vor der ihr hätte grauen sollen. Der Schein der Lampen glitzerte auf dem goldenen Gestell seiner Brille. In seinen bernsteinfarbenen Augen brannte Feuer.

Die Augen eines Alchemisten, dachte sie.

Mit einer unwilligen und ruckhaften Bewegung riß sich Baxter die Brille von der Nase und warf sie auf die gegenüberliegende Sitzbank. »Der Teufel soll mich holen. Was hast du bloß mit mir getan?«

Sie schüttelte den Kopf und brachte es einfach nicht fertig, ihre Blicke von ihm loszureißen. Ihr fiel auf, daß sie sich an seinen Schultern festklammerte, als fürchtete sie, sie könnte in ein bodenloses Meer fallen, wenn sie ihn losließ. »Dieselbe Frage wollte ich dir auch gerade stellen.«

»Verdammt noch mal.« Er preßte seine Lippen wieder auf ihren Mund.

Sie spürte, wie seine Hand unter die Kapuze ihres Umhangs glitt, um sie auf ihren Nacken zu legen. Seine Finger waren warm und kräftig, und die Intensität dieser Liebkosung sandte eine weitere Woge der Erregung durch ihren Körper.

Er zog sie auf seine Schenkel. Ihr Kopf lag jetzt auf einem seiner Arme, und er beugte sich herunter, um ihre Kehle zu küssen. Die Falten ihres Umhangs schob er achtlos zur Seite.

Charlotte hörte, daß sie leise keuchte, als sich Baxters Hand um eine ihrer Brüste schloß. Sie konnte die Glut seiner Handfläche durch den dünnen Wollstoff ihres Kleides spüren und konnte sich einfach nicht dazu durchringen, sich von ihm loszureißen. Ihr ganzer Körper war von einem überwältigenden Verlangen durchdrungen. Sie zog an dem Revers seines Mantels.

»Mr. St. Ives . . .«

Seine Hand bewegte sich langsam über die Wölbung ihrer Brust und glitt auf ihre Hüfte.

»Gütiger Himmel«, flüsterte sie und war bis ins Mark erschüttert.

Der harte, kräftige Stab seiner Männlichkeit preßte sich an ihren Oberschenkel. Sie schloß die Augen, als sie in einer weiteren Woge von Empfindungen versank. Sie schien in eine köstliche Trance verfallen zu sein. Das mußte Mesmerismus sein. Vielleicht fühlte man sich so, wenn man sich einer Hypnose unterzog.

Sie steckte ihre Hände unter Baxters Mantel, da sie ihn

unbedingt berühren wollte, und das, was sie spürte, begeisterte sie. Durch den Stoff seines Leinenhemdes konnte sie seine kräftige, geschmeidige Brustmuskulatur ertasten. Seine Glut und sein Geruch waren berauschend. Sie wollte mehr, soviel mehr.

Er hob ihre Röcke und die fließenden Falten ihres Umhangs hoch und schob sie bis über ihre Knie hinauf. Charlotte erschauerte, als er die Innenseite ihrer Oberschenkel berührte. Er streichelte sanft ihre nackte Haut unter dem sorgsam geschnürten Strumpfgürtel. Ein Schock durchzuckte sie.

Die Kutsche fuhr langsamer und kam zum Stehen.

Charlotte erstarrte. Die Realität brach schlagartig wieder über sie herein.

»Verdammter Mist.« Baxter richtete sich eilig auf. Er beugte sich über Charlotte und ergriff seine Brille, die auf dem Sitzpolster lag. Dann zog er einen der Vorhänge zur Seite. »Wir stehen vor deinem Haus. Wie, zum Teufel, sind wir so schnell hierhergekommen? Dabei wollte ich dir heute abend noch so einiges sagen.«

»Und ich wollte noch über alles mögliche mit dir diskutieren.« Charlotte rang um Fassung. Sie fühlte sich hilflos und aus dem Gleichgewicht gebracht. Aber sie fühlte sich auch erhitzt und atemlos und von einer Art seltsamer Vorfreude erfüllt. »Wir haben noch nicht einmal damit begonnen, die Ereignisse dieses Abends zu erörtern.«

»Das stimmt.« Er beobachtete mit grimmig zusammengekniffenen Augen, wie sie auf den gegenüberliegenden Sitz zurücksank und ihre Fassung wiedergewann. »Ich werde mich morgen bei Ihnen melden.«

Seine schroffe Art versetzte ihrer Laune einen Dämpfer. Dieser Mann hatte sie gerade eben mit großer Leidenschaft geküßt, sagte sie sich, und jetzt redete er mit ihr, als ob sie ihn beleidigt hätte. Dann begriff sie schlagartig, daß ihn die

Gefühle, die sie einen Moment lang beide überwältigt hatten, zweifellos zutiefst erschüttert hatten.

In Wahrheit sah es so aus, als ob die stürmische Umarmung sie ebensosehr aufgewühlt hatte wie ihn. Aber schließlich war sie Baxters Arbeitgeberin, und daher oblag es ihrer Verantwortung, die Situation in die Hand zu nehmen. Baxter machte sich zweifellos heftige Vorhaltungen, weil er den leidenschaftlichen Elementen seiner Natur nachgegeben hatte.

Sie beugte sich vor, um seine Hand zu berühren, so daß es hoffentlich tröstlich und begütigend auf ihn wirkte. »Machen Sie sich bitte keine Sorgen, Sir. Sie tragen keine Schuld an dem, was gerade vorgefallen ist. Emotionen von dieser Intensität werden häufig durch Aufregung und Gefahr heraufbeschworen. Unsere Begegnung mit diesem gräßlichen Mann vor Mrs. Hesketts Haus war die Ursache für unsere Gefühle.«

Baxter sah sie mit einem ruhigen, festen Blick an. »Glauben Sie das wirklich?«

»Ja, selbstverständlich. Es ist die einzig denkbare Erklärung. Jede Androhung von Gewalttätigkeit kann Fluten intensiver Leidenschaft die Schleusentore öffnen.«

»Sie haben wohl schon eine ganze Menge Erfahrungen in diesen Dingen gesammelt?«

»Nun, nein, nicht direkt«, gab sie zu. »Aber ich habe genug Texte von Byron gelesen, um zu wissen, daß das, was uns gerade zugestoßen ist, keineswegs ungewöhnlich ist. Wenn wir einer Gefahr ins Gesicht sehen, sind all unsere Sinne geschärft und angeregt. Die Gefahr stimuliert sie.«

»Gütiger Himmel. Sie ziehen Ihre Schlußfolgerungen aus dem Werk eines verdammten Dichters?«

Seine Geringschätzung verletzte sie ein wenig. »Byron schreibt sehr überzeugend über die finsteren Leidenschaften. Er scheint eine klare Vorstellung von ihren Auswirkungen zu haben. Ich habe das Gefühl, daß ich aus seinen Werken und auch aus den Werken anderer Dichter der Romantik sehr viel lernen kann.«

»Wenn es nicht ganz so grotesk wäre, wäre es zum Lachen.«

»Ich bemühe mich, Ihnen eine logische Erklärung für einen Vorfall zu geben, der Sie ganz entschieden bedrückt hat, Mr. St. Ives.«

Er schaute auf ihre Hand, die immer noch auf seiner lag. Als er wieder aufblickte, lag ein gefährlicher Schimmer in seinen Augen. »Ich danke Ihnen, Miss Arkendale, aber ich glaube fest daran, daß ich diese Erfahrung auch überleben werde, ohne Zuflucht bei Ihrer eigenwilligen Logik zu nehmen. Der Tag, an dem ich Erklärungen und Erleuchtung bei einem verdammten Poeten suche, wird der Tag sein, an dem ich mich selbst ins Irrenhaus einweise.«

Sie zog ihre Hand eilig von seinem Oberschenkel. Baxters Stimmung war miserabel. Jeder Versuch, ihn heute nacht noch zu beschwichtigen, war zwecklos.

»Wie Sie meinen, Sir«, sagte sie, denn sie war wild entschlossen, heiter und gelassen zu wirken. »Ich bin sicher, daß wir diese Geschichte beide morgen früh vergessen haben.«

Etliche Sekunden lang sagte er kein Wort. Den Geräuschen draußen nach zu schließen, war der Kutscher von seinem Kutschbock gesprungen.

»Das bleibt erst noch abzuwarten«, erwiderte Baxter schließlich.

Charlotte holte tief Luft. »Wenn Sie mich morgen aufsuchen, werden wir die Beobachtungen miteinander vergleichen, die wir in Mrs. Hesketts Haus angestellt haben.«

»Ja.«

»Bis dahin werde ich eine Gelegenheit gefunden haben, mir ihren Skizzenblock genauer anzusehen, und vielleicht werde ich auf etwas Nützliches stoßen.«

»Das möchte ich bezweifeln.« Baxter beugte sich vor und legte einen Finger unter ihr Kinn. »Hören Sie mir jetzt ganz genau zu. Heute nacht werde ich Sie in Ihr Haus begleiten und erst gehen, wenn Sie sicher dort angelangt sind. Sie werden sorgsam überprüfen, ob sämtliche Fenster geschlossen und alle Türen verriegelt sind, ehe Sie zu Bett gehen.«

Sie blinzelte. »Ja, selbstverständlich, Mr. St. Ives. Ich überprüfe die Riegel jeden Abend, ehe ich ins Bett gehe. Eine äußerst seltsame Gewohnheit, das versichere ich Ihnen. Aber ich bezweifle, daß heute nacht ein spezieller Grund zur Sorge vorliegt. Dieser Schurke, der uns auf der Straße abgefangen hat, war nicht in der Verfassung, der Kutsche durch den Nebel zu folgen.«

»Sie könnten durchaus recht haben, aber Sie werden trotzdem genau das tun, was ich Ihnen gerade gesagt habe. Ist das klar?«

Charlotte ahnte intuitiv, daß es äußerst unklug gewesen wäre, Baxter zu gestatten, in dieser geschäftlichen Beziehung die Oberhand gewinnen zu lassen. Sie durfte die Führung unter gar keinen Umständen an ihn abtreten. »Ich weiß Ihre Sorge zu würdigen, aber trotzdem bin ich Ihre Arbeitgeberin. Ich bin zwar gern bereit, mir Ihre Ratschläge anzuhören, aber Sie müssen sich im klaren darüber sein, daß ich mir meine eigene Meinung bilde und meine eigenen Entscheidungen treffe.«

»Du wirst dir meine Ratschläge nicht nur anhören, Charlotte«, sagte Baxter mit einer Ruhe, die sie wütend machte. »Du wirst sie befolgen.«

In dem Moment wurde die Kutschentür geöffnet. Da ihr allzu deutlich bewußt war, daß der Kutscher höflich im Schatten stand, begnügte sich Charlotte mit einer hochgezogenen Augenbraue. »Sie haben sich heute nacht als ein ganz ausgezeichneter Assistent erwiesen, Sir, aber zweifellos stehen auch noch andere qualifizierte Personen zur Verfügung, durch die ich Sie gegebenenfalls ersetzen könnte. Falls Sie Ihren Posten behalten wollen, täten Sie gut daran, Ihrer Arbeitgeberin wenigstens ein Quentchen Ehrerbietung zu erweisen.«

Einen Moment lang funkelte Belustigung in seinen Augen auf. »Drohst du etwa damit, mich zu entlassen, Charlotte? Nach allem, was wir heute nacht miteinander durchgemacht haben? Ich bin am Boden zerstört.«

Sein stummes Gelächter war derart aufreizend, daß sie ihrer eigenen Reaktion nicht traute und daher mit Rücksicht auf die Anwesenheit des Kutschers auf jede Erwiderung verzichtete. Wortlos hob Charlotte ihre Röcke an und wollte aus der Kutsche steigen.

Der Kutscher war ihr mit höflichem Ernst behilflich. Sie konnte im matten Schein der Innenbeleuchtung nicht mit Sicherheit erkennen, was sich auf St. Ives' Gesicht wirklich abspielte, doch Charlotte hätte schwören können, daß sie einen Anflug von Belustigung und Mitgefühl über seine Züge huschen sah.

Baxter folgte ihr aus der Kutsche, nahm ihren Arm und begleitete sie die Stufen zu ihrer Haustür hinauf. Er nahm ihr den Schlüssel aus der Hand und steckte ihn in das Schloß.

»Gute Nacht, Mr. St. Ives.« Charlotte trat in die Eingangshalle und drehte sich zu ihm um. Sie setzte das kühle, gebieterische Lächeln auf, das sich für eine Arbeitgeberin geziemte und mit dem sie einen Menschen belohnte, der in ihren Diensten stand und gute Arbeit geleistet hatte. »Ich muß Ihnen noch einmal sagen, wie sehr ich mit der dramatischen Demonstration Ihrer chemischen Kenntnisse zufrieden bin, die ich heute abend mit eigenen Augen gesehen habe.«

»Danke.« Baxter stemmte eine breite Hand gegen den Türrahmen und betrachtete sie mit einem nachdenklichen Gesichtsausdruck. »Da ist nur noch eines.«

»Und was wäre das, Sir?«

»Vielleicht solltest du dich mit dem Gedanken anfreunden, mich mit meinem Vornamen anzureden. Unter den gegebenen Umständen erscheint mir jeder Versuch zwecklos, an Formalitäten festzuhalten.«

Sie starrte ihn sprachlos an.

Anscheinend war er mit ihrer Reaktion zufrieden, denn er streckte die Hand aus und zog ihr behutsam die Tür vor der Nase zu.

Zwanzig Minuten später war Baxter noch immer aufgewühlt, als er seine Bibliothek betrat. Er konnte einfach nicht glauben, daß er derart die Selbstbeherrschung verloren hatte.

»Verdammter Mist.«

Er durchquerte den Raum, blieb vor dem kleinen Tischchen neben dem Kamin stehen und streckte die Hand nach der dort stehenden Kristallkaraffe aus. Er war Herr über seine Gefühle und hatte sie meisterlich im Griff, sagte er erbost zu sich selbst. Er war Naturwissenschaftler. Er hatte sein ganzes Leben lang der Logik, der Vernunft und der Zurückhaltung gehuldigt.

Er goß sich einen Cognac ein. Baxter konnte sich nicht einmal mehr daran erinnern, wann er gelernt hatte, all seine Gefühle strikt im Zaum zu halten. Das war etwas, auf das er sich schon immer verstanden hatte, etwas, das er schon immer beherrscht hatte. Sogar in seinen kurzlebigen sexuellen Beziehungen hatte er niemals zugelassen, daß die Leidenschaft über den gesunden Menschenverstand siegte. Er hatte den Schaden, der daraus entstehen konnte, mit eigenen Augen gesehen, und wußte genau, wovon er sprach.

Er trank einen großen Schluck des hochprozentigen Alkohols und genoß das Brennen in seiner Kehle.

Um alles noch schlimmer zu machen, hatte Charlotte

auch noch die ungeheure Dreistigkeit besessen, ihn darauf hinzuweisen, daß die Erklärung für sein Verhalten in Byrons überspannter melodramatischer Lyrik zu finden war.

Wenn das nicht genügte, um einen Mann ungestört in der Einsamkeit seines Labors Zuflucht suchen und nie mehr herauskommen zu lassen.

Er ließ sich in seinen Lieblingssessel fallen und starrte in die Flammen im Kamin. Sie erinnerten ihn an Charlotte. Beide erzeugten extrem flüchtige und unbeständige chemische Reaktionen von einer Art, an der sich ein Mann verbrennen konnte, wenn er nicht auf der Hut war.

Er schloß die Augen, doch das drohende Feuer ließ sich nicht so einfach verbannen. Vor seinem geistigen Auge sah er erneut die Flammen, die im Schein der Lampe in Charlottes Haar feuerrot geglüht hatten. Er wollte seine Finger tief in ihre gefährliche Wärme graben. Seine Hand umklammerte das Cognacglas.

Er war nicht der einzige, der in der Kutsche die Kontrolle über sich verloren hatte, rief er sich ins Gedächtnis zurück. Charlottes Reaktion auf ihn war eindeutig gewesen. Wenn der Kutscher die Kutsche nicht angehalten hätte, wäre der Abend anders verlaufen.

Er sah vor sich, wie sich Charlottes weiche Schenkel um seine Taille schlangen und ihre kleinen Fingernägel sich tief in seinen Rücken gruben.

Er trank einen Schluck Cognac und war sich bewußt, daß er Charlotte immer noch riechen konnte. Ihr Duft war ihm zu Kopf gestiegen und verharrte nach wie vor dort. Seine Handfläche konnte sich noch an die Form einer köstlich steifen Brustwarze erinnern.

Er machte sich darauf gefaßt, daß ihm eine sehr lange Nacht bevorstehen würde.

Logik und vernünftige Argumente würden ihm heute kaum weiterhelfen. Er war sich sicher, daß er die Erinnerung an Charlotte nicht einfach vertreiben konnte. Das Bild hatte sich tief in ihn eingebrannt.

Wenn er sie das nächste Mal sah, würde er sich wieder fest im Griff haben. Er würde es nicht zulassen, daß er die Selbstbeherrschung ein zweites Mal verlor.

Er warf einen Blick auf sein Glas und stellte fest, daß es bereits leer war. Er wollte es gerade auf das Tischchen neben seinem Stuhl stellen, da entdeckte er eine zusammengefaltete und versiegelte Nachricht. Es handelte sich um ein Schreiben, das schon im Lauf des Tages zugestellt worden war, kurz bevor er das Haus verlassen hatte, um sich mit Charlotte zu treffen.

Das Schreiben kam von Maryann, Lady Esherton, der Witwe seines Vaters. Es war bereits die dritte Nachricht, die sie ihm in dieser Woche zukommen ließ. »Verdammter Mist.« Baxter seufzte resignierend, nahm den Brief in die Hand und brach das Siegel. Das Schreiben war nahezu identisch mit den beiden anderen Nachrichten, die Maryann ihm während der letzten Tage hatte zukommen lassen. Sie hatte den Text sehr kurz gehalten und war ohne Umschweife zur Sache gekommen.

Lieber Baxter,
ich wünsche Dich zu sprechen. Die Angelegenheit ist äußerst dringlich. Ich ersuche Dich, sobald wie möglich bei mir zu erscheinen.

Mit vorzüglicher Hochachtung
Lady E.

Baxter knüllte das Schreiben zusammen und warf es ins Feuer. Dasselbe hatte er auch schon mit den früheren Nachrichten von Maryann getan. Ihre Vorstellung von einer Krisensituation deckte sich keineswegs mit seiner Einschätzung. Maryanns schwerwiegendste Probleme drehten sich im allgemeinen um Geld, insbesondere um das Esherton-Vermögen. Baxters Vater hatte ihm die lästige Aufgabe übertragen, die Erbschaft zu verwalten, bis Hamilton, Maryanns Sohn, das Alter von fünfundzwanzig Jahren erreicht hatte. Maryann paßte diese Regelung absolut nicht, und für Hamilton galt natürlich dasselbe.

Baxter wußte, daß er diese undankbare Aufgabe noch einige Jahre durchstehen mußte, ehe er seinem Halbbruder die gesamte Verantwortung übergeben konnte.

Ungeduldig schob er seine alten Probleme zur Seite und befaßte sich statt dessen mit dem neuen Problemkomplex, den er sich in jüngster Zeit zugelegt hatte. Er stützte die Ellbogen auf die ledernen Armlehnen des Sessels, spreizte die Hände, preßte die Fingerspitzen aneinander und schaute in das Feuer.

Ganz gleich, was sonst noch zu den Vorfällen dieser Nacht zu sagen war, eines stand jedenfalls fest. Gefahr war im Verzug, und niemand war derart bedroht wie Charlotte.

Das Gemach war ganz in Schwarz und in Blutrot gehalten. In der Kohlenpfanne war die Glut heruntergebrannt, und die intensiven würzigen Dämpfe der Räucheressenzen hatten seine Sinne angesprochen und sein Bewußtsein erweitert. Sein Geist hatte sich auf die Mächte der metaphysischen Ebene eingestimmt. Jetzt war er soweit.

»Leg mir die Karten, Geliebte«, flüsterte er.

Die Wahrsagerin drehte die erste Karte um. »Der goldene Greif.«

»Ein Mann.«

»Ja, immer.« Die Wahrsagerin sah ihn über den niedrigen Tisch hinweg an. »Hüte dich, der Greif will sich dir in den Weg stellen.«

»Wird es ihm gelingen, mich von meinen Plänen abzubringen?«

Sie drehte die nächste Karte um und zögerte. »Der Phönix.« Sie griff nach einer weiteren Karte und deckte sie auf. »Der rote Ring.«

»Nun, was ist?«

»Nein, er wird dich nicht von deinen Plänen abbringen. Der goldene Greif könnte dir zwar Schwierigkeiten bereiten, aber am Ende wirst du den Sieg davontragen.«

Er lächelte. »Ja. Und jetzt erzähl mir etwas über die Frau.«

Die Wahrsagerin drehte eine andere Karte um. »Die Dame mit den Edelsteinaugen. Sie ist auf der Suche.«

»Aber sie wird nichts finden.«

Die Wahrsagerin schüttelte den Kopf. »Nein. Sie wird nicht finden, was sie sucht.«

»Schließlich ist sie doch nur eine Frau. Sie wird kein Problem darstellen.«

Und ebensowenig würde die Wahrsagerin ein Problem für ihn darstellen, wenn er erst einmal mit ihr fertig war und sie nicht mehr gebrauchen konnte. Er würde sich ihrer zum rechten Zeitpunkt entledigen. Im Moment war sie ihm jedoch nützlich, und es war ein Kinderspiel, ihre Hörigkeit auszubeuten und sie mit den Fesseln ihrer eigenen Leidenschaft an ihn zu binden.

»Was hältst du von diesem seltsamen Gebilde, Ariel?« Charlotte schob Drusilla Hesketts Skizzenblock über ihren Schreibtisch. »Du bist besser als ich mit den herrschenden Modeströmungen vertraut. Bist du jemals auf etwas Ähnliches gestoßen?«

Ariel, die sich gerade die nächste Tasse Tee einschenken wollte, hielt mitten in der Bewegung inne. Sie warf einen Blick auf den Skizzenblock, der in der Mitte aufgeschlagen war. Ihre Augen wurden groß, als sie die Abbildung einer nackten Statue sah, die die linke Hälfte des Blattes zierte.

»Oh, nein«, sagte Ariel trocken. »Ich glaube nicht, daß

mir jemals etwas begegnet ist, das Ähnlichkeit mit diesem ganz speziellen Gebilde aufweist.«

Charlotte sah sie mit einem vorwurfsvollen Blick an. »Ich meine doch nicht die Statue. Ich spreche von der kleinen Zeichnung in der Ecke. Es scheint ein Kreis zu sein, der ein Dreieck umschließt. Und das Dreieck ist an den Kanten von winzig kleinen Figuren umgeben, die auch seine Mitte ausfüllen.«

»Ja, jetzt sehe ich es.« Ariel schüttelte den Kopf. »Es weist keine Ähnlichkeit mit den modischen Motiven auf, die ich in *La Belle Assemblée* oder in *Ackermann's Repository of the Arts* gesehen habe. Vielleicht kann man in einer der anderen Zeitschriften für Damen ein solches Motiv finden.«

»Vielleicht ist es ägyptischen oder römischen Ursprungs.«

»Nein, das glaube ich nicht.« Ariel fuhr mit einer Fingerspitze das lieblos gemalte Muster nach. »Es gibt, weiß Gott, zahllose dekorative Arabesken, die von ägyptischen und römischen Antiquitäten kopiert worden sind. Sämtliche Modistinnen und Innenausstatterinnen in ganz London verwenden sie. Und seit das alte Zamar in Mode gekommen ist, bekommen wir überall Delphine und Muscheln zu sehen. Aber dieses Muster ist mir nicht vertraut. Weshalb ist es für dich von Interesse?«

»Aus irgendwelchen Gründen hat Drusilla Heskett es für angebracht gehalten, diese Zeichnung auf genau diese Seite ihres Skizzenblocks zu übertragen. Das heißt, sie hat sie in einen Block kopiert, den sie anscheinend ausschließlich Aquarellen von nackten Statuen gewidmet hat.«

Ariel blickte fragend auf. »Aber das ist kein Aquarell. Es ist eine Zeichnung, eine Federzeichnung mit Tusche.«

»Ja. Und sie unterscheidet sich gewaltig von allen anderen Darstellungen in diesem Skizzenblock.«

»Allerdings.« Ariel lächelte matt. »Ich frage mich, ob

Mrs. Heskett ein typisches Beispiel für die Klientinnen ist, die du aus den eleganten Kreisen anzulocken hoffst. Sie scheint ein lebhaftes Interesse an der männlichen Gestalt gehabt zu haben.«

»Nun ja, ich nehme an, ihr Geschmack ist jetzt nicht mehr von allzu großer Bedeutung. Was mich bedrückt, ist, daß ich mich ständig frage, was sie dazu veranlaßt hat, dieses außerordentlich seltsame Gebilde in ihren Skizzenblock aufzunehmen.«

»Wofür hältst du diesen rötlich braunen Fleck auf dem Einband?« fragte Ariel. »Für verschüttete Wasserfarbe?«

»Das kann schon sein.« Charlotte strich mit den Fingerspitzen über den Fleck. »Aber was ist, wenn es sich dabei um getrocknetes Blut handelt?«

»Gütiger Himmel.«

»Was ist, wenn Mrs. Heskett, nachdem auf sie geschossen worden ist, noch lange genug gelebt hat, um diesen Skizzenblock unter den Schrank zu stoßen?« flüsterte Charlotte.

»Das wirst du höchstwahrscheinlich niemals genau erfahren.«

»Nein, vermutlich nicht.« Charlotte kaute auf ihrer Unterlippe herum und überdachte alle Möglichkeiten.

Ariel nahm ihre Teetasse in die Hand und sah Charlotte über den Rand der Tasse hinweg an. »Du stehst vor vielen Fragen, auf die dir eine Antwort fehlt, aber ich selbst möchte dir auch einige Fragen stellen.«

»Zum Beispiel?«

»Was genau hat sich gestern nacht abgespielt, nachdem du fortgegangen bist, um Drusilla Hesketts Haus zu durchsuchen?«

Charlotte lehnte sich auf ihrem Stuhl zurück. »Ich habe dir doch schon gestern abend die ganze Geschichte erzählt. Mr. St. Ives und ich haben den Skizzenblock entdeckt, und dann sind wir von einem Einbrecher angehalten worden, als wir das Haus verlassen haben. Das ist alles, was es zu berichten gibt.«

»Weißt du, was mir heute morgen einfach nicht aus dem Kopf geht, das ist deine Schilderung der Rolle, die St. Ives bei dieser ganzen Geschichte gespielt hat.«

Charlotte lächelte zufrieden. »Wie ich bereits sagte, hat sich Mr. St. Ives prachtvoll gehalten.«

»Charlotte, prachtvoll ist nicht gerade ein Wort, das du gewohnheitsmäßig benutzt, und schon gar nicht, wenn du einen Angehörigen des anderen Geschlechts beschreibst.«

Charlotte räusperte sich. »Tja, es gibt nun mal kein anderes Wort, das in diesem speziellen Fall zutreffender wäre. Mr. St. Ives hat seinen Erfindungsreichtum und seine schnelle Auffassungsgabe unter Beweis gestellt, und sein Vorgehen war raffiniert und erstaunlich mutig. Mir schauert bei dem Gedanken, was mir hätte zustoßen können, wenn er mich nicht begleitet hätte.«

»Alles in allem scheint er der perfekte Sekretär für dich zu sein, würdest du das nicht auch sagen?«

»Geradezu vorbildlich. Mr. Marcle hat richtig gelegen, als er ihn für diesen Posten vorgeschlagen hat.«

»Er hat dich geküßt, nicht wahr?« fragte Ariel behutsam.

»Gütiger Gott, wie kommst du darauf, etwas so Seltsames zu sagen. Weshalb hätte ich John Marcle küssen sollen?« Charlotte streckte die Hand nach ihrer Teetasse aus. »Er ist zwar ein sehr netter Mann, aber er ist mindestens dreißig Jahre älter als ich, und ich glaube nicht, daß sein Interesse an Frauen besonders groß ist.«

»Du weißt ganz genau, daß ich von Mr. St. Ives und nicht etwa von Mr. Marcle gesprochen habe.«

Charlotte spürte eine heftige Röte in ihren Wangen aufsteigen. »Du glaubst im Ernst, Mr. St. Ives hätte mich geküßt? Was hat dich bloß auf diese verrückte Idee gebracht?«

»Als ich letzte Nacht in dein Schlafzimmer gekommen

bin, um dich nach deinen Abenteuern auszufragen, warst du nicht so wie sonst. Du warst ...« Ariel zögerte, und ihr war deutlich anzumerken, daß sie nach dem richtigen Wort suchte. »Anders.«

»Anders?«

»Du hast überhitzt gewirkt. Du hast geradezu geglüht.« Ariel machte mit einer Hand eine vage Geste. »Und auch ein wenig zerzaust. In deinen Augen war ein ganz merkwürdiger Ausdruck gelegen.«

»Also, wirklich, Ariel, das geht zu weit. Ich kam gerade von einer sehr aufwühlenden Begegnung mit einem außerordentlich gewalttätigen Schurken zurück. Was, zum Teufel, erwartest du eigentlich? Wie hat man denn nach einem solchen Erlebnis deiner Meinung nach auszusehen?«

»Ich kann nicht beurteilen, wie eine durchschnittliche Dame aussieht, nachdem sie knapp einem Schurken entkommen ist, aber ich weiß ganz genau, wie du in dem Moment aussiehst.«

»Was soll das heißen? Ich habe bisher noch nie persönlich mit Schurken zu tun gehabt.«

»Es war nicht das erste Mal, zumindest an einen Fall erinnere ich mich noch ganz deutlich.« Ariel stellte ihre Tasse behutsam auf die Untertasse. »Es war vor fünf Jahren, in der Nacht, in der Winterbourne von einem Wegelagerer die Kehle aufgeschlitzt wurde. In jener Nacht habe ich dich draußen im Flur gehört. Du hast Papas Pistole benutzt, um Winterbourne und einen seiner Zechkumpanen aus dem Haus zu jagen.«

Charlotte starrte sie an. »Mir war nicht klar, daß du weißt, was sich in jener Nacht abgespielt hat.«

»Damals habe ich es noch nicht ganz durchschaut, und wirklich begriffen habe ich es erst, als ich wesentlich älter war. Aber selbst damals war ich mir sicher, daß du eine sehr gefährliche Situation gemeistert hast. Und ich habe den

Ausdruck gesehen, der hinterher in deinen Augen gestanden hat. Das war nicht derselbe Ausdruck, den ich letzte Nacht in deinen Augen gesehen habe.«

»Es tut mir leid. Ich wollte nicht, daß du jemals in vollem Umfang erfährst, wie unglaublich verrucht Winterbourne war.«

»Aber sein Begleiter war doch ein noch viel üblerer Kerl als er, oder nicht?«

Die Erinnerung ließ Charlotte erschauern. »Er war das reinste Ungeheuer. Aber seitdem ist viel Zeit vergangen, Ariel. Und wir haben es beide unbeschadet überstanden.«

»Die Sache ist nur die, daß ich mich noch ganz deutlich an dein Benehmen in jener Nacht erinnern kann. Du hast dich eiskalt angefühlt. Und deine Augen waren starr.«

Charlotte rieb sich die Schläfen. »Ich weiß nicht, was ich dazu sagen soll. Ich war außer mir vor Entsetzen. Das ist das einzige, woran ich mich noch erinnern kann. Meine Gemütsverfassung ist mir nicht im Gedächtnis geblieben.«

»Auch letzte Nacht hat man dir einen großen Schrecken eingejagt. Aber du warst nicht kalt. Deine Augen waren alles andere als trüb. Tatsächlich warst du aufgekratzt und angeregt und nahezu überschwenglich.«

»Was willst du damit sagen, Ariel?«

»Die Sache ist die, daß ich glaube, Mr. St. Ives hat dich geküßt.«

Charlotte rang stöhnend die Hände. »Also, gut, er hat mich geküßt. Wir waren beide aufgeregt und überspannt, aber das geht ausschließlich auf die Vorfälle in der letzten Nacht zurück. Manchmal kann die Gefahr eine solche Wirkung auf die Sinne ausüben, verstehst du.«

»Ach, ja?«

»Ja«, sagte Charlotte mit fester Stimme. »Die Dichter handeln dieses Problem ständig ab. Sogar die Sinne eines Menschen, der normalerweise sehr sachlich und kühl ist, einen klaren Kopf hat und nicht zu heftigen Leidenschaften neigt, können durch ein spannendes Erlebnis überreizt werden.«

»Sogar die Sinne eines Menschen wie Mr. St. Ives?«

»Ich habe eigentlich eher von mir selbst gesprochen.« Charlotte lächelte kläglich. »Mr. St. Ives ist ebenfalls kühl und sachlich und hat einen klaren Kopf, aber man kann ihm deutlich ansehen, daß er in einem hohen Maß Selbstdisziplin ausüben muß, um diesen gelassenen Zustand aufrechtzuerhalten.«

Ariels Lippen öffneten sich vor Erstaunen. »Wie bitte?«

»Unter diesem strengen und gesetzten Äußeren schlummert ein Naturell, das zu bedrohlich heftigen Leidenschaften neigt.«

»Heftige Leidenschaften? Mr. St. Ives?«

»Ich weiß, daß ich anfangs gewisse Bedenken geäußert habe, aber jetzt glaube ich nicht mehr, daß uns seine Veranlagung große Schwierigkeiten bereiten wird«, sagte Charlotte mit unaufrichtiger Herzlichkeit. »Ich bin zu der Überzeugung gelangt, daß er sehr gut für seinen Posten geeignet ist.«

»Es freut mich, daß du mit ihm zufrieden bist, aber inzwischen habe *ich* meine Bedenken. Charlotte. Wenn Mr. St. Ives dich geküßt hat, dann sieht alles gleich ganz anders aus. Wieviel weißt du eigentlich wirklich über ihn?«

»Wie meinst du das?« Charlotte sah sie fragend an. »Mr. Marcle hat ihm ein glänzendes Empfehlungsschreiben mitgegeben.«

»Ja, aber wir selbst haben keinerlei Nachforschungen über St. Ives angestellt. Wir haben noch nicht einmal die Erkundigungen über ihn eingezogen, die wir automatisch eingeholt hätten, wenn wir ihn im Namen einer Kundin überprüft hätten.«

»Sei nicht albern. In solchen Dingen kann ich mich vollkommen auf meine Instinkte verlassen.«

»Auch meine Instinkte sind sehr zuverlässig. Und ich fange langsam an, meine Zweifel an St. Ives zu bekommen.«

»Es besteht absolut kein Anlaß zur Sorge.«

»Charlotte, du hast dich von ihm küssen lassen.«

»Na und?« Charlotte verschränkte ihre Hände. »Es war doch nichts weiter als ein Kuß.«

»Du neigst normalerweise nicht gerade dazu, dich zum Spaß von irgendwelchen Männern küssen zu lassen«, gab Ariel zurück.

Charlotte wußte, daß sie gegen diese Feststellung keine Einwände erheben konnte. Die Erfahrungen, die ihre Mutter mit Lord Winterbourne gemacht hatte, und noch dazu die letzten fünf Jahre, die sie damit zugebracht hatte, in der schmutzigen Vergangenheit diverser hartgesottener Gentlemen mit angeblich ehrlichen Absichten herumzustochern, hatten ihr, was Männer anging, die meisten Illusionen geraubt.

Das hieß aber noch lange nicht, daß ihr ein gewisser Hang zur Romantik und die absolut natürliche Neugier einer gesunden jungen Frau gefehlt hätten. Schließlich verband sie nur gute Erinnerungen mit der Ehe ihrer Eltern, und es gab Momente, in denen sie sehr viel dafür gegeben hätte, die intimen Glücksgefühle persönlich zu erleben, die ihre Mutter und ihr Vater miteinander geteilt hatten.

Ihr war jedoch nur zu klar, daß die Risiken einer Eheschließung für eine Frau sehr groß waren. Sie hatte keinerlei Interesse daran, sich zu verheiraten, und das war auch gut so, wenn man ihr Alter und ihre Lebensumstände bedachte, aber sie hatte durchaus schon mit dem Gedanken an eine diskrete Affäre gespielt.

Bedauerlicherweise war es wesentlich leichter, sich solche Dinge auszumalen, als sie in die Tat umzusetzen. Es begann bereits damit, daß es für eine Frau in ihrer Lage schwierig war, einen geeigneten Mann zu finden.

Sie bewegte sich nicht in den Kreisen der guten Gesellschaft. Sie bekam keine Einladungen, und ihr wurde niemand vorgestellt. Im Lauf der Jahre war sie nur einer Handvoll respektabler Herren begegnet, und keiner von ihnen hatte irgendwelche starken Gefühle in ihr wachgerufen. Viele waren, ebenso wie Marcle, viel zu alt für sie gewesen. Andere hatte sie schlicht und einfach als wenig anregend empfunden.

Es erschien ihr eher sinnlos, sich auf eine Affäre einzulassen, wenn man nicht von einer wahrhaft gewaltigen Leidenschaft durchdrungen war, sagte sie sich. Weshalb hätte sie überhaupt erst die Risiken eingehen sollen, wenn sie nicht damit rechnete, die stimulierenden Emotionen und die aufregenden metaphysischen Empfindungen zu erleben, von denen die Dichter berichteten.

Beispielsweise Gefühle von der Art, wie sie letzte Nacht über sie hereingebrochen waren, als Baxter sie geküßt hatte.

Dieser Gedanke erschreckte Charlotte. Faßte sie etwa tatsächlich die Möglichkeit einer Affäre mit Baxter St. Ives ins Auge?

Sie sah das seltsame Symbol noch einmal an, das Drusilla Heskett auf ihren Skizzenblock kopiert hatte. Das Muster stellte für sie ein unergründliches Rätsel dar, ganz ähnlich wie ihre Gefühle für Baxter.

5

»Eine Dame in Ihrer Position kann sich gar nicht genügend in acht nehmen, Miss Patterson.« Charlotte lächelte die Frau an, die ihr gegenübersaß. Sie hatte die Theorie entwickelt, daß es gut für ihr Geschäft war, eine Klientin für ihre Vorsicht und für ihren Weitblick zu loben. »Sie haben sehr klug daran getan, sich den Eindruck bestätigen zu lassen, den Mr. Adams auf Sie gemacht hat.«

»Ich habe mir gesagt, daß ich mich vorsehen muß.«

»Das kann man wohl sagen. Trotzdem freut es mich sehr, Ihnen mitteilen zu können, daß wir bei unseren Erkundigungen auf keine Gründe gestoßen sind, die Anlaß zum Zweifel an Mr. Adams' Glaubwürdigkeit oder an seiner gesicherten finanziellen Situation geben.«

»Sicher können Sie sich selbst denken, welche enorme Erleichterung es für mich darstellt, das zu hören. Ich weiß gar nicht, wie ich Ihnen danken soll.« Honoria Patterson war eine Frau mit einem hübschen Gesicht und warmen Augen, und ihre Molligkeit stand ihr gut. Bisher hatte sie ihre Handtasche, die auf ihrem Schoß lag, fest umklammert, doch jetzt lockerte sich ihr Griff, und sie entspannte sich.

Honoria strahlte eine reizvolle Art von zarter Weiblichkeit aus und hatte fast schon etwas Mütterliches an sich, und das verlieh ihr eine gewisse Zerbrechlichkeit. Doch davon ließ sich Charlotte nicht täuschen. Sie wußte ganz genau, daß jede Frau, die nach fast zehn Jahren als Gouvernante ihre Entschlossenheit und ihren Optimismus bewahrt hatte, alle andere als ein zartes Pflänzchen war.

Honoria war ein typisches Beispiel für viele der Klientinnen, denen Charlotte beistand. Sie ging auf die Dreißig zu und war nie verheiratet gewesen. Nachdem sie sich seit ihrem achtzehnten Lebensjahr mühsam durchgeschlagen hatte, war sie vollkommen unverhofft zu einer ansehnlichen kleinen Erbschaft gekommen.

Und wie man vorhersehen konnte, war im Kielwasser der Neuigkeiten, daß Honoria ein solches Glück beschert worden war, aus dem Nichts eine Handvoll Freier aufgetaucht. Die meisten von ihnen hatte sie ohne jedes Zögern abgewiesen. Eine Gouvernante lernte schon früh, sich in acht zu nehmen und den Absichten eines Gentleman zu mißtrauen. Aber einer von ihnen, ein gewisser William Adams, ein Witwer in seinen frühen Dreißigern mit zwei Kindern, hatte ihr Interesse geweckt und anscheinend auch ihr Herz erobert.

Wie sie Charlotte gleich anfangs erklärt hatte, hatten ihr die Jahre, die sie damit zugebracht hatte, den jungen Menschen, die man ihr anvertraute, die Prinzipien der Logik und des gesunden Menschenverstands einzutrichtern, ein gewisses Maß an teuer erkaufter Weisheit und an nötiger Vorsicht eingetragen. Eine Freundin, die eine Agentur betrieb und Gouvernanten vermittelte, hatte sie an Charlotte verwiesen.

»Es freut mich sehr, daß ich Ihnen nützlich sein konnte«, sagte Charlotte. »Vor allem in einem solchen Falle, in dem unsere Nachforschungen zu positiven Ergebnissen führen.«

»Ich habe Mr. Adams ja so gern.« Honoria errötete. »Und die Kinder bereiten mir große Freude. Aber Sie wissen ja, wie das ist. Damen in unserem Alter müssen die Absichten eines Mannes hinterfragen. Schließlich glaubt alle Welt, wir seien wirklich und wahrhaftig sitzengeblieben.«

Sitzengeblieben.

Charlotte seufzte. Sie war bereits fünfundzwanzig. Wie war die Zeit bloß so schnell vergangen, fragte sie sich. Es schien ihr, als hätte sie erst gestern verzweifelt darum gerungen, sich etwas einfallen zu lassen, was es ihr gestattete, sich selbst und ihre Schwester zu ernähren. Sie hatte all ihre Energien und ihre Leidenschaft in diese Aufgabe gesteckt, und irgendwie waren fünf Jahre im Handumdrehen verflogen.

Sie bedauerte nicht, daß sie die obere Grenze überschritten hatte, die von der besseren Gesellschaft für das heiratsfähige Alter einer Dame festgelegt worden war. Tatsächlich liefen die Geschäfte weitaus besser, seit sie begonnen hatte, nicht mehr so auszusehen, als hätte sie gerade noch die

Schulbank gedrückt. Aber jetzt fragte sie sich unwillkürlich, was ihr wohl dadurch entgangen war, daß sie die Faszination der Leidenschaft nie erlebt hatte.

Das sehnsüchtige Verlangen, das sich in ihr ausbreitete verblüffte sie. Sie war nicht einsam, sie schöpfte große Befriedigung aus ihrer Arbeit, und sie hatte sich ihre Unabhängigkeit bewahrt. Was hätte sie sich denn noch mehr wünschen können? Vielleicht hatte sie in der letzten Zeit wirklich zuviel Poesie gelesen, sagte sie sich.

Trotzdem wollte sie nicht, daß Ariel genau denselben Pfad einschlug. Das Geschäft war von größter Wichtigkeit, und Ariel brachte leidenschaftliches Interesse dafür auf. Aber Charlotte wollte nicht, daß auch ihre Schwester alles dafür opferte, wie sie selbst es getan hatte. Diese dringende Notwendigkeit bestand jetzt nicht mehr, denn ihre Einnahmen reichten aus, um ihnen ein angenehmes, wenn auch nicht gerade luxuriöses Leben zu ermöglichen. Falls sich ihre Pläne, Kundschaft aus den besseren Kreisen anzulocken, als erfolgreich erweisen sollten, dann würden sie sich vielleicht sogar in näherer Zukunft einen gewissen Luxus leisten können.

Sie hätte viel dafür gegeben, daß Ariel die Gelegenheit bekam, einige der unschuldigen Freuden junger Frauen zu erleben, denn dieses Alter, das Honoria gerade erwähnt hatte, nahte allzu schnell.

Die eingefleischte Gewohnheit langer Jahre machte es Charlotte leicht, diese unerwünschten Gedanken gleich wieder wegzuschieben. Sie zwang sich, ihre gesamte Aufmerksamkeit ihrer Klientin zu widmen.

»In einer solchen Situation muß eine vernünftige und intelligente Frau sich vorsehen, Miss Patterson«, sagte sie forsch.

»Schließlich verhält es sich ja nicht gerade so, als sei ich eine Schönheit«, sagte Honoria in dem sachlichen Tonfall einer Frau, die schon vor langer Zeit die Tatsachen des Lebens akzeptiert hat.

Das kann man von mir auch nicht gerade behaupten, dachte Charlotte und spürte, wie das Unbehagen ihr einen neuerlichen Stich versetzte. Letzte Nacht war Baxters Leidenschaft eindeutig durch die aufregenden Vorfälle entflammt worden, die sie gemeinsam durchlebt hatten. Sie mußte sich auf die Möglichkeit gefaßt machen, daß er sie jetzt, nachdem die anregende Wirkung der Gefahr nachgelassen hatte, nicht mehr annähernd so reizvoll fand.

»Und wenn man dann auch noch an diese Erbschaft denkt, die mir meine Cousine kürzlich hinterlassen hat«, fuhr Honoria fort. »Nun, ja, ich bin sicher, daß Sie verstehen, warum es mir notwendig schien, Mr. Adams' Hintergründe ein wenig zu durchleuchten.«

»Ja, selbstverständlich verstehe ich das.«

»Ich habe nie damit gerechnet, daß ich eines Tages heiraten würde. Ich hatte mir eingeredet, ich sei sehr zufrieden mit meinem Leben, vor allem, da ich jetzt finanziell unabhängig bin. Aber dann ist Mr. Adams aufgetaucht, und plötzlich habe ich ganz neue Möglichkeiten gesehen. Wir haben viele gemeinsame Interessen.«

»Das freut mich sehr für Sie.«

Das war nicht das erste Mal, daß Charlottes Klientinnen ausgesprochen redselig wurden, nachdem sie die gute Nachricht erhalten hatten. Anfangs neigten die Damen, die ihre Dienste in Anspruch nahmen, zu Verschlossenheit und extremer Schweigsamkeit. Wenn sie erstmals auf dem Stuhl ihr gegenüber am Schreibtisch Platz nahmen, waren sie ausnahmslos angespannt und stocksteif. Teetassen trafen klirrend auf Untertassen. Hände, die in Handschuhen steckten, flatterten besorgt. Gesichter waren ernst.

Bei schlechten Nachrichten flossen gewöhnlich Tränen. Charlotte bewahrte für solche unerfreulichen Anlässe einen ganzen Packen Leinentaschentücher in einer ihrer Schreibtischschubladen auf.

Ein günstiger Bericht dagegen löste häufig einen kleinen Begeisterungstaumel aus. Bei einigen Klientinnen riefen gute Nachrichten das Bedürfnis wach, endlos über die offiziell bestätigten Tugenden ihrer Verehrer zu plaudern.

Im großen und ganzen hörte Charlotte einfach nur zu und ermutigte ihre Kundinnen mit kurzen Einwürfen zum Reden. Zufriedene Klientinnen neigten dazu, ihre Rechnungen prompt zu bezahlen, und sie empfahlen Charlotte mit großem Lob und äußerster Diskretion weiter. Sie konnte es sich leisten, bei einem letzten Abschlußgespräch großzügig mit ihrer Zeit zu verfahren.

Aber heute nachmittag verspürte Charlotte einen unerklärlichen Drang, selbst das Reden zu übernehmen. »Ich freue mich wirklich sehr für Sie, Miss Patterson. Und ich finde es auch sehr schön, daß ich die gute Meinung, die Sie von Mr. Adams haben, bestätigen konnte. Aber Sie müssen sich darüber im klaren sein, daß eine Eheschließung für eine Dame immer ein gewisses Risiko mit sich bringt.«

Honoria sah sie verständnislos an. »Ein Risiko?«

»Ich habe mein Bestes getan, um abzusichern, daß Mr. Adams kein Gewohnheitstrinker ist. Er neigt nicht dazu, bei Wetten übermäßig hohe Einsätze zu riskieren, und er sucht auch keine Bordelle auf. Er hat regelmäßige Einkünfte, und er scheint von seiner Veranlagung her ruhig, beständig und solide zu sein.«

Honoria strahlte vor Freude. »Dann ist er also alles in allem ein wunderbarer Mann.«

»Ja. Aber Ihnen ist doch hoffentlich klar, daß ich keine Garantie dafür übernehmen kann, wie sich Mr. Adams nach der Hochzeit verhält und ob er weiterhin ein so vorbildliches Exemplar männlicher Tugenden bleiben wird.«

»Wie bitte?«

Charlotte beugte sich impulsiv vor. »Er könnte nächstes Jahr plötzlich beschließen, Sie und seine Kinder im Stich zu lassen, um auf der Suche nach einem Abenteuer in die Südsee aufzubrechen. Oder sein neues Dasein als Ehemann könnte ihn langweilen, und er könnte es sich angewöhnen, zuviel Wein zu trinken. Er könnte einen zermürbenden Anfall von Melancholie erleiden, und das wiederum könnte dazu führen, daß er sich von seiner unerfreulichsten Seite zeigt. Es gibt zahllose Dinge, die in einer Ehe schiefgehen können.«

»Nun, ja, das ist vermutlich wahr.« Honoria rutschte voller Unbehagen auf ihrem Stuhl herum. »Mir ist bewußt, daß es in einer solchen Situation keine Garantien gibt.«

»Ganz genau. Und doch haben Sie sich entschlossen, den Pfad einzuschlagen, der zu einer Heirat führt.«

Honoria sah sie stirnrunzelnd an. »Mir scheint es, als seien Sie plötzlich aufgeregt, Miss Arkendale. Fehlt Ihnen etwas?«

»Nein, nein, ich frage mich nur, warum Sie derart darauf versessen sind, Mr. Adams zu heiraten. Es ist doch schließlich nicht so, als gäbe es keine Alternative.«

»Ich habe Ihnen doch schon gesagt, daß mich keiner der anderen Herren auch nur im entferntesten interessiert hat.«

»Das war es nicht, was ich mit einer Alternative gemeint habe. Miss Patterson, dürfte ich Ihnen eine Frage stellen, die in gewisser Hinsicht recht persönlich ist?«

Honoria warf einen Blick auf die Tür, als wollte sie die genaue Entfernung einschätzen. »Was möchten Sie von mir wissen, Miss Arkendale?«

»Verzeihen Sie, aber ich frage mich unwillkürlich, warum Sie nicht die Möglichkeit einer diskreten Liaison mit Mr. Adams ins Auge fassen. Warum lassen Sie sich auf die Gefahren ein, die eine Ehe birgt?«

Honoria starrte sie an. Im ersten Moment fürchtete Charlotte, sie hätte ihre Klientin auf eine unverzeihliche Art verletzt, und verfluchte sich stumm für ihre Impulsivität. Geschäft war Geschäft, und darum ging es hier schließlich. Sie konnte es sich nicht leisten, ihre Klientinnen zu brüskieren und zu verärgern.

»Sie meinen, ich sollte mich auf eine Affäre einlassen?« fragte Honoria mit erfrischender Offenheit.

Charlotte errötete. »Das scheint mir eine naheliegende Lösung zu sein. Eine junge Dame könnte sich zugegebenermaßen nicht so einfach auf eine romantische Liaison einlassen, ohne einen Skandal zu verursachen, aber einer Frau in unseren, äh, reiferen Jahren werden größere Freiheiten zugestanden. Vorausgesetzt, sie übt sich in Diskretion, das versteht sich ja von selbst.«

Honoria betrachtete Charlotte nachdenklich. Dann zog ein seltsames kleines Lächeln in ihre Mundwinkel. »Vielleicht üben Sie Ihren derzeitigen Beruf schon etwas zu lange aus, Miss Arkendale.«

»Wie meinen Sie das?«

»Es kommt mir so vor, als hätte Ihnen die ständige Beschäftigung damit, Nachforschungen über die Hintergründe von Gentlemen anzustellen, eine recht zynische Sicht der Welt und insbesondere des männlichen Geschlechts vermittelt. Vielleicht haben Sie die Gründe dafür aus den Augen verloren, weshalb eine Dame sich überhaupt entschließt, solche Erkundigungen einzuziehen.«

»Ich glaube, ich verstehe Sie nicht ganz.«

»Eine Affäre mag sich für manche Menschen blendend bewähren.« Honoria rückte ihre Hutbänder zurecht und erhob sich. »Aber Mr. Adams und ich wollen wesentlich mehr.«

»Ich weiß nicht, was Sie meinen.«

»Es ist schwierig, das in Worte zu fassen, Miss Arkendale. Wenn Ihnen die Antwort auf Ihre eigene Frage nicht intuitiv klar ist, dann bezweifle ich, daß ich es Ihnen erklären kann.

Belassen wir es dabei, zu sagen, daß man eine Ehe voller Hoffnung eingeht.«

»Hoffnung?«

»Und voller Vertrauen. Und mit Zukunftsplänen.« Honoria bedachte sie mit einem mitleidigen Blick. »Eine Affäre hat einem nichts von alledem zu bieten, nicht wahr? Schon allein von ihrer Natur her handelt es sich dabei um eine Beziehung, die extremen Einschränkungen unterworfen ist. Wenn Sie mich jetzt entschuldigen würden, aber ich habe es eilig. Ich danke Ihnen noch einmal für Ihre Dienste.«

Charlotte sprang auf, angetrieben von den Fragen, die in ihrem Innern aufsprudelten. Plötzlich wollte sie unbedingt wissen, was Honoria Patterson in der Ehe suchte. Konnte es möglicherweise doch etwas geben, was das gräßliche Risiko wert war, hinterher festzustellen, daß man sich an einen Mann wie Winterbourne gekettet hatte?

Und es gab sogar noch schlimmere Möglichkeiten, rief sie sich ins Gedächtnis zurück. Möglichkeiten, die direkt aus einem üblen Alptraum hätten stammen können. Was konnte es bloß wert sein, daß man Gefahr lief, sich an ein solches Ungeheuer zu binden, wie jenes Geschöpf, das vor fünf Jahren Schatten des Korridors vor Ariels Schlafzimmer herumschlich?

Charlotte erkannte, daß Honoria in der Tür stehengeblieben war. In ihrem Gesicht drückte sich große Sorge aus.

»Fühlen Sie sich nicht gut, Miss Arkendale?«

»Nein, nein, es ist alles in Ordnung. Mir fehlt nichts.« Charlotte holte tief Luft, um sich zu beruhigen. Sie stemmte beide Hände auf den Schreibtisch, als müsse sie sich stützen. Mit einem enormen Willensakt zwang sie sich zu einem Lächeln, von dem sie hoffte, daß es geschäftsmäßig wirken würde. »Entschuldigen Sie bitte. Ich werde meine Haushälterin rufen, damit sie Sie zur Tür begleitet.«

Ein lautes Pochen unterbrach Charlotte, als sie gerade

nach der samtenen Klingelschnur greifen wollte, und die Tür zu ihrem Büro wurde geöffnet.

Mrs. Wittys majestätische Gestalt ragte beeindruckend im Türrahmen auf. »Mr. St. Ives ist gerade eingetroffen, Ma'am. Er sagt, er hätte einen Termin mit Ihnen.«

Charlottes morbide Gedanken und all ihre unbeantworteten Fragen waren im Handumdrehen verflogen. Baxter war da.

»Danke, Mrs. Witty. Miss Patterson wollte sich gerade verabschieden. Würden Sie sie bitte zur Tür begleiten?«

Mrs. Witty trat zur Seite und sah Honoria erwartungsvoll an. »Ja, Ma'am.«

Honoria verließ das Büro mit fröhlich federnden Schritten und einem Schwung, von dem man bei ihrem Eintreffen noch nichts hatte wahrnehmen können.

Charlotte begriff, daß sich ihr eine glänzende Gelegenheit bot, ein weiteres Experiment mit Baxter durchzuführen.

»Ach, noch etwas, Miss Patterson, wenn Sie noch einen kleinen Moment Zeit hätten.« Charlotte eilte um ihren Schreibtisch herum und blieb in der Tür ihres Arbeitszimmers stehen. Sie schaute in die Eingangshalle hinaus.

Baxter stand da und war in diese Aura von unerschütterlicher grenzenloser Ruhe gehüllt, die Charlotte als faszinierend und beunruhigend zugleich empfand. Andere mochten in seiner gelassenen Ausstrahlung zwar die Geduld eines von Natur aus gesetzten und eher langweiligen Menschen sehen, doch sie wußte, daß es sich dabei um etwas ganz anderes handelte. Es war eine Manifestation seiner inneren Stärke und der Herrschaft, die er über sich selbst hatte.

Bei seinem Anblick schnappte sie nach Luft. Er trug ein streng geschnittenes dunkelblaues Jackett, das zwar ein wenig zerknittert war, aber dennoch seine kräftigen Schultern hervorhob. Sie fand, das Halstuch mit dem schlichten Knoten, die konservative Reithose und die Stiefel stünden ihm gut. Für Mode brachte er offenbar keinerlei Interesse auf. Er war ein Mann mit tiefschürfendem Feingefühl, der sich mit solchen Oberflächlichkeiten gar nicht erst abgab.

In dem Moment trafen sich ihre Blicke, und seine Augen funkelten hinter den Brillengläsern. Ihr drängte sich der unerfreuliche Eindruck auf, daß er genau wußte, was sie gerade dachte. Sie spürte, wie die Glut in ihre Wangen strömte, und diese Tatsache ärgerte sie gewaltig. Sie war eine Dame *in fortgeschrittenen Jahren,* und außerdem war sie viel zu sehr eine Frau von Welt, um zu erröten, sagte sie sich.

»Wünschen Sie noch etwas von mir, Miss Arkendale?« erkundigte sich Honoria höflich.

Charlotte trat einen Schritt vor. »Ehe Sie gehen, Miss Patterson, wollte ich Ihnen noch Mr. St. Ives vorstellen.« Sie beobachtete, wie Honoria sich zu Baxter umdrehte. »Er ist mein Sekretär.«

»Mr. St. Ives«, murmelte Honoria.

»Miss Patterson.« Baxter neigte den Kopf zu einer kurzen Verbeugung.

Charlotte beobachtete Honorias Gesichtsausdruck. Keine Spur von Verblüffung, Neugier oder dergleichen wies darauf hin, daß sie Baxter verdächtigte, etwas anderes als das zu sein, was er angeblich war, ein gewöhnlicher Angestellter.

Wirklich erstaunlich, dachte Charlotte. Fast hätte sie vor Verwunderung den Kopf geschüttelt, doch sie merkte es gerade noch rechtzeitig und lächelte statt dessen Honoria an. »Mr. St. Ives leistet mir enormen Beistand. Ich weiß nicht, was ich ohne ihn täte.«

Baxters Augen funkelten. »Sie schmeicheln mir, Miss Arkendale.«

»Nicht im geringsten, Mr. St. Ives. Sie sind von unschätzbarem Wert für mich.«

»Es freut mich, das zu hören.«

Honoria sah sie beide mit einem nichtssagenden Lächeln an. »Wenn Sie mich jetzt entschuldigen würden, aber ich muß noch eine ganze Reihe von Besuchen machen.« Sie wandte sich ab und ging zur Haustür hinaus, ohne sich auch nur noch einmal umzusehen.

Charlotte wartete, bis Mrs. Witty die Tür hinter ihnen geschlossen hatte. Dann ging sie in ihr Arbeitszimmer zurück und bedeutete Baxter, ihr zu folgen. »Kommen Sie herein, Mr. St. Ives. Wir haben viel miteinander zu besprechen.«

Baxter ging durch die Eingangshalle und folgte ihr. »Sogar noch viel mehr, als Sie im Moment glauben, Miss Arkendale.«

Sie ignorierte seine Bemerkung und warf einen Blick auf ihre Haushälterin. »Würden Sie uns bitte eine Kanne Tee bringen, Mrs. Witty?«

»Ja, Ma'am.« Mrs. Witty begab sich in die Küche.

Charlotte schloß die Tür und drehte sich dann sofort zu Baxter um. »Miss Patterson hat keinen Moment lang gezögert, als ich sie Ihnen vorgestellt habe. Offensichtlich hat sie mir ohne jeden Hintergedanken geglaubt, daß Sie mein Sekretär sind.«

»Ich habe Ihnen doch gleich gesagt, daß es mir keinerlei Schwierigkeiten bereiten wird, diese Rolle zu spielen.« Seine Lippen verzogen sich ein wenig. »Sie sind die einzige, die jemals meine verblüffende Fähigkeit in Zweifel gezogen hat, mich als Haferschleim zu verkleiden.«

Sein Tonfall ließ sie aufhorchen. »Was ist los mit Ihnen, Mr. St. Ives?«

Er trat ans Fenster und blieb dort stehen. »Letzte Nacht, nachdem ich von hier weggegangen bin, sind mir viele Gedanken durch den Kopf gegangen.«

»Ja, mir auch.«

»Ich möchte bezweifeln, daß wir zu ähnlichen Schlußfolgerungen gelangt sind.«

»Mr. St. Ives, ich verstehe nicht, was das alles heißen soll.«

»Es gibt ein paar Dinge, die ich Ihnen erklären muß.«

»Was für Dinge?« Eine Spirale des Unbehagens begann sich in ihr auszudehnen. Vielleicht bereute er den kurzen leidenschaftlichen Ausbruch der vergangenen Nacht.

»Sir, Ihr Benehmen ist heute reichlich geheimnisvoll. Stimmt etwas nicht?«

»Verdammt noch mal, wir machen Jagd auf einen Mörder. Natürlich stimmt hier so einiges nicht. Nur zu Ihrer Information, Charlotte, Wagnisse dieser Art sind gewöhnlich kein üblicher Zeitvertreib für Damen. Und sie werden auch nicht gerade als das typische Hobby eines Gentleman angesehen, ganz nebenbei bemerkt.«

»Ich verstehe.« Sie nahm Zuflucht zu ihrem Stolz. »Falls Sie inzwischen Bedenken haben sollten, steht es Ihnen selbstverständlich frei, von Ihrem Posten zurückzutreten.«

»Ich fürchte, daß ich die Rolle Ihres Sekretärs nicht länger spielen kann, auch wenn ich mich noch so gut dafür eigne.«

Es ist aus und vorbei So schnell schon. Ehe ich ihn auch nur ein wenig besser kennenlernen konnte.

Baxter würde durch diese Tür hinausgehen. Das Gefühl eines großen Verlusts wogte in Charlotte auf und versetzte sie in Panik. Es war einfach lachhaft, denn sie kannte diesen Mann so gut wie gar nicht. Sie mußte dringend ihre Gefühle in den Griff kriegen.

»Vielleicht wären Sie so freundlich, mir zu erklären, wie Sie das meinen, Sir«, sagte sie forsch.

»Vermutlich wäre es, um diese ganze Geschichte aufzurollen, das beste, mit dem Anfang zu beginnen.«

Baxter drehte sich endlich zu ihr um und sah sie an. Seine Augen waren unergründlich. »Es war kein Zufall, daß ich mich für den Posten beworben habe, der bei Ihnen zu besetzen war. Ich hatte John Marcle schon vorher ausfindig gemacht, weil ich die Absicht hatte, soviel wie nur irgend möglich über Ihre Finanzen in Erfahrung zu bringen.«

»Gütiger Himmel.« Charlotte nahm ein kaltes, prickelndes Gefühl wahr, das ihr über die Haut lief. »Warum denn das?«

»Meine Tante war eng mit Drusilla Heskett befreundet. Sie hat mich gebeten, Nachforschungen zu dem Mordfall anzustellen, und dies hat mich bald zu Ihnen geführt. Genaugenommen hat sogar alles mit Ihnen angefangen. Meine Tante war der festen Überzeugung, Sie seien für den Mord an Mrs. Heskett verantwortlich.«

»Oh, mein Gott.« Sie hatte sich zwar auf vieles gefaßt gemacht, aber ganz gewiß nicht auf das, was sie hier zu hören bekam. Im ersten Moment verschlug es Charlotte die Sprache.

»Ja, ich weiß«, murmelte Baxter. »Ich habe Ihnen doch gesagt, daß es nicht ganz einfach sein würde, die Dinge zu erklären.«

»Ich möchte nur sichergehen, daß ich Sie richtig verstanden habe. Ihre Tante glaubt, ich hätte die arme Mrs. Heskett umgebracht? Aber was könnte sie auf einen solchen Gedanken gebracht haben?«

»Der Umstand, daß Mrs. Heskett Ihnen kürzlich eine große Geldsumme bezahlt hat.«

Charlotte war empört. »Aber dieses Geld habe ich für geleistete Dienste bekommen. Ich habe Ihnen doch schon gesagt, daß ich im Auftrag von Drusilla Heskett Erkundigungen über die Hintergründe einiger der Herren eingeholt habe, die um ihre Hand angehalten haben.«

Baxter fuhr sich mit den Fingern durch sein Haar. »Das ist mir inzwischen klar. Aber meine Tante hat nichts davon gewußt. Anscheinend hat Mrs. Heskett Ihren Wunsch geachtet, diese Angelegenheit vertraulich zu behandeln. Sie hat meiner Tante nie etwas von der Natur der geschäftlichen

Beziehungen zu Ihnen erzählt. Und nach dem Mord hat Rosalind das Schlimmste angenommen.«

»Ich verstehe. Und was genau hat sich Ihre Tante aus der Tatsache zusammengereimt, daß Mrs. Heskett mir eine große Geldsumme bezahlt hat?«

»Sie ist davon ausgegangen, daß Sie Drusilla Heskett erpreßt haben.«

»*Erpressung.*« Charlotte stöhnte und ließ den Kopf auf ihre Hände sinken. Ahnungen davon, wie ihr mühselig aufgebautes Unternehmen aufgrund von gräßlichen Gerüchten, die sie als miese Schurkin hinstellten, in die Brüche ging, tanzten durch ihren Kopf. »Das wird ja immer schlimmer. Wir haben das Unglaubliche längst hinter uns zurückgelassen und sind beim wahrhaft Bizarren gelandet.«

»Ja, das kann man wohl sagen.« Baxter kam langsam näher und blieb hinter dem Stuhl stehen, der auf der anderen Seite ihres Schreibtischs stand.

Charlotte hob den Kopf und beobachtete mißtrauisch, wie seine Finger die Rückenlehne des polierten Mahagonistuhls umfaßten. Aus irgendeinem Grund zogen seine großen, geschickten Hände sie magisch an.

»Sprechen Sie weiter, Sir. Ich habe das Gefühl, Sie wollen noch mehr sagen.«

»Nachdem sie erst einmal beschlossen hatte, Sie seien eine Erpresserin, war es für meine Tante kein großer Sprung mehr, zu der Schlußfolgerung zu gelangen, daß Sie Mrs. Heskett außerdem auch noch ermordet haben.«

»Ja, da haben Sie wohl recht. Ich kann nachvollziehen, wie eine fälschliche Annahme zur nächsten führt.«

»Sie werden sich zweifellos blendend mit meiner Tante verstehen. Offenbar folgen Sie beide denselben wahllosen Mustern, wenn es um Denkprozesse geht.«

»Reden Sie weiter, Mr. St. Ives, aber kommen Sie auf das Geschäftliche zurück.«

»Wie ich bereits sagte, hat mich die Logik zu Marcle geführt, Ihrem Sekretär.«

»Und wie kam es dazu?«

Er zuckte die Achseln. »Ich habe mir gesagt, falls Erpressung im Spiel sein sollte, sei es sinnvoll, die Dinge von der finanziellen Seite her aufzurollen.«

Sie würdigte stumm die Brillanz dieser Argumentationskette. »Wie haben Sie herausgefunden, daß ich John Marcle beschäftigt habe?«

»Das war nicht schwierig. Schließlich beschäftige ich meinen eigenen Sekretär.«

Sie zuckte zusammen. »Ja, natürlich.«

»Ich habe ihn angewiesen, bei meinen Bankiers Auskünfte einzuholen, die dann wiederum bei Ihren Bankiers nachgefragt haben. Auf diese Art habe ich nicht nur von Marcles Existenz erfahren, sondern auch herausgefunden, daß er einen Nachfolger sucht.«

»Und deshalb haben Sie sich für die Anstellung beworben.« Sie atmete langsam aus. »Ein verdammt raffinierter Schachzug, Sir.«

Er zögerte, und dann fügte er in einem auffallend neutralen Tonfall hinzu: »Ich habe in diesen Dingen einige Erfahrungen gesammelt.«

»In welchen Dingen? Als Sekretär oder als Spion?«

»Im Grunde genommen in beiden Bereichen.« Er schaute auf seine Hände, die die Rückenlehne des Stuhls umklammert hielten. Als er wieder aufblickte, stand ein freudloser Ausdruck in seinen Augen. »Was den geschäftlichen Aspekt angeht, so habe ich etliche Jahre ein beträchtliches Vermögen verwaltet.«

»Ein Vermögen?« Heute sollte sie anscheinend einen Schock nach dem anderen bekommen, dachte sie sich.

»Genaugenommen waren es zwei. Mein eigenes Vermögen und das meines Halbbruders.«

»Ich verstehe.« Sie schluckte. »Und was hat es mit dem Spionieren auf sich?«

Baxter sah sie gequält an. »Ich ziehe es vor, dieses Wort nicht zu verwenden.«

Sie kniff die Augen zusammen. »Spione stehen wirklich in einem ziemlich schlechten Ruf, nicht wahr? Ein anrüchiges, verrufenes Pack, dem jedes Ehrgefühl fehlt.«

»In der Tat.« Sein markantes Kinn schob sich ein Stück vor. »Der Berufsstand als solcher mag zwar ein unvermeidliches Übel sein, doch er wird nicht als ehrenwert angesehen.«

Charlotte fühlte sich abscheulich. Er hatte diese grausame Beleidigung zwar verdient, aber aus irgendwelchen Gründen wünschte sie, sie hätte dem Drang widerstehen können und ihm diese Worte nicht ins Gesicht geschleudert.

»Entschuldigen Sie bitte«, sagte sie forsch. »Gentlemen befassen sich nicht mit Spionage.«

»Nein, das tun sie nicht.« Er unternahm noch nicht einmal einen Versuch, sich zu verteidigen.

»Ein Ehrenmann dagegen«, fügte sie äußerst behutsam hinzu, »könnte sich unter Umständen den entsprechenden Instanzen für eine verstohlene Mission zur Verfügung stellen.«

»Ich kann Ihnen versichern, daß ich mich nicht freiwillig dafür gemeldet habe«, sagte Baxter trocken. »Das, was das Interesse der staatlichen Stellen geweckt hat, waren meine Kenntnisse auf dem Gebiet der Chemie. Ein hochgestellter Gentleman ist an meinen Vater herangetreten und hat sich bei ihm erkundigt, ob ich wohl bereit wäre, die Nachforschungen zu unterstützen. Mein Vater ist zu mir gekommen, und ich habe zugesagt, mir die Angelegenheit genauer anzusehen.«

»Wer ist Ihr Vater überhaupt?«

»Der vierte Earl von Esherton.« Baxter spreizte die Hände auf der Stuhllehne. »Er ist vor zwei Jahren gestorben.«

»Esherton.« Charlotte war jetzt restlos verwirrt. »Sie

wollen mir doch nicht etwa erzählen, daß Sie der fünfte Earl von Esherton sind? Das ginge wahrhaftig zu weit, Sir.«

»Nein. Ich bin ein Bastard, Charlotte, und keineswegs ein Earl.«

»Gott sei Dank, das hätte mir nämlich gerade noch gefehlt.«

Ihre Reaktion schien Baxter im ersten Moment zu verblüffen. »Mein Halbbruder Hamilton ist der derzeitige Earl von Esherton.«

»Es erleichtert mich, das zu hören.«

Baxter zog die Augenbrauen über seinem Brillengestell hoch. »Ach, wirklich?«

»Ja, allerdings, das kann ich Ihnen versichern. Das hätte alles nur noch viel komplizierter gemacht, verstehen Sie. Das allerletzte, was ich gebrauchen kann, ist ein Adliger in meiner nächsten Nähe.« Plötzlich kam ihr ein ganz anderer Gedanke. »Wie heißt Ihre Tante?«

»Rosalind, Lady Trengloss.«

»Gütiger Gott, schon wieder ein Titel.« Charlotte zog die Stirn in Falten. »Trengloss. Ich glaube, Drusilla Heskett hat sie beiläufig erwähnt.«

»Wie ich schon sagte, war Mrs. Heskett eine gute Freundin meiner Tante.«

Charlotte nickte matt. »Es liegt nur allzu nah, daß Sie sich im Namen Ihrer Tante genauer mit dem Mordfall befassen wollten. Ich hätte an Ihrer Stelle genauso gehandelt.«

Baxter lächelte ohne jede Spur von Humor. »Sie sind wirklich *zu* verständnisvoll.«

»Darf ich davon ausgehen, daß Sie mir all das erzählen, weil Sie zu dem Schluß gelangt sind, daß ich doch keine mordende Erpresserin bin?«

»Ich bin von Anfang an nicht davon überzeugt gewesen, daß Sie etwas auf dem Kerbholz haben.«

»Wenigstens das. Ich danke Ihnen.«

»Aber gewisse Fragen haben sich mir dennoch aufgedrängt. Meine Vorgehensweise in solchen Angelegenheiten sieht so aus, daß ich bei meinen Nachforschungen den logischsten Pfad einschlage, bis ich auf gegenteilige Beweise stoße.«

»Das muß der Wissenschaftler in Ihnen sein.« Charlotte musterte aufmerksam die Spitze ihrer Feder. »Und auf welche Beweise sind Sie gestoßen, wenn Sie zu der Überzeugung gelangt sind, daß ich unschuldig bin, Mr. St. Ives?«

»Zum einen schienen Sie sich in Drusilla Hesketts Haus nicht auszukennen.«

Charlotte blickte ruckartig zu ihm auf. »Wie bitte?«

»Mrs. Heskett ist in ihrem eigenen Haus ermordet worden. In ihrem Schlafzimmer, um präzise zu sein.«

»Ja, das ist mir bekannt.«

»Als wir letzte Nacht auf dem Treppenabsatz gestanden haben, haben Sie gezögert. Sie wußten nicht, welches Schlafzimmer es war, bis wir in den Raum gekommen sind, in dem wir ihre persönlichen Dinge gefunden haben.«

»Ich verstehe.« Charlotte schluckte. »Vollkommen logisch.«

»Und außerdem schienen Sie nicht zu wissen, wonach Sie suchen sollen. Sie hatten keine Ahnung, welchen Fund Sie sich von der Durchsuchung dieses Hauses erhofften. Sie sind zufällig auf den Skizzenblock gestoßen, aber ansonsten schienen Sie im ungewissen darüber zu sein, was Ihnen einen Anhaltspunkt bieten könnte. Sie sind ganz offensichtlich nicht in dieses Haus zurückgekehrt, um spezielle Indizien zu entfernen, von denen Sie gewußt haben, daß sie auf Ihre Person hinweisen würden.«

Zweifellos hätte sie sich darüber freuen sollen, daß seine zwingende Logik ihn zu der Schlußfolgerung geführt hatte, sie wäre nicht schuldig. Aber aus irgendwelchen Gründen war sie nach wie vor bedrückt. Was hatte sie denn erwartet?

Hatte sie etwa hören wollen, Baxter hätte gestern einen ersten Blick auf sie geworfen und ihr von Anfang an blind vertraut?

»Nun«, sagte sie und fand insgeheim, ihr selbstbewußtes Auftreten sei unter den gegebenen Umständen nicht sehr wünschenswert, »da Sie die Schuldfrage soweit gelöst haben, daß ich als mögliche Täterin ausscheide, möchten Sie natürlich von Ihrem Posten zurücktreten und sich um Ihre eigenen Angelegenheiten kümmern.«

»Nicht direkt.«

»Unter den gegebenen Umständen wäre das absolut einleuchtend. Schließlich besteht für Sie jetzt keine Notwendigkeit mehr, Ihre Nachforschungen in bezug auf mich fortzusetzen. Sie könnten ebensogut ...« Sie unterbrach sich, als seine Worte zu ihr durchdrangen. »Was soll das heißen, *nicht direkt*?«

Baxter ließ die Stuhllehne los und wandte sich ab, um im Zimmer herumzulaufen. Er blieb vor dem Bücherregal stehen und kehrte ihr den Rücken zu. »Ich möchte die weitere Klärung dieses Falles gemeinsam mit Ihnen durchführen, Charlotte.«

Die Niedergeschlagenheit fiel von ihr ab. »Im Ernst?«

»Das Problem, das uns zusammengeführt hat, besteht weiterhin«, hob er hervor. »Die Umstände des Mordes an Mrs. Heskett sind immer noch zu klären. Sie und meine Tante haben es auf dieselben Antworten abgesehen.«

»Ja.« Plötzlich war sie wesentlich besser gelaunt, schon fast heiter. »Ja, das stimmt allerdings, Sir. Und an dem alten Sprichwort, daß zwei Köpfe besser sind als einer, ist doch gewiß etwas Wahres dran.«

»Eine geringfügige Veränderung in unserem Verhältnis zueinander wird sich jedoch nicht umgehen lassen.«

Ein Schauer der Sorge lief ihr über den Rücken. »Eine Veränderung?«

Er drehte sich um und hatte die Hände auf dem Rücken gefaltet, während er dastand und sie ansah. »Ich fürchte, daß ich mich in Zukunft nicht mehr als Ihr Sekretär ausgeben kann.«

»Ich gebe zu, daß ich selbst dann noch meine Zweifel hatte, als meine Schwester und meine Haushälterin behauptet haben, es bestünde nicht der geringste Anlaß zur Sorge. Aber ich glaube, Miss Pattersons Reaktion auf Sie beweist, daß Sie diese Rolle tatsächlich auch weiterhin recht erfolgreich spielen können.«

»Das Problem«, sagte Baxter behutsam, »besteht darin, daß unsere Nachforschungen uns wahrscheinlich in Drusilla Hesketts Freundeskreis ziehen werden.«

»Ja, selbstverständlich. Warum auch nicht?«

»Mrs. Hesketts Bekanntenkreis überschneidet sich weitgehend mit dem Bekanntenkreis meiner Tante. Und in diesem Kreis kennt man mich.« Sein Mund verzog sich herablassend. »Diejenigen, die mich nicht kennen, wissen, wer ich bin. Schließlich bin ich Eshertons Bastard. In der feinen Gesellschaft wird es mir unmöglich sein, mich unauffällig zu bewegen.«

»Ich verstehe.« Charlottes Gedanken überschlugen sich. »Dann müssen wir uns eine andere Erklärung überlegen, warum man uns häufiger miteinander sieht.«

»Ich habe den größten Teil der letzten Nacht damit zugebracht, mir Gedanken über dieses Problem zu machen.« Baxter legte eine Pause ein. »Ich glaube, daß ich sämtliche Möglichkeiten durchgespielt und keine übersehen habe.«

Sie lächelte ihn erwartungsvoll an. »Und?«

»Und ich bin zu der unausweichlichen Schlußfolgerung gelangt, daß es im Grunde genommen nur einen einzigen gesellschaftlich anerkannten Grund dafür gibt, daß wir beide ungewöhnlich viel Zeit miteinander verbringen.«

»Ich kann es kaum erwarten, Ihren Vorschlag zu hören.«

»Eine Verlobung.«

Sie bekam in ihrer Verwirrung ein paar Sekunden lang keine Luft mehr.

»Wie bitte?« brachte sie schließlich heraus.

»Wir beide werden offiziell bekanntgeben, daß wir uns verlobt haben und demnächst heiraten werden.« Er bedachte sie mit einem flüchtigen Lächeln. »Und in Anbetracht dieser veränderten Situation muß ich wirklich darauf bestehen, daß du mich von jetzt an Baxter nennst.«

6

Baxter machte sich auf eine Explosion gefaßt, aber selbst die umfangreichen Kenntnisse, die er im Umgang mit verdampfbaren Substanzen gesammelt hatte, hätten ihn nicht auf Charlottes Reaktion vorbereiten können.

Sie verharrte absolut regungslos. Ihre Augen wurden erst groß und verengten sich dann zu Schlitzen. Ihr Mund öffnete und schloß sich zweimal hintereinander.

Und erst dann explodierte sie.

»Eine *Verlobung*?« Charlotte sprang mit einem Satz von ihrem Stuhl auf, der einen Ausbruch des legendären Vesuv in den Schatten gestellt hätte. Sie hatte sich hinter ihrem Schreibtisch verbarrikadiert und sah ihn mit ungläubiger Bestürzung an. »Haben Sie den Verstand verloren, Sir?«

»Das ist sehr gut möglich.« Baxter fragte sich einen Moment lang, warum ihre Reaktion ihn kränkte und verdroß. Weshalb, zum Teufel, hätte sie sich für die Aussicht begeistern sollen, die Rolle seiner Verlobten zu spielen?

Dennoch wäre es in Anbetracht des Umstands, daß er den größten Teil der Nacht in einem kaum nachlassenden Zustand der Erregung verbracht hatte, erfreulich gewesen, wenn er nicht ganz soviel Entsetzen und Bestürzung in ihren Augen gesehen hätte. Schließlich war er nicht der einzige, der letzte Nacht einem Ausbruch von glühender Leidenschaft erlegen war.

»Dieser Vorschlag ist geradezu aberwitzig.« Charlotte strengte sich sichtlich an, ihre Fassung wiederzufinden. »Was hat Sie bloß auf diesen Gedanken gebracht?«

»Ich dachte, das hätte ich bereits deutlich klargestellt.« Er hatte die ganze Geschichte logisch durchdacht. Sie war eine intelligente Frau und hätte eigentlich in der Lage sein sollen, das Problem und seine Lösung ebenso klar zu erkennen wie er. »Wenn wir unsere Nachforschungen weiterhin fortsetzen und sie auf den Bekanntenkreis meiner Tante ausweiten wollen, dann können Sie mich in Zukunft nicht mehr als Ihren Sekretär ausgeben. Das ist einfach nicht machbar. Wir brauchen eine glaubwürdige Erklärung für die engen Beziehungen, die wir miteinander pflegen.«

»Eine glaubwürdige Erklärung«, wiederholte sie tonlos.

»Ja.« Baxter verspürte plötzlich den unbändigen Drang, in dem Büro umherzulaufen. Verärgert zwang er sich dazu, wie angewurzelt auf der Stelle stehenzubleiben. Unruhiges Umherlaufen war ein deutliches Anzeichen dafür, daß man gefühlsmäßig aus dem Gleichgewicht geraten war, doch seine Emotionen gerieten niemals in Aufruhr.

»Und diese Erklärung halten Sie für glaubwürdig?«

»Wenn Ihnen ein besserer Vorwand einfällt, höre ich ihn mir mit Freuden an.«

»Es muß doch einen einleuchtenderen Vorwand geben.« Charlotte trommelte mit den Fingern auf ihre Schreibtischplatte. »Lassen Sie mir einen Moment Zeit zum Nachdenken.«

»Nehmen Sie sich ruhig Zeit.« Das Gefühl der Unruhe verstärkte sich. Um es abzuschütteln, griff Baxter nach dem Buch, das neben ihm auf einem kleinen Tisch lag. Geistesabwesend warf er einen Blick auf die Worte, die auf dem ledernen Einband standen. Als er Byrons Namen sah, fluchte er leise und legte das Buch rasch zur Seite, ganz so, als hätte es sich in seinen Händen in rotglühende Kohlen verwandelt.

»Wir könnten so tun, als seien wir einander durch unser gemeinsames Interesse an der Chemie begegnet«, sagte Charlotte bedächtig. »Wir werden behaupten, wir hätten uns auf einer Tagung eines der wissenschaftlichen Verbände kennengelernt.«

»Damit ließe sich erklären, daß wir einander kennen, und auch ein gelegentliches Gespräch in der Öffentlichkeit wäre somit gerechtfertigt, aber das ist auch schon alles.«

»Es gibt noch eine andere Möglichkeit.«

Sie war wirklich versessen darauf, eine Alternative zu finden, dachte er grimmig. Offenbar war ihr der Gedanke an eine Verlobung mit ihm sogar dann ein Greuel, wenn alles nur vorgetäuscht war. »Und wie sieht diese Möglichkeit aus?«

Sie warf ihm einen kurzen forschenden Seitenblick zu und richtete ihre Augen dann starr auf einen Globus, der in der Nähe des Fensters stand. »Wir könnten dafür sorgen, daß Ihre Tante mitsamt ihrem Freundeskreis davon ausgeht, wir beide unterhielten . . . wir unterhielten romantische Beziehungen zueinander.«

»Ich hätte geglaubt, das sei der Grundgedanke meines Plans.«

»Ich dachte dabei eher an eine gewissermaßen unzulässige Beziehung.« Charlotte errötete, und sie starrte weiterhin unbeirrt den Globus an. »Wir stellen es so hin, als seien wir eine Liaison miteinander eingegangen.«

»Der Teufel soll mich holen. Sie wollen allen Ernstes, daß die Leute glauben, wir hätten eine *Affäre*? Das ist der dümmste Vorschlag, den ich je gehört habe.«

Sie reckte das Kinn etwas vor. »Mir scheint dieser Vorschlag durchaus vernünftig zu sein.«

»Nicht in meinem Fall.«

»Was soll das heißen?« Sie wandte den Kopf schnell zu ihm hin. »Ach, du meine Güte. Sie wollen damit doch gewiß nicht etwa andeuten, daß Sie sich in dieser Hinsicht nicht für Frauen interessieren? Ich wußte immer, daß Mr. Marcle keine derartigen Neigungen hatte, aber nach der letzten Nacht hatte ich ganz entschieden den Eindruck, daß Sie, äh, sie durchaus haben. Die Neigungen. Derartige Neigungen.«

»Ich bin alles andere als frei von solchen Neigungen«, sagte Baxter mit fester Stimme. »Aber ich lebe sie nicht in der Öffentlichkeit aus.«

»Wie bitte?« entgegnete Charlotte schreiend.

Baxter seufzte. Dieses Gespräch ließ sich weitaus übler an, als er es sich vorgestellt hatte. »Ich gehöre nicht zu den Männern, die sich vor den Augen der feinen Gesellschaft mit ihren Affären brüsten und sie regelrecht ins Rampenlicht rücken. Grob gesagt, ich bin nicht wie mein Vater.«

»Ich verstehe.« Dennoch wirkte sie nachdenklich.

»Charlotte, die Leute, die mich kennen, wissen sehr wohl, daß ich niemals in der Öffentlichkeit mit einer Mätresse prahlen würde, und schon gar nicht, wenn es sich dabei auch noch um eine relativ junge Frau handelt, die nie verheiratet gewesen ist. Das wäre absolut untypisch für mich, wenn Sie verstehen, was ich meine.«

»Ich glaube, ich beginne allmählich, die Situation zu begreifen. Sie sind im Grunde Ihres Wesens eben doch ein Gentleman, Sir. Es ist sehr großmütig von Ihnen, daß Sie sich um meinen Ruf sorgen, aber ich kann Ihnen versichern, daß mir das Gerede der Leute nicht das geringste ausmacht.«

»Verdammt noch mal, das Gerede der Leute sollte Sie aber stören, wenn Sie auch nur die leiseste Hoffnung hegen, Ihren Beruf weiterhin ausüben zu können, sobald diese Angelegenheit erledigt ist.« Es war ein Schuß ins Blaue, aber im Moment fiel ihm kein besseres Argument ein.

Ihre Augen wurden groß. »Gütiger Himmel. Diesen Aspekt hatte ich noch gar nicht bedacht. Glauben Sie wirklich, Gerüchte über eine romantische Liaison zwischen uns beiden könnten sich für mich geschäftsschädigend auswirken?«

Baxter sah eine Möglichkeit und stürzte sich erbarmungslos auf sie. »Die Gesellschaft kann sehr wankelmütig und extrem scheinheilig sein, wenn es um solche Dinge geht. Sie müssen sich darüber klarwerden, daß gerade die Damen, die zu den oberen Zehntausend zählen und die Sie als Klientinnen anzulocken hoffen, an diejenigen, die Sie beschäftigen, strengere Maßstäbe anlegen als an ihre eigene Person.«

»Ich verstehe, was Sie meinen.« Charlotte betrachtete ihre Hände. »Mrs. Witty, meine Haushälterin, hat mir Geschichten von eleganten Damen erzählt, die selbst unzählige Affären haben, aber keinen Moment zögern würden, ein Dienstmädchen zu entlassen, weil es von einem Lakaien geschwängert worden ist.«

»Genauso verhält es sich. Und derartigen Damen würde es mit Sicherheit widerstreben, Geschäfte mit einer Frau zu tätigen, die eine allgemein bekannte Affäre mit einem Mann in meiner Position gehabt hat.«

»In Ihrer Position?«

»Wie oft muß ich Sie eigentlich noch daran erinnern, daß ich ein Bastard bin?«

»Ein Bastard, der besessen davon zu sein scheint, daß niemand Gerüchte über ihn in Umlauf setzt.«

»Vielleicht möchte ich es gerade deshalb vermeiden, weil ich schon seit dem Tag meiner Geburt mit Gerüchten leben mußte.«

»Ja, selbstverständlich.« Sie ließ sich langsam wieder auf

ihren Stuhl sinken. »Ich möchte mich bei Ihnen entschuldigen, Sir. Ich habe Ihre Gefühle nicht genügend in Betracht gezogen. Es muß zeitweilig sehr schwierig für Sie gewesen sein.«

»Sagen wir es doch einfach so: Skandale stoßen mich ab.« Das Mitgefühl, das er in ihren Augen sah, gefiel ihm gar nicht. Er gab der an ihm zehrenden Unruhe nach und lief zum Fenster. »In den letzten zweiunddreißig Jahren habe ich mehr als genug davon erlebt.«

»Das bezweifle ich nicht.«

Er stemmte eine Hand auf das Fensterbrett. »Was ich Ihnen bei unserem ersten Gespräch über mich selbst erzählt habe, hat rundum der Wahrheit entsprochen. Ich bin tatsächlich so fad wie Haferschleim. Dazu kommt noch, daß ich nicht anders haben will. Ich habe hart daran gearbeitet, mir eine ruhige und geordnete Existenz aufzubauen, die nicht von mir erfordert, daß ich gesellschaftlichen Umgang pflegen muß. Ich habe es mir zur Gewohnheit gemacht, prickelnde Situationen zu vermeiden, die das Interesse anderer und infolgedessen Gerüchte wachrufen könnten.«

»Das ist absolut verständlich.«

Er schaute in den vom Regen durchnäßten Garten hinaus und sah Szenen aus seiner eigenen Vergangenheit vor sich. »Ich unterhalte keine skandalösen Affären mit flotten Witwen. Ich lasse nicht zu, daß die Leidenschaft in meinem Leben Chaos hervorruft. Ich lasse mich auf keine Liaison ein, bei der ich mich verpflichtet fühlen könnte, im Morgengrauen die Ehre meiner Mätresse zu verteidigen. Ich zanke mich nicht inmitten eines Ballsaals mit meiner Geliebten, während mein fünfjähriger Sohn von der Empore aus zusieht.«

»Das glaube ich Ihnen gern.«

Baxters Hand spannte sich fester um die Fensterbank. »Ich zeuge keine unehelichen Kinder, die den Spott ihrer

Spielgefährten mit den Fäusten beantworten müssen. Ich bringe keine Nachkommen hervor, denen nur deshalb, weil sie auf der falschen Bettseite gezeugt worden sind, für immer das Erbe und die Ländereien versagt bleiben werden, die an sie hätten fallen sollen.«

»Kurz und gut, Mr. St. Ives, Sie handhaben Ihre persönlichen Angelegenheiten nicht auf dieselbe Art, mit der Ihre Eltern damit umgegangen sind. Genau das wollen Sie mir damit doch sagen, oder nicht?«

»Ja.« Was, zum Teufel, war bloß über ihn gekommen? fragte sich Baxter. Er gab sich innerlich einen Ruck, um die alten Bilder abzuschütteln. Er hatte niemals vorgehabt, derartige Dinge zu Charlotte zu sagen. Seine privatesten Erinnerungen gingen keinen anderen Menschen auf Erden etwas an.

»Ich gratuliere Ihnen, Sir«, sagte Charlotte sehr leise. »Und ich bewundere Sie.«

Er drehte sich so schnell zu ihr um, daß sein Ellbogen gegen den Globus stieß. Die Welt drehte sich und drohte, auf dem Fußboden zu zerschellen. Diese Unbeholfenheit, die so untypisch für ihn war, ärgerte ihn, aber er ärgerte sich fast noch mehr darüber, was all das über seine mangelnde Selbstbeherrschung aussagte. Daher bemühte er sich, den Globus im letzten Moment aufzufangen, und schaffte es gerade noch, ehe dieser den Teppich berührte.

»Verdammt noch mal.« Er kam sich vor wie ein Idiot, und daher verwandte er seine gesamte Konzentration darauf, die Welt wieder auf ihren Platz auf der Fensterbank zurückzustellen. Dann sah er Charlotte an, die ihn schweigend beobachtete. »Um Gottes willen, was bringt Sie bloß dazu, zu sagen, daß Sie mich bewundern?«

»Sie sind ganz offensichtlich ein Mann, der große Willenskraft und eine enorme innere Stärke besitzt. Sie haben sich Ihre eigenen Regeln erschaffen. Der Titel, der Ihnen aufgrund Ihrer Abstammung zugestanden hätte, ist zwar nicht an Sie gefallen, aber Sie besitzen nichtsdestotrotz Ehrgefühl und Mut.«

Die Aufrichtigkeit ihrer Worte verblüffte ihn. Um seine Verwirrung zu verbergen, verschränkte er die Arme vor der Brust und lehnte sich mit einer Schulter an die Wand. Er flüchtete sich in distanzierte Belustigung. »Es ist wirklich nett von Ihnen, daß Sie das sagen.«

»In dem Punkt haben wir etwas miteinander gemeinsam.« Charlotte berührte das verzierte silberne Tintenfaß, das auf ihrem Schreibtisch stand. »Nicht nur uneheliche Nachkommen müssen manchmal tatenlos zusehen, wie man ihnen ihr rechtmäßiges Erbe stiehlt. Meine Schwester und ich haben den größten Teil dessen, was uns eigentlich zugestanden hätte, an den zweiten Ehemann meiner Mutter verloren.«

»Winterbourne.«

»Ja.« Charlotte kniff die Lippen zusammen. »Jedesmal, wenn ich an all die Dinge denke, die Ariel seinetwegen entgangen sind, an all die Dinge, die ich ihr nie geben konnte, dann könnte ich . . . aber das verstehen Sie gewiß.«

Er ließ sie nicht aus den Augen. »Da wir im Moment uneingeschränkt aufrichtig sind, sollte ich wohl gestehen, daß auch ich Ihnen große Bewunderung zolle.«

Sie blickte schnell auf. »Ach, wirklich?«

»Mir ist durchaus klar, daß einer Dame, die unversehens mittellos dasteht und zu allem Überfluß auch noch eine jüngere Schwester zu ernähren hat, nicht viele Möglichkeiten offenstehen. Das, was Sie erreicht haben, beeindruckt mich.«

Sie lächelte ihn überrascht an. »Ich danke Ihnen, Mr. St. Ives. Aus Ihrem Munde ist ein solches Kompliment wahrhaft erfreulich.«

»Und angesichts der tiefen Bewunderung, die ich für Sie

empfinde«, fuhr er bedächtig fort, »können Sie doch gewiß verstehen, warum ich nicht die Absicht habe, zu erlauben, daß Sie bei diesem Unternehmen Ihren Ruf zerstören.«

Der Augenblick des gegenseitigen Verständnisses, das zwischen ihnen aufgeflackert war, erlosch mit derselben Geschwindigkeit mit der er gekommen war.

Charlotte sah ihn finster an. »Sie versuchen, mich zu manipulieren, Sir.«

»Ich bin lediglich bemüht, Sie mit Logik und Vernunft zu überzeugen. Falls Sie mit Ihrer Annahme recht haben sollten, daß Drusilla Heskett von einem ihrer Verehrer ermordet worden ist, dann kann es sich dabei ohne weiteres um eine Person handeln, die in der feinen Gesellschaft verkehrt. Das sehe ich doch richtig?«

»Ja, mit einer einzigen Ausnahme gehören die Herren, die sich in jüngster Zeit um Mrs. Heskett bemüht haben, den oberen Zehntausend an«, erwiderte sie ungeduldig. »Mr. Charles Dill war der einzige, der sich nicht in diesen Kreisen bewegt hat, und er ist, wie ich Ihnen bereits sagte, knapp zwei Wochen vor der Ermordung Mrs. Hesketts an einem Herzanfall gestorben.«

»Genau. Dann könnte es sich also bei einem derjenigen, deren Mißtrauen durch ein absolut untypisches Verhalten von meiner Seite aus erregt werden könnte, durchaus um den Mörder handeln.«

Charlotte öffnete den Mund und schloß ihn gleich darauf wieder. Sie schnitt eine Grimasse. »Da könnten Sie durchaus recht haben.«

»Und daher bleibt uns nur noch eine einzige Alternative, wenn man einerseits meinen Hang bedenkt, Skandale und Gerüchte zu vermeiden, und andererseits Ihren Wunsch berücksichtigt, sich Ihre zukünftigen Geschäftsaussichten nicht zu verderben. Wir werden unsere Verlobung offiziell bekanntgeben, denn das bietet uns den bestmöglichen Vorwand dafür, daß wir in den besseren Kreisen verkehren können, während wir unsere Nachforschungen anstellen.«

Ein kurzes angespanntes Schweigen entstand zwischen ihnen.

»Wir?« wiederholte Charlotte dann mit äußerster Höflichkeit.

»Sie sind doch immer noch entschlossen, den Mörder von Drusilla Heskett zu entlarven, oder etwa nicht?«

»Sie war eine Klientin, die möglicherweise deshalb ums Leben gekommen ist, weil es mir nicht gelungen ist, an gewisse grundlegende Informationen heranzukommen.« Charlotte holte tief Luft. »Ich bin es ihr schuldig, daß ihr Mörder seine gerechte Strafe erhält.«

»Der Meinung bin ich nicht. Sie sind ihr nichts dergleichen schuldig. Aber mir ist klargeworden, daß ich Sie nicht von Ihrem Ziel abbringen kann«

»Nein, Sie können mich nicht von meinem Vorhaben abhalten.«

»Wie ich Ihnen bereits erklärt habe, verfolge ich aufgrund des Versprechens, das ich meiner Tante gegeben habe, dasselbe Ziel.« Baxter sah ihr in die Augen. »Mir scheint es ganz so, als müßten wir zusammenarbeiten, um beide ans Ziel zu gelangen.«

Charlotte schüttelte langsam den Kopf, eine Geste, in der sich Resignation und Ungläubigkeit zugleich ausdrückten. »Alles, was ich bereits bei unserer ersten Begegnung an Ihnen wahrgenommen habe, hat sich inzwischen bestätigt, Mr. St. Ives.«

Er zog die Stirn in Falten. »Wie meinen Sie das?«

»Sie sind tatsächlich ein sehr gefährlicher Mann.«

»Verlobt? Mit Charlotte Arkendale?« Rosalind knallte ihre zierliche Teetasse auf die hauchdünne Untertasse. »Ich kann es einfach nicht glauben. Es geht doch nicht an, daß du dich schlicht und einfach mit einem solchen Geschöpf verlobst. Du mußt den Verstand verloren haben.«

»Das ist eine Möglichkeit, über die ich bereits ausgiebig nachgedacht habe«, gestand Baxter.

»Erlaubst du dir etwa einen Scherz mit mir?« Rosalind sah ihn mit einem vorwurfsvollen Stirnrunzeln an. »Du weißt genau, daß ich deinem entschieden merkwürdigen Sinn für Humor noch nie so ganz folgen konnte. Und jetzt erzähl mir haargenau, was hier eigentlich vorgeht.«

»Ich dachte, das hätte ich dir bereits erklärt. Es ist die einzig logische und naheliegende Vorgehensweise, die sich anbietet, vorausgesetzt, du wünschst, daß ich weiterhin meine Nachforschungen betreibe.«

Er lief durch das Wohnzimmer, um den neuen Kaminsims zu betrachten, der gerade erst über der offenen Feuerstelle installiert worden war. Das kunstvoll geschnitzte Muster war im neuen zamaranischen Stil gehalten, so wie fast alles andere in diesem Raum auch. Rosalind hatte sich erst vor kurzem neu eingerichtet. Der frühere Salon im ägyptischen Stil mit den von Hieroglyphen bedeckten Tapeten, den hohen Palmen, den seltsamen Statuen und den künstlichen Säulen war in einen zamaranischen Innenhof verwandelt worden.

Das war die letzte eingreifende Umgestaltung des geräumigen Stadthauses. Als er mit seiner Mutter und seiner Tante hier aufgewachsen war, hatte Baxter in einem etruskischen Häuschen gespielt, in einem chinesischen Garten seine Schulaufgaben gemacht und in einem griechischen Tempel das Fechten geübt und hatte dann – zum Glück – aus einem römischen Grabdenkmal ausziehen können.

Seit dem Tage, an dem er seine eigene Unterkunft bezogen hatte, hatte Baxter eine eiserne Grundregel für seinen Haushalt aufgestellt: Veränderungen würden niemals ausschließlich zu dem Zwecke vorgenommen werden, einer neuen Modeströmung zu gehorchen.

Während er die vergoldete Kamineinfassung betrachtete, wurde ihm klar, daß er sich Veränderungen und dem Tumult, den sie mit sich brachten, schon immer widersetzt hatte.

Als Kind waren die entscheidenden Umwälzungen seines Lebens anscheinend immer die direkte Folge eines heftigen emotionalen Ausbruchs zwischen seinen Eltern. Die beiden waren Experten in der hohen Kunst ausufernder partnerschaftlicher Zerwürfnisse und leidenschaftlicher Versöhnungen gewesen. Solche Szenen hatten tatsächlich das reinste Elixier für sie dargestellt. Sie waren jedesmal aufgeblüht und hatten es genossen, Publikum zu haben. Es hatte ihnen auch nichts ausgemacht, daß dieses Publikum zeitweise nur aus einem einzigen kleinen Jungen bestanden hatte.

Baxter hatte vor diesen unvermeidlichen Kämpfen gegraut. Er hatte bangend auf jede Versöhnung gewartet, und zwischendurch hatte er die Grausamkeiten Gleichaltriger über sich ergehen lassen müssen.

Schon in jungen Jahren hatte er sich vorgenommen, jede Spur des aufbrausenden Naturells, das er von seinen Eltern geerbt haben könnte, aktiv auszumerzen. Er hatte sein Leben so gestaltet, daß es hermetisch gegen starke Gefühle versiegelt war.

Er sagte sich, daß er nur das, was sich in seinem Laboratorium abspielte, aufregend und faszinierend fände. Aber jetzt war Charlotte plötzlich in seine geschlossene und wohlgeordnete Welt eingedrungen, und er fürchtete, er würde der Versuchung nicht widerstehen können, einige riskante Experimente durchzuführen.

Er mußte jedoch äußerste Vorsicht walten lassen, denn sonst war die Explosionsgefahr zu groß.

»Bist du hundertprozentig davon überzeugt, daß Miss Arkendale wirklich unschuldig ist?« fragte Rosalind.

»Ja.« Baxter wandte sich von dem Fries über dem Kamin

ab. »In dem Punkt hege ich nicht mehr den geringsten Zweifel. Wenn du sie kennenlernst, wirst du das verstehen.«

»Aber nur, wenn du dir wirklich ganz sicher bist«, sagte Rosalind zögernd.

»Es wird dir kaum etwas anderes übrigbleiben. Sie ist ebenso wild entschlossen wie du, Drusilla Hesketts Mörder zu entlarven. Ich kann ihr dieses Vorhaben nicht ausreden, und daher sehe ich mich gezwungen, mit ihr zusammenzuarbeiten.«

»Du hast vor, diese fingierte Verlobung als einen Vorwand dafür zu benutzen, daß man dich ständig mit ihr sieht.«

»Eine andere Möglichkeit gibt es nicht.«

Rosalind schien keineswegs überzeugt zu sein. Sie stützte einen Arm auf die elegant geschwungene Armlehne eines zamaranisch-grünen Sofas und musterte Baxter eingehend. »Ich weiß nicht, was ich dazu sagen soll.«

»Das trifft sich gut, denn ich will nicht, daß du dich dazu äußerst. Noch nicht einmal deinen engsten Freundinnen gegenüber. Niemand darf erfahren, daß diese Verlobung nur ein Schwindel ist, hast du verstanden? Absolut niemand.«

»Und auf eine solche Verschwörung willst du dich einlassen? Also, wirklich, Baxter, du kannst wohl kaum von mir erwarten, daß ich bei einem derart exotischen Plan mitspiele.«

»Ganz im Gegenteil. Ich kenne dich sehr gut, Rosalind. Und daher habe ich den Verdacht, daß du diese ganze Geschichte in vollen Zügen genießen wirst. Es ist genau die Art von Verstellung, die deinem Hang zum Dramatischen entgegenkommen sollte.«

Rosalind gelang es nur mit Mühe, sich beleidigt zu zeigen. »Wie kannst du so etwas zu deiner eigenen Tante sagen.«

»Sieh es einmal von dieser Warte aus: Einer der Herren in deinem Bekanntenkreis könnte durchaus ein Mörder sein.«

Rosalind erschauerte. »Bist du dir überhaupt sicher, daß

du einen Mann suchst? Könnten wir es nicht auch mit einer Mörderin zu tun haben?«

Baxter zuckte die Achseln. »Mrs. Heskett hat Charlotte eine Nachricht zukommen lassen, in der stand, sie glaube fest daran, jemand versuche, sie zu töten. Sie war besorgt, einer ihrer Freier hätte sich vielleicht entrüstet, als sie ihn abgewiesen hat.«

»Ich verstehe. Das könnte alles noch recht faszinierend werden, Baxter.«

»Ich dachte mir schon, daß du früher oder später zu dieser Auffassung gelangst. Charlotte und ich müssen irgendwo beginnen, und daher haben wir die Absicht, fürs erste Erkundigungen über Mrs. Hesketts Verehrer einzuziehen. Der letzte, den sie abgewiesen hat, ist Lord Lennox.«

»Lennox.« Rosalind zog die Stirn in Falten. »Drusilla hat ihn eine Zeitlang recht gern gemocht. Sie hat behauptet, dieser Mann besäße Durchhaltevermögen.«

»Durchhaltevermögen?«

Rosalind schien belustigt zu sein. »Drusilla wußte großes Durchhaltevermögen an einem Gentleman zu schätzen. Sie hat es aber auch an einem Lakaien, einem Kutscher oder einem Stallknecht zu würdigen gewußt. Um es grob auszudrücken: Drusilla mochte alle Männer, die im Bett mit ihr mithalten konnten.«

»Ich verstehe.« Baxter setzte seine Brille ab und zog ein Taschentuch aus der Tasche. »Das heißt also – vorausgesetzt, einer ihrer Liebhaber hat sie getötet –, daß wir es mit einer sehr langen Liste von potentiellen Mördern zu tun haben könnten.«

»Das möchte ich bezweifeln. Nur wenige ihrer Eroberungen hätten ein Motiv für einen Mord gehabt. Vielleicht könnte ich bei diesen Nachforschungen behilflich sein, Baxter.«

»Ich wollte dich tatsächlich um einen Gefallen bitten.«

»Und der wäre?«

Baxter setzte seine Brille wieder auf. »Mir wäre sehr daran gelegen, wenn du gelegentlich mit meiner Verlobten einkaufen gehen könntest.«

»Einkaufen?«

»Und ihre Schwester nimmst du am besten auch gleich mit. Die Rechnungen kannst du mir schicken.«

Rosalinds Augen glänzten. »Gütiger Gott, Baxter, ich bin fassungslos. Das sieht dir so überhaupt nicht ähnlich. Ich glaube tatsächlich, du legst erstmals eine gewisse Ähnlichkeit mit deinem Vater an den Tag.«

»Vielen Dank für diese Warnung. Ich werde auf der Hut sein.«

Drei Tage später stand Charlotte am Rande eines Ballsaals, in dem sich Menschenmassen drängten. Sie lächelte mit unverhohlenem Vergnügen. »Ich muß schon sagen, Mr. St. Ives, ganz gleich, was bei unserem Unternehmen herauskommen wird, ich werde für immer in der Schuld Ihrer Tante stehen.«

Baxter warf ihr einen Seitenblick zu, während er einen Schluck aus seinem Champagnerglas trank. »In der Schuld meiner Tante?«

»Lady Trengloss hat meiner Schwester zu spektakulären Erfolgen verholfen. Ich weiß, daß es heute abend eigentlich nicht darum geht, aber ich freue mich trotzdem schrecklich. Ich schwöre Ihnen, Ariel hat für fast jeden Tanz einen Partner gefunden. Sehen Sie sich nur an, wie sie über die Tanzfläche schwebt. Sie ist ein Diamant erster Güte, finden Sie nicht auch?«

Baxter zog die Stirn in Falten, als er die Tanzfläche nach Ariel absuchte. Es fiel ihm nicht schwer, sie zu finden. Sie war größer als die meisten anderen Tänzerinnen. Er sah, daß ein junger Mann, dessen Gesichtsausdruck eindeutig betört war, sie in einem überschwenglichen Walzer über die Tanzfläche wirbelte.

»Sie scheint sich gut zu amüsieren«, sagte er.

»Ja. Meine Eltern wären so stolz auf sie. Lady Trengloss hat vollkommen recht gehabt mit ihrer Behauptung, Ariel dürfe nur Blau und Gold tragen. Diese Farben sind einfach perfekt für sie.«

Baxter bemerkte erst jetzt, wie gut Charlotte in dem kanariengelben Ballkleid aussah, das sie heute abend trug. Es betonte die dunklen Flammen in ihrem Haar und hob das Grün ihrer Augen hervor. Das Mieder war tief ausgeschnitten, mit einem geraden Dekolleté, das ihre zarten Schultern freilegte und die sanfte Wölbung ihrer Brüste schicklich andeutete. Ein elegantes und doch forsches kleines Hütchen mit einer gelben Feder thronte auf ihrem Kopf.

Ihm fiel auf, daß er sie zum ersten Mal in etwas anderem als einem hochgeschlossenen, langärmeligen Tageskleid sah. Er war kein großer Experte in Modefragen, aber seiner Meinung nach war sie die attraktivste Frau im ganzen Saal.

Er trank noch einen Schluck Champagner. »Blau und Gold, das mag ja schön und gut sein. Ich persönlich ziehe jedoch Gelb vor.«

»In Gelb würde Ariel abscheulich aussehen.«

Er sah sie eindringlich an. »Ich habe nicht von Ihrer Schwester gesprochen. Ich meinte das Kleid, das Sie tragen.«

»Oh.« Charlotte lächelte ihn strahlend an. »Vielen Dank. Sie sehen in Schwarz und Weiß auch sehr gut aus, Mr. St. Ives. Das steht Ihnen.«

Er wußte nicht, ob das ein Kompliment sein sollte oder nicht. Plötzlich fühlte er sich gezwungen, eine Erklärung für seine begrenzte Auswahl an Abendgarderobe abzugeben. »Wie ich Ihnen bereits sagte, begebe ich mich nicht gerade oft auf solche Gesellschaften.«

»Ja, Sie erwähnten, daß Sie den Umgang mit der feinen Gesellschaft nach Möglichkeit meiden.«

»Wenn man seinen gesellschaftlichen Umgang auf ein Minimum beschränkt, gibt es keinen logischen Grund dafür, viele Fräcke zu bestellen, die dann im Schrank herumhängen.«

»In dem Fall ist es eine sehr praktische Entscheidung, sich an Schwarz zu halten.«

»Ich habe mich nicht weiter darum gekümmert, wie man seine Halstücher nach der neuesten Mode knotet.«

»Ich verstehe.«

»Ich finde es sogar verdammt albern, wenn ein Mann sich das Halstuch so verzwickt knotet, daß er den Kopf nicht mehr drehen kann.«

»Für Schlichtheit spricht vieles«, stimmte Charlotte ihm höflich zu.

Baxter sah sich fast verzweifelt nach Rettung um und war ausnahmsweise enorm erleichtert, als er seine Tante auftauchen sah. Rosalind hatte Lord Lennox im Schlepptau.

»Jetzt ist es an der Zeit, daß wir uns an die Arbeit machen«, sagte Baxter leise. »Der Mann, der gerade mit Rosalind auf uns zukommt, war Drusilla Hesketts letzter Verehrer.«

»Dieser glatzköpfige Gentleman mit dem buschigen Backenbart ist Lennox?«

»Ja. Ich hätte geglaubt, daß Sie ihn wiedererkennen.«

Sie zog eine finstere Miene. »Ich bin ihm nie persönlich begegnet, verstehen Sie. Im allgemeinen ist es nicht notwendig, einem Gentleman gegenüberzustehen, um sich ein Bild davon zu machen, ob er ein Lebemann oder ein Spieler ist.«

»Nein, da haben Sie vermutlich recht.«

Charlotte schürzte die Lippen. »Dennoch hätte ich ihn mir jünger vorgestellt.«

»Was hat Sie bloß auf diesen Gedanken gebracht?«

»Ich kann mir gut vorstellen, daß es Mrs. Hesketts Beschreibung von ihm war.«

»Was hat sie denn über ihn erzählt?« fragte Baxter.

»Sie hat sich etwa in dem Sinne geäußert, daß Lennox im Schlafzimmer Ähnlichkeit mit einem Hengst aufwiese. Sie hat gesagt, er besäße ein enormes Durchhaltevermögen.«

Baxter hustete, weil er sich an den letzten Tropfen seines Champagners verschluckt hatte. »Ich verstehe. Und warum hat sie ihn abgewiesen?«

»Sie hatte das Gefühl, er sei zu alt für sie. Sie war sich nicht sicher, wie lange noch Verlaß auf sein Durchhaltevermögen sein würde.«

»Er ist, weiß Gott, kein Jüngling mehr. Lennox hat zwei verheiratete Töchter. Sein Erbe, der jüngste von der ganzen Brut, ist etwa einundzwanzig Jahre alt. Ich habe ihn vorhin am Büfett gesehen.«

»Den Erben von Lennox?«

»Ja. Ich glaube, er heißt Norris. Er hat sich mit Hamilton unterhalten. Die beiden sind eng miteinander befreundet.«

»Wer ist Hamilton?«

»Ich bitte um Verzeihung.« Baxter stellte sein leeres Glas mit einer bedächtigen Bewegung auf einem Tablett ab, das gerade vorbeigetragen wurde. »Ich hätte von dem fünften Earl von Esherton sprechen sollen.«

»Ach, so. Ihr Bruder.«

»Mein *Halb*bruder.«

»Das ist doch egal.« Charlotte drehte sich um und begrüßte Rosalind mit einem freundlichen Lächeln. »Guten Abend, Lady Trengloss.«

Rosalind strahlte, als sie vor ihnen stehenblieb. Sie fing Baxters Blick auf und zwinkerte ihm zu. Er unterdrückte ein Stöhnen. Wie er bereits vorausgesehen hatte, amüsierte sich seine Tante blendend.

Rosalind stellte Charlotte Lennox so triumphierend vor, als überreichte sie ihr eine Siegertrophäe.

»Meine Liebe, wenn Sie gestatten, möchte ich Ihnen gern einen meiner Bekannten vorstellen, Lord Lennox.«

»Mylord«, murmelte Charlotte.

Baxter gelang es kaum, sein Erstaunen zu verbergen, als er beobachtete, wie sie einen vornehmen kleinen Knicks machte. Die anmutige Verneigung wurde durch ein ebenso graziöses Neigen ihres Kopfes noch betont. All das sprach Bände über ihre Vergangenheit und auch darüber, wie sie aufgewachsen war. Man hatte sie tatsächlich derart erzogen, daß sie damit rechnen mußte, einen weitaus höheren Rang in der gesellschaftlichen Hierarchie einzunehmen als den, den sie jetzt bekleidete.

»So, so, das ist mir aber wirklich ein Vergnügen, meine Liebe.« Lennox senkte seine schimmernde Glatze über Charlottes Hand, die in einem Handschuh steckte. »Gestatten Sie mir, Ihnen zu sagen, daß Sie ganz bezaubernd aussehen. Wahrlich, ein liebreizender Anblick. So frisch wie der Frühling persönlich.«

»Vielen Dank, Mylord«, murmelte Charlotte.

Lennox warf Baxter unter seinen buschigen Augenbrauen einen vielsagenden Blick zu. »Es ist aber auch an der Zeit, daß Sie endlich eine Frau gefunden haben, St. Ives. Ein Mann in Ihrem Alter sollte seine Zeit schließlich mit interessanteren Dingen verbringen und sich nicht nur mit stinkenden Chemikalien in einem Laboratorium abgeben.«

»Ja, das kann man wohl sagen.« Baxter vermied es, Charlotte in die Augen zu sehen.

»Äußerst unzuverlässig, diese verdampfbaren Chemikalien.« Lennox beugte sich zu Baxter vor und senkte die Stimme, damit Charlotte und Rosalind ihn nicht hören konnten. »Wenn ich Sie wäre, würde ich dieses Zeug jetzt, nachdem Sie demnächst heiraten wollen, vollständig meiden. Man kann nie wissen, ob man sich nicht bei einer Explosion wesentliche Körperteile verletzt. Es wäre doch eine Schande, wenn Sie in Ihrer Hochzeitsnacht ins Bett kriechen und entdecken müßten, daß Sie bei einem dieser verdammten Experimente versehentlich Ihre Eier in die Luft gesprengt haben.«

»Ich werde mir Ihren Rat zu Herzen nehmen«, sagte Baxter.

»Das nenne ich eine gesunde Haltung, St. Ives.« Lennox klopfte Baxter freundschaftlich auf die Schulter. »Sagen Sie, hätten Sie etwas dagegen einzuwenden, wenn ich Ihre reizende Verlobte über die Tanzfläche wirbele?«

Als er darüber nachdachte, stellte Baxter fest, daß er sogar einiges dagegen einzuwenden hatte. Die Vorstellung, Charlotte könnte in den Armen eines anderen Mannes liegen, war ihm selbst dann noch erstaunlich unangenehm, wenn dieser Mann alt genug war, um ihr Großvater zu sein. Er sah jedoch den Schimmer in Charlottes Augen, und ihm wurde sofort klar, daß er seine Meinung für sich behalten mußte.

»Ich habe das Gefühl, meine Verlobte hätte gar nichts gegen ein wenig Bewegung einzuwenden.« Baxter rückte seine Brille zurecht. »Das stimmt doch, Charlotte?«

»Es wäre mir ein Vergnügen, mit Ihnen zu tanzen, Lord Lennox.« Charlotte legte ihre Hand behutsam auf seinen Arm.

»Ausgezeichnet.« Lennox führte sie galant zur Tanzfläche. »Dann mal los, ja?«

Baxter beobachtete, wie das Paar von der Menge der Tänzer aufgesogen wurde.

»Schau nicht so finster, Baxter«, murmelte Rosalind. »Sonst glauben die Leute noch, du wolltest den armen Lennox zum Duell herausfordern.«

»Der Tag, an dem ich einen Mann wegen einer Frau zum

Duell herausfordere, wird der Tag sein, an dem ich meine Forschungen auf dem Gebiet der Chemie einstelle und mich der Alchemie zuwende.«

»Manchmal treibst du mich an den Rand der Verzweiflung. Wo ist deine Leidenschaft hingekommen? Was ist los mit deinen zarten Empfindungen? Deinen tiefen Gefühlen? Nein, mach dir gar nicht erst die Mühe, diese Frage zu beantworten.« Rosalind blickte gebannt auf die Menschenmenge. »Glaubst du wirklich, Lennox könnte die arme Drusilla ermordet haben?«

»Ich bezweifle es. Zuerst einmal hat er kein finanzielles Motiv. Und meiner Meinung nach fehlt es ihm außerdem an der Art Temperament, das Voraussetzung dafür ist, einen Mord zu begehen.«

Rosalind sah ihn überrascht an. »Und warum vergeuden wir heute abend dann unsere Zeit mit diesem kleinen Drama?«

»Ich habe dir doch schon erklärt, daß Charlotte der Überzeugung ist, Drusilla Hesketts Schreiben an sie hätte auf einen der Verehrer hingewiesen, die sie erst in der letzten Zeit abgewiesen hat. Lennox gehört zu diesen Männern. Wir müssen logisch vorgehen.«

»Ja, das ist einleuchtend. Nun, Lennox ist der einzige, den wir uns im Moment vornehmen können. Ich habe herausgefunden, daß Randeleigh und Esly für ein paar Tage aufs Land gereist sind. Sie werden erst gegen Ende des Monats wieder zurück erwartet.«

»Ich werde dafür sorgen, daß mein Sekretär Nachforschungen in diese Richtung anstellt.«

»Ich kann mir aber auch keinen der beiden als Mörder vorstellen.«

»Ich mir auch nicht«, gab Baxter zu.

Rosalind sah ihn nachdenklich an. »Weißt du, wenn wir hier schon von Logik reden, muß ich dir ausdrücklich sagen, daß es sehr naheliegend wäre, wenn du mit deiner eigenen Verlobten tanzen würdest.«

»Ich habe schon seit Jahren nicht mehr getanzt. Und vorher habe ich mich auch nicht gerade besonders geschickt angestellt.«

»Darum geht es hier nicht, Baxter. Ich wollte lediglich ...« Rosalind hielt inne, um jemanden anzusehen, der sich ihnen von hinten näherte. Sie lächelte kühl. »Da wir gerade von Leuten sprechen, die glauben, ein Motiv für einen Mord zu haben – dort kommt Lady Esherton.«

Als er sich umblickte, sah er, daß Maryann auf sie zukam. Ihm fielen augenblicklich ihre drei Nachrichten ein, die er innerhalb der letzten vierzehn Tage ins Feuer geworfen hatte. »Der Teufel soll mich holen.«

»Sie kann keinen Grund dafür haben, mit mir reden zu wollen«, sagte Rosalind. »Daher mußt du wohl derjenige sein, den sie in die Enge zu treiben wünscht. Wenn du mich jetzt entschuldigen würdest, aber ich glaube, ich habe am anderen Ende des Saals eine gute Freundin von mir entdeckt.« Sie wandte sich ab und verschwand schleunigst in der Menge.

»Feigling.«

Er würde der Witwe seines Vaters allein gegenübertreten müssen.

Maryann war zweiundfünfzig Jahre alt. Sie war achtzehn gewesen, als sie Baxters Vater geheiratet hatte. Der Earl war damals dreiundvierzig gewesen. Es war seine zweite Ehe. Seine erste Ehe war kinderlos geblieben, und er brauchte dringend einen Erben.

Maryann, die ungekrönte Ballkönigin der Saison, hätte unter den Männern der oberen Zehntausend, die im entsprechenden Alter waren, eine große Auswahl gehabt, doch auf das Betreiben ihrer ehrgeizigen Eltern hin hatte sie sich Esherton geangelt.

Er dagegen brauchte damals dringend eine jungfräuliche Ehefrau mit einem makellosen Ruf und einem tadellosen familiären Hintergrund. Die Hochzeit der beiden war das größte Ereignis der damaligen Ballsaison. Alle, aber auch wirklich alle, darunter auch Emma, Lady Sultenham, die langjährige Mätresse des Earl, hatten den Festlichkeiten beigewohnt.

Mit ihrer zierlichen Figur, den grauen Augen und dem honigblonden Haar war Maryann in jeder Hinsicht das genaue Gegenteil von Emma. Manchmal fragte sich Baxter, ob sein Vater sie gerade deshalb zu seiner Gräfin auserwählt hatte, weil sie keinerlei Ähnlichkeit mit seiner verwegenen dunkelhaarigen und dunkeläugigen Geliebten aufwies, oder ob es schlichtweg daran lag, daß er die Abwechslung liebte.

Zwei Jahre nach der Eheschließung hatte Emma, die inzwischen siebenunddreißig und sich sicher war, schon lange aus dem Alter herauszusein, in dem sie noch Kinder bekommen konnte, den ersten Sohn des Earl geboren. Esherton hatte sich sehr über Baxter gefreut. Er hatte zur Feier des Ereignisses eine riesige Party veranstaltet. Bedauerlicherweise ließ sich absolut nichts an dem Umstand ändern, daß Baxter ein Bastard war und daher unter keinen Umständen den Titel erben konnte.

Weitere zehn Jahre waren vergangen, ehe Maryann endlich einen Erben für ihren Lord geboren hatte. Baxter war sich durchaus im klaren darüber, daß diese Jahre nicht leicht für sie gewesen waren. Der Earl hatte sich nie die Mühe gemacht, seine Zuneigung zu seinem unehelichen Sohn oder die gewaltige Leidenschaft, die er für Emma empfand, geheimzuhalten.

Baxter gefiel die grimmige Entschlossenheit gar nicht, die er heute abend in Maryanns Gesichtsausdruck sah. Das verhieß nichts Gutes. Wie immer, wenn er sich zu einer Begegnung mit ihr gezwungen sah, fielen ihm die Gelübde am Totenbett seines Vaters wieder ein, die dafür gesorgt hatten, daß sie einander niemals aus dem Weg gehen konnten, wenn es sich beide Seiten auch noch so glühend wünschten.

Sein Vater hatte sie bis zu dem Tag aneinandergekettet, an dem Hamilton fünfundzwanzig Jahre werden würde. Was sich damals abgespielt hatte, stand ihm heute noch so lebhaft vor Augen, als sei es erst gestern passiert. Er hatte auf der einen Seite des gewaltigen Himmelbetts gestanden. Maryann und Hamilton hatten sich auf der anderen Bettseite postiert.

»Es ist jetzt an der Zeit, daß ich mich von meinen beiden prächtigen Söhnen verabschiede.« Arthur, der vierte Earl von Esherton, hatte sowohl Baxter als auch Hamilton an den Händen genommen. »Ich bin stolz auf euch beide. Ihr unterscheidet euch zwar voneinander wie Tag und Nacht, doch in euer beider Adern fließt mein Blut. Hörst du mich, Hamilton?«

»Ja, Vater.« Hamilton sah Baxter an, und in seinen Augen loderte Abscheu auf.

Der Earl richtete seine Blicke auf Baxter. »Du bist Hamiltons älterer Bruder. Vergiß das nie.«

»Es ist äußerst unwahrscheinlich, daß ich jemals meine Verwandtschaft mit ihm vergessen könnte, Sir.« Baxter spürte, wie ihn seltsames Gefühl von Unwirklichkeit beschlich. Er konnte einfach nicht fassen, daß dieser stämmige, vitale und legendäre Mann, der ihn gezeugt hatte, tatsächlich im Sterben lag.

Eshertons zitternde Hand hatte sich einen Moment lang fester um Baxters Finger gespannt. »Du trägst ihm und seiner Mutter gegenüber die Verantwortung.«

»Ich bezweifle, daß sie jemals etwas von mir brauchen werden.« Baxter spürte die Schwäche in den einst so kräftigen Fingern seines Vaters und mußte die Tränen zurückblinzeln, die einen Schleier vor seine Augen zu ziehen drohten.

»Du irrst dich«, flüsterte Arthur heiser. »Ich habe alles ganz genau in meinem Testament festgehalten. Du besitzt die charakterliche Festigkeit, die für den Umgang mit Geld erforderlich ist, und du hast auch die nötige Beständigkeit, das zuverlässige Naturell, Baxter. Verdammt noch mal, Sohn, du bist schon mit diesen Anlagen geboren worden. Hamilton ist noch zu jung, um meinen Nachlaß zu verwalten. Du wirst dich um alles kümmern müssen, bis er fünfundzwanzig ist.«

»Nein.« Maryann war die erste, der die volle Tragweite dessen aufging, was ihr Mann gesagt hatte. »Mylord, was hast du uns bloß angetan?«

Arthur drehte den Kopf und blickte zu ihr auf. Sogar in seiner geschwächten Verfassung gelang es ihm noch, eine Andeutung des hinterhältigen Esherton-Grinsens hervorzuzaubern. »Du siehst heute noch hübscher aus als am Tag unserer Hochzeit, meine Liebe.«

»Esherton, bitte. Was hast du angerichtet?«

»Kein Grund zur Aufregung, Maryann. Ich habe Baxter die Verantwortung für die Finanzen der Familie übertragen, bis Hamilton ein paar Jahre älter ist.«

Maryann sah Baxter schockiert ins Gesicht. »Eine solche Regelung ist absolut unnötig.«

»Oh, nein, ich fürchte, da irrst du dich. Hamilton hat meine Heißblütigkeit geerbt, meine Liebe. Er braucht Zeit, um zu lernen, wie er sich beherrschen und diese Veranlagung zügeln kann. Ich begreife zwar selbst nicht, wie es kommen konnte, daß meine beiden Söhne so verdammt verschieden sind, aber so ist es nun mal.« Ein schrecklicher Hustenanfall ließ Eshertons Worte abreißen.

Baxter spürte, wie sein Vater sich entfernte und noch etwas tiefer in das wartende Dunkel hinabglitt. »Sir . . .«

Arthur erholte sich von dem Hustenanfall und ließ sich erschöpft in die Kissen sinken. »Ich weiß genau, was ich tue. Hamilton wird ein paar Jahre lang deine Führung und deinen Rat brauchen, Baxter.«

»Vater, bitte«, flüsterte Hamilton. »Ich brauche Baxter nicht dafür, daß er mein Geld verwaltet und in meinem Namen Entscheidungen trifft. Ich bin alt genug, um mich allein um die Ländereien der Eshertons zu kümmern.«

»Nur für ein paar Jahre.« Arthur stieß ein heiseres Lachen aus. »Laß dir Zeit, um dir die Hörner abzustoßen. Wer wäre besser geeignet, ein Auge auf dich zu haben, als dein älterer Bruder?«

»Aber er ist doch gar nicht wirklich mein Bruder«, beharrte Hamilton. »Er ist doch nur mein Halbbruder.«

»Ihr beide seid Brüder, bei Gott.« Einen Moment lang loderte ein Teil der früheren Kraft in den bernsteinfarbenen Augen des Earl auf. Er sah Baxter flehend an. »Hast du mich verstanden, mein Sohn? Du bist Hamiltons Bruder. Du bist dafür verantwortlich. Ich will deinen Eid darauf haben.«

Baxter umklammerte die Hand seines Vaters. »Ja, ich habe verstanden. Beruhige dich bitte wieder.«

»Bei Gott, ich will deinen Eid darauf haben.«

»Du hast ihn«, sagte Baxter mit ruhiger Stimme.

Der Earl wurde ruhiger. »Du bist beständig, und du kannst klar denken. Du bist so zuverlässig wie der Sonnenaufgang.« Er schloß die Augen. »Ich wußte, daß ich mich auf dich verlassen kann. Du wirst für die Familie sorgen.«

Baxter schüttelte diese Erinnerungen ab, als Maryann vor ihm stehenblieb.

»Guten Abend, Baxter.«

»Maryann.«

»Du bist auf meine Bitten um ein Treffen nicht eingegangen. Ich habe dir dreimal geschrieben.«

»Ich war anderweitig beschäftigt«, sagte Baxter mit der

eisigen Höflichkeit, die er sich schon vor Jahren für eben solche Anlässe zugelegt und seitdem beibehalten hatte. »Falls es sich um Geldfragen handeln sollte, weißt du ganz genau, daß ich den Bankiers Anweisungen erteilt habe, jeder vernünftigen Forderung anstandslos nachzukommen.«

»Es hat nichts mit Geld zu tun. Wenn du nichts dagegen hast, wäre es mir lieber, diese Angelegenheit ungestört zu erörtern. Sollten wir vielleicht in die Gärten hinausgehen?«

»Vielleicht zu einem späteren Zeitpunkt. Im Moment habe ich die Absicht, den nächsten Walzer mit meiner Verlobten zu tanzen.«

Maryann runzelte die Stirn. »Dann ist es also wahr, daß du dich verlobt hast?«

»Ja.« Baxters Blick fiel auf Charlotte, die in Lennox' Armen tanzte. Beide bewegten sich sehr forsch über die Tanzfläche. Sie besaßen Durchhaltevermögen.

»Ich verstehe. Vermutlich sollte ich dir gratulieren.«

»Es ist absolut nicht nötig, daß du dir deswegen irgendwelche Umstände machst.«

Maryann preßte ihre Lippen zusammen. »Baxter, bitte, ich muß dringend mit dir über Hamilton reden. Ich mache mir ganz außerordentliche Sorgen. Du weißt ganz genau, daß dein Vater zu mir gesagt hat, wenn ich jemals Hilfe bräuchte, würdest du mir beistehen.«

Baxter wandte langsam den Kopf, sah in Maryanns verzweifelte Augen und wußte, daß ihm keine andere Wahl blieb. Er hatte es seinem Vater geschworen.

Er neigte den Kopf kaum einen Zentimeter weit, um zu bedeuten, daß er sich in das Unvermeidliche fügte. »Ich glaube, du hast recht, Maryann. Zweifellos wäre es das beste, wenn wir uns draußen in den Gärten miteinander unterhielten.«

7

»Ich habe gehört, daß Sie gut mit der armen Mrs. Heskett bekannt waren.« Charlotte stellte bekümmert fest, daß ihre Stimme ein wenig atemlos klang. Es war nicht leicht, mit Lord Lennox Schritt zu halten. Er legte auf der Tanzfläche ein strapaziöses Tempo hin, und sie war ganz entschieden aus der Übung. »Eine gräßliche Geschichte, dieser Mord. Da muß man sich doch fragen, was aus unserer Welt noch werden wird, meinen Sie nicht auch?«

»Doch, ganz gewiß. Wirklich ein schockierender Unfall.« Lennox wirbelte Charlotte in einem grandiosen weiten Bogen herum, der sie über die halbe Tanzfläche führte. »Sie haben sie wohl auch gekannt, nicht wahr?«

»Wir haben einander nicht sehr nahegestanden, aber wir haben uns mehrfach unterhalten. In einem dieser Gespräche hat sie Sie, äh, erwähnt, Mylord.«

»Ich mochte sie sehr gern, soviel steht fest. Ob Sie es glauben oder nicht, ich wollte sie tatsächlich heiraten. Aber wie es eben so kommt, sie hat meinen Antrag abgelehnt. Ich konnte es einfach nicht glauben, als ich gehört habe, daß sie von einem verdammten Schurken umgelegt worden ist. Reichlich gruselig.«

»Ja, allerdings. Sie sagten, Sie mochten sie?«

»Drusilla? Himmel, und wie. Ich habe ihre Gesellschaft wirklich immens genossen. Unsere gute Drusilla, mit der war was los. Diese Frau hatte ein unglaubliches Durchhaltevermögen, falls Sie wissen, was ich meine.«

»So ziemlich dasselbe hat sie über Sie gesagt, Mylord.«

»Ach, wirklich?« Einen Moment lang huschte ein selbstzufriedener Ausdruck über Lennox' Züge. »Es freut mich, das zu hören. Diese Frau wird mir fehlen, obwohl sie meinen Heiratsantrag abgelehnt hat.« Er zwinkerte Charlotte zu.

»Dru hat deutlich klargestellt, daß sie gegen einen gelegentlichen intimen Treff nichts einzuwenden hätte, wenn sie ihre Angelegenheiten erst einmal geregelt und sich für einen Ehemann entschieden hatte.«

»Ich verstehe.«

»Wissen Sie, ausgerechnet an diesem Abend hat sie mich erwartet.«

Charlotte blickte auf. »Sie waren in der Nacht bei ihr, in der sie umgebracht worden ist?«

»Nein, nein. Ich hätte ihr an jenem Abend einen Besuch abstatten sollen. Aber im letzten Moment habe ich eine Nachricht von ihr bekommen, in der sie mir mitgeteilt hat, es ginge ihr schlecht und sie könnte mich nicht empfangen. Ich habe mich inzwischen oft gefragt, was passiert wäre, wenn ich sie an jenem Abend aufgesucht hätte.«

»Das kann ich mir denken.« Charlotte sah, daß Lennox mit ihr auf Kollisionskurs mit einem älteren Mann in einem blauen Frack und einer Frau in einem hellen lavendelfarbenen Seidenkleid gegangen war. »Lord Lennox, vielleicht sollten wir . . .«

»Dru hat genau gewußt, was sie wollte.« Lennox führte eine behende Drehung aus, und sie verfehlten haarscharf das andere Paar. »Ihr war klar, daß die Ehe einem nicht zwangsläufig im Wege stehen muß, wenn man ab und zu mal seinen Spaß haben will.«

»Ja, sicher.« Charlotte sah lavendelfarbene Seide aufblitzen. Sie lächelte Lennox erleichtert an und war bemüht, sich etwas einfallen zu lassen, wie sie ihre Nachforschungen jetzt am besten fortsetzen konnte.

Das Problem war, daß Lennox ihr den Anschein vermittelte, genau das zu sein, worauf ihre früheren Informationen hingewiesen hatten, nämlich ein gutmütiger, umgänglicher Mann, der in gesicherten finanziellen Verhältnissen lebte. Sie konnte ihn sich beim besten Willen nicht als einen Mörder vorstellen. Und doch hatte Drusilla in ihrem letzten Schreiben ganz ausdrücklich seinen Namen erwähnt.

»Wie ich sehe, hat sich Ihr Verlobter mit Lady Esherton in den Garten begeben«, teilte Lennox ihr mit, als er Charlotte das nächste Mal herumschwenkte. »Ich beneide ihn wahrhaftig nicht. Der Alte hat St. Ives in eine teuflische Klemme gebracht, als er verfügt hat, daß ihm die Verantwortung für den Geldhahn der Familie zufallen soll.«

Charlotte erinnerte sich daran, daß Baxter gesagt hatte, er verwalte nicht nur sein eigenes Vermögen, sondern auch das Einkommen seines Halbbruders. Sie war schlichtweg davon ausgegangen, es verhielte sich nur deshalb so, weil Baxter viel von finanziellen Angelegenheiten verstand. »Soll das etwa heißen, der alte Earl hat sich tatsächlich in seinem letzten Willen ausbedungen, daß Mr. St. Ives das Vermögen zu verwalten hat?«

»Es ist kein großes Geheimnis, daß der alte Esherton Baxter zu seinem Nachlaßverwalter gemacht hat, bis Hamilton fünfundzwanzig wird. Wenn Sie mich fragen, hat Esherton sich etwas dabei gedacht und ausgesprochen klug gehandelt. Es ist für jeden Beobachter deutlich zu erkennen, daß der junge Hamilton noch etwas Zeit braucht, um erwachsen zu werden. Er schlägt seinem Vater nach, soviel steht fest. Der alte Earl ist in seiner Jugend ein tollkühner Draufgänger gewesen.« Lennox unterbrach sich. »Wenn ich es mir recht überlege, hat er sich im Lauf der Jahre kaum geändert. Bis zum Tage seines Todes war er unbändig.«

»Ich verstehe.«

»Aber er hat keine Dummheiten begangen, was das Familienvermögen angeht«, fuhr Lennox fort. »Als er das Erbe angetreten hat, war er schon knapp dreißig, und er hat die Ländereien wirklich gut verwaltet. Baxter hat den Geschäftssinn seines Vaters geerbt, und das hat der Alte ganz genau gewußt. Trotzdem hat er St. Ives damit in eine unangenehme Lage gebracht. In einer derartigen Situation muß es zwangsläufig zu zahlreichen Reibereien und zu unberechtigten Vorwürfen kommen.«

»Ja, gewiß.«

Auf Lennox' Zügen spiegelte sich ganz unerwartet Sorge wieder. »Hamilton ist bei weitem nicht der einzige junge Mann, der heutzutage zu sehr über die Stränge schlägt. Es sieht mir ganz danach aus, als müßte sich die Jugend heute erst mal die Hörner abstoßen. Wenn Sie es genau wissen wollen, Norris, mein eigener Sohn, hat mich in der letzten Zeit mehrfach in helle Aufregung versetzt. Er ist eng mit Hamilton befreundet, falls Sie das nicht wissen sollten.«

»Ich nehme an, sie lassen sich beide auf die üblichen unsinnigen Zeitvertreibe ein, mit denen junge Männer sich beweisen wollen«, sagte Charlotte behutsam. »Sie fahren zu schnell, sie trinken zuviel, und sie riskieren für Albernheiten ihren Hals?«

»Ich wünschte, das wäre alles«, sagte Lennox. »Verstehen Sie mich nicht falsch. Ich bin rundum dafür, daß ein junger Mann sich schon in frühen Jahren die Hörner abstößt. Als ich in diesem Alter war, habe ich mir, weiß Gott, mehr als genug Scherereien eingehandelt. Einmal hat mich ein Duell wegen einer kleinen Ballettänzerin, die ganz hoch hinaus wollte, fast das Leben gekostet. Ein paar Runden mit einem echten Berufsboxer namens Bull Keeley habe ich auch hingelegt. Und ab und zu habe ich auch mal französischen Cognac geschmuggelt. Solche Dinge eben.«

»Ich verstehe.«

»Aber das war nichts weiter als die üblichen altmodischen und unschuldigen Freuden der Jugend.« Lennox wirbelte wieder im weiten Bogen mit ihr herum. »Aber heutzutage scheint es eine riskantere Angelegenheit zu sein, zu einem jungen Mann heranzuwachsen. Es ist nicht mehr so wie früher, als ich noch jung war.«

»Wie meinen Sie das?«

»Es fängt schon damit an, daß die Spielhöllen heute gefährlichere Orte sind als damals«, sagte Lennox in vollem Ernst. »Ein Freund von Norris hat gerade erst vor ein paar Tagen seine Ländereien in einem Lokal verloren, das sich *Der Grüne Tisch* nennt. Der junge Crossmore ist nach Hause gegangen und hat sich dann eine Kugel in den Kopf gejagt.«

»Das ist ja furchtbar.«

»Ich habe Norris gewarnt und ihm damit gedroht, wenn er sich nicht vorsieht, würde ich ihn zu einer ausgedehnten Reise auf den Kontinent schicken.«

»Hat Ihre Drohung den gewünschten Erfolg gehabt?«

»Norris weiß, daß ich keinen Blödsinn dulde. Es ist ein Pech für den jungen Hamilton, daß sein Vater nicht mehr da ist und die Zügel straff in der Hand hält. Diese Aufgabe hat er, zusätzlich zur Verwaltung des Vermögens, St. Ives überlassen.«

Die Musik endete mit einem letzten Tusch. Charlotte keuchte. Sie machte wieder einen Knicks vor Lennox und lächelte ihn strahlend an. »Ich danke Ihnen, Mylord. Ich konnte wirklich ein wenig Bewegung gebrauchen.«

»Das stärkt das Durchhaltevermögen«, versicherte er ihr, als er sie von der Tanzfläche führte. »Darf ich Ihnen ein Glas Limonade oder Champagner holen?«

»Nein, danke. Ich glaube, ich sollte mich jetzt besser auf die Suche nach Lady Trengloss machen.«

»Ach, ja, die reizende Rosalind. Eine bezaubernde Frau.« Lennox wirkte einen Moment lang wehmütig. »Ich kann mir gut vorstellen, daß sie ihre Schwester vermißt.«

»Mr. St. Ives' Mutter?«

»Ja. Emma ist vor vier Jahren gestorben. Als die beiden noch jünger waren, haben sie und Rosalind dafür gesorgt, daß immer etwas los war. Man hat sich keinen Moment gelangweilt. Emma ist allerdings immer die wildere von den beiden gewesen. Ihre Affäre mit Esherton hat bis zum Tag ihres Todes bestanden. Ich sage Ihnen, es ist kaum zu glauben, daß St. Ives der Nachwuchs dieses Paares ist.«

»Warum sagen Sie das?«

»Von seinem Temperament her ist der junge Baxter das genaue Gegenteil seiner Eltern. Nun ja, in mancherlei Hinsicht schlägt er Esherton schon nach. Diese Augen sind natürlich unverwechselbar, und er hat das dunkle Haar seiner Mutter. Aber ihm gehen Emmas Sinn für Humor und ihre forsche Art ab, und er besitzt noch nicht einmal einen Hauch von dem Stil der St. Ives, wie ich zu meinem Bedauern sagen muß.«

»Was hat es mit dem Stil der St. Ives auf sich?«

»Sie wissen doch selbst, was man sich über die Männer dieser Ahnenreihe erzählt. Sie tun alles mit Stil. Hamilton wird dem Ruf seiner Familie gerecht, aber ich schwöre es Ihnen, Baxter sieht ganz so aus, als verdiente er sich seinen Lebensunterhalt damit, daß er eine Anstellung als Sekretär angenommen hat.«

»Der Schein kann trügen, Sir. Und jetzt entschuldigen Sie mich bitte.«

»Ja, selbstverständlich. Gewiß doch. Es hat mir großen Spaß gemacht, mit Ihnen zu tanzen.«

Charlotte wandte sich ab und ging auf die weit offenstehenden Flügeltüren zu, die die Abendluft in den Ballsaal hineinließen.

Draußen war die große Terrasse von bunten Lampions erhellt. Da und dort im Schatten murmelten Paare und lachten leise, und über den weitläufigen Gärten erstreckte sich die Dunkelheit.

In der Nähe der Terrasse war keine Spur von Baxter zu sehen, doch Charlotte war sich so gut wie sicher, daß er nicht in den Ballsaal zurückgekehrt war.

Der Mondschein reichte gerade aus, um die scharfen Umrisse von gestutzten Hecken und dichten Sträuchern erkennen zu lassen. Baxter war irgendwo dort draußen. Er konnte der feinen Gesellschaft nichts abgewinnen, und es sah ihm ähnlich, sich in die Einsamkeit der Gärten zurückzuziehen, bis die Zeit zum Aufbruch nahte.

Sie ging die steinernen Stufen hinunter und lief über den Pfad, der sich ins Herz des Gartens schlängelte. Ihre weichen Glacelederschuhe verursachten kein Geräusch auf den alten Platten des Gehwegs. Die Nachtluft war frisch. Charlotte verschränkte die Arme und preßte sie eng an sich, um die Kälte abzuwehren. Lange würde sie sich ohne ihren Umhang nicht im Freien aufhalten können.

Eine leise weibliche Stimme, die besorgt klang, ließ Charlotte abrupt stehenbleiben. Auf der anderen Seite der Hecke zu ihrer Linken schien ein Paar ein ernstes Gespräch zu führen. Sie wollte ihren Weg gerade fortsetzen, als sie Baxters unwirsche Erwiderung hörte, deren Tonfall so typisch für ihn war.

»Ich weiß nicht, was, zum Teufel, du von mir erwartest, Maryann. Ich kann in dieser Angelegenheit nichts unternehmen. Hamilton ist zweiundzwanzig Jahre alt.« Baxter zögerte kurz, ehe er trocken hinzufügte: »Und schließlich ist er der Earl von Esherton.«

»Er ist in vielerlei Hinsicht immer noch ein Junge.« Aus den Worten der Frau war Verzweiflung herauszuhören. »Und er ist seinem Vater so ähnlich. Du mußt etwas unternehmen, Baxter. Seit dem Tod seiner Lordschaft wird Hamilton zunehmend halsstarriger und unbesonnener in seinem Handeln. Ich dachte erst, es sei nur eine vorübergehende Phase, bis er sich von seinem Kummer erholt hat. Aber in der letzten Zeit stellen er und sein bester Freund Norris . . .«

»Lennox' Erbe?«

»Ja. Die beiden haben sich einen neuen Umgang gesucht, und ich befürchte das Schlimmste. Sie gehen abends nicht mehr in die Clubs, die sie früher aufgesucht haben. Hamilton hat mir erzählt, sie hätten eine Vorliebe für einen neuen Club, den sie erst kürzlich entdeckt haben. Es handelt sich dabei um ein Lokal, das sich *Der Grüne Tisch* nennt.«

»Viele junge Männer ziehen die Clubs vor, die sich auf ein jüngeres Publikum eingestellt haben und nicht nur Männer aus der Generation ihrer Väter anlocken.«

»Ja, aber ich glaube, daß es sich bei diesem Lokal um nichts anderes als um eine Spielhölle handelt.«

»Beruhige dich, Maryann. Hamilton kann das Esherton-Vermögen nicht in einer einzigen Nacht verspielen. Sicher erinnerst du dich noch daran, daß die Verwaltung des Vermögens für weitere drei Jahre in meiner Hand liegt.«

»Ich hätte niemals geglaubt, daß ich den Tag erleben werde, an dem ich Gott für die Voraussicht seiner Lordschaft in dieser Angelegenheit danke, aber ich muß offen zugeben, wie froh ich bin, daß Hamilton bisher noch nicht selbst über sein Vermögen verfügen kann. Trotzdem gibt es für einen jungen Mann von seinem Naturell viele Gefahren.«

»Zum Beispiel?«

»Ich weiß es nicht.« Maryanns Stimme wurde schriller. »Das ist ja gerade das Schlimme daran, Baxter. Ich bin mir nicht über das Ausmaß der Risiken im klaren, die er eingeht. Man hört immer wieder Dinge, die abscheulichsten Dinge, über die Aktivitäten, die in manchen dieser Spielhöllen betrieben werden.«

»Du übertreibst, Maryann.«

»Ich übertreibe nicht. Mir graut ganz einfach. Über die Verderbtheit und die Ausschweifungen, denen sich junge Männer aus den oberen Zehntausend heute hingeben, sind Geschichten im Umlauf, die jede Mutter in Panik versetzen würden. Ich habe Geschichten von Leuten gehört, die absichtlich zuviel Opium zu sich nehmen, um einen traumartigen Trancezustand herbeizuführen.«

»Es mag vielleicht sein, daß sich einige Dichter einem solchen Zeitvertreib hingeben, aber ich glaube, daß die Anzahl derer, die sich mit solchen Dingen amüsieren, sehr gering ist.«

»Wer weiß, was in Hamiltons neuem Club tatsächlich vorgeht? Ich kann dir nur sagen, mein Sohn ist derzeit nicht er selbst. Er will nicht auf mich hören. Du mußt unbedingt mit ihm reden.«

»Was bringt dich auf den Gedanken, daß er auf mich hören würde?«

»Du bist meine einzige Hoffnung, Baxter. Dein Vater hat dir die Verantwortung aufgebürdet, Hamilton zur Seite zu stehen, bis er eine gewisse Reife erlangt hat. Wage nicht, das zu bestreiten. Wir alle haben die Anweisungen gehört, die seine Lordschaft auf dem Totenbett erteilt hat.«

»Es ist erstaunlich, findest du nicht auch?« sagte Baxter in einem seltsam nachdenklichen Tonfall. »Sogar noch über seinen Tod hinaus bringt mein Vater es fertig, unser aller Leben auf den Kopf zu stellen. Ich frage mich, ob er wenigstens seinen Spaß daran hat, die kleinen Dramen zu beobachten, die er immer wieder inszeniert.«

»Sprich nicht so respektlos von seiner Lordschaft. Baxter, ich bin auf dich angewiesen. Du mußt etwas unternehmen, um Hamilton aufzuhalten, ehe er sich in ernste Schwierigkeiten bringt.«

Charlotte hörte etwas, das wie ein gedämpftes Schluchzen klang. Das Rascheln von Seidenröcken war zu vernehmen, dann die leisen Schritte von weichen Ballschuhen auf dem Gras. Sie wich hastig in die Schatten zurück, als Maryann um das hintere Ende der Hecke herumkam. Charlotte beobachtete, wie die Frau schnell auf die erleuchtete Terrasse zulief.

Nach einer kurzen Pause hörte sie Baxters Stimme von der anderen Seite der Hecke. »Hast du genug gehört, oder möchtest du vielleicht, daß ich die relevanten Einzelheiten des Gesprächs für dich zusammenfasse?«

»Mr. St. Ives.« Charlotte wirbelte erstaunt herum.

Einen Moment lang konnte sie ihn in der Dunkelheit nicht erkennen. Dann sah sie, wie er sich aus dem tiefen Schatten der hohen Hecke löste und auf sie zukam. Als der Mondschein auf ihn fiel, sah sie den schroffen, verbissenen Ausdruck auf seinem Gesicht.

»Demnächst mußt du dir wirklich angewöhnen, mich mit meinem Vornamen anzusprechen, Charlotte.«

»Entschuldigen Sie, bitte, Sir. Ich wollte Sie nicht belauschen.«

»Aber du kannst es einfach nicht lassen.«

»Ich konnte nichts dafür, daß ich die letzten Sätze Ihres Gesprächs mit Lady Esherton aufgeschnappt habe. Es hat sich einfach so ergeben.«

»Das macht nichts.« Er blieb vor ihr stehen. »Wir sind doch Partner, oder nicht?«

»Doch, gewiß, aber das gibt mir noch lange nicht das Recht, mich in Ihre privaten Familienangelegenheiten einzumischen.«

»Du kannst dich nach Lust und Laune einmischen. Die gute Gesellschaft amüsiert sich schon seit Jahren über meine Familienangelegenheiten, denen ein hoher Unterhaltungswert nicht abzusprechen ist. Hast du dein Verhör mit dem armen Lennox abgeschlossen?«

Charlotte seufzte. »Ich glaube, ich habe alle Informationen gesammelt, die ich heute abend bekommen kann. Ich habe von ihm erfahren, daß er in der Nacht ihres Todes bei Mrs. Heskett eingeladen war, aber er hat kurz vorher eine Nachricht erhalten, in der stand, es ginge ihr nicht gut und sie könnte ihn nicht empfangen.«

»Hm. Ich bezweifle, daß er das zugegeben hätte, wenn er schuldig wäre.«

»Das ist wahr. Ich kann ihn mir beim besten Willen nicht als einen Mörder vorstellen.«

»Ich schließe mich deiner Meinung an. Wenn du mit diesem Ergebnis zufrieden bist, dann wollen wir uns jetzt auf den Weg machen.«

Baxter nahm ihren Arm und machte sich mit ihr auf den Rückweg zu dem großen Haus. »Mir reicht dieser ganze Trubel. Wenn ich mir diese Form von spannender Abendunterhaltung öfter gönnen müßte, würde ich wahrscheinlich vor Langeweile sterben.«

»Das kann ich gut verstehen, aber Ariel amüsiert sich so gut. Ich würde sie nur sehr ungern bitten, jetzt schon mit uns aufzubrechen. Es ist erst Mitternacht.«

»Das ist wahr, und für die oberen Zehntausend hat der Abend gerade erst begonnen. Mach dir um deine Schwester keine Sorgen. Ich habe einen Plan. Wir werden sie meiner Tante überlassen, die ganz bestimmt dafür sorgt, daß sie nicht vor dem Morgengrauen ins Bett kommt.«

Charlotte warf ihm einen schnellen Seitenblick zu. »Bist du sicher, daß es Lady Trengloss auch gewiß nichts ausmachen wird?«

»Nicht das geringste. Sie kostet es in vollen Zügen aus, daß sie unsere Verlobung bekanntgeben und Ariel in die feine Gesellschaft einführen durfte.« Er zog Charlotte die Stufen zur Terrasse hinauf, und sie traten in den hell erleuchteten Ballsaal. »Laß mir einen Moment Zeit, um Rosalind ausfindig zu machen und die notwendigen Vorkehrungen zu treffen.«

»Ich werde mich jetzt auf die Suche nach Ariel begeben und ihr sagen, daß sie in Begleitung von Lady Trengloss hierbleiben kann, wenn sie mag. Zweifellos ist sie wieder auf der Tanzfläche. Ich könnte schwören, daß sie den ganzen

Abend dort verbracht hat.« Charlotte stellte sich auf die Zehenspitzen, um ihre Schwester zu sehen.

»Ich sehe sie«, sagte Baxter.

»Oh, da ist sie ja.« Charlotte lächelte über den Anblick, den Ariel bot. Sie bewegte sich elegant zu den Klängen eines Walzers. »Sie tanzt gerade mit einem sehr gutaussehenden jungen Mann, der sein Halstuch unglaublich kompliziert gebunden hat. Ich frage mich, wer das wohl sein mag.«

»Sein Name ist Hamilton«, sagte Baxter trocken. »Er ist der Earl von Esherton. Mein Halbbruder.«

Eine halbe Stunde später hielt die Kutsche mit einem Ruck vor dem Stadthaus der Schwestern Arkendale. Baxter wurde aus den grimmigen Überlegungen gerissen, in die er während der kurzen Fahrt versunken war. Er warf einen Blick auf Charlotte, die ihm gegenüber auf der gepolsterten Sitzbank saß, und er fragte sich, was ihn eigentlich zu dem Vorschlag bewogen hatte, den Abend schon so früh zu beenden.

Es stimmte, er hatte nicht den leisesten Wunsch verspürt, noch länger auf dem Ball zu bleiben, schon gar nicht nach seiner Auseinandersetzung mit Maryann, aber ihm war keineswegs danach zumute, sich jetzt von Charlotte zu verabschieden und ihr eine gute Nacht zu wünschen.

Nun standen sie vor ihrem Haus. Der Abend war hiermit beendet, und es blieb auch keine Zeit mehr für ein Gespräch oder für irgend etwas anderes.

Er hatte die letzte halbe Stunde ungenützt verstreichen lassen, sagte er sich. Für einen Mann, der auf seine Logik und seinen Intellekt stolz war, konnte er sich zeitweilig wie ein verfluchter Idiot benehmen.

Charlotte sah aus dem Fenster. »Es scheint mir ganz so, als seien wir angekommen, Mr. St. Ives.«

Baxter hörte, wie der Kutscher vom Kutschbock sprang. »Der Teufel soll mich holen.«

Charlotte zog die Augenbrauen hoch, äußerte sich jedoch nicht zu seinen Worten. Er fragte sich, was ihr in diesem Augenblick wohl durch den Kopf gehen mochte. In solchen Momenten wurde er sich seiner mangelnden Kenntnisse des anderen Geschlechts bewußt. Das einzige, was er mit Sicherheit wußte, war, daß er sich jetzt noch nicht verabschieden wollte.

»Äh, Charlotte ...«

Die Kutschentür wurde geöffnet. Baxter fiel kein Vorwand ein, um das Unvermeidliche hinauszuzögern.

Mit einem leisen Rascheln ihrer Röcke stieg Charlotte aus der Kutsche. Baxter folgte ihr widerstrebend. Er nahm ihren Arm, um sie die Stufen zu ihrer Haustür hinaufzuführen.

Du Narr. Du verdammter Idiot. Eine volle halbe Stunde hast du vergeudet. Er hätte die Zeit in der Kutsche dazu nutzen können, Charlotte in seinen Armen zu halten. Statt dessen hatte er seine Zeit damit vertrödelt, verdrießlichen Gedanken über die Vergangenheit und die Gegenwart nachzuhängen. Maryann war an allem schuld. Lady Esherton hatte ihm die Laune und den Abend verdorben. Das war mal wieder typisch.

Charlotte zog den Hausschlüssel aus ihrer perlenbestickten Handtasche. »Möchten Sie vielleicht noch auf einen Cognac mitkommen, Mr. St. Ives?«

Baxter hatte sich seinen trübsinnigen Gedanken hingegeben, und daher war er sicher, daß er nicht richtig gehört hatte. Er nahm wahr, daß Charlotte ihn mit einem spöttischen Gesichtsausdruck musterte.

»Einen Cognac?« Er nahm ihr den Schlüssel aus der Hand und schloß mit ungeschickten Bewegungen die Tür auf.

»Mir ist klar, daß es schon spät ist, aber wir haben jede Menge miteinander zu besprechen.« Sie trat forsch in die dunkle Eingangshalle und drehte sich zu ihm um. »Wir waren vollauf mit den Vorbereitungen für unseren Eintritt in die Gesellschaft beschäftigt, und daher hatte ich bisher noch gar keine Gelegenheit, Ihnen das kleine Bild zu zeigen, das ich in Mrs. Hesketts Skizzenblock gefunden habe.«

Sie wollte geschäftliche Angelegenheiten mit ihm besprechen.

»Stimmt etwas nicht mit Ihnen, Mr. St. Ives?«

Er merkte, daß er immer noch auf der Schwelle ihres Hauses stand.

»Ach, du meine Güte, ich habe Ihr Anstandsempfinden verletzt, nicht wahr?« Sie sah ihn kleinlaut an. »Ich versichere Ihnen, daß Sie keinen Grund zur Sorge um Ihren Ruf zu haben brauchen. Außer Ihrem Kutscher wird kein Mensch etwas davon erfahren, daß Sie noch ein paar Minuten mit mir ins Haus gekommen sind. Mrs. Witty ist zu Besuch bei ihrer Cousine und wird über Nacht dort bleiben. Sie kommt nicht vor morgen früh zurück.«

»Ich verstehe.«

Sie lachte fröhlich und lächelte ihn dann an. »Und außerdem sind wir angeblich miteinander verlobt, falls Sie das schon wieder vergessen haben sollten. Kurz und gut, Mr. St. Ives, Ihre Tugend ist nicht in Gefahr.«

Sie lachte ihn tatsächlich aus.

»Ich glaube, einen Cognac könnte ich jetzt wirklich gebrauchen. Und zwar ein großes Glas.« Er machte einen Schritt in die geflieste Eingangshalle und schloß die Haustür bedächtig hinter sich.

Durch die Fenster beidseits der Haustür strömte genug Mondlicht herein, daß Baxter sehen konnte, wie Charlotte ihren Mantel ablegte und ihn an einen Haken an der Wand hängte.

Er beobachtete, wie sie sich hochreckte, um einen Wandleuchter anzuzünden. Er konnte seine Blicke einfach nicht von der Wölbung ihrer Brüste losreißen, die sich ihren Bewegungen anpaßten. Im nächsten Moment fiel ein warmer Lichtschein auf ihre glatte Haut. Ein alchemistischer Zauber mußte am Werk sein, denn der Schein der Lampe weckte das Feuer zum Leben, das in ihrem dunklen Haar begraben lag, und verwandelte ihr gelbes Satinkleid in reines Gold. Als sie sich wieder zu ihm umdrehte und ihn ansah, waren ihre Augen unergründliche Edelsteine.

»Sollen wir uns in mein Arbeitszimmer begeben, Mr. St. Ives? Dort werde ich Ihnen dann Mrs. Hesketts kleine Skizze zeigen.«

»Ja, unbedingt«, hörte Baxter sich sagen.

Eine gewaltige Sehnsucht packte ihn, als er sah, wie sie auf das im Dunkeln liegende Zimmer zuging. Das anmutige Wiegen ihrer Hüften unter den goldenen Röcken brachte das Blut in seinen Adern zum Kochen.

»Der Cognac steht auf dem Tisch am Fenster«, rief ihm Charlotte aus ihrem Büro zu. Wieder flackerte ein Lichtschein auf, als sie in dem kleinen Zimmer eine weitere Lampe anzündete.

Das Licht, das durch die Tür des Arbeitszimmers drang, lockte Baxter mit der unwiderstehlichen Macht eines Zauberspruchs an. Er zögerte gerade deshalb noch einen Moment.

Wahrscheinlich war es alles andere als ratsam, dieses Arbeitszimmer zu betreten.

Jedenfalls sprachen Logik und Vernunft dagegen.

»Verdammter Mist.« Er riß heftig an dem Knoten seines Halstuchs und durchquerte die Eingangshalle, um in die Traumwelt einzutauchen, die sich auf der anderen Seite der Tür zu ihrem Arbeitszimmer vor ihm auftat.

»Was haben Sie gesagt?« fragte Charlotte, als er das Zimmer betrat.

»Nichts von Bedeutung.« Er bückte sich und zündete das Feuer an. Dann richtete er sich wieder auf und ging zu dem Tisch, auf dem der Cognac stand.

Charlotte lief um ihren Schreibtisch herum und bückte sich, um eine der unteren Schubladen zu öffnen. »Ich habe die Seite mit der kleinen Zeichnung aus dem Skizzenblock herausgerissen. Soweit ich es erkennen kann, hat keines der anderen Aquarelle in dem ganzen Buch etwas mit dieser kleinen Skizze zu tun, und die übrigen Zeichnungen lenkten doch nur ab.«

»Ja, allerdings.« Baxter betrachtete die hübschen Rundungen von Charlottes Po, als sie sich vorbeugte, um in der Schublade zu kramen. »Äußerst ablenkend.«

»Jedesmal, wenn ich versucht habe, mit Ariel über diese Skizze zu reden, ist ihre Aufmerksamkeit ständig zu den Aktzeichnungen abgeschweift. Und Mrs. Witty ist es auch nicht besser ergangen.«

»Wie steht es mit deiner eigenen Aufmerksamkeit, Charlotte? Haben dich die Akte ebenfalls abgelenkt?«

»Ich besitze die Gabe, mich ganz auf das Geschäftliche zu konzentrieren.« Charlotte richtete sich auf und legte ein Blatt Papier, das säuberlich aus dem Block herausgerissen worden war, auf ihren Schreibtisch.

»Na, so was.« Er konzentrierte sich mit Mühe darauf, zwei Gläser Cognac einzuschenken. »Das zählt auch zu meinen ausgeprägten Talenten.«

Er drehte sich mit den Cognacschwenkern in der Hand zu ihr um und sah sie an. Sie hatte hinter ihrem Schreibtisch Platz genommen. Er fragte sich, ob sie auch nur im entferntesten ahnte, in welchem Maß der Schein der Lampe den Wölbungen ihrer Brüste schmeichelte und das Geheimnis ihrer Augen vertiefte.

»Ich war enttäuscht über die Ergebnisse der Befragung, die ich mit Lennox angestellt habe.« Charlotte runzelte die Stirn. »Die Gefahren, die den Gentlemen der jüngeren Generation heutzutage auflauern, schienen ihm größere Sorgen zu bereiten als Drusilla Hesketts Tod.«

Baxter stellte eines der Gläser vor ihr ab. Er ignorierte die Seite, die sie aus dem Skizzenblock gerissen hatte. »Das klingt ganz so, als hätten Lennox und Maryann etwas gemeinsam.«

»Ich habe den Verdacht, daß die Gefahren, denen ihr Nachwuchs ausgesetzt ist, den Eltern jeder Generation Sorgen bereitet«

»Ja, zweifellos.« Ihm wurde klar, daß er die Finger nicht länger von ihr lassen konnte, wenn er nur eine weitere Minute stehenblieb und den Anblick von Charlottes nackten Schultern und der sanften Rundungen ihrer Brüste in sich aufsog.

Er zwang sich, ans Fenster zu treten, da er hoffte, der Anblick des mondbeschienenen Gartens würde ihn beruhigen. In der Glasscheibe sah er jedoch nur Charlottes Spiegelbild.

»Da wir gerade von Lady Esherton reden«, sagte sie behutsam. »Was werden Sie hinsichtlich Ihres Bruders Hamilton unternehmen?«

Er erstarrte. »Das ist das allerletzte Thema, über das ich heute abend reden möchte.«

»Ich verstehe. Ich habe es nur angesprochen, weil mir schien, daß es Sie auf der Heimfahrt in der Kutsche übermäßig in Anspruch genommen hat.«

»Mach dir um meine persönlichen Probleme keine Sorgen, Charlotte. Ich werde sie allein regeln.«

»Ja, selbstverständlich.« Charlotte zögerte und fügte dann leise hinzu, als könnte sie diese Bemerkung einfach nicht unterdrücken: »Verstehen Sie, die beiden haben leider recht.«

Er beobachtete ihr Spiegelbild, als sie den Cognacschwenker, den er vor ihr abgestellt hatte, in die Hand nahm und einen Schluck trank. »Von wem sprichst du?«

»Von Lennox und Lady Esherton.« Sie stellte ihr Glas mit

äußerster Behutsamkeit wieder ab. »Der jüngeren Generation drohen viele Gefahren.«

»Nimm es mir nicht übel, Charlotte, aber wenn es um das Thema Gefahr geht, steht es dir nicht zu, dich dazu zu äußern. Dürfte ich dich vielleicht daran erinnern, daß du diejenige bist, die es für notwendig befunden hat, einen Sekretär zu engagieren, der auch als Leibwächter einspringen kann.«

»Ich bin eine reife Frau, die ganz genau weiß, was sie tut. Bei einem wesentlich jüngeren Menschen verhält sich das ganz anders.«

Irgend etwas in ihrem Tonfall zog Baxters Aufmerksamkeit auf sich. »Das klingt nicht gerade so, als sei es auf die Allgemeinheit gemünzt.«

Sie schwieg lange Zeit, ehe sie fortfuhr. »In der Nacht, in deren späterem Verlauf mein Stiefvater ermordet worden ist, hat er ein Ungeheuer mit in unser Haus gebracht.«

Baxter drehte sich langsam zu ihr um und sah sie an. »Ein Ungeheuer?«

»Winterbourne hatte eine große Geldsumme an dieses Monster verloren.« Charlotte starrte das Cognacglas an. »Mein Stiefvater hatte die Absicht, seine Schulden zu bezahlen, indem er der Bestie meine Schwester überließ.«

»Heiliger Strohsack, Charlotte. Was ist geschehen?«

»Ich habe die Pistole meines Vaters benutzt, um Winterbourne und das Ungeheuer gewaltsam aus dem Haus zu vertreiben.« Das Glas in ihrer Hand zitterte ein wenig. »Sie sind kein zweites Mal zurückgekommen.«

Er konnte deutlich vor sich sehen, wie sie den beiden Männern mit nichts weiter als einer Pistole in der Hand gegenübertrat. Schlagartig durchzuckte ihn eine Mischung aus Wut und Furcht. »Du bist eine sehr tapfere Frau.«

Sie schien ihn nicht gehört zu haben. »Am nächsten Morgen ist Winterbourne tot aufgefunden worden. Seine Kehle sei von einem Wegelagerer aufgeschlitzt worden, hieß es damals. Ich weiß nicht, was tatsächlich vorgefallen ist, nachdem die beiden in jener Nacht das Haus verlassen haben, aber ich weiß ganz genau, daß mein Stiefvater Angst vor der Bestie gehabt hat. Manchmal habe ich mich gefragt, ob das Ungeheuer ihn umgebracht hat, um ihm heimzuzahlen, daß er seine Spielschulden nicht beglichen hat.«

»Jeder Mann, der eine junge Frau an ein Ungeheuer verfüttern will, um so seine Schuldscheine zurückzubekommen, hat den Tod verdient.«

»Ja.« Charlotte blickte auf und sah ihn an. »Glauben Sie bloß nicht, daß ich Winterbourne nachtrauere oder mich schuldig fühle, weil ich ihn in der Nacht, in der er ermordet worden ist, gewaltsam aus dem Haus vertrieben habe. Das ist es nicht, was mich bedrückt.«

Eine glasklare intuitive Einsicht brach über Baxter herein. Er nahm das geheime Grauen wahr, das sich unter Charlottes entschlossener und unabhängiger Geisteshaltung verbarg. Dieses spontane Wissen war den Augenblikken tiefen Verständnisses nicht unähnlich, die ihn ab und zu überkamen, wenn ein Experiment es ihm erlaubte, einen flüchtigen Blick auf eine der großen naturwissenschaftlichen Wahrheiten zu erhaschen. Die Erkenntnis, die er gerade hatte, war jedoch von einer weitaus persönlicheren Natur als alles, was er in seinem Laboratorium jemals herausgefunden hatte.

»Ich verstehe«, sagte er leise. »Was dich in Wirklichkeit bedrückt, ist, daß du nach all diesen Jahren noch nicht vergessen kannst, daß dieses Ungeheuer immer noch irgendwo dort draußen frei herumläuft.«

»Richtig. Ich kann es nicht vergessen. Manchmal kehrt die Erinnerung als Traum getarnt zurück. Dann werde ich mitten in der Nacht wach, um dieselbe Stunde, zu der ich in jener Nacht aufgewacht bin, als sich diese Ereignisse abgespielt haben. Im Traum sehe ich mich in dem dunklen

Korridor vor dem Schlafzimmer meiner Schwester stehen. Ich halte die Pistole in der Hand, genauso wie damals. Aber diesmal weiß das Ungeheuer, daß sie nicht geladen ist.«

»Gütiger Himmel.« Baxter spürte, wie ihm innerlich kalt wurde. »Willst du damit etwa sagen, daß die Pistole, die du damals benutzt hast, nicht geladen war?«

»Sie war jahrelang in einer Truhe verstaut gewesen. Ich hatte keine Kugel und kein Pulver, um sie zu laden. Es war sehr dunkel draußen im Flur, und weder Winterbourne noch das Ungeheuer wußten, daß ich eine leere Pistole in der Hand hielt. Aber in meinem Traum lacht das Ungeheuer, weil es die Wahrheit kennt. Es weiß, daß ich es diesmal nicht von seinem Vorhaben abhalten kann.«

Baxter trat einen Schritt vor. »Charlotte ...«

»Und in meinem Traum weiß ich, daß es mir nicht gelingen wird, meine Schwester zu beschützen.«

»Es ist doch nur ein Traum, Charlotte.« Baxter zögerte. »Ich habe selbst auch einen Traum, der von Zeit zu Zeit wiederkehrt und unerfreulich genug ist, um mich mitten in der Nacht zu wecken.«

Sie sah ihm forschend ins Gesicht. »Träume können ziemlich lästig sein.«

»Ja.« Baxter stellte sein Glas auf ein Tischchen in seiner Nähe. »Laß uns über etwas anderes reden.«

»Ja, natürlich. Reden wir über unsere Nachforschungen.«

»Nein, nicht über unsere Nachforschungen. Hat es dir Spaß gemacht, Walzer zu tanzen?«

»Mit Lennox?« Charlotte schnitt eine Grimasse. »Ich glaube, ich weiß jetzt, warum Drusilla Heskett die Gewohnheit hatte, ihn mit einem Hengst zu vergleichen.«

Baxter zog die Augenbrauen hoch.

Charlotte lachte in sich hinein. »Sein Lordschaft besitzt tatsächlich ein ganz enormes Durchhaltevermögen. Als die Musik geendet hat, habe ich mich gefühlt, als hätte ich gerade einen forschen morgendlichen Ritt auf einem stämmigen Rennpferd hinter mir.«

Baxter sah sie einen Moment lang gedankenverloren an. »Habe ich dir überhaupt gesagt, daß du heute abend sehr hübsch ausgesehen hast?«

Sie blinzelte. »Wie bitte?«

»Ich hatte bisher versäumt, dir Komplimente zu machen. Dafür möchte ich mich jetzt entschuldigen.«

»Machen Sie sich deshalb keine Sorgen, Mr. St. Ives.« Sie verschränkte die Hände auf dem Schreibtisch und bedachte ihn mit einem strahlenden Lächeln. »Wir sind schließlich Geschäftspartner und keine intimen Freunde.«

»Ich habe auch noch etwas anderes vernachlässigt.« Er kam um ihren Schreibtisch herum und legte seine Hände auf Charlottes nackte Schultern. Ihre Haut war warm und unbeschreiblich zart.

»Und was?«

»Ich habe dich nicht zum Tanzen aufgefordert.« Er zog sie behende auf die Füße. »Glaubst du, wenn wir heute am früheren Abend zusammen einen Walzer getanzt hätten, dann wärest du jetzt in der Lage, mich bei meinem Vornamen zu nennen?«

Im Schein der Lampe waren ihre Augen außerordentlich grün. Sie lächelte, als sie ihm langsam die Arme um den Hals legte. »Warum fordern Sie mich nicht einfach jetzt zum Tanzen auf? Wie es weitergeht, werden wir dann schon sehen.«

»Tanz mit mir, Charlotte.«

»Es wäre mir ein Vergnügen, mit dir zu tanzen, Baxter.«

Darauf hatte er den ganzen Abend gewartet, sagte er sich. Genau das hatte er gebraucht.

Er senkte den Kopf und küßte sie.

8

Baxter führte wieder ein Experiment durch, das wußte Charlotte mit absoluter Sicherheit bereits in dem Moment, in dem sein Mund ihre Lippen berührte. Dieser Kuß war ganz anders als der Kuß, den er ihr kürzlich nachts in der Kutsche gegeben hatte. Sogar als er sie eng an sich zog und die Arme um sie schlang, konnte sie deutlich spüren, daß er einen Teil seiner Person zurückbehielt. Es war, als hätte er vor, den Ausgang dieser Umarmung zu beobachten und die Kontrolle nicht aus der Hand zu geben. Sie fragte sich, ob er sein eigenes Verlangen in derselben Form regulieren konnte wie die Flammen, über denen er Chemikalien erhitzte.

Gleichzeitig mit dieser Erkenntnis stellte sich eine maßlose Wut ein. Sie war nicht irgendeine seltsame chemische Verbindung, die man in einem Laboratorium testen und untersuchen konnte. Charlotte umschlang seinen Hals fester und preßte sich an ihn. Sie war plötzlich wild entschlossen, Baxter zu zeigen, daß er nicht der außenstehende Beobachter seiner eigenen Leidenschaft sein konnte.

Falls dies ein Experiment war, so beschloß sie, dann würde nicht nur sie hier unter die Lupe genommen werden, sondern auch er.

»Charlotte.« Baxters Mund bewegte sich auf ihren Lippen, kostete sie, erforschte sie und tastete sich bei seinen Erkundungen weiter vor. Seine Hände glitten zu ihrem Hinterkopf. Er grub die Finger in ihr Haar und zog die Haarnadeln heraus. »Sag noch einmal meinen Namen.«

»Baxter.« Die Erregung, die sie durchströmte, war so grell und glühend, daß sie einfach nicht glauben konnte, er würde sie nicht ebenso deutlich wahrnehmen.

»Und noch mal.« Er ließ seine Daumen sanft über ihr Kinn gleiten.

»*Baxter.*«

»Öffne deine Lippen für mich.«

Sie gehorchte. Und dann keuchte sie, erstickt vor Erstaunen, als seine Zähne sich zart in ihre Unterlippe gruben.

»Ich werde dir nicht weh tun«, flüsterte er.

»Das weiß ich.« Sie klammerte sich an ihn und zwang ihn regelrecht, den Kuß zu vertiefen.

Er fuhr mit den Fingern durch ihr Haar. Haarnadeln fielen klirrend auf die blankpolierte Schreibtischplatte. Und dann glitten seine Hände immer tiefer nach unten und blieben kurz auf ihren nackten Schultern liegen.

»Du bist so zart.« Er streichelte ihren geschwungenen Hals, und sein Mund legte sich auf die Stelle direkt unter ihrem Ohr. »Alles an dir ist weich und zart.«

Sie preßte die Hände flach auf seine Brust und kostete das Gefühl aus, geschmeidige Muskeln unter seinem gestärkten weißen Leinenhemd zu spüren. »Und alles an dir ist sehr fest und hart.«

Baxter hob den Kopf. Er nahm seine Brille ab und legte sie auf den Schreibtisch, direkt neben die Haarnadeln.

Sie sah ihm in die Augen und hielt den Atem an. Ohne den Schleier der Gläser leuchteten die Feuer des Alchemisten in seinem Blick noch intensiver als geschmolzenes Gold. Sie konnte die Gefahr erkennen, doch die Flammen faszinierten sie und zogen sie in ihren Bann.

»Ich möchte deine Brüste in meinen Händen spüren.« Baxter zog behutsam an den winzigen Ärmeln ihres Abendkleids.

Ihr Mieder fiel herunter, und sie stand bis zur Taille entblößt vor ihm. Sie erschauerte und nahm schockiert wahr, daß der Schein der Lampe auf ihre harten Brustwarzen fiel. Sie verlangte nach ihm. Es war ein köstliches, umwerfendes und ganz und gar unglaubliches Gefühl. Sie hörte, daß sie leise aufschrie, als Baxter seine Handflächen auf ihre Brüste legte.

»Du bist wunderschön.« Seine Stimme war so gedämpft und heiser, daß die Worte kaum hörbar waren.

Er rieb mit dem Daumen die Spitzen ihrer Brüste. Ihr stockte der Atem. Nur der unbändige Drang, noch mehr von seinem berauschenden und unsäglich männlichen Duft aufzusaugen, brachte sie dazu, wieder tief Luft zu holen.

Verlangen durchflutete sie. Sie krallte ihre Finger in den Stoff seines Hemdes. »Baxter. Es ist einfach unglaublich.«

»Ja.« Er senkte den Kopf und nahm eine Brustwarze zwischen seine Zähne.

»Oh, mein Gott.« Sie löste eilig sein Halstuch und versuchte mit bebenden Fingern, sein Hemd zu öffnen.

Er erstarrte. »Nein.«

Sie ignorierte ihn. Es gelang ihr, sein Hemd zu öffnen, und sie schob ihre Hände darunter.

»Verdammt noch mal.« Baxter rührte sich nicht. Es war, als wartete er auf einen Schlag, dem er nicht ausweichen konnte.

Sie berührte ihn gierig und kostete die Glut und die Kraft seines Körpers. Ihre Finger glitten durch das rauhe gelockte Haar auf seiner Brust, dann schlang sie die Arme um ihn und preßte die Handflächen auf seinen Rücken.

Sie konnte die unebene Haut spüren und begriff sofort, was ihn bedrückte. Baxter hatte schlimme Narben auf dem Rücken.

Jetzt war es an ihr, stillzuhalten. Sie hob den Kopf und sah ihn an. »Dir ist etwas zugestoßen.«

»Vor drei Jahren.« Seine Augen waren grimmig, sein Blick starr. »Die Wunden sind schon lange verheilt.«

»Was ist passiert?«

»Säure.«

»Gütiger Gott. Ein Unfall im Laboratorium?«

Sein Lächeln zeigte keine Spur von Humor. »So könnte man es auch ausdrücken.«

»Das tut mir leid. Es muß schmerzhaft gewesen sein.«

»Jetzt tut es nicht mehr weh. Aber die Narben sind sehr häßlich. Laß mir eben Zeit, um das Licht zu löschen.«

»Das ist nicht nötig.« Langsam und bedächtig zog sie das Leinenhemd von seinen Schultern und ließ es auf den Teppich fallen. Sie konnte die bleichen, rauhen Stellen auf seiner rechten Schulter sehen, dort, wo seine Haut zerstört war. Sie schloß die Augen vor den Schmerzen, von denen sie genau wußte, daß er sie durchlitten haben mußte.

»Charlotte . . .«

»Du kannst unmöglich glauben, der Anblick deiner Verletzung würde mich stören. Das einzige, was zählt, ist, daß deine Wunden verheilt sind.«

Mit äußerster Behutsamkeit berührte sie eine der Verätzungen auf seiner Schulter. Dann stellte sie sich auf die Zehenspitzen und küßte die Narbe. Baxter erschauerte. Sie ließ ihre Lippen langsam bis zu seinem Mund gleiten.

»*Charlotte.*« Er schlang die Arme fest um sie.

Einen Moment lang hatte seine Umarmung jede Zurückhaltung verloren. Sie nahm das Feuer wahr, das in ihm brannte. In seinem Kuß lag eine ungezügelte, fast schon schmerzhafte Sinnlichkeit, die sie zu überwältigen drohte.

Mit überschwenglicher Lust gab sie sich der Feuersbrunst hin.

Seine Hände legten sich um ihre Taille, und er hob sie vom Boden hoch und küßte ihre Brüste.

Sie keuchte, als sie seine Zähne an ihrer Brustwarze spürte. »Baxter.« Ein seltsames Gefühl von Verzweiflung überfiel sie, als sie sich wieder an ihn klammerte.

Er trug sie zum Sofa. Im nächsten Moment drehte sich das Zimmer um seine eigene Achse. Dann spürte Charlotte die Polster unter sich. Die Röcke ihres Ballkleids umspielten ihre Oberschenkel.

Ehe sie die Orientierung wiedergefunden hatte, lag Baxter

schon auf ihr. Er war schwer, faszinierend schwer. Das Gewicht seines Körpers preßte sie tief in die Samtpolster des Sofas. Sie konnte den Stoff seiner Kniebundhose zwischen ihren Strümpfen und ihrem Strumpfhalter auf der nackten Haut spüren.

Sie konnte auch sein erregtes Glied wahrnehmen und schnappte hörbar nach Luft.

Er hob den Kopf und sah ihr in die Augen. »Ich will dich.«

Sie starrte in die lodernden Schmelztiegel seiner Augen und verlor sich gänzlich in dem Verlangen, das sie beide gefangenhielt.

Es war sicher ausgeschlossen, daß irgendein Mann, selbst einer, der Baxters enorme Willenskraft besaß, eine Frau mit derart rasendem Verlangen ansehen und dennoch ein leidenschaftsloser Beobachter bleiben konnte.

Sie fädelte ihre Finger in sein Haar und machte sich gar nicht erst die Mühe, ihre Verwunderung vor ihm zu verhehlen. »Ich habe noch nie ein so starkes Gefühl erlebt.«

»Das höre ich gern.« Er küßte sie tief und gierig.

Sie spürte, wie seine Hand an ihrem Bein hinabglitt und sich unter die Röcke ihres Ballkleids vortastete. Seine Finger schlossen sich um ihre Wade.

Sie grub die Nägel in die harten Muskeln seiner Schultern und seines Rückens.

Er stöhnte. Seine Hand glitt an der Innenseite ihres Oberschenkels hinauf, und dann preßten sich seine Finger gegen die feuchte, pochende Stelle zwischen ihren Beinen. Einer seiner Finger tauchte in sie ein und schob sich behutsam weiter vor, um sich einen Weg zwischen den kräftigen kleinen Muskeln hindurch zu bahnen.

Ihre Reaktion auf diesen äußerst zärtlichen Eingriff ließ sie erschauern.

»Bitte, Baxter.« Sie wand sich, weil sie noch mehr wollte. »Hör nicht auf.«

Er zog seinen Finger ganz langsam zurück und ließ ihn dann ganz langsam wieder in sie hineingleiten. Gleichzeitig bewegte sich sein Daumen höher nach oben und streifte zart ihre gefühligste Stelle.

»Baxter.« Sie konnte nicht mehr klar denken. Empfindungen schwappten über sie hinweg und rissen sie mit sich. Sie klammerte sich an ihn, forderte wortlos ein Ende dieser köstlichen Folter und konnte sich doch nicht von ihm lösen.

»Baxter.«

Er senkte seinen Kopf auf ihre Brust. Sein Finger bewegte sich in ihr. Statt tiefer in den schmalen Gang hineinzustoßen, preßte er seinen Finger nach oben, ließ locker, preßte ihn wieder hoch und wollte einfach nicht mehr damit aufhören.

Eine gewaltige Spannung begann sich in ihr aufzubauen. Nie hatte sie ein derartiges Verlangen verspürt, das sie mit Unruhe erfüllte und sie in diesen atemlosen Zustand der Verspannung versetzte. Sie wußte intuitiv, daß diese Empfindung sich nicht noch mehr steigern ließ. Es mußte irgendeine Form der Befreiung von diesem sich verstärkenden Druck geben.

Sie umklammerte Baxters Schultern.

Es mußte ganz einfach eine Erlösung geben.

Sie würde in Stücke zerspringen, wenn nicht gleich etwas passierte. Diese erbarmungslos treibende Kraft konnte nicht ewig währen.

Ohne jede Vorwarnung wurde sie von einer Flut zuckender Schauer erfaßt.

»Baxter.«

Sie hörte, wie ihr eigener Aufschrei durch das Arbeitszimmer hallte, als sie von einer unsäglich hohen Klippe stürzte.

Baxter hielt sie, während sie durch eine flüssige Atmosphäre hinabtrieb, in der sie der einzige feste Körper war. Sie erlebte ein Gefühl von benommenem Staunen, das ihr die Sprache verschlug.

Ganz allmählich nahm sie das Knistern der Flammen im Kamin wieder wahr und spürte die Polster des Sofas in ihrem Rücken.

Baxter ruhte noch immer neben ihr. Als sie endlich die Augen aufschlug, sah sie, daß er sie gebannt ansah.

»Das war wirklich erstaunlich«, flüsterte sie. »Absolut wunderbar.«

Er lächelte und drückte ihr einen Kuß auf die Stirn. »Ja, das kann man wohl sagen.«

Sie hob eine Hand und strich ihm über die Wange. »Aber du hast nicht dasselbe Gefühl erlebt.«

»Diesmal nicht.« Er richtete sich auf, und löste sich behutsam aus ihren zerknitterten Röcken. »Aber es wird andere Male geben.« Er zeichnete mit einem Finger dic Konturen ihrer Lippen nach. »Oder zumindest hoffe ich, daß es so kommen wird.«

»Baxter, warte. Wohin gehst du?«

»Wir müssen miteinander reden.«

Er stand auf und lief durch das Zimmer zu seinem Hemd, das auf dem Boden lag. Der Schein des Feuers fiel flackernd auf die Narben, die die Säure auf seinem Rücken und auf seinen Schultern zurückgelassen hatte. Ein solcher Schmerz, dachte Charlotte.

Sie sah, wie er sein Hemd aufhob und mit flinken, geübten Bewegungen hineinschlüpfte. Er knöpfte es nicht zu, als er an den Schreibtisch trat, um seine Brille zu suchen und sie aufzusetzen.

Wortlos ging er zum Kamin und blieb vor dem Feuer stehen. Er schaute in die Flammen.

Sein Stimmungswechsel war besorgniserregend, und Charlotte setzte sich langsam auf. Sie fummelte an dem Mieder ihres Kleids herum. »Stimmt etwas nicht?«

»Nein, es ist schon gut.« Er nahm einen Schürhaken aus dem Ständer und beugte sich vor, um in den Flammen herumzustochern. »Aber ich möchte etwas zwischen uns klarstellen, ehe wir diesen Weg gemeinsam weitergehen.«

Sie starrte ihn an. Sein dunkles Haar war zerzaust, der Schein der Flammen warf lodernde Schatten auf die großen Flächen und die scharfen Kanten seines verschlossenen Gesichts.

Wieder überkam sie das beunruhigende Gefühl, sich in acht nehmen zu müssen, und das sie bereits beschlichen hatte, als sie ihm zum ersten Mal begegnet war.

»Was müssen wir denn klarstellen?« fragte sie vorsichtig.

»Bist du bereit, dich auf eine Affäre mit mir einzulassen, Charlotte?« Die Worte kamen leise und ohne jede Betonung. Baxters Stimme war bar jeglicher Empfindung.

»Eine Affäre?« Plötzlich fühlte sie sich derart unbeholfen, daß es ihr kaum gelang, das Oberteil ihres Kleides wieder zu schließen. »Mit dir?«

»Es scheint ganz so, als fühlten wir uns zueinander hingezogen.«

»Ja, aber ...« Sie hielt inne, denn sie war sich nicht sicher, was sie sagen sollte. Schließlich hatte sie diese Möglichkeit selbst schon ins Auge gefaßt, rief sie sich ins Gedächtnis zurück.

»Meiner Erfahrung nach weisen solche Gefühle eine gewisse Ähnlichkeit mit Illusionen auf«, sagte Baxter. »Sie erscheinen einem eine Zeitlang sehr real, und dann verblassen sie.«

»Ich verstehe.« Sie konnte seine Behauptung nicht in Abrede stellen. Auf Leidenschaft allein war kein Verlaß, das wußte sie besser als die meisten anderen Menschen. Auf dem Fundament dieses simplen Prinzips hatte sie ihren Beruf aufgebaut. Nur wahre Liebe konnte dem gefährlichen Gebräu ein Element der Sicherheit beimischen. »Du glaubst also, daß das Feuer, das uns im Moment wärmt, schon bald zu Asche herunterbrennen wird.«

»Meine Beobachtungen weisen darauf hin, daß selbst die heißesten Flammen mit der Zeit erlöschen, aus reiner Langeweile und Gewohnheit.«

»Ist dieses Los deinen bisherigen Affären beschieden gewesen?«

»Ich bin Chemiker. Ich bin kein Dichter.« Baxter faltete die Hände hinter dem Rücken. »Im Lauf der Zeit wird der Unterschied deutlicher.«

»Das verstehe ich nicht.«

»Um es in einfachere Worte zu fassen: Frauen neigen dazu, mich ziemlich langweilig zu finden, sobald die ursprüngliche körperliche Anziehungskraft erst einmal verflogen ist.«

»Frauen finden dich langweilig?« Das ging entschieden zu weit. Wut loderte in Charlotte auf und überschwemmte einen Moment das Unglück, das sie empfunden hatte. »Wie kannst du es wagen, so etwas zu behaupten. Versuch bloß nicht, mich mit diesem Unsinn abzuspeisen. Falls du kein großes Interesse an einer längerfristigen Beziehung haben solltest, dann erwarte ich zumindest von dir, daß du den Anstand besitzt, es ausdrücklich zu sagen. Rechne bloß nicht damit, daß ich dir glaube, all deine bisherigen Affären hätten deshalb geendet, weil du deine Mätressen zu Tode gelangweilt hast.«

Er warf ihr einen verblüfften Blick zu. »Ich kann dir versichern, daß es sich dabei um die schlichte Wahrheit handelt.«

»Blödsinn.« Sie sprang vom Sofa auf und strich ihre Röcke glatt. »Du suchst nur nach Ausreden. Ich hätte mehr von dir erwartet.«

Er drehte sich zu ihr um. »Ich suche keine Ausflüchte. Ich bemühe mich lediglich, realistisch zu sein.«

»Na, so was.« Sie nahm eine stolze und aufrechte Haltung ein. »Und was ist mit Ihrem Ruf, der Ihnen ach so sehr am Herzen liegt, Mr. St. Ives?«

»Es hat sich zufällig so ergeben, daß uns diese vorgetäuschte Verlobung, die wir uns ausgedacht haben, das perfekte Alibi für unsere Affäre liefert.«

Charlotte kochte vor Wut. »Diese vorgetäuschte Verlobung ist ganz allein auf Ihrem Mist gewachsen und war von vornherein nur für den Zeitraum geplant, den wir brauchen, um den Schurken zu finden, der Drusilla Heskett ermordet hat.«

»Es gibt keinen Grund dafür, daß diese Verlobung nicht weiterhin bestehen könnte, nachdem wir unser vorrangiges Ziel erreicht haben.«

»Die übliche Verlobungszeit beträgt bestenfalls ein Jahr.«

»Ich maße mir nicht an, mir ein Urteil über die Zeitdauer deiner früheren Affären zu bilden, aber meine haben im Durchschnitt etwa zwei Monate gedauert, wenn nicht gar eine noch kürzere Zeitspanne.«

»Das ist nicht gerade die beste Empfehlung für Sie, Sir.«

»Es entspricht aber der verdammten Wahrheit. Also, was ist?« Er kniff die Augen zusammen. »Wie lautet deine Antwort? Hast du Interesse an einer Affäre mit mir oder nicht?«

Sie bebte, allerdings nicht vor Leidenschaft, sondern vor Entrüstung. »Sie erwarten doch bestimmt nicht sofort eine Antwort. Ich werde Ihnen meine Entscheidung mitteilen, nachdem ich Gelegenheit hatte, mich in aller Ruhe mit dieser Frage auseinanderzusetzen.«

»Verdammter Mist.« Baxter wies mit einer ausholenden Handbewegung auf das Sofa. »Nach allem, was sich gerade abgespielt hat, willst du mir einreden, daß du dich erst noch genauer mit dieser Angelegenheit befassen mußt?«

Sie lächelte kühl. »Wie ich meinen Klientinnen oft rate, sollte man einschneidende persönliche Entscheidungen nicht in der Glut der Leidenschaft treffen.«

Sein Gesicht verhärtete sich. Wortlos kam er auf sie zu,

und seine Schritte auf dem Teppich waren geräuschlos, obgleich seine Füße in Stiefeln steckten.

Charlotte wappnete sich. Es war riskant, Baxter an die Grenzen seiner Selbstbeherrschung zu treiben. Tief in ihrem Innern wußte sie zwar, daß er ihr niemals weh tun würde. Dennoch brachte diese Situation ein ausgeprägtes Element der Unberechenbarkeit mit sich.

Ehe sie auch nur ahnen konnte, was er vorhatte, gab eine der Bodendielen in der Eingangshalle außerhalb ihres Arbeitszimmers ein Ächzen von sich. Charlotte erstarrte.

Auch Baxter hielt mitten in der Bewegung inne. Er warf einen Blick auf die Tür und sah dann finster Charlotte an. »Einer deiner Bediensteten?«

»Nein.« Sie wirbelte herum und starrte auf die geschlossene Tür des Arbeitszimmers. »Ich habe Ihnen doch schon gesagt, daß meine Haushälterin die ganze Nacht über fort ist. Ariel kann es nicht sein. In dem Fall hätten wir nämlich die Kutsche Ihrer Tante vorfahren hören.«

Schritte donnerten durch den Korridor. Charlotte begriff, daß jemand durch die Eingangshalle auf die Hintertür des kleinen Stadthauses zurannte.

»Verdammter Mist.« Baxter sprang mit einem Satz zur Tür. »Du bleibst hier.« Er riß die Tür auf und rannte in die Eingangshalle.

Charlotte griff mit einer Hand nach einem schweren silbernen Kerzenständer, hob mit der anderen Hand ihre Röcke an und rannte ihm nach.

Dunkelheit umfing sie. Jemand hatte die Wandlampe gelöscht, die sie vorhin angezündet hatte. Die einzige Beleuchtung war das Licht, das aus dem Arbeitszimmer in die Eingangshalle fiel.

Der Widerhall von Schritten war im hinteren Teil des Hauses zu hören. Es waren die Schritte von zwei Personen. Baxters Schritte und die des Eindringlings.

Sie stürzte sich in die Dunkelheit der Eingangshalle.

Ein kalter Windhauch sagte ihr, daß die Hintertür offenstand. Sie konnte den matten Glanz des Mondscheins am Ende des Korridors sehen. Der Eindringling war bereits aus dem Haus gelaufen und in den Garten geflohen.

Sie blieb an der Hintertür stehen und versuchte, in der Dunkelheit etwas zu erkennen. Kein Anzeichen wies darauf hin, daß jemand durch die Büsche schlich.

»Baxter? Wo steckst du?«

Sie bekam keine Antwort.

Panik stieg in Charlotte auf. Der Einbrecher war zweifellos bewaffnet gewesen. Sie hatte keine Schüsse gehört, aber viele Wegelagerer zogen die stumme Klinge eines Messers vor. Sie sah Baxter verwundet vor sich, und vielleicht lag er sogar in nächster Nachbarschaft der Rosensträucher im Sterben. Diese Vorstellungen trieben sie augenblicklich in die Nacht hinaus.

»*Baxter.* Oh, mein Gott, wo steckst du bloß? Sag etwas, Baxter.«

»Ich dachte, ich hätte dir gesagt, daß du drinnen warten sollst.«

Baxter tauchte plötzlich aus dem dichten Dunkel auf. In einem Moment war er nirgends zu sehen, und im nächsten Augenblick stand er direkt vor ihr. Der Mondschein fiel seitlich auf sein Gesicht und ließ seine Brillengläser funkeln.

»Ist alles in Ordnung mit dir?«

»Ja.« Er nahm ihren Arm und führte sie zum Haus zurück. »Aber es ist mir nicht gelungen, ihn zu fangen. Er ist in der schmalen Gasse hinter dem Garten verschwunden. Er scheint sich hier gut ausgekannt zu haben und muß das Haus längere Zeit beobachtet und seinen Fluchtweg geplant haben, ehe er sich heute nacht ans Werk gemacht hat. Er schien genau zu wissen, was er tut und wie er am schnellsten fliehen kann.«

»Gott sei Dank, daß du ihn nicht erwischt hast. Er hätte mit einem Messer oder mit einer Pistole bewaffnet sein können.«

»Wie nett von dir, daß du dich um meine Gesundheit sorgst.«

»Sarkasmus ist im Moment gänzlich unangebracht.«

»Tut mir leid.« Er schob sie behutsam ins Haus hinein. »Gelegentlich nehme ich Zuflucht zum Sarkasmus, wenn ich an einem einzigen Abend zuviel Aufregendes erlebt habe.«

Charlotte entschloß sich, diese Bemerkung zu ignorieren. Baxter war beinah mit einem Gauner in Berührung gekommen. Es war sein gutes Recht, aufgeregt zu sein.

»Gütiger Himmel«, flüsterte sie, als er die Tür hinter sich schloß. »Mir ist gerade etwas eingefallen. Wir haben vorher keinen Laut in der Eingangshalle oder auf der Treppe vernommen. Das heißt, daß sich der Eindringling schon im Haus aufgehalten haben muß, als wir zurückgekommen sind.«

»Das ist sehr wahrscheinlich.«

»Was für eine gräßliche Vorstellung.« Charlotte erschauerte. »Wenn ich mir vorstelle, daß er die ganze Zeit über hier war und gelauscht hat, während du und ich uns . . . uns . . .« Sie konnte sich nicht dazu durchringen, den Satz zu beenden.

»Ich habe den Verdacht, daß er im oberen Stockwerk gewesen ist, als wir ihm in die Quere gekommen sind. Wir haben ihm offenbar einen Strich durch die Rechnung gemacht.«

Baxter zündete eine Wandlampe an. »Zweifellos hat er beschlossen, mit seiner Flucht zu warten, bis er ganz sicher sein konnte, daß wir beschäftigt sind.«

»Glaubst du, daß er uns belauscht hat?«

Baxter zog eine Schulter hoch, um anzudeuten, wie wenig ihn das interessierte. »Das ist schon möglich.« Er beugte sich vor, um das Türschloß genauer zu untersuchen. »Aber ich habe den Verdacht, daß er weit mehr Interesse daran gehabt hat, unbemerkt zu entkommen, als daran, den Voyeur zu spielen.«

»Ich frage mich, ob es ihm wohl gelungen ist, etwas mitzunehmen.« Sie sah stirnrunzelnd Baxter an, der sich an der Tür zu schaffen machte. »Was tust du da?«

»Ich versuche, mir ein genaues Bild davon zu machen, wie er ins Haus gekommen ist. Die Haustür war verschlossen, als wir zurückgekommen sind. Das heißt, daß er das Haus durch diesen Eingang hier betreten haben muß.« Baxter richtete sich auf. Ein versonnener Ausdruck stand auf seinem Gesicht. »Aber dieses Schloß ist nicht beschädigt, und es sind keine Fensterscheiben eingeschlagen worden. Es sieht ganz so aus, als hätte unser Mann genau gewußt, was er will.«

»Das ist ja gräßlich. Ein professioneller Angehöriger der Verbrecherschicht ist hier in meinem Haus gewesen.« Charlotte rieb sich mit den Händen über ihre kühlen Arme.

»Ich muß mich schleunigst umsehen, ob etwas fehlt. Ich hoffe wirklich, daß er nicht das silberne Teeservice meiner Mutter oder die Ormolu-Uhr gestohlen hat.«

»Ich werde dich auf deinem Rundgang durch das Haus begleiten.« Baxter ging auf die Treppe zu. »Ich konnte in der Dunkelheit nur einen flüchtigen Blick auf seinen Mantel werfen, aber ich hatte nicht den Eindruck, daß er Gegenstände darunter verborgen hat, die so schwer waren, daß sie ihm beim Laufen hinderlich gewesen wären. Mit etwas Glück werden wir feststellen, daß von deinen Besitztümern nichts fehlt.«

»Baxter?«

Er warf einen ungeduldigen Blick über seine Schulter, da seine Aufmerksamkeit eindeutig der Angelegenheit galt, die sie jetzt zu klären hatten. »Was ist?«

»Danke.« Charlotte lächelte ihn mit bebenden Lippen an.

»Es war sehr mutig von dir, daß du diesen Schurken vertrieben hast.«

»Was tut man nicht alles, Miss Arkendale.«

Die Räucherstäbchen in dem schwarzen und blutroten Zimmer waren heruntergebrannt. Seine Sinne waren empfänglich. Es war an der Zeit.

»Lies mir die Karten, meine Geliebte.«

Die Wahrsagerin legte die erste Karte auf den Tisch. »Der goldene Greif.«

»Er ist ziemlich beharrlich.«

Sie drehte die nächste Karte um. »Die Dame mit den Edelsteinaugen.«

»Sie fällt mir ziemlich zur Last.«

Die Wahrsagerin nahm die nächste Karte von dem Stapel. »Der silberne Ring.« Sie blickte auf. »Der Greif und die Dame sind ein Bündnis miteinander eingegangen.«

»Es muß zerschlagen werden. Darum werde ich mich kümmern.« Er beugte sich vor. »Was ist mit dem Phönix?«

Die Wahrsagerin zögerte. Dann legte sie eine weitere Karte aufgedeckt auf den Tisch. »Der Phönix wird triumphieren.«

»Ja.« Er war zufrieden.

Als die Wahrsagerin vor Verlangen erschauerte, stieß er sie auf den Teppich. Er kannte die Schwächen des Greifs nur zu gut. Und eine seiner Schwächen war die Dame mit den Edelsteinaugen, die Frau, die jetzt dem Greif gehörte.

Es konnte keine befriedigendere Lösung geben, um einen Ehrenmann zu vernichten, als derjenigen übel mitzuspielen, deren persönlichen Schutz von diesem Mann als Ehrensache angesehen wurde.

»Ein Einbrecher?« Ariel, die gerade von den Rühreiern nehmen wollte, hielt mitten in der Bewegung inne, um

Charlotte verwundert anzusehen. »Ich kann es einfach nicht glauben. Und du sagst, daß er schon hier im Haus war, als du mit Mr. St. Ives zurückgekommen bist?«

»Ja.« Charlotte beschäftigte sich mit ihrer Serviette, während sie innerlich die Aspekte der Geschichte an sich vorüberziehen ließ, die sie keinesfalls weitererzählen wollte. Es bestand keinerlei Notwendigkeit, Ariel detailliert zu schildern, was sie und Baxter gerade getan hatten, als der Eindringling sie zu einem äußerst unangebrachten Zeitpunkt unterbrochen hatte. »Mr. St. Ives und ich haben uns in mein Arbeitszimmer begeben, um die Resultate der Nachforschungen miteinander zu besprechen, die wir im Lauf des Abends angestellt hatten, und dann hörten wir plötzlich jemanden in der Eingangshalle. Du weißt ja selbst, wie laut die Bodendielen vor der Küchentür quietschen, wenn man drauftritt.«

»Ja, das weiß ich. Was ist passiert? Ist etwas gestohlen worden?«

»Nein, Gott sei Dank, nichts. Mr. St. Ives hat den Schurken verfolgt und ihn durch die Hintertür in den Garten hinausgejagt.«

Ariel neigte den Kopf. »St. Ives hat ihn gejagt?«

»Ja. Er ist ganz außerordentlich tapfer und schnellfüßig. Aber der Eindringling hatte einen zu großen Vorsprung und ist in die Nacht verschwunden.«

»Schnellfüßig?« Ariel schien einen Moment von dieser Bemerkung fasziniert zu sein. »Ich hätte Mr. St. Ives nicht für schnellfüßig gehalten. Aber das macht nichts. Jetzt sprich schon weiter. Erzähl mir den Rest.«

»Viel mehr gibt es nicht zu erzählen. Mr. St. Ives und ich sind gemeinsam durch das ganze Haus gelaufen, nachdem der Schurke geflohen war. Wir haben das Silber und andere Dinge, die ein Dieb hätte mitgehen lassen können, gründlich überprüft, aber es schien nichts zu fehlen. Mr. St. Ives hat das Gefühl, daß wir den Eindringling gestört haben, ehe er seine Tat vollbringen konnte.«

»Gott sei Dank.« Ariel setzte sich mit einem nachdenklichen Gesichtsausdruck an den Tisch. »Es ist wirklich verblüffend. Irgendein Dieb muß bemerkt haben, daß das Haus letzte Nacht leergestanden hat, und er hat beschlossen, diese Gelegenheit auszunützen.«

»Ja, genauso scheint es.«

»Was für ein Glück, daß du nicht allein warst, als du den Einbrecher im Haus gehört hast.«

»Ja.«

»Warum hast du mir all das nicht schon erzählt, als ich zur Tür hereingekommen bin?« fragte Ariel.

»Da nichts passiert ist, bin ich zu der Schlußfolgerung gelangt, es sei sinnlos, aufzubleiben und zu warten, damit ich dir die ganze Geschichte erzählen kann.« Und es bestand auch kein Anlaß, zu erwähnen, daß sie noch stundenlang wachgelegen und auf jedes Ächzen und Knarren gelauscht hatte, das im Haus zu hören war, nachdem Baxter gegangen war, sagte sich Charlotte.

Wenn sie zwischendurch einmal nicht jeden Laut bewußt wahrgenommen hatte, dann hatte sie an Baxter gedacht. Nachdem ihnen der Eindringling in die Quere gekommen war, hatte sich seine Stimmung gewandelt. Seine stahlharte Selbstbeherrschung hatte wieder die Oberhand gewonnen, und von einer Affäre war nicht mehr die Rede gewesen.

Sie wußte nicht, ob sie erleichtert oder zutiefst enttäuscht sein sollte.

»Es war schon recht spät, als Lady Trengloss mich in ihrer Kutsche nach Hause gebracht hat«, gestand Ariel. »Ich glaube, ich bin wirklich noch nie in meinem ganzen Leben bis zum Morgengrauen aufgewesen. Ihre Ladyschaft hat mir erzählt, daß während der Ballsaison die meisten Angehörigen der oberen Zehntausend mindestens bis zum Sonnenaufgang auf den Beinen seien.«

Charlotte strich Stachelbeermarmelade auf ihren Toast. »Hast du dich gut amüsiert?«

Ariels Wangen röteten sich vor Begeisterung. »Ich habe einen wunderbaren Abend verbracht. Mir war zumute, als sei ich unvermittelt in eine andere Welt eingetreten.«

»Das ist eine Welt, die deine Mutter sehr genossen hat.« Die vertraute Sehnsucht, die immer dann auftaucht, wenn sie sich an die Zeiten vor Winterbourne erinnerte, versetzte Charlotte einen Stich. »Erinnerst du dich noch daran wie sehr Mama die Ballsaison geliebt hat?«

»Wenn sie abends ausgegangen ist, hat sie immer so wunderschön ausgesehen.« Ein zärtlicher Ausdruck trat in Ariels Augen. »Und Vater war ein so gutaussehender Mann. Ich erinnere mich noch, wie gern ich früher am Fenster gestanden und ihnen nachgeschaut habe, wenn sie gemeinsam in der Kutsche fortgefahren sind. Dann habe ich mir immer ausgemalt, sie seien ein Prinz und eine Prinzessin aus einem Märchen.«

Ein kurzes Schweigen entstand. Charlotte schüttelte mühsam die Vergangenheit ab. Sie konnte intuitiv wahrnehmen, daß es Ariel ebenso erging. Sie wußten beide, wie das Märchen geendet hatte.

»Mir ist aufgefallen, daß du auf dem Hiltson-Ball mit dem Earl von Esherton getanzt hast«, sagte Charlotte.

Ariel errötete. »Ich habe am späteren Abend auf der Soiree der Todds noch einmal mit ihm getanzt. Er ist ein ausgezeichneter Tänzer, und die Dinge, die er zu erzählen hat, sind äußerst interessant.«

»Er sieht sehr gut aus.«

»Ja, und er ist durch und durch ein Gentleman. Ich wünschte nur, ich hätte jeden Walzer mit ihm tanzen können. Aber das hätte uns natürlich ins Gerede gebracht.«

»Ja, selbstverständlich, daran besteht kein Zweifel.«

»Gegen drei hat er sich dann in seinen Club begeben, und dann habe ich ihn nicht mehr gesehen.«

Aus irgendwelchen Gründen bereitete die freudige Erregung, die in Ariels Augen stand, Charlotte Sorgen. Sie war nicht sicher, was sie sagen sollte. Sie wußte noch nicht einmal, ob sie überhaupt etwas sagen sollte. Ihre Schwester war eine vernünftige junge Frau und wesentlich sachlicher als die meisten ihrer Altersgenossinnen. Die Erfahrung, eine Ballsaison miterleben zu dürfen, war genau das, was sie sich für Ariel gewünscht hatte. Es konnte doch gewiß nichts schaden, wenn man sie dazu ermunterte, sich zu amüsieren. Das Abenteuer würde schon allzubald ein Ende finden.

Charlotte begriff, daß sie sich denselben Rat erteilen sollte. Eine angenehme Wärme durchströmte ihren Körper, als die Erinnerungen an die leidenschaftliche Umarmung zurückkehrten. Die Aussicht auf eine Affäre mit Baxter nahm ihre Phantasie gefangen.

Und dann fiel ihr wieder ein, wie kühl und distanziert er gewesen war, als er sie aufgefordert hatte, seine Geliebte zu werden, und sie dachte auch daran, wie gezielt er sie auf dem Sofa verführt hatte, während er sich bewußt zurückgehalten hatte.

Letzte Nacht war sie einem Experiment unterzogen worden, und dieses Gefühl behagte ihr ganz und gar nicht.

Mrs. Witty streckte den Kopf ins Frühstückszimmer. »Eine Dame möchte Sie sprechen, Miss Charlotte. Sie sagt, es sei dringend.«

»Eine Klientin«, Charlotte warf einen Blick auf die Uhr und zog die Stirn in Falten. »Es ist erst elf. Ich habe vor dem Nachmittag keine Termine vereinbart.«

»Es könnte gut sein, daß sich diese Klientin in einer etwas verzweifelteren Lage befindet als die anderen.« Mrs. Witty zog die Augenbrauen hoch. »Sie scheint auf der Stelle einen Mann zu brauchen, falls Sie verstehen, was ich meine.«

Charlotte war verblüfft. »Wollen Sie damit etwa sagen, daß sie Nachwuchs erwartet?«

»Sie ist so schwanger wie ein Schaf im Frühling«, erwiderte Mrs. Witty heiter. »Wenn ich in ihren Schuhen stecken würde, würde ich keine Zeit auf irgendwelche Nachforschungen vergeuden, falls sich überhaupt noch ein Mann fände, der mir einen Antrag macht. Ich würde ihn beim Wort nehmen, ehe er es sich noch einmal anders überlegen kann.«

Ariel blickte auf. »Wenn du willst, kann ich mit ihr reden, Charlotte.«

Mrs. Witty sah Charlotte an. »Sie hat ganz ausdrücklich nach Ihnen persönlich gefragt, Miss Charlotte. Sie hat gesagt, sie könnte mit niemand anderem reden.«

»Führen Sie sie in mein Büro, Mrs. Witty.« Charlotte stand vom Tisch auf. »Sagen Sie ihr, daß ich gleich kommen werde.«

»Ja, Miss Charlotte.« Mrs. Witty wollte sich mit diesen Worten zurückziehen.

»Da wäre noch etwas«, warf Charlotte eilig ein. »Ich muß Sie um einen Gefallen bitten, Mrs. Witty. Wir wissen, daß Mrs. Hesketts Personal in der Nacht ihrer Ermordung nicht im Haus war, aber ich frage mich trotzdem, ob ein Plausch mit ihrer Haushälterin nicht vielleicht lohnend wäre. Sie könnte uns unter Umständen etwas darüber erzählen, was ihre Arbeitgeberin für den fraglichen Abend geplant hatte. Glauben Sie, Sie könnten das ausfindig machen?«

Mrs. Witty nickte. »Ich werde es versuchen.«

»Ich bleibe hier, falls du mich brauchst, Charlotte.«

Ariel ging wieder zur Anrichte, um ihren Teller nachzufüllen. »Lady Trengloss sagt, ich müßte mich für das Fest am heutigen Abend stärken. Sie behauptet, die Ballsaison erforderte enormes Durchhaltevermögen von einer Dame.«

»Lady Trengloss ist auf diesem Gebiet zweifellos eine Autorität.«

Charlotte verließ das Zimmer und lief durch die Eingangshalle. Sie blieb vor dem Spiegel stehen, um zu überprüfen, ob sie von ihrem Äußeren her auch wirklich einen professionellen und kompetenten Eindruck erweckte, ehe sie ihr Büro betrat.

Die Dame, die an ihrem Schreibtisch saß, schien etwa im selben Alter wie Charlotte zu sein. Sie war recht hübsch und hatte hellbraunes Haar und ein weiches Gesicht.

Sie war schon sehr weit fortgeschritten in ihrer Schwangerschaft. Ein pelzbesetzter blauer Damenmantel spannte sich über ihrem runden, vorstehenden Bauch.

»Miss Arkendale?« Die Frau sah Charlotte mit besorgten Augen an, die auffallend gerötet waren. Sie mußte erst vor kurzem Tränen vergossen haben.

»Ja.« Charlotte nickte der Frau mit einem tröstlichen Lächeln zu, während sie leise die Tür ihres Arbeitszimmers hinter sich schloß. »Ich fürchte, meine Haushälterin hat mir Ihren Namen versehentlich vorenthalten.«

»Das liegt daran, daß ich ihr meinen Namen nicht genannt habe.« Die Frau tupfte ihre Augen mit einem feuchten Taschentuch ab. »Ich heiße Juliana Post. Und ich bin hier, weil ich Gerüchte darüber gehört habe, Sie seien mit Mr. Baxter St. Ives verlobt. Ist das wahr?«

Charlotte blieb wie angewurzelt stehen. »Ja, gewiß. Warum fragen Sie mich das?«

Juliana begann, in ihr Taschentuch zu schluchzen. »Weil ich seine letzte Geliebte war. Das Kind, das ich austrage, ist von ihm. Es ist sein Bastard. Baxter hat mich ruiniert, Miss Arkendale. Ich finde, Sie sollten zumindest wissen, um was für eine Sorte Mann es sich bei ihm handelt.«

Charlotte starrte Julianas gesenkten Kopf an. »Was soll das heißen?«

»Er hat mir die Ehe versprochen, Miss Arkendale.« Juliana erhob sich. »Er hat gesagt, wir würden heiraten, und hat mich dazu überredet, seine Liebkosungen zu dulden. Aber als er erfahren hat, daß ich schwanger bin, hat er mich sitzenlassen. Ich habe keine Familie. Ich weiß nicht, was aus mir werden soll.«

»Falls das ein Versuch sein sollte, mir Geld abzunehmen . . .«

»Nein, nein, ganz und gar nicht.« Juliana eilte schluchzend zur Tür.

»Miss Post, so warten Sie doch. Ich habe Ihnen einige Fragen zu stellen.«

»Es ist mir unerträglich, darüber zu reden.« Juliana blieb in der Tür stehen. »Ich bin heute nur deshalb zu Ihnen gekommen, weil ich es als meine Pflicht angesehen habe, Sie zu warnen. St. Ives ist nicht nur von Geburt an ein Bastard, sondern auch von seiner Veranlagung her. Ich bin verloren, Miss Arkendale. Aber für Sie ist es noch nicht zu spät, um sich zu retten. Sehen Sie sich vor, oder es wird Ihnen genauso übel ergehen wie mir.«

9

Charlotte hörte, wie die Haustür hinter Juliana Post zufiel. Sie eilte in die Eingangshalle und sah zum Fenster hinaus. Sie kam gerade noch rechtzeitig, um beobachten zu können, wie Juliana mit einer Behendigkeit in eine Mietdroschke stieg, die für eine hochschwangere Frau erstaunlich war.

Charlotte machte augenblicklich kehrt und nahm von einem Haken an der Wand einen Strohhut mit einer breiten Krempe und schlüpfte in den robusten Wollmantel, der daneben hing.

Mrs. Witty kam aus der Küche. Sie trocknete sich die Hände an der schmucken weißen Schürze ab, die sie über ihr Bombassinkleid gebunden hatte, während sie Charlotte finster musterte. »Was ist passiert?«

»Ich werde dieser Frau folgen, die gerade eben aus dem Haus gegangen ist.« Charlotte riß die Haustür auf und sprang die Stufen hinunter. »Ich will sehen, wohin sie fährt.«

»Das ist doch Wahnsinn«, rief Mrs. Witty ihr nach. »Sie ist in einer Kutsche fortgefahren. Sie haben nicht die geringste Chance, zu Fuß mit ihr Schritt zu halten.«

»In diesem Teil der Stadt bewegt sich der Verkehr so stockend voran, daß ich es schaffen sollte, die Kutsche im Auge zu behalten, wenn ich mich eile.« Charlotte drückte sich den Hut auf den Kopf und rannte los.

»Aber es kann sein, daß Sie ihr über eine weite Strecke folgen müssen«, rief Mrs. Witty ihr nach.

Charlotte schenkte ihren Worten keinerlei Beachtung. Etliche Köpfe drehten sich um und beobachteten, wie sie über den Bürgersteig rannte. Sie ignorierte die teils belustigten, teils aber auch mißbilligenden Blicke, die ihr galten. Ihr war durchaus klar, daß diejenigen unter den Passanten, die sie bereits kannten, ihr Verhalten als äußerst merkwürdig empfinden würden. Fremde hätten beim Anblick einer Frau, die sich eilig ihren Weg zwischen den Karren der Lieferanten und den Wagen der Bauern bahnte, die um diese Tageszeit die Straßen verstopften, lediglich die Achseln gezuckt

Die schwerfällig dahinrumpelnde Mietdroschke bog am Ende der Straße um die Ecke. Charlotte erkannte, daß sie die Entfernung verringern konnte, die sie von dem Fahrzeug trennte, wenn sie eine Abkürzung durch den Park wählte.

Sie machte kehrt und rannte durch die eisernen Tore am Eingang der kleinen Grünfläche. Sie hielt den Hut auf ihrem Kopf fest, als sie atemlos das gegenüberliegende Tor erreichte.

Mrs. Witty hatte recht gehabt. In diesem Tempo konnte sie nicht lange mithalten. Julianas Kutsche hatte jetzt schon einen Vorsprung.

Mit dem Gefühl wachsender Verzweiflung sah sie sich auf der Straße um. Ein Blumenwagen, der von einem Jugendlichen von etwa fünfzehn Jahren gefahren wurde, stand auf halber Höhe vor der nächsten Kreuzung. Sie rannte darauf zu und wedelte mit den Armen, um die Aufmerksamkeit des Jungen auf sich zu lenken

Er sah sie mit einem merkwürdigen Gesichtsausdruck an, als sie den Karren erreicht hatte. »Wollten Sie Blumen kaufen, Ma'am?«

»Nein, aber ich werde dich gut bezahlen, wenn du mich mitnimmst und hinter dieser Droschke herfährst.«

Der Junge sah sie stirnrunzelnd an. »Ich weiß nicht so recht, ob mein Pa das besonders gerne sähe, Ma'am.«

»Ich werde dich reichlich dafür entschädigen.« Charlotte hob ihre Röcke an und kletterte in den Wagen. »Wenn du mir hilfst, kaufe ich sämtliche Blumen, die du geladen hast.«

»Also ...«

»Überleg dir, daß du für den Rest des Tages frei sein wirst, und wenn du heute nachmittag nach Hause kommst, wird sich dein Pa gewaltig darüber freuen, daß du alle Blumen verkauft hast.«

Der Junge schien immer noch zu zweifeln. »Sie werden wirklich alle Blumen kaufen?«

»Ja, ich versichere es dir.« Charlotte setzte sich und lächelte den jungen Mann ermutigend an. »Ich liebe Blumen.«

Der Junge zögerte nur noch einen Moment, dann zuckte er die Achseln. »Mein Pa hat schon immer gesagt, daß die feinen Leute seltsam sind.«

Er ließ energisch die Zügel knallen. Das behäbige Pony

war derart verblüfft, daß es sogleich in einen forschen Trab fiel. Charlotte rang um Atem, als der Karren mit einem Satz losfuhr und die Verfolgung der Droschke aufnahm.

Fünfzehn Minuten später bog der Blumenwagen in einer anständigen Gegend wieder an einer Kreuzung ab. Charlotte beobachtete, wie Julianas Kutsche vor einem kleinen Haus zum Stehen kam.

»So, das genügt jetzt«, sagte Charlotte. »Du brauchst nicht auf mich zu warten. Ich werde selbst sehen, wie ich wieder nach Hause komme.«

»He, und was ist jetzt mit den Blumen?«

»Das habe ich nicht vergessen.« Charlotte hob ihre Röcke und sprang von dem Wagen. »Ich sage dir jetzt ganz genau, wie du zu meinem Haus kommst. Dort lieferst du all deine Blumen ab und teilst meiner Haushälterin mit, ich hätte dir gesagt, sie sollte sie alle kaufen.«

»Also, gut.« Der Junge musterte sie. »Wollen Sie auch ganz bestimmt nicht, daß ich auf Sie warte?«

»Nein. Ich werde für den Rückweg eine Mietdroschke finden.« Sie lächelte den Jungen an und erklärte ihm genau, wie er ihr Stadthaus finden würde. »Es ist sehr nett von dir, daß du dir Sorgen um mich machst, aber ich versichere dir, daß ich allein zurechtkommen werde.«

»Wie Sie meinen.« Der Junge schnalzte mit der Zunge, und das Pony setzte sich wieder in Bewegung.

Charlotte wartete, bis der Blumenwagen holpernd in eine Seitenstraße eingebogen war, ehe sie auf das kleine Haus zuging, vor dem sich Juliana hatte absetzen lassen. Innerlich legte sie sich eine Reihe von Möglichkeiten zurecht, wie sie von der Frau eine Erklärung für ihr Verhalten verlangen konnte, und hoffte, ihr würde etwas Einleuchtendes einfallen, wenn sie erst einmal im Haus war.

Sie stieg die Stufen hinauf und betätigte den Türklopfer. Erst herrschte Stille, und dann waren schwerfällige Schritte zu vernehmen. Im nächsten Moment öffnete ihr eine stämmige Haushälterin die Tür.

»Sie wünschen, Ma'am?«

»Teilen Sie Ihrer Herrin bitte mit, daß ich sie sprechen möchte«, sagte Charlotte mit fester Stimme.

Die Haushälterin sah sie argwöhnisch an. »Haben Sie einen Termin vereinbart?«

Was für eine seltsame Frage, sagte sich Charlotte. Eine Haushälterin hätte sich danach erkundigen können, ob ein Besucher erwartet wurde oder nicht, aber das Wort *Termin* benutzte man im allgemeinen nur auf einer geschäftsmäßigen Ebene. Mit ihren eigenen Klientinnen vereinbarte sie ausnahmslos Termine.

»Ja«, sagte Charlotte schlagfertig. »Ich habe einen Termin.«

»Sie sind reichlich früh dran«, murrte die Frau, als sie zur Seite trat und die Tür öffnete. »Miss Post empfängt ihre Klientinnen gewöhnlich erst am Nachmittag.«

»Bei mir hat sie eine Ausnahme gemacht.« Charlotte trat eilig ein, ehe die Haushälterin es sich anders überlegen konnte. »Es ist ziemlich dringend.«

Die Haushälterin sah sie seltsam an, äußerte sich jedoch mit keinem Wort, und schloß die Tür. »Dürfte ich Ihren Namen erfahren?«

Charlotte stürzte sich auf den ersten Namen, der ihr einfiel. »Mrs. Witty.«

»Gut. Kommen Sie mit. Ich werde Miss Post Bescheid geben, daß Sie hier sind, Mrs. Witty.«

»Danke.«

Charlotte sah sich neugierig in der Eingangshalle um, als sie der Haushälterin ins Haus folgte. Die Holzpaneele schimmerten. Sie mußten erst kürzlich frisch gewachst worden sein. Die Bodenfliesen waren sauber und blinkten. Das Schränkchen aus Eiche und Ebenholz, das an der Wand stand, hatte Messinggriffe und wies hübsche Intarsien auf. Juliana Post schien nicht wohlhabend zu sein, aber sie war alles andere als verarmt. Für eine mittellose Frau, deren Ruf ruiniert war, schien sie sogar sehr gut dazustehen.

Die Haushälterin öffnete eine Tür am hinteren Ende der Eingangshalle. »Treten Sie bitte ein, Mrs. Witty. Ich werde Miss Post holen.«

Charlotte betrat eilig den kleinen Salon und blieb erstaunt stehen.

Sie fand sich in einem exotischen Gemach wieder, das im fernöstlichen Stil eingerichtet und in verschiedenen Schattierungen von Blutrot und Schwarz gehalten war. Der Duft von Räucheressenzen hing schwer in der Luft, obwohl die Kohlenpfanne nicht angezündet war.

Es war um die Mittagszeit, doch hier drinnen hätte es ebensogut Mitternacht sein können. Die schweren roten Samtgardinen vor den Fenstern waren zugezogen und tauchten den Salon in eine unnatürliche Finsternis. Die Decke war mit breiten roten und schwarzen Stoffbahnen verkleidet, die tief herunterhingen. Nur zwei Kerzen auf hohen Ständern, die wie Lotusblüten geformt waren, warfen ihren Schein in den Raum.

Es gab nirgends Stühle, doch etliche scharlachrote Sitzkissen mit schwarzen Fransen waren auf dem rot und schwarz gemusterten Teppich arrangiert. Ein niedriges blutrotes Sofa stand vor dem Kamin.

Mitten im Raum lag auf einem kleinen Ebenholzständer ein Kartenspiel.

»Mrs. Witty?« Juliana Post richtete ihre Worte von der Tür aus an sie. »Ich fürchte, ich erinnere mich nicht daran, einen Termin mit Ihnen vereinbart zu haben, aber ich glaube, es ist möglich, daß ich Ihnen diese Gefälligkeit erweise.«

Charlotte nahm ihren Hut ab und drehte sich langsam zu ihr um.

Juliana hatte sich bereits umgezogen. Sie trug jetzt eine scharlachrote Robe und unzählige Perlenketten.

»Ich habe keinen Termin vereinbart«, sagte Charlotte.

Juliana zuckte zusammen. »Sie sind es.« Etwas, das Furcht hätte sein können, flackerte in ihren Augen auf. »Was haben Sie hier zu suchen? Und wie haben Sie mich überhaupt gefunden?«

»Das war nicht schwierig.« Charlotte musterte Julianas schlanke Gestalt und lächelte grimmig. »Ich vermute, Sie machen sich jetzt keine Sorgen mehr darüber, daß man Sie auf die Straße setzen und für alle Zeiten Ihren Ruf ruinieren könnte?«

Juliana errötete. »Es wäre das beste, wenn Sie jetzt wieder gingen, Miss Arkendale.«

»Ich habe nicht die Absicht, dieses Haus ohne eine Erklärung zu verlassen.«

»Ich habe Ihnen nichts zu erklären.«

Charlotte sagte lange Zeit nichts. Dann trat sie an den kleinen Ebenholztisch. »Das sind keine gewöhnlichen Spielkarten.«

»Nein.«

Charlotte bückte sich und nahm die Karten in die Hand. Sie betrachtete zuerst die verschnörkelten Verzierungen auf den Rückseiten der Karten, und dann warf sie einen Blick auf die eigentümlichen Figuren auf der Vorderseite. Vor langer Zeit hatte sie solche Karten auf einem Maskenball gesehen.

»Sagen Sie anderen Menschen die Zukunft voraus, Miss Post?«

Juliana beobachtete sie argwöhnisch. »Ich lege Karten, um junge Damen zu beraten, wenn es um Liebesangelegenheiten und Eheschließungen geht.«

»Gegen Bezahlung.«

Julianas Lächeln war eisig. »Selbstverständlich.«

»Als Ihre Haushälterin mir gerade eben die Tür geöffnet hat, ist sie davon ausgegangen, daß ich einen Termin habe. Hat sie geglaubt, ich sei hergekommen, um mir die Karten legen zu lassen?«

»Ja.«

Charlotte sah sich mit vielsagenden Blicken in dem Salon um. »Ich muß Ihre Einrichtung loben. Sie haben eine äußerst faszinierende Atmosphäre für die Ausübung Ihres Berufs geschaffen.«

»Danke.«

»Mir scheint es ganz so, als seien Ihre Geschäfte recht einträglich.«

»Ich kann mich nicht beklagen.« Bitterer Zorn huschte über Julianas Züge. »Für eine gewisse Gruppe von modebewußten jungen Damen bin ich der letzte Schrei. Einige von ihnen finden es amüsant, sich von mir aus den Karten das Schicksal lesen zu lassen. Andere nehmen die ganze Angelegenheit weitaus ernster. Aber die einen wie auch die anderen sind bereit, mich für die Unterhaltung zu bezahlen, die ich ihnen biete.«

»Üben Sie diesen Beruf schon sehr lange aus?«

»Kurz nachdem mein braver Vormund den letzten Penny meines Erbes verschleudert hat, habe ich damit begonnen.« Zynische Belustigung leuchtete in Julianas Augen auf. »Damals war ich achtzehn. Sobald das Geld aufgebraucht war, hat er meine Anwesenheit in seinem Haus nicht mehr besonders zu schätzen gewußt.«

»Das klingt ganz so, als sei er aus demselben Holz geschnitzt wie mein Stiefvater.« Charlotte legte die Karten wieder hin. »Wissen Sie, Miss Post, ich glaube tatsächlich, daß wir gewisse Gemeinsamkeiten haben.«

»Das bezweifle ich sehr.«

»Auch ich betreibe ein kleines Geschäft, das Damen gewisse Dienste zur Verfügung stellt. Und ich war ebenfalls gezwungen, mir etwas einfallen zu lassen, womit ich Geld verdienen kann, wobei die Gründe Ihren gar nicht einmal so unähnlich sind.« Sie lächelte matt. »Zumindest ist es uns beiden gelungen, dem Los zu entgehen, das Frauen in unserer Situation gewöhnlich ereilt. Keine von uns beiden hat sich als Gouvernante verdingt oder sich gezwungen gesehen, auf die Straße zu gehen.«

»Gehen Sie jetzt, bitte«, flüsterte Juliana. »Sie hätten gar nicht erst zu mir kommen dürfen.«

»Es ist nicht gerade leicht für eine Frau, sich in dieser Welt allein durchzuschlagen, meinen Sie nicht auch?«

Die kleinen Glöckchen, die auf Julianas blutrotes Gewand genäht waren, klingelten mißtönend. Sie ballte ihre Hände zu Fäusten. »Glauben Sie bloß nicht, Sie könnten mich dazu verleiten, Ihnen das zu sagen, was Sie wissen wollen. Ich werde Ihnen gar nichts erzählen.«

»Ich bin durchaus bereit, für die Information, die ich haben möchte, zu bezahlen.«

Juliana stieß ein humorloses Lachen aus. »Sie sind eine Närrin, wenn Sie glauben, es gäbe irgendeine Summe auf Erden, mit der Sie mich dazu bewegen könnten, Ihre Frage zu beantworten.«

»Dann sind Sie dem Menschen also treu ergeben, der Sie dafür engagiert hat, die Rolle der sitzengelassenen Geliebten zu spielen?«

»Ich habe ein Geschäft gemacht. Meinerseits sind die Bedingungen erfüllt. Was jetzt geschieht, geht mich nichts mehr an. Ich muß darauf bestehen, daß Sie unverzüglich mein Haus verlassen.«

Charlotte hielt den Atem an, als sie mit einem Mal begriff. »Sie haben Angst.«

»So ein Unsinn.«

»Vor wem fürchten Sie sich? Vielleicht kann ich Ihnen beistehen.«

»Mir beistehen?« Juliana sah sie ungläubig an. »Sie scheinen nicht die leiseste Ahnung zu haben, wovon Sie reden.«

»Wissen Sie, Miss Post, ich glaube wirklich, unter anderen Umständen hätten wir uns miteinander anfreunden können.«

»Was, um alles in der Welt, bringt Sie dazu, so etwas zu sagen?«

»Ich hätte gedacht, das läge auf der Hand«, sagte Charlotte mit ruhiger Stimme. »Mir drängt sich der Verdacht auf, daß wir beide viele gemeinsame Interessen und identische Sorgen haben. Schicken Sie beispielsweise Rechnungen an Ihre Klientinnen, nachdem der Termin stattgefunden hat, oder verlangen Sie das Geld im voraus, ehe Sie Ihre Dienste leisten?«

Juliana sah sie stirnrunzelnd an. »Ich erwarte, daß man mich dann entschädigt, wenn der jeweilige Termin anberaumt ist. Ich habe schon vor langer Zeit gelernt, daß Klientinnen die Angewohnheit haben, ihre Außenstände keineswegs zügig zu begleichen, wenn ich ihnen erst hinterher die Rechnung schicke.«

»Dieselbe Lektion habe auch ich gleich zu Beginn meiner Karriere gelernt.«

Juliana zögerte. Ihr Argwohn war nicht zu übersehen. »Womit genau befassen Sie sich eigentlich geschäftlich?«

»Soll das etwa heißen, daß Sie noch nicht einmal dahingehend über mich informiert sind?«

»Ich weiß überhaupt nichts über Sie, abgesehen davon, wo Sie wohnen und daß Sie mit Baxter St. Ives verlobt sind. Man hat mich dafür engagiert, daß ich eine Rolle spiele, und genau das habe ich getan. Damit hätte sich alles von selbst erledigen sollen.«

»Ich verstehe. Nun, da wir beide in einem ähnlichen Erwerbszweig tätig sind, macht es mir nichts aus, Ihnen Näheres über meine Geschäfte zu erzählen. Im allgemeinen bemühe ich mich jedoch, die Dinge streng vertraulich zu handhaben.«

Juliana war jetzt trotz ihres sichtlichen Unbehagens neugierig geworden.

»Welche Dienste bieten Sie denn an?«

»Äußerst diskrete Dienste. Damen, die Heiratsanträge erhalten haben, wenden sich manchmal an mich. Ich ziehe Erkundigungen über die Hintergründe des Mannes ein, der Heiratswünsche geäußert hat.«

»Erkundigungen? Das verstehe ich nicht.«

»Ich bemühe mich, eine Bestätigung dafür zu finden, daß die Verehrer meiner Klientinnen keine Lebemänner, Spieler oder Mitgiftjäger sind. Kurz gesagt, Miss Post, ich versuche die Damen, die mich aufsuchen, abzusichern, damit sie nicht den Fehler begehen, einen Mann wie Ihren Vormund oder meinen Stiefvater zu heiraten.«

»Das ist wirklich erstaunlich. Stellen Sie diese Nachforschungen persönlich an?«

»Ich habe einige Mitarbeiter.«

Juliana schien wider Willen fasziniert zu sein. »Aber woher beziehen Sie Ihre Informationen?«

»Aus zahlreichen Quellen. Einen Teil der Antworten bekomme ich von den Hausangestellten der jeweiligen Personen und auch von Geschäftsführern von Spielhöllen und Bordellen sowie von Personen, die dort angestellt sind. Sie alle versorgen mich mit Material.« Charlotte lächelte hämisch. »An solchen Orten schenkt dem Personal kein Mensch Beachtung.«

»Das ist nur zu wahr.« Juliana schüttelte voller Erstaunen den Kopf. »Sie stellen also Nachforschungen zu den Hintergründen von Gentlemen an. Was für ein ungewöhnlich kluger Gedanke.«

Ungeachtet der Situation, in der sie sich befand, konnte sich Charlotte ein bescheidenes und doch von Stolz erfülltes

Lächeln nicht verkneifen. »Aus dem Munde eines Menschen, der sich ebensosehr wie ich über die Schwierigkeiten und die Vorzüge eines einzigartigen Berufs im klaren ist, den man für sich selbst maßgeschneidert hat, ist das ein großes Kompliment.«

Julianas Lippen wurden dünner. »Es klingt mir aber auch ganz danach, als sei das ein außerordentlich riskantes Geschäft.«

»Im großen und ganzen kann ich nicht behaupten, daß ich nennenswerte Schwierigkeiten habe.« *Jedenfalls hätte ich das vor kurzer Zeit noch sagen können,* fügte Charlotte in Gedanken hinzu.

Juliana schien unsicher zu sein. Sie warf einen Blick über die Schulter, ganz so, als hielte sie es keineswegs für ausgeschlossen, daß sich dort jemand befand. Dann kam sie einen Schritt näher auf Charlotte zu und senkte die Stimme. »Sie sagen, Sie haben das Gefühl, unter anderen Umständen hätten wir Freundinnen und Kolleginnen werden können.«

»Ja.«

»Ich spreche mit Ihnen als ein Mensch, der unter Umständen Ihre Freundin und Kollegin hätte werden können, wenn ich Ihnen jetzt einen Rat gebe. Ich weiß nicht, worauf Sie sich in Zusammenhang mit Baxter St. Ives eingelassen haben, aber eines weiß ich ganz genau. Sie täten gut daran, von dem Vorhaben abzulassen, das Sie sich gemeinsam mit ihm vorgenommen haben, was auch immer es sein mag.«

Charlotte erstarrte. »Was soll das heißen?«

»Mehr kann ich Ihnen nicht sagen.« Juliana wies mit einer Handbewegung auf die Tür. »Und jetzt müssen Sie augenblicklich gehen. Kommen Sie nicht wieder hierher. Niemals.«

Charlotte sah mit Bestürzung die unverhohlene Angst, die in Julianas Augen aufflackerte. »Wie Sie wünschen.« Sie wandte sich ab und ging langsam auf die Tür zu. »Falls Sie es sich jedoch anders überlegen sollten oder meine Hilfe in Anspruch nehmen möchten, dann bitte ich Sie, mir eine Nachricht zukommen zu lassen. Sie haben meine Adresse.« Sie legte ihre Hand auf den Türknopf.

»Miss Arkendale?«

Charlotte drehte sich um. »Ja?«

»Sie haben mir meine kleine Scharade heute morgen nicht abgenommen, stimmt's?« Juliana sah ihr forschend ins Gesicht. »Nicht einmal einen Moment lang.«

»Nein, nicht einmal einen Moment lang.«

»Dürfte ich fragen, warum? Bin ich eine so schlechte Schauspielerin?«

»Sie sind eine ausgesprochen überzeugende Schauspielerin«, sagte Charlotte behutsam. »Aber es verhält sich nun einmal so, daß ich Baxter St. Ives recht gut kenne. Er ist kein Mann, der sein ungeborenes Kind im Stich lassen würde.«

Juliana schnitt eine Grimasse. »Sie sind erstaunlich naiv, wenn man Ihre Berufswahl bedenkt. Ich werde Ihnen noch einen weiteren Rat erteilen, Miss Arkendale. Trauen Sie keinem Mann, der leidenschaftliche Gefühle in Ihnen wekken kann. Solche Männer sind gefährliche Zauberer.«

»Über diese Risiken bin ich mir bewußter, als mir lieb ist. Im Rahmen meines beruflichen Alltags stoße ich täglich darauf. Guten Tag, Miss Post.« Charlotte verließ den Raum mit seinem eigenwilligen Geruch und schloß leise die Tür hinter sich.

Sie atmete erst wieder tief durch, als sie auf dem Bürgersteig vor Juliana Posts kleinem Häuschen stand.

Baxter sann über den blödsinnigen Impuls nach, der ihn dazu veranlaßt hatte, seinen Halbbruder aufzufordern, ihm heute vormittag einen Besuch abstatten. Er konnte nicht verstehen, warum er dem Drang erlegen war, diese unerfreuliche Besprechung einzuberufen, aber eines wußte er mit Sicherheit: Es war ein Fehler gewesen.

»Nun, Baxter, du hast mich herzitiert, und ich habe deinem Befehl Folge geleistet.« Hamilton schritt durch das Laboratorium.

Das war nicht so einfach, denn dabei war er gezwungen, sich einen Weg zwischen den Werkbänken, den Luftumwälzern und dem großen Ständer der immensen Lupe zu bahnen, die Baxter dann benutzte, wenn er für ein Experiment die größtmögliche Hitze erzeugen mußte.

Hamilton war, wie üblich, vornehm gekleidet. Seine lederfarbene Hose mit den Bügelfalten, die eierschalfarbene Weste mit den blaßrosa Streifen, das kunstvoll geknotete Halstuch und der kurze Zweireiher wiesen ihn vor Gott und der Welt als einen modebewußten Mann aus.

Baxter betrachtete ihn nachdenklich. Alles, was Hamilton trug, saß einfach perfekt, und er trug seine Kleidungsstücke mit einer natürlichen Lockerheit, die schon fast nachlässig wirkte. Er war groß und schlank, und seine Bewegungen waren anmutig. Seine Schneider liebten ihn. Die Handschuhe waren seinen Händen mit den langgliedrigen Fingern haargenau angepaßt, und sein Halstuch wies immer einen verwegenen Knoten auf. Seine Stiefel blinkten.

Hamiltons Kleidung war nie von den Rückständen alter Chemikalien beschmutzt, stellte Baxter insgeheim fest. Sein Jackett war niemals zerknittert. Er trug keine Brille. Der alte Earl, ihr Vater, hatte dieselbe angeborene und selbstsichere Eleganz besessen, aber auch die Fähigkeit, neue Moden einzuführen.

Baxter war sich durchaus bewußt, daß er die einzige himmelschreiende Ausnahme bildete, wenn es um die allgemein verbreitete Auffassung ging, die männliche Linie der Familie St. Ives hätte Stil.

»Ich danke dir, daß du so prompt erschienen bist«, sagte Baxter.

Hamilton warf ihm einen forschenden Blick zu. »Ich verlasse mich darauf, daß du meine Zeit nicht vergeuden wirst. Hast du dich endlich entschlossen, den Geldhahn weiter aufzudrehen?«

Baxter lehnte sich an eine der Werkbänke und verschränkte die Arme. »Fehlt es dir an den nötigen Mitteln? Auf die Idee käme man nie, wenn man dieses kostspielige neue Gefährt sieht, das du draußen geparkt hast.«

»Verdammt noch mal, darum geht es nicht, und das weißt du ganz genau.« Hamiltons Schultern waren starr vor Wut, als er sich abrupt zu Baxter umdrehte. »Ich bin der Earl von Esherton, und mein Erbe steht mir rechtmäßig zu. Vater wollte es so haben, daß ich dieses Geld bekomme.«

»Ja, aber erst dann, wenn es soweit ist.«

Hamilton kniff die Augen zusammen. »Ich weiß genau, daß du die Macht auskostest, die du vorübergehend über meine Finanzen hast.«

»Nein, ganz und gar nicht«, widersprach Baxter inbrünstig. »Es wäre mir weitaus lieber gewesen, wenn Vater mir nicht die Last aufgebürdet hätte, deine Finanzen zu verwalten. Es ist mir sogar ausgesprochen lästig, wenn du die Wahrheit wissen willst.«

»Erwarte bloß nicht von mir, daß ich dir das glaube. Uns ist beiden bewußt, daß es eine gewisse Revanche für dich ist, über meine Erbschaft verfügen zu können.« Hamilton blieb dicht neben dem Tisch stehen, auf dem Baxters Waage stand. Er nahm eines der kleinen Messinggewichte in die Hand und untersuchte es genauer. »Sei ruhig schadenfroh, solange du es noch kannst. Den Titel habe ich bereits geerbt. In ein paar Jahren wird mir auch das Vermögen gehören.«

»Ob du es glaubst oder nicht, aber ich gehe davon aus, daß ich auch ohne deinen Titel und dein Vermögen blendend zurechtkommen werde. Aber das ist im Moment unwesentlich. Hamilton, ich habe dich nicht zu mir bestellt, um mit dir über deine finanzielle Situation zu reden.«

»Ich hätte mir ja denken können, daß du es dir nicht anders überlegt hast und mir mein Erbe jetzt schon überläßt.« Hamilton ließ das Messinggewicht wieder auf die Schale fallen. Er ging zur Tür. »Und jetzt kann ich mich ebensogut wieder auf den Weg machen, da es ganz so scheint, als hätten wir einander nichts mehr zu sagen.«

»Deine Mutter macht sich Sorgen um dich.«

»Meine *Mutter.*« Hamilton blieb abrupt stehen. »Meine Mutter hat sich mit dir über mich unterhalten?«

»Ja. Sie hat mich gestern abend auf einer der Einladungen, die ich mit meiner ... Verlobten besucht habe, angesprochen.«

»Es gibt keinen Grund, daß Mama so etwas täte«, sagte Hamilton aufbrausend. »Ich kann mir beim besten Willen nicht vorstellen, daß sie das getan haben soll. Deine Gegenwart ist ihr unerträglich. Schon allein dein Anblick verursacht ihr Qualen.«

»Das ist mir durchaus bewußt. Der Umstand, daß sie sich mit ihren Sorgen an mich gewandt hat, ist ein untrüglicher Beweis dafür, wie sehr sie sich ängstigt.«

Hamilton sah ihn mißtrauisch an. »Und was bereitet ihr Sorgen?«

»Die Wahl deiner Freizeitbeschäftigungen.«

»Das ist absoluter Blödsinn. Sie glaubt, sie hat mich immer noch am Gängelband. Aber ich bin inzwischen ein Mann. Mutter wird früher oder später akzeptieren müssen, daß ich ein Recht darauf habe, mich mit meinen Freunden zu amüsieren. Es ist nur natürlich, daß ich heute mehr Zeit in meinem Club verbringe als früher.«

»Dieser Club, in dem du seit neuestem verkehrst«, sagte Baxter bedächtig. »Wie heißt er auch noch?«

»Weshalb sollte dich das interessieren?«

»Reine Neugier.«

Hamilton zögerte und zuckte dann die Achseln. »Er nennt sich *Der Grüne Tisch*. Aber falls du mit dem Gedanken spielen solltest, dich um eine Mitgliedschaft zu bewerben, dann schlage ich vor, daß du es dir noch einmal gründlich überlegst.« Er lächelte dünn. »Ich glaube nicht, daß er dir für einen Mann in deinen vorgerückten Jahren und mit deinem unspektakulären Naturell angemessen erscheinen würde.«

»Ich verstehe. Mach dir keine Sorgen, denn ich verbringe ohnehin kaum noch Zeit in meinem eigenen Club. Ich habe keinerlei Interesse daran, mich einem weiteren Club anzuschließen.«

»Es freut mich, das zu hören. Ich kann mir nicht vorstellen, daß wir beide im selben Club absteigen. Das wäre eine verdammt peinliche Situation.«

»Zweifellos.«

»Schließlich verhält es sich ja nicht gerade so, als hätten wir dieselben Interessen.«

»Nein, das sicherlich nicht«, erwiderte Baxter kühl.

Hamilton musterte ihn argwöhnisch. »Die Natur der Ereignisse auf der metaphysischen Ebene ruft wohl keine unbändige Neugier in dir wach.«

»Mit dieser Annahme liegst du richtig.«

»Und ich kann mir auch nicht vorstellen, daß du gern über die neuesten Werke der romantischen Dichter reden würdest.«

»Dieses Thema rangiert nicht gerade hoch oben auf der Liste meiner Interessen«, gab Baxter zu.

»Und du würdest dir gewiß auch nichts daraus machen, mit verschiedenen Methoden zu experimentieren, um die Wahrheit über die Philosophie des Übernatürlichen zu ergründen.«

»Auf der Liste meiner Lieblingsthemen rangiert das sogar noch weiter unten als romantische Poesie«, stimmte Baxter ihm fröhlich zu. »Und das sind die Gesprächsthemen, mit denen du dich im *Grünen Tisch* vergnügst?«

»Ja, sie stehen im Vordergrund.«

»Ich hätte geglaubt, es handelte sich um eine Spielhölle und nicht um einen philosophischen Salon.«

»Meine Freunde und ich haben einen Club innerhalb des Clubs gegründet. Die Geschäftsführung des *Grünen Tischs* stellt uns für unsere speziellen Vorlieben einen Teil der Räumlichkeiten zur Verfügung.«

»Ich verstehe. Ich glaube allerdings, daß ich mich weiterhin an mein Laboratorium halten werde.«

»Ja, das wäre gewiß das beste. Du würdest dich im *Grünen Tisch* nicht amüsieren.« Hamilton sah die Glasröhrchen an, die auf einem Gestell in seiner Nähe arrangiert waren. »Vater hat viel Zeit hier in deinem Laboratorium verbracht.«

»Er hat großes Interesse an den Naturwissenschaften gehabt. Meine Experimente haben ihn fasziniert.«

»Er hat schon immer gesagt, du seist brillant.« Hamiltons Lippen verzogen sich. »Und wegen irgendeiner Aufgabe, die du während des Krieges übernommen hast, hat er dich sogar als einen Helden bezeichnet.«

Diese Information überraschte Baxter. »Er hat übertrieben.«

»Das stand für mich von Anfang an fest. Du hast nicht gerade etwas Heldenhaftes an dir.«

»Das ist wahr. Wenn man heroisch sein will, dann erfordert das eine Menge Energie und tiefe Gefühle. Für einen Menschen von meinem Naturell ist das viel zu anstrengend.«

Hamilton zögerte. »Als ich vierzehn war, hat Vater mich gezwungen, dieses Buch zu lesen, das du unter einem Pseudonym geschrieben hast, *Gespräche über die Chemie*.«

»Ich bin sicher, daß du es ziemlich stumpfsinnig fandest.«

»Ja, das trifft allerdings zu. Aber ich habe mich an eines der Rezepte gehalten, um eine milde Säure herzustellen, und dann ist es mir irgendwie gelungen, das Zeug über meinem Buch zu verschütten.« Hamilton lächelte. »Die Seiten waren hinterher kaum noch lesbar.«

»Ich verstehe. Hamilton, mir ist klar, daß wir beide sehr wenig gemeinsam haben, allein das Interesse an deinem Erbe verbindet uns.«

Panik leuchtete in Hamiltons Augen auf. »Sieh mal, Baxter, falls du mit dem Gedanken spielen solltest, mir mein Erbe zu stehlen . . .«

»Es besteht überhaupt kein Grund zur Aufregung. Ich habe nicht die Absicht, mich an deinem Geld zu vergreifen.« Baxter ging zum Fenster und sah sich die drei Töpfe mit den Gartenwicken an, die auf der Fensterbank standen. Von grünen Schößlingen war immer noch nichts zu sehen. »Aber da das Geld, das ich im Moment noch für dich verwalte, eines Tages dir gehören wird, dachte ich mir, daß du Interesse daran haben könntest, zu lernen, wie man es investiert.«

»Erkläre dich genauer.«

Baxter sah ihm in die Augen. »Ich könnte dir beibringen, wie man mit Bankiers und Geschäftsleuten umgeht. Ich würde dich gern mit den verschiedenen Möglichkeiten vertraut machen, wie du deine Einkünfte anlegen kannst. Solche Dinge eben.«

»Ich will nichts von dir. Ich will nur das Geld, das mir rechtmäßig zusteht. Ich bin kein Kind, das man über Finanzen belehren muß. Es gibt nichts, was ich von dir lernen könnte, nicht das geringste. Habe ich mich klar genug ausgedrückt?«

»Ja.«

Hamilton wandte sich mit einer zornigen und entrüsteten

Bewegung wieder der Tür zu. »Ich habe jetzt genug Zeit vergeudet. Ich habe etwas Besseres zu tun.«

In dem Moment, in dem er nach dem Türknopf griff, wurde die Tür von außen geöffnet. Lambert stand in der Türöffnung. Er sah Baxter ungerührt an. »Eine recht ungestüme Besucherin möchte zu Ihnen vorgelassen werden, Sir.«

»Baxter.« Charlotte eilte in das Laboratorium, ohne erst abzuwarten, bis Lambert sie angekündigt hatte. »Ich muß dir unbedingt erzählen, was gerade passiert ist. Ich hatte ein ganz erstaunliches ... Hoppla.« Sie unterbrach sich in atemloser Verwirrung, als sie im letzten Moment einem Zusammenprall mit Hamilton auswich. »Ich bitte um Verzeihung, Sir. Ich habe Sie im ersten Augenblick gar nicht gesehen.«

»Ich glaube nicht, daß du gestern abend meinem Halbbruder vorgestellt worden bist«, sagte Baxter. »Wir haben den Ball schon relativ früh verlassen, aber das weißt du ja selbst.«

Charlotte sah Baxter an. Ein Hauch von Röte stieg in ihre Wangen, doch er konnte sich nicht entscheiden, ob die Farbe auf ihre äußerst erregte Verfassung zurückzuführen war oder ob sie deshalb errötete, weil ihr wieder einfiel, wie leidenschaftlich sie in der vergangenen Nacht auf ihn reagiert hatte.

»Ja, wir sind ziemlich früh aufgebrochen«, murmelte sie zuvorkommend.

»Erlaube mir, dir den Earl von Esherton vorzustellen«, sagte Baxter. »Hamilton, das ist Miss Charlotte Arkendale, meine Verlobte.«

Charlotte lächelte Hamilton freundlich an. »Eure Lordschaft.«

Baxter beobachtete, wie sie einen eleganten Knicks machte.

»Miss Arkendale.« Hamiltons finstere Miene hellte sich auf, als er ihre Hand nahm. Ein unmißverständlicher Eifer leuchtete in seinen Augen auf. »Lady Trengloss hat mir gestern abend Ihre bezaubernde Schwester vorgestellt. Ich hatte die sehr große Ehre, mit ihr tanzen zu dürfen. Sie ist eine ganz reizende junge Dame.«

»In dem Punkt sind wir einer Meinung, Mylord«, sagte Charlotte.

Baxter räusperte sich. »Du hast mir noch gar nicht zu meiner Verlobung gratuliert, Hamilton.«

Hamiltons Gesicht spannte sich aufrührerisch, doch die Gebote der Höflichkeit siegten. »Entschuldige bitte. Ich gratuliere euch beiden ganz herzlich. Wenn ihr mich jetzt entschuldigen würdet, aber ich muß mich auf den Weg machen.«

»Ja, natürlich«, sagte Charlotte.

Hamilton nickte und eilte zur Tür hinaus.

Charlotte wartete, bis sie allein waren. Dann schenkte sie Baxter ein strahlendes, beifälliges Lächeln.

»Dann hast du dich also doch noch entschieden, dich deines Bruders anzunehmen.« Sie nahm ihren Strohhut ab. »Ich bin ganz sicher, daß Lady Esherton sehr erleichtert sein wird.«

»Das ist äußerst unwahrscheinlich. Hamilton will keine Ratschläge von mir annehmen.« Baxter sah finster auf die Uhr. »Wo, zum Teufel, hast du gesteckt, Charlotte? Ich habe dir schon vor eineinhalb Stunden eine Nachricht zukommen lassen. Deine Schwester hat geantwortet und mir mitgeteilt, du seist außer Haus.«

»Das ist eine lange Geschichte.« Sie drehte sich langsam auf dem Absatz um, und auf ihrem Gesicht lag der Ausdruck großen Interesses, als sie sich in seinem Laboratorium umsah.

»Hier führst du also deine chemischen Experimente durch.«

»Ja.« Er beobachtete, wie sie auf die Fensterbank zuging.

»Was hast du in diesen drei Töpfen gesät?«

»Samen von Gartenwicken. Ich führe ein Experiment durch, um die Wirksamkeit gewisser mineralischer Zusätze zu testen. Die Erde, der sie beigemengt werden, ist bereits zu häufig dazu verwendet worden, etwas anzupflanzen, und von sich aus bringt sie nichts mehr hervor.«

Charlotte berührte die Erde in einem der Töpfe mit den Fingerspitzen. »Die Samen haben nicht gekeimt.«

»Nein«, sagte er. »Es kann sogar gut sein, daß sie nie Keime treiben werden. Man kennt das von vielen solcher Experimente. Worum geht es bei der Geschichte, die du mir erzählen wolltest?«

»Es ist wirklich eine ganz erstaunliche Geschichte.« Sie drehte sich zu ihm um, und ihre Augen glänzten vor Aufregung. »Ich kann eigentlich ebensogut mit dem Anfang beginnen. Heute morgen hatte ich Besuch von einer Dame, die behauptet hat, sie sei von dir schwanger.«

»Was?«

»Mach dich auf einiges gefaßt, Baxter. Es wird noch viel interessanter.«

10

»Du bist dieser Frau zu ihrem Haus gefolgt?« Baxter war fassungslos. »Und du hast sie in ihrem eigenen Salon zur Rede gestellt? Ich kann es einfach nicht glauben. Was für eine verrückte und leichtsinnige Idee.«

»Ganz im Gegenteil. Unter den gegebenen Umständen war es die einzig logische Verhaltensweise«, sagte Charlotte beschwichtigend. »Ich mußte dringend dahinterkommen, was Miss Post im Schilde führt. Das kannst du doch sicher verstehen.«

»Verdammt noch mal.« Unter seinem Zorn konnte Baxter deutlich eine heftige, quälende Angst spüren. Er unternahm einen vergeblichen Versuch, den hochexplosiven Gefühlscocktail für sich zu behalten. Er wußte, daß er nicht übermäßig rational reagierte, aber er konnte sich einfach nicht bremsen. »Wie konntest du es wagen, ein solches Risiko einzugehen? Hast du den Verstand verloren?«

Charlotte schien über seine Entrüstung aufrichtig verblüfft zu sein. »Es war kein Risiko. Ich habe mich doch nur mit ihr unterhalten.«

»Du hättest mit mir reden sollen, ehe du dich auf ein derart gefährliches Unterfangen einläßt.« Er vollführte eine schwungvolle Handbewegung. »Schließlich sind wir in dieser Angelegenheit Partner. Und außerdem bin ich auch noch dein Leibwächter, zum Teufel noch mal.« *Und dein Geliebter,* wollte etwas in seinem Innern mit einer lauten, klaren Stimme hinzufügen. *Schließlich bin ich dein Geliebter, verdammt noch mal.*

»Aber ich hätte doch gar keine Zeit gehabt, dich zu benachrichtigen. Ich mußte schnell handeln, denn sonst hätte ich Miss Posts Kutsche aus den Augen verloren.«

»Es ist einfach unglaublich. Du bist ihr in einem Blumenkarren gefolgt, den irgendein Fremder kutschiert hat, von dem sich durchaus hätte herausstellen können, daß er ein Schurke von der gefährlichsten Sorte ist.«

»Ich bin ganz sicher, daß er nichts weiter als ein Junge vom Lande war. Ich habe den Verdacht, daß nur die allerwenigsten Gauner mit Blumenwagen durch London fahren.«

»Du hast dich geradewegs in das Haus der Frau begeben, die gerade erst versucht hatte, dir eine grandiose Lüge aufzubinden. Besitzt du denn keinen Funken gesunden Menschenverstand?« Baxter starrte finster vor sich hin, als er an der Waage vorbeilief, die am Rand einer der Werkbänke stand. Gütiger Gott, er lief tatsächlich in seinem Laboratorium auf und ab. Er lief unruhig umher, obwohl das sonst nicht seine Art war.

Diese Erkenntnis verfinsterte seine Stimmung noch mehr. Bedauerlicherweise blieb ihm gar nichts anderes übrig, als weiterhin durch die schmalen Gänge zwischen den Werkbänken zu laufen. Er wußte ganz genau, daß er dem Drang erliegen würde, den nächstbesten gläsernen Destillierkolben zu packen und ihn an die Wand zu schmeißen, wenn er auch nur einen Moment lang stehenblieb.

Charlotte hatte kein Recht, derartige Risiken einzugehen. Bestimmt würde sie ihn um den Verstand bringen, ehe diese ganze Geschichte ausgestanden war. Ihr unabhängiges und unberechenbares Naturell stellte eine ernstliche Bedrohung für seine hart erkämpfte Gemütsruhe dar. Er war kein Dichter, er war Chemiker, und mit derart heftigen Gefühlsaufwallungen konnte er nicht umgehen.

Letzte Nacht hatte er sich eingeredet, er hätte eine Möglichkeit gefunden, mit der Flut rastlosen Verlangens umzugehen, die Charlotte in ihm wachrief. Er hatte sich zu seiner eigenen Zufriedenheit bewiesen, daß er sich selbst und die Situation unter Kontrolle hatte, und er war zu der Schlußfolgerung gelangt, daß eine Affäre keine Bedrohung für ihn darstellte.

Als logisches Argument hatte er angeführt, daß eine Liaison es ihm erlauben würde, die unsteten Flammen der Leidenschaft in einer natürlichen und beherrschten Form herunterbrennen zu lassen. Das Prinzip wies Ähnlichkeiten mit seinem üblichen Vorgehen auf, den Inhalt eines Glaskolbens, der mit verdampfbaren Chemikalien gefüllt war, über einer kleinen Flamme zu erhitzen, die er ständig kontrollierte und nicht aus den Augen ließ. Solange man sich entsprechend vorsah und behutsam ans Werk ging, würde es nicht zu gefährlichen Explosionen kommen.

Schließlich würde es darauf hinauslaufen, daß der Inhalt des Kolbens zu Asche zerfiel.

Er hatte in den letzten vierundzwanzig Stunden zuviel durchgemacht, sagte er sich. Aus ihrer Reaktion hatte er geschlossen, daß Charlotte für seinen Vorschlag, eine Affäre mit ihm zu beginnen, zugänglich war. Aber statt ihm eine direkte Antwort auf seine simple Frage zu geben, hatte sie ihm mitgeteilt, sie würde in Ruhe über diese Angelegenheit nachdenken.

In Ruhe darüber nachdenken. Wenn das nicht der Gipfel der Dreistigkeit war. Während sie vor Erregung gebebt hatte, hatte sie ihn in der Luft hängen lassen.

Dann war es zu diesem unangenehmen Zwischenfall mit dem Einbrecher gekommen

Und jetzt berichtete sie ihm von der verrückten Eskapade dieses Morgens.

Und er kochte. Vor Wut zu kochen war, ebenso wie das ziellose Umherlaufen, ein Zeichen für mangelnde Selbstbeherrschung. Es war ein Signal dafür, daß Emotionen und nicht etwa die Vernunft die Herrschaft an sich gerissen hatten.

Für einen ernsthaften, methodisch und logisch denkenden Menschen war das zuviel. Wäre er nicht ein moderner, aufgeschlossener Naturwissenschaftler gewesen, dann hätte er jetzt zweifellos die Versuchung verspürt, zu glauben, daß eine bösartige übernatürliche Macht mit der Absicht in sein Leben eingedrungen war, ein verheerendes Chaos zu verursachen.

Das Wissen, daß Charlotte über ihn diese Art von Macht besaß, führte dazu, daß sich seine Nackenhaare aufstellten, während ihm gleichzeitig ein Schauer über den Rücken lief.

»Ich muß mich ganz entschieden gegen die Andeutung verwehren, ich besäße keinen gesunden Menschenverstand,

Baxter St. Ives.« Charlottes Stimme hatte ihre Begeisterung verloren. Auch von dem versöhnlichen Tonfall war nichts mehr zu erkennen. Sie klang jetzt sogar regelrecht verärgert. »Schließlich bin ich eine reife, erwachsene Frau. Ich führe schon seit einigen Jahren recht erfolgreich mein eigenes Geschäft. Ich bin nicht auf den Kopf gefallen.«

»Das habe ich auch nicht behauptet.« Verdammt noch mal. Eine falsche Wendung nach der anderen, dachte Baxter verdrossen. Im nächsten Moment würde das gesamte Experiment scheitern, ehe es auch nur begonnen hatte, und er würde niemand anderem als sich selbst die Schuld daran geben können.

»Es freut mich, das zu hören«, sagte Charlotte forsch. »Ich möchte dich außerdem darauf hinweisen, daß es zu den Vorfällen des heutigen Morgens nur deshalb kommen konnte, weil Miss Post das Gerücht zu Ohren gekommen ist, wir seien verlobt und wollten heiraten.«

Er blieb dicht neben dem Ständer mit dem Brennglas stehen. »Was hat denn das damit zu tun?«

Sie sah ihm direkt ins Gesicht. »Es war deine Idee, diese verlogene Verlobung vorzuspiegeln, und eben diese Verlobung hat dazu geführt, daß Miss Post mit ihrer unglaubwürdigen Geschichte bei mir aufgetaucht ist. Daher leuchtet mir nicht ein, wieso du mir die Schuld an den Dingen zuschieben kannst, die seither vorgefallen sind. Um es rundheraus zu sagen, es war alles nur deine Schuld.«

Baxter fühlte sich nun gehetzt und in die Enge getrieben und stürzte sich auf genau das, was ihn aus irgendeinem irrationalen Grund am meisten erboste. »Unsere Verlobung ist kein Schwindel.«

»Ach, und als was würdest du diese verlogene Geschichte bezeichnen?«

Er suchte nach Worten. »Es ist ein taktischer Zug.«

»Es will mir nicht gelingen, einen großen Unterschied

zwischen einem taktischen Zug und einem betrügerischen Schwindel zu erkennen.«

»Aber mir ist der Unterschied durchaus klar«, sagte er. »Oder hast du etwa bereits vergessen, daß unsere Verlobung dazu gedacht war, uns zu gestatten, daß wir uns ungehindert gemeinsam in der feinen Gesellschaft zeigen können? All das dient nur dem Zweck, einem Mörder auf die Schliche zu kommen.«

Sie drehte geistesabwesend den Strohhut in ihren Händen, und ihr Gesichtsausdruck wurde plötzlich nachdenklich. »Und dieser Trick hat sich schon jetzt als äußerst nützlich erwiesen. Überleg es dir doch einmal. Dank deines taktischen Manövers, wie du es nennst, sind wir auf unseren ersten echten Anhaltspunkt gestoßen.«

»Von was für einem Anhaltspunkt redest du?«

»Begreifst du es denn nicht?« Ihre Augen funkelten jetzt wieder vor Aufregung. »Als ich sie zur Rede gestellt habe, hat Miss Post gewissermaßen gestanden, sie sei von jemandem engagiert worden, damit sie mir in der Rolle deiner schwangeren ehemaligen Geliebten einen Besuch abstattet. Sie hat mir zwar nicht gesagt, wer ihr Auftraggeber ist, aber ihre Aufgabe hat offensichtlich darin bestanden, mein Vertrauen in dich zu erschüttern.«

»Ja, offensichtlich.« Baxter spürte, wie ihm flau im Magen wurde. Die meisten Frauen, die behütet aufgewachsen waren, hätten Miss Post diese befremdliche Geschichte aufs Wort geglaubt.

»Jemand hat sich alle erdenkliche Mühe gegeben, unsere sogenannte Verlobung zu zerrütten«, fuhr Charlotte fort. »Wir müssen uns also fragen, weshalb sich jemand soviel Mühe macht.«

Baxter fuhr sich mit den Fingern durch das Haar. »Der Teufel soll mich holen.«

»Es scheint ganz so, als wollte jemand unter gar keinen

Umständen, daß wir beide eine enge Bindung miteinander eingehen.«

»Beruhige dich, Charlotte. Ich bezweifle sehr, daß diese Episode mit Miss Post etwas mit unseren Bemühungen zu tun hat, einem Mörder auf die Spur zu kommen.«

»Wie meinst du das?«

Er atmete langsam aus. »Ich habe den Verdacht, du bist lediglich einem gehässigen Streich zum Opfer gefallen.«

Charlotte starrte ihn an. »Aber wer hätte sich einen so üblen Scherz mit mir erlauben sollen?«

»Der erste, der mir dazu einfällt, ist mein niederträchtiger Halbbruder.«

»Hamilton? Das ist doch einfach lachhaft.«

»Vor ein paar Tagen hätte ich dir noch zugestimmt. Zwischen Hamilton und mir besteht keine große Zuneigung, aber bis zum heutigen Morgen ist mir nicht klar gewesen, daß er unter Umständen ...« Baxter zögerte, da er seinen Beobachtungen und Schlußfolgerungen noch mißtraute. »Er könnte möglicherweise neidisch auf mich sein.«

»Neidisch?«

Baxter erinnerte sich an den erbitterten Ausdruck, den er in Hamiltons Augen gesehen hatte, als er ihm die mutwillige Zerstörung seines Exemplars von *Gespräche über die Chemie* geschildert hatte. »Ich weiß, daß es nicht einleuchtend klingt, aber ich hatte heute den Eindruck, daß er einen sehr persönlichen Groll gegen mich hegt.«

»Wie kommt das?«

»Ich bin mir nicht ganz sicher«, gab Baxter zu. »Seine Mutter muß seine Sichtweise deutlich beeinflußt haben. Allein mein Anblick ist Maryann aus naheliegenden Gründen schon immer ein Greuel gewesen. Aber ich glaube, daß hinter Hamiltons Abneigung noch mehr stecken könnte. Ich meine, etwas, was über die Beleidigung hinausgeht, die seiner Meinung nach seiner Mutter zugefügt worden ist.«

»Welche Gründe könnte es dafür geben?«

»Seine Abneigung gegen mich könnte etwas mit der Tatsache zu tun haben, daß mein Vater und ich viel Zeit miteinander verbracht und gemeinsam chemische Experimente durchgeführt haben. Vielleicht trägt er mir das nach.« Baxter schnitt eine Grimasse. »Anscheinend ist Vater sogar so weit gegangen, Hamilton von dem kleinen Abenteuer zu berichten, das ich während des Krieges im Namen Englands unternommen habe. Und er hat Hamilton auch gezwungen, ein Buch zu lesen, das ich geschrieben habe. Hamilton schien sich damals darüber zu ärgern, und jetzt hält er es mir vor.«

»Ich verstehe.« Charlottes Augen leuchteten auf. »Ein jüngerer Bruder könnte durchaus eifersüchtig auf seinen älteren Bruder sein, der einen großen Teil der Bewunderung und der Aufmerksamkeit seines Vaters eingeheimst hat.«

Ein noch heftigeres Gefühl machte sich in Baxter breit: die alte vertraute eisige Kälte. Sie wirkte seltsam beruhigend auf ihn, denn dieses Gefühl kannte er nur zu gut. Im Gegensatz zu Wut und innerer Unruhe handelte es sich hierbei um etwas, womit er Erfahrung hatte. Dieses Gefühl konnte er begreifen und meistern. »Hamilton hat den Titel und die Ländereien. Was könnte er sich sonst noch wünschen? Es ist nicht meine Schuld, daß er Vaters Interesse an den Naturwissenschaften nicht geteilt hat.«

»Nein, es ist nicht deine Schuld, aber für einen sehr jungen Menschen könnte das ein Grund zum Neid sein.« Charlotte runzelte die Stirn. »Dennoch kann ich mir nicht vorstellen, daß Lord Esherton sich soweit erniedrigen würde, mir einen derart gehässigen Streich zu spielen und eine Frau zu engagieren, damit sie unsere Verlobung zerstört.«

»Du kennst Hamilton so gut wie gar nicht.«

»Das ist wahr, aber an meiner Intuition gibt es nichts auszusetzen. Und außerdem scheint Ariel recht eingenommen von ihm zu sein, und obwohl sie noch sehr jung ist, liegt auch sie mit ihrer Einschätzung von Männern im allgemeinen richtig.«

»Intuition.« Baxter bemühte sich gar nicht erst, seinen Sarkasmus zu verbergen. »Laß dir eines gesagt sein: Von seiner Intuition sollte man sich nicht leiten lassen, denn sie ist äußerst unzuverlässig. Sie begründet sich auf Gefühlen und nicht auf wissenschaftlichen Fakten. Man darf ihr nicht trauen.«

»Manchmal gibt es nichts anderes, woran man sich halten kann«, erwiderte sie behutsam.

»Das genügt jetzt. Mit dem Problem Hamilton werde ich mich später befassen.«

»Du kannst nicht sicher sein, daß Hamilton hinter Miss Posts Besuch gesteckt hat.«

»Es ist die logischste aller Annahmen«, sagte Baxter. »Worum es hier geht, ist, daß es nicht deine Sache war, dich mit dieser Fremden heute morgen abzugeben. Du hast keine Ahnung gehabt, worauf du dich einläßt, als du ihr Haus betreten hast.«

»Also, wirklich, Baxter St. Ives.«

»Es ist mein Ernst.« Er drehte sich um und ging auf sie zu. »Solange wir uns mit dieser Angelegenheit befassen, wirst du nicht mehr so vorschnell und unüberlegt handeln. Ist das klar?«

»Ich muß Sie daran erinnern, daß ich weder von Ihnen, noch von irgend jemand anderem Befehle entgegennehme.«

Er blieb ein paar Schritte vor ihr stehen. »Dann haben wir es hier wohl mit einem kleinen Problem zu tun, oder etwa nicht?«

Sie legte ihren Hut mit einer bedächtigen Bewegung auf die Werkbank. »Es wird zu keinen großen Schwierigkeiten kommen, solange Sie die Rolle spielen, die Ihnen bei dieser ganzen Angelegenheit zugedacht war.«

»Du meinst wohl, solange ich nicht vergesse, welcher Platz mir zusteht?«

»Ganz so hätte ich es nicht ausgedrückt.«

»Ich kann dir nur raten, es nicht so auszudrücken, verflucht noch mal. Ich bin nicht Ihr Dienstbote, Miss Arkendale.«

»Das habe ich auch nie behauptet. Dennoch hat alles damit begonnen, daß ich Sie engagiert habe, falls Sie das vergessen haben sollten. Wenn sich die Situation dadurch klären läßt, bin ich immer noch bereit, Ihnen für Ihre Dienste ein Gehalt zu bezahlen.«

»Du wagst es, mit mir über mein Einkommen zu reden? Nach allem, was in der vergangenen Nacht zwischen uns vorgefallen ist?«

Sie errötete und warf voller Unbehagen einen Blick auf die geschlossene Tür. »Es besteht keine Notwendigkeit, so laut zu reden, Sir. Ich kann Sie sehr gut hören.«

»Ich erhebe meine Stimme niemals. Wenn man mit lauter Stimme spricht, dann ist das ein Hinweis darauf, daß man seine Wut nicht beherrschen kann.«

Sie sah ihm forschend ins Gesicht. »Ja, das ist vermutlich wahr.«

»Verdammt noch mal, Charlotte, ich lasse mich von dir nicht behandeln, als sei ich dein Angestellter.« Er trat schnell ein paar Schritte vor und schnitt ihr den Weg ab. Sie lehnte an einer Werkbank und konnte ihm nicht entkommen.

»Letzte Nacht habe ich dir eine Frage gestellt. Du hast mich inzwischen lange genug zappeln lassen. Jetzt bist du mir eine Antwort schuldig«

Sie zog die Stirn in Falten. »Aber wir unterhalten uns doch gerade über Miss Post.«

»Der Teufel soll Miss Post holen. Ich habe dir doch schon gesagt, daß ich mich später mit ihr befassen werde. Gib mir jetzt endlich eine Antwort. Bist du bereit, dich auf eine Affäre mit mir einzulassen?«

Sie starrte ihn an, ohne mit einer Wimper zu zucken, und ihre Augen leuchteten so hell wie der sagenumwobene Stein der Weisen. Eine gräßliche Stille lag in der Luft. Baxter konnte nahezu vor sich sehen, wie seine Worte im Raum hingen und bedrohlich schimmerten.

Einen schlechteren Zeitpunkt hätte er gar nicht wählen können, gestand er sich in seiner trostlosen Verzweiflung. Die enorme Sensibilität eines romantischen Poeten war nicht erforderlich, um zu begreifen, daß ein Mann eine Frau nicht dazu aufforderte, seine Geliebte zu werden, wenn er gerade einen fürchterlichen Streit mit ihr gehabt hatte.

Charlotte brach das kristallklare Schweigen, indem sie sich behutsam räusperte. »Wir reden gerade über unsere geschäftlichen Beziehungen, Baxter St. Ives. Was haben persönliche Angelegenheiten in dieser Situation zu suchen?«

»Nichts. Nicht das geringste.«

Wenn er auch nur einen Funken Vernunft besessen hätte, wäre er vor dem lodernden Schmelztiegel zurückgewichen, ehe es zur Explosion kam. Aber er brachte es einfach nicht fertig sich abzuwenden. Das einzige, was jetzt noch zählte, war, daß sein leichtsinniges Experiment zu einem schlüssigen Resultat führte.

»Nichts?« wiederholte sie sehr leise.

»Nein. Das ist eine verdammte Lüge. Unsere persönliche Situation ist mit alledem eng verknüpft. Ich brauche eine Antwort, Charlotte. Wahrscheinlich werde ich verrückt, wenn du mir nicht bald eine Antwort gibst.«

Ihre Augen waren plötzlich in einen geheimnisvollen Schimmer getaucht, und in ihren Blicken drückten sich unergründliche Verheißungen aus. Ihre Stimme war jedoch bemerkenswert kühl. »Ich schwöre es Ihnen, St. Ives, Sie sind der unangenehmste und lästigste Kerl, den ich jemals eingestellt habe. Ich sehe nichts anderes als Komplikationen voraus, aber meine Antwort lautet Ja. Ich werde mich auf eine Affäre mit Ihnen einlassen. Aber könnten wir uns jetzt bitte wieder den geschäftlichen Angelegenheiten zuwenden?«

Einen einzigen unerträglichen Moment lang war Baxter zu keiner Reaktion in der Lage. Sie hatte in die Affäre eingewilligt.

Ihm war bewußt, daß der überhitzte Schmelztiegel durch einen unglaublichen Glücksfall noch nicht in seinen Händen explodiert war, aber er war in einem Maß erschüttert, als hätte sein Experiment die Wände des Laboratoriums einstürzen lassen.

Charlotte hob eine Hand und legte sie auf seine Wange. »Baxter? Fehlt dir etwas? Du bist doch nicht etwa krank.«

»Doch, höchstwahrscheinlich.« Er nahm ihr Gesicht zwischen seine Hände. »Eines steht allerdings fest: Falls ich krank sein sollte, bist du die einzige, die mir das Elixier zur Verfügung stellen kann, das mein Fieber wieder senkt.«

»Oh, *Baxter.*« Sie stellte sich auf die Zehenspitzen und schlang ihre Arme fest um seinen Hals. »Du bist der erstaunlichste und nervenaufreibendste Mann aller Zeiten.«

Sie küßte ihn mit einer solchen Glut, daß ihre Zähne gegen seine stießen. Baxter taumelte einen Schritt zurück. Er fing Charlotte auf und erwiderte den Kuß mit euphorischer Verzweiflung.

Ihr unverhohlenes Begehren war sein Untergang. Sie wollte ihn, und das war das einzige, was im Moment zählte, und er gab sich genüßlich der gewaltigen Gier hin, die durch seine Adern brauste.

Die Welt schien plötzlich aus Quecksilber beschaffen zu sein – schimmernd, hell, in ständigem Wandel begriffen und grenzenlos faszinierend. Es war völlig unmöglich, sich auf Logik zu konzentrieren. Sein unstillbares Verlangen war alles, was er noch wahrnahm.

Er zermalmte ihre Lippen mit seinen und suchte die feuchte Glut ihres Mundes. Er preßte sich an sie und bog ihren Oberkörper nach hinten, bis sie gegen die Werkbank stieß.

»Hoppla.« Charlottes Stimme klang verblüfft, doch sie zog sich nicht zurück. Statt sich von Baxter zu lösen, grub sie die Finger nur tiefer in sein Haar.

Bebend vor Gier, küßte er ihre Wangen, ihre Augen, ihre Ohren, ihre Kehle.

Er hob den Kopf gerade lange genug, um seine Brille abzunehmen und sie achtlos zur Seite zu werfen. Dann schob er einen Fuß, der in einem Stiefel steckte, zwischen ihre Beine und zog sein Knie hoch und immer höher. Sie stieß einen Schrei aus und klammerte sich an ihm fest, als sie begriff, daß sie rittlings auf seinem Oberschenkel saß.

»Ich kann deine Glut sogar durch meine Hose fühlen«, murmelte er ehrfürchtig. »Der Stoff ist schon feucht von dir.«

Sie stöhnte und preßte ihr Gesicht an sein Hemd. »Du bringst mich in Verlegenheit.«

»Ich schwöre, das war nicht meine Absicht.« Er riß mehrere Nadeln aus ihrem Haar. »Wenn du willst, werde ich mich mit diesen verdammten romantischen Gedichten auseinandersetzen. Vielleicht kann ich dort eine raffiniertere Ausdrucksweise lernen, um sie in Momenten wie diesem zu verwenden.«

»Spar dir die Mühe.« Sie begann, mit zitternden Händen sein Hemd zu öffnen. »Du kommst auch ohne diese Studien gut zurecht.«

Ihre Fingernägel glitten über seine nackte Brust. Baxter kniff die Augen zu und holte hörbar Luft. Sein Penis drohte, seine Hose zu sprengen.

Charlotte legte ihre Lippen auf eine seiner Brustwarzen. Sie murmelte etwas vor sich hin, doch ihr Mund war dabei dicht an seine Haut gepreßt. Die Worte waren nicht zu verstehen, aber ihre Aussage war absolut unmißverständlich. Mit einem Gefühl wachsenden Triumphs und grenzenloser Dankbarkeit erkannte er, daß sie sich ebenso verzweifelt nach ihm sehnte wie er sich nach ihr.

Ein Teil von ihm wollte sich reichlich Zeit lassen, um diese erste Vereinigung bis zur Neige auszukosten. Aber er war machtlos und konnte den reißenden Strom nicht aufhalten, solange Charlotte in dieselbe Richtung stürmte. Die Macht beiderseitigen Verlangens war wahrhaft unwiderstehlich.

Er würde später noch oft genug Gelegenheit finden, sie stundenlang zu lieben, gelobte er sich. Aber diesmal war die Begierde zu elementar.

Er schob den zarten Musselinrock bis zu ihrer Taille hoch, legte seine Hand auf die nackten Rundungen ihres Pos und hob sie behutsam auf die Kante der Werkbank.

Ein Keramikfläschchen fiel um, als er mit ihren Röcken kämpfte, rollte an den Rand der Werkbank und zerbrach auf dem Fußboden. Er schenkte ihm keinerlei Beachtung.

»Baxter?« Charlottes Stimme klang verwirrt und bestürzt.

»Halte dich einfach nur fest, meine Liebe.« Er nahm ihre Beine und schlang sie sich um die Taille. »Mehr brauchst du nicht zu tun. Um den Rest werde ich mich schon kümmern.«

Er öffnete schnell seine Hose und schmiegte sich zwischen ihre Beine.

»Gütiger Gott, Baxter.« Sie umfaßte seine Schultern.

Als er ihre Fingerspitzen auf den alten Narben fühlte, durchzuckten ihn dieselben Schockwellen wie schon in der letzten Nacht. Aber diesmal kämpfte er nicht gegen das Gefühl an, sondern kostete es genüßlich aus.

»Sag mir, daß du mich willst«, flüsterte er mit den Lippen an ihrem Hals. »Ich will die Worte aus deinem Mund hören.«

»Ich will dich.« Verlangen lag in ihrer bebenden Stimme.

Er legte eine Hand auf ihr Geschlecht und konnte das zarte Pulsieren wahrnehmen; ihr Fleisch war vor Verlangen geschwollen. Er konnte spüren, wie sich die kleine Knospe an seinen Daumen preßte. Er rieb sie zart und genoß es, daß ihr Körper reagierte und erschauerte.

»Liebe mich, Baxter, bitte.«

Fast hätte er laut gelacht, doch es stieg nur ein kurzes heiseres Krächzen aus seiner Kehle auf. »Ich könnte jetzt nicht mehr aufhören, noch nicht einmal, wenn man mir den Stein der Weisen dafür verspräche.«

Er preßte sie gegen die robuste Werkbank und drang in den Eingang ihres feuchten Tunnels. Er spürte, wie sie plötzlich vollkommen stillhielt.

Er stieß sich in sie und zwang sie mit aller Willenskraft, sich so langsam wie möglich zu bewegen, da er noch die Erkundungen der letzten Nacht vor Augen hatte. Zweifellos war seit ihrem letzten Liebhaber schon einige Zeit vergangen, sagte er sich. Vielleicht war es sogar noch länger her als seine letzte Affäre.

Aber wie er jetzt feststellen mußte, war nicht nur seine Vernunft geschwächt, sondern auch seine Willenskraft. In dem Moment, in dem er fühlte, wie ihr enger Tunnel ihn umklammerte, vergaß er jegliche Zurückhaltung. Er legte die Hände fester um sie und stieß tief in sie hinein.

Charlotte schrie schrill auf. Ihr Körper erstarrte, und ihre Nägel gruben sich in die Verätzungen auf seinen Schultern.

Plötzlich begriff er: Charlotte hatte bisher noch nie einen Liebhaber gehabt.

»Der Teufel soll mich holen.«

Trotz all des Wissens, das sie über Männer gesammelt hatte, trotz der raffinierten Weltgewandtheit, die sie an den Tag legte, und trotz ihres Alters war sie noch jungfräulich.

Er hielt in der Bewegung inne, doch er hatte sich bereits tief in ihr versenkt. Er konnte spüren, wie sich die kleinen

Muskeln ihres weichen Ganges dehnten, um ihn aufzunehmen.

»Warum hast du mir nichts davon gesagt?« fragte er barsch.

»Du hast mich nie danach gefragt.« Sie küßte seine Kehle, und dann lächelte sie. »Und außerdem spielt es ohnehin keine Rolle. Ich wollte es so haben.«

»Gott steh mir bei, ich will es auch.«

Er begann sich behutsam zu bewegen. Als er sich langsam zurückzog, nahm er ein Gefühl wahr, das Schmerz und Lust vermischte. Sie hielt ihn weiterhin eng umklammert, und als nur noch die Spitze seines Geschlechts in ihr war, hielt er endlich inne.

Sie holte tief Luft und erschauerte.

Er griff zwischen ihre beiden Körper, fand die pralle kleine Frucht, die in den weichen Locken dort unten begraben war, und streichelte sie, bis er spürte, daß sie sich wieder zu entspannen begann.

»Ja.« Sie küßte ihn hemmungslos. Ihre Beine schlangen sich fester um seine Taille. »Ja. Ja.«

Sie ließ ihre Hand sinken und umfaßte behutsam und zögernd seinen Penis.

Er streichelte sie zart, während er langsam wieder in sie hineinglitt, bis er ganz in ihr versunken war.

Sie seufzte und hob ihre Hüften.

»Um Gottes willen, beweg dich bloß nicht«, murmelte er.

Sie schien ihn nicht wahrzunehmen. Vielleicht hörte sie ihm aber auch gar nicht zu. Sie bewegte sich mit zunehmendem Eifer. Baxter schloß die Augen. Seine Hände zitterten, als er versuchte, sie festzuhalten, damit sie stillhielt. Aber er war dem Feuer schon zu nah gekommen. Die Lockung des Schmelztiegels zog ihn mit einer unentrinnbaren Macht an.

Charlotte küßte ihn erneut, und er war verloren.

»Beim nächsten Mal«, hörte er sich in einem heiseren

Flüsterton versprechen. Er begann, sich schneller in ihr zu bewegen. »Beim nächsten Mal . . .«

Aber er brauchte sie nicht bis zum nächsten Mal warten zu lassen, damit sie ihre Erlösung fand. Er hörte, wie sie aufschrie. Es war ein köstlich triumphierender Schrei, in dem sich Begeisterung und Befriedigung vermischten. Und dann verwandelte sie sich in seinen Händen zu geschmolzenem Gold.

Sie wand sich ruckartig, und winzige Zuckungen massierten seinen Penis. Er stieß ein letztes Mal in sie und ergoß sich in ihren warmen, bereitwilligen Körper.

Die Werkbank zitterte und bebte, und Baxter nahm vage das Geräusch von zersplitterndem Glas wahr.

Doch er schenkte dem keinerlei Beachtung und verlor sich ganz und gar in seinen strudelnden Gefühlen.

Charlotte kam sachte aus einer Welt zurück, die aus reinen Sinneswahrnehmungen bestand, und sie mußte feststellen, daß sie auf der Kante einer Werkbank in Baxters Laboratorium hockte. Sie schlug die Augen auf.

Baxter war nicht mehr in ihrem Körper, aber er stand noch zwischen ihren Beinen. Er beobachtete sie mit einem gebannten und doch verschlossenen Gesichtsausdruck.

»Du hättest mir sagen sollen, daß du noch nie einen Geliebten gehabt hast.«

Die gespenstische Gefühllosigkeit seiner Stimme spülte die letzten Spuren von Wärme von ihr ab.

»Das war meine Privatangelegenheit«, sagte sie. »Ich wüßte nicht, weshalb die Fakten dir auch nur die geringste Sorge bereiten sollten. Nur weil du mein erster Liebhaber gewesen bist, brauchst du noch lange keine Verantwortung zu übernehmen. Ich bin kein junges Mädchen. Ich bin eine reife Frau.«

»Das sei dir zugestanden.« Sein Gesichtsausdruck wurde

noch härter. »Aber ich halte nichts davon, wenn man mich mit solchen Tatsachen überrascht.«

Aus irgendeinem Grund stand sie plötzlich dicht vor einem Tränenausbruch. Aber sie weigerte sich, einfach nur deshalb zu weinen, weil Baxter wieder in seine gewohnte brüske Art zurückgefallen war.

So sollte man sich nach einer derart intensiven Erfahrung nicht fühlen, dachte sie. Zwischen ihnen hätte jetzt eine immense Zärtlichkeit herrschen sollen. Wenigstens für einige Momente hätten sie beide das wunderbare Gefühl von Intimität und Nähe bewahren sollen, das sie während dieser leidenschaftlichen Begegnung eingehüllt hatte.

Sie war gerade dabei, sich in diesen außerordentlich schwierigen Mann zu verlieben, verdammt noch mal, und er stand zwischen ihren Schenkeln und sah sie so finster an, als hätte sie etwas Unverzeihliches getan. Hatte ihm die Leidenschaft, die sie gemeinsam erlebt hatten, denn gar nichts bedeutet?

»Baxter, du spielst das alles viel zu sehr hoch.«

Seine Kiefermuskeln spannten sich an. »Das kann schon sein. Schließlich warst du genauso begierig auf das, was gerade vorgefallen ist, wie ich.«

»Wenn du das sagst«, erwiderte sie steif.

Seine Mundwinkel zuckten. Er sah auf sie hinab und war anscheinend erstaunt, als er feststellte, daß seine Hände immer noch ihre Oberschenkel umfaßt hielten.

Verlegenheit erfaßte Charlotte, und sie nahm ganz deutlich einen beunruhigenden Geruch wahr, von dem sie wußte, daß er diesem Liebesakt entstammen mußte. Und außerdem konnte sie die Menge Feuchtigkeit zwischen ihren Beinen spüren. Sie rückte schnell zur Seite und fummelte an ihren Röcken herum.

»Warte«, murmelte Baxter. »Ich muß irgendwo ein sauberes Taschentuch haben.«

Er suchte in seiner Kleidung herum und brachte ein großes frischgebügeltes Leinentaschentuch zum Vorschein. Charlotte zuckte zusammen und errötete heftig, als er es benutzte, um die Spuren ihrer Leidenschaft wegzuwischen. Sie ließ es ein paar Sekunden lang mit sich geschehen, doch dann stieß sie seine Hand brüsk fort.

»Das sollte jetzt genügen.« Es gelang ihr, die Beine zu schließen. Sie zerrte an ihren Röcken, zog sie über ihre Knie und glitt von der Werkbank.

Ihre Beine drohten nachzugeben. Sie streckte eine Hand aus, um das Gleichgewicht wiederzufinden.

»Warum?« fragte Baxter.

Sie sah ihn an. »Wie bitte?«

Er zerknüllte das Taschentuch zwischen seinen Fingern. Seine Alchemistenaugen loderten. »Warum hast du mich dazu auserwählt, dein erster Liebhaber zu sein?«

Dieser verdammte Kerl. Was er konnte, das konnte sie schon lange. Sie rang sich mühsam ein Lächeln ab, von dem sie hoffte, daß es kühl wirkte. »Gerade du solltest besser als die meisten anderen Menschen verstehen, daß der Drang, ein Experiment durchzuführen, manchmal übermächtig ist.«

11

Für sie war es nichts weiter als ein Experiment gewesen. Ein verdammtes *Experiment.*

Baxters anfängliche Wut war jetzt mit Frustration und Verzweiflung durchsetzt. Er strengte sich gewaltig an, um diese Gefühle hinter dem Schleier gefühlloser Distanz zu verbergen, der sich in der Vergangenheit schon so oft sehr gut bewährt hatte.

Er war höflich und gleichzeitig kurz angebunden, als er Charlotte nach Hause begleitete. Sein Verhalten ärgerte sie sichtlich, doch mehr zu geben, war er nicht bereit. Sie saß ihm in der Kutsche mit steifem Rückgrat gegenüber und weigerte sich während der gesamten Fahrt, ihm in die Augen zu sehen. Ihre Wangen waren gerötet, doch Baxter kam zu dem Schluß, es könne nichts mit dem Umstand zu tun haben, daß er sie gerade erst geliebt hatte. Sie sagte kein einziges Wort.

Es war ihm nur recht, daß sie keinen Versuch unternahm, ein Gespräch anzufangen, sagte er sich. Er hatte heute, weiß Gott, schon mehr als genug heftige Emotionen durchlebt. Es hätte ihm gerade noch gefehlt, jetzt auch noch darüber reden zu müssen.

Er folgte ihr schweigend die Stufen zu ihrem kleinen Stadthaus hinauf. Es war eine Erleichterung, sich an diesen abgeschiedenen Ort zurückzuziehen, wo jedes Gefühl gedämpft und distanziert und weitaus leichter zu ertragen war.

Mrs. Witty öffnete die Tür. »Es ist aber auch an der Zeit, daß Sie wieder nach Hause kommen, Miss Charlotte. Miss Ariel und ich haben schon angefangen, uns Sorgen zu machen. Wir haben uns gefragt, ob wir vielleicht Baxter St. Ives benachrichtigen sollten ...« Sie unterbrach sich, als ihr Blick auf Baxter fiel, der hinter Charlotte auf der Treppe stand. Ihre Gesicht erhellte sich. »Wie ich sehe, haben Sie sie gefunden, Sir. Dann haben die Ereignisse also doch noch eine glückliche Wendung genommen.«

»Das kommt ganz auf den Standpunkt des Betrachters an.« Baxter trat ein und ignorierte den finsteren Seitenblick, den Charlotte ihm zuwarf.

Er blieb unvermittelt stehen, als ihm der durchdringende Geruch eines Blumenmeeres wie eine Woge entgegenschlug. »Was, zum Teufel, hat das zu bedeuten? Hast du etwa das ganze Haus in einen verdammten Wintergarten verwandelt?«

Mrs. Witty verzog das Gesicht, als sie Baxters Blick folgte. »Seit dem frühen Morgen werden pausenlos Blumen hier abgeliefert. Ein umwerfender Anblick, was?«

In der Eingangshalle stand eine Vase neben der anderen, und sie waren mit unzähligen Blumen gefüllt. Töpfe mit Ringelblumen standen auf allen Treppenstufen. Tulpen umrahmten den Spiegel. Rosen, Orchideen und Lilien drängten sich an den Wänden.

Baxter geriet augenblicklich in Wut. »Wer, zum Teufel, bildet sich ein, er hätte das Recht, dir all diese verdammten Sträuße zu schicken, Charlotte? Der einzige Mann, mit dem du gestern abend getanzt hast, war der alte Lennox.«

»Einen Teil der Blumen habe ich mir selbst schicken lassen.« Charlotte löste ihre Hutbänder. »Verstehst du, ich habe mich mit dem jungen Knaben, der den Blumenkarren kutschiert hat, auf einen Handel geeinigt. Erst, als ich gesagt habe, ich würde seinen kompletten Bestand aufkaufen, hat er eingewilligt, mir zu helfen und hinter Miss Post herzufahren.«

»Ach, ja. Dieser verfluchte Blumenverkäufer.« Baxter sah Mrs. Witty finster an. »Waren Sie an diesem Unternehmen beteiligt?«

»Mich brauchen Sie gar nicht so anzusehen, Sir.« Mrs. Witty nahm ihm den Hut ab. »Ich bin absolut unschuldig. Ich habe angedeutet, es sei nicht besonders klug, die Jagd auf Miss Post aufzunehmen, aber wer hört schon auf eine Haushälterin? Jedenfalls stammen nicht sämtliche Blumen von dem Blumenwagen. Viele von ihnen sind im Lauf des Vormittags von Miss Ariels Bewunderern eingetroffen.«

Charlottes Miene hellte sich auf. »Ja, natürlich. Die jungen Männer haben sich gestern abend um Ariel gerissen. Die Herren sind ihr in Scharen zu Füßen gelegen.«

»Charlotte, du bist wieder da.« Ariels melodische Stimme ertönte aus dem Hintergrund der Eingangshalle. Flinke

Schritte waren auf den Steinfliesen zu hören, als sie zur Haustür eilte. »Ich habe schon angefangen, mir Sorgen zu machen. Mrs. Witty hat gesagt, du seist hinter irgendeiner Frau her, die behauptet hat, Baxter St. Ives hätte sie verführt und sie dann sitzenlassen . . . Oh, Mr. St. Ives.« Ariel errötete, als sie näher kam. »Ich habe Sie im ersten Moment gar nicht gesehen, Sir.«

»Denken Sie sich nichts dabei.« Baxter verschränkte die Arme und lehnte sich mit einer Schulter an den Türrahmen. »Ich bin es gewohnt, übersehen zu werden.«

»Schenk ihm keine Beachtung.« Charlotte ging mit forschen Schritten auf die Treppe zu. »Mr. St. Ives ist übellaunig. Führen Sie ihn in mein Arbeitszimmer, Mrs. Witty. Ich komme gleich wieder nach unten. Ich möchte mich nur schnell frisch machen. Dieser Vormittag war ziemlich hektisch.«

»Hektisch.« Baxter beobachtete, wie Charlotte die Stufen hinauflief. »Ja, das kann man wohl sagen. Ein ganz normaler geschäftiger Vormittag, den man im Laboratorium verbringt, um die Resultate seiner Experimente zu beobachten, was, Miss Arkendale?«

Sie blieb auf dem Treppenabsatz stehen und lächelte ihn spröde an. »Wie Sie meinen, Mr. St. Ives.«

»Sie sollten immer daran denken, daß die Resultate gewisser Experimente gelegentlich längere Zeit auf sich warten lassen«, sagte er. »In manchen Fällen kann sich das Warten sogar über neun Monate hinziehen.«

Es verschaffte ihm Genugtuung, daß ihre Augen sich schockiert weiteten, als sie seine Anspielung begriff. Mit dieser tristen Befriedigung wandte er sich ab und ging ins Arbeitszimmer. Auch dieser Raum war mit Blumen gefüllt. Eine besonders große Schale blaßroter Rosen bildete das Kernstück.

Neun Monate. Seine eigenen Worte trafen ihn wie ein

Hammerschlag. Was war, wenn er Charlotte geschwängert hatte?

Er begab sich schleunigst an den Tisch, auf dem der Cognac stand.

Charlottes entrüsteter Aufschrei drang im selben Moment aus dem oberen Stockwerk zu ihm, als er gerade den Stöpsel aus der Karaffe zog.

»Er ist verschwunden.« Schritte waren über seinem Kopf zu hören. »Der Mistkerl hat ihn mitgenommen.«

Baxter stellte die Karaffe mit einem leidgeplagten Seufzer wieder hin. In diesem Haushalt konnte ein Mann noch nicht einmal eine Arznei zu sich nehmen, ohne dabei gestört zu werden.

Er ging zurück zur Tür des Arbeitszimmers. Ariel und Mrs. Witty blickten zum oberen Treppenabsatz hinauf. Ihre Münder standen vor Erstaunen offen.

»Was ist los?« fragte Ariel. »Was ist passiert?«

Mrs. Witty starrte sie an. »Was ist denn jetzt schon wieder?«

Charlotte breitete die Arme weit aus. »Ich habe es euch doch gerade gesagt. Habt ihr mich denn nicht gehört? Er hat ihn mitgenommen.«

»Beruhige dich, Charlotte«, sagte Baxter. Alle verstummten, drehten sich zu ihm um und sahen ihn an. »Hör zu. Warum erzählst du uns nicht, wer was mitgenommen hat.«

»Der Schurke, den wir letzte Nacht hier in diesem Haus überrascht haben«, erwiderte sie ungeduldig.

»Was ist mit ihm?«

»Ich dachte schon, es sei ihm nicht gelungen, etwas zu stehlen, aber ich habe mich geirrt. Ich habe nur die Gegenstände überprüft, von denen ich geglaubt habe, sie könnten einen Dieb reizen, das Silber und dergleichen.« Charlotte holte Atem. »Ich habe mir gar nicht erst die Mühe gemacht nachzusehen, ob Drusilla Hesketts Skizzenblock mit den

Aquarellen noch da ist. Ich hatte ihn in einer Garderobenschublade verstaut . . .«

Baxter erstarrte. »Willst du damit etwa sagen, daß der Skizzenblock verschwunden ist?«

»Ja. Das war kein gewöhnlicher Einbruch, Baxter. Der Einbrecher war hinter diesem Skizzenblock her. Und er hat ihn an sich gebracht.« Sie wies mit einem anklagenden Finger auf ihn. »Ich habe dir doch gleich gesagt, daß dieser Block einen wertvollen Hinweis enthält, St. Ives.«

Baxter rückte geistesabwesend seine Brille zurecht, während er über die Konsequenzen des Diebstahls nachdachte. »Komm sofort wieder nach unten, wenn du dich frisch gemacht hast. Sei so nett, und trödele nicht.«

»Der Teufel soll Sie holen, St. Ives. Wagen Sie es bloß nicht, mir in meinem eigenen Haus Befehle zu erteilen. Und dazu kommt noch, daß ich keineswegs zum Trödeln neige. Schließlich bin ich hier diejenige, die Miss Post heute morgen gefolgt ist, wenn Sie so nett wären, sich daran zu erinnern. Als ich versucht habe, Ihnen von diesem Vorfall zu berichten, haben Sie . . . haben Sie in Ihrem eigenen Laboratorium für Ablenkung gesorgt. Wenn heute jemand Zeit verplempert hat, dann waren Sie das, Sir.«

Baxter schloß mit äußerster Behutsamkeit die robuste Tür und begab sich zurück zum Tisch, auf dem der Cognac stand.

Als Charlotte fünfzehn Minuten später in das Arbeitszimmer rauschte, war sie wesentlich gefaßter. Ariel und Mrs. Witty folgten ihr auf den Fersen. Baxter saß im Ohrensessel vor dem Feuer. Er blickte zu den Frauen auf und stellte sein halbleeres Cognacglas ab.

»Das wurde aber auch Zeit«, murmelte er, als er sich erhob.

Charlotte schenkte ihm keinerlei Beachtung. »Es ist ein

enormer Glücksfall, daß ich auf den Gedanken gekommen bin, die Seite mit Drusilla Hesketts kleiner Zeichnung aus dem Block herauszureißen.« Sie lief um ihren Schreibtisch herum und zog eine Schublade auf. Das Blatt, das sie aus dem Skizzenblock herausgerissen hatte, lag noch genau da, wo sie es gestern nacht hingelegt hatte, nachdem Baxter gegangen war. »Das muß ganz einfach der Hinweis sein. Ansonsten habe ich nichts Merkwürdiges in dem Skizzenblock entdecken können.«

»Ich fand einiges recht merkwürdig«, sagte Ariel heiter. »Und teilweise sogar recht interessant.«

Charlotte sah sie finster an, während sie die Seite auf ihren Schreibtisch legte. »Genau deshalb habe ich diese spezielle Skizze aus dem Block entfernt.«

Mrs. Witty warf einen Blick auf die Tuschezeichnung. »Auf mich wirkt das sehr verworren. Ein Dreieck innerhalb eines Kreises, drei Würmer, die sich um das Dreieck herumwinden, und ...« Sie kniff die Augen zusammen. »Was soll das in der Mitte eigentlich sein? Ein Drache?«

»Ich glaube, es handelt sich um eine Art geflügeltes mythisches Wesen.« Charlotte schürzte die Lippen. »Mit Sicherheit läßt sich das kaum sagen. Mrs. Heskett hatte kein großes zeichnerisches Talent, bis auf gewisse Formen anatomischer Studien, die sie recht gut beherrscht hat.«

Baxter ging auf den Schreibtisch zu. »Laß mich die Zeichnung sehen.«

Charlotte nahm einen Schauer auf ihrer Haut wahr, als Baxter vor ihr stehenblieb und sich die Skizze ansah. Jetzt hatte sie seine uneingeschränkte Aufmerksamkeit geweckt, sagte sie sich. Die Neuigkeit, daß der Skizzenblock gestohlen worden war, hatte bewirkt, daß sich seine Intelligenz endlich voll und ganz auf die Situation richtete.

Ihr schien, als flimmerte die ruhige Kraft, die er ausstrahlte, wie eine unsichtbare Aura um ihn herum. Sie fragte sich, wie es sein konnte, daß Ariel und Mrs. Witty nichts davon wahrnahmen, und dann sah sie, daß beide ein wenig zur Seite getreten waren, als wollten sie Baxter mehr Raum geben. Aber in Wirklichkeit hatte er schon vorher mehr als genug Platz an ihrem Schreibtisch gehabt. Keiner von ihnen schien sich darüber bewußt zu sein, daß sie ihre Positionen verändert hatten.

Charlotte hätte fast gelächelt. Es war zwar gut möglich, daß die meisten Menschen Baxters innere Stärke nicht bewußt zur Kenntnis nahmen, aber das hieß noch lange nicht, daß sie nicht instinktiv darauf reagiert hätten.

Er nahm das Blatt Papier in die Hand und sah sich die Zeichnung genauer an. Seine Augenbrauen zogen sich über dem Brillengestell zu einem dunklen Strich zusammen. »Irgend etwas daran kommt mir vertraut vor.«

Charlotte war plötzlich sehr aufgeregt. »Was soll das heißen? Hast du ein solches Muster schon einmal irgendwo gesehen?«

»Das kann schon sein. Vor langer Zeit.« Baxter blickte von der Zeichnung auf. Er sah ihr in die Augen. »Ich werde in meiner Bibliothek einiges nachschlagen müssen.«

»Sie haben in einem Ihrer Bücher etwas Ähnliches gesehen?« erkundigte Ariel sich eilig.

»Gut möglich.« Er betrachtete noch einmal die Zeichnung. »Ich bin nicht ganz sicher, aber wenn meine Erinnerung mich nicht trügt, dann handelt es sich hierbei um ein sehr altes Symbol.«

»Ein altes Symbol.« Charlotte erschauerte. »Weshalb hätte Mrs. Heskett ein altes Symbol in ihren Skizzenblock übertragen sollen, und weshalb sollte jemand aus diesem Grund den Block stehlen wollen?«

»Du setzt voraus, daß derjenige, der den Block gestohlen hat, nur auf diese eine Zeichnung versessen war«, sagte Baxter.

»Der Schurke muß hinter diesem Bild hergewesen sein. Es war das einzige, das sich von den anderen unterschied.«

»Hm.« Baxter faltete das Blatt Papier zusammen. »Als Chemiker habe ich die Erfahrung gemacht, daß sich Lösungen für Probleme am einfachsten finden lassen, wenn man damit beginnt, Ungereimtheiten auszuklammern, die offensichtlich nicht in einem Zusammenhang zu der Frage stehen.«

Mrs. Witty seufzte. »Mir scheint, derzeit haben wir nichts anderes in der Hand als zusammenhanglose Ungereimtheiten, Sir.«

»Ein oder zwei können ausgeschaltet werden«, sagte er. »Mit etwas Glück wird die Situation wesentlich klarer sein, sowie ich mich genauer damit befaßt habe.«

»Du sprichst von Miss Posts Besuch«, sagte Charlotte. »Was beabsichtigst du in diesem Punkt zu unternehmen?«

»Ich werde mir die Gewißheit verschaffen, daß zwischen ihr und dem Mord an Drusilla Heskett kein Zusammenhang besteht«, sagte Baxter. »Diese Möglichkeit entfällt, wenn ich mir ein Bild davon gemacht habe, ob mein Halbbruder sie zu dir geschickt hat, um dir einen mutwilligen Streich zu spielen.«

»Hamilton?« Ariels Mund sprang vor Entrüstung auf. »Sie wollen damit doch nicht etwa andeuten, Lord Esherton könnte Miss Post hergeschickt haben, damit sie Charlotte diese unglaubliche Geschichte erzählt?«

»Er glaubt, Hamilton könnte sich vielleicht einen derben Scherz erlaubt haben«, erklärte Charlotte eilig. »Ich habe St. Ives bereits gesagt, daß das äußerst unwahrscheinlich ist.«

»Unwahrscheinlich? Es ist ausgeschlossen«, behauptete Ariel. »Seine Lordschaft ist ein Gentleman. Er würde sich nie zu einem derart schäbigen Trick herablassen.«

Baxter zog die Augenbrauen hoch. »Wie ich sehe, ist es

Hamilton gelungen, auf diesen Haushalt einen ausgezeichneten Eindruck zu machen.«

Ariel wies auf die große Vase mit den rosa Rosen. »Er hat mir heute morgen diese prachtvollen Blumen geschickt. Sein Geschmack ist, wie Sie selbst sehen können, sehr ausgeprägt. Er ist kein Mann, der jemandem einen boshaften Streich spielen würde.«

Baxter sah die Rosen angewidert an. »Es erfordert weder ein übermäßig ausgeprägtes Anstandsgefühl noch edle Charaktereigenschaften, um zu dem Schluß zu gelangen, daß es sich geziemt, einer Dame am Morgen nach einem Ball Rosen zu schicken.«

»Eine interessante Feststellung«, sagte Charlotte trocken. »Dann könnte man doch gewiß von jedem Gentleman erwarten, sogar von einem, der mit den Umgangsformen der feinen Gesellschaft nicht vertraut ist, daß er sich gut genug auskennt, um einer Dame nach einem besonders denkwürdigen Abend Blumen zu schicken.« Sie legte ganz bewußt eine Pause ein. »Oder auch nach einem denkwürdigen Vormittag, wenn wir schon dabei sind.«

Baxter warf ihr einen fassungslosen Blick zu. Charlotte hätte schwören können, daß sich oberhalb seiner Backenknochen eine Spur von Röte zeigte. Sie blickte ihn mit ihrem strahlendsten Lächeln an.

Ariel war bestürzt. »Mr. St. Ives, Sie glauben doch sicher nicht im Ernst, daß Ihr eigener Bruder ein Komplott mit Miss Post geschmiedet hat?«

Er zuckte nichtssagend die Achseln. »Wie ich bereits sagte, habe ich die Absicht, die Wahrheit herauszufinden. Wenn wir erst einmal wissen, was Miss Post mit alledem zu tun hat, dann können wir uns überlegen, wie wir weiter vorgehen werden.«

Charlotte kam eilig um ihren Schreibtisch herum. »Ich möchte anwesend sein, wenn Sie mit Ihrem Bruder reden.«

»Das kommt gar nicht in Frage«, sagte Baxter.

Sie schenkte ihm wieder ein Lächeln, diesmal jedoch nicht ganz so strahlend. »Lassen Sie es mich einmal so ausdrükken, St. Ives, Geschäft ist Geschäft. Entweder Sie nehmen mich mit, wenn Sie Lord Esherton zur Rede stellen, oder ich sehe mich gezwungen, zu der Schlußfolgerung zu gelangen, daß Sie diese Nachforschungen fortan unabhängig von mir fortsetzen wollen. Und das würde eine *Beendigung* unserer Partnerschaft bedeuten.«

Er musterte sie nachdenklich, was nicht dazu beitrug, die erstickte Glut in seinen Augen zu mildern. »Sie versuchen wohl, mich zu erpressen, Miss Arkendale? Die Bandbreite Ihrer Talente erstaunt mich immer wieder von neuem.«

Dieser Vorwurf tat weh. Sie bemühte sich tapfer, den Schmerz hinter einem Ausdruck kühler Belustigung zu verbergen. »In meinem Gewerbe, Mr. St. Ives, lernt man, wenn man ans Ziel gelangen will, die Werkzeuge zu benutzen, die man gerade zur Hand hat.«

»Ich verstehe.« Er neigte den Kopf, wandte sich ab und ging auf die Tür zu. »Nun, ich hoffe doch sehr, daß Sie Ihren Spaß an dem Werkzeug hatten, das Sie vor weniger als einer Stunde in meinem Laboratorium so meisterlich zu handhaben wußten, Miss Arkendale. Ich kann Ihnen versichern, daß dieser spezielle Eisenstab noch nie in einem so kleinen, warmen Schmelztiegel derart stark erhitzt worden ist.«

Einen Moment lang konnte Charlotte einfach nicht glauben, daß sie richtig gehört hatte. Und dann wogte Entrüstung in ihr auf. »Diese Dreistigkeit ist nicht zu fassen.« Sie griff nach dem nächstbesten schweren Gegenstand – einer Vase mit Stiefmütterchen.

Ariel stieß einen leisen Schrei aus. »Warte, das sind *meine* Blumen.«

Ihr Protest kam zu spät, denn Charlotte hatte die Vase bereits geworfen. Sie traf die Tür, die Baxter hinter sich geschlossen hatte, als er in die Eingangshalle ging.

Eine halbe Stunde nach Mitternacht saß Baxter in der dunklen Kutsche und blickte von der gegenüberliegenden Straßenseite aus auf die Eingangstür des Lokals *Zum Grünen Tisch*.

Ein dünner Nebelschleier hüllte das Geschehen ein. Kutschen kamen und fuhren wieder weiter, nachdem sie lärmende junge Gentlemen in verschiedenen Stadien der Trunkenheit am Fuß der Treppenstufen abgesetzt hatten. Baxter sah Hamilton und Norris mit etlichen anderen lachenden Gefährten aus einem der Fahrzeuge aussteigen. Sie liefen auf den Eingang des Lokals zu.

»Also, was ist?« erkundigte sich Charlotte. »Hast du deinen Bruder hineingehen sehen?«

»Ja. Es ist ihm den ganzen Nachmittag und Abend über gelungen, mir aus dem Weg zu gehen, aber jetzt habe ich ihn endlich erwischt.« Baxter ließ den Vorhang wieder vor das Fenster fallen und lehnte sich auf dem Sitz zurück. »Ich glaube, ich erkenne das Gebäude wieder. Dieses Haus war früher einmal ein beliebtes Bordell, das unter dem Namen *Der Kreuzgang* bekannt war.«

»Ich kann mich erinnern, davon gehört zu haben.« In Charlottes Tonfall schwang krasse Mißbilligung mit. »Von einigen der sogenannten Gentlemen, über die ich zu Beginn meiner Laufbahn Nachforschungen angestellt habe, hieß es, daß sie besonders gern dort verkehren. Wie kommt es, daß Sie sich hier so gut auskennen, Sir?«

Baxter hoffte, daß die Dunkelheit sein belustigtes Grinsen verbarg. »Ich kann dir versichern, daß ich dieses Etablissement nur von seinem Ruf her kenne.«

»Ich verstehe.« Charlotte räusperte sich. »Ich glaube, seit

mindestens zwei Jahren ist das Etablissement in meinen Nachforschungen nicht mehr zur Sprache gekommen.«

»Es ist schon vor einiger Zeit geschlossen worden. Offensichtlich hat die Geschäftsleitung gewechselt.«

»Ja. Es mag sich zwar jetzt um eine ziemlich liederliche Spielhölle handeln, aber wenn Sie mich fragen, ist das im Vergleich zu einem Bordell eine Stufe höher anzusiedeln.«

Baxter lächelte. In dem tiefen Dunkel der unbeleuchteten Kutsche konnte er Charlottes Gesicht kaum erkennen, und die Kapuze ihres Umhangs warf zusätzlich einen dichten Schatten auf ihre Züge.

Er war sich immer noch nicht ganz sicher, wie er sich dazu hatte überreden lassen, sie heute abend mitzunehmen. Ganz abgesehen von ihren erpresserischen Drohungen hatte sie auch noch andere Mittel, um ihren Kopf durchzusetzen, dachte er. Sie war in der Tat eine starke und eindrucksvolle Frau, eine Frau, die man ernst nehmen mußte. Vielleicht war das einer der Gründe dafür, warum er sich so sehr zu ihr hingezogen fühlte. Sie gehörte auch nicht zu der Art von Frauen, die einem Ohnmachtsanfall erlegen oder in Tränen ausgebrochen wären, um zu erreichen, daß alles nach ihren Willen ging. Charlotte beharrte standhaft auf den Dingen, die sie aus tiefer Überzeugung als ihr Recht ansah.

Wenn sie sich auch als noch so schwierig erwies, dann sprach doch einiges für eine willensstarke Frau, beschloß Baxter. Bei Charlotte mußte ein Mann nicht einen großen Teil unnötiger Zeit und Energien darauf vergeuden, immer und ewig Rücksicht auf das delikate weibliche Feingefühl zu nehmen. Beispielsweise hatte sie sich nicht darüber beschwert, daß er sie auf einer Werkbank in seinem Laboratorium geliebt hatte. Er hatte den Verdacht, daß viele Frauen Anstoß daran genommen und es als eine unerhörte Beleidigung angesehen hätten. Er mußte selbst zugeben, daß es dieser Kulisse reichlich an romantischem Ambiente gemangelt hatte.

Andererseits war aber auch sie diejenige gewesen, die dieses leidenschaftliche Intermezzo als ein Experiment abgestempelt hatte, erinnerte sich Baxter. Er nahm an, er hätte erleichtert sein sollen, daß sie dem Vorfall nicht allzuviel Bedeutung beimaß, aber aus irgendwelchen Gründen konnte er nicht aufhören, verdrossen darüber nachzugrübeln.

Mit jedem Tag, der verging, stellte sich Charlotte geschickter darin an, sein ruhiges und geordnetes Dasein durcheinanderzubringen.

»Was wirst du jetzt tun?« fragte sie.

»Ich werde in den *Grünen Tisch* gehen, um Hamilton rauszuholen und ihn in diese Kutsche zu zerren, damit ich ungestört mit ihm reden kann.« Baxter nahm seine Brille ab und steckte sie in die Manteltasche.

»Warum nimmst du deine Brille ab?«

»Weil ich es vorziehe, wenn kein Mensch Notiz von mir nimmt. Diejenigen, die mich kennen, sind daran gewöhnt, mich mit Brille zu sehen. Ich möchte, daß diese Angelegenheit unter uns bleibt, denn sie geht nur Hamilton und mich etwas an.«

»Ich verstehe«, sagte Charlotte behutsam. »Es handelt sich um eine Familienangelegenheit, nicht wahr?«

»Bedauerlicherweise ja.«

»Aber wie wirst du ohne Brille Hamilton in einer Menschenmenge finden können?«

»Ein Freund von mir, der Earl von Masters, ist so etwas Ähnliches wie ein Erfinder. Er hat eine interessante Uhr für mich entworfen.« Er schob den Vorhang vor einem Fenster gerade so weit zur Seite, daß ein schwacher Mondstrahl in die Kutsche fallen konnte. Dann zog er seine Taschenuhr heraus und ließ den Deckel aufschnappen. Er hielt sich die Uhr dicht vor die Augen, als versuchte er, die Zeit abzulesen, so wie jemand es in einem relativ dunklen Raum getan hätte. Dann sah er Charlotte durch das Uhrglas an, bei dem es sich in Wirklichkeit um nichts anderes als ein geschliffenes Brillenglas handelte.

»Was für ein kluger Einfall«, sagte Charlotte. »Eine Art Lorgnon.«

»Masters ist ein sehr kluger Kerl. Er hat einige der Apparaturen für mein Laboratorium entwickelt.« Baxter ließ den Uhrdeckel wieder zuschnappen, steckte die Uhr in die Tasche und streckte die Hand nach dem Türgriff aus. »Vermutlich ist es keinen weiteren Versuch wert, dir ausreden zu wollen, dabeizusein, wenn ich mir Hamilton vornehme?«

»Den Atem kannst du dir sparen. Schließlich war ich diejenige, die mit Miss Post zu tun hatte. Falls sich Hamilton tatsächlich einen solchen Unfug erlaubt hat, was ich bezweifeln möchte, hätte ich auch einige Fragen an ihn.«

»Das hatte ich befürchtet.« Baxter stieg aus der Kutsche. Er drehte sich noch einmal um, als ihm schlagartig etwas einfiel. »Ich hätte selbst noch eine Frage zu Miss Posts Besuch bei dir.«

»Und die wäre?«

»Da heute morgen eines zum anderen gekommen ist, habe ich einen sehr merkwürdigen Aspekt an dieser ganzen Angelegenheit übersehen.«

»Ja?«

»Wie kommt es, daß du die Geschichte nicht geglaubt hast, die Miss Post dir erzählen wollte? Was hat dich auf den Gedanken gebracht, daß sie nicht meine sitzengelassene Geliebte ist?«

Charlotte gab ein leises damenhaftes Schnauben von sich. »Sei nicht albern, Baxter. Du würdest doch niemals eine arme Frau sitzenlassen, die ein Kind von dir bekommt. Ein derart hartherziges Vorgehen ließe sich absolut nicht mit deinem Charakter vereinbaren. Wer auch immer Miss Post zu mir geschickt haben mag, damit sie mir diese Geschichte erzählt, kann dich nicht gut kennen.«

Baxter sah auf ihre schmale, gerade Nase, die unter der Kapuze ihres Umhangs nur mit Mühe zu erkennen war. »Ich halte es für weitaus wahrscheinlicher«, sagte er leise, »daß derjenige, der Miss Post beauftragt hat, diese Rolle zu spielen, *dich* nicht gut genug kennt, Charlotte.«

Er schloß die Kutschentür, ehe sie etwas darauf erwidern konnte.

Er sah sich noch einmal um, als er die Straße überquerte und auf das Lokal zuging. Ihr konnte nichts passieren, sagte er sich. Der Kutscher von Severedges würde sie im Auge behalten.

Trotz der unerfreulichen Szene, die ihm bevorstand, ertappte er sich dabei, daß er lächelte, als er durch den Nebel lief. Die meisten Damen hätten Juliana Post diese unverschämte Geschichte aufs Wort geglaubt. Man hörte allzuoft von diesen Dingen. Frauen, die auf sich allein gestellt waren, fielen häufig den grausamen Verführungsversuchen von Männern zum Opfer, die keinerlei Bedenken hatten, sie im Stich zu lassen, sowie die Liaison ihnen lästig wurde.

Im Zuge ihres äußerst ungewöhnlichen Berufsalltags hatte Charlotte die Schattenseiten der männlichen Natur besser kennengelernt als die meisten ihrer Geschlechtsgenossinnen. Ihre Sicht der Männer war so pragmatisch, daß es schon an Zynismus grenzte. Es wäre ganz natürlich gewesen, wenn sie nur das Schlechteste angenommen und Miss Post alles aufs Wort geglaubt hätte. Und doch hatte sie der Lüge keinen Moment lang Glauben geschenkt.

Baxter freute sich über diesen Gedanken, denn aus Gründen, die er nicht genauer untersuchen wollte, war das Wissen, daß Charlotte trotz derart vernichtender Indizien an ihn geglaubt hatte, von enormer Wichtigkeit für ihn. Gewiß hatte sie einen Funken echter Zuneigung zu ihm gefaßt, der über das bloße Streben nach leidenschaftlichen Experimenten weit hinausging.

Eine Kutsche hielt in dem Moment rumpelnd vor der Spielhölle an, als Baxter die Stufen erreicht hatte. Lautes Gelächter und derbe Witze schallten aus den Fenstern. Die Tür des Fahrzeugs wurde aufgerissen, und fünf betrunkene junge Dandys wankten auf die Straße. Einer von ihnen verlor das Gleichgewicht und fiel hin. Seine Freunde fanden seine mißliche Lage zum Schreien komisch.

Baxter wich in den Schatten zurück und wartete, bis die Neuankömmlinge sich wieder gefaßt und den Kutscher bezahlt hatten. Als sie sich umdrehten und die Stufen hinauftaumelten, hielt er sich dicht hinter ihnen, und sie merkten nicht, daß er mit ihnen den Club betrat.

Das schummerige Innere des Lokals war in den Schein des Kaminfeuers getaucht, und es herrschte dichtes Gedränge. Ohne seine Brille sah Baxter alles verschwommen, was allerdings bei der rauchigen Luft kein Wunder war. Baxter brauchte seine Brille nicht, um zu der Schlußfolgerung zu gelangen, daß ihn in diesem Getümmel wohl kaum jemand beobachten würde. An Londoner Maßstäben gemessen, war es noch früh, doch an den mit grünem Flanell bezogenen Tischen hatten sich die Männer schon längst auf Spiele um hohe Summen eingelassen. Niemand schenkte Baxter auch nur die geringste Beachtung.

Ein tosendes Feuer in dem breiten Kamin tauchte das Geschehen in einen glutroten Höllenschein. Die Luft war heiß und roch nach Bier, Schweiß und Rauch.

Baxter fand Schutz hinter einer steinernen Statue in Gestalt einer üppig ausgestatteten nackten Frau. Er zog seine Taschenuhr heraus und hielt sie dicht vor sein Gesicht, als wollte er die Zeiger ablesen. Durch das optische Glas betrachtete er die Menschen. Die Gesichter der Stammgäste dieser Spielhölle nahmen abrupt scharfe Konturen an.

Von Hamilton oder Norris war nirgends etwas zu sehen.

Baxter wollte den Deckel der Uhr gerade stirnrunzelnd wieder zuschnappen lassen, als er erkannte, daß sich auf der Treppe am hinteren Ende des Saals etwas bewegte. Er zögerte, hob das Glas wieder an sein Auge und warf einen schnellen Blick hindurch.

Etliche junge Männer, darunter auch Hamilton und Norris, waren auf dem Weg in eines der oberen Stockwerke. Baxter fragte sich, ob es oben private Räume gab, in denen man speisen und sich in Ruhe unterhalten konnte, oder ob der neue Besitzer des Gebäudes sich entschlossen hatte, in einer diskreteren Form weiterhin die Dienste eines Bordellbetriebs anzubieten.

Dann fiel ihm wieder ein, was Hamilton gesagt hatte: Die Geschäftsleitung stellte für die Mitglieder seines exklusiven Clubs spezielle Räumlichkeiten zur Verfügung.

Baxter ließ den Uhrdeckel zuschnappen und steckte die Uhr wieder ein. Er brauchte das Lorgnon nicht, um sich einen Weg durch den Raum zu bahnen.

Als er näher kam, sah er jedoch eine große verschwommene Gestalt an dem Treppengeländer lehnen.

Inmitten des Getümmels holte Baxter seine Uhr noch einmal heraus und riskierte einen schnellen Blick. Mehr war auch nicht nötig, denn das grobe Gesicht des kräftig gebauten Mannes auf der Treppe sagte alles. Er hatte es mit einem Wächter zu tun. Der Mann war offensichtlich zum Schutz der Mitglieder des elitären Clubs dort postiert worden. Nur ihnen stand das Privileg zu, an den Vergnügungen teilzuhaben, die die oberen Stockwerke bargen.

Neugier und eine böse Vorahnung brachen zu gleichen Teilen über ihn herein. Das Spielzimmer im Parterre des *Grünen Tischs* war schon übel genug. An einem Ort wie diesem konnte ein leichtfertiger junger Mann innerhalb einer einzigen Nacht eine ganze Menge verlieren. Was auch immer sich in den oberen Etagen abspielen mochte, es war aller Wahrscheinlichkeit nach noch viel unerfreulicher.

Auf was für einen teuflischen Blödsinn hatte sich Hamilton bloß eingelassen? fragte sich Baxter. Fast konnte er die Stimme seines Vaters hören, der ihm das Versprechen abgenommen hatte, seinen jüngeren Halbbruder im Auge zu behalten.

Baxter unterdrückte ein resigniertes Stöhnen, als er sich einen Weg durch die Menge bahnte, um wieder zum Eingang zu gelangen. Er wartete in der Nähe der Tür, bis eine Schar von Stammgästen sich zum Aufbruch entschied, damit er sich ihnen unauffällig anschließen konnte . . .

Draußen auf dem Bürgersteig lief er bis zur nächsten Straßenkreuzung. Dort blieb er stehen, um seine Brille aus der Tasche zu holen und sie aufzusetzen. Dann bog er um die Ecke und kurz darauf in eine schmale Gasse ein, die so aussah, als würde sie ihn zur Rückseite des Clubs führen.

Die meisten Gebäude in der Umgebung lagen um diese Zeit im Dunkeln, doch aus den Fenstern und den Küchen des Lokals drang genügend Licht, um Baxter den Weg zu weisen. Das Etablissement war drei Stockwerke hoch. Vom Fußweg aus konnte er sehen, daß die Fenster im obersten Stockwerk dunkel waren. In der darunterliegenden Etage drang jedoch ein matter Lichtschein durch eines der Fenster.

Vor Jahren war *Der Kreuzgang* berüchtigt gewesen, rief sich Baxter wieder ins Gedächtnis zurück, als er sich durch die Schatten des Gartens schlich. Zu seinen Glanzzeiten war es einer der Orte gewesen, an denen eine Vielzahl von ungesetzlichen Aktivitäten betrieben wurde, und auch die exotischsten Wünsche wurden hier erfüllt. Etablissements dieser Art brauchten versteckte Eingänge und Ausgänge, ganz zu schweigen von den Gucklöchern und den versteckten Hintertreppen.

Ein Außenabort stand in dem ungepflegten Garten. Während Baxter dastand und wartete, wankte ein Betrunkener heraus und durch eine Hintertür wieder in den Club. Kurz darauf folgte Baxter ihm in eine kleine Gesindestube. Eine schmale, gewundene Treppe führte von dort aus in die oberen Stockwerke.

Er stieg behutsam die Stufen hinauf. Zum Glück waren sie alle in einem guten Zustand. Auf dem ersten Treppenabsatz blieb er stehen. Die Tür, die in den Korridor führte, war abgeschlossen. Er hatte nicht daran gedacht, seine Werkzeuge mitzubringen, und so war er jetzt gezwungen, sich die Zeit zu nehmen, um das Problem mit dem Drahtbügel seiner Brille zu beheben.

Kurze Zeit später stand er in dem dunklen Korridor.

Er wollte gerade auf das Zimmer zugehen, in dem er Licht gesehen zu haben glaubte, als er das Scharren eines Schuhs auf einer der hölzernen Treppenstufen hörte.

Das Geräusch war zu leise, die Schritte waren zu zaghaft, als daß es der Aufpasser hätte sein können.

Er wartete im Schatten. Eine Gestalt, die in einen weiten Umhang gehüllt war, tauchte in dem schmalen Korridor auf.

Baxter löste sich schnell von der Wand und schlang einen Arm fest um die Kehle seines Verfolgers.

»Keine Bewegung. Kein Wort. Nicht einmal der kleinste Laut«, warnte er ihn mit ruhiger Stimme.

Die Gestalt, deren Kehle sich an seinen Unterarm preßte, erstarrte und nickte dann wortlos. Der Hauch eines vertrauten Geruchs strömte in Baxters Nase, teils Kräuterseife, teils Frau und absolut unverwechselbar. Dieser spezielle Duft hatte sich seinen Sinnen für immer eingeprägt. Ohne jeden Zweifel würde ihm das schaurige Los beschieden sein, noch auf dem Totenbett das süße, schmerzliche Verlangen zu verspüren, wenn er diesen Duft einatmete.

»Verdammt noch mal, Charlotte. Was hast du hier zu suchen?«

12

»Ich habe gesehen, wie du den Club verlassen hast und die Straße hinuntergelaufen bist. Aber du hast die falsche Richtung eingeschlagen. Ich wußte nicht, was ich davon halten sollte.« Charlotte war atemlos, und das rührte keineswegs nur von den Ängsten her, die sie bewogen hatten, aus der Kutsche auszusteigen, sondern auch daher, daß sie durch die Gasse gerannt und viel zu schnell die Hintertreppe hochgestiegen war.

Der Schock, im Dunkeln vom unnachgiebigen Arm eines Mannes umfaßt zu werden, hätte alles nur noch schlimmer gemacht. Die Erkenntnis, daß der Mann, der sie festhielt, kein anderer als Baxter war, trug nicht gerade dazu bei, ihren rasenden Pulsschlag zu verlangsamen.

Baxters Stimme klang ganz so, als sei er wütend. Sogar *sehr* wütend. Eine Stimme wie aus Eis und Stahl zugleich, die sie bisher noch nie an ihm gehört hatte.

»Ich habe dir doch gesagt, daß du in der Kutsche warten sollst.«

Charlotte holte tief Luft, um ihre Fassung wiederzugewinnen. »Ich habe mir Sorgen gemacht. Ich wußte nicht, was hier vorgeht. Ich dachte, du bräuchtest vielleicht Hilfe.«

»Wenn ich deinen Beistand gebraucht hätte, dann hätte ich dich darum gebeten.«

»Also, wirklich, Baxter, du hast absolut keinen Grund, dich über mich aufzuregen. Wir haben uns gemeinsam auf diese ganze Sache eingelassen, aber das muß ich dir anscheinend immer wieder sagen.«

»Wie könnte ich das vergessen?« Baxter ließ sie los und stieß sie zur Tür. »Wir werden das Haus auf demselben Weg wieder verlassen, auf dem wir hereingekommen sind. Und zwar schleunigst.«

»Aber warum bist du diese Treppe dann überhaupt heraufgekommen?«

»Um Hamilton zu finden. Aber diese Angelegenheit muß jetzt warten. Der erste Punkt auf der Tagesordnung ist, dich hier wieder herauszuschaffen.«

»Es besteht kein Anlaß dafür, den Plan, den du inzwischen gefaßt hast, nicht weiterzuverfolgen.«

»Oh, doch. Es spricht alles dagegen.«

Gedämpftes männliches Gelächter drang aus dem Raum am hinteren Ende des Ganges. Baxter erstarrte. Charlotte sah, daß er sich umdrehte und in den Korridor schaute. Ihre Augen folgten seinem Blick.

In der Wand am hinteren Ende des schmalen Ganges war ein kleines Fenster, vor dem keine Gardine hing. Durch dieses Fenster fiel gerade genug Licht, um die geschlossenen Türen zu beiden Seiten des Korridors erkennen zu können. Ein winziger Lichtstrahl drang durch den Spalt unter der hintersten Tür auf der linken Seite.

»Hamilton ist in diesem Zimmer?« fragte Charlotte leise.

»Ich habe den Verdacht, daß sich die Clubmitglieder dort treffen.«

Sie war fasziniert. »Du hattest vor, ihm nachzuspionieren?«

»Sagen wir ganz einfach, daß ich neugierig geworden bin.« Baxter griff um sie herum, weil er die Tür zum Treppenhaus öffnen wollte.

Trampelnde Schritte waren am unteren Ende der Treppe zu vernehmen. Charlotte geriet in Panik. Jemand kam die Hintertreppe herauf. Baxter fluchte zwar nicht laut, aber sie konnte seine stummen Verwünschungen fast hören, sein unausgesprochenes *Verdammter Mist.*

Er schloß die Tür so leise, wie er sie geöffnet hatte. Dann packte er sie am Arm und zog sie durch den Korridor. Ihr fiel auf, daß er sich gar nicht erst die Mühe machte, nachzusehen, ob eine der drei ersten Türen unverschlossen war. Statt dessen entschied er sich für die vierte Tür. Sie stieß einen Seufzer der Erleichterung aus, als die Tür sich mühelos öffnen ließ. Die Aussicht, von demjenigen, der die Treppe heraufstapfte, in dem schmalen Korridor erwischt zu werden, gefiel ihr gar nicht.

Es wäre nicht nur schrecklich unpassend und peinlich gewesen, wenn man sie und Baxter heute nacht hier entdeckt hätte, sondern es hätte einen beträchtlichen Skandal nach sich gezogen. Die hochgestellten jungen Clubmitglieder hätten sich gewiß darüber geärgert, daß Baxter St. Ives und seine Verlobte ihnen nachspionierten. Die Neuigkeit würde sich mit der Geschwindigkeit eines Lauffeuers unter den oberen Zehntausend ausbreiten.

Baxter zog sie durch die Tür in das kleine Zimmer. Charlotte rümpfte die Nase, als ihr der muffige, abgestandene Geruch entgegenschlug. Ganz offensichtlich war dieses Zimmer schon seit längerer Zeit nicht mehr gelüftet worden. Sie bewegte sich mit größter Vorsicht, da sie in der dichten Dunkelheit nicht das geringste sehen konnte.

Aus dem Raum am Ende des Ganges ertönte erneut ein tiefes, polterndes Gelächter. Baxter schloß schnell die Tür hinter ihnen. Charlotte begriff, daß er sein Ohr an die Tür gepreßt hatte, und ahnte, daß er auf die Schritte der Person lauschte, die die Hintertreppe heraufgekommen war.

Sie wich behutsam einen Schritt zurück und stieß gegen eine andere Tür. Ihr wurde klar, daß diese Tür in das Nebenzimmer führen mußte, das an den Raum grenzte, in dem sich Hamilton und seine Freunde aufhielten.

Draußen im Korridor quietschten Bodendielen, als jemand an der Tür vorbeilief, hinter der sie und Baxter sich versteckten. Wer auch immer es war, er blieb nicht stehen. Zweifellos ein Angestellter, der seinen Pflichten nachging, schloß sie daraus. Vielleicht servierte er den Clubmitgliedern

Wein. Sie und Baxter mußten hier ausharren, bis sich der Mann wieder nach unten begeben hatte.

Sie berührte Baxters Arm.

»Was ist?« flüsterte er ihr ins Ohr.

»Da ist noch eine andere Tür. Sie führt ins Nebenzimmer. Von dort aus könntest du vielleicht mitbekommen, worüber geredet wird.«

»Ich muß dich sofort hier rausschaffen.«

»Das hast du schon mehrfach gesagt, aber wir können nichts unternehmen, solange der Angestellte nicht wieder nach unten gegangen ist. Und da wir nun schon einmal hier sind, scheint es mir dumm zu sein, diese Gelegenheit nicht zu nutzen.«

Sie konnte sein Zögern deutlich spüren. Daher nahm sie seine Hand und legte sie auf den Türknauf hinter sich.

»Der Teufel soll mich holen.«

Nach einigen Sekunden schien er einen Entschluß gefaßt zu haben. Er trat an ihr vorbei und öffnete langsam und vorsichtig die Verbindungstür.

Eine weitere Woge abgestandener Luft schlug ihnen aus dem angrenzenden Zimmer entgegen, das ebenfalls schon lange nicht mehr gelüftet worden war. Charlotte beugte sich vor und blinzelte um die Ecke. Durch ein Fenster, vor dem die Gardine nicht ganz zugezogen war, fiel gerade genug Licht, um sich umzusehen. Ein Bett mit einer durchgelegenen Matratze, ein Kleiderschrank und ein Waschtisch standen auf dem verblichenen Teppich. Ein gerahmtes Bild hing schief an der Wand.

Baxter legte seine Fingerspitzen auf Charlottes Lippen, doch sie brauchte diese Warnung nicht, um den Mund zu halten. Nur eine einzige Wand trennte sie noch von Hamilton und seinen Freunden.

Wieder war aus dem Nebenzimmer schallendes Gelächter zu hören. Dann verstummte es. Stimmen, die jetzt weniger ungebärdig klangen, waren durch die Wand zu vernehmen.

Charlotte beobachtete verblüfft, wie Baxter durch das Zimmer lief und auf den Kleiderschrank zuging. Er öffnete ihn behutsam und sah sich schnell darin um, als rechnete er damit, im Innern auf etwas Interessantes zu stoßen.

Er war offensichtlich erfolglos, denn er trat zurück, schloß die Tür des Kleiderschranks wieder lautlos und blieb vor dem gerahmten Bild stehen. Nachdem er es einen Moment lang eingehend gemustert hatte, nahm er es von der Wand.

Durch einen kleinen Kreis fiel Licht. Charlotte starrte voller Erstaunen auf das Loch in der Wand. Sie begriff, daß man von dort aus in den Raum schauen konnte, in dem sich Hamilton und seine Freunde versammelt hatten. Sie nahm sich vor, Baxter später zu fragen, was ihn auf die Idee gebracht hatte, nach einem Guckloch zu suchen.

Er preßte sein Auge an die Öffnung. Sie trat vor, denn sie war begierig darauf, ebenfalls einen Blick durch das Guckloch zu werfen, und ein süßer, rauchiger und würziger Kräuterduft drang ihr in die Nase. Er erinnerte sie ein wenig an die Essenzen, die sie in Juliana Posts Salon gerochen hatte. Dieser Geruch hier war jedoch kräftiger und intensiver. Sie sah, daß Baxter seinen Kopf weit genug zurückzog, um die abgestandene Luft in dem Zimmer tief einzuatmen, ehe er sein Auge wieder an das Guckloch preßte.

Die Stimmen der Clubmitglieder waren jetzt deutlicher zu vernehmen, aber sie klangen so gedämpft und verschwommen, als seien die Männer nicht nur betrunken, sondern auch ein wenig schläfrig.

»Verschwinden Sie, Mann«, sagte jemand zu dem Kellner.

Die Tür wurde geöffnet und dann wieder geschlossen. Im Korridor waren Schritte zu hören.

»Es ist jetzt an der Zeit, unseren Zauberer herbeizuzitieren«, kündigte einer der Männer mit einer verträumten

Stimme an. »Laßt uns sehen, welche Demonstrationen der Mächte auf der metaphysischen Ebene er heute für uns bereithält.«

»Ein Test«, sagte ein anderer Mann mit eintöniger Stimme.

»Er hat uns einen Test versprochen. Heute nacht soll uns der große Magier seine Künste zeigen.«

»Eine ganz ausgezeichnete Idee«, scherzte jemand mit matter Stimme. »Sehen wir uns doch einmal an, wie geschickt sich unser Magier anstellt. Er soll den guten Norris in einen echten Trancezustand versetzen. Du erklärst dich doch bestimmt freiwillig dazu bereit, nicht wahr, Norris?«

»Warum nicht?« Norris' Stimme klang träge, aber bereitwillig. »Für ein Experiment auf der metaphysischen Ebene bin ich doch immer zu haben. Beschwört den verdammten Hexenmeister endlich herauf.«

Aus dem Nebenzimmer war ein Scharren und Kratzen zu vernehmen, als ob Möbel gerückt würden. Baxter trat einen Schritt von dem Guckloch zurück, um erneut tief Luft zu holen. Charlotte sah, wie das Licht, das durch die kleine Öffnung drang, plötzlich zu einem matten Schein gedämpft wurde. Jemand im Nebenzimmer hatte die Lampe heruntergedreht. Die Clubmitglieder begannen, einen gespenstischen Chor anzustimmen.

»Blei und Silber, Elektrum und Gold,
Grade der Macht, althergebracht.
Wenn sich das Zeichen offenbart,
Auf smaragdenen Tafeln aufbewahrt,
Dann wird die Verbindung hergestellt,
weil zu Schwefel und Salz sich Quecksilber gesellt.
Nach reiner Weisheit kann jeder streben,
Doch den wenigsten wird sie Aufschluß geben.«

Die Männer wiederholten den Gesang mit belegten Stimmen, und Zungen wanden sich mühsam um die Worte herum. Jemand kicherte.

Charlotte zog an Baxters Ärmel. Er zögerte. Sie versetzte ihm einen leichten Stoß, und er rückte widerstrebend zur Seite und gab ihr die Öffnung frei.

Sie holte tief Luft, stellte sich auf die Zehenspitzen und preßte ein Auge an das Loch in der Wand. Sie starrte in einen schummerig beleuchteten Raum, in dem Schwaden von Räucheressenzen hingen. An der gegenüberliegenden Wand stand ein großer Schrank. Sie erkannte Hamilton und Norris. Gemeinsam mit den anderen Clubmitgliedern lümmelten sie sich auf großen türkischen Sitzkissen um eine Kohlenpfanne herum. Jeder von ihnen hielt ein Glas Rotwein in der Hand, aber sie schienen sich alle mehr für den Duft der angezündeten Kräuter zu interessieren als für den Wein.

»Das, was des Hermes' Erben lieb und teuer,
Enthüllt sich den Arbeitern im Feuer.«

Die Worte waren kaum noch zu verstehen. Die Männer neigten die Köpfe über ihre Gläser, und der Geruch, der durch das winzige Guckloch drang, wurde immer aufdringlicher. Er ließ Charlottes Augen tränen. Sie wandte den Kopf ab, um frischere Luft einzuatmen.

»Seht da, der Magier«, kündigte einer der Männer mit einem leisen Kichern an. »Er erscheint uns.«

Charlotte preßte schnell wieder ein Auge an das Guckloch. Zu ihrer Verblüffung stellte sie fest, daß sich eine weitere Gestalt in dem geschlossenen Raum eingefunden hatte. Sie war ziemlich sicher, daß die Tür nicht geöffnet worden war. Es war, als hätte sich dieses Wesen schlicht und einfach aus dem Kleiderschrank heraus materialisiert.

Der Zauberer lief langsam durch den Raum und blieb

inmitten der träge daliegenden Männer stehen. Er war von Kopf bis Fuß in weite schwarze Gewänder gehüllt. Eine schwere Kapuze war tief in sein Gesicht gezogen, Charlotte konnte seine Gesichtszüge nicht erkennen. Sie nahm an, es lag an dem Schatten, die die Kapuze warf. Dann wandte der Neuankömmling den Kopf ein wenig zur Seite. Licht glitzerte auf einer schimmernden schwarzen Seidenmaske, die sein gesamtes Gesicht verbarg.

Das ist nichts weiter als ein Zeitvertreib für feine Herren, sagte sie sich. Ein Spiel, das sich Hamilton und seine Freunde zu ihrer Unterhaltung ausgedacht haben. Aber sie kam nicht gegen das Unbehagen an, das sich ihrer bemächtigte, und auch nicht gegen das aufkeimende Grauen, das ihr gewaltig zusetzte.

»Laß uns sehen, wie groß deine Macht tatsächlich ist«, sagte Norris mit einer Tapferkeit, die aufgesetzt wirkte.

Die vermummte Gestalt hob die Hand. Ein Gegenstand baumelte an seinen Fingern, ein funkelndes Gehänge. Die Clubmitglieder starrten es mit unverhohlener Faszination an.

Eiskalte Finger glitten über Charlottes Wirbelsäule. Der Geruch war inzwischen nahezu überwältigend. Sie bemühte sich, den Anhänger klarer zu erkennen, doch aus dieser Entfernung war seine Form unmöglich auszumachen.

Sie zuckte zusammen, als sich Baxters Hand auf ihre Schulter legte. Wortlos trat sie zurück.

Baxter nahm den Platz an dem Guckloch wieder ein. Charlotte preßte ihr Ohr an die Wand.

»Ich habe es«, sagte eines der Clubmitglieder. »Versetze ihn in eine Trance, die erst zu einem späteren Zeitpunkt ihre Folgen zeitigt.«

»Laß Norris morgen abend auf der Soiree der Claphams gackern wie ein Huhn.«

»Bring ihn dazu, genau dann, wenn die meisten Leute

einkaufen gehen, mitten auf der Pall Mall seinen Arsch zu entblößen.«

»Überrede ihn dazu, mit Lady Bueltons Kleiner zu tanzen, diesem Pferdegesicht.«

»Es gibt keine Macht«, verkündete Norris schallend, »weder auf dieser Erde noch auf der metaphysischen Ebene, die mich dazu bringen könnte, mit Bueltons Tochter zu tanzen.«

Diese Behauptung wurde mit mattem Gelächter aufgenommen. Und dann senkte sich Stille über den Raum.

Charlotte preßte ihr Ohr noch fester an die Wand, aber sie konnte keinen Ton verstehen. Sie versetzte Baxter einen Stoß. Er zögerte, trat jedoch zur Seite.

Sie schaute durch das Guckloch und stellte verblüfft fest, daß es im Nebenzimmer noch dunkler geworden war. Jemand hatte die Lampe ganz heruntergedreht. Die Kohlen in der kleinen Kohlenpfanne glühten noch, doch der rotgoldene Schein fiel nicht auf die Gesichter der Männer.

Während Charlotte gebannt zusah, bewegte sich die vermummte Gestalt durch das Dunkel. Der Saum des dunklen Gewandes wogte und flatterte wie ein gewaltiges dunkles Schwingen. Der Anhänger, den die Gestalt immer noch in der Hand hielt, schwankte ein wenig, und das Licht der Kerze spiegelte sich darin.

Die Clubmitglieder stimmten erneut einen Singsang an, diesmal in einem schweren, stampfenden Rhythmus, der dem Pochen des heißen Bluts in Charlottes Adern entsprach.

»Blei und Silber, Elektrum und Gold,
Grade der Macht, althergebracht.«

Charlotte strengte sich an, das Geschehen zu beobachten, und dabei schenkte sie dem starken Duft der Räucheressenzen keinerlei Beachtung mehr. Sie glaubte, den Zauberer etwas sagen zu hören, doch seine Stimme ging in dem

Singsang unter, der immer lauter wurde. Erneut erfaßte sie ein Frösteln, aber sie konnte sich nicht von dem Anblick losreißen.

Sie begriff, daß sie näher herankommen mußte. Sie wollte den Anhänger sehen, sie mußte diesen Anhänger ganz einfach sehen. Nichts anderes in ihrem Leben war jemals so wichtig gewesen.

Baxter umfaßte ihr Handgelenk und zog sie von der Öffnung weg. Charlotte versuchte, sich aus seiner Umklammerung zu lösen. Er legte ihr eine Hand auf den Mund und zog sie gewaltsam von dem Beobachtungsposten fort. Sie wollte sich wehren, doch daraufhin packte er sie noch kräftiger. Seine Hand preßte sich fest auf ihren Mund. Er zog sie an seine Brust, damit sie sich nicht mehr rühren konnte.

Wütend versuchte sie, seine Finger aufzubiegen. Baxter ließ nicht locker. Charlotte merkte, daß ihr schwindlig war. Sie sog Luft, die nicht von den Räucheressenzen durchtränkt war, in ihre Lunge. Plötzlich konnte sie den kleinen mondhellen Raum, in dem sie stand, wieder deutlich erkennen. Sie ließ sich an Baxters Brust sinken.

Was war passiert? fragte sie sich und war erstaunt über ihr eigenes merkwürdiges Verhalten. Seine Hand war immer noch auf ihren Mund gepreßt, als Baxter sie zu der Verbindungstür zog. Sie verstand ihn augenblicklich. Es war jetzt an der Zeit, schleunigst von hier aufzubrechen. Er hatte vollkommen recht, sagte sie sich. Es war das beste, sich jetzt aus dem Gebäude herauszuschleichen, während die Clubmitglieder und ihr sogenannter Magier in dieses seltsame Ritual vertieft waren.

Sie berührte Baxters Hand, weil sie ihm zu verstehen geben wollte, daß sie ihm bereitwillig folgen würde. Er zögerte einen Moment und ließ dann langsam seine Hand sinken. Charlotte sagte kein Wort.

Baxter nahm sie an der Hand und führte sie durch die

Verbindungstür. Sie kamen wieder in den Raum, in dem sie ursprünglich Zuflucht gesucht hatten.

Baxter ging zur Tür, die zum Flur führte, öffnete sie und schaute hinaus in den Korridor. Dann zog er Charlotte hinter sich her.

Sie schlichen lautlos durch den Korridor zu der Tür, die auf die Hintertreppe führte.

Baxter öffnete sie, warf einen Blick nach unten und nickte dann.

»Es ist niemand auf der Treppe. Ich gehe voran. Wir müssen uns beeilen.«

Charlotte erhob keine Einwände. Sie folgte ihm schnell die engen, gewundenen Stufen hinunter. In der kleinen Gesindestube am Fuß der Treppe blieb Baxter noch einmal kurz stehen. Kein Mensch war zu sehen. Die Geräusche der Spielhölle im vorderen Teil des Hauses waren nichts weiter als ein dumpfes Brausen in der Ferne.

Im nächsten Moment hatten sie es geschafft, unbeschadet ins Freie zu gelangen. Charlotte sah, daß der Nebel innerhalb der kurzen Zeit, die sie und Baxter in dem Club verbracht hatten, wesentlich dichter geworden war. Er hüllte den Garten ein, und die Lichter, die aus den Fenstern drangen, verliehen ihm einen seltsamen Schimmer.

Als sie an dem Außenabort vorbeikamen, der in dichten Nebel eingehüllt war, dröhnte die kehlige, unmelodische Stimme eines Mannes aus dem Innern. Er sang ein anzügliches Lied und traf dabei nicht einen Ton.

»Meinen Schwanz hol' ich raus
  Und sag': ›Such dir was aus.‹
Und die Dame errötet,
  Sie stammelt und flötet,
Haucht: ›Die Wahl ist so schwer,
  Drum gib sie alle beide her . . .‹«

Charlotte ließ es zu, daß Baxter sie auf die schmale Gasse hinauszog, auf der man so gut wie nichts sehen konnte. Sie stieß mit der Spitze ihres Stiefels an einen festen, harten Gegenstand. Der Schmerz ließ sie zusammenzucken, und sie unterdrückte mühsam ein lautes Stöhnen.

»Ist alles in Ordnung?« fragte Baxter, ohne seine Schritte zu verlangsamen.

»Ja. Ich glaube, es war nur eine leere Kiste, die jemand weggeworfen hat.«

Er erwiderte nichts darauf. Gemeinsam bogen sie um die Ecke und standen wieder auf der Straße. Kutschen fuhren durch den Nebel, und ihre Lichter schimmerten unwirklich durch den Dunst, als seien sie nicht von dieser Welt. Betrunkenes Gelächter und Rufe hallten von den Treppenstufen, die in den Club führten.

Charlotte zog sich die Kapuze ihres Umhangs tiefer ins Gesicht. Baxter nahm seine Brille ab, bog die Krempe seines Huts herunter und schlug seinen hohen Mantelkragen hoch. Diese simplen Handgriffe veränderten sein Erscheinungsbild ganz beträchtlich. Er führte Charlotte über die Straße.

Kurz darauf saßen sie wieder in der Kutsche. Charlotte atmete tief durch und ließ sich gegen die Rückenpolster fallen, als sich das Fahrzeug klappernd in Bewegung setzte. Sie beobachtete, wie Baxter die Innenbeleuchtung einschaltete.

»Was hatte das alles zu bedeuten?« erkundigte sie sich.

»Ich glaube, Hamilton und seine Freunde waren gerade dabei, sich eine Kostprobe des Mesmerismus anzusehen.« Baxter rekelte sich in einer Ecke.

Charlotte musterte ihn gebannt. Der feurige Schein der Lampe warf eine glühende Maske auf seine harten Gesichtszüge. Das Licht ließ das goldene Brillengestell funkeln und spiegelte sich in den Gläsern wider. Sie konnte nahezu sehen, wie er in den gewaltigen Tiefen seiner Gedanken versank.

Kalte Intelligenz löste jede Spur eines Gefühls in seinen Augen ab.

»Du meinst, es hatte etwas mit biologischem Magnetismus zu tun?« fragte sie.

»Ja. Die Wirkungen sind in diesem speziellen Fall durch eine Art Droge verstärkt worden.«

»Ja, natürlich, die Duftstoffe.« Charlotte zog die Stirn in Falten. »Es könnte gut sein, daß ich selbst etwas zuviel davon eingeatmet habe, jedenfalls gegen Ende dieser Sitzung. Es war ganz merkwürdig, aber plötzlich hat mich das Verlangen überwältigt, diesen Anhänger genauer zu erkennen, den der Zauberer eingesetzt hat. Es war, als *müßte* ich ihn einfach sehen.«

»Ich weiß«, erwiderte Baxter trocken. »Du warst ziemlich beharrlich.«

Sie errötete. »Ich kann dir versichern, daß die Wirkung nur vorübergehend war. Ich fühle mich jetzt wieder ganz normal.«

»Charlotte, meine Liebe, das Wort *normal* läßt sich auf dich beim besten Willen nicht anwenden.«

Sie wußte nicht, wie sie diese Bemerkung auffassen sollte, und daher ließ sie sie kommentarlos durchgehen. »Was diesen ganzen Unsinn mit dem Mesmerismus angeht – ich habe Berichte über Dr. Mesmers Arbeit gelesen, und ich habe mich mit Schilderungen derjenigen auseinandergesetzt, die behaupten, ähnliche Techniken einzusetzen und damit zu erstaunlichen medizinischen Ergebnissen zu gelangen. Aber ich bin immer davon ausgegangen, daß es sich bei dieser ganzen Angelegenheit um nichts anderes als die übelste Form von Quacksalberei handelt.«

»Das geht mir ganz genauso, aber die Dichter sind enorm davon eingenommen. Mein Butler Lambert übrigens auch. Er läßt einen gewissen Dr. Flatt seine schmerzenden Gelenke behandeln.«

»Aber das, was wir heute abend beobachtet haben, hatte nichts mit medizinischen Behandlungen zu tun.«

»Nein.« Baxter sah durch einen Spalt im Vorhang auf die neblige Straße hinaus. »Aber es gibt Leute, darunter auch die Anhänger eines gewissen de Mainauduc, von denen es heißt, daß sie mit dem Mesmerismus experimentieren, um okkulte Dinge zu ergründen.«

»Okkult?«

»Beispielsweise die Alchemie.«

»Dieser Singsang«, flüsterte Charlotte. »Ich dachte, ich hätte in diesem seltsamen Gedicht, das die Clubmitglieder angestimmt haben, um ihren Magier herbeizuzitieren, Anspielungen auf die Alchemie entdeckt. Quecksilber, Schwefel, Salz.«

»Da hast du ganz recht.« Baxter sah sie nicht an. Er schien in der Dunkelheit gefangen zu sein. »Quecksilber, Schwefel und Salz wurden von den Alchemisten des Altertums als die Grundlage aller Dinge angesehen, einschließlich des Goldes. Es hat früher eine Theorie gegeben, die besagte, wenn man die übernatürliche Essenz dieser Rohstoffe von der materiellen Gestalt loslösen könnte, in der sie aufgefunden werden, dann besäße man, unter anderem, das geheime Wissen, wie man jedes beliebige Metall in Gold verwandelt.«

Etwas in seiner Stimme nahm Charlottes Aufmerksamkeit gefangen. »Unter anderem? Was könnte sich ein Alchemist denn sonst noch wünschen? Etwas, was über die Fähigkeit hinausgeht, Blei in Gold zu verwandeln?«

Jetzt sah Baxter sie an. Die gefährlichen Feuer brannten hinter seinen Brillengläsern. »Für einen echten Alchemisten war das Geheimnis, wie man unedle Metalle in Gold verwandelt, nichts anders als ein Anzeichen dafür, daß er auf dem richtigen Wege ist.«

»Das verstehe ich nicht. Worin hat denn das eigentliche Ziel solcher Experimente bestanden?«

»Die Alchemisten haben nach dem Stein der Weisen gesucht, nach dem Geheimnis, dem fundamentalen Wissen über die Welt, das grenzenlose Macht verleiht.«

Wieder durchfuhr Charlotte dieses seltsame Frösteln. Sie musterte Baxters Gesicht und war, wie schon so oft, von dem kalten Feuer gebannt, das in seinen Augen brannte.

Aber diesmal war es etwas anderes. Baxter war ein anderer. Es hatte nichts mit dem schwarz gekleideten Magier zu tun, den sie gerade erst gesehen hatte.

Ein gewaltiger Intellekt in Verbindung mit einem unerschütterlichen Willen war immer eine gefährliche Kombination. Und Baxter besaß beides.

Die Straßengeräusche zogen sich in weite Ferne zurück. Der Nebel und die Nacht schienen alles aufzusaugen, bis das Innere der Kutsche der einzige Ort auf Erden war, der noch existierte. Alles andere setzte sich aus einem substanzlosen Dunst zusammen.

Sie war in diesem beweglichen Raum gefangen, der mit ihr und ihrem Geliebten voranrollte, einem Mann, dessen eigene uneingestandene Gier der eines Alchemisten aus alter Zeit den Rang ablief. In diesem Moment, in dem die Zeit stillzustehen schien, hatte sie plötzlich eine verheerende Erkenntnis. Wenn Baxter nicht dahinterkam, daß die Liebe der wahre Name des Steins der Weisen war, dann konnte es gut sein, daß die Flammen der Leidenschaft sie beide verzehren würden.

»Was ist, Charlotte? Ein seltsamer Ausdruck steht auf deinem Gesicht.«

Die forsche Frage riß sie aus ihren Grübeleien. Sie blinzelte und wandte dann die Augen von Baxters intensivem Blick ab.

»Nichts weiter«, sagte sie. »Ich habe lediglich über die anderen alchemistischen Bezüge in dem Lied nachgedacht. Was bedeutet die Formulierung ›Arbeiter im Feuer‹?«

»So hat man die Alchemisten früher bezeichnet. Der Begriff ist entstanden, weil sie ihre Arbeit in einem Schmelztiegel über einem Feuer verrichtet haben.«

»Und was hat es mit der Anspielung auf Hermes auf sich?«

»Hermes Trismegistos. Viele haben geglaubt, er sei der Quell für die Gesetze der Alchemie, die angeblich in eine smaragdene Tafel eingeritzt sind.«

»Der grüne Tisch«, flüsterte sie.

Baxters Lächeln entbehrte jeglichen Humors. »Ja. Genauso heißt diese Spielhölle. Es scheint ganz so, als hätten Hamilton und seine Freunde den Mesmerismus und die Alchemie zu den Grundpfeilern ihres geheimen Clubs erklärt. Sie haben noch einige Rituale und Kräuter beigemischt und einen entsprechend dramatischen Magier gefunden, um sich zu amüsieren.«

»Vielleicht war es aber auch umgekehrt, und er hat sie gefunden«, schlug Charlotte vor.

»Das ist durchaus möglich. Eine erstaunliche Anzahl von Scharlatanen hat sich enorm daran bereichert, daß sie aus den höheren gesellschaftlichen Kreisen Kunden anlocken. Die meisten Männer, die sich in diesen Kreisen bewegen, behaupten, daß sie von ständiger Langeweile geplagt werden. Und dies führt dazu, daß sie mehr als andere für befremdliche und exotische Zeitvertreibe zu haben sind.«

»Ich nehme an, es kann nicht allzuviel schaden, daß Hamilton sich mit solchen Dingen vergnügt«, sagte Charlotte bedächtig. »Sein geheimer Club scheint weniger zu leichtsinnigem Unfug zu neigen als so mancher andere. Zumindest riskiert er nicht sein Leben in waghalsigen Rennen mit Kutschen, die um Mitternacht durchgeführt werden. Und er steigt auch nicht auf der Suche nach Neuheiten auf die tiefsten Ebenen der Bordellbetriebe hinab. Der *Grüne Tisch* ist zwar kein nobles Etablissement, aber es gibt schlimmere.«

»Das ist wahr.« Baxter wandte seine Aufmerksamkeit wieder der nebligen Kulisse vor dem Fenster zu.

»Was beunruhigt dich, Baxter?«

»Zusammenhänge.«

»Was soll das heißen?«

Als er den Kopf drehte, um ihr in die Augen zu sehen, fühlte Charlotte einmal mehr die eisigen Finger auf ihrem Rücken.

»Drusilla Hesketts kleine Skizze.«

»Was ist damit?«

»Ich weiß jetzt, warum sie mir vage vertraut vorgekommen ist. Ich bin fast sicher, daß ich sie vor langer Zeit in einem der alten alchemistischen Texte in meiner Bibliothek gesehen habe«

Charlotte starrte ihn an. »Du glaubst, daß sie alchemistische Bezüge hat?«

»Ich kann es noch nicht mit Sicherheit sagen. Ich habe sie noch nicht einordnen können. Das könnte eine Weile dauern. Seit ich auf eine solche Zeichnung gestoßen bin, sind Jahre vergangen, und ich kann mich nicht erinnern, in welchem Buch sie enthalten war.«

»Gütiger Gott.« Charlotte ließ diese Neuigkeit in ihrem Gehirn kreisen und überlegte, was das alles nach sich ziehen konnte. »Das würde doch heißen, daß eine Beziehung zwischen dem *Grünen Tisch* und dem Mord an Mrs. Heskett besteht.«

»Es ist nichts weiter als eine Möglichkeit«, betonte Baxter mit ruhiger Stimme. »Und noch dazu eine recht unwahrscheinliche. Aber ich räume ein, daß man ihr nachgehen sollte.«

»Warum bezeichnest du diese Möglichkeit als unwahrscheinlich?« Charlotte fühlte sich nahezu fiebrig vor Aufregung über diese Entdeckungen. »Es besteht eine direkte Verbindung. Vergiß nicht, daß Mrs. Heskett eine Liaison mit

Lord Lennox hatte, dessen Sohn Norris Clubmitglied ist. Er war derjenige, der sich heute nacht dem Experiment unterzogen hat.«

»Ja, aber Drusillas Geliebter war Lord Lennox und nicht etwa sein Sohn.« Baxter lächelte flüchtig. »Ich glaube, behaupten zu können, daß Lennox nichts mit dem Club zu tun hat. So etwas liegt ihm überhaupt nicht. So oder so scheinen nur junge Männer in Hamiltons Alter Mitglieder zu sein.«

»Das mag ja sein, aber es ist möglich, daß die arme Drusilla auf Informationen über eines der Clubmitglieder gestoßen ist, während sie ein Verhältnis mit Norris' Vater hatte.« Charlotte runzelte die Stirn. »Ich habe allerdings keine Ahnung, was für eine Information zu dem Mord an ihr geführt haben könnte.«

»Das ist natürlich das große Rätsel an der ganzen Geschichte. Was hatte sie in Erfahrung gebracht? Schließlich hat es sie das Leben gekostet. Die Clubmitglieder scheinen sich amateurhaft mit Mesmerismus zu beschäftigen, aber das tun auch viele andere Leute.«

»Das gefällt mir alles gar nicht, Baxter.«

»Mir auch nicht.«

»Wenn es in diesem Club, der sich im *Grünen Tisch* trifft, einen Mörder gibt, könnte dein Bruder in Gefahr sein.«

Er sah ihr wieder in die Augen. »Wir werden in dieser Angelegenheit Schritt für Schritt vorgehen, genauso, wie man es bei einem durchdachten Experiment tut. Zuerst einmal werde ich meinen Verdacht überprüfen, was die Zeichnung angeht. Dann werden wir sehen, ob wir den Namen des Besitzers des *Grünen Tischs* ermitteln können. Wer auch immer es sein mag, er muß über diese Angelegenheit informiert sein.«

Charlotte sah ihn mit einer Bewunderung an, die sie gar nicht erst zu verbergen versuchte. »Ich glaube, Sie werden sich als ein extrem nützlicher Sekretär erweisen, Sir.«

13

Das kleine Buch war alt, eines der ältesten in Baxters Bibliothek. Er hatte schon seit langer Zeit keine Gelegenheit mehr gehabt, es in Ruhe zu studieren. Es handelte sich dabei um einen der alchemistischen Texte, die er sich im Lauf der Jahre zugelegt hatte. Er hätte noch nicht einmal mit Sicherheit sagen können, warum.

Die Alchemie war ein Thema, das ganz entschieden der Vergangenheit angehörte. Es war die dunkle Seite der Chemie, ein teuflisches Gebräu aus alten Studien, metaphysischen Spekulationen und übernatürlichen Geheimnissen. Kurz gesagt – kompletter Blödsinn.

Die Alchemie hüllte sich jedoch in ein Geheimnis, das ihn schon immer fasziniert hatte, vor allem in jüngeren Jahren. Das endlose, besessene Suchen nach dem Stein der Weisen, die Ursache der grundlegenden Gesetze, denen die Natur unterworfen war, all das lockte ihn und übte einen elementaren und tiefgreifenden Zauber auf ihn aus, den er sich nicht erklären konnte.

Deshalb hatte er Bücher dieser Art zusammengetragen.

Der lederne Einband war brüchig, aber die dicken Seiten waren in einem bemerkenswert guten Zustand. Wenn er von der langen schlaflosen Nacht nicht so erschöpft gewesen wäre, hätte ihn die Titelseite einen Moment lang amüsiert. In der weit zurückreichenden Tradition der Alchemisten, die sich entschlossen, Abhandlungen über ihr Thema zu schreiben, hatte sich der Autor ein extremes Pseudonym zugelegt. Aristoteles Augustus.

Fast so fesselnd wie Basil Valentine, dachte Baxter, der Name, den er für *Gespräche über die Chemie* gewählt hatte. Aber andererseits war er erst zwanzig Jahre alt gewesen, als er das Buch geschrieben hatte, und damals hatte er gerade erst in Oxford seinen Abschluß gemacht. Zu jenem Zeitpunkt hatte er die Notwendigkeit verspürt, ein Pseudonym zu wählen, das einen guten Klang hatte.

Basil Valentine war ein legendärer Alchemist gewesen, ein mysteriöser Mann. Er hatte sich den geheimen Künsten des Feuers verschrieben. Es hieß, er sei großen Geheimnissen auf die Spur gekommen und hätte die Natur der reinen Kraft ergründet.

Kurz und gut, der Name hatte wesentlich aufregender und romantischer geklungen als Baxter St. Ives.

Baxter wollte gern glauben, daß er seit seinen Studienzeiten in Oxford wesentlich reifer geworden war.

Er stemmte sich mit seinen Händen auf den blankpolierten Ebenholztisch und sah das schmale Bändchen an, das vor ihm lag. Die Übersetzung des lateinischen Titels lautete *Eine wahre Geschichte der Geheimnisse des Feuers*. Die Zeichnung, eine grobe schematische Darstellung eines Dreiecks, das von einem Kreis umschlossen war, befand sich etwa in der Mitte des schmalen Bandes. Im Gegensatz zu Drusilla Hesketts Skizze war diese hier weitaus leichter verständlich. Die Dinge, die sich wanden, waren keine Würmer, sondern diverse mythologische Tiere. Die Kleckse waren winzige Symbole, in denen Baxter alchemistische Bezüge erkennen konnte.

Bei der Zeichnung handelte es sich um die übliche Mischung aus Metaphern und kryptischen Entwürfen, für die sich die Alchemisten schon immer begeistert hatten. Baxter wußte, daß er es hier mit einem Diagramm zu tun hatte, das als ein alchemistischer Schlüssel gedacht war – die bildhafte Darstellung eines geheimen Experiments, das, wenn es erfolgreich durchgeführt wurde, zur Entdeckung des Steins der Weisen führen würde.

Es bestand kein Zweifel daran, daß diese Graphik einen direkten Zusammenhang mit dem Club hatte. Die Frage blieb dennoch unbeantwortet, warum Drusilla Heskett das Diagramm in ihren Skizzenblock übertragen hatte. Warum hatte es jemand für notwendig befunden, Charlotte den Block zu stehlen, und warum war Drusilla tot?

Baxter schlug das Buch *Eine wahre Geschichte der Geheimnisse des Feuers* zu und warf einen Blick auf die große Standuhr. Es war halb sechs morgens. Nachdem er Charlotte nach Hause gebracht hatte, hatte er einfach nicht schlafen können. Das Verlangen nach Antworten hatte ihn angetrieben, und so hatte er den Rest der Nacht in seiner Bibliothek verbracht. Er saß hemdsärmelig da. Das Jackett und das Halstuch, das er an jenem Abend getragen hatte, hingen über einer Stuhllehne.

Müde nahm er seine Brille ab und rieb sich den Nasenrücken. Eine üble Vorahnung saß wie ein großer dunkler Raubvogel auf seiner Schulter, und er konnte regelrecht spüren, wie sich die Gefahr zusammenbraute. Ein Plan für das weitere Vorgehen war unbedingt erforderlich. Er würde sich so schnell wie möglich eine Strategie zurechtlegen müssen, denn das oberste Ziel bestand darin, Charlotte zu beschützen, bis diese Angelegenheit abgeschlossen war. Aber vorher brauchte er dringend Schlaf.

Stampfende Schritte und eine laute Stimme in der Eingangshalle rissen ihn aus seinen Gedanken.

»Geh mir aus dem Weg, du unbeholfener Tölpel. Du kannst mich nicht aufhalten. Fort mit dir, du verdammter Mistkerl.«

Baxter seufzte. Die neue Haushälterin hatte ein Mundwerk, das einem Hafenarbeiter zur Ehre gereicht hätte. Positiv war dagegen, daß sie wenigstens früh aufstand, während ihre Vorgängerin häufig das Frühstück verschlafen hatte.

Ein weiteres Poltern war aus der Eingangshalle zu hören.

»Hier bleibe ich keine Sekunde länger. Ich wäre gestern

schon gegangen, wenn meine Schwester ein Bett für mich gehabt hätte.«

»Wenn Sie es vielleicht noch einmal vierzehn Tage lang probieren würden, Mrs. Pearson.« Lamberts flehentlicher Tonfall wurde von der Wand gedämpft. »Es ist so schwierig, Personal zu finden. Und Mr. St. Ives bezahlt Sie schließlich sehr gut.«

»Mir ist vollkommen egal, wieviel dieser Irre seinen Angestellten zahlt. All diese seltsamen Vorgänge in diesem Laboratorium. Und dann auch noch am hellichten Tage. Eine Dame kreischt, als würde sie vom Satan gefoltert. So etwas dulde ich nicht. Geben Sie die Tür frei, Sie blöder alter Tattergreis.«

Ein protestierendes Murren war von Lambert zu vernehmen, und daraufhin erfolgten ein lauter Ausruf und ein Stampfen, das sehr endgültig klang. Die Haustür wurde mit einer solchen Wucht zugeknallt, daß die Wände erzitterten.

Stille senkte sich herab.

Im nächsten Moment wurde leise an die Tür der Bibliothek geklopft, und Baxter schloß die Augen, da ihm bereits klar war, worauf er sich gefaßt machen mußte.

»Was ist, Lambert?« Er drehte sich langsam zur Tür um.

Lambert blieb besorgt in der Tür stehen. Anscheinend war er aus dem Bett geholt worden und hatte noch nicht die Zeit gefunden, sich vollständig anzukleiden. Das dünne graue Haar stand wirr von seinem Kopf ab. Sein Jackett war nicht zugeknöpft, und er trug nur einen Schuh. Aber es gelang ihm, sich würdevoll zu räuspern.

»Ich bitte um Verzeihung, Sir, aber die neue Haushälterin hat gerade ihren Dienst quittiert.«

»Verdammt noch mal. Es ist zu keiner unsachgemäßen Explosion gekommen, das Licht hat nicht geflackert, und ich habe keine Experimente mit der Elektrizität vorgenommen.«

»Unter anderem hat sich Mrs. Pearson anscheinend von dem, äh, Zwischenfall aus der Fassung bringen lassen, zu dem es gestern im Laboratorium gekommen ist.«

»Von welchem Zwischenfall? Ich habe gestern keine Experimente durchgeführt . . .« Baxter hielt abrupt inne, als ihm einfiel, was genau sich gestern in seinem Laboratorium abgespielt hatte: Das grausame *Foltern* einer Dame. Er spürte, wie eine seltsame Glut in seinem Gesicht aufstieg. Gütiger Gott, er wurde tatsächlich rot.

»Der Schrei der Dame«, murmelte er.

»Ja, Sir.« Lambert trat verlegen von einem Fuß auf den anderen. »Der Schrei der Dame.«

Baxter sah ihn finster an. »Ich habe lediglich eine der bewährtesten Techniken für die Handhabung des Schweißbrenners vorgeführt. Meine Verlobte interessiert sich für die Naturwissenschaften. Sie ist in eine Art Begeisterungstaumel verfallen, als sie mit eigenen Augen gesehen hat, wie hell dieses Feuer glühen kann.«

»Ja, Sir.« Lambert wirkte wehmütig. »Es muß recht erfreulich sein, wenn man seinen Schweißbrenner auf die bewährte Methode einsetzen kann. Mein eigener hat mir in den letzten Jahren einige Schwierigkeiten bereitet.«

»Wenn Sie das sagen. Warum stehen Sie eigentlich immer noch herum, Lambert? Besorgen Sie sich etwas zum Frühstück, und dann sehen Sie zu, daß Sie bei den Agenturen vorsprechen, sobald diese heute morgen öffnen. Wir müssen uns eine neue Haushälterin suchen.«

»Ja, allerdings, Sir.« Lambert neigte den Kopf. »Soll ich Ihnen Eier und Toast zubereiten, Mr. St. Ives?«

»Das ist nicht nötig.« Baxter massierte sich träge den Nacken. »Ich werde mich erst einmal für ein paar Stunden schlafen legen. Ich habe eine lange Nacht hinter mir.«

»Wie Sie meinen.«

»Ach, da wäre noch eine Kleinigkeit.« Baxter ging um

seinen Schreibtisch herum und öffnete eine Schublade. Er zog ein Blatt Papier heraus, nahm eine Feder zur Hand und schrieb eilig ein paar Worte auf den Briefbogen. »Lassen Sie diese Nachricht bitte so schnell wie möglich bei Esherton abliefern.«

»Selbstverständlich, Sir.« Lambert runzelte die Stirn, als sei ihm gerade etwas durch den Kopf gegangen. »Da wir gerade von Nachrichten sprechen, Sir, haben Sie eigentlich schon das Schreiben gesehen, das ich auf dem kleinen Tisch in der Eingangshalle auf den Präsentierteller gelegt habe? Es ist gestern abend eingetroffen, während Sie außer Haus waren.«

»Nein, es ist mir bisher noch nicht aufgefallen.«

»Ich glaube, es kommt von Ihrer Tante.« Lambert humpelte durch die Eingangshalle zu dem Tisch, nahm ein zusammengefaltetes Schreiben vom silbernen Tablett und brachte es in die Bibliothek.

Baxter warf einen Blick auf die Nachricht von Rosalind, während er darauf wartete, daß die Tinte trocknete, mit der er sein eigenes Schreiben aufgesetzt hatte.

Lieber Baxter,
gibt es irgendwelche Neuigkeiten? Ich bin begierig darauf, von Dir zu hören.

Hochachtungsvoll
Lady T.

PS: Lady G. erkundigt sich bereits nach dem Termin für die Hochzeit. Für den Moment habe ich sie abgewimmelt, aber sie wird sich nicht ewig hinhalten lassen. Du weißt ja, was für ein unverbesserliches Klatschmaul sie ist. Vielleicht sollten wir ganz einfach einen Tag in der fernen Zukunft festlegen? Wie denkst du über nächstes Jahr zu Weihnachten?

Als hätte ich nicht ohnehin schon genug Probleme, sagte sich Baxter. Und jetzt wollte Rosalind zu allem Überfluß auch noch ein fiktives Hochzeitsdatum festlegen, um seine fiktive Verlobung mit Charlotte zu krönen.

»Ich bitte um Verzeihung, Sir.« Lambert schien noch unbeholfener als sonst zu sein. »Ich werde mich natürlich darum kümmern, eine neue Haushälterin zu verpflichten, und ich werde auch dafür sorgen, daß diese Nachricht abgeschickt wird. Aber heute ist der Tag, an dem ich meinen regulären Termin bei Dr. Flatt habe. Wenn es Ihnen nichts ausmachen sollte, Sir, würde ich diesen Termin sehr gern wahrnehmen. Meine Gelenke schmerzen heute morgen mehr als sonst.«

»Ja, sicher. Selbstverständlich. Lassen Sie Ihren Termin unter gar keinen Umständen verstreichen.« Plötzlich schoß Baxter etwas durch den Kopf. »Setzt Dr. Flatt irgendwelche Kräuter oder Duftstoffe für seine Therapie ein?«

»Nein, Sir. Er greift ausschließlich auf die Macht des Blicks und auf gewisse Handbewegungen zurück, um den biologischen Magnetismus in Bahnen zu leiten. Damit wirkt er tatsächlich Wunder, das versichere ich Ihnen.«

»Ich verstehe.« Baxter gähnte, als er die Nachricht an Esherton zusammenfaltete. »Ich gelobe es Ihnen, ich wüßte wirklich nicht, was ich ohne Sie täte, Lambert.«

»Ich tue mein Bestes, um Sie zufriedenzustellen, Sir.« Lambert nahm das Schreiben entgegen und ging langsam und sichtlich unter Schmerzen durch die Eingangshalle zur Küche.

Baxter musterte die Treppe durch die offene Tür. Sein Schlafzimmer schien im Moment sehr weit entfernt sein. Das Sofa war näher und erschien ihm in diesem Augenblick viel, viel praktischer.

Er schloß die Tür der Bibliothek und lief wieder durch das Zimmer, um seine Brille auf den Tisch zu legen, auf dem die

Karaffe mit dem Cognac stand. Dann machte er es sich auf den Polstern des Sofas bequem.

Einen Moment lang sah er die Decke an. Oberstes Gebot war es, dafür zu sorgen, daß Charlotte nichts zustieß.

Der Schlaf forderte sein Recht.

Die schweren dunklen Flügel des Umhangs flatterten um das Ungeheuer im Korridor herum. Es war gut, daß sie sein Gesicht in der Dunkelheit nicht sehen konnte. Ein Teil von ihr widersetzte sich, mehr zu erfahren. Es war, als wehrte sich ein angeborenes Anstandsgefühl tief in ihrem Innern gegen die Notwendigkeit, das Böse anzusehen und sein Gesicht in menschlicher Gestalt wahrzunehmen.

Aber ihr Intellekt warnte sie und sagte ihr, das nicht identifizierte Böse, das bei seinem Namen genannt werden konnte, sei in seiner Anonymität noch viel gefährlicher. Sie hielt die ungeladene Pistole mit ruhiger Hand.

»Verlassen Sie augenblicklich dieses Haus«, flüsterte sie.

Das wohlklingende Lachen des Ungeheuers erfüllte die Dunkelheit mit Grauen. Es zog kleine Kreise, die sich über die Vergangenheit hinaus bis in die Zukunft erstreckten, in der das Ungeheuer wußte, daß die Pistole nicht geladen war.

»Glaubst du an die Macht des Schicksals, mein kleiner Racheengel?« fragte das Ungeheuer freundlich.

Die Schlafzimmertür wurde aufgerissen.

»Charlotte. Charlotte, wach auf.«

Charlotte schlug die Augen auf. Sie sah, wie Ariel auf ihr Bett zugestürzt kam. Ihr Nachthemd und der Morgenmantel, in den sie sich eilig gehüllt hatte, flatterten um ihre nackten Füße.

»Ariel?«

»Du hast laut geschrien. Du mußt wohl geträumt haben. Ich nehme an, daß es ein Alptraum war. Ist alles in Ordnung mit dir?«

»Ja.« Charlotte richtete sich mühsam auf und lehnte sich an die Kissen. Ihr Herz pochte immer noch heftig, und ihre Haut war feucht. »Ja, es ist alles in Ordnung. Ein böser Traum. Nichts weiter.«

»Zweifellos kommt das alles nur daher, daß du Nachforschungen über Drusilla Hesketts Tod anstellst.« Ariel blieb stehen, um die Kerze im Kerzenhalter auf dem Nachttisch anzuzünden. Der flackernde Schein fiel auf ihr besorgtes Gesicht. »War es einer der alten Träume? Ein Traum von der Art, wie du sie in der Nacht nach Winterbournes Ermordung gehabt hast?«

»Ja.« Charlotte zog unter der Steppdecke die Knie an und schlang die Arme darum. »Es war einer von diesen alten Träumen. Sie haben mich seit langer Zeit nicht mehr verfolgt. Ich dachte schon fast, ich hätte für immer Ruhe vor ihnen.«

Ariel setzte sich auf die Bettkante. »Was hast du heute abend mit Mr. St. Ives unternommen? Du bist erst sehr spät nach Hause gekommen. Ich habe dich nicht mehr gesehen, seit du die Hatrich-Soiree verlassen hast. Wo wart ihr?«

»Das ist eine lange Geschichte. Ich werde dir morgen früh alles erzählen. Für den Moment muß es genügen, wenn ich sage, daß Baxter sich bemüht hat, Hamilton in seinem Club aufzuspüren, wir aber nicht mit ihm sprechen konnten.«

»Ich verstehe.«

Charlotte zögerte. »Hat Hamilton jemals mit dir über Mesmerismus geredet?«

»Du meinst biologischen Magnetismus?« Ariels zarte geschwungene Augenbrauen zogen sich zu einem leichten Stirnrunzeln zusammen. »Er hat das Thema erwähnt, als wir während des Balls der Clydes auf der Terrasse gestanden haben. Ich glaube, er interessiert sich dafür, denn er schien sehr viel darüber zu wissen. Er hat behauptet, die meisten modernen Naturwissenschaftler hätten das Potential übersehen, das darin steckt, wie zum Beispiel, äh ...«

»Zum Beispiel sein Bruder?«

»Ja, wenn du es unbedingt wissen willst.« Ariel seufzte. »Er hat sich ziemlich hämisch über Mr. St. Ives' Interesse an der Chemie geäußert.«

»Ich verstehe.« Charlotte schlug ihre Steppdecke zurück und stand aus dem Bett auf. Sie trat ans Fenster. »Baxter und ich haben heute abend in Erfahrung gebracht, daß Hamilton und seine Freunde in ihrem Club mit Mesmerismus experimentieren.«

»Na und? Viele Leute gründen Clubs und Gesellschaften, um wissenschaftliche Gebiete näher zu erkunden, für die sie sich interessieren.«

»Ja, ich weiß.« Charlotte berührte die kalte Fensterscheibe mit ihren Fingerspitzen. Sie wußte nicht, wie sie die seltsame Furcht und die Faszination wider Willen erklären sollte, die sie am früheren Abend befallen hatten, als sie die Vorgänge in dem Zimmer beobachtet hatte. Was sie dort gesehen hatte, war ihr nicht geheuer gewesen. Es hatte ihre Phantasie in einem Maß angeregt, das die alten Alpträume hatte wiederkehren lassen. »Aber ich fürchte, Hamiltons Club könnte irgendwie ungewöhnlich sein.«

»Charlotte, ich glaube, ich sollte dir sagen, daß mir diese ganze Situation zunehmend mehr Sorgen bereitet.«

»Ja, mir auch.« Es stellte eine Erleichterung dar, diese Tatsache laut auszusprechen. Charlotte drehte sich um. »Baxter und ich haben das Gefühl, daß zwischen dem Grünen *Tisch* und Drusilla Hesketts Tod eine Verbindung besteht.«

»Nein.« Ariel sprang auf. »Du kannst unmöglich behaupten, daß Hamilton etwas mit der Ermordung Mrs. Hesketts zu tun hatte. Ich glaube dir kein Wort.«

»Ich will nichts dergleichen andeuten. Aber vielleicht hat eines der anderen Clubmitglieder die Finger im Spiel gehabt.«

»Aber sämtliche Clubmitglieder sind Freunde von ihm. Es hätte sich doch gewiß keiner von ihnen in einen Mord verwickeln lassen.«

»Kennt Hamilton wirklich alle Clubmitglieder gut? Es sind etliche, verstehst du. Ich habe heute nacht mindestens ein halbes Dutzend gezählt. Vielleicht sind ein oder zwei von ihnen keine besonders engen Freunde von Hamilton.«

»Das kann schon sein.« Ariel biß sich nachdenklich auf die Unterlippe. »Ich könnte herausfinden, ob das der Wahrheit entspricht. Meinst du, es würde dir weiterhelfen, wenn ich ihn nach seinen Freunden frage?«

Charlotte zögerte. »Nein. Überlaß das St. Ives, schließlich sind die beiden Brüder.«

»Ja, aber ich fürchte, daß sie nur sehr wenig Zuneigung füreinander empfinden.«

»Baxter ist die Verantwortung für Hamilton übertragen worden, und er wird seinen Verpflichtungen nachkommen.«

»Du scheinst dir deiner Sache sehr sicher zu sein.«

Charlotte lächelte matt. »Ja, das stimmt.«

Ariel sah sie fest an. »Als ich gerade gesagt habe, daß diese ganze Angelegenheit mir zunehmend mehr Sorgen bereitet, meinte ich damit nicht nur den Heskett-Mord.«

»Was hast du denn dann gemeint?«

»Versteh mich nicht falsch. Die Nachforschungen bereiten mir tatsächlich Sorge, aber da ist noch etwas anderes, was mich mindestens so sehr bedrückt, wenn nicht sogar noch mehr.«

»Wovon redest du?«

»Bist du auf dem besten Wege, dich in Mr. St. Ives zu verlieben?«

Die Frage verschlug Charlotte den Atem. Mehrere Sekunden vergingen, ehe sie sich erholt hatte.

»Charlotte?«

»Ja«, sagte Charlotte leise.

»Das hatte ich befürchtet«, hauchte Ariel. »Mir scheint, du hast doch recht gehabt, als du behauptet hast, er sei gefährlich.«

Die Zeit rann wie zähflüssiger Honig aus einem zerbrochenen Glas. Baxter konnte sehen, wie das Fläschchen mit der Säure durch die lodernden Schatten nach ihm geworfen wurde. Er versuchte, ihm auszuweichen, aber es war unmöglich, schnell durch die flüssige Bernsteinmasse zu schwimmen. Ihm blieb nur eines übrig: sich abzuwenden und einen Arm schützend vor die Augen zu heben.

Das Fläschchen traf seine Schulter. Die Säure fraß sich schnell durch das dünne Leinen seines Hemds. Und dann war sie auf seiner Haut und brannte wie die Feuer der Hölle.

Es gelang ihm, das Fenster zu erreichen. Tief unten erwartete ihn das Meer. Er sprang in die Dunkelheit hinaus.

Explosionen durchzuckten das Laboratorium und verwandelten es in ein Inferno. In dem Moment, ehe die kalten Wogen des Meeres über seinem Kopf zusammenschlugen, vernahm er Morgans Stimme.

»Glaubst du an die Macht des Schicksals, St. Ives?«

Und dann war nur noch zu hören, wie sich die Wellen an den Felsen brachen.

Im nächsten Moment war Baxter hellwach, und das Blut pochte in seinen Adern. Er spürte die Feuchtigkeit auf seinem Rücken, und einen gräßlichen Moment lang glaubte er, es sei die Säure.

Er sprang vom Sofa auf und wollte sich das Hemd vom Leib reißen. Dann erst wurde ihm klar, daß sein eigener Schweiß das Leinen durchnäßt hatte. Er ließ sich auf die Polster sinken.

Erschöpft beugte er sich vor und holte mehrfach tief und unregelmäßig Luft. Er zog sich in sich selbst zurück, um dort das Gefühl der Selbstbeherrschung zu finden, das er so dringend brauchte.

Die tosende Brandung hallte noch immer in seinem Kopf wider.

»Verdammt noch mal, St. Ives, bekomme dich in den Griff.« Baxter atmete langsam und bedächtig und zwang sich mit aller Willenskraft, den ruhigen und distanzierten Zustand zu erlangen, der ihm schon so oft geholfen hatte.

Wieder war das laute Tosen zu hören. Es war jedoch nicht die alptraumhafte Erinnerung an das Meer, das an die Felsen schlug, es war eine Faust, die gegen seine Haustür hämmerte.

Baxter zog sich langsam auf die Füße, fuhr sich mit den Händen durch das Haar und strich sein Hemd glatt. Wut durchströmte ihn. Diesen Traum hatte er schon lange nicht mehr gehabt, und er hatte gehofft, er sei für immer verschwunden.

»Mach die Tür auf, verflucht noch mal.«

Hamilton.

Baxter fiel ein, daß Lambert aus dem Haus gegangen war, um diverse Botengänge zu erledigen. Er lief durch die Bibliothek in die Eingangshalle und öffnete die Haustür.

Hamilton stand auf der Treppe vor der Tür. Seine Kiefermuskeln waren angespannt, seine Augen zu schmalen Schlitzen zusammengekniffen. Er hob die Hand, die in einem kostspieligen Handschuh steckte, und ein zerknülltes Blatt Papier war zu sehen. »Was hat diese empörende Nachricht zu bedeuten?«

»Ich wollte deine Aufmerksamkeit wecken, damit ich mich auf eine prompte Reaktion verlassen kann.«

»Wie kannst du es wagen, mir damit zu drohen, daß du meine vierteljährliche Apanage kürzen wirst, wenn ich mich deinen Anweisungen widersetze?« Hamilton klatschte mit seiner eleganten Reitpeitsche gegen seinen Stiefel, als er in die Eingangshalle stolzierte. Er nahm den Hut ab und warf ihn auf den Tisch. »Du hast kein Recht, meine Mittel zu kürzen. Vater hat lediglich gesagt, du solltest Investitionen für mich tätigen, bis ich fünfundzwanzig werde. Er hat nichts davon gesagt, daß du mir mein Erbe rauben sollst.«

»Beruhige dich. Ich habe nicht die Absicht, dir dein Vermögen vorzuenthalten.« Baxter wies mit einer Handbewegung auf die Bibliothek. »Ich brauche lediglich einige Informationen von dir, und zwar schleunigst. Setz dich. Je eher wir dieses Gespräch hinter uns bringen, desto schneller kannst du dich wieder auf den Weg machen.«

Hamilton bedachte ihn mit einem finsteren und argwöhnischen Blick, ehe er die Bibliothek betrat und sich in einen Sessel warf.

»Also, was ist?« fragte er. »Was willst du so unbedingt wissen?«

»Zuerst einmal sollte ich dir etwas zeigen, worauf ich in einem Buch gestoßen bin.« Baxter ging zu seinem Schreibtisch und hob den schmalen Band auf, der noch dort lag. Er schlug eine Seite auf, auf der das alchemistische Symbol zu sehen war. »Hast du jemals diese Zeichnung oder eine ähnliche gesehen?«

Hamilton betrachtete unwillig das Bild. Er machte den Mund auf, da er offensichtlich die Absicht hatte, die ganze Geschichte augenblicklich von sich zu weisen. Seine Augen weiteten sich jedoch schockiert. »Wie, zum Teufel, bist du darauf gestoßen?«

»Dann erkennst du es also wieder.« Baxter schlug das Buch zu. Er lehnte sich an die Kante seines Schreibtischs und musterte Hamiltons zorniges Gesicht. »Ich nehme an, es hat etwas mit deinem Club zu tun?«

Hamiltons Faust spannte sich fester um seine Reitpeitsche. »Was weißt du über meinen Club?«

»Mir ist klar, daß ihr Experimente mit biologischem Magnetismus durchführt. Man spricht auch von Mesmerismus. Und daß ihr, sozusagen als Requisite, alchemistische Anspielungen aus alter Zeit und betäubende Duftstoffe einsetzt.«

Hamilton sprang auf. »Wie hast du all das herausgefunden?«

Baxter zuckte die Achseln. »Ich habe meine Quellen.«

»Du hast kein Recht, mir nachzuspionieren. Ich habe dir doch schon gesagt, daß es dich nichts angeht, was ich in meinem Club treibe.«

»Es erstaunt dich sicher, wenn ich dir sage, daß ich vollkommen deiner Meinung bin.«

»Warum, zum Teufel, führen wir dann dieses Gespräch?«

Baxter drehte das Buch in seinen Händen. »Weil eine Zeichnung, die große Ähnlichkeit mit derjenigen aufweist, die ich dir gerade gezeigt habe, in einem Aquarellblock aufgetaucht ist, der Drusilla Heskett gehört hat.«

Hamilton schien verblüfft zu sein. »Sprichst du etwa von der Mrs. Heskett, die erst kürzlich ermordet worden ist?«

»Ja. Ich sage es dir rundheraus, Hamilton, es besteht die Möglichkeit, daß eine Verbindung zwischen einem der Mitglieder deines Clubs und Drusilla Hesketts Tod besteht.«

»So etwas kannst du nicht mit Sicherheit behaupten«, erwiderte Hamilton aufbrausend. »Wie kannst du es wagen, derartige Anschuldigungen vorzubringen?«

»Ich bringe keine Anschuldigungen vor. Ich bin lediglich bemüht, dich auf die Möglichkeit hinzuweisen, daß ein Zusammenhang bestehen könnte. Das ist alles.«

»Ich habe jetzt genug von diesen Ungeheuerlichkeiten.« Hamilton ging auf die Tür zu. »Ich dulde nicht, daß du dich in meine Angelegenheiten einmischst. Es mag zwar sein, daß mein rechtmäßiges Vermögen bisher noch nicht in meinem Besitz ist, aber ich bin trotzdem der Earl von Esherton, bei Gott. Und ich denke gar nicht daran, mich den Launen eines Bastards zu beugen.«

Baxter rührte sich nicht von der Stelle. Da er im Lauf seines Lebens gelernt hatte, sich keine Regung ansehen zu lassen, eine Kunst, die er bis zur Perfektion beherrschte, gelang es ihm auch jetzt wieder, selbst die kleinste Spur einer Reaktion zu verbergen. »Da wäre allerdings noch eine Kleinigkeit, *Mylord.*«

Hamilton errötete wegen der eisigen Höflichkeit, die in Baxters Stimme mitschwang. »Ich habe nicht vor, dir noch mehr von deinen verflixten Fragen zu beantworten.«

»Diese letzte Frage sollte dir keine Schwierigkeiten bereiten. Sie läßt sich ganz einfach beantworten«, sagte Baxter mit ruhiger Stimme. »Wie gut kennst du Juliana Post?«

»Post?« Hamilton zog eine finstere Miene. »Ich kenne niemanden dieses Namens.« Er richtete seine Reitpeitsche auf Baxter. »Ich warne dich, St. Ives, halte dich aus meinen Angelegenheiten heraus. Habe ich mich deutlich genug ausgedrückt?«

»Ich verstehe dich sehr gut. Und auch Vater hat genau gewußt, woran er mit dir ist.« Baxter lächelte zynisch. »Er hat immer behauptet, du hättest viel von ihm.«

Hamilton kniff seine Lippen zusammen. Im ersten Moment wirkte er verwirrt, als hätte er keine so milde Reaktion erwartet. Baxter hatte den Eindruck, Hamilton wollte etwas dazu sagen, aber statt dessen machte dieser auf dem Absatz kehrt und lief auf die Tür zu.

Baxter erinnerte sich, was Charlotte letzte Nacht gesagt hatte. *Falls zu den Mitgliedern des Clubs im* Grünen Tisch *ein Mörder zählen sollte, könnte es gut sein, daß dein Bruder in Gefahr schwebt.*

Eine andere Stimme, diesmal die seines Vaters, hallte ebenfalls in seinem Kopf wider: *Du wirst dich nach meinem Tod um deinen Bruder kümmern. Er wird noch eine Zeitlang deiner Führung bedürfen. Der Junge ist das Abbild meiner selbst, als ich in seinem Alter war – heißblütig und leichtsinnig. Sorg dafür, daß er sich nicht das Genick bricht, Baxter.*

»Hamilton.«

»Was ist denn jetzt schon wieder?« Hamilton sah ihn finster an.

»Es stimmt, wenn du sagst, daß ich kein Recht habe, mich in deine Belange einzumischen.« Baxter zögerte und wählte seine Worte mit Bedacht. »Aber um deiner Mutter und um des Titels willen, den Vater dir vermacht hat, verlasse ich mich darauf, daß du ein gewisses Maß an Vorsicht walten lassen wirst. Es wäre ein Jammer, wenn du ums Leben kämest, ehe du einen Erben hervorbringen kannst.«

»Ich versichere dir, daß der Club keine Gefahr für mich darstellt. Du versuchst doch nur, mich in Panik zu versetzen. Du willst, daß ich den Freundschaften nicht traue, die ich schließe, und das finde ich ziemlich niederträchtig.«

»Meinst du wirklich?«

»Du erwartest doch gewiß nicht im Ernst von mir, daß ich glaube, du seist ehrlich um mein Wohlergehen besorgt?«

»Warum nicht?« Baxter lächelte dünn. »Wenn du es mit mir zu tun hast, kannst du zumindest mit Sicherheit davon ausgehen, daß ich keinen Grund habe, Komplotte gegen dich zu schmieden. Schließlich fällt die Würde eines Earl nicht an mich, wenn du ums Leben kommst. Der Titel fällt an deinen sehr entfernten und absolut widerwärtigen Cousin in Northumberland.«

»Ich habe den Verdacht, du denkst nur darüber nach, wie du mit List und Tücke das Geld in den Fingern behalten kannst.« Hamilton stürmte in die Eingangshalle hinaus, schnappte sich seinen Hut und griff nach dem Türknauf. »Wo, zum Teufel, steckt dein Butler denn schon wieder? Ist er dir etwa auch weggelaufen? Ich begreife nicht, warum du Personal nicht halten kannst . . .« Er riß die Tür auf. »Entschuldigen Sie, bitte Miss Arkendale.«

»Lord Esherton«, murmelte Charlotte.

Baxter runzelte die Stirn, als er den Klang ihrer Stimme hörte. Er durchquerte die Bibliothek und erreichte die Tür gerade noch rechtzeitig, um zu sehen, wie sie sich von einem ihrer eleganten Knickse aufrichtete.

Bei ihrem Anblick durchzuckte ihn das vertraute sehnsüchtige Verlangen. Sie trug einen grün und weiß gemusterten Mantel mit Pelzbesatz und ein Kleid, das mit grünen Samtbändern eingefaßt war. Die breite Krempe ihres farblich passenden Strohhuts betonte ihre lebhaften Augen. Winzige kastanienbraune Korkenzieherlöckchen hüpften vor ihren kleinen Ohren auf und ab.

»Charlotte.« Er ging auf sie zu. Dann sah er die Mietdroschke, die auf der Straße stand. »Was, zum Teufel, tust du um diese Uhrzeit hier? Und warum bist du allein? Du hättest deine Haushälterin oder deine Schwester mitbringen sollen. Ich will nicht, daß du allein durch die Gegend ziehst.«

Hamilton verdrehte höhnisch die Augen. »Du bist doch immer wieder ein famoser Gastgeber, St. Ives. Man sollte meinen, du hättest eine freundlichere Begrüßung für deine Verlobte parat.«

Baxter biß die Zähne zusammen. Er sah ein, daß Hamiltons Bemerkung nicht ganz unberechtigt war.

Hamilton bedachte ihn mit einem überlegenen sarkastischen Lächeln und verbeugte sich dann über Charlottes Hand.

»Ich muß schon sagen, wenn ich in Ihren Schuhen stecken würde, Miss Arkendale, dann würde ich diese Verlobung noch einmal gründlich überdenken. Baxters schlechte Manieren werden sich nach der Hochzeit höchstwahrscheinlich nicht bessern.«

Charlotte lächelte, als sie in die Eingangshalle trat. »Ich werde mir Ihre Warnung zu Herzen nehmen, Lord Esherton. Ich hoffe, ich störe nicht.«

»Nein, ganz und gar nicht.« Hamilton warf einen weiteren wütenden Blick auf Baxter. »Wir haben unser Gespräch gerade beendet.«

»Jetzt schon?« Charlotte warf Baxter einen unfreundlichen Blick zu. Hamilton dagegen lächelte sie strahlend an, als sie mit einer lässigen Bewegung ihre Hutschnüre löste. »Hat er Sie nach Juliana Post gefragt?«

»Was hat dieser ganze Unsinn zu bedeuten? All diese Fragen über eine Frau, die Post heißt.« Hamilton ging zur Haustür hinaus. »Ich habe nie etwas von ihr gehört.«

»Ich habe gewußt, daß Sie das sagen würden.« Charlottes Augen glitzerten vor Zufriedenheit. »Aber Baxter glaubte, Sie unbedingt danach fragen zu müssen«

»Aha.« Hamilton kräuselte die Lippen. »Mein lieber Halbbruder scheint entschlossen, sich zu seinem persönlichen Amüsement in meine Angelegenheiten einzumischen. Man sollte doch meinen, daß seine bevorstehende Hochzeit von größerem Interesse für ihn ist. Einen schönen Tag noch, Miss Arkendale.« Mit diesen Worten zog er die Tür hinter sich ins Schloß.

Charlotte wirbelte angriffslustig zu Baxter herum. »Ich habe dir gesagt, daß ich dabeisein will, wenn du mit ihm über Miss Posts Besuch sprichst. Jetzt siehst du, was du angerichtet hast. Ich vermute, du hast es wieder einmal an jeglichem Taktgefühl mangeln lassen. Offensichtlich ist er überaus erbost über das, was du ihm gesagt hast.«

»Takt ist nicht gerade meine Stärke.«

»Das ist mir nicht entgangen. Aber wenigstens hast du nun deine Antwort. Ich habe dir gesagt, daß er nicht für Miss Posts Besuch verantwortlich war.«

»Stimmt, das hast du.«

»Und das heißt, daß sie nun tatsächlich mit seinen Angelegenheiten in Verbindung gebracht wird«, meinte Charlotte. »Der Mörder muß sie damit beauftragt haben, eure

Verbindung zu sabotieren, da er wußte, daß wir alle zusammen eine Bedrohung für ihn darstellen.«

»Mir war nicht klar, daß ihm das bewußt sein könnte. Wir haben zu dem Zeitpunkt nichts anderes getan, als Mrs. Hesketts Haus zu durchsuchen und uns dann zu verloben. Verdammt noch mal, Charlotte, warum bist du allein hergekommen?«

Sie sah ihn finster an. »Sag bloß nicht, du bist wirklich wütend auf mich, weil ich ohne eine Begleitperson hier aufgetaucht bin?«

»Genau so ist es.« Er riß sich die Brille herunter und begann, die Gläser mit seinem Taschentuch zu polieren. »Ja, ich bin verdammt wütend auf dich. Und vor allem jetzt, nachdem ich weiß, daß Hamilton nicht derjenige war, der Miss Post zu dir geschickt hat.«

»Aber, Baxter, was soll mir denn am hellichten Tage zustoßen?«

»Verdammt noch mal, Charlotte wir untersuchen hier einen Mordfall.« Er setzte sich die Brille wieder auf die Nase. »Du könntest wenigstens ansatzweise gesunden Menschenverstand an den Tag legen.«

»Es gibt keinen Grund, mich auszuschimpfen. Ich muß dich noch einmal darauf hinweisen, daß ich keine Befehle von dir entgegennehme.«

Wenn er auch nur einen Funken gesunden Menschenverstand besessen hätte, dann hätte er jetzt sofort den Mund gehalten, sagte sich Baxter. Hamilton hatte recht; im Umgang mit Frauen und ihrem verfluchten Feingefühl war er unbeholfen, unsensibel und derb.

Er sah in Charlottes wunderschöne Augen, und ihn durchzuckte wieder dieses gewaltige Grauen, das sich seiner jetzt nicht zum ersten Mal bemächtigte. *Sie konnte durchaus in Gefahr schweben.* Die dunklen Schwingen des Alptraums, den er gerade erst gehabt hatte, regten sich am Rande seines

Bewußtseins. Wut war das einzige Gefühl, das stark genug war, um die Furcht in Schach zu halten.

»Also gut, Miss Arkendale«, sagte er. »Wir haben uns also darauf geeinigt, daß Sie keine Befehle von mir entgegennehmen. Wenn Ihre eigene Sicherheit Ihnen schon nicht am Herzen liegt, dann könnten Sie wenigstens eine gewisse Rücksicht auf meinen Seelenfrieden nehmen.«

Ihre Augen wurden vor Sorge groß. »Ja, selbstverständlich«, murmelte sie.

Aus irgendeinem unerklärlichen Grund trug ihre unerwartet ruhige und höfliche Einwilligung nicht dazu bei, ihn zu beschwichtigen. Statt dessen fühlte er sich gezwungen, seine eigene miserable Laune zu verteidigen. »Es ist ja schließlich nicht so, als hätte ich nicht ohnehin schon genug Anlaß zur Sorge. Meine Tante beharrt auf Antworten, die ich ihr nicht geben kann. Maryann erwartet von mir, daß ich meinen elenden Halbbruder davor bewahre, sich in Schwierigkeiten zu bringen, und er seinerseits will meinen Worten keinerlei Beachtung schenken. Seit diese Geschichte begonnen hat, habe ich keine Zeit mehr für meine chemischen Experimente gefunden, und mir ist gerade die vierte Haushälterin in fünf Monaten davongelaufen.«

»Das kann ich alles gut verstehen, Baxter.« Charlotte lächelte ihn an. »Es tut mir leid, daß dein Leben in der letzten Zeit derart aus den Fugen geraten ist. Aber hab keine Angst, all das wird schon bald vorüber sein, und dann steht es dir frei, deinen gewohnten Alltagstrott wieder aufzunehmen. Überleg dir doch nur, daß du mich nie mehr zu sehen brauchst, wenn wir diese Geschichte erst einmal abgewickelt haben.«

Baxter sah unvermittelt vor sich, wie er in die wogende Brandung tief unter dem Fenster des Schlosses stürzte. Ein kaltes Feuer ließ die alten Narben brennen. Mit aller Logik und Vernunft, die ihm zur Verfügung standen, kämpfte er gegen die Panik an, die ihn unerklärlicherweise gepackt hatte.

»Ja, das ist mir durchaus klar«, sagte er mit ruhiger Stimme.

Er wandte sich ab und ging ihr in die Bibliothek voraus. »Wenn du schon hier bist, dann kann ich dir auch gleich erzählen, daß wir meines Erachtens den Brennpunkt unserer Nachforschungen verlagern müssen. Ich glaube, wir sollten uns genauer mit den Mitgliedern von Hamiltons Club befassen, statt uns Drusilla Hesketts übrige Verehrer vorzunehmen.«

»Eine ausgezeichnete Idee. Ich bin vollkommen deiner Meinung.« Sie folgte ihm in seine Bibliothek.

»Wir dürfen die Tatsache nicht außer acht lassen, daß ein Zusammenhang mit dem jungen Norris besteht, dem Erben von Lennox.«

»Genau. Mrs. Heskett hat eine Affäre mit seinem Vater gehabt. Aber ich kann mir Norris nicht als Mörder vorstellen.«

»Ich mir auch nicht«, gab Baxter zu. »Aber irgendwo müssen wir schließlich beginnen, und das ist zumindest ein Ansatzpunkt. Ich werde meine Tante um Beistand ersuchen. Wir brauchen so bald wie möglich eine Einladung, die uns in die Villa der Lennox führt.«

»Das sollte nicht allzu schwierig werden«, sagte Charlotte. »Ariel hat mir erzählt, daß Norris' älteste Schwester in zwei Tagen im Hause ihres Vaters einen Maskenball veranstaltet.«

14

Charlotte beobachtete stolz, wie Ariel, die als Wassernymphe verkleidet war, von einem der unzähligen Partner, die bei ihr Schlange standen, auf die Tanzfläche geführt wurde.

»Ist sie nicht außergewöhnlich?« Charlotte lächelte liebevoll, während sie zusah, wie die Tänzer unter den schimmernden Lichtern der farbigen Lampions herumwirbelten, die für den heutigen Abend die Kronleuchter ersetzten. »Ich schwöre es dir, seit unserer Ankunft hat sie nicht einen einzigen Tanz ausgelassen.«

»Ich sehe sie nur verschwommen«, erwiderte Baxter wütend. »Vor allem bei dieser schlechten Beleuchtung. Außerdem trage ich meine Brille nicht, falls du das vergessen haben solltest. Sie steckt in der Tasche dieses verdammten Dominoumhangs.«

»Ach, richtig, das hatte ich ganz vergessen. Aber du kannst sie wohl kaum gleichzeitig mit der Maske tragen, nicht wahr?« Sie warf ihm einen Blick zu und verspürte ein seltsames Grauen, das in keinem Zusammenhang mit ihren Plänen für den Abend stand.

Das lange schwarze Cape mit der Kapuze und die Halbmaske, die zu Baxters schmuckloser Dominoverkleidung gehörte, waren beim besten Willen nicht von etlichen anderen Kostümen in der Menge zu unterscheiden, die sehr ähnlich waren. Sie wußte, daß seine Wahl auf den schwarzen Domino gefallen war, weil er glaubte, auf die Art könnte er in dem dichten Gedränge des Ballsaals vollkommen anonym bleiben, und mit dieser Annahme hatte er recht gehabt.

Sie fürchtete jedoch, daß das Schwarz des fließenden Umhangs und der Maske Baxter enorm zusagte. Plötzlich konnte sie sich lebhaft vorstellen, Baxter würde für alle

Zeiten mit seinem Alchemistenfeuer und einem Schmelztiegel in einer dunklen Höhle verschwinden.

Sie hatte spontan beschlossen, den Maskenball als Diana, Göttin der Jagd, zu besuchen. Wie sie Ariel bereits erklärt hatte, erschien ihr dieses Kostüm angemessen für eine Dame, die Jagd auf einen Mörder machte.

»Ich verabscheue Maskenbälle«, murrte Baxter. »Erwachsene Menschen, die sich kostümieren und mit Masken herumlaufen. Was für ein Blödsinn.«

»Du mußt aber zugeben, daß uns dieser spezielle Ball sehr gelegen kommt.«

»Ja, allerdings. Ich verlasse mich darauf, daß du mir sagst, wenn Ariel mit dem jungen Norris tanzt«, sagte Baxter.

»Sie hat mir vor ein paar Minuten Bescheid gesagt, sie hätte ausdrücklich dafür gesorgt, daß Norris ihren nächsten Tanz bekommt.«

Die Pläne hatten sie sich an jenem Nachmittag zurechtgelegt. Ariel war diejenige gewesen, die vorgeschlagen hatte, Baxter eine zusätzliche Absicherung zu bieten. Sie hatte erklärt, daß sie mühelos dafür sorgen könnte, daß Norris wenigstens für gewisse Zeit vollauf beschäftigt war, die Baxter brauchte, um Norris' Schlafzimmer zu finden und es zu durchsuchen.

»Es scheint, als müßten wir uns noch ein paar Minuten gedulden.« Baxter stellte sein Champagnerglas abrupt auf einem Tablett ab. »Diese Zeit könnten wir ebensogut auch auf der Tanzfläche verbringen.«

Charlotte blinzelte. »Forderst du mich etwa auf, mit dir zu tanzen, Baxter?«

»Warum nicht? Schließlich sind wir miteinander verlobt, oder etwa nicht? Von Verlobten wird erwartet, daß sie solche Dinge tun. Ich vermute, du solltest es auch mit diesem albernen Pfeil und Bogen an deinem Handgelenk spielend schaffen, mit mir einen Walzer zu tanzen.«

»Der Pfeil und der Bogen gehören zu meinem Kostüm. Und ich denke schon, daß ich einen Walzer bewerkstelligen kann.« Sie zog hinter ihrer federleichten Maske die Augenbrauen hoch. »Mir war gar nicht klar, daß du tanzt.«

»Es ist schon eine ganze Weile her, seit ich das letzte Mal getanzt habe. Etliche Jahre, wenn ich es recht bedenke.« Er nahm sie an der Hand, ohne erst ihr förmliches Einverständnis abzuwarten. »Ich nehme an, es verhält sich ähnlich wie mit dem Reiten. Ich möchte bezweifeln, daß man jemals wieder vergißt, wie man es anstellt.«

Sie verbarg ein Lächeln, während sie zuließ, daß er sie auf die Tanzfläche führte. »Ich kann nur hoffen, daß das der Fall ist, denn abgesehen von diesem Galopp, den Lennox vor ein paar Tagen mit mir auf der Tanzfläche hingelegt hat, hatte ich schon seit Ewigkeiten keine Übung mehr.«

Er blieb am Rand der Menschenmenge stehen und zog sie in seine Arme. »Dann versuchen wir uns am besten gar nicht erst an irgendwelchen kühnen Schrittfolgen.«

Sie kicherte. »Wahrscheinlich werden wir zwei rostigen Barkassen ähneln, die inmitten unzähliger schnittiger Segeljachten auf einem See herumschwappen.«

»Sei nicht albern.« Hinter den Schlitzen seiner Maske nahmen Baxters Augen einen eindringlichen Ausdruck an. »Du bist die anmutigste Barkasse im ganzen Saal.«

Dieses unbeholfene Kompliment hätte sie eigentlich belustigen sollen, doch statt dessen wurde ihr warm ums Herz. »Danke. Das war die charmanteste Bemerkung, die ich seit langer Zeit gehört habe.«

Ohne ein weiteres Wort schlang er seine Arme fester um sie.

Baxter tanzte genauso, wie sie es erwartet hatte – voller Kraft und Beherrschtheit. Und doch wohnte seinen Bewegungen eine unterschwellige Sinnlichkeit inne, die sie daran erinnerte, wie er sie geliebt hatte. Sie gab sich ganz dem

Moment hin. Es würde nicht viele solche Augenblicke geben, rief sie sich ins Gedächtnis zurück. Jeden, der sich ihr bot, mußte sie in ihrer Erinnerung bewahren. Sie brauchte möglichst viele kostbare Erinnerungen, um sich auf eine Zukunft ohne Baxter einzurichten.

Als die Klänge des Walzers um sie herum anschwollen, vergaß Charlotte vorübergehend die Gründe, weshalb sie mit Baxter hier war. Ihr war nur noch bewußt, daß sie in den Armen ihres Geliebten schwebte, des Mannes, dessen Gesicht sie für den Rest ihres Lebens in ihren Träumen vor sich sehen würde.

Die funkelnden Lampions warfen gesprenkelte Muster aus Licht und Schatten auf die kostümierten Tänzer. Der Ballsaal war in ein unwirkliches Märchenland verwandelt worden, das von kostümierten Sagengestalten bevölkert war. Götter und Göttinnen aus dem frühen Griechenland vermischten sich mit den alten Gottheiten Roms, Ägyptens und Zamars. Wegelagerer und Piraten unterhielten sich mit Königinnen und Elfen. Und auf der Wasseroberfläche des juwelenbesetzten Teichs, der die Tanzfläche darstellte, lag Diana, die Göttin der Jagd, in den Armen eines Alchemisten und wurde von ihm herumgewirbelt.

Als die Musik schließlich verklang, verspürte Charlotte den unerklärlichen Drang, in Tränen auszubrechen. Es konnte gut sein, daß ihre Affäre mit Baxter nicht länger andauern würde als dieser perfekte Tanz, sagte sie sich. Es war nichts weiter als ein Moment außerhalb von Zeit und Raum, den sie für alle Zeiten als eine kostbare Erinnerung in Ehren halten würde.

»Charlotte?« Baxter kam abrupt zum Stehen und sah auf sie hinunter. »Gütiger Himmel, was ist passiert? Bin ich dir auf die Zehen getreten?«

Sie schüttelte die bedrückte Stimmung ab. »Nein, natürlich nicht. Ich fand sogar, daß wir uns recht geschickt angestellt haben. Wir haben keine Schande über uns gebracht, indem wir inmitten der schmucken Jachten auf den Grund sinken.«

Seine Hand umklammerte ihre Finger.

»Nein, ganz und gar nicht. Wir haben es geschafft, uns über Wasser zu halten.«

»Das verheißt Gutes, meinst du nicht auch?« Sie konnte die kaum verhohlene Hoffnung aus ihrer Stimme heraushören. Und dann fiel ihr Blick auf Ariels blonden Schopf, der mit seiner Girlande aus zartgesponnenem Seetang unverwechselbar war. »Baxter, Norris ist gerade auf Ariel zugegangen, um den versprochenen Tanz von ihr zu fordern. Du solltest dich jetzt besser auf den Weg machen.«

»Ja.« Baxter machte auf dem Absatz kehrt und zog sie eilig in ein dunkles Eckchen, nicht weit von der Terrasse. »Warte hier auf mich. Es wird nicht lange dauern.«

»Paß auf dich auf.«

Er erwiderte nichts. Unauffällig zog er seine Taschenuhr heraus und warf einen schnellen Blick in das Uhrglas, um sich zu orientieren, dann wandte er sich ab und trat auf die verdunkelte Terrasse hinaus.

Charlotte sah ihm nach und war verwundert darüber, wie mühelos ihn die Nacht geschluckt hatte. Sie wußte, daß er auf den Wintergarten am hinteren Ende des großen Hauses zulief, doch sie verlor den schwarzen Domino bereits aus den Augen. Vor einer Sekunde hatte sie den Umriß des schwarzen Capes noch deutlich wahrnehmen können, das sich gegen die Hecke abzeichnete, doch schon im nächsten Augenblick war nichts mehr von ihm zu sehen.

Ein livrierter Bediensteter erschien mit einem Tablett, das mit Gläsern beladen war. Charlotte nahm sich eine Limonade und wandte sich dann um, damit sie Ariel und ihren neuen Tanzpartner beobachten konnte. Norris war als alter Römer verkleidet. In seiner Toga sah er wirklich ausgesprochen gut aus, doch ihr fiel auf, daß er sich nicht mit der gewohnten Begeisterung unterhielt.

Die Minuten vergingen, wenn auch nur langsam. Charlotte wurde unruhig. Sie hätte Baxter begleiten sollen, sagte sie sich. Sie hätte nicht zulassen dürfen, daß er sie zum Bleiben überredet hatte. Stumm zählte sie die Sekunden, während sie den Klängen der Musik lauschte und die Tänzer beobachtete. Ihr Unbehagen steigerte sich, und sie hoffte, daß es Baxter gelungen war, Norris' Schlafzimmer schnell zu finden. Und sie hoffte auch, daß die Durchsuchung nicht viel Zeit in Anspruch nehmen würde.

Sie bemühte sich, Ariel und Norris mit ihren Blicken zu folgen, während sie in einem weiten Bogen ans andere Ende der Tanzfläche wirbelten, als ein unvermitteltes Rascheln der Nachtluft auf der Terrasse die Volants ihres laubgrünen Kleids kaum wahrnehmbar bewegte.

Verblüfft drehte sie sich um und sah eine vertraute Gestalt in einem schwarzen Domino im Schatten auf der anderen Seite der offenen Flügeltüren stehen. In der Dunkelheit war es schwierig, die Gestalt klar zu erkennen. Die Kapuze des schwarzen Capes war tief über das maskierte Gesicht gezogen. Die Falten des Umhangs schwangen um die schwarzen Stiefel.

»Baxter«, flüsterte Charlotte.

Sein Anblick hätte sie freuen sollen, sagte sie sich, als sie durch die Türen ins Freie eilte. Offensichtlich war er sehr schnell ans Ziel gelangt. Sie konnte sich nicht erklären, warum eisige kleine Schauer ihre Nerven beben ließen. Vielleicht lag es daran, daß die Nachtluft um einige Grade kälter zu sein schien als noch vor wenigen Minuten. Sie war nur noch wenige Schritte von dem Mann in dem schwarzen Domino entfernt, als ihr klar wurde, daß hier etwas nicht stimmte. Sie hatte sich geirrt. Der Mann, der dort draußen stand, war nicht Baxter.

Die Gestalt mit dem Umhang und der Maske war zu groß, zu schlank, zu elegant. Ihr fehlten Baxters breite Schultern und seine Ausstrahlung von enormer Kraft und Stärke. Intuitiv ahnte sie, daß es sich bei diesem Fremden nicht um einen Menschen handelte, dessen Bekanntschaft sie zu machen wünschte.

»Ich bitte um Verzeihung, Sir.« Sie blieb unbeholfen stehen. »Ich habe Sie für einen Bekannten gehalten.«

Der Mann sagte kein Wort. Unter dem Rand seiner Halbmaske verzogen sich volle, sinnliche Lippen. Die Falten des dunklen Umhangs wurden aufgeschlagen, und heraus kam eine Hand, die in einem schwarzen Handschuh steckte und eine einzige rote Rose hielt. Stumm hielt er ihr die blutrote Blüte hin.

Charlotte wich einen Schritt zurück. Sie warf einen Blick auf die Rose und sah dann das maskierte Gesicht unter der Kapuze an. »Ich fürchte, Sie verwechseln mich mit jemandem, Sir.«

»Nein.« Die Stimme war ein rauhes Krächzen, dem jede Spur von Wärme fehlte. »Hier liegt keine Verwechslung vor.«

Sie erschauerte. Die abgehackten Worte riefen alte Ängste in ihr wach, und ein unbeschreibliches Grauen überfiel sie. Das ist völlig ausgeschlossen, sagte sie sich. Diese Stimme hatte sie nie zuvor gehört, denn einen derart unnatürlichen Klang hätte niemand vergessen können.

Sie bemühte sich, normal zu reagieren. Der arme Mann hatte zweifellos eine Verletzung der Stimmbänder erlitten, sagte sie sich. Vielleicht war er aber auch mit einem mißgebildeten Kehlkopf geboren worden.

Sie rang sich ein mattes Lächeln ab. »Ich glaube nicht, daß wir einander schon einmal begegnet sind, Sir. Entschuldigen Sie mich bitte, aber ich muß mich jetzt wieder in den Saal begeben. Ich werde dort von jemandem erwartet.« Sie wandte sich ab, um zu fliehen.

Nein, sie rannte nicht vor ihm davon, sagte sie sich verärgert. Sie fröstelte lediglich und konnte es kaum erwarten, wieder in die Wärme des Ballsaals zurückzukehren.

»Haben Sie bei all den Nachforschungen, die Sie über das Leben von Männern angestellt haben, die Frage des Schicksals jemals berücksichtigt?«

Charlotte stolperte und wäre beinahe gestürzt. Sie hielt sich im letzten Moment an der Terrassenmauer fest.

Nein, es konnte nicht das Ungeheuer sein. Die Stimme war nicht dieselbe.

Jene andere Stimme würde sie niemals vergessen. Sie war wie ein finsteres, schleimiges Wesen, das sich triefend durch die Nacht schlängelte. Diese Stimme hier war rauh und abgehackt.

Sie drehte sich langsam zu der Gestalt um. Sie durfte nicht zulassen, daß ihre Phantasie Amok lief. Logik und Vernunft, aber keineswegs uralte Ängste, waren die Werkzeuge, die sie benötigte, um mit dieser Situation umgehen zu können.

»Ich bitte um Verzeihung. Was sagten Sie gerade?« fragte sie mit einer Ruhe, die sie bei weitem nicht empfand.

»Nichts von Bedeutung.« Die maskierte Gestalt hielt ihr die Rose hin. »Die ist für Sie. Nehmen Sie sie.«

»Ich will sie aber nicht haben.«

»Sie müssen diese Rose annehmen.« Die krächzende Stimme wurde leiser, bis kaum mehr als ein Flüstern blieb. »Sie ist für Sie und nur für Sie bestimmt.«

Von dieser gebrochenen Stimme ging etwas Seltsames und nahezu Unwiderstehliches aus – sie war eine faszinierende Verlockung.

»Kommen Sie schon. Nehmen Sie die Rose.«

Die Musik, die auf die Terrasse herausdrang, und die Lichter des Ballsaals wichen in weite Ferne zurück. Sie war allein hier draußen in der Nacht mit diesem Mann. »Wir kennen einander doch gar nicht. Weshalb wollen Sie mir eine Blume schenken?«

»Nehmen Sie die Rose, und Sie werden es selbst sehen.« Die Worte klangen wie Hagelkörner auf einem Grab.

Sie zögerte, doch sie wußte selbst, daß sie sich nicht einfach abwenden und fortlaufen konnte. Gefahren verschwanden nicht, wenn man ihnen den Rücken zukehrte. Sie mußte wissen, was das alles zu bedeuten hatte.

Widerstrebend setzte sie einen Fuß vor den anderen. Die Gestalt in dem wehenden schwarzen Domino wartete mit einer anscheinend unendlichen Geduld.

Als sie in Reichweite des Fremden war, öffnete sich die Faust, die in dem schwarzen Handschuh steckte, mit einer verwirrend graziösen Geste. Erst jetzt erkannte sie, daß auf einem der Dornen ein zusammengefaltetes Blatt Papier aufgespießt war.

Sie ergriff die Blume. Der Fremde verbeugte sich übertrieben höflich, wandte sich ab und verschwand in der Nacht.

Sie lief eilig zu den funkelnden Lichtern zurück und blieb direkt neben den Türen des Ballsaals stehen, um die Nachricht auseinanderzufalten. Sie las das Schreiben im Schein eines smaragdfarbenen Lampions. Gespenstische grüne Lichtsprenkel fielen auf die Worte.

Ihr Liebhaber betätigt sich nur deshalb auf dem Feld der Alchemie, weil er den Stein der Weisen zu Rachezwecken sucht. Er ist von dem Wahn besessen, seinen Bruder zu zerstören. Er wird wahllos zu jedem Mittel greifen und auch vor Ihrer Zuneigung nicht haltmachen, solange er glaubt, daß sich damit die Vergangenheit umkehren läßt. Aber er wird niemals an sein Ziel gelangen, das unedle Metall seines Status als Bastard in das Gold wahren Adels zu verwandeln.

Der Bastard hat schon früher einen Menschen verraten, der ihm vertraut hat. Er wird auch vor einem weiteren Verrat nicht zurückschrecken. Sehen Sie sich vor, ehe es zu spät ist.

Werden Sie nicht sein Opfer.

Charlotte schnappte hörbar nach Luft und zerknüllte das Schreiben in ihrer Hand. Sie drehte sich eilig um und durchforschte mit ihren Blicken die Schatten, doch der Fremde in dem schwarzen Domino war spurlos verschwunden.

Baxter setzte seine Brille ab, steckte sie in die Tasche seines Capes und band sich schnell wieder die Maske um. Er trat in den Korridor hinaus, schloß Norris' Schlafzimmertür und lief eilig durch den Flur zur Hintertreppe. Er benutzte weder seine Brille noch das Uhrglas, um sich auf der Treppe zurechtzufinden. Die Wandlampen waren nicht angezündet, und es war ohnehin zu dunkel, um etwas sehen zu können. Er verließ sich auf seinen Tastsinn und auf die Erinnerung an den gleichmäßigen Abstand zwischen den Stufen.

Er wußte nicht, ob er über die Ergebnisse seiner hastigen Durchsuchung erleichtert oder enttäuscht sein sollte. Er war auf nichts gestoßen, was sich als hilfreich erwiesen hätte. Das naheliegendste Verbindungsglied zwischen Drusilla Hesketts Tod und dem Club wäre Lennox' Erbe gewesen. Aber vielleicht war die offenkundige Verknüpfung in diesem Fall nicht die richtige.

Er konnte aus dem Ballsaal die gedämpften Klänge des Walzers hören. Wenigstens hatte er seine Zeit gut eingeteilt, sagte er sich. Der Tanz endete gerade, und er konnte es kaum erwarten, wieder an Charlottes Seite zurückzukehren.

Er dachte an den Walzer, den sie miteinander getanzt hatten, ehe er zu seinen weiteren Untersuchungen aufgebrochen war. Er hatte ihre Wärme, ihre Anmut und ihre weibliche Vitalität gespürt, als er sie in seinen Armen gehalten hatte, genau die Dinge, die er auch an ihr wahrnahm, wenn er sie liebte. Ihr Duft hatte das Verlangen geweckt, das derzeit anscheinend ständig direkt unter der Oberfläche seiner Wahrnehmungen brodelte. Es fiel ihm zunehmend schwerer, sich ein Leben ohne sie vorzustellen.

Ihre Worte des vergangenen Nachmittags hallten in seinem Kopf wider, als er durch den dunklen Wintergarten schlich. *Überleg dir doch nur, wenn wir diese Angelegenheit abgewickelt haben, brauchst du dich nie mehr mit mir abzugeben.*

Der Mondschein wurde durch die Glasscheiben gefiltert und leuchtete Baxter den Weg. Der kräftige Geruch nach Erde und Pflanzen bestürmte ihn, und er überlegte, ob Lennox möglicherweise Interesse daran haben könnte, sich an seinen agrarchemischen Experimenten zu beteiligen. Er nahm sich vor, ihn demnächst darauf anzusprechen. Dann fielen ihm die Töpfe auf der Fensterbank seines Laboratoriums wieder ein, in denen er die Samen von Gartenwicken ausgesät hatte. Bis jetzt war noch kein Lebenszeichen zu erkennen, und vielleicht waren solche Experimente ja doch zwecklos.

Er benutzte sein Uhrglas, um sicherzugehen, daß er nicht über einen Blumentopf oder eine im Weg liegende Harke stolperte, während er auf die Tür am anderen Ende des Wintergartens zulief.

Im nächsten Moment hatte er sich wieder in Sicherheit gebracht, und eilte auf den verschwommenen Schein der farbigen Lampions zu, die ihm den Weg zum Ballsaal wiesen.

Als er die Terrasse erreicht hatte, vertrat ihm eine schemenhafte und dennoch vertraute Gestalt den Weg.

»Ich dachte, ich hätte dir gesagt, daß du drinnen auf mich warten sollst, Charlotte.«

»Baxter, bist du das?«

»Natürlich bin ich es. Für wen, zum Teufel, hast du mich denn gehalten?«

»Schon gut, das ist eine lange Geschichte. Ich werde sie dir später in Ruhe erzählen. Aber inzwischen ist etwas Wichtigeres dazwischengekommen. Hamilton sucht dich schon verzweifelt.«

»Hamilton?« Er runzelte die Stirn, als sie näher trat. Ihr besorgter Gesichtsausdruck war plötzlich klar zu erkennen. »Was will er von mir?«

»Baxter? Bist du das?« ertönte Hamiltons Stimme vom anderen Ende der Terrasse. »Ich habe dich schon gesucht.« Er kam eilig näher. »Ich muß augenblicklich mit dir sprechen.«

»Offenbar hast du mich gefunden. Was ist passiert?«

»Es geht um eine . . . um eine persönliche Angelegenheit.« Er warf einen beklommenen Seitenblick auf Charlotte. »Ich bitte um Verzeihung, Miss Arkendale. Ich muß Baxter unbedingt unter vier Augen sprechen.«

»Ganz gleich, worum es geht, du kannst es mir auch in Charlottes Anwesenheit sagen«, murmelte Baxter.

»Keine Sorge«, warf Charlotte eilig ein. »Ich warte im Ballsaal, solange ihr euch unterhaltet.«

»Verdammter Mist.« Baxter hatte jetzt genug von dem Versuch, durch die Schlitze der Maske zu lugen. Er löste das Band und stopfte den schwarzen Stoff in seine Tasche. Dann zog er seine Brille heraus, setzte sie auf und blickte Charlotte nach, die sich ins Haus zurückzog. Das Licht funkelte auf ihrem kleinen goldenen Pfeil und Bogen. Es fiel aber auch auf die Rose, die sie in einer Hand hielt.

Er wollte sich gerade danach erkundigen, woher diese Rose stammte, doch dann schloß er den Mund wieder, als ihm klar wurde, daß sie bereits außer Hörweite war.

»Baxter, es ist wirklich wichtig.« Hamilton stellte sich dicht vor ihn hin. Baxter richtete widerwillig den Blick auf ihn. Er sah, daß Hamilton nicht kostümiert war. Er trug ein elegant gebundenes Halstuch, einen vollendet geschnittenen Frack und eine modische Hose mit Bügelfalten. Sein unmaskiertes Gesicht hatte einen grimmigen Ausdruck.

»Ich bin im Moment anderweitig beschäftigt, Hamilton. Was hat das alles zu bedeuten?«

»Gestern ...« Hamilton schluckte schwer und nahm noch einmal einen neuen Anlauf. »Gestern hast du mir geraten, vorsichtig zu sein. Du hast mich gewarnt, mein Club könnte Gefahren mit sich bringen.«

Baxter schenkte Hamilton sofort seine ungeteilte Aufmerksamkeit. »Ist etwas passiert?«

»Mir ist nichts zugestoßen«, sagte Hamilton eilig. »Aber ich mache mir Sorgen um Norris. Wir haben gestern abend ein Experiment in Mesmerismus durchgeführt.«

»Ja, ich weiß. Der junge Norris ist das Forschungsobjekt gewesen.«

Hamilton sah ihm forschend ins Gesicht. »Wie kommt es, daß du davon weißt?«

»Das spielt im Moment keine Rolle. Was ist passiert? Hat sich Norris heute am früheren Abend in irgendeinem Ballsaal blamiert? Ich bezweifle, daß Lennox sich darüber freuen wird, aber ich glaube kaum, daß es sich als eine Katastrophe erweisen wird, ganz gleich, was vorgefallen ist. Mit dem Lennox-Vermögen schafft man es, so ziemlich jede Ausschweifung wettzumachen und üblen Nachreden vorzubeugen, selbst dann, wenn Norris seinen Arsch entblößt hat.«

Hamilton starrte ihn an. »Mir ist absolut unbegreiflich, wie du von den Einzelheiten unseres Experiments erfahren haben könntest, aber das ist im Moment nicht wichtig. Die Sache ist die, daß der Magier dann schließlich ...«

»Der Magier?«

Hamilton kniff ungeduldig die Lippen zusammen. »Die

Person, die wir dafür engagiert haben, die Experimente durchzuführen. Wir nennen ihn unseren Magier. Verstehst du, es war alles äußerst amüsant. Jedenfalls hat der Magier Norris keineswegs angewiesen, in einem Ballsaal wie eine Henne zu gackern oder seine Hose runterzulassen. Es ist viel schlimmer gekommen.«

»Was hat er getan?«

»Er hat den Mesmerismus eingesetzt, um Norris dazu zu bringen, Anthony Tiles herauszufordern.«

»Norris hat Tiles zu einem Duell herausgefordert? Ich kann es einfach nicht glauben.«

»Es ist aber wahr«, flüsterte Hamilton. »Tiles war innerhalb der letzten zwei Jahre in mindestens drei Duelle verwickelt. Er ist erstaunlich aufbrausend. Und zudem ist er ein brillanter Schütze. Er trifft jedesmal.«

»Ja, ich weiß.«

»Von mindestens einem seiner Gegner heißt es, daß er an seiner Wunde gestorben ist. Ein anderer ist in die Schulter getroffen worden und kann seinen linken Arm nicht mehr benutzen. Und der dritte ist schlichtweg verschwunden. Kein Mensch weiß, was aus ihm geworden ist, aber manche Leute behaupten, er hätte so schlimme Verletzungen davongetragen, daß er sich ständig mit Laudanum betäuben muß, um die unablässigen Schmerzen ertragen zu können.«

»Ich gebe zu, daß Tiles alles getan hat, um sich einen ziemlich gefährlichen Ruf zu schaffen.«

»Es heißt, daß er täglich bei Manton's übt. Er kann teuflisch gut schießen. Kein Mann, der bei klarem Verstand ist, würde ihn je zu einem Duell herausfordern.«

»Genau. Und deshalb ist es auch nicht einleuchtend, daß Norris das getan haben soll.«

Hamiltons Gesicht verzerrte sich. »Aber genau das hat er getan. Es sieht ihm so gar nicht ähnlich, Baxter. Unter all meinen Bekannten ist Norris der netteste und umgänglichste. Er ist noch nie schnell in Wut geraten. Er ist mein bester Freund, und ich fürchte, daß er sein eigenes Todesurteil unterzeichnet hat.«

»Weist euren Magier an, die Wirkungen seines Experiments aufzuheben.«

»Wir können ihn nirgends ausfindig machen.« Hamiltons Verzweiflung zeigte sich immer deutlicher. »Wir wissen nicht, wo er wohnt oder wie wir ihn erreichen können.«

Baxter zog die Stirn in Falten. »Wie seid ihr ihm zum ersten Mal begegnet?«

»Er hat von sich aus den Kontakt zu uns aufgenommen. Er hat angeboten, uns in speziellen Techniken zu unterweisen, die uns befähigen würden, in direkten Kontakt zu den Mächten der metaphysischen Welt zu treten. Es war alles sehr interessant, und bisher hat es auch großen Spaß gemacht. Aber jetzt ist etwas schiefgegangen.«

»Das kann man wohl sagen«, murmelte Baxter leise vor sich hin.

»Die Dinge sind außer Kontrolle geraten. Ich fürchte, Norris wird den Tagesanbruch nicht überleben.«

»Reden wir etwa vom kommenden Morgen?« fragte Baxter alarmiert.

»Ja, morgen früh.«

»Schick Norris zu Tiles, damit er sich bei ihm entschuldigt. Ich habe den Verdacht, seine Entschuldigung wird akzeptiert werden.«

»Ich habe schon versucht, Norris dazu zu überreden, aber von einer Entschuldigung will er nichts hören. Er ist nicht mehr er selbst, Baxter. Vor ein paar Minuten hat er mit Miss Ariel getanzt, als hätte er nicht den geringsten Grund zur Sorge. Und doch wird er sich im Morgengrauen mit Tiles duellieren. Es ist der reinste Wahnsinn.«

Baxter starrte versonnen auf die Lichter des Ballsaals.

»Baxter?« Hamilton sah ihn finster an. »Hast du gehört,

was ich gesagt habe? Norris wird bei Tagesanbruch seinen Hals riskieren. Wir müssen etwas dagegen unternehmen.«

»Wen hat Norris zu seinem Sekundanten ernannt?«

»Er hat gesagt, da ich sein bester Freund bin, müßte ich ihm sekundieren. Er hat mich beauftragt, den anderen Sekundanten selbst auszuwählen. Er sagt, ihn interessiert das alles überhaupt nicht.«

»Und hast du den zweiten Sekundanten schon bestimmt?«

»Nein. Um Gottes willen, nichts liegt mir ferner, als dieses verdammte Duell zu organisieren. Ich habe mich augenblicklich auf die Suche nach dir gemacht. Deshalb bin ich jetzt hier. Du mußt mir helfen, Baxter.«

»Tja, wenn du bisher noch keinen zweiten Sekundanten bestimmt hast, dann vereinfacht das den Fall beträchtlich«, sagte Baxter mit größter Seelenruhe. »Ich werde dir assistieren.«

Hamilton sah ihn voller Entsetzen an. »Aber ich will das Duell verhindern, ehe es überhaupt stattfinden kann.«

»Das ist unter Umständen nicht mehr möglich. Der Mesmerismus, den euer Magier angewandt hat, scheint sehr wirkungsvoll zu sein.«

»Was tun wir jetzt bloß? Wir dürfen nicht zulassen, daß Norris getötet wird.«

»Es könnte vielleicht doch noch eine Möglichkeit geben, die Resultate dieses Experiments zu beeinflussen.«

Es war halb vier Uhr morgens, als sie das Klopfen an ihrer Haustür hörte. Charlotte saß allein in ihrem Arbeitszimmer und machte sich eifrig Notizen, um wieder zur Ruhe zu kommen. Ariel war noch nicht nach Hause gekommen, und Mrs. Witty hatte sich in ihr Schlafzimmer im ersten Stock zurückgezogen und schlief tief und fest.

Charlotte war völlig aufgewühlt. Sie war unruhig, seit sie

von dem Maskenball zurückgekehrt war. Sie wußte nicht, ob es an der Begegnung mit dem Fremden im schwarzen Dominokostüm lag oder ob die Verzweiflung in Hamiltons Gesicht ihr noch größere Sorgen bereitete. Es konnte gut sein, daß beides zusammenkam.

Als sie das Klopfen hörte, stand sie auf und eilte in die Eingangshalle. Sie warf einen Blick durch die Glasscheibe in der Tür und sah Baxter auf ihrer Türschwelle stehen.

Sie zerrte an dem Riegel, riß die Tür auf und lächelte ihn an. »Ich hatte gehofft, du würdest noch die Zeit finden, hier vorbeizuschauen, ehe du nach Hause fährst. Ich konnte es kaum erwarten, mit dir zu reden.«

»Ich wußte nicht, ob ich dich noch wach antreffen würde.«

Charlotte trat zurück und sah zu, wie er mit einer geistesabwesenden Bewegung seinen Hut auf den Beistelltisch warf. Er wirkte zerstreut und gedankenverloren. Sie wußte, daß sich sein scharfer Verstand im Moment ausschließlich um das Problem kreiste, mit dem Hamilton an ihn herangetreten war.

»Ist es etwas Ernstes?« Sie schloß die Tür.

Baxter ging zum Arbeitszimmer. »Heute morgen bei Tagesanbruch soll sich Norris mit einem der berüchtigtsten Duellanten von ganz London treffen.«

»Oh, *nein.*« Sie eilte hinter ihm her. »Wie hat sich der arme Norris bloß in eine so schreckliche Situation gebracht? Er scheint doch so umgänglich, freundlich und liebenswürdig zu sein. Er ist überhaupt nicht der Typ, der sich auf ein Duell einläßt.«

»Nein, das ist er auch nicht.« Baxter ging zu dem Tischchen, auf dem das Tablett mit dem Cognac stand, und nahm die Karaffe in die Hand. »Er hat Unterstützung bekommen.«

»Was soll das heißen?«

»Du erinnerst dich doch noch an den Magier, der Hamilton und seine Freunde im *Grünen Tisch* so blendend unterhalten hat?«

»Ja, selbstverständlich. Was hat er damit zu tun?«

»Nachdem wir schon gegangen waren, hat er den Mesmerismus anscheinend dafür eingesetzt, Norris dazu zu bringen, sofort loszuziehen und einen Mann namens Anthony Tiles zum Duell herauszufordern.«

»Das ist ja gräßlich.«

»Hamilton und die anderen konnten Norris nicht davon abhalten. Und nachdem die Tat vollbracht war, ist es ihnen auch nicht gelungen, ihn dazu zu überreden, daß er sich entschuldigt und die Herausforderung zurückzieht. Sie haben sich bemüht, den Magier aufzutreiben, damit er den Trancezustand aufhebt, aber sie wissen nicht, wo sie ihn finden können.«

»Gütiger Himmel.« Charlotte ließ sich langsam auf einen Stuhl vor dem Kamin sinken. »Und deshalb hat sich Hamilton hilfesuchend an dich gewandt.«

»Ja.« Baxters Augen funkelten sie über den Rand des Cognacschwenkers hinweg kurz an. »Es weist alles darauf hin, daß er mit seinem Latein am Ende war und nicht mehr gewußt hat, an wen er sich sonst noch hätte wenden können. Hamilton hat meine Hilfe bisher noch nie in Anspruch genommen.«

»Was wirst du tun?«

Baxter zuckte die Achseln. »Ich habe mir einen Plan ausgedacht, der, wenn ich Erfolg damit habe, bewirken könnte, daß sich diese ganze Geschichte ohne jedes Blutvergießen aus der Welt schaffen läßt.«

»Und was ist, wenn dein Plan sich nicht bewährt?«

»Dann könnte es jemanden das Leben kosten.«

Charlotte faltete die Hände, und ihre Knöchel traten hervor. »Dein Plan wird sich bewähren.«

»Ich danke dir für dein Vertrauen. Hamilton dagegen zweifelt ganz entschieden daran.«

»Worin genau besteht dein Plan, Baxter?«

Er lächelte sarkastisch. »Er ist weder besonders kühn, noch übermäßig aufregend. Er begründet sich auf meine Kenntnisse auf dem Gebiet der Chemie.«

»Wenn das so ist, dann bin ich ganz sicher, daß sich dein Plan als sehr kühn und aufregend erweisen wird. Ich gehe sogar davon aus, daß deine Einfälle geradezu brillant sind.« Sie unterbrach sich. »Es wäre gewiß interessant, die Resultate zu beobachten.«

Er hob eine Hand zu einer Geste, in der sich Warnung und Flehen zugleich ausdrückten. »Du darfst noch nicht einmal die Möglichkeit ins Auge fassen, diesem Duell beizuwohnen. Ich werde auch so schon genug Grund zur Sorge haben.«

»Das ist vermutlich wahr. Was für eine Sorte Mann ist dieser Anthony Tiles?«

Baxter trank einen Schluck von seinem Cognac. »Er ist ein echter Bastard.«

Sie lächelte lakonisch. »Von seiner Geburt her? Oder hat er sich erst im Lauf der Zeit zu einem echten Mistkerl entwickelt?«

»Beides trifft auf ihn zu. Sein Vater war ein Vicomte, der Erbe des Coltrane-Vermögens. Anthony ist, wie man so schön sagt, auf der falschen Bettseite geboren worden. Er ist das Produkt der Affäre seines Vaters mit der Gouvernante der Familie. Es gibt keine legitimen Nachkommen. Ein Neffe hat den Titel und die Ländereien geerbt. Das Wissen um alles, was ihm entgangen ist, nagt schon seit Jahren an Tony.«

»Das klingt alles ganz so, als seist du persönlich mit ihm bekannt.«

»Wir haben einander in Oxford kennengelernt.«

»Wenn du früher einmal mit ihm befreundet warst, kannst du dann nicht mit ihm reden?«

»Das würde nichts nützen.« Baxter trat ans Fenster und blieb dort stehen. »Tony vertritt einen extremen Ehrenkodex. Er duldet nicht einmal die kleinste Kränkung.«

»Ich verstehe.«

»Er verbringt seine Zeit in Spielhöllen und Bordellen und ist ständig auf Ärger aus. Und den zieht er dann auch mit einer erstaunlichen Häufigkeit an. Er hat mindestens drei Duelle hinter sich gebracht. Wahrscheinlich sind es sogar noch einige mehr.«

»Kein Wunder, daß sich Hamilton schreckliche Sorgen um seinen Freund macht.« Sie verschrenkte ihre Finger ineinander. »Dieser Anthony Tiles hat einen ganz ähnlichen Start im Leben gehabt wie du.«

Baxter stemmte eine Faust auf das Kaminsims und sah ins Feuer. »Wir sind beide Bastarde, falls du das meinst.«

»Aber aus ihm ist ein echter Mistkerl geworden, und das hat er nur sich selbst zuzuschreiben«, sagte sie mit ruhiger Stimme. »Du dagegen hast dich zu einem wahren Gentleman entwickelt.«

Er blickte erstaunt auf. Der Schein des Feuers spiegelte sich in seinen Brillengläsern. »Was, zum Teufel, soll das heißen?«

»Anthony Tiles hat durch die Umstände seiner Geburt einen Weg eingeschlagen, der mit ziemlicher Sicherheit zu seinem Untergang führen wird. Gott sei Dank hast du daran gearbeitet, dein Los anders zu gestalten.«

»Hm.«

»Dein Vater hat gewußt, daß du zu einem absolut integren Mann herangewachsen bist. Er hat erkannt, daß er dir das Familienvermögen und seinen jüngeren Sohn anvertrauen kann, weil bei dir beides gut aufgehoben ist. Er muß ganz außerordentlich stolz auf dich gewesen sein, Baxter.«

Baxter sagte nichts dazu. Er sah sie lange Zeit an, und

dann wandte er sich wortlos von dem Kaminfeuer ab, ließ sich auf das Sofa fallen und fuhr sich matt mit den Fingern durch das Haar.

»Wenn wir diese Angelegenheit im Morgengrauen erst einmal hinter uns gebracht haben, gedenke ich, diesen verfluchten Quacksalber ausfindig zu machen, der sich selbst als Magier bezeichnet. Diese Experimente, die er anstellt, gefallen mir ganz und gar nicht.«

Charlotte schloß die Augen und lehnte den Kopf an die Stuhllehne. »Baxter, du wirst dich doch in acht nehmen, nicht wahr?«

»Ich bin ja nicht derjenige, der sich mit Tiles duellieren muß, falls sich die Dinge nicht so entwickeln, wie ich es geplant habe«

»Ich kenne dich zu gut, und deshalb glaube ich dir nicht, daß du einfach tatenlos dastehen und zulassen wirst, daß Hamiltons bester Freund kaltblütig erschossen wird, falls etwas schiefgehen sollte.« Sie öffnete die Augen wieder und sah ihn an. »Versprich mir, daß du nichts tun wirst, was diesen Anthony Tiles gegen dich aufbringen und dazu führen könnte, daß er schließlich vielleicht sogar dich zum Duell herausfordert.«

Eine kleine Spur von Belustigung zog in Baxters Mundwinkel. »Mach dir keine Sorgen. Ich habe mir schon vor Jahren gelobt, daß ich nicht auf eine so dämliche Art ums Leben kommen werde.«

»Es freut mich, das zu hören.« Sie lächelte trotz ihrer Sorge. »Armer Baxter. Du hast dir nichts anderes gewünscht, als daß man dich in deinem Laboratorium in Ruhe läßt, aber man hat dich gezwungen, aus deiner Abgeschiedenheit aufzutauchen, damit du dich mit all diesen leidigen Problemen befaßt.«

Er zog die Augenbrauen hoch. »Es gibt zwei Arten von Problemen.«

»Wie meinst du das?«

Er stellte sein Cognacglas ab, obwohl er es noch nicht leergetrunken hatte, und stand auf. Er ging auf den Sessel zu, der vor dem Feuer stand, blieb vor Charlotte stehen und zog sie behutsam auf die Füße. »Manche Probleme sind weitaus interessanter als andere.«

»Dann stelle ich also ein Problem für Sie dar, Mr. St. Ives?« fragte sie leise.

»Ja.« Er senkte den Kopf, und sein Mund fand ihre Lippen.

15

Das Verlangen nach ihr schwoll wie eine Woge in ihm an. Er legte eine Hand auf ihren Hinterkopf und küßte erst ihre Lippen und dann ihre Kehle.

Ob sie wohl immer diese Wirkung auf ihn haben würde? fragte er sich.

Im einen Moment kreisten seine Gedanken noch um die Probleme eines vor kurzem verübten Mordes und eines nahe bevorstehenden Duells, und im nächsten Augenblick konnte er an nichts anderes mehr denken als an die Befriedigung, die es ihm bereitete, Charlotte in seinen Armen zu halten.

Allmählich gewöhnte er sich an die aufwühlenden Wirkungen der Leidenschaft, sagte sich Baxter, doch er verstand sie auch heute nacht noch nicht besser als zu Beginn dieser Affäre. Das Geheimnisvolle an dieser Beziehung besaß eine so seltsame und unwiderstehliche Anziehungskraft wie der Stein der Weisen, dem das unermüdliche Trachten der Alchemisten galt.

»Baxter?« keuchte Charlotte mit den Lippen an seinem Revers. »Haben wir denn noch Zeit?«

Er hob den Kopf gerade so weit, daß er sich einen Moment lang in den Verheißungen der unergründlichen grünen Tiefen ihrer Augen verlieren konnte. »Verdammter Mist, wir haben niemals genug Zeit.«

»Schon gut, das macht doch nichts.« Sie streifte mit ihren Lippen zart sein Kinn.

»Und es besteht immer die Möglichkeit, daß uns jemand überrascht.« Er sah sich mit einem kläglichen Blick in dem kleinen Arbeitszimmer um. »Und dazu kommt noch, daß nie ein Bett in der Nähe ist.«

»Baxter ...«

»Wie, zum Teufel, soll man eine richtige Affäre zustande bringen, wenn einem noch nicht einmal ein Schlafzimmer zur Verfügung steht?«

Sie preßte ihr Gesicht an sein Hemd und begann, kleine erstickte Laute von sich zu geben. Ihre Schultern bebten.

Besorgt zog er sie stärker an sich und tätschelte sie unbeholfen. »Gütiger Gott, Charlotte, weine nicht. Ich werde mir schon noch etwas einfallen lassen.«

»Das steht für mich ganz außer Frage. Dir fällt zu allem etwas ein.«

Die gedämpften Laute an seiner Brust ließen nicht nach. Ihr ganzer Körper bebte unter seinen Händen. Erst jetzt begriff er, daß sie hemmungslos kicherte.

Er legte beide Daumen unter ihr zartes Kinn und hob ihren Kopf hoch. Fröhliches Gelächter tanzte in ihren Augen.

Er brauchte Hamilton nicht, damit er ihn auf das Offensichtliche hinwies. Kein Mann, der auch nur einen Funken romantischen Feingefühls besaß, hätte in einem Moment wie diesem seine Zeit darauf vergeudet, über die Unannehmlichkeiten der Situation zu klagen.

»Es freut mich, daß du das so lustig findest«, murrte er.

»Ich finde es faszinierend, einfach begeisternd. Und unerträglich spannend.« Sie reckte sich auf die Zehenspitzen, schlang ihre Arme um seinen Hals und küßte ihn.

Er beschloß, seinen eigenen himmelschreienden Mangel an romantischen Empfindungen und die diversen Unannehmlichkeiten der Lage zu ignorieren.

Das fieberhafte Verlangen kehrte zurück und überschwemmte seine Sinne. »Wie kommt es bloß«, sagte er mit den Lippen auf ihrem Mund, »daß ich anscheinend einfach nicht genug von dir kriegen kann?«

Charlotte gab ihm keine Antwort. Sie war vollauf damit beschäftigt, sein Halstuch aufzuknoten und ihm die Jacke auszuziehen. Im nächsten Moment hatte sie seinen Oberkörper vollständig entblößt.

Ihre Finger glitten über seine Säurenarben. Sie preßte ihre Lippen auf seine brutal mißhandelte Schulter und küßte sie zart. Baxter holte tief Luft und öffnete die Schlaufen ihres Kleids. Langsam zog er das Mieder an ihr herunter und beobachtete, wie der Feuerschein ihre wohlgeformten Brüste in glänzendes Gold verwandelte.

Sie berührte zart seine Mundwinkel. »Wenn du mich so ansiehst, dann fühle ich mich richtig schön.«

Er schüttelte den Kopf und war benommen von dem Sturm an Emotionen, der in seinem Innern wütete. Ehrerbietig strich er mit seinen Daumen über ihre Brustwarzen. »Du *bist* schön.«

»Und du«, sagte sie mit einer leisen, heiseren Stimme, »bist einfach wunderbar.«

Er stöhnte und senkte den Kopf, um die harte Spitze einer Brust zu küssen, die sich ihm entgegenreckte. Ihre Hände packten seine Schultern, ihr Kopf sank in den Nacken. Sie klammerte sich an ihn und ließ ihre Fußsohle langsam an seiner Wade hinaufgleiten. Als sie den Fuß gerade wieder sinken lassen wollte, packte er mit einer Hand ihren Schenkel und zog sie eng an sich.

Er konnte keinen Moment länger warten. Er hob sie hoch und ließ sie behutsam auf das Sofa sinken. Dann trat er einen Schritt zurück und ließ sie gerade lange genug los, um seine Hosen zu öffnen, ehe er sich zu ihr hinabbeugte, um ihre Röcke bis zur Taille hochzuschieben.

Er spreizte ihre Schenkel, bis ihr linker Fuß den Boden berührte. Sie keuchte, als sie begriff, wie vollständig sie sich seinen Blicken geöffnet hatte, und versuchte die Beine wieder zu schließen.

»Nein. Bitte. Ich will dich sehen.« Er ließ sich vor dem Sofa auf die Knie sinken und spürte, daß ihr Bein an seinen Rippen zitterte.

Er schmiegte seine Handfläche an das warme rosa Fleisch ihres Geschlechts, und sie erschauerte.

»Baxter?« Ihre Zungenspitze tauchte zwischen den geöffneten Lippen in einem Mundwinkel auf.

Er beugte sich vor, um den feinen Duft ihres Körpers tief einzuatmen. Im Schein des Feuers schimmerte ihr Geschlecht. Er zog die zarten Hautlappen auseinander, um die winzige Knospe zu entblößen.

Dann beugte er sich vor und küßte sie voller Bewunderung.

»*Baxter.*« Ihre Finger schlangen sich in sein Haar. »Gütiger Himmel, was tust du da?«

Er ging weder auf ihre atemlose Frage ein, noch auf all die zusammenhanglosen Forderungen, mit denen sie weiterhin eine Erklärung verlangte. Er benutzte seine Zunge dazu, die Klitoris zu reizen, bis sie hart und prall war.

Als sie leise aufschrie und ihre Fingernägel in seine Kopfhaut grub, erhob er sich eilig und legte sich auf sie. Er leckte ihren Geschmack von seinen Lippen, während er in den engen, heißen Kern ihres Wesens eintauchte.

Sie schloß sich zuckend um ihn herum und zog ihn so tief in sich hinein, daß er glaubte, zu einem Teil von ihr werden zu können. In der Alchemie dieser Vereinigung war er nicht länger allein.

Er spürte, wie er von Kopf bis Fuß erstarrte. Im nächsten Moment brauste sein Höhepunkt durch ihn hindurch, ein sengendes, läuterndes Feuer, das ihn eine Form von Befreiung kennenlernen ließ, die er bisher noch nie erlebt hatte.

Die Essenz glimmte in der Kohlenpfanne.

Er atmete den Duft langsam und tief ein und genoß die Erweiterung seines Bewußtseins. Schon bald würde er über die Macht verfügen.

Er war soweit.

»Leg mir die Karten, meine Geliebte«, flüsterte er.

Die Wahrsagerin drehte drei Karten um und musterte sie lange Zeit.

»Der goldene Greif nähert sich dem Phönix«, sagte sie schließlich.

»Es wird stündlich faszinierender.«

»Aber auch gefährlicher«, betonte die Wahrsagerin warnend.

»Das ist wahr. Aber die Gefahr macht diese ganze Geschichte nur noch interessanter.«

Die Wahrsagerin legte eine weitere Karte auf den Tisch. »Die Beziehung des Greifs zu der Dame mit den Edelsteinaugen festigt sich.«

»Daraus müssen wir schließen, daß sie auf diesem Gobelin doch mehr ist als nur ein zufälliger loser Faden Garn.« Er war sehr zufrieden.

»Baxter?« Charlotte rekelte sich genüßlich und ließ ihre Finger durch das Haar auf seiner Brust gleiten. »Es ist schon spät.«

»Ich weiß.« Widerstrebend stand er auf, rückte seine Kleidung zurecht und warf einen Blick auf die Uhr. »Weniger als eine Stunde bis zum Tagesanbruch. Ich muß mich auf den Weg machen. Hamilton ist gewiß schon sehr besorgt.«

Charlotte setzte sich eilig auf und fummelte am Mieder ihres Kleids herum. »Was ist mit dem armen Norris? Ich würde meinen, er hätte allen Grund, nervös zu sein.«

»Ich habe ihn bisher noch nicht gesehen.« Baxter streckte die Hand nach seiner Brille aus, setzte sie auf und hob dann sein Hemd vom Boden auf. »Hamilton sagt, Norris nimmt die ganze Geschichte äußerst gelassen.«

»Vielleicht läßt sich seine unnatürliche Ruhe darauf zurückführen, daß er sich immer noch in einem Trancezustand befindet.«

»Dieser verdammte Magier. Er hat für so manches Rechenschaft abzulegen.« Baxter hob seine Jacke auf und drehte sich noch einmal um, weil er sich verabschieden wollte. Charlottes köstlich zerzauster Anblick ließ ihn sehnlichst wünschen, er hätte keinen derart dringenden Termin. »Ich werde dich benachrichtigen, wenn alles vorbei ist.«

»Sei vorsichtig, Baxter.« Der letzte Rest an süßer Sinnlichkeit schwand aus ihren Augen, als sie vom Sofa aufstand. »Mir gefällt das alles überhaupt nicht. Es ist eine sehr seltsame Nacht gewesen. Es ist auch noch etwas anderes vorgefallen, aber ich hatte bisher keine Gelegenheit, es dir zu erzählen.«

»Ich komme am späteren Nachmittag wieder ...« Baxter unterbrach sich, als sein Blick auf eine verwelkte rote Rose fiel, die auf dem Schreibtisch lag. »Da liegt diese verdammte Blume, mit der ich dich schon auf dem Ball gesehen habe. Ich wollte dich gleich danach fragen, was es damit auf sich hat. Aber dann bin ich abgelenkt worden. Wer hat dir diese Blume geschenkt?«

»Das ist eine lange Geschichte. Sie kann warten, bis du Hamiltons Problem gelöst hast.«

Der besorgte Ausdruck in ihren Augen gefiel ihm gar

nicht. Er lief durch das Zimmer und nahm die Rose vom Tisch.

Dann sah er ein zusammengefaltetes Blatt Papier, das darunter lag. Ein eisiger Schauer kroch ihm über den Nakken.

»Was hat das zu bedeuten? Nicht nur eine Rose, sondern noch dazu eine Nachricht?«

»Ich kann dir versichern, daß kein Grund zur Eifersucht besteht.«

»Ich bin nicht eifersüchtig. Ich habe nicht das heißblütige Naturell, das Voraussetzung für ein derart lachhaftes Gefühl ist.«

»Wie du meinst.« Sie wirkte nachdenklich. »Aber ich, verstehst du.«

»Wovon, zum Teufel, sprichst du?« fragte er, während er die Nachricht auseinanderfaltete.

»Mir wäre es verhaßt, wenn eine Frau dir Blumen schikken oder dir Briefe schreiben würde.«

Er blickte auf, denn ihr ungestümer Tonfall verblüffte ihn. Einen Moment lang lenkte ihn der Ausdruck, der in ihren Augen stand, von dem Schreiben in seiner Hand ab. Er räusperte sich. »Ich möchte stark anzweifeln, daß irgendeine Frau mir Blumen schicken würde.«

»Ha. Darauf würde ich an deiner Stelle keine Wetten abschließen, St. Ives. Es ist ein Wunder, daß ich meine Rivalinnen nicht mit einem Knüppel vertreiben muß. Ich habe den Verdacht, dafür gibt es nur einen einzigen Grund, nämlich den, daß du schon so lange keinen gesellschaftlichen Umgang mehr pflegst und daß dich daher niemand wirklich gut genug kennt. Es ist mein Glück, daß du es vorziehst, deine Zeit in deinem Laboratorium zu verbringen.«

Baxter spürte, wie die Glut in sein Gesicht stieg. *Verdammt noch mal, jetzt hat sie mich doch tatsächlich dazu gebracht, daß ich erröte. Kennt ihre Macht über mich denn gar keine Grenzen?* »Du brauchst dir, was Rivalinnen angeht, keine Sorgen zu machen. Es gibt nämlich keine.«

»Ausgezeichnet.«

Er zwang sich, seine Aufmerksamkeit wieder dem Schreiben in seiner Hand zuzuwenden. Er las es flüchtig durch und begann dann mit wachsender Ungläubigkeit noch einmal von vorn. *Ihr Liebhaber betätigt sich nur deshalb auf dem Feld der Alchemie, weil er den Stein der Weisen zu Rachezwecken sucht ... Er wird wahllos zu jedem Mittel greifen ... und auch vor Ihrer Zuneigung nicht haltmachen ... werden Sie nicht sein Opfer.*

»Der Teufel soll mich holen.«

»Das ist jetzt nicht wichtig, Baxter. Du mußt dich erst auf das Duell konzentrieren. Hinterher erzähle ich dir dann alles über die Nachricht und die Rose.«

Er knüllte das Blatt in einer Hand zusammen und sah Charlotte in die Augen. »Wer hat dir das gegeben?«

»Ich weiß nicht, wer es war. Er hat ein schwarzes Dominokostüm getragen. Als ich ihn gesehen habe, bin ich im ersten Moment davon ausgegangen, daß du es bist. Aber seine Stimme ...« Sie zögerte, als suchte sie nach den richtigen Worten. »Daran hat einfach nichts gestimmt. Eine absolut kaputte Stimme.« Sie sah auf die Uhr. »Du mußt jetzt gehen. Ich verspreche dir, daß ich dir später alles ganz genau erzählen werde.«

»Das ist jetzt schon das zweite Mal, daß jemand einen Versuch unternimmt, dich gegen mich aufzuhetzen.«

»Ein zweckloses Unterfangen.« Sie schüttelte ihre Röcke. »Eil dich, Baxter. Hamilton erwartet dich bestimmt schon. Er verläßt sich darauf, daß du seinem Freund das Leben rettest.«

Sie hatte recht. Er hatte jetzt keine Zeit, sich die Geschichte ausführlich von ihr erzählen zu lassen. Eines nach dem anderen, sagte sich Baxter.

»Verdammt noch mal.« Er trat in die Eingangshalle, nahm seinen Hut und öffnete die Haustür. Dann sah er sich nach ihr um. Sie stand in der Tür ihres Arbeitszimmer und beobachtete ihn besorgt. »Du warst die ganze Nacht auf. Geh jetzt ins Bett. Ich melde mich heute nachmittag bei dir. Dann können wir uns ausgiebig über den Brief unterhalten.«

»In Ordnung, aber du verständigst mich doch über den Ausgang des Duells?«

»Ja.«

»Und du paßt auf dich auf, ja?«

»Wie ich dir schon des öfteren gesagt habe, bin ich nicht derjenige, der Anthony Tiles im Morgengrauen gegenübertreten wird«, sagte er und wandte sich ab, um die Treppenstufen hinunterzulaufen.

»Ich weiß. Und wie ich dir immer wieder sagen muß, Baxter, bin ich mir viel zu genau über deine wahre Natur im klaren, und daher glaube ich dir nicht, daß du so vorsichtig sein wirst, wie ich es mir wünschen würde.«

»Ich weiß nicht, was dich darauf gebracht hat, daß ich leichtsinnig meinen Hals riskiere. Für ein derart forsches Auftreten fehlt es mir nicht nur an Temperament, sondern auch am richtigen Schneider. Gute Nacht, Charlotte.«

Der Tag brach mit dünnen grauen Nebelfetzen an, die über Brent's Field wogten und kreisten. Eine angemessene Atmosphäre für einen so unerfreulichen und blödsinnigen Termin, dachte Baxter. Er stand neben Hamilton und beobachtete, wie ein junger Mann die Schritte der Duellanten zählte. Der Sekundant wirkte so verlebt, daß seine äußere Erscheinung einem eingefleischten Lebemann, der doppelt so alt war wie er, zur Ehre gereicht hätte.

»Eins, zwei, drei . . .«

Die Pistolen wiesen zum Himmel, während sich Norris

mit seiner ausdruckslosen Miene und Tiles mit seinem wilden Blick voneinander entfernten.

»... acht, neun, zehn ...«

»Bist du ganz sicher, daß es klappen wird?« fragte Hamilton mit gesenkter Stimme.

»Diese Frage stellst du mir jetzt schon zum zwanzigsten Mal«, murmelte Baxter. »Und ich kann dir zum zwanzigsten Mal nur sagen, daß es klappen sollte.«

»Aber was ist, wenn es schiefgeht ...«

»Sei still«, ordnete Baxter sehr leise an. »Es ist zu spät, um unsere Pläne jetzt noch zu ändern.«

Hamilton versank in ein nervöses Schweigen.

Baxter warf einen Seitenblick auf ihn, während das lebensgefährliche Zählen weiterlief. Hamilton bereitete diese ganze Angelegenheit wesentlich größere Sorgen als seinem Freund, der gerade zum Duell antrat. Norris war ganz entschieden nicht er selbst. Baxter hatte ihn verstohlen beobachtet, während sie die Vorbereitungen getroffen hatten.

Norris hatte völlig apathisch auf ihn gewirkt. Er antwortete auf direkte Fragen, war aber nicht bereit, die Situation in allen Einzelheiten zu besprechen. Von dem, was um ihn herum vorging, schien er das meiste nicht wahrzunehmen. Als Hamilton ihn ein allerletztes Mal angefleht hatte, sich bei Tiles zu entschuldigen, um das Duell im letzten Moment noch zu verhindern, schien Norris ihn überhaupt nicht gehört zu haben.

»... vierzehn, fünfzehn, sechzehn ...«

Hamilton trat von einem Fuß auf den anderen und sah Baxter noch einmal forschend von der Seite an. Baxter schüttelte kaum merklich den Kopf und warnte ihn stumm, jetzt kein Wort zu sagen.

Er hatte sein Bestes getan, um Norris die allergrößten Chancen einzuräumen, vorausgesetzt, seine Pläne waren erfolgreich.

Er hatte mit Tiles' Sekundanten anstelle der vereinbarten fünfzehn Schritte eine Entfernung von zwanzig Schritten ausgehandelt. Dieser größere Abstand zwischen den Gegnern würde selbst einem Mann von Tiles' Fähigkeiten ein akkurates Zielen erschweren.

»... siebzehn, achtzehn, neunzehn, zwanzig.« In dem Grinsen des verlebten jungen Mannes drückte sich eine widerliche Vorfreude aus. »Macht euch bereit zum Feuern. *Feuer.*«

Baxter hörte, wie Hamiltons Atem stockte. Auf dem Feld drehten sich die beiden Männer um. Norris unternahm gar nicht erst den Versuch, sorgfältig auf sein Ziel anzulegen. Er hielt die Pistole einfach in die richtige Richtung und drückte ab.

Der Schuß dröhnte laut durch den Nebel.

Tiles zuckte mit keiner Wimper. Er lächelte kalt und hob seine Pistole.

Norris ließ seine Waffe sehr langsam sinken. Ein perplexer Ausdruck huschte über sein Gesicht. Er starrte Tiles an, der sorgsam auf ihn anlegte, und dann sah er Hamilton an. Baxter konnte den Schock und das Grauen erkennen, das sich in seinen Augen zu zeigen begann. Norris wandte sich wieder zu Tiles um. Seine Lippen bewegten sich, doch es kam kein Wort heraus.

Mit eiskalter Berechnung feuerte Tiles seine Pistole ab.

Ein zweiter Schuß hallte durch den Nebel.

Norris blinzelte mehrfach schnell hintereinander und sah dann an sich selbst hinunter, als erwartete er, sein eigenes Blut zu sehen.

Er war nicht der einzige, der überrascht zu sein schien. Alle Anwesenden, die sich versammelt hatten, um dem Duell als Zeugen beizuwohnen, starrten voller Erstaunen Norris an, der immer noch aufrecht dastand und nicht verletzt war.

»Verdammter Mist, Tony hat seinen Mann verfehlt«, sagte schließlich einer der Beteiligten.

Der Arzt, der dafür bezahlt worden war, daß er zu dem Duell erschien, stieg mit einer erwartungsvollen und geschäftigen Miene aus einer der Kutschen. Er blieb abrupt stehen, als er sah, daß Norris noch auf den Beinen war.

Baxter trat vor. »Ein Schuß pro Mann. So war es abgemacht. Das Duell ist hiermit beendet.« Er beobachtete Tiles, der seine Pistole mit größter Aufmerksamkeit untersuchte. »Der Ehre ist Genüge getan worden. Ihr wißt ja, wie schnell sich derartige Gerüchte verbreiten. Laßt uns alle wieder nach Hause gehen, ehe die Behörden etwas von dieser Zusammenkunft erfahren.«

Ein zustimmendes Gemurmel ertönte. Die Aussicht, verhaftet zu werden, weil man sich an einem Duell beteiligte, reichte aus, um den Schritten aller Anwesenden einen lebhaften Schwung zu verleihen. Die Männer begaben sich zu ihren Kutschen, die am Feldrand unter den Bäumen geparkt waren.

Baxter sah stirnrunzelnd Norris an, der immer noch einen verängstigten und verwirrten Eindruck machte. Seine Augen waren jedoch nicht mehr glasig. Er nahm seine Umgebung jetzt wieder bewußt wahr.

»Ich bringe Norris zur Kutsche.« Hamilton wollte auf seinen Freund zugehen.

Baxter legte kurz eine Hand auf seinen Arm. »Ich möchte mich später mit euch beiden unterhalten. Und zwar noch heute vormittag, ehe du Norris nach Hause bringst.«

Hamilton zögerte, dann nickte er. »Ich weiß zwar nicht, was wir dir sagen könnten, aber wir sind dir einige Antworten schuldig. Norris und ich werden dich in dein Haus begleiten.«

Baxter machte sich eilig auf den Weg zu seiner Kutsche. Anthony Tiles versperrte ihm den Weg.

»St. Ives, ich würde mich gern einen Moment mit dir unterhalten, wenn du nichts dagegen hast.«

Baxter blieb stehen, nahm seine Brille ab und begann, sie mit seinem Taschentuch zu polieren. Er brauchte seine Brille nicht, um die glühende Neugier zu erkennen, die in Tiles' grauen Augen stand.

Wenn er auch einen noch so schlechten Ruf genoß, dann war Tiles doch weitaus weniger verlebt als seine Gefährten. Baxter ahnte, daß der schwelende Zorn, der ihn von innen heraus auffraß, ihm immer noch das Gefühl gab, ein Ziel vor Augen zu haben. Wenn diese Wut einen zu großen Teil seiner Person verschlungen hatte, würde Tiles am Ende sein. Charlotte hatte recht: Anthony hatte sich selbst zuzuschreiben, daß es ein übles Ende mit ihm nehmen würde.

»Worum geht es, Tony?«

»Seit Oxford ist viel Zeit vergangen, findest du nicht auch?«

»Ja.«

»In den letzten Jahren habe ich nicht viel von dir zu sehen bekommen. Deine Gesellschaft hat mir gefehlt.«

»Unsere Interessengebiete haben sich immer weiter voneinander entfernt.«

Anthony nickte nachdenklich. »Das kann man wohl sagen. Du hast schon immer einen seltsamen Hang zu deinem Laboratorium gehabt. Und mir sind die Spielhöllen schon immer weitaus lieber gewesen. Aber deshalb haben wir trotzdem noch etwas miteinander gemeinsam, meinst du nicht auch?«

»Ja.« Der Umstand, daß sie beide von unehelicher Geburt waren, hatte sie in Oxford eine Zeitlang zusammengeführt, soviel war Baxter klar. Vielleicht hatten Überreste dieser Freundschaft sogar all die Jahre überdauert.

»Ich gestehe, daß es mich überrascht hat, dich heute morgen hier zu treffen. Ich hätte nicht geglaubt, daß du dir etwas aus derlei Dingen machst.«

»Ich mache mir tatsächlich nichts daraus.« Baxter setzte seine Brille wieder auf. »Und wenn du bei Verstand wärst, Tony, dann würdest du dir etwas Nützlicheres einfallen lassen, was du mit deiner Zeit anstellen kannst, als dich immer wieder im Morgengrauen zu duellieren. Eines schönen Tages wirst du an einen Gegner geraten, der noch zielsicherer ist als du.«

»Und vielleicht wird das zugleich auch einer sein, an dessen Pulver niemand herummanipuliert hat?«

Baxter lächelte matt. »Ich gehe davon aus, daß du niemandem ein Betrugsmanöver unterstellen willst. Schließlich haben deine eigenen Sekundanten aus allernächster Nähe mit angesehen, wie die Pistolen geladen worden sind.«

»Ja, aber keiner meiner Sekundanten ist Chemiker.« Anthonys Gesichtsausdruck war erstaunlich zynisch. »Sie hätten nichts davon bemerkt, wenn ein sehr kluger Wissenschaftler die normale Ladung durch ein speziell bearbeitetes Schießpulver ersetzt hätte.«

»Jetzt hör aber auf. Alle Anwesenden haben gehört, wie das Pulver explodiert ist, als du den Schuß abgegeben hast.«

»Der Knall war ganz beachtlich, das muß ich dir zugestehen«, pflichtete Anthony ihm bei. »Aber das bedeutet überhaupt nichts. Die Hülse steckt immer noch in meiner Pistole.«

»Du hast es nicht nötig, dir mit dem Blut des jungen Norris die Hände schmutzig zu machen. Wir wissen beide, daß er sich normalerweise mit niemandem anlegt. Er war nicht ganz bei sich, als er dich zum Duell herausgefordert hat.«

»Ich gebe zu, daß es untypisch für ihn war.« Anthony wirkte nachdenklich. »Und ich gebe auch zu, daß es mir keine allzu große Befriedigung verschafft hätte, ihm eine Kugel in den Leib zu jagen.«

»Es freut mich, das zu hören.« Baxter wollte zu seiner Kutsche gehen.

»Nur noch eines, St. Ives.«

»Ja?«

Anthony musterte ihn durch halb geschlossene Lider. »Ich habe den Verdacht, du bist heute morgen hier erschienen, weil der neue Earl von Esherton dich darum gebeten hat. Er wollte, daß du ihm dabei hilfst, seinem Freund das Leben zu retten.«

»Na und?«

»Es sind Gerüchte im Umlauf, der alte Earl hätte dir die Verwaltung seines Vermögens übertragen und außerdem von dir verlangt, daß du den jungen Hamilton im Auge behältst.«

»Worauf willst du hinaus, Tiles?«

»Dein Halbbruder hat alles bekommen, was eigentlich dir zustehen sollte. Du bist in einer idealen Position, ihn um das Erbe zu bringen, das dir versagt geblieben ist.« Anthonys Hand ballte sich zur Faust. »Warum hast du nicht längst etwas unternommen, damit ihm nichts mehr bleibt?«

Charlottes Worte hallten in Baxters Kopf wider. *Anthony Tiles hat sich offensichtlich von den Umständen seiner Geburt dazu verleiten lassen, einen Weg einzuschlagen, der ihn mit großer Sicherheit ins Verderben führen wird. Gott sei Dank hast du dich für ein anderes Leben entschieden.*

Er sah den Mann an, der früher einmal einer seiner Gefährten gewesen war, vielleicht sogar ein Freund, und er begriff eine Wahrheit, mit der er sich bisher noch nie bewußt auseinandergesetzt hatte. Sein Vater hatte ihm zwar nicht den Titel vererbt, doch er hatte seinem unehelichen Sohn etwas anderes mit auf den Weg gegeben, und Anthony war dieses Glück versagt geblieben.

»Ich kann nicht leugnen, daß ich mir ab und zu Gedanken über die Vergangenheit gemacht habe«, sagte Baxter bedächtig. »Aber vielleicht habe ich der Versuchung widerstanden, mich in ernsthaften Racheakten zu üben, weil ich auf etwas anderes gestoßen bin, was mein Interesse mehr gefesselt hat.«

»Ach, ja, deine Leidenschaft für die Chemie.« Anthonys Mund verzog sich spöttisch. »Aber meiner Ansicht nach ist nichts anderes so faszinierend wie Racheakte.«

»Laß dir von einem alten Bekannten einen Rat geben. Sieh dich um, ob du nichts Unterhaltsameres finden kannst als Spielhöllen und Duelle. Aus dem Alter solltest du inzwischen heraus sein, Tony.«

»Ich muß dich bitten, mir jetzt nicht auch noch eine Moralpredigt zu halten. Es ist schon schlimm genug, daß du mir heute morgen den Spaß verdorben hast.«

»Du brauchst dich nicht so zynisch zu geben.« Baxter warf einen Blick auf die Kutsche, in der Hamilton und Norris auf ihn warteten. »Mir ist durchaus bewußt, daß du dich in diesem Fiasko großmütig verhalten hast. Ich bezweifle zwar, daß du großen Wert auf meinen Dank legst, aber ich danke dir trotzdem.«

»Na, prima.« Anthonys Lächeln erinnerte an einen Wolf, der die Lefzen zeigt. »Vielleicht wird mir deine Dankbarkeit noch einmal zustatten kommen. Aber ich versichere dir, daß sie unangebracht ist. Edelmütiges Handeln liegt mir nicht. Die Mühe kann sich ein Bastard sparen, denn es springt ja doch nichts für ihn dabei heraus.«

»Vielleicht haben die Dinge, mit denen du dir im allgemeinen die Zeit vertreibst, doch schon mehr von ihrem Reiz eingebüßt, als dir selbst bewußt ist.«

»Was, zum Teufel, soll das heißen?«

»Von dort aus, wo ich gestanden habe, war es durchaus möglich, zu erkennen, daß du ein wenig zu hoch und eine Spur zu weit nach links angelegt hast. Selbst dann, wenn deine Pistole dich nicht im Stich gelassen hätte, wäre die

Kugel wahrscheinlich dicht an Norris' Ohr vorbeigeflogen. Jedenfalls wäre sie ihm ganz bestimmt nicht in die Brust gedrungen.« Baxter zog die Augenbrauen hoch. »Ich glaube tatsächlich, es wäre gar nicht nötig gewesen, mich in diese Angelegenheit einzumischen.«

Anthony sah ihn mit einem merkwürdigen Gesichtsausdruck an. Dann wandte er sich wortlos ab und ging auf seinen leichten Zweispänner zu, um sich wieder in seine selbstauferlegte Einsamkeit zurückzuziehen.

Baxter beobachtete, wie Tiles einstieg und das elegante Fahrzeug im Nebel verschwand. Seine Eingeweide zogen sich schmerzhaft zusammen. *Genau das hätte aus mir werden können.*

Oberflächlich betrachtet schien es, als gäbe es zwischen ihm und Anthony kaum eine Gemeinsamkeit. Tiles füllte sein Leben mit fieberhafter Aufregung und mit riskanten Abenteuern. Baxter dagegen zog die geregelte und zurückgezogene Welt vor, die er in seinem Laboratorium fand. Aber dennoch hatte jeder von ihnen auf seine eigene Art Schutzwälle errichtet, um Gefühle von sich fernzuhalten, die sie verletzbar machen könnten.

Dieselben Wälle sorgten aber auch dafür, daß sie ihr ganzes Leben lang allein sein würden.

Bisher hatte Baxter diejenigen, die ihn zeitweilig aus seinem Laboratorium herauszerrten, um eine lästige familiäre Verpflichtung zu übernehmen, verabscheut und sich ihnen nach Möglichkeit widersetzt. Und sowie er seine Aufgaben in der Außenwelt erledigt hatte, hatte er sich erleichtert in die wohlgeordnete, berechenbare Welt seiner persönlichen Interessen zurückgezogen.

Aber diesmal hatte er es nicht so eilig wie sonst, wieder bei seinen tröstlichen Phiolen, Schmelztiegeln und Schweißbrennern Zuflucht zu suchen. Er wollte nicht mehr so einsam sein.

Charlotte musterte die rundliche grauhaarige Frau mit den rosigen Wangen, die an dem grobgezimmerten Küchentisch vor dem Feuer saß. »Es ist sehr nett von Ihnen, daß Sie heute hergekommen sind, Mrs. Gatler.«

»Mrs. Witty hat mir versprochen, es würde sich für mich lohnen.« Mrs. Gatler kniff die Augen zusammen, die so blau waren wie Rotkehlcheneier. »Sie hat mir aber auch versichert, daß Sie keiner Menschenseele etwas davon sagen würden, wenn ich Ihnen erzähle, was sich in jener Nacht abgespielt hat.«

»Sie haben mein Wort darauf. Ich bin dafür bekannt, daß man mir alles anvertrauen kann.«

»Das hat Mrs. Witty auch gesagt.« Mrs. Gatler warf einen Seitenblick auf Mrs. Witty, die sich damit beschäftigte, am anderen Ende der Küche Brotteig zu kneten.

»Du kannst ihr alles erzählen, Maggy.« Mrs. Witty zwinkerte Mrs. Gatler zu, um ihr Mut zu machen. »Sie versteht sich wirklich darauf, Geheimnisse für sich zu behalten, das versichere ich dir.«

»Noch eine Tasse Tee, Mrs. Gatler?« fragte Charlotte und griff nach der Teekanne.

Das unangemeldete Erscheinen von Drusilla Hesketts früherer Haushälterin hatte sie überrumpelt. Ariel war vor einer knappen halben Stunde aus dem Haus gegangen, um mit Rosalind einen Einkaufsbummel zu machen. Baxter hatte Charlotte eine Nachricht zukommen lassen, in der er ihr versicherte, das Duell sei gut ausgegangen, aber er war bisher noch nicht persönlich vorbeigekommen.

Sie hatte sich gerade schriftliche Notizen zu den Nachforschungen gemacht und versucht, in Gedanken Zusammenhänge zwischen den einzelnen Vorfällen und Informationen herzustellen, als Mrs. Witty triumphierend angekündigt hatte, Drusilla Hesketts Haushälterin sei gerade eingetroffen.

»Es hat mich einige Mühe gekostet, sie ausfindig zu

machen«, hatte Mrs. Witty Charlotte auf dem Weg zur Küche anvertraut. »Sie hat sich ziemlich angestrengt, damit man sie nicht findet.«

»Ja, ich glaube, ich nehme gern noch eine Tasse Tee«, sagte Mrs. Gatler. »Verstehen Sie, für mich ist das eigenartig, mir von der Dame des Hauses Tee eingießen zu lassen.«

Charlotte lächelte verbindlich. »Es ist mir ein Vergnügen.« Sie behielt allerdings für sich, daß sie ihrem Gast ebensogern Gin kredenzt hätte, solange es nur dazu diente, deren Zunge zu lösen. »Und jetzt lassen Sie uns über den Mord reden.«

Mrs. Gatler warf einen letzten Blick auf Mrs. Witty, und dann beugte sie sich vor. »Er hat nichts davon gewußt, daß ich da war, verstehen Sie.«

»Wer hat nichts davon gewußt?«

»Der, der sie erschossen hat. Mrs. Heskett hatte dem Personal an dem Abend freigegeben. Das hat sie oft getan, wenn sie Besuch von Lord Lennox erwartete.« Mrs. Gatler lachte in sich hinein. »Die beiden haben gern ungehindert im ganzen Haus herumgetollt, wenn sie erst mal richtig losgelegt haben. In der Küche haben sie es getrieben, im Keller, im Salon, überall. Die haben vor nichts haltgemacht.«

»Das nenne ich Durchhaltevermögen«, murmelte Charlotte.

»Das können Sie laut sagen. Also, ich hätte an jenem Abend meine Schwester besuchen sollen, aber im letzten Moment habe ich es mir anders überlegt. Mir ging es nicht gut, und der Besuch war mir viel zu anstrengend. Also habe ich beschlossen, zu Hause zu bleiben und ein Mittel gegen die Schmerzen einzunehmen. Ich war in meinem Zimmer hinter der Küche, als ich ihn in der Eingangshalle gehört habe.«

Charlotte zog die Stirn in Falten. »Wen haben Sie gehört? Lord Lennox?«

»Nein, nein, den doch nicht. Wenn Lennox im Haus war, dann wußte ich das immer.« Mrs. Gatler schüttelte mit unverhohlener Bewunderung den Kopf. »Die beiden haben einen Heidenkrach veranstaltet. Es war wirklich erstaunlich, das kann ich Ihnen sagen.«

»Fahren Sie bitte mit Ihrem Bericht fort, Mrs. Gatler. Hat der Mann in der Eingangshalle viel Lärm verursacht?«

»Nein, das war ja gerade das Seltsame. Er hat sich so lautlos wie ein Toter ins Haus geschlichen. Ich hätte gar nicht gewußt, daß er überhaupt da war, wenn ich nicht gehört hätte, wie Mrs. Heskett mit ihm geredet hat.«

Charlotte erstarrte. »Dann hat sie ihn also gekannt?«

»Nein, das glaube ich nicht. Mir schien es, als sei sie erschrocken darüber, ihn zu sehen. Sie hat ihn zur Rede gestellt und gefragt, was er in ihrem Haus zu suchen hat.«

»Sie haben gesagt, Sie hätten ihn in der Eingangshalle gehört. Hat er denn nicht an der Haustür angeklopft?«

»Nein.« Mrs. Gatler zog die Augenbrauen zusammen. »Das hätte ich gehört. Ich habe mir gesagt, daß er wohl einen Schlüssel haben muß.«

»Einen Schlüssel?«

»Mrs. Heskett hatte die Angewohnheit, ihren liebsten Herrenbekanntschaften Schlüssel auszuhändigen.« Mrs. Gatler zuckte die Achseln. »Lennox hat einen Schlüssel zu ihrem Haus gehabt«

Charlotte tauschte einen Blick mit Mrs. Witty. Dann wandte sie sich wieder an ihre Besucherin. »Was ist als nächstes passiert?«

»Tja, dann habe ich gehört, wie die beiden eine Zeitlang in der Eingangshalle miteinander geredet haben. Oder wenigstens habe ich Mrs. Heskett gehört. Ihn konnte ich nicht richtig hören. Er hat ganz leise gesprochen. Aber ich wußte, daß er etwas sagte, weil Mrs. Heskett ihm mehrfach geantwortet hat.«

»Sind Sie in die Eingangshalle gegangen, um nachzusehen, ob Mrs. Heskett einen Wunsch hat, weil sie ihrem Gast etwas anbieten möchte?«

»Nein, das hätte ich unter keinen Umständen getan. Schließlich hatte ich an jenem Abend Ausgang. Wenn Madam gewußt hätte, daß ich da bin, hätte sie mich bestimmt in die Küche geschickt, damit ich für ihren Herrenbesuch eine kalte Mahlzeit herrichte.« Mrs. Gatler verzog das Gesicht. »Wenn ihnen plötzlich einfällt, das sie etwas von einem wollen, dann denken die vornehmen Leute nie daran, daß sie dem Personal freigegeben haben. So ist es doch, Mrs. Witty?«

Mrs. Witty gab einen mitfühlenden Laut von sich und beschäftigte sich dann wieder damit, den Brotteig zu kneten.

Charlotte schenkte erneut Tee ein. »Fahren Sie doch bitte mit Ihrer Geschichte fort, Mrs. Gatler.«

»Also, lassen Sie mich mal sehen. Wo war ich gerade?« Mrs. Gatler runzelte die Stirn. »Viel mehr gibt es nicht zu erzählen. Nach einer Weile sind Mrs. Heskett und der Gentleman nach oben gegangen. Ein paar Minuten später habe ich den Schuß gehört. Ich bin in Panik geraten, das können Sie mir glauben. Ich schwöre es Ihnen, eine ganze Weile konnte ich mich noch nicht mal von der Stelle rühren. Dann habe ich ihn auf der Treppe gehört.«

»Sie haben die Schritte des Mörders gehört?«

»Ich habe seine Stimme gehört.« Mrs. Gatler erschauerte sichtlich. »Mrs. Hesketts Spaniel muß sich ihm in den Weg gestellt haben. Er hat das kleine Vieh fürchterlich beschimpft und gesagt, es soll ihm aus dem Weg gehen.«

»Erzählen Sie mir ganz genau, was Sie gehört haben, Mrs. Gatler.«

»Ich nehme an, daß er den armen Hund getreten hat. Ich habe gehört, wie er gewinselt hat. Als nächstes habe ich dann gehört, wie Schritte in den hinteren Korridor eingebogen sind. Sie sind direkt an meinem Zimmer vorbeigekommen. Ich habe nur noch den Atem angehalten und gebetet. So sehr wie in dem Moment hat mir in meinem ganzen Leben noch nicht gegraut.«

»Ist der Mann stehengeblieben?«

»Nein, Gott sei Dank nicht. Er ist durch die Küche gelaufen und hat das Haus dann sofort durch die Hintertür verlassen. Ich bin nicht aus meinem Zimmer rausgekommen, solange ich nicht ganz sicher sein konnte, daß er auch wirklich fort ist. Dann hat der Hund angefangen zu jaulen. Nach einer Weile bin ich dann nach oben gegangen, und dort habe ich Mrs. Heskett gefunden. Sie lag still da, in einer Blutlache. Es war ganz furchtbar. Ich glaube nicht, daß sie sofort tot war.«

»Warum sagen Sie das?« erkundigte sich Charlotte eilig.

Mrs. Gatler war deutlich anzusehen, wie unbehaglich ihr zumute war. »Sie hatte sich gewissermaßen über den Teppich geschleppt. Bis zum Kleiderschrank hatte sie es schon geschafft und hatte eine Schublade herausgezogen. Das ganze Holz war mit Blut beschmiert. Wahrscheinlich hat sie versucht, sich auf die Füße zu ziehen. Es war einfach gräßlich.«

Nein, dachte Charlotte. Drusilla Heskett hatte nicht versucht aufzustehen, sie hatte ihren letzten Funken Leben darauf verwandt, den Skizzenblock zu verstecken. Sie wußte, daß er den einzigen Hinweis enthielt, der auf ihren Mörder deutete.

»Warum haben Sie nicht augenblicklich den Magistrat verständigt?« fragte Charlotte. »Warum haben Sie sich nicht freiwillig gemeldet und erzählt, was passiert ist?«

Mrs. Gatler sah sie an, als hielte sie Charlotte nicht für besonders schlau. »Glauben Sie, ich bin wahnsinnig? Ich war in jener Nacht als einzige im Haus. Die Behörden hätten angenommen, daß ich den Mord begangen habe. In einer solchen Situation schiebt man dem Personal doch immer die Schuld zu, verstehen Sie. Wahrscheinlich hätten sie mich verhaftet. Sie hätten behauptet, ich wäre dabei ertappt worden, wie ich das Silber stehle oder so was.«

Charlotte trommelte mit den Fingerspitzen auf den Tisch. »Was genau hat der Mörder gesagt, als er über den Hund gestolpert ist?«

»Was? Ach so, ja, auf der Treppe.« Mrs. Gatler leerte ihre Teetasse und blickte mit einem besorgten Gesichtsausdruck auf. »Ich glaube, er hat gesagt: ›Geh mir aus dem Weg, du verdammter Köter.‹ Oder so was Ähnliches. Aber, um die Wahrheit zu sagen, was ich mir gemerkt habe, das waren nicht die Worte. Es war die Stimme.«

Charlotte erstarrte. »Die Stimme?«

»Die klang rauh und sehr heiser.« Die Erinnerung daran ließ Mrs. Gatler erschauern. »Ich mußte an Steine denken, die in einem Sarg rumpoltern.«

»Gütiger Gott.« Charlotte hätte beinah zu atmen aufgehört. Der Mann, der ihr die Rose und das Schreiben überreicht hatte, war derselbe Mann, der Drusilla Heskett ermordet hatte. Sie hatte Drusillas Mörder tatsächlich von Angesicht zu Angesicht gegenübergestanden.

Nein, nicht direkt von Angesicht zu Angesicht, rief sie sich ins Gedächtnis zurück. Der Mann in dem schwarzen Dominokostüm hatte eine Maske getragen. Es gab nur einen einzigen Menschen, der möglicherweise in der Lage gewesen wäre, diese brüchige, scharrende Stimme mit einem Gesicht in Verbindung zu bringen.

»Was ist los mit Ihnen, Miss Charlotte?« Mrs. Witty klopfte das Mehl von ihren Händen und runzelte besorgt die Stirn. »Sie sehen aus wie vom Donner gerührt.«

»Der Mann, der Juliana Post dafür bezahlt hat, daß sie mir diese Unwahrheiten über Mr. St. Ives auftischt, ist höchstwahrscheinlich identisch mit dem Mann, der mir gestern abend eine Nachricht überreicht hat.« Charlotte rieb sich die Schläfen, während sie versuchte, logische Schlußfolgerungen aus dieser neuen Erkenntnis zu ziehen. »Es muß ganz einfach derselbe Mann sein.«

»Woher wollen Sie das so genau wissen?« fragte Mrs. Witty barsch.

»Die Taktik war dieselbe. In beiden Fällen ist ein Versuch unternommen worden, mich davon zu überzeugen, wie schlecht St. Ives doch ist.« Charlotte stemmte ihre Handflächen auf den Tisch und stand auf. »Und bei diesem Mann handelt es sich höchstwahrscheinlich um den Mörder. Oh, mein Gott, ich muß mich beeilen.«

»Wohin wollen Sie denn so eilig?« rief Mrs. Witty ihr nach, als Charlotte zur Küchentür rannte.

»Zu Juliana Post.« Charlotte blieb kurz in der Tür stehen. »Ich fürchte, daß sie ernstlich in Gefahr schwebt. Ich muß sie dringend warnen.«

»Aber, Miss Charlotte ...«

»Mr. St. Ives kann jetzt jeden Moment hier eintreffen. Wenn er kommt, dann sagen Sie ihm doch bitte, wohin ich gegangen bin.«

Mrs. Witty sah Charlotte finster an. »Weshalb, um Himmels willen, sollte Miss Post in Gefahr schweben?«

»Weil sie die einzige ist, die den Mörder möglicherweise identifizieren könnte. Ich kann nur hoffen, daß er bisher noch nicht bemerkt hat, welche Bedrohung sie für ihn darstellt.«

16

»Während du dich mit Tiles unterhalten hast, hat Norris mir anvertraut, daß er sich an nichts mehr erinnern kann, was in direktem Zusammenhang zum Duell steht.« Hamilton lief in der Bibliothek auf und ab. »Er erinnert sich nicht mehr an die Anweisungen, die er erhalten hat, als der Magier ihn in einen Trancezustand versetzt hat. Er kann sich nicht einmal mehr an das Experiment erinnern.«

»Hat er dir irgendeinen Grund dafür genannt, daß er Tiles zum Duell herausgefordert hat?«

»Nein, absolut keinen. Er erinnert sich nicht daran, diese Herausforderung ausgesprochen zu haben. Er behauptet, erst als er seine Pistole abgefeuert hat, sei ihm plötzlich aufgegangen, daß er dem gefährlichsten Schützen von ganz London auf dem Duellplatz gegenübersteht. Und er wußte noch nicht einmal, wie es dazu gekommen war.«

»Erinnert er sich noch daran, daß ihr bis zum letzten Moment versucht habt, ihm das Duell auszureden, du und die anderen Clubmitglieder?«

»Nein.« Hamilton blieb vor einer Bücherwand stehen. Er umklammerte eine Sprosse der kleinen Trittleiter. »Wie du selbst gesehen hast, hat ihn der Vorfall offensichtlich tief erschüttert.«

Ein einziger Blick in Norris' bestürztes Gesicht, dessen Ausdruck von äußerster Erschöpfung geprägt war, hatte genügt, um Baxter davon zu überzeugen, daß es vollkommen zwecklos gewesen wäre, den jungen Mann einem ernsthaften Verhör zu unterziehen. Schweren Herzens hatte er den Kutscher angewiesen, Norris vor der großen Lennox-Villa abzusetzen. Hamilton hatte seinen Freund ins Haus gebracht und war dann zu der Kutsche zurückgekehrt, um Baxter nach Hause zu begleiten. Keiner von beiden hatte auch nur ein Wort gesagt, ehe sie die Bibliothek betreten hatten.

»Wenn Norris sich von dem Schock erholt hat, wird er feststellen, daß er sich einen beneidenswerten Ruf erworben hat«, sagte Baxter. »Schließlich zählt er zu den wenigen Männern, die je die Kühnheit besessen haben, Anthony Tiles zu einem Duell herauszufordern, und die es unbeschadet überlebt haben.«

»Ja, das ist wahr.« Hamiltons Mundwinkel hatten sich trotz seiner finsteren Stimmung hochgezogen. »Die reinste Ironie des Schicksals, meinst du nicht auch? Norris ist der ausgeglichenste und gutmütigste Mann, der mir je begegnet ist, und jetzt wird er in den Ruf eines tollkühnen und verwegenen Weltmanns geraten, der leichtsinnig Kopf und Kragen riskiert und dabei so radikal ist, daß er vor nichts zurückschreckt.«

»Das sollte Wunder wirken, was sein gesellschaftliches Leben angeht. Ich hoffe nur, sein neues Image wird ihm nicht zu Kopf steigen.«

»Das ist äußerst unwahrscheinlich.« Hamiltons Lächeln verblaßte. »Er ist enorm dankbar dafür, daß er noch am Leben ist. Nichts läge ihm ferner, als in absehbarer Zeit noch einmal seinen Hals zu riskieren.«

»Da es so scheint, als hätte er keinerlei Erinnerung an die ganze Geschichte, muß ich mich ganz und gar auf die Informationen verlassen, die du mir gibst. Wirst du mir dabei helfen, die Identität dieses Quacksalbers herauszufinden, den ihr Magier nennt?«

Hamilton drehte sich zu ihm um und sah ihn an. Seine Augen waren düster, sein Mund hart. Er sah wesentlich älter aus als gestern, dachte sich Baxter.

»Ja, ich werde tun, was ich kann, das versichere ich dir«, sagte Hamilton. »Mir ist durchaus bewußt, daß ich in deiner Schuld stehe, Baxter.«

»Du bist mir nichts schuldig.«

»Was, zum Teufel, soll das heißen? Du hast meinem Freund das Leben gerettet. Dafür kann ich mich niemals erkenntlich zeigen, und ebensowenig kann es Norris.«

»Du warst derjenige, der Schritte unternommen hat, um Norris das Leben zu retten. Du hast deine persönlichen Empfindungen außer acht gelassen und bist zu mir gekommen, um mich um Hilfe zu bitten. Das hat Mut und Willenskraft erfordert und gezeigt, daß du dir zu helfen weißt.«

Hamilton errötete. Einen Moment lang wirkte er fast so verwirrt wie Norris nach dem Duell. »Ich wußte nicht, an wen ich mich sonst hätte wenden können. Ich war am Ende meiner Weisheit angelangt, nachdem meine Versuche, Norris mit Logik und Vernunft zu überzeugen, restlos gescheitert sind. Er war weder für meine inständigen Bitten zugänglich, noch für meine Argumente. Wir konnten den Magier nirgends finden. Ich war verzweifelt.«

»Das ist mir klar. Du hast getan, was dir notwendig schien, um einem Freund das Leben zu retten, obwohl es bedeutet hat, daß du mich um Hilfe bitten mußtest. Ich weiß, wie schwer dir das gefallen ist. Wenn Norris jemandem dankbar ist, dann sollte seine Dankbarkeit dir gelten.«

»Ich war nicht derjenige, der gewußt hat, wie man die chemische Zusammensetzung des Schießpulvers verändern kann.«

Baxter zuckte die Achseln. »Falls es dir ein Trost sein sollte: Ich glaube nicht, daß Tiles Norris kaltblütig erschossen hätte.«

»Es ist allgemein bekannt, daß Tiles skrupellos und grausam ist.«

»Er steht in diesem Ruf, das ist allerdings wahr. Aber er hatte nichts gegen Norris.«

»Der Umstand, daß es ihm an einem konkreten Grund

fehlt, hätte einen Mann von Tiles' Naturell noch lange nicht abgeschreckt.«

Hamilton zog die Stirn in Falten. »Glaubst du, er hat Verdacht geschöpft und ahnt, daß mit dem Schießpulver etwas nicht gestimmt hat?«

»Er ist kein Dummkopf.«

Panik flackerte in Hamiltons Augen auf. »Du meinst, er weiß, was heute morgen vorgefallen ist?«

»Er macht sich eine recht präzise Vorstellung davon, was mit seiner Pistole los war, das stimmt schon. Und er ist sich durchaus bewußt, daß ich Chemiker bin. Das heißt, er brauchte gar nicht erst lange nachzudenken, um zwei und zwei zusammenzuzählen und sich eine Theorie zurechtzulegen.«

»Um Himmels willen, Baxter. Wenn er das mit dem Schießpulver weiß, dann kann es gut sein, daß er dir die Schuld daran geben wird. Möglicherweise fordert er dich zum Duell heraus. Du könntest durchaus sein nächstes Opfer sein.«

»Erzähl mir bloß nicht, daß du dir Sorgen um meinen Kopf und Kragen machst.«

»Es wäre doch nicht richtig, wenn Tiles versuchen würde, sich an dir zu rächen, weil du mir dabei geholfen hast, Norris das Leben zu retten.«

»Du kannst beruhigt sein. Es wird zu keinem Duell zwischen Tiles und mir kommen. Wir waren früher in Oxford eine Zeitlang miteinander befreundet. Wir sind zwar seitdem getrennte Wege gegangen, aber dennoch besteht zwischen uns eine alte Verbindung, die man nicht so leicht abreißen lassen kann.«

Hamilton starrte ihn an. »Und was verbindet euch beide miteinander?«

»Die Tatsache, daß wir beide Bastarde sind.«

»Das verstehe ich nicht. Was hat das denn damit zu tun?«

»Die Umstände der Geburt eines Menschen haben einen ganz erstaunlichen Einfluß auf den Freundeskreis, mit dem man sich in späteren Jahren umgibt. Du brauchst doch nur an deine eigene Bekanntschaft mit Norris zu denken. Die entscheidende Grundlage, die ihr miteinander gemeinsam habt, ist die, daß ihr beide Erben eines alten Titels und eines alten Familienvermögens seid. Dieser Faktor schafft eine Verbindung zwischen euch, die für den Rest eures Lebens bestehen wird. Du wirst wahrscheinlich Söhne haben, die durchaus seine Töchter heiraten könnten, und so geht es immer weiter. Das ist nun einmal der Lauf der Welt.«

»Ich verstehe, was du meinst.« Hamiltons Nervosität war anzumerken, wie unbehaglich ihm zumute war. »Aber ich bin trotzdem sehr froh darüber, daß Norris heute morgen nicht nur auf Tiles' Launen angewiesen war.«

»Tiles kann ziemlich unberechenbar sein, das gebe ich gern zu. Aber ich glaube, das Thema haben wir jetzt erschöpft, und zu dem Duell gibt es nichts mehr zu sagen.« Baxter beugte sich vor und faltete die Hände auf seiner Schreibtischplatte. »Laß uns jetzt auf die dringlicheren Angelegenheiten zu sprechen kommen. Wir müssen diesen verdammungswürdigen Magier finden, ehe er mit einem seiner Experimente in Mesmerismus weitere Menschenleben in Gefahr bringt.«

»Ich habe mich bereit erklärt, dir zu helfen, aber ich kann immer noch nicht glauben, daß er Norris vorsätzlich in den Tod schicken wollte.« Hamilton rieb sich den Nacken. »Das Experiment ist schiefgegangen, das ist alles.«

»Ich bin mir nicht so sicher, daß es gescheitert ist.«

Hamilton blickte auf. »Was soll das heißen?«

»Ich habe den Verdacht, daß, was den Magier angeht, die Resultate dieser ganzen Geschichte für ihn durchaus zufriedenstellend sein könnten.«

»Wovon redest du überhaupt? Weshalb hätte der Magier beabsichtigen sollen, gezielt etwas zu unternehmen, damit Norris ums Leben kommt?«

»Das ist eine der zahlreichen Fragen, die ich ihm gern stellen möchte. Und jetzt erzähl mir alles, was du weißt.«

Hamilton seufzte. »Das wird nicht ganz einfach werden. Sein Gesicht habe ich im Grunde genommen nie gesehen. Wenn er in unserer Mitte erschienen ist, hat er immer sein Kostüm mit der Maske getragen. Das hat dazugehört, verstehst du?«

»Ich nehme an, daß er mehrfach vor dir und deinen Freunden aufgetreten ist. Es muß doch irgendein besonderes Merkmal geben, etwas Auffälliges, woran du dich erinnern kannst.«

»Tja, ich muß zugeben, daß seine Stimme reichlich seltsam ist«, sagte Hamilton.

Charlotte hob den schweren Türklopfer aus Messing an Juliana Posts Haustür und ließ ihn zum dritten Mal laut gegen das Holz prallen. Es erschien jedoch keine Haushälterin, um ihr die Tür zu öffnen.

Ihre Unruhe und ihre Besorgnis nahmen zu. Hier stimmte etwas nicht, da war Charlotte sich ganz sicher. Sie nahm es so intuitiv wahr wie so manches andere auch. Ebenso wie ihr klar geworden war, daß die Gestalt in dem schwarzen Dominoumhang eine tödliche Gefahr darstellte.

Sie ließ den Messingklopfer noch einmal mit aller Kraft gegen die Tür sausen. Vielleicht kam sie zu spät. Der Mann mit der scharrenden Stimme könnte Juliana bereits einen Besuch abgestattet haben.

Beruhige dich, sagte sie sich. Juliana könnte für ein paar Stunden aus dem Haus gegangen sein. Vielleicht erledigte sie Einkäufe.

Aber wo steckte die Haushälterin?

Es war zwecklos, noch öfter an die Haustür zu klopfen. Inzwischen stand fest, daß niemand öffnen würde. Charlotte warf einen Blick auf die vordere Front des Hauses, die tiefer gelegen war als die Straße. In der Küche war niemand zu sehen.

Sie mußte eine Möglichkeit finden, in dieses Haus hineinzukommen, denn sie hätte keine ruhige Minute gehabt, wenn sie ganz einfach wieder fortgegangen und nach Hause zurückgefahren wäre.

Sie warf einen schnellen Blick auf die Straße, um sicherzugehen, daß niemand sie beobachtete, und dann öffnete sie das kleine Tor und eilte die Stufen hinunter, die zum Dienstboteneingang des Hauses führten. Dort unten war sie vor den Blicken der Passanten geschützt.

Auf dem kleinen gepflasterten Quadrat vor der Küchentür war kein Laut zu hören. Charlotte warf einen Blick durch die Fenster. Auch hier unten war keine Menschenseele zu sehen. Sie pochte fest gegen eine Fensterscheibe.

Als keine Antwort kam, versuchte sie es an der Tür.

Sie war verriegelt.

Der Entschluß, eine der Fensterscheiben einzuschlagen, fiel ihr schwer, aber sie sah keine andere Möglichkeit, ins Haus hineinzukommen. Es war wirklich ein Jammer, daß Baxter nicht mitgekommen war, sagte sie sich, denn er stellte sich in diesen Dingen sehr geschickt an.

Sie setzte ihren Hut ab, preßte die Krempe gegen eine der kleinen Fensterscheiben und wartete, bis eine Kutsche holpernd vorbeifuhr. Als das Klappern der Hufe und der Räder am lautesten war, holte sie mit ihrer schweren Handtasche Schwung und schlug sie gegen die Glasscheibe.

Die kleine Fensterscheibe zersplitterte, und die Scherben fielen auf den Küchenboden. Charlotte wartete einen Moment, doch niemand kam angerannt, um nachzusehen, was hier passiert war.

Sie streckte einen Arm durch die Öffnung und tastete nach dem Türriegel.

Es dauerte nur wenige Sekunden, bis sie sich Einlaß verschafft hatte. Einbruch war eine erstaunlich unkomplizierte Angelegenheit.

Sie lief durch die Küche zur Treppe, die ins Erdgeschoß hinaufführte.

»Ist jemand zu Hause?« rief sie mit lauter Stimme. »Miss Post?«

Ein gespenstisches Schweigen antwortete ihr.

Die üble Vorahnung verstärkte sich, als sie langsam die Stufen hinaufstieg. In der Eingangshalle empfing sie ein unangenehmer Geruch.

»Juliana? Ich bin es, Charlotte Arkendale.«

Keine Antwort.

Sie schnupperte und sog behutsam die Luft ein. Es roch nach Rauch, ein vertrauter Geruch. Ihr fiel wieder ein, daß Juliana eine exotische Mischung von Räucheressenzen verwendete, um die passende Atmosphäre für ihre Sitzungen als Wahrsagerin zu schaffen.

Aber diesmal riecht es anders, dachte Charlotte. *Das ist nicht derselbe Geruch wie beim letzten Mal. Trotzdem kommt er mir irgendwie bekannt, vor. Aber woher?*

Und plötzlich wußte sie es: Dieser Geruch wies große Ähnlichkeit mit den widerlichen Räucheressenzen auf, die Hamilton und seine Freunde in ihrem privaten Raum im *Grünen Tisch* angezündet hatten. Dennoch nahm sie einen feinen Unterschied wahr, denn diesmal rochen die Dämpfe beißender und intensiver.

»Juliana?«

Die Tür zu dem kleinen Salon, den Juliana dafür benutzte, ihren Kunden die Zukunft vorauszusagen, war geschlossen. Charlotte konnte sehen, wie der übelriechende Rauch unter der Tür herausquoll.

Sie konnte sich des gräßlichen Gefühls nicht erwehren, daß allergrößte Eile geboten war. Sie eilte durch den Korridor zur Tür, packte den Türknopf und zerrte daran.

Die Tür war abgeschlossen.

Schockiert blickte sie auf das Schloß, und in dem Moment sah sie, daß der Schlüssel darin steckte. Jemand hatte dieses Zimmer vorsätzlich von außen abgeschlossen.

»Juliana.«

Charlotte, die inzwischen von Panik gepackt wurde, drehte den Schlüssel im Schloß um und riß die Tür auf.

Dicke intensiv riechende Rauchschwaden wehten in den Korridor hinaus und hüllten sie ein. Der Rauch brannte in ihren Augen, und sie spürte, wie ihr schwindlig wurde.

Sie wich eilig zurück und zog ihr Taschentuch aus der Handtasche. Nachdem sie mehrmals tief eingeatmet hatte, faltete sie das Taschentuch zusammen und preßte es sich auf Mund und Nase.

Sie stürzte in den exotisch eingerichteten Raum. Der Rauch der Essenzen war so dicht, daß es schien, als hinge undurchdringlicher Nebel im Salon. Ihre Augen tränten. Sie konnte sich nicht viel Zeit lassen, um Juliana zu finden. Ihr war klar, daß sie nur so lange in diesem Raum bleiben durfte, wie sie den Atem anhalten konnte.

Fast wäre sie über den niedrigen Wahrsagetisch gestolpert. Sie schaute hinunter und sah, daß etliche Karten aufgedeckt auf dem Tisch lagen. Eine von ihnen war auf den Boden gefallen. Sie stellte eine vermummte Gestalt dar, die eine Sense in der Hand hielt. Ein unmißverständliches Bild des Todes.

Sie lief um das Tischchen herum und warf einen Blick auf den Kamin. Ein in sich zusammengesunkenes Bündel knallroter Satingewänder lag auf dem Boden vor dem scharlachroten Sofa.

Juliana.

Ihre Lunge brannte, als Charlotte auf die Gestalt zurannte, die auf dem Teppich lag. Sie konnte nicht erkennen, ob Juliana tot oder am Leben war, und ihr blieb keine Zeit, um es zu überprüfen.

Mit einer Hand hielt sie ihr Taschentuch fest, und mit der anderen Hand umfaßte sie einen von Julianas Knöcheln und begann, sie zur Tür zu ziehen. Zum Glück glitten Julianas Satingewänder mühelos über den Teppich.

Aber die Tür war weit entfernt. Charlotte wußte, daß sie es nicht schaffen würde, wenn sie nicht zwischendurch Luft holte. Sie atmete behutsam durch das Taschentuch ein.

Das Leinen verminderte die Intensität, konnte den Rauch jedoch nicht vollständig aus der Luft filtern. Im ersten Moment glaubte Charlotte, daß er frei von jeder Wirkung war, doch dann mußte sie voller Entsetzen feststellen, daß die schwarze und blutrote Einrichtung des Raumes vor ihren Augen zu schmelzen und ihre Konturen zu verlieren begann.

Die Räucheressenzen, sagte sie sich. Nur ihnen war diese Wirkung zuzuschreiben. Sie mußte so schnell wie möglich zur Tür gelangen.

Juliana wurde immer schwerer. Der Salon glich einem Meer aus Blut. Die Tür nahm die Form der Höllenpforte an. Auf der anderen Seite der Türschwelle erwartete sie ein Ungeheuer.

Das sind nur die Räucheressenzen. Die Räucheressenzen. Ich darf nicht stehenbleiben.

Nur noch ein Schritt. Ein einziger kleiner Schritt voran, gelobte sie sich, dann durfte sie Atem holen.

Sie zog Juliana durch die Tür, die zum Hades führte . . .

. . . und fand sich mit ihr auf einem kalten Fliesenboden wieder.

Sie riß sich das Taschentuch vom Gesicht, sog die weniger giftige Luft des Korridors tief in ihre Lunge ein und wurde von einem Hustenanfall geschüttelt.

»Verdammt noch mal, Charlotte.«

»Baxter. Baxter, hier bin ich.«

Der Klang seiner Stimme wirkte belebender auf sie als jeder Stärkungstrunk. Sie schnappte noch einmal keuchend nach Luft und wischte sich die tränenden Augen. Dann blinzelte sie mehrfach und sah, wie Baxter durch den dünnen Nebelschleier hindurch mit großen Schritten auf sie zukam. Er war durch die Küche in das Haus gelangt, genau wie sie.

»Was ist hier passiert?« erkundigte er sich mit einer leisen Stimme, die furchteinflößend klang.

»Gott sei Dank, daß du gekommen bist. Ich bin ja so froh, dich zu sehen. Es ist wegen Juliana. Ich weiß nicht, ob sie noch am Leben ist.«

Sie konnte Baxter nicht deutlich sehen. Als er auf sie zukam, schien es ihr, als veränderte sich seine Gestalt ständig auf eine ganz subtile Art und Weise. Eine seiner Gestalten war menschlich, die andere ... hatte etwas Bedrohliches. Seine Alchemistenaugen loderten sehr hell durch den Schleier der Räucheressenzen.

Baxter sah ihr forschend ins Gesicht. »Raus mit dir, und zwar schnell. Ich werde mich um Miss Post kümmern.«

»Diese seltsamen Dämpfe sind unglaublich stark.« Charlotte zog die Stirn in Falten. Mit der Eingangshalle stimmte etwas nicht. Die Treppe war mehrere Meter zur Seite gerutscht. »Ich fürchte, im Salon brennt es.«

»Das sehe ich mir genauer an, nachdem ich dich und Miss Post in die Kutsche gepackt habe. Komm mit, nein, nicht die Treppe zur Küche hinunter. Um Himmels willen, lauf zur Haustür hinaus. Sie ist näher.«

»Ja, sicher.« Sie konnte nicht klar denken. Alles wankte und verschwamm vor ihren Augen, wechselte ständig die Farbe und die Form. Sie fühlte sich, als sei sie in einem Traum gefangen, in einem Alptraum.

Sie stürzte sich auf den Türknauf, der im Nebel trieb. Es

gelang ihr kaum, ihn zu packen, bevor er ihr entglitt. Sie kämpfte mit ihm.

»Mach die Tür auf«, befahl Baxter mit einer Stimme, die durch den blutroten Dunst schnitt.

Sie nahm alle ihre Willenskraft zusammen und riß an dem Türknauf. Zu ihrer unendlichen Erleichterung drehte er sich unter ihren Fingern, und die Tür ging auf.

Kühle, frische Luft strömte in die Eingangshalle, in der die Räucheressenzen inzwischen in dichten Schwaden hingen. Charlotte atmete tief ein, als sie die Stufen hinabwankte. Die Welt verschwamm nicht mehr so stark vor ihren Augen. Sie sah Baxters Kutsche auf der Straße vor dem Haus stehen.

Sie bemühte sich, auf die Tür der Kutsche zuzugehen, doch diese schien ihre Größe und ihren Standort immer dann zu verändern, wenn sie die Hand nach dem Türgriff ausstreckte.

»Na, so was, Miss Arkendale, warten Sie einen Moment. Ich mache das schon für Sie.« Der Kutscher sprang von seinem Kutschbock und riß ihr die Tür aus den unsicheren Fingern. »Sehen Sie, da haben wir es schon.«

Er stützte ihren Ellbogen mit fester Hand und schob sie in die Kutsche. Charlotte ließ sich auf den Sitz fallen, schaute zum Fenster hinaus und sah, daß Baxter direkt hinter ihr war. Er hatte Juliana über seine Schulter geworfen.

»Was ist passiert?« fragte der Kutscher. »Brennt es im Haus? Soll ich Hilfe holen, Sir?«

»Ich glaube nicht, daß es brennt.« Baxter ließ Juliana auf den Boden der Kutsche sinken. »Warten Sie noch einen Moment. Ich gehe kurz ins Haus zurück und sehe mich genauer um.«

Charlottes Kopf wurde allmählich wieder klarer. Sie beugte sich aus dem Kutschenfenster hinaus. »Baxter, sei vorsichtig. Diese Räucheressenzen sind ausgesprochen giftig.«

Er antwortete nicht. Sie sah, wie er ein Taschentuch aus

seiner Tasche riß, während er das Haus durch die Haustür betrat, und wartete besorgt, bis er wieder auftauchte.

»Es brennt nicht. Es ist nur die Kohlenpfanne, die randvoll mit Räucheressenzen gefüllt ist. Ekliges Zeug. Es wird früh genug von allein runterbrennen.« Baxter sah den Kutscher an, als er in die Kutsche stieg. »Zu Miss Arkendales Haus. Seien Sie so freundlich, und vergeuden Sie keine Zeit. Ich will mich nicht länger als unbedingt nötig in dieser Gegend herumtreiben.«

»Wird gemacht, Sir.« Der Kutscher schlug die Kutschentür zu und sprang auf den Kutschbock.

Das Fahrzeug setzte sich in Bewegung und fuhr in einem forschen Tempo los.

Baxter setzte sich Charlotte gegenüber. Seine Augen glühten hinter den Brillengläsern. »Ist alles in Ordnung mit dir?«

»Ja.« Sie sah auf Juliana hinunter, die auf dem Boden lag. »Und Miss Post ist am Leben, dem Himmel sei Dank.«

Baxter beugte sich hinunter und legte die Finger einer Hand auf Julianas Kehle. »Ja, sie lebt.«

»Der Geruch dieser Räucheressenzen war übermächtig. Sie muß ohnmächtig geworden sein. Ich bin so gut wie sicher, daß es nicht dieselbe Kräutermischung war, die sie verwendet hat, als ich ihr das letzte Mal einen Besuch abgestattet habe. Diese Dämpfe haben mich an den ekelhaften Rauch erinnert, den Hamilton und seine Freunde kürzlich bei ihrem Zauber eingesetzt haben. Aber diesmal waren sie noch intensiver.«

»Ja.« Baxter musterte Juliana. Sein Gesicht war hart und verbissen. »Ich glaube nicht, daß Miss Post diesen Rauch zufällig eingeatmet hat.«

Charlotte sah Baxter über Julianas regungslose Gestalt hinweg in die Augen. »Du glaubst, der Magier hat versucht, sie zu ermorden.«

»Ja.«

»Er heißt Malcolm Janner. Ich habe ihn geliebt, und er hat versucht, mich zu töten.« Juliana, die frisch gebadet und in einen von Ariels Morgenmänteln gehüllt war, hatte sich auf dem Sofa vor dem Kamin im Wohnzimmer zusammengerollt. Ihre Stimme war immer noch heiser von dem Rauch, den sie eingeatmet hatte. Ihre Augen waren gerötet, und Tränen glitzerten darin. »Und ich habe geglaubt, er liebt mich auch.«

Charlotte die gerade dabei war, ihr eine Tasse Tee einzuschenken, hielt mitten in der Bewegung inne. Sie nahm Julianas Hand. »Er ist ein Ungeheuer, und Ungeheuer sind für Liebe nicht empfänglich.«

Baxter, der am Kaminsims lehnte, trat von einem Fuß auf den anderen. Charlotte spürte, daß seine Augen auf ihr ruhten. Als sie einen Blick auf ihn warf, erkannte sie, daß er sie gebannt ansah. Er sagte jedoch kein Wort.

Sie wandte sich wieder an Juliana. »Was ist heute morgen vorgefallen?«

»Er hat mich gebeten, ihm die Karten zu legen. Das tut er recht häufig. Es gehört zu den Dingen, die ich nie an ihm verstanden habe.«

»Was soll das heißen?«

»Malcolm ist ein Mann, der einen scharfen Verstand besitzt, aber er ist von der Metaphysik und den okkulten Lehren besessen. Er glaubt fest daran, daß ich tatsächlich die Zukunft voraussagen könnte. Ich glaube sogar wirklich, das war der Grund dafür, daß er mir vorgespielt hat, mich zu lieben. Ich habe nie gewagt, ihm offen zu sagen, daß meine Wahrsagerei nichts weiter ist als ein Trick, den ich mir ausgedacht habe, um meinen Lebensunterhalt zu verdienen.«

»Weshalb die Räucheressenzen?« fragte Baxter.

Juliana sah ihn an. »Er experimentiert ständig damit. Er hat eine ganz spezielle Mischung entwickelt, von der er behauptet, daß sie das Bewußtsein erweitert und die Sinneswahrnehmungen schärft. Er hat das Gefühl, es hilft ihm dabei, mit den Mächten der metaphysischen Ebene in Kontakt zu treten.«

»War es diese Mischung, die in der Kohlenpfanne geglimmt hat?« fragte Charlotte.

»Ja, schon. Aber diese Räucheressenzen sind sehr konzentriert. Man muß sie vorsichtig und in kleinen Mengen anwenden. Eine geringe Dosis bewirkt, daß man die Dinge anders wahrnimmt. Aber eine hohe Dosis davon ist tödlich.«

»Die Dosis in Ihrem Salon heute war ganz entschieden zu hoch«, sagte Charlotte.

»Nachdem ich ihm heute morgen die Karten gelegt habe, hat er mehr Räucheressenzen in die Kohlenpfanne gelegt.« Juliana schloß in stummem Schmerz die Augen. »Als ich zu ihm gesagt habe, daß ich mich vor diesem Zeug fürchte, hat er geantwortet, er würde dafür sorgen, daß mir nichts passieren kann. Er hat seine Maske aufgesetzt, die Maske, die er immer dann aufsetzt, wenn er vermeiden will, daß die Dämpfe ihm etwas anhaben, und kurz darauf war ich völlig benommen und verwirrt.«

»Reden Sie weiter«, sagte Charlotte behutsam.

Juliana schlug die Augen auf, und Tränen strömten über ihr Gesicht. »Er hat mich hochgehoben und mich auf das Sofa gelegt. Ich dachte, er würde mich lieben, denn das hat er oft getan, nachdem ich ihm die Karten gelegt habe. Ich konnte ihn nicht mehr klar erkennen, aber ich werde niemals seine Stimme vergessen, als er gesagt hat, er bräuchte mich jetzt nicht mehr. Ich sei für ihn zu einem Problem geworden. Er hat mir versprochen, ich würde nicht leiden und keine Schmerzen spüren. Ich würde einfach nur einschlafen und nie mehr erwachen.«

»Gütiger Gott«, flüsterte Charlotte. »Sie haben auf dem

Boden vor dem Sofa gelegen, als ich sie gefunden habe. Sie müssen vom Sofa gefallen sein.«

Baxter runzelte die Stirn. »Zweifellos haben Sie es diesem Umstand zu verdanken, daß Sie überlebt haben, bis Charlotte Sie entdeckt und in Sicherheit gebracht hat, Miss Post.«

Juliana sah ihn mit einer Spur von Erstaunen an. »Wie meinen Sie das?«

»Im Lauf meiner Experimente habe ich häufig festgestellt, daß Dämpfe und Rauch dazu neigen, leichter als Luft zu sein. In einem gewissen Sinne sind sie bestrebt, aufzusteigen und möglichst weit oben zu treiben. Die Luft direkt über dem Fußboden Ihres Salons war daher weniger giftig.«

Charlotte war beeindruckt. »Eine sehr kluge Analyse der Situation.«

Baxter sah sie amüsiert an. »Danke. Ich gebe mich gern der Vorstellung hin, daß nicht all die Zeit, die ich in meinem Laboratorium verbracht habe, gänzlich nutzlos gewesen ist.«

Juliana erschauerte. »Wie dem auch sein mag, ich verdanke Ihnen mein Leben, Miss Arkendale. Wenn Sie nicht rechtzeitig eingetroffen wären, wäre ich an den Wirkungen dieser gräßlichen Dämpfe gestorben. Welcher unverhoffte Glücksfall hat Sie dazu veranlaßt, mich ausgerechnet heute zu besuchen?«

»Es war kein Zufall«, erwiderte Charlotte schroff. »Ich habe logische Schlußfolgerungen gezogen. Nun ja, vielleicht war auch ein bißchen Glück mit im Spiel. Sagen wir es ganz einfach so: Ich habe eine Information erhalten, aus der ich schließen mußte, daß die Stimme dieses geheimnisvollen Mannes der Schlüssel zur Lösung dieser ganzen Angelegenheit ist. Sie waren der einzige Mensch, den ich kenne, der möglicherweise ein Gesicht mit dieser Stimme in Verbindung bringen könnte.«

Juliana umfaßte das Revers ihres Morgenmantels und

starrte in die Flammen. »Malcolm hat seine Stimme gehaßt. Er hat gesagt, es sei eine Ungeheuerlichkeit, daß ihm diese Beeinträchtigung zugemutet würde.«

Baxter musterte Juliana einen Moment lang. »Ich habe heute mit meinem Bruder gesprochen. Er hat bestätigt, daß der sogenannte Magier, der die Clubmitglieder im *Grünen Tisch* unterhält, eine Stimme besitzt, die ungewöhnlich rauh ist.«

Charlotte sah ihn an. »Nach den Angaben der Person, mit der ich heute morgen gesprochen habe, trifft das auch auf den Mann zu, der Drusilla Heskett getötet hat. Und der Mann in dem schwarzen Dominoumhang, der mich letzte Nacht auf dem Maskenball angesprochen hat, hatte ebenfalls eine sehr merkwürdige rauhe Stimme.«

»Der Teufel soll mich holen«, murmelte Baxter. »Warum hast du mir nichts davon erzählt?«

»Ich hatte bisher noch keine Gelegenheit, dir davon zu berichten.«

»Es muß Malcolm sein«, flüsterte Juliana. »Er hat den Club im *Grünen Tisch* gegründet und junge Männer aus einflußreichen Familien angelockt. Das hat alles zu seinem Plan gehört.«

»Aber was hat er sich vorgenommen? Worauf soll das alles hinauslaufen?« fragte Baxter. »Hat er es auf den Untergang sämtlicher Clubmitglieder abgesehen?«

»Den Untergang?« Juliana schien echt und ehrlich verblüfft zu sein. »Nein, natürlich nicht. Weshalb sollte er so etwas tun wollen?«

Licht funkelte auf Baxters Brillengläsern. »Einige Menschen scheuen keine Mühe, um sich an anderen zu rächen. Wenn dieser Magier einen Groll gegen die jungen Männer hegt, die er in den Club gelockt hat, dann hat vielleicht die Idee dahintergesteckt, den Tod der Clubmitglieder mit Hilfe von Mesmerismus herbeizuführen. Heute morgen habe ich mit eigenen Augen gesehen, wie sich ein solcher Mord abspielen könnte.«

»In einem Punkt haben Sie recht«, gab Juliana zu. »Malcolm hat für die hochgestellten Gentlemen der oberen Zehntausend nichts übrig. Er verschmäht und verachtet sie. Aber ich glaube nicht, daß er vorhatte, einen dieser jungen Herren zu töten. Wenn ich geglaubt hätte, sein Ziel bestünde darin, zu morden, dann hätte ich niemals eingewilligt, ihm zu helfen.«

»Was genau hat er sich denn zum Ziel gesetzt?« fragte Charlotte behutsam.

»Er ist auf Reichtum und Macht aus. Er behauptet, beides hätte ihm schon von seiner Geburt an von Rechts wegen zustehen sollen. Die Tatsache, daß man ihm sein Erbe versagt hat, ist für ihn ein ständiger Quell enormer Pein und Wut.« Juliana zögerte. »Aufgrund meiner eigenen Lebensumstände kann ich die Tiefe seiner Gefühle verstehen, wenn es um dieses Thema geht.«

»Ja, selbstverständlich.« Baxter klammerte sich an den Kaminsims. »Jetzt wird mir alles klar. Er hatte vor, durch den Einsatz von Mesmerismus und betäubenden Dämpfen die Herrschaft über die heranwachsende Generation von jungen Leuten an sich zu reißen.«

Juliana nickte und tupfte sich mit einem Zipfel ihres Morgenmantels die Augen ab. »Er hat Dr. Mesmers Werke und auch die vieler anderer Wissenschaftler studiert, die mit biologischem Magnetismus experimentiert haben. Er hat die Techniken zum Herbeiführen eines Trancezustandes bis zur Perfektion beherrscht, und die Dämpfe setzt er ein, um den Vorgang zu erleichtern.«

Charlottes Handflächen waren plötzlich feucht. »Baxter, das, was sich heute im Morgengrauen abgespielt hat, war also tatsächlich ein Test, nicht wahr?«

»Ja. Damit hat er die Herrschaft des Magiers über seine

Untergebenen auf die Probe gestellt.« Baxter nahm seine Brille ab und schüttelte sein Taschentuch auseinander. »Kein Wunder, daß Hamilton ihn nirgends finden konnte, als sie ihn gesucht haben, damit er den Trancezustand von Norris wieder aufhebt. Er hatte nicht die Absicht, sein Experiment abzubrechen, bevor er ein klares Ergebnis hatte.«

Charlotte begriff zu ihrem Entsetzen, was das wirklich hieß. »Wenn er unter Beweis gestellt hätte, daß er seine Techniken dazu einsetzen kann, einen jungen Mann in den Tod zu schicken, dann hätte er gewußt, daß er ein gewisses Maß seiner angestrebten Macht erreicht hat.«

»Ich weiß nicht, was Sie heute morgen erlebt haben«, sagte Juliana, die reichlich verzweifelt wirkte. »Aber ich bin ganz sicher, daß Malcolm nicht vorhat, sämtliche Jünglinge zu ermorden, die den oberen Zehntausend angehören.«

»Das glaube ich Ihnen.« Baxter polierte bedächtig seine Brillengläser. »Das, was ich heute morgen mit angesehen habe, war nichts weiter als ein Experiment, wie ich bereits sagte. Ich habe den Verdacht, daß sein oberstes Ziel darin besteht, Herrschaft über die jungen Herren auszuüben, die im *Grünen Tisch* verkehren, sobald sie ihre Titel und ihre Ländereien geerbt haben. Offensichtlich war er bereit, einen von ihren zu opfern, um den Beweis dafür zu erbringen, daß er sein Ziel erreicht hat.«

»Überleg dir doch nur, wozu er imstande wäre, wenn es ihm gelänge, eine ganze Reihe von wohlhabenden und einflußreichen jungen Gentlemen in einen so starken Trancezustand zu versetzen«, sagte Charlotte. »Er könnte seine Talente verwenden, um sie dazu zu bringen, alles zu tun, was er will. Er könnte über ihre Investitionen bestimmen, über ihre politischen Ansichten, über ihr Leben.«

»Das kann man wohl sagen.« Baxter setzte seine Brille wieder auf. Die goldenen Flammen in seinen Augen loderten hell. »Und damit wäre seine eigene Macht praktisch grenzenlos.«

Julianas Lippen zitterten. »Malcolm ist als Bastard geboren worden. Er konnte sich einfach nicht mit den Launen eines grausamen Schicksals abfinden, das einem Mann mit seinen intellektuellen Fähigkeiten und mit seiner Willenskraft für alle Zeiten den Zugang zu seinem Vermögen und den mächtigsten Kreisen der Gesellschaft verwehrt.«

»Und daher hat er beschlossen, sein Schicksal selbst in die Hand zu nehmen«, sagte Charlotte zögernd.

Baxter zog die Stirn in Falten. »Was soll das heißen? Warum sprichst du vom Schicksal?«

»An dem Abend, an dem der Maskenball stattgefunden hat, hat Malcolm Janner mich gefragt, ob ich an die Macht des Schicksals glaube.« Trotz des Feuers, das im Kamin brannte, fröstelte Charlotte plötzlich. »Ich erinnere mich noch ganz deutlich an seine Worte, weil schon einmal jemand einen ähnlichen Satz an mich gerichtet hat.«

Juliana wischte ihre Augen trocken. »Malcolm hat oft vom Schicksal gesprochen. Verstehen Sie, er hatte das Gefühl, er sei zu Größerem berufen. Das hat zu den Dingen gehört, die er sich jedesmal wieder bestätigen lassen wollte, wenn ich ihm die Karten gelegt habe. Ich habe immer sorgsam darauf geachtet, daß sein Schicksal so aussieht, wie er es sich wünscht, denn ich habe die Auswirkungen auf seine Laune gefürchtet, wenn die Karten einen bösen Ausgang vorausgesagt hätten.«

»Der Teufel soll mich holen.« Baxters Stimme war so leise, daß Charlotte ihn kaum hören konnte. »Das ist ganz ausgeschlossen. Der Mann ist tot.«

»Wer ist tot?« fragte Charlotte eilig.

Baxter ballte auf dem kalten Marmorsims des Kamins eine Hand zur Faust. »Das erkläre ich dir später.«

Charlotte zögerte, da sie das Thema gern weiterverfolgt

hätte. Ein Blick in Baxters verschlossenes Gesicht genügte allerdings, um sie deutlich erkennen zu lassen, daß er in Gegenwart von Juliana dazu kein weiteres Wort sagen wurde.

»Als ich heute in Ihren Salon gekommen bin«, sagte Charlotte zu Juliana, »ist mir aufgefallen, daß eine der Karten aufgedeckt auf dem Fußboden gelegen hat. Es war eine Darstellung des Todes.«

Juliana schüttelte den Kopf. »Ich habe ihm die Karten genauso gelegt wie sonst, und ich habe sorgsam darauf geachtet, daß alle Zeichen auf ein gutes Gelingen seiner Pläne hinweisen. Er schien äußerst zufrieden zu sein.«

Charlotte stellte sich bildhaft vor, wie sich das Geschehen abgespielt haben könnte. »Als er Sie hochgezogen hat, um Sie zum Sofa zu tragen, hat der Saum Ihres Kleides möglicherweise genau diese Karte gestreift, und sie ist auf den Boden gefallen.«

»Ja, vermutlich«, erwiderte Juliana teilnahmslos.

»Seltsam ist nur, daß die Karte mit dem Bild nach oben auf den Boden gefallen ist und daß es ausgerechnet die Karte war, die der Magier gewiß nicht sehen wollte«, sagte Charlotte auffallend leise.

Baxter richtete seinen durchdringenden Blick auf Juliana. »Wo wohnt dieser Mann, der sich Malcolm Janner nennt?«

Juliana errötete. »Ich weiß, daß Sie mir keinen Glauben schenken werden, aber es ist die Wahrheit: ich habe keine Adresse von ihm. Er hat gesagt, es sei besser so. Er behauptet, diese Vorsichtsmaßnahme diente dazu, mich für den Fall zu schützen, daß seine Pläne scheitern. Das einzige, was ich Ihnen sagen kann, ist, daß er einen großen Teil seiner Zeit im *Grüner' Tisch* verbracht hat. Ich glaube, er hat dort eine Art Büro.«

»Ich bezweifle, daß er dort lebt«, sagte Baxter. »Das wäre zu naheliegend. Aber um seinen Zauber zu inszenieren, braucht er direkten Zugang zum oberen Stockwerk. Vielleicht wäre es lohnend, sich noch einmal in dem Gebäude umzusehen.«

»Eine ganz ausgezeichnete Idee«, sagte Charlotte.

Baxter sah sie an. Die geballte Wucht seines unbeugsamen Willens funkelte in seinen Augen. »Diesmal werde ich allein hingehen.«

»Aber ich könnte dir nützlich sein.«

»Schlag dir diesen Gedanken aus dem Kopf.«

Charlotte zog die Augenbrauen hoch, als sie seinen Tonfall hörte, in dem eisige Entschlossenheit lag. »Darüber werden wir uns später in Ruhe unterhalten.«

»Nein«, sagte er mit der ungeheuer ruhigen und absolut neutralen Stimme, die er immer dann einsetzte, wenn er besonders unnachgiebig war. »Das werden wir nicht tun.«

Charlotte ließ es im Moment dabei bewenden. Sie hatte noch ein anderes Anliegen, das im Moment wichtiger war. »Wir müssen Vorkehrungen zum Schutz von Miss Post treffen. Falls Malcolm Janner erfahren sollte, daß sie nicht tot ist, könnte es durchaus sein, daß er einen weiteren Anschlag auf ihr Leben unternimmt.«

Baxters Lippen verzogen sich zu einem humorlosen Lächeln. »Dann werden wir eben dafür sorgen, daß er zu der festen Überzeugung gelangt, sie weile nicht mehr unter den Lebenden.«

»Und wie wollen Sie das anstellen?« fragte Juliana.

»Wir werden tun, was alle Angehörigen der oberen Zehntausend tun, wenn sie es für notwendig halten, der guten Gesellschaft eine wesentliche Mitteilung zu machen«, sagte Baxter. »Wir werden den Zeitungen eine Nachricht zukommen lassen.«

17

Zwei Stunden später lief Baxter unruhig in Charlottes Salon auf und ab. Juliana Post hatte feuchte Augen gehabt, als sie sie in einer Mietdroschke von den Severedges-Ställen in den sicheren Norden geschickt hatten. Die Meldung über einen tödlichen Unfall durch einen kleinen Brand in einem privaten Wohnhaus war an die Zeitungen weitergeleitet worden. Mit etwas Glück würde sie schon am kommenden Vormittag erscheinen. Pläne für eine genauere Erkundung des zweiten Stockwerks im *Grünen Tisch* brodelten in Baxters Kopf.

Er hatte für sich eine Liste von Dingen aufgestellt, die er nun Punkt für Punkt durchgehen wollte. So hatte er die Situation unter Kontrolle, und doch konnte er sich dem Gefühl einer über ihn lauernden Dunkelheit, die nichts mit der Abenddämmerung zu tun hatte, nicht entziehen.

Morgan Judd war noch am Leben. Es war unmöglich, doch die Tatsachen ließen sich nicht länger leugnen. Das einzige, was nicht in dieses Bild paßte, war die Beschreibung seiner Stimme.

»Ich danke dir für alles, was du für Miss Post getan hast.« Charlotte saß auf einer Ecke des gelben Sofas und beobachtete, wie er auf seinem Weg ans andere Ende des Raumes an ihr vorbeischritt. »Das war wirklich sehr nett von dir, Baxter.«

»Du bist doch diejenige gewesen, die zu ihr gegangen ist, um sie zu warnen, und damit hast du ihr das Leben gerettet.« Baxter blieb am Fenster stehen und faltete die Hände hinter seinem Rücken. »Wenn man bedenkt, welche Rolle sie in dieser ganzen Angelegenheit gespielt hat, dann wäre es interessant, zu erfahren, warum du dich eigentlich so sehr für sie verantwortlich gefühlt hast.«

»Vermutlich liegt es daran, daß sie und ich so vieles gemeinsam haben«, sagte Charlotte leise.

»Was, in Gottes Namen, könntest du mit dieser Frau gemeinsam haben?«

»Ich dachte, das läge auf der Hand: Wir stammen beide aus Familien, deren Vermögen, um es einmal behutsam auszudrücken, zur Neige gegangen sind. Wir sind beide hartherzigen, unehrenhaften Männern ausgeliefert gewesen, die über unser Leben und über unsere Einkünfte bestimmen konnten. Wir haben beide eine Möglichkeit gefunden, uns eine Karriere aufzubauen, die uns geholfen hat, dem üblichen Los der Frauen in unserer Situation zu entgehen.«

Baxter bedachte sie mit einem rätselhaften Blick. »Und eure Karriere hat es euch auch gestattet, die Risiken zu meiden, die eine Eheschließung mit sich bringen kann, oder etwa nicht?«

»Ja, allerdings. Trotzdem ist es der armen Juliana gelungen, sich mit einem Mann einzulassen, der bei weitem gefährlicher zu sein scheint als ein durchschnittlicher Ehemann. Womit vermutlich bewiesen wäre, daß eine Affäre genauso gefährlich sein kann wie eine Ehe.«

Baxter rückte seine Brille zurecht. »Ich halte Miss Posts Fall keineswegs für typisch.«

»Nein, vielleicht nicht.« Charlotte wurde nachdenklich. »Dennoch frage ich mich, ob es die Mühe lohnt, wenn ich meine Dienste in Zukunft nicht nur Frauen anbiete, die eine Heirat ins Auge gefaßt haben, sondern auch den Damen, die mit dem Gedanken an eine romantische Liaison spielen.«

Sie meint es vollkommen ernst, erkannte Baxter und schluckte. »Ich bezweifle, daß an dieser Art von Diensten großer Bedarf besteht.«

»Da könntest du durchaus recht haben. Die Entscheidung, sich auf eine Affäre einzulassen, wird im allgemeinen von der Leidenschaft bestimmt, und wenn man von einem derart heftigen Gefühl verzehrt wird, dann ist das Interesse an Fakten nicht gerade groß.«

»Ja, gewiß«, erwiderte Baxter ziemlich matt.

»Und alle Welt weiß, daß die Leidenschaft eine kurzlebige und vergängliche Angelegenheit ist. Sobald man sie ausgelebt hat und das Gefühl abgeflaut ist, kann man die Affäre schlicht und einfach beenden. Ganz im Gegensatz zu einer Eheschließung, die weitaus mehr Umsicht, Logik und gesunden Menschenverstand verlangt, denn schließlich wird man einen Ehemann sein ganzes Leben lang nicht mehr los.«

Man wird ihn nicht mehr los. Er seufzte innerlich. »Ja, gewiß.«

»Ich glaube wirklich, daß du in dem Punkt vollkommen recht hast, Baxter. Wahrscheinlich gäbe es nur sehr wenige Klientinnen, die mich engagieren würden, damit ich Nachforschungen über einen potentiellen Liebhaber anstelle.«

»Es scheint ganz so, als bestünde ohnehin schon genügend Nachfrage für deine Dienste.«

»Das kann schon sein, aber lassen wir das Geschäftliche jetzt beiseite. Ich habe deinen Gesichtsausdruck gesehen, als Miss Post über Malcolm Janner gesprochen hat. Du kennst ihn, nicht wahr? Wer ist es, Baxter? Und wie hast du seine Bekanntschaft gemacht?«

Er zwang sich, seine Gedanken wieder dringlicheren Angelegenheiten zuzuwenden. »Falls ich mit meinem Verdacht richtig liegen sollte, dann heißt er in Wirklichkeit Morgan Judd.«

»Judd?«

»Ich sage das nur äußerst ungern, aber wir waren in Oxford miteinander befreundet.«

»Befreundet?« Ihre Stimme klang vor Ungläubigkeit schrill. »Hat dich mit diesem Morgan Judd dasselbe verbunden wie mit Anthony Tiles?«

»Ja, auch Morgan war ein Bastard. Er war der Sohn des Erben eines Grafentitels und der Tochter einer Familie, die dem Landadel angehört hat. Seine Mutter ist im Kindbett gestorben, und sein Vater hat so getan, als wüßte er nichts von der Existenz eines Sohnes, doch die Familie seiner Mutter hat dafür gesorgt, daß er zu einem Gentleman erzogen worden ist. Ich glaube nicht, daß Morgan einem seiner beiden Eltern jemals vergeben hat.«

»Er hat ihnen vorgeworfen, daß sie ihm den angemessenen Status im Leben versagt haben?«

»Ja.«

»Hat die Verbindung zwischen dir und Morgan Judd nur in euer beider illegitimer Geburt bestanden?«

»Anfangs, ja.« Baxter beobachtete durch das Fenster eine Kutsche, die auf der Straße vorbeifuhr. »Aber Morgan und ich hatten auch noch etwas anderes gemeinsam. Etwas, was diese Freundschaft noch mehr gefestigt hat: unser beider Interesse an der Chemie.«

»Ich glaube, ich beginne allmählich zu verstehen.«

»In Oxford haben sie uns die zwei Alchemisten genannt, denn wir haben jeden wachen Moment mit dem Studium der Chemie zugebracht. Wir haben in unserer Unterkunft ein Laboratorium eingerichtet und unser Kleidergeld darauf verwendet, Glasgefäße und Geräte zu erwerben. Während die anderen sich abends getroffen haben, um Kaffee zu trinken und Gedichte zu lesen, haben Morgan und ich Experimente durchgeführt. Die Naturwissenschaft war unser ein und alles.«

»Was ist passiert?« fragte Charlotte.

»Nach den Zeiten in Oxford sind wir getrennte Wege gegangen. Wir haben noch eine Zeitlang miteinander korrespondiert und Neuigkeiten über die Resultate unserer chemischen Versuche ausgetauscht. Aber nach einer Weile ist der Kontakt schlichtweg eingeschlafen. Morgan hat eine

Zeitlang in London gelebt, aber wir sind einander kaum begegnet.«

»Dahinter steckt doch noch mehr als nur das, was du mir bisher erzählt hast«, sagte Charlotte behutsam.

»Dir entgeht wirklich nichts. In Wahrheit war es so, daß Morgan neben der Chemie auch noch andere ... andere Interessen gehabt hat, die ich nicht mit ihm geteilt habe. Nach der Zeit in Oxford sind ihm diese Interessen zunehmend wichtiger geworden, sie haben sich zu einer regelrechten Besessenheit ausgewachsen.«

»Was für Interessen waren das?«

»Er hat sich von den übelsten Spielhöllen und den widerlichsten Bordellen magisch angezogen gefühlt. Im Lauf der Jahre hat sich sein Geschmack in diesen Dingen zunehmend verschlechtert, und er hat sich immer schlimmeren Ausschweifungen und Widerwärtigkeiten zugewandt. Etwas in seinem Innern hat Freude an der Schattenseite des Lebens.«

»Kein Wunder, daß eure Freundschaft in die Brüche gegangen ist.«

»Außerdem hat er ein reges Interesse an den metaphysischen und okkulten Wissenschaften entwickelt. Anfangs ist er spielerisch an diese Themen herangegangen und hat sich nur zum Spaß damit befaßt. Er hat auf dieselbe Art sein Spiel mit diesen Dingen betrieben wie die romantischen Dichter. Aber zu der Zeit, als er Oxford verlassen hat, war all das längst viel mehr für ihn als nur ein amüsanter Zeitvertreib. Er hat schon damals angefangen, ständig darüber zu reden, wie er sein wahres Schicksal verwirklichen wird.«

»Sein wahres Schicksal.« Charlotte wiederholte die Worte mit leiser, besorgt klingender Stimme. »Ich schwöre dir, vor diesem Schicksalsgerede graut mir wie vor einem Spuk.«

Baxter drehte sich langsam zu ihr um und sah sie an. »Ich habe ihn vor etlichen Jahren zufällig auf der Straße getroffen, und er hat zu mir gesagt, ich sei ein Narr, weil ich meine

Kenntnisse auf dem Gebiet der Chemie nicht dafür eingesetzt hätte, ein grandioses Schicksal für mich selbst zu schmieden.«

»Du hast gesagt, du hättest ihn für tot gehalten. Was ist ihm zugestoßen?«

»Erinnerst du dich noch an das kleine Abenteuer, das ich im Namen der englischen Krone bestanden habe?«

»Baxter, willst du mir damit etwa sagen, diese ganze Geschichte hätte etwas mit Morgan Judd zu tun gehabt?«

»Ja. Er hat für Napoleon gearbeitet und tödliche chemische Dämpfe entwickelt, die dazu gedacht waren, gegen unsere Landsleute eingesetzt zu werden. Ich habe unsere frühere Freundschaft ins Spiel gebracht, um ihn davon zu überzeugen, daß ich mit ihm zusammenarbeiten möchte. Ich habe ihm gesagt, ich hätte meine Meinung geändert und sei jetzt gewillt, ein grandioses Schicksal für mich zu schmieden.«

»Ich verstehe.«

»Ich habe ihn verraten«, sagte Baxter. »Ich habe ihm gesagt, ich wollte den Reichtum und die Macht mit ihm teilen, die Napoleon ihm versprochen hat. Aber als ich bestätigt gefunden habe, was er vorhatte, habe ich sein Laboratorium und seine Aufzeichnungen zerstört. Es ist zu einer fürchterlichen Explosion gekommen, und ich konnte nur mit Mühe mein Leben retten.«

»Die Säure«, flüsterte sie.

»Er hat während unseres heftigen Kampfes das Gefäß mit der Säure nach mir geworfen.«

»Gütiger Himmel. Du könntest heute blind sein.«

»Nun, ja, schließlich habe ich zu dem Zeitpunkt versucht, ihn zu ruinieren.«

»Er hat es verdient. Und du hast geglaubt, er sei bei der Explosion ums Leben gekommen?«

»Ich war mir meiner Sache vollkommen sicher. Zwei Tage

später ist eine Leiche gefunden worden, die bis zur Unkenntlichkeit verbrannt war. Aber an den Fingern der Leiche haben Morgans Ringe gesteckt, und es bestand kein Grund, nicht zu glauben, daß Judd ums Leben gekommen ist.«

»Es ist seltsam.« Charlottes Stimme war so leise, daß sie kaum zu hören war. »Aber ich bin fast überzeugt davon, daß ich Morgan Judd auch schon einmal begegnet bin.«

Er drehte sich zu ihr um und sah sie an. »Das Ungeheuer im Korridor vor Ariels Tür?«

»Ja.« Sie erschauerte und schlang die Arme eng um sich, als fröstelte sie plötzlich. »In jener Nacht hat er mich gefragt, ob ich an das Schicksal glaube. Der Mann in dem schwarzen Dominokostüm, der mir die Rose geschenkt hat, hat mir dieselbe Frage gestellt.«

»Der Teufel soll mich holen.«

»Aber die Stimmen der beiden Männer waren völlig anders.« Charlotte sah Baxter forschend ins Gesicht. »Das Ungeheuer, dem ich vor fünf Jahren begegnet bin, hatte eine Stimme, die einen in die Hölle hätte locken können.«

»Genau das ist der springende Punkt, den ich einfach nicht erklären kann.« Baxter nahm seine Brille ab und zog sein Taschentuch heraus. »Morgan Judds Stimme war ein wohltemperiertes Instrument, anders läßt sie sich einfach nicht beschreiben. Wenn er Gedichte laut vorgelesen hat, dann hat er seine Zuhörer vollständig in seinen Bann gezogen. Wenn er gesprochen hat, dann haben die Menschen die Köpfe gedreht, um zu lauschen. Er hätte Kean auf der Bühne Konkurrenz machen können, wenn er sich entschlossen hätte, Schauspieler zu werden.«

»Aber die Stimme des Magiers ist das genaue Gegenteil. Sie läßt mich an gesprungenes Glas denken.« Charlotte runzelte die Stirn. »Und doch strahlt sie auf eine groteske Art eine seltsame Faszination aus.«

»Falls ich mich nicht irre und wir es hier tatsächlich mit

Morgan Judd zu tun haben, dann gibt es zwei mögliche Erklärungen für seine veränderte Stimme.«

»Und wie sehen diese beiden Möglichkeiten aus?«

»Die erste Möglichkeit wäre die, daß er seine Stimme bewußt manipuliert, damit sie niemand wiedererkennen kann.«

Charlotte schüttelte den Kopf. »Ich glaube nicht, daß das der Fall ist. Du solltest ihn selbst hören, dann wüßtest du sofort, was ich meine. Es ist eine Stimme, der ganz eindeutig etwas zugestoßen ist.«

»Dann müssen wir die zweite Möglichkeit ins Auge fassen«, erwiderte Baxter fast bedächtig.

»Und die wäre?«

»Ich bin bei dieser Explosion und dem Brand nicht unversehrt davongekommen.« Baxter hörte auf, seine Brillengläser zu polieren. »Ich bin damals fürs Leben gezeichnet worden. Vielleicht ist es Judd ebenso ergangen.«

»Das verstehe ich nicht. Miss Post hat nichts von Narben oder Verletzungen gesagt, als sie ihn uns beschrieben hat. Sie hat gesagt, er sehe so gut aus wie Luzifer persönlich. Nur seine Stimme hätte dieser Vollkommenheit Abbruch getan.«

»In Judds Laboratorium haben sich in jener Nacht zahlreiche scharfe und gefährliche Chemikalien befunden«, sagte Baxter. »Wer weiß, welche ätzenden Dämpfe durch die Explosion und den Brand freigesetzt worden sind?«

»Glaubst du, einige dieser Dämpfe könnten intensiv genug gewesen sein, um den Kehlkopf eines Mannes dauerhaft zu schädigen, wenn er sie einatmet?«

»Das ist schon möglich.« Baxter drückte sich die Brille wieder auf die Nase. »Wie auch immer es sich verhalten mag, wir wissen, daß der Magier gefährlich ist. Er hat Drusilla Heskett getötet, und er hat versucht, Miss Post und den jungen Norris zu töten.«

»Baxter, er weiß, daß wir Nachforschungen über ihn anstellen.«

»Ja. Er hat bereits zwei Anläufe unternommen, die dazu dienen sollten, uns auseinanderzubringen, indem er dein Vertrauen in mich schwächen wollte. Inzwischen muß er wissen, daß seine Versuche gescheitert sind.«

»Das kann man wohl behaupten.«

Baxter lächelte matt. »Du erweist mir eine große Ehre, Charlotte.«

»Unsinn, ich beziehe mich nur auf Tatsachen.«

Was hatte er denn eigentlich erwartet? fragte er sich. Hatte er wirklich angenommen, sie würde ihm sagen, daß sie an ihn glaubte, weil ihre Leidenschaft für ihn so tief war? Er wurde wahrhaftig von Tag zu Tag dümmer.

Er räusperte sich. »Nun ja, ich weiß es trotzdem zu würdigen, daß du zu mir hältst. Wir können nur hoffen, daß Judd sich im Moment in Sicherheit wiegt.«

»Weil er glauben wird, die einzige Person, die ihn identifizieren könnte, sei tot?«

»Ja, aber wir können unmöglich wissen, wie lange wir ihn in dem Glauben halten können, Juliana Post sei an den Dämpfen der Räucheressenzen gestorben.«

Charlotte trommelte mit den Fingern auf die Rückenlehne des Sofas. »Wir müssen so schnell wie möglich handeln.«

»Ich werde es so einrichten, daß ich mich noch heute abend genauer im oberen Stockwerk des Clubs umsehe. In der Zwischenzeit müssen wir uns weiterhin so geben, als sei nichts Ungewöhnliches vorgefallen. Es ist unbedingt erforderlich, daß wir mit keinem Anzeichen verraten, wir könnten der Identifizierung des Mörders seit gestern abend auch nur einen Schritt nähergekommen sein.«

»Vermutlich heißt das, daß wir heute abend die übliche Anzahl an Empfängen und Soireen besuchen müssen.«

»Ja. Und deine Schwester und meine Tante müssen ebenfalls ihre gewohnte Alltagsroutine beibehalten. Aber ich werde Schritte unternehmen, um sicherzugehen, daß ihr alle unter ständiger Bewachung steht.«

Charlotte sah überrascht zu ihm auf. »Wie meinst du das?«

»Ich werde ein, zwei Konstabler engagieren. Einer wird dich, Ariel und Tante Rosalind im Auge behalten, wenn ihr drei heute abend miteinander ausgeht. Der andere wird dieses Haus hier überwachen.«

Sie lächelte matt. »Ich will mich jetzt nicht mit dir streiten.«

»Ich kann dir gar nicht sagen, wie sehr es mich erleichtert, das zu hören.«

»Aber«, fügte sie eilig hinzu, »ich glaube wirklich, daß ich dir heute nacht eine Hilfe sein kann, wenn du dich in den oberen Räumlichkeiten des Clubs umsiehst.«

»Nein. Ich verbiete dir, mich zu begleiten, und das ist mein letztes Wort.«

»Aber, Baxter, du mußt jemanden mitnehmen. Ich will nichts davon hören, daß du ganz allein hingehst.«

Wut, die von der Sorge um ihre Sicherheit angeheizt wurde, durchzuckte ihn. »Charlotte, das ist eine äußerst riskante Angelegenheit. Du wirst tun, was ich dir sage. Diese Diskussion ist hiermit abgeschlossen.«

»Also, wirklich, Baxter, dein Benehmen ist einfach widerwärtig. Du hast kein Recht, alle Entscheidungen allein zu treffen. Ich bin hier diejenige, die mit den Nachforschungen begonnen hat, und ich denke gar nicht daran, deine hochnäsige, arrogante Art zu dulden. Du bist schließlich nicht mein Ehemann.«

Baxter schnappte hörbar nach Luft. »Dieser Umstand ist mir durchaus bewußt, Miss Arkendale. Ich bin nichts weiter als dein Liebhaber, stimmt's?«

In der Tür zum Salon bewegte sich jemand. Baxter drehte sich um und sah Hamilton dort stehen.

»Ich bitte um Entschuldigung«, sagte Hamilton. Er schien verlegen zu sein. »Ich habe Ihrer Haushälterin gesagt, sie bräuchte mich nicht anzumelden. Störe ich?«

»Nein, ganz und gar nicht«, sagte Charlotte. »Treten Sie ein, Hamilton. Ariel ist im Moment außer Haus, aber ich erwarte sie in Kürze zurück.«

Hamilton trat in den Salon und kam zögernd näher. »Eigentlich war ich auf der Suche nach Baxter. Sein Butler hat mir gesagt, es könnte sein, daß er sich hier aufhält.«

»Was willst du?« fragte Baxter. »Ich habe zu tun.«

»Ich verstehe.« Hamilton kniff seine Lippen zusammen. »Ich bin gekommen, um dir meine Hilfe anzubieten.«

»Baxter schmiedet Pläne. Er beabsichtigt, heute nacht das oberste Stockwerk des Clubs zu durchsuchen«, sagte Charlotte.

Hamilton warf ihr einen Blick zu und schaute dann Baxter direkt in die Augen. »Vielleicht kann ich dir dabei helfen. Ich kenne mich recht gut in dem Gebäude aus, oder zumindest in dem Stockwerk, in dem sich die Clubmitglieder treffen.«

»Ich brauche deine Hilfe nicht«, erwiderte Baxter.

Hamiltons Gesichtszüge spannten sich an.

»Baxter, ich bitte dich inständig, noch einmal über sein Angebot nachzudenken«, sagte Charlotte. »Es könnte sich als extrem nützlich erweisen, daß dein Bruder sich in dem Gebäude auskennt.«

Baxter spreizte die Finger und ballte sie dann wieder zur Faust. »Du verstehst das nicht.«

»Doch, natürlich verstehe ich das«, sagte sie forsch. »Du fühlst dich an den Eid gebunden, den du deinem Vater gegeben hast. Du hast ihm versprochen, auf Hamilton aufzupassen, und nicht etwa, ihn in Gefahr zu bringen.«

»Verdammter Mist, ich bin doch kein Kind mehr«, fauchte Hamilton. »Ich brauche kein Kindermädchen.«

»Richtig«, sagte Charlotte und wandte sich an Baxter. »Ich bin ganz sicher, daß dein Vater nicht von dir verlangt hat, du solltest Hamilton sein ganzes Leben lang beschützen. Er wollte lediglich, daß sein legitimer Erbe zu einem Mann heranreift.«

Hamilton bedachte sie mit einem dankbaren Blick. Dann funkelte er Baxter wütend an. »Um Gottes willen, ich bin zweiundzwanzig. Wann wird endlich jemand merken, daß ich längst ein Mann bin?«

Baxter sah ihn lange Zeit durchdringend an. Die Worte, die sein Vater auf dem Sterbebett geäußert hatte, hallten in seinem Kopf wider. *Ich weiß, daß Verlaß auf dich ist. Deshalb möchte ich, daß du auf Hamilton aufpaßt.*

»Es könnte sich durchaus als nützlich erweisen, daß du dich so gut in dem Club auskennst«, räumte er widerstrebend ein. »Aber die Situation ist keineswegs ungefährlich.«

»Dieser verdammte Magier hat heute morgen meinen besten Freund beinah in den Tod getrieben«, sagte Hamilton grimmig. »Wer weiß, was er als nächstes tun wird? Ich habe ein Recht darauf, bei seiner Entlarvung zu helfen.«

Baxter warf einen Blick auf Charlotte, und zu seinem Erstaunen hatte sie nichts zu sagen. Sie neigte kaum merklich den Kopf, um ihn wortlos zu ermutigen.

Wann war der Punkt erreicht, an dem ein Junge zu einem Mann herangewachsen war? fragte sich Baxter. Er kannte die Antwort auf diese Frage nicht, weil er sich nicht daran erinnern konnte, jemals ein Kind gewesen zu sein. Ihm schien es, als sei er sein Leben lang gezwungen gewesen, die Verpflichtungen eines Erwachsenen zu übernehmen.

»Also, gut«, sagte er mit ruhiger Stimme. »Wir werden gemeinsam Pläne schmieden. Aber erzähl, um Gottes willen, deiner Mutter nichts davon.«

»Ich hoffe, diesen Entschluß werde ich nachträglich nicht bereuen«, sagte Baxter am späteren Abend.

Er stand neben Charlotte am Rande der Tanzfläche. Auf dem Hawkmore-Ball herrschte dichtes Gedränge. Morgen würden die oberen Zehntausend über nichts anderes reden, aber heute nacht bot ihnen der Ball die perfekte Deckung.

Falls Morgan Judd Spione beschäftigte, dann würde es ihnen schwerfallen, in diesem Gewühl jemanden im Auge zu behalten. Mit etwas Glück würde es keinem Menschen auffallen, wenn Baxter und Hamilton sich davonschlichen, um dem Club einen Besuch abzustatten.

»Ich weiß, daß es dir nicht leichtgefallen ist, auf Hamiltons Angebot einzugehen und seine Hilfe anzunehmen«, sagte Charlotte. »Aber eine bessere Gelegenheit könntest du gar nicht finden, um ihm zu zeigen, daß du Vertrauen in ihn setzt.«

»Er scheint mir in vielerlei Hinsicht immer noch so verdammt jung zu sein. Allein schon der Umstand, daß er diesem Club überhaupt beigetreten ist, ist ein Beweis für seine mangelnde Reife.«

»Ich habe den Eindruck, Hamilton hat aus dieser Erfahrung viel gelernt. Offensichtlich hat es eine sehr ernüchternde Wirkung auf ihn gehabt, daß Norris nur knapp dem Tod entgangen ist.«

»Das läßt sich nicht leugnen. Und doch . . .«

»Sieh es doch einmal von der positiven Seite, Baxter. Wenn du Hamilton heute abend mitnimmst, dann liefert dir das einen idealen Vorwand, um meine Hilfe bei diesem Unternehmen abzulehnen.«

Baxter lächelte, obwohl ihm unbehaglich zumute war. »Du verstehst es wirklich, eine Situation kurz und prägnant auf den Punkt zu bringen, meine Liebe. Ich hatte mich schon gefragt, warum du nicht mehr verlangst, daß ich dich mitnehme. Jetzt wird mir klar, daß du einfach die Gelegenheit nicht ungenutzt verstreichen lassen konntest, brüderliche Bande zwischen Hamilton und mir zu schmieden.«

»Diese Bande existieren bereits. Du hast es zwar bestritten, aber trotzdem danach gehandelt.« Sie sah ihm mit ernsten Augen ins Gesicht. »Paß heute nacht gut auf, Baxter.«

»Ich habe dir doch schon oft genug gesagt, daß es meiner Natur nicht entspricht, unsinnige Risiken einzugehen.«

»Ja, das ist wahr. Du ziehst das kalkulierte Risiko vor. Aber meines Erachtens sind kalkulierte Risiken weitaus gefährlicher.« Sie legte eine Hand auf den Ärmel seines Fracks. »Ich werde aufbleiben und auf dich warten.«

»Das ist nicht nötig. Ich komme morgen früh zu dir. Dann kann ich dir berichten, was wir herausgefunden haben, falls wir überhaupt auf etwas stoßen.«

»Nein. Komm bitte heute nacht noch zu mir, sobald ihr eure Aufgabe erledigt habt. Mir ist ganz gleich, wie spät es ist. Ich werde ohnehin nicht schlafen, solange ich nicht weiß, ob ihr beide unbeschadet aus dem Club zurückgekehrt seid, du und Hamilton.«

»Also, gut.« Er schaute auf ihre Hände, die in Handschuhen auf dem schwarzen Stoff seines Fracks lagen, und unvermittelt durchzuckte ihn ein intensives Gefühl.

Sie macht sich etwas aus mir.

Trotz all ihrer Vorbehalte gegenüber dem männlichen Geschlecht schien Charlotte ihm zu trauen. Und trotz all der langen Jahre seiner selbstauferlegten Einsamkeit wußte er plötzlich, daß er sich sehr einsam fühlen würde, wenn Charlotte aus seinem Leben verschwand.

Was auch immer es für ein Gefühl war, das ihn so abrupt aus seinem wohlgeordneten und friedlichen Dasein herausgerissen hatte, es war weit mehr als nur eine flüchtige Leidenschaft.

Ein übermächtiges Gefühl von Unruhe packte ihn, das

aber nichts mit dem Club zu tun hatte. Er legte seine Hand auf Charlottes Hand und drückte sie fest.

»Baxter?« Sie sah ihn seltsam an. »Fehlt dir etwas?«

»Nein. Doch.« Er rang um die Worte, die er dringend brauchte, um das, was er ihr sagen wollte, mit logischen Begründungen zu untermauern. »Wenn wir diese ganze Geschichte hinter uns gebracht haben, möchte ich mich mit dir über die Zukunft unserer Liaison unterhalten.«

Sie blinzelte. »Die Zukunft?«

»Verdammt noch mal, Charlotte, wir können nicht so weitermachen. Das begreifst du doch sicher.«

»Ich fand eigentlich, daß alles recht glatt läuft.«

»Eine Affäre ist für ein paar Wochen schön und gut.«

»Für ein paar Wochen?«

»Vielleicht sogar für ein paar Monate«, räumte er ein. »Aber mit der Zeit stellt sich heraus, daß es reichlich ermüdend ist.«

»Ja, natürlich. Ermüdend«, wiederholte sie.

Baxter war erleichtert, daß sie ihm so schnell folgen konnte, und so redete er unbeirrt weiter. »Zum einen sind da die enormen Unannehmlichkeiten.«

»Unannehmlichkeiten?«

»Dieses ganze verfluchte Suchen nach einem angemessenen Ort, an dem wir, äh, unsere Gefühle füreinander ausleben können«, erklärte er. »Ich meine, es ist ja schön und gut, gelegentlich auf eine Werkbank, die Kutsche oder das Sofa in der Bibliothek zurückzugreifen, aber ich habe den Verdacht, längerfristig wird sich das als außerordentlich lästig erweisen.«

»Ich verstehe. Lästig.«

»Ein Mann in meinem Alter zieht die Bequemlichkeit seines eigenen Bettes vor.« Plötzlich überkam ihn eine extrem lebhafte Erinnerung an die wenigen Male, die er mit Charlotte geschlafen hatte, und auch daran, wie unwichtig ein richtiges Bett in diesen Momenten gewesen war. »Ich meine, im großen und ganzen.«

»Baxter, du bist doch erst zweiunddreißig.«

»Die Jahre haben nichts damit zu tun. Ich habe noch nie den Hang verspürt, als Akrobat Karriere zu machen.«

Sie senkte die Lider. »Ich habe dich immer als sehr agil erlebt.«

Er beschloß, diesen Einwurf zu ignorieren. »Und dann kommt auch noch hinzu, daß ständig die Gefahr droht, die Leute könnten über einen reden, und das kann recht unangenehm werden. Wie wir bereits zu einem früheren Zeitpunkt festgestellt haben, könnte sich das durchaus negativ auf deine Geschäfte auswirken.«

Sie schürzte die Lippen. »Ja, da hast du vermutlich recht.«

Er zermarterte sich das Gehirn nach weiteren logischen Begründungen. Das naheliegendste aller Argumente brach mit einer solchen Wucht über ihn herein, daß seine Eingeweide sich verkrampften. Er holte Atem und rang um Fassung. »Und du mußt auch die Möglichkeit einer Schwangerschaft berücksichtigen.«

»Soweit ich gehört habe, gibt es Vorrichtungen, die ein Gentleman tragen kann, um solche Dinge zu verhindern.«

»Es könnte durchaus schon zu spät sein«, erwiderte er grimmig. »Verstehst du, genau darin besteht ja die größte Schwierigkeit einer Affäre. Man hat die Situation nicht immer im Griff. Charlotte, es gibt zahllose Gründe dafür, daß wir unsere Liaison nicht einfach bis in alle Ewigkeit so weiterführen können.«

Sie sagte kein Wort. In diesem Augenblick hätte Baxter das Geheimnis, das zum Stein der Weisen führte, gern gegen die Fähigkeit eingetauscht, den Ausdruck zu ergründen, der in ihren Augen stand. Und dann sah sie ihm lächelnd über die Schulter.

Hamilton hüstelte diskret. »Baxter? Wenn es bei dem

bleibt, was wir besprochen haben, dann ist es jetzt an der Zeit für unseren Aufbruch.«

»Verdammt noch mal.« Baxter warf einen Blick über seine Schulter. Hamilton und Ariel standen direkt hinter ihm. Er konnte nur hoffen, daß sie das Gespräch nicht mit angehört hatten. »An der Zeit? Ja, sicher, wir müssen los.«

»Baxter.« Charlotte drückte seinen Arm. »Denk an dein Versprechen, mir heute nacht noch alles zu erzählen.«

»Ja, schon gut. Ich komme auf dem Heimweg bei dir vorbei und berichte dir alles ganz genau.« Er nickte Ariel zu und wandte sich ab, um sich durch die Menge einen Weg zur Tür zu bahnen.

Hamilton zog mit einem Anflug von Spott eine Augenbraue hoch, ehe er sich galant über Charlottes und Ariels Hand verbeugte. Beide knicksten anmutig.

Baxter unterdrückte ein Stöhnen. Wenn er jetzt noch einmal kehrtgemacht hätte, um sich charmanter zu verabschieden, dann hätte er sich ja doch nur der Lächerlichkeit preisgegeben, sagte er sich.

Hamilton lehnte in den grünen Samtpolstern seiner schnittigen, gut gefederten Kutsche und musterte Baxter belustigt. »Warum rückst du nicht direkt mit der Sprache heraus und bittest sie, dich zu heiraten?«

»Wovon, zum Teufel, sprichst du?« murmelte Baxter.

»Ich habe genug von eurem Gespräch gehört, um daraus zu schließen, daß du versucht hast, Charlotte dazu zu überreden, daß sie anstelle einer Liaison einen Heiratsantrag ins Auge faßt. Warum erst lange um den heißen Brei herumreden?«

»Die Natur meiner Beziehung zu Miss Arkendale geht dich nichts an.«

Hamilton betrachtete halb belustigt seinen Gehstock aus Ebenholz. »Wie du wünschst.«

»Und falls du es wagen solltest, das Wort *Liaison* noch einmal mit ihrem Namen in Verbindung zu bringen, dann garantiere ich dir, daß nicht nur dein Vermögen niemals an dich fallen wird, sondern daß dir zudem mehrere Schneidezähne fehlen werden, wenn du das nächste Mal dein Lächeln einsetzt, um eine Dame zu bezaubern.«

»So ernst ist es dir also, was?«

»Ich schlage vor, das Thema zu wechseln.«

Hamilton schüttelte den Kopf. »Du magst zwar ein Mann der Wissenschaft sein, Bruder, aber im Umgang mit den Damen stellst du dich hoffnungslos ungeschickt an. Du solltest mehr Zeit damit zubringen, Shelley und Byron zu lesen, und weniger Zeit auf deine Chemiestudien verwenden.«

»Es dürfte längst zu spät sein, meinen gesamten Charakter umzuformen, und es wäre ohnehin ein sinnloses Unterfangen.«

»Warum sagst du das? Es ist doch ganz deutlich zu erkennen, daß Charlotte eine Schwäche für dich hat.«

Baxter ärgerte sich über den Hoffnungsschimmer, der in seinem Innern aufflackerte. »Glaubst du das wirklich?«

»Ohne jede Frage.«

»Es kann schon sein, daß sie sich etwas aus mir macht, aber ich glaube nicht, daß sie die Vorstellung einer Eheschließung verlockend findet.«

»In dem Fall bleibt es ganz und gar dir überlassen, sie davon zu überzeugen, daß es ein weiser Entschluß wäre, dich zu heiraten.«

Baxters Miene verfinsterte sich. »Genau das habe ich gerade erst vor ein paar Minuten versucht, als du mir in die Quere gekommen bist.«

Hamilton lächelte durchtrieben. »Vater war der Überzeugung, ich könnte eine ganze Menge von dir lernen. Aber vielleicht gibt es auch ein paar Dinge, die du von mir lernen könntest. Du kannst dich jederzeit ratsuchend an mich wenden, wenn es dir nötig erscheint.«

»Wir haben im Moment weitaus Wichtigeres zu tun, falls dir das entfallen sein sollte.«

»Nein, das habe ich keineswegs vergessen.«

»Hast du deine Pistole mitgebracht?«

»Ja, selbstverständlich.« Hamilton klopfte auf seine Manteltasche. »Sogar zwei. Was ist mit dir?«

»Ich habe nie genug geübt, um ein passabler Schütze zu werden. Ich verlasse mich auf anderes Handwerkszeug.«

»Was soll das heißen?«

Baxter zog eine seiner Glasphiolen aus der Tasche. Er öffnete die Finger, die die Phiole umschlossen, und hielt Hamilton das kleine Gefäß hin.

Hamilton blickte fasziniert auf das Röhrchen. »Was ist das?«

»Eine Art Blitzlicht. Wenn man das Glas zerbricht, kommt es zu einer kleinen, sehr grellen Explosion. Man kann sich damit zwei oder drei Minuten Orientierung verschaffen oder einen Angreifer vorübergehend blenden. Wenn man eines dieser Röhrchen mit entflammbaren Materialien wie zum Beispiel Reisig in Berührung bringt, dann läßt sich damit auch ein Feuer entfachen.«

»Ein verdammt kluger Einfall. Woher hast du dieses Zeug?«

»Ich stelle es selbst in meinem Laboratorium her.«

Hamilton lächelte ihn seltsam an. »Vielleicht hätte ich doch etwas mehr Aufmerksamkeit auf *Gespräche über die Chemie* verwenden sollen. Glaubst du, wenn wir das alles hinter uns gebracht haben, findest du vielleicht die Zeit, mir in Ruhe zu zeigen, wie man einige deiner interessanteren Experimente durchführt?«

»Wenn du willst.« Baxter zögerte. »Es ist schon lange her, seit ich das letzte Mal einen Kollegen hatte, der mir bei meinen Versuchen assistiert hat.«

Hamilton grinste breit. »In der letzten Zeit habe ich angefangen, mich zu fragen, ob ich nicht vielleicht doch etwas von der Leidenschaft geerbt habe, die Vater für die Naturwissenschaften aufgebracht hat.«

Baxter dachte verdrossen an die trostlose Zukunft, die vor ihm lag. »Und ich beginne Verdacht zu schöpfen, ich könnte vielleicht doch etwas mehr von seiner Leidenschaft für andere Dinge mitbekommen haben, als ich bisher geglaubt habe.«

18

Charlotte trank einen Schluck Limonade und blickte auf das Gedränge, das auf der Tanzfläche des Ballsaals herrschte. Ariel tanzte gerade einen Walzer mit einem der zahlreichen vornehmen jungen Herren, die sich um sie scharten, und auch dieser wirkte recht vernarrt in sie. Nachdem sich Charlotte vergewissert hatte, daß Ariel vor Freude strahlte, lächelte sie Rosalind an, die zu ihr herüber gekommen war und ihr jetzt Gesellschaft leistete.

»Lady Trengloss, ich möchte mich bei Ihnen für all das bedanken, was Sie für Ariel getan haben. Meine Mutter wäre überglücklich, wenn sie wüßte, daß meine Schwester doch noch in den Genuß einer Londoner Ballsaison gekommen ist.«

»Es ist mir ein Vergnügen gewesen. Ich hatte schon lange keine Gelegenheit mehr, eine junge Dame auf die oberen Zehntausend loszulassen, um genau zu sein, schon seit der ersten Ballsaison meiner jüngsten Nichte nicht mehr. Ich hatte ganz vergessen, wieviel Freude mir das alles macht.« Rosalind wedelte voller Begeisterung mit ihrem kunstvoll bemalten Seidenfächer. »Ariel ist eine charmante junge Frau. Sie hat zahllose Bewunderer angelockt.«

Charlotte seufzte. »Ich fürchte, sie werden alle schleunigst wieder von der Bildfläche verschwinden, sowie bekannt wird, daß meine Verlobung mit Ihrem Neffen aufgelöst worden ist. Ich gestehe, daß ich mir am Anfang große Sorgen gemacht habe, aber Ariel beteuert mir, daß es sie nicht interessiert, wenn ihre Bewunderer den Rückzug antreten, sobald sie die Wahrheit erfahren.«

»Für ihr zartes Alter ist sie ausgesprochen vernünftig.« Rosalind warf einen Seitenblick auf Charlotte. »Und ich glaube ganz sicher, daß das einzig und allein Ihr Verdienst ist, meine Liebe.«

»Nein, ganz und gar nicht. Sie ist schon immer praktisch veranlagt gewesen. Ariel behauptet, die Ballsaison böte Möglichkeiten, sich blendend zu unterhalten, aber eher in dem Sinne, in dem man sich von einem guten Theaterstück unterhalten läßt. Sie sagt, wenn der Vorhang fällt, wird es ihr nicht das geringste ausmachen, ihren gewohnten Alltag wieder aufzunehmen.«

Charlotte konnte nur hoffen und beten, daß es tatsächlich so kommen würde. Ariel war noch so jung, und ganz gleich, wieviel gesunden Menschenverstand man mit neunzehn Jahren auch haben mochte – das Leben mußte einem zwangsläufig ein wenig langweilig erscheinen, wenn die Einladungen und die Blumensträuße plötzlich ausblieben. Das Wesentlichste war jedoch, daß niemand Ariel während der kurzen Zeit, die sie in der feinen Gesellschaft verbringen und dort ihre Erfahrungen sammeln durfte, das Herz brach.

Was ihr eigenes Herz anging, sagte sich Charlotte, bestand ihre einzige Hoffnung darin, sich in ihre Arbeit zu stürzen, bis ihre Wunden verheilt waren. Sie wußte jedoch, daß es ihr niemals möglich sein würde, Baxter mit seinen hellen Alchemistenaugen zu vergessen, gleichgültig, wie viele neue Kundinnen sie auch annahm oder wie viele interessante Erkundigungen sie über die Hintergründe der jeweiligen Gentlemen einzog. Es würde niemals einen zweiten Baxter geben.

Rosalind sah sie nachdenklich an. »Da wir gerade über diese Dinge sprechen, habe ich das Gefühl, ich sollte Ihnen sagen, daß ich Ihnen ebenso dankbar bin wie Sie mir.«

»Falls Sie von meinen Nachforschungen sprechen sollten, kann ich Ihnen versichern, daß ich mich aus eigenem Antrieb und um meiner selbst willen darauf eingelassen habe.«

»Ich habe nicht von den Ermittlungen in dem Mordfall gesprochen.« Rosalind ließ ihren Fächer zuschnappen. »Ich kann es ebensogut rundheraus sagen. Ich mache mir bereits Sorgen um Baxter, seit seiner Rückkehr aus Italien vor drei Jahren. Er ist auch vorher schon immer viel zu ernst für sein Alter gewesen. Sogar als Kind hat er bereits in einem zermürbenden Maß Selbstbeherrschung und Zurückhaltung besessen, und er hat immer eine gewisse Distanz zwischen sich und den anderen bewahrt.«

»Als beobachtete und vermäße er sein Gegenüber in derselben Weise, in der er eines seiner chemischen Experimente analysiert?«

»Ja, allerdings.« Rosalind schüttelte den Kopf. »Das kann zeitweilig recht beunruhigend sein. Aber nach diesem gräßlichen Unfall in Italien hat er sich vollständig aus der Gesellschaft zurückgezogen. Er ist so gut wie gar nicht mehr aus dieser Höhle aufgetaucht, die er sein Laboratorium nennt. Ich hatte schon befürchtet, er sei dabei, einen ausgeprägten Hang zur Melancholie zu entwickeln.«

»Melancholie?«

»Sie liegt ihm im Blut, verstehen Sie. Die Melancholie zählt zu seinen Erbanlagen.«

Charlotte runzelte die Stirn. »Das war mir bisher nicht bekannt. Jeder erzählt mir, seine Eltern seien ein unerhört charmantes und aufregendes Paar gewesen, das ständig für Gesprächsstoff gesorgt hat. Ich hatte mir vorgestellt, seine

Eltern seien beide unglaublich lebhaft und temperamentvoll gewesen.«

»Ab und zu waren sie etwas zu lebhaft«, sagte Rosalind mit ruhiger Stimme. »Für derart heftige Leidenschaften muß man einen Preis bezahlen. Und ich rede nicht von dem Schaden, den die beiden ihrem Ruf zugefügt haben.«

»Ich verstehe. Ich habe schon öfter die Beobachtung gemacht, daß Menschen, die zu heftigen Leidenschaften neigen, meist eine Veranlagung besitzen, die eine finstere und eine strahlende Seite hat. Es ist ganz so, als sei die Natur bestrebt gewesen, eine Art Ausgleich für ihre jeweiligen Stimmungen zu schaffen, und dabei ins Extrem geraten.«

»Das haben Sie sehr gut beobachtet, meine Liebe. Genauso hat es sich mit Baxters Eltern verhalten. Esherton hat trotz seines Intellekts und seiner Lebensfreude eine gefährliche Veranlagung und einen Hang zu großem Leichtsinn besessen. Es ist ein Wunder, daß er lange genug gelebt hat, um sich eines hohen Alters zu erfreuen. Was meine Schwester angeht ...«

»Was ist mit ihr?« hakte Charlotte nach.

»Sie war wunderschön, intelligent und ungeheuer überschäumend – die meiste Zeit. Sie hat ihre Unabhängigkeit und ihre Exzentrik in vollem Maß ausgekostet. Jeder, der sie gekannt hat, war betört von ihr, selbst dann, wenn ihr Benehmen einfach unerhört war. Nur ihre Angehörigen und ihre intimsten Freunde wußten, daß sie gelegentlich in die Tiefen der Melancholie versunken ist.«

»Mir scheint es ganz so, als sei Baxter aus blanker Notwendigkeit heraus Alchemist geworden«, sagte Charlotte.

»Alchemist? Was, um Himmels willen, wollen Sie damit sagen?«

»Ich glaube, er sieht sich als das Produkt einer Verbindung von außerordentlich verdampfbaren Chemikalien. Er hatte schon von klein an das Gefühl, ihm bliebe gar keine andere

Wahl, als möglichst früh zu lernen, wie man das Feuer in Schach hält, das gefährliche Explosionen verursachen kann.«

Rosalind zog die Augenbrauen hoch. »Eine interessante Analogie. Aber was ich sagen wollte, meine Liebe, ist, daß ich Sie für das Beste halte, was Baxter seit Jahren zugestoßen ist.«

Charlotte war derart verblüfft, daß sie ihr Glas beinah fallen ließ. »Lady Trengloss, es ist sehr nett, daß Sie das sagen, aber gewiß gehen Sie in Ihren Behauptungen zu weit.«

»Was ich sage, entspricht rundum der Wahrheit. Sie scheinen ihn zu verstehen, und Sie gehen auf eine Art mit ihm um, die außer Ihnen niemand vorher gewagt hat.«

»Jetzt hören Sie auf. So geheimnisvoll ist er nun auch wieder nicht.«

»Oh, doch, das ist er, aber darum geht es im Moment nicht. Entschuldigen Sie meine Neugier, aber ich muß Ihnen eine sehr persönliche Frage stellen.«

Charlotte musterte sie wachsam. »Ja, bitte?«

»Es läßt sich nicht behutsam formulieren, und daher werde ich rundheraus darauf zu sprechen kommen. Hat Baxter Ihnen gegenüber zufällig die Möglichkeit einer Heirat erwähnt?«

»Nein.« Charlotte holte tief Luft. »Er hat es mit keinem Wort erwähnt.« *Und gerade erst vor wenigen Minuten hat er mir mehr oder weniger deutlich gesagt, es bestünde noch nicht einmal die Möglichkeit einer längerfristigen andersgearteten Bindung.*

Ihre leidenschaftliche kleine Liaison war ihm unbequem geworden. Charlotte schien es ganz so, als verlöre das Licht der Kronleuchter für einen Moment seinen strahlenden Glanz.

Aber sie hatte jetzt andere Sorgen, sagte sie sich. Sie würde heute nacht nicht ruhig schlafen können, solange sie nicht mit Sicherheit wußte, daß Baxter sein Abenteuer unbeschadet überstanden hatte.

Baxter hob die Kerze, um sich in dem leeren Zimmer umzusehen, in dem er und Hamilton standen. Er schaute auf die Staubschicht auf dem Fußboden, in der keine Abdrücke zu erkennen waren. »Es sieht ganz so aus, als sei schon seit Jahren kein Mensch mehr in diesem Raum gewesen.«

Es war, als liefen sie durch ein leerstehendes Haus, dachte Baxter. Die dicken Wände und die schweren Bodendielen dämpften sogar den lautstarken Widerhall aus dem Spielzimmer im Parterre, in dem sich die Menschen drängten.

Das obere Stockwerk des *Grünen Tischs* war ein völlig anderes Reich, eine graue geisterhafte Welt.

»Das ist jetzt schon das vierte Zimmer, das wir uns hier oben vorgenommen haben«, sagte Hamilton. »Ich gelobe es dir, ich rechne jeden Moment damit, ein Gespenst zu sehen.«

»Nur jemand mit einem Hang zur romantischen Lyrik oder zu Schauerromanen würde in diesen Räumen Geister sehen.«

»Zufällig habe ich nun einmal einen Hang zur Dichtung als auch zu den Romanen«, erwiderte Hamilton nahezu unbeschwert.

Baxter sah ihn abwägend an. »Ich glaube tatsächlich, du hast Spaß an dieser Geschichte.«

»Das ist das Aufregendste, was ich seit Monaten erlebt habe.« Hamilton grinste. »Wer hätte je geglaubt, daß mir dieses Erlebnis ausgerechnet in deiner Gesellschaft vergönnt sein würde?«

»Mir ist durchaus bewußt, daß du mich als hoffnungslos langweilig empfindest, Esherton. Aber denk immer daran, daß ich noch ein paar Jahre lang den Geldhahn für dich zudrehen kann.«

»Du verstehst dich blendend darauf, anderen Leuten die Stimmung zu verderben.«

Baxter machte kehrt, um das staubige Zimmer wieder zu verlassen. »Komm, die Zeit wird knapp, und wir haben in diesem Stockwerk noch einen Raum vor uns.« Mit einem letzten Blick in das unbenutzte Zimmer trat er wieder auf den Korridor.

»Ich bin direkt hinter dir, Bruder.« Hamilton folgte ihm leise.

Baxter ging auf die geschlossene Tür am Ende des Korridors zu. Ein ramponierter alter Läufer, der in dem langen Gang lag, dämpfte seine Schritte.

»Dieses Zimmer sollte sich als interessanter als die anderen erweisen.« Baxter blieb vor der mittleren Tür stehen.

»Warum sagst du das?«

»Dieses Zimmer liegt fast direkt über demjenigen, das dein Freundeskreis für die Zusammenkünfte eures geheimen Clubs benutzt.«

Hamilton musterte mit neuerwachtem Interesse die Tür. »Und was hat es damit auf sich?«

»Du sagst, daß euer Magier ohne jede Vorwarnung erscheint. Im einen Moment ist er noch nicht im Zimmer, und im nächsten Augenblick steht er mitten zwischen euch.«

»Du glaubst, daß er aus diesem Raum hier zu unserem Versammlungsort hinabsteigt?«

»Wie ich Charlotte bereits sagte, ist dieses Gebäude früher einmal als Bordell benutzt worden. Derartige Etablissements sind gewöhnlich mit Gucklöchern und versteckten Hintertreppen ausgestattet.«

»Gütiger Gott.« Hamilton sah ihn mit unverhohlenem Erstaunen an. »Willst du damit etwa sagen, daß du solche Dinge tatsächlich mit Miss Arkendale erörterst?«

»Charlotte ist eine Dame, deren Interessen vielfältig und ungewöhnlich sind.« Baxter sah sich den Türknauf genauer an. Das Metall war von keiner Staubschicht getrübt, es schimmerte matt in dem flackernden Lichtschein der Kerze. Erst vor kurzem mußte jemand diesen Raum betreten haben.

»Wenn eine Diskussion über Bordelle deiner Vorstellung von höflicher Konversation entspricht, dann ist es kein Wunder, daß du nie viel Glück bei den Damen gehabt hast, Baxter.« Hamilton streckte eine Hand aus, um die Tür zu öffnen. »Ich muß wirklich daran denken, dir ein paar Ratschläge zu geben.« Er grinste Baxter über die Schulter an, während er die Tür aufstieß und das Zimmer betrat.

Baxter hörte die leisen Bewegungen von verborgenen Apparaten nicht wirklich, er nahm es eher gefühlsmäßig wahr. »Warte, Hamilton.«

»Was ist denn los?« Hamilton nahm ihm die Kerze aus der Hand und schritt mitten in das Zimmer. Er warf einen Blick auf Baxter, der immer noch auf der Schwelle stand und zögerte. »Hier ist niemand. Das Zimmer ist leer, genau wie die anderen auch. Ist etwas ... *Baxter, die Tür.*«

Baxter nahm die Bewegung über seinem Kopf wahr. Er blickte hoch und entdeckte ein solides Eisentor. Mit dem Geräusch eines Schwerts, das aus einer Scheide gezogen wird, senkte es sich schnell aus dem Türsturz herab. Ihm wurde klar, daß der Raum vollständig versiegelt sein würde, wenn dieses Tor erst einmal ganz heruntergelassen war.

Ihm blieb nur eine Sekunde Zeit, um eine Entscheidung zu treffen. Er konnte entweder schleunigst in den Gang zurückweichen oder sich Hamilton anschließen, der bereits in der heimtückischen Kammer stand.

»Verdammter Mist.« Er warf sich zu Boden und rutschte eilig über die Schwelle.

Mit einem leisen seufzenden Kreischen schlug die Eisentür auf den Fußboden.

»Himmel.« Hamilton starrte die metallene Wand an, die

jetzt den Platz einnahm, an dem noch vor kurzem die Wand mit der Tür gewesen war. »Wir sitzen in der Falle.«

Mit einem Mal senkte sich eine unglaubliche Stille auf sie herab.

Baxter richtete sich auf. Er sah, daß Hamilton recht hatte. Auch vor dem einzigen Fenster befanden sich eiserne Fensterläden.

»Wenn man die Tür öffnet und die Schwelle überschreitet, löst man offenbar den Mechanismus aus, der das Tor aktiviert«, sagte Baxter versonnen. »Ziemlich geschickt gemacht. Vermutlich weiß der Besitzer dieses Hauses, wie man verhindert, daß diese Guillotine ihn jedesmal dann, wenn er diesen Raum betritt, in der Mitte durchzusägen versucht. Irgendwo in der Außenwand muß ein verborgener Hebel eingelassen sein.«

Hamilton drehte sich zu ihm um. »Baxter, wir haben es hier nicht mit einem interessanten kleinen Problem zu tun, das sich durch wissenschaftliche Schlußfolgerungen lösen läßt. Wir sitzen in der Falle.«

»Das kann schon sein.« Baxter sah sich genauer in dem Zimmer um.

In Gegensatz zu den anderen Räumen im obersten Stockwerk war dieses Zimmer aufwendig möbliert. Die Einrichtung bestand aus einem massiven Himmelbett mit vorgezogenen Vorhängen, einem großen Kleiderschrank, einem massiven Schreibtisch und einem Wandschirm. Ein steinerner Kamin nahm eine der Wände ein.

Er begann, in dem Zimmer umherzulaufen. »Vielleicht aber auch nicht.«

»Was, zum Teufel, soll das heißen? Ich muß schon sagen, Baxter, das ist jetzt nicht der rechte Zeitpunkt für verschlüsselte Bemerkungen.«

»Laß mir einen Moment Zeit zum Nachdenken.«

»Du hättest draußen im Korridor bleiben sollen«, murmelte Hamilton. »Warum bist du reingekommen, als du gesehen hast, daß das Tor sich schließt? Jetzt sind wir beide hier eingesperrt. Wenn du draußen geblieben wärest, dann wärest du jetzt wenigstens frei.«

»Wer auch immer diesen Raum entworfen hat, er muß klug genug gewesen sein, einen Fluchtweg für sich selbst offenzuhalten«, sagte Baxter geistesabwesend.

Er nahm die Kerze und hielt sie hoch. Augenblicklich fiel ihm der Brief auf, der auf dem Schreibtisch lag. Das Blatt Papier war ordentlich zusammengefaltet und versiegelt.

»Selbst, wenn es einen Fluchtweg gibt, wie sollen wir ihn finden?« fragte Hamilton. »Baxter, wir könnten hier in der Falle sitzen, bis wir verhungern oder verdursten. Durch diese Wände wird uns niemand hören.«

Baxter reagierte nicht auf Hamiltons Bemerkung. Seine Aufmerksamkeit galt ausschließlich dem Brief. Er ging auf den Schreibtisch zu.

»Baxter? Was ist?«

»Eine Nachricht.« Baxter stellte die Kerze ab. Er nahm das Schreiben in die Hand und sah auf das Siegel. Das Wachs zeigte dasselbe alchemistische Symbol, das Drusilla Heskett in ihren Skizzenblock übertragen hatte. Ein Dreieck, das von einem Kreis umschlossen war. »Ich glaube, daß es sich um einen Brief des Magiers handelt.«

Hamilton kam eilig an seine Seite. »Was steht darin?«

Baxter brach das Siegel und faltete das steife Blatt auseinander. Nur ein einziger Satz stand auf der Seite.

Ein Mann, der ohne ein Schicksal geboren wird, muß sich selbst eines schmieden.

»Was soll das heißen?« fragte Hamilton.

»Das heißt, daß man uns erwartet hat.« Baxter zerknüllte

das Schreiben in seiner Faust. »Komm, wir haben keine Zeit zu verlieren.«

»Ich bin nur zu gern bereit, dieses Zimmer wieder zu verlassen.« Hamilton kniff die Augen zusammen. »Und was schlägst du vor, wie wir diese Heldentat bewerkstelligen? Keiner von uns beiden ist klein genug, um durch diesen Schornstein zu kriechen.«

Baxter wollte ihm gerade erwidern, daß der naheliegendste Ort, um den Eingang zu einer geheimen Hintertreppe zu verbergen, der Kleiderschrank sei, als ihn ein vertrauter Geruch erstarren ließ.

»Räucheressenzen«, murmelte er. »Verdammter Mist.«

Hamilton zog die Stirn in Falten. »Ja, ich kann es riechen.« Er sah sich verwirrt in dem Zimmer um. »Aber wie kommen sie hier herein? Es steht doch nirgends eine Kohlenpfanne.«

Baxter wandte sich dem Kamin zu und hielt die Kerze hoch. Dicke Schwaden bleicher Dämpfe stiegen lautlos aus der kalten steinernen Feuerstelle. »Jemand betätigt einen großen Blasebalg auf dem Dach, um den Rauch gewaltsam in dieses Zimmer hinunterzupressen.«

»Es riecht nicht so wie die Räucheressenzen, die wir bei unseren Zusammenkünften eingesetzt haben. Der Geruch ist wesentlich stärker, weniger angenehm.« Hamilton hustete. »Und viel zu intensiv. Gütiger Gott, was wollen die uns antun?«

»Drück dir dein Halstuch schützend auf die Nase und den Mund.« Baxter zog sein eigenes Halstuch vom Hals und band es sich als Halbmaske vor die untere Gesichtshälfte.

Hamilton tat dasselbe.

Baxter drehte sich wieder zu dem Kleiderschrank um und riß die Türen auf. »Irgendwo hier drinnen muß ein Mechanismus verborgen sein. Euer Magier ist durch den Kleiderschrank in das Zimmer im unteren Stockwerk gelangt.«

Er berührte eines der Paneele an der Rückwand des Schranks mit suchenden Fingerspitzen. Dann tastete er den Fußboden ab.

»Der Rauch wird immer dichter.« Hamiltons Stimme wurde durch sein Halstuch gedämpft. »Wir werden daran ersticken.«

Baxter warf einen Blick auf ihn. Hamilton starrte gebannt die rauchigen Schwaden an, die aus dem Kamin quollen.

»He, Esherton, ich könnte deine Hilfe gebrauchen.« Baxter richtete die Worte ganz bewußt in einem eisigen und autoritären Tonfall an ihn. Er mußte unbedingt Hamiltons volle Aufmerksamkeit auf sich lenken.

Hamilton drehte sich mit einer merkwürdigen und auffallend ruckhaften Bewegung zu ihm um. Über der provisorischen Maske waren seine Augen leicht glasig. »Was . . . was soll ich tun?«

Baxters Finger streiften zwei kleine Einkerbungen in einer Ecke des Kleiderschranks. »Ich glaube, ich habe unseren Fluchtweg gefunden.« Er griff in die Kerben und zog mit aller Kraft. Eines der Paneele, die die Rückwand des Kleiderschranks bildeten, schwang mit einem gut geölten Quietschen auf. Dahinter erschien eine graue Öffnung.

»Ein Treppenhaus.« Hamilton starrte die schmalen Stufen an, die in die Dunkelheit hinunterführten. »Woher hast du gewußt, daß du hier eine Hintertreppe finden wirst?«

»Ich habe gesehen, wie sich euer Magier vor ein paar Tagen in dem Zimmer direkt unter diesem hier materialisiert hat. Es mußte eine Treppe in dieser Wand geben. Das war die einzige Lösung.«

»Du hast ihn gesehen? Baxter, du versetzt mich immer wieder in Erstaunen. Die Entdeckung dieser Treppe geht auf verdammt brillante Schlußfolgerungen zurück.«

»Dazu braucht man nichts weiter als simple Logik.« Baxter nahm die Kerze und betrat den Kleiderschrank.

»Wie ich bereits sagte, hat das Bordell, das früher in diesem Gebäude untergebracht war, auch für den ausgefallensten Geschmack etwas geboten. Kunden haben einen Aufschlag dafür bezahlt, daß sie die Hintertreppen und die Gucklöcher benutzen durften, um die Aktivitäten zu beobachten, die sich in den diversen anderen Räumen abgespielt haben.«

Hamilton folgte ihm in den Kleiderschrank. »Für einen Chemiker scheinst du eine ganze Menge über derartige Dinge zu wissen.«

»Darauf kann ich mir nichts zugute halten.« Baxter begann, die schmale Treppe hinunterzusteigen. »Vater hat mir gegenüber dieses spezielle Bordell ein- oder zweimal erwähnt. Er war gewissermaßen ein Experte, wenn es um derartige Etablissements ging. Mach die Kleiderschranktür hinter dir zu. Das wird einen Teil der Räucheressenzen fernhalten.«

»Mein Gott, Vater war doch verheiratet.« Hamilton schloß die Kleiderschranktür. »Und eine Mätresse hat er obendrein gehabt. Warum, zum Teufel, hat er sich in Bordellen rumgetrieben?«

»Eine ausgezeichnete Frage.« Baxter atmete ein und roch den beißenden Rauch durch sein Leinenhalstuch. »Verdammt noch mal. Diese Dämpfe sickern durch die Kleiderschranktüren. Beeil dich.«

»Mir ist ganz komisch zumute.« Hamiltons Stiefel machten auf den Stufen leise Geräusche. »Mir dreht sich alles vor den Augen.«

»Es kann jetzt nicht mehr weit sein.« Baxter atmete wieder ein, und in dem Moment verwandelte sich die Flamme seiner Kerze plötzlich in einen grellen goldenen Feuerball. Fast hätte er den Kerzenhalter fallen lassen. »Verdammter Mist.«

Diese Dämpfe waren wirklich verflucht stark. Sie beeinträchtigten schon jetzt seine Sinneswahrnehmungen, sogar in dieser reduzierten Menge.

»Baxter?«

»Du darfst nicht stehenbleiben.«

Es schien eine Ewigkeit zu dauern, die schmalen Treppenstufen herabzusteigen. Unsichtbare Dämpfe schlängelten sich hinter ihnen her. Baxter nahm wahr, daß er zu gebannt in die Kerzenflamme starrte. Er verspürte plötzlich den übermächtigen Drang, sich kopfüber in diese Helligkeit zu stürzen.

Hamiltons Hand legte sich unsicher auf seine Schulter. »Es ist alles so seltsam. Mit diesen Räucheressenzen stimmt etwas nicht.«

Baxter stieß gegen ein Holzpaneel, das in die Wand eingelassen war, und in dem Moment hallten laute Schritte aus dem Zimmer über ihnen.

»Da oben ist jemand«, flüsterte Hamilton. »Sie suchen uns.«

Baxter lauschte den Stimmen, während er das Paneel abtastete.

»Wo stecken die bloß?« murrte ein Mann. »In diesem Zimmer bleibe ich nicht lange, das sage ich dir gleich. Noch nicht einmal mit dieser Maske.«

»Sie müssen doch irgendwo sein. Schließlich haben sie den Mechanismus ausgelöst, oder etwa nicht? Inzwischen sind sie ohnmächtig geworden. Wahrscheinlich sind sie hinter diesem Schreibtisch oder hinter dem Wandschirm zusammengebrochen.«

»Beeil dich. Der Magier hat gesagt, zuviel von diesem verdammten Rauch könnte tödlich sein. Er will sie auf jeden Fall lebend haben.«

Baxter fand einen Griff und stieß fest dagegen. Das hölzerne Paneel glitt lautlos zur Seite, und im Schein der Kerze konnte er sehen, daß sie sich erneut in einem Kleiderschrank befanden. Aus irgendwelchen Gründen erforderte es eine gewaltige Anstrengung, die Türen zu öffnen.

Das Zimmer war leer, und es brannte kein Licht.

Er wankte aus dem Wandschrank.

»Diesen Raum erkenne ich wieder«, flüsterte Hamilton, als er Baxter aus dem Schrank folgte. Er riß sich das Halstuch vom Gesicht und holte tief Luft. »Das ist der Raum, in dem wir uns zu unseren Experimenten versammeln. Ich habe mich schon immer gefragt, wie der Magier es schafft, genau dann zu erscheinen, wenn wir ihn rufen.«

Stimmen aus dem Zimmer über ihnen hallten gespenstisch durch das Treppenhaus.

»Heiliger Strohsack, sie sind nicht hier«, rief einer der Männer. Seine Stimme klang ganz so, als würde er gleich in Panik ausbrechen.

»Sie müssen aber hier sein.« Aus der anderen rauhen Stimme war geballte Verzweiflung herauszuhören. »Wir haben sie doch vom Dach aus gehört.«

»Sieh hinter dem Wandschirm nach.«

»Der Rauch ist so verdammt dicht, daß man kaum noch etwas sehen kann. Wir müssen sie unbedingt finden. Pete und Long Hank sollten diese Arkendale inzwischen geholt haben. Wenn wir ihm St. Ives nicht bringen, wird uns der Magier mit einem seiner verfluchten Tricks umbringen.«

Baxter stieß Hamilton zur Tür. »Lauf los. Du mußt Charlotte finden. Vielleicht ist es noch nicht zu spät.«

»Du hast doch Leute zu ihrem Schutz engagiert.«

»Ich kann mich nicht auf sie verlassen.«

»Aber was ist mit dir?« fragte Hamilton leise.

»Ich muß mich von ihnen ergreifen lassen.«

»Nein, das kommt gar nicht in Frage.«

Baxter sah ihm in die Augen. »Begreifst du das denn nicht? Wenn sie Charlotte bereits gefunden haben, dann ist das meine einzige Möglichkeit, zu ihr zu kommen.«

»Aber was ist, wenn sie sie noch nicht geschnappt haben? Dann riskierst du deinen Hals umsonst.«

»Ich kann auf mich selbst aufpassen. Lauf jetzt los. Du mußt versuchen, Charlotte zu beschützen.«

In Hamiltons Augen, die noch von den Wirkungen der Räucheressenz tränten, drückte sich deutlich sein widerstrebendes Verständnis aus. Er nickte kurz, ehe er sich abrupt abwandte und zur Tür rannte.

Baxter atmete die frische Luft tief ein und begab sich wieder in das geheime Treppenhaus. Er ließ das Paneel hinter sich zurückgleiten und stieg die Stufen hinauf.

»Das Bett«, sagte einer der Männer in dem Zimmer über ihm mit heiserer Stimme. »Sieh unter dem Bett nach.«

Baxter schaffte es bis zum oberen Ende der Treppe. Die Dämpfe waren nicht mehr so stark wie vor wenigen Minuten. Die Männer hatten das eiserne Tor geöffnet, damit frische Luft in den Raum dringen konnte. Dennoch waren die Schwaden noch dicht genug, um seine Konzentration zu beeinträchtigen. Es kostete ihn gewaltige Anstrengung, sich lautlos in den Kleiderschrank vorzutasten.

»Unter dem Bett ist keiner. Wenn du mich fragst, ist das alles verdammt merkwürdig. Vielleicht haben wir es hier schon wieder mit einem Magier zu tun, einem anderen Magier.«

»Sei nicht so albern. Sieh im Kleiderschrank nach.«

Baxter schaffte es, das Paneel in der Rückwand des Kleiderschranks zu schließen. Er ließ sich auf den Boden des schweren Kleiderschranks fallen und hoffte, daß seine Ohnmacht realistisch wirkte.

Die Schranktüren wurden aufgerissen.

»Einer von ihnen liegt hier drinnen.« Die Stimme klang voller Erleichterung. »Er trägt eine Brille. Das muß St. Ives sein. Aber von dem anderen ist nirgends etwas zu sehen.«

»Dann werden wir dem Magier ganz bestimmt nicht

sagen, daß noch ein zweiter Kerl dabei war.« Die Stimme des anderen Mannes klang sehr entschieden. »Wenn er herausfindet, daß einer von den beiden entkommen ist, dann kostet uns das den Hals.«

»Einverstanden. Aber wo steckt der zweite?«

»Er muß es geschafft haben, im letzten Moment noch rauszukommen, ehe die Stahltür ganz unten angekommen war. Aber das macht nichts. Wichtig ist, daß wir St. Ives haben. Und so, wie die Dinge aussehen, wird er eine ganze Zeitlang tief und fest schlafen.«

Rauhe Hände streckten sich nach Baxter aus. Er zwang sich dazu, nicht zu reagieren, als er aus dem Kleiderschrank gezerrt wurde.

Seine Augen waren ohnehin schon geschlossen, um seiner Rolle Glaubwürdigkeit zu verleihen, und so entschied er, daß er ebensogut gleich ein Gebet sprechen könnte. *Laß Hamilton Charlotte finden, ehe die Männer des Magiers sie finden.*

19

Eine Stunde später lag Baxter auf dem kalten Steinfußboden und lauschte den Stimmen der beiden Wächter.

»Dieser St. Ives sieht gar nicht so gefährlich aus. Die reinste Zeitvergeudung, mit diesem verdammten Rauch alles auszuräuchern, wenn du mich fragst. Es wäre alles viel einfacher gewesen, ihn mit einer Pistole zu bedrohen.«

»Du hast doch selbst gehört, was der Magier gesagt hat.« Die zweite Stimme klang ganz so, als wollte sich der Mann verteidigen. »St. Ives ist verschlagener, als es den Anschein hat.«

»Wenn du mich fragst, bist du mit Virgil an den einfacheren von beiden geraten. Diese kleine Arkendale hat mir fast die Augen ausgekratzt, das kann ich dir versichern. Dem armen Long Hank hat sie ihre Handtasche über den Schädel gezogen, so daß er immer noch Kopfschmerzen hat. Und ein Mundwerk hat die, wie ein Fischweib.«

Soviel zu seiner Hoffnung, Hamilton hätte Charlotte erreicht, ehe Morgan Judds Männer sie fanden, sagte sich Baxter.

»Wir müssen ein bißchen zuviel von diesem stinkenden Zeug gegen St. Ives eingesetzt haben«, sagte der zweite Mann voller Unbehagen. »Er schläft immer noch tief und fest.«

»Gut, daß du ihn mit diesen verfluchten Dämpfen nicht aus Versehen umgebracht hast. Das hätte dem Magier gar nicht gefallen. Damit will er sich nämlich selbst befassen.«

Kurze Zeit herrschte Stille. Dann sprach der zweite Mann mit gesenkter Stimme. »Hast du nicht auch den Eindruck, daß der Mann reichlich seltsam geworden ist?«

»Wer? St. Ives? Nach allem, was ich gehört habe, muß er schon immer ein bißchen wunderlich gewesen sein.«

»Nein, doch nicht St. Ives, du Dummkopf. Ich meine den Magier.«

Der erste Mann lachte leise in sich hinein. »Ich würde wetten, daß der schon immer recht seltsam gewesen ist. Aber er bezahlt uns gut.« Stiefel hallten auf den steinernen Bodenfliesen, als er zur Tür ging. »Ich gehe schnell runter in die Küche und besorge mir was zum Essen. Du brauchst ja nur an dieser verdammten Klingelschnur zu zerren, wenn St. Ives die Augen aufschlägt.«

»Der Magier hat gesagt, ich soll ihm erst durch ein Signal Bescheid geben. Du weißt ja, was passiert, wenn wir nicht genau das tun, was er uns aufgetragen hat.«

»Dieser verdammte Magier und seine verdammte Signalanlage.«

»Bring mir ein Stück Schinkenpastete mit.« Der Mann,

der zurückblieb, um St. Ives zu bewachen, hob die Stimme. »Und ein Bier. Wenn ich mir diesen Kerl ansehe, dann scheint es ganz so, als müßte ich noch eine ganze Weile hier oben rumsitzen.«

Eine gedämpfte Antwort war zu hören, Schritte entfernten sich durch einen Korridor mit Steinfliesen, und dann wurde es still.

Baxter dachte über seine Situation nach, die einem Experiment im Laboratorium nicht einmal unähnlich war. Ein Gemisch von verdampfbaren Substanzen war in einem Schmelztiegel zusammengefügt und erhitzt worden. Aber in diesem Fall war er nicht der außenstehende Beobachter, der einen Schritt zurücktrat und sich Notizen machte, sondern er war eine der chemischen Zutaten, die erhitzt wurden.

Sie hatten seine Kleidung durchsucht, ehe sie ihn in die Kutsche geworfen hatten, und einer der Männer hatte ihm das Messer abgenommen. Zu seiner Erleichterung stellte er fest, daß seine Brille noch da war. Er konnte die Drahtbügel hinter seinen Ohren spüren. Während der hektischen Fahrt mit der Kutsche, die eine volle Stunde in Anspruch genommen hatte, hatte er ein- oder zweimal gefürchtet, er würde sie verlieren.

Zum Glück hatte er während der Fahrt das verdunkelte Innere der Kutsche ganz für sich allein gehabt. Seine Wächter, die anscheinend sicher waren, daß ihr gefesseltes und mit Dämpfen betäubtes Opfer keine Probleme bereiten konnte, hatten beschlossen, den Kutschbock und einen halben Liter Gin miteinander zu teilen.

Baxter hatte versucht, seine Fesseln durchzuschneiden, und sich gezwungen gesehen, sein Uhrglas zu zerbrechen, um einen scharfen Gegenstand zu haben. Das improvisierte Messer hatte sich als äußerst wirksam erwiesen. Den Männern, die ihn vor ein paar Minuten die Treppe hinaufgetragen hatten, war nicht aufgefallen, daß die Fesseln um seine

Handgelenke nur noch von einigen wenigen dünnen Fasern zusammengehalten wurden

Er blieb noch einen Moment lang still liegen, um in Ruhe die Möglichkeiten und die Wahrscheinlichkeiten nacheinander durchzuspielen.

Wie im Falle eines jeden lohnenden Experiments, ganz gleich, ob es nun chemischer oder alchemistischer Natur war, drehte sich alles um die Temperatur des Feuers. Und wie bei jedem interessanten Experiment bestand auch hier die Gefahr einer Explosion.

Baxter rührte sich, stöhnte und schlug die Augen auf.

Ein gedrungener, kleingewachsener, kräftig gebauter Mann, der nicht weit von ihm auf einem Hocker gesessen hatte, sprang augenblicklich auf. Eine schwere Pistole steckte in seinem Gürtel. Er sah Baxter erleichtert an und grinste so breit, daß man seine Zahnlücken sehen konnte.

»Na, so was. Du hast dich wohl entschlossen, endlich wach zu werden, was?« Der Wächter blieb neben ihm stehen und schaute auf ihn herab. »Es war aber auch höchste Zeit. Der Magier wartet schon auf dich. Er hat gesagt, ich soll ihm ein Signal geben, wenn du die Augen aufmachst. Ich schätze, je eher ich es tue, desto besser.«

»Einen Moment noch, wenn Sie so freundlich wären.« Baxter, der Stiefel trug, trat dem Wächter mit aller Kraft ans Schienbein.

Der kräftige Mann gab einen erstickten Schrei von sich, wankte ein paar Schritte zurück und riß die Pistole aus seinem Gürtel. »Du dummer Kerl. Das nutzt dir doch gar nichts.«

Baxter rollte sich herum, riß die letzten Fasern des Stricks durch und sprang mit einer einzigen fließenden Bewegung vom Boden auf.

Beim Anblick von Baxters Händen, die nicht mehr gefesselt waren, riß der Wächter die Augen weit auf. Er sprang zur Seite, doch sein verletztes Bein gab unter ihm nach, und im selben Moment stürzte sich Baxter auf den Mann und schmetterte ihm eine Faust ins Gesicht.

Die Pistole fiel auf den Boden. Baxter hob sie auf, spannte und richtete die Waffe auf den breiten Rumpf des Mannes.

»Ich gelte zwar nicht als ein guter Schütze, aber dieses Ziel ist wahrhaft groß genug.«

Der Wächter blinzelte und wirkte ziemlich verblüfft. »Der Magier hat gesagt, wenn die Wirkung der Dämpfe nachläßt, dann würden Sie sich erst mal ganz langsam bewegen und wären wirr im Kopf.«

»Der Magier hat sich geirrt«, sagte Baxter freundlich. »Und jetzt erzählen Sie mir alles über diese verdammte Signalanlage.«

Charlotte zog verzweifelt an dem Strick, mit dem ihre Handgelenke an den Pfosten des riesigen blutroten Betts gebunden waren. Sie kämpfte mit diesem Knoten, seit die Entführer sie allein gelassen hatten.

Die Länge des Stricks erlaubte ihr zwar eine gewisse Bewegungsfreiheit, aber der Knoten selbst war nach wie vor fest zugeschnürt. Wenn sie sich aufrecht hinsetzte, konnte sie die Hände bis zu den Samtfransen der Bettvorhänge heben, aber das war auch schon alles.

Das Bett war aus schwerem massivem Holz angefertigt. Kunstvolle Schnitzereien, die seltsame mythologische Wesen darstellten, zierten die vier Bettpfosten. Schlangen, Drachen und Greife waren so fein herausgearbeitet, daß sie sich auf dem Holz zu winden schienen.

Sie sah sich genauer in dem Raum um und gelangte zu dem Schluß, daß das Bett blendend in dieses Zimmer paßte. Auf dem steinernen Boden lag ein dicker blutroter Teppich mit einem schwarzen Muster. Die Kaminummantelung war aus schwarzem Granit gehauen. Schwere scharlachrote Draperien mit schwarzen Seidenfransen hingen vor den Fenstern und fielen bis auf den Boden hinab.

Alles in diesem Raum war in Schattierungen von Blutrot und Schwarz gehalten. Charlotte erinnerte sich an die Farbtöne, die Juliana für die Einrichtung ihres Salons gewählt hatte, in dem sie Kundinnen die Zukunft vorhersagte. Ganz offensichtlich handelte es sich bei Schwarz und Rot um die Farben des Magiers.

Sie warf einen Blick auf den Nachttisch, auf dem nur eine einzige Kerze stand. Einer der Männer, die sie entführt hatten, hatte sich ihre Handtasche gegriffen und sie ihr weggenommen, nachdem sie seinem Gefährten einen heftigen Schlag auf den Schädel verpaßt hatte. Sie wußte nicht, was inzwischen aus ihrer Handtasche und aus der kleinen Pistole geworden war, die sie darin aufbewahrte.

Sie musterte die Kerze in dem Kerzenständer aus schwarzem Eisen, und sie fragte sich, wie lange es wohl dauern würde, bis sich die schwache Flamme durch den dicken Strick gebrannt hatte, mit dem ihre Hände gefesselt waren. Das war eine dieser wissenschaftlichen Fragen, die Baxter zweifellos sofort hätte beantworten können.

Die Tür ging auf.

Charlotte drehte eilig den Kopf, da sie immer noch Hoffnung hatte, Baxter würde wie durch Zauberhand erscheinen. Aus den Gesprächsfetzen, die sie während der turbulenten Kutschfahrt zu dieser seltsamen Villa gehört hatte, hatte sie schließen müssen, daß auch er entführt worden war und hierhin gebracht wurde.

Ihr Magen drehte sich um, als sie den Mann sah, der in der Tür stand.

Er trug kein schwarzes Dominokostüm, und seine Züge waren auch nicht in die Schatten gehüllt, die sein Gesicht vor ihr verborgen hatten, als sie ihm vor fünf Jahren zum ersten Mal begegnet war. Die sengende Kälte, die er auszuströmen schien, war jedoch unverwechselbar. Es wunderte sie, daß sie diese Ausstrahlung in der Nacht des Maskenballs nicht augenblicklich wiedererkannt hatte.

Sie stand dem Ungeheuer aus dem Korridor von Angesicht zu Angesicht gegenüber.

Sie sah auf den ersten Blick, daß sich seine wahre Natur hinter einem Gesicht von außergewöhnlicher männlicher Schönheit verbarg: Schwarzes Haar wellte sich über einer breiten Stirn, eine vornehme gerade Nase und hohe Wangenknochen verliehen ihm die Aura aristokratischer Abstammung, und er war nach der neuesten Mode gekleidet. Sein schneeweißes Halstuch war kunstvoll gebunden. Sein Jackett, seine Hose und seine Stiefel waren maßgeschneidert und von vollendeter Paßform, die die große, schlanke Gestalt des Mannes betonte. Er trug die Kleidungsstücke mit einer derart lässigen Eleganz, als sei es ihm von der Wiege an bestimmt gewesen.

Eine ausgezeichnete Tarnung, dachte Charlotte. Man mußte schon ganz genau hinschauen, um die eiskalte Intelligenz zu sehen, die in seinen dunklen Reptilienaugen funkelte.

Sie blieb still auf der blutroten Tagesdecke sitzen und holte tief Luft, um sich zu beruhigen. Mit Panik war ihr nicht gedient, sagte sie sich. Man mußte dem Bösen ins Gesicht sehen, wenn man auch nur die geringste Chance haben wollte.

Sie reckte das Kinn vor und straffte ihre Schultern. »Wenn ich mich nicht irre, sind Sie Morgan Judd.«

»Dann kommt es also endlich doch noch dazu, daß wir uns offiziell miteinander bekannt machen, mein kleiner Racheengel.« In der Stimme, die wie zersplittertes Glas klang, konnte sich eisige Belustigung mit bemerkenswerter Klarheit mitteilen. Morgan neigte den Kopf zu einer spöttischen Verbeugung. »Auf diese Begegnung freue ich mich jetzt schon seit einiger Zeit.«

»Wo ist Baxter?«

»Meine Mitarbeiter werden mir ein Signal geben, wenn St. Ives wieder zu sich kommt.« Morgan zog eine Pistole aus der Tasche seiner Bundfaltenhose und hielt sie eher achtlos in der Hand, als er über den blutroten Teppich auf den Tisch zuging, auf dem der Cognac stand. »Ich fürchte, er hat eine ziemlich hohe Dosis der Räucheressenzen eingeatmet. Meine Männer stellen sich im Umgang damit nicht besonders geschickt an.«

»Gütiger Gott.« Was war, wenn Baxter nie mehr aufwachte? Sie konnte nicht vergessen, wie dicht Juliana dem Tod gewesen war.

Kleine Sorgenfalten umspielten Morgans Stirn. »Ich muß wirklich noch eine Weile mit dieser Mischung experimentieren. Die Wirkungen lassen sich immer noch nicht genau genug berechnen.«

Sie würde jetzt nicht an all die gräßlichen Möglichkeiten denken, sagte sich Charlotte. Sie würde sich ausschließlich auf das konzentrieren, was im Moment zu tun war. Baxter würde schon allein zurechtkommen. Er mußte es ganz einfach schaffen.

Sie verlieh ihrer Stimme bewußt einen verächtlichen Tonfall. »Ich glaube kaum, daß Sie es nötig haben, Ihre Pistole drohend zu schwingen, Mr. Judd.« Sie wies mit einer Kopfbewegung auf ihre gefesselten Handgelenke. »Oder verschafft es Ihnen einen gewissen Lustgewinn, damit durch die Luft zu wedeln?«

»Verzeihung, Miss Arkendale.« Morgan schenkte sich einen Cognac ein und drehte sich mit einem matten Lächeln zu ihr um. »Es hat nichts mit Ihnen persönlich zu tun, daß ich meine Pistole gern griffbereit habe.«

»So sehr fürchten Sie St. Ives?« fragte Charlotte herausfordernd.

Ärger flackerte in den Reptilienaugen auf. »Ich fürchte

mich nicht vor ihm, aber ich habe lernen müssen, mich vor ihm in acht zu nehmen. Dieser Mann ist hinterhältig und weitaus gefährlicher, als er wirkt.«

»Ich schließe mich Ihrer Meinung durchaus an.« Charlotte fixierte ihn mit einem Blick, von dem sie sich erhoffte, daß er gebieterisch wirkte. »Warum haben Sie uns hierhergebracht?«

Morgan trank einen Schluck von seinem Cognac. »Ich hätte geglaubt, für eine Frau von Ihrem bemerkenswerten Intellekt läge das auf der Hand. Ich bin dabei, mir ein Schicksal zu weben, und aus irgendwelchen unerklärlichen Gründen ist es Ihnen und St. Ives anscheinend bestimmt, in dieses Muster eingewirkt zu werden. Ich habe mich bemüht, Sie aus meinem Entwurf zu entfernen, doch als mir das mißlungen ist, bin ich zu der Schlußfolgerung gelangt, daß ich diese Stelle noch einmal weben muß.«

An der Tür war eine schnelle Bewegung wahrzunehmen.

»Du webst also immer noch an deinem grandiosen Schicksal, Judd?« fragte Baxter trocken.

Morgans Gesicht verzog sich langsam zu einem Lächeln. »St. Ives.«

»Baxter.« Charlottes Herz machte bei seinem Anblick einen Satz.

Er war da, und er sah noch genauso aus wie vor ein paar Stunden, als er den Ballsaal verlassen hatte. Gerade so, wie man es von Baxter erwartete, sagte sie sich. Nicht nach der neuesten Mode gekleidet, sondern ein wenig zerknittert und viel zu seriös für einen Mann von zweiunddreißig Jahren. Doch die Verkleidung, die er sich zugelegt hatte, war ebensowenig wirksam wie Morgan Judds Tarnung. Charlotte konnte die wahre Natur beider Männer nur zu deutlich erkennen.

Baxter hielt eine Pistole in der Hand. Sein Mantel hing über einem Arm, als sei er gerade von einem Ausritt im Park zurückgekehrt, aber der Schein des Feuers funkelte auf seinen Brillengläsern, und in seinen Augen loderte unbarmherzige Wut.

Morgan richtete seine Pistole auf Charlotte, während er seinen Cognacschwenker abstellte. »Wie ich sehe, haben mich meine Mitarbeiter im Stich gelassen. Ich muß schon sagen, es ist wirklich verdammt schwierig, zuverlässige Hilfskräfte zu finden. Man hätte mich mit einem Signal verständigen sollen, wenn du wach wirst, St. Ives.«

»Mach deinen Mitarbeitern keine Vorwürfe«, sagte Baxter. »Ich habe auf dem Weg hierher die Klingelschnur durchgeschnitten. Tatsächlich habe ich sogar den Wandschrank gefunden, in dem sämtliche Signalschnüre miteinander verbunden sind, und ich habe sie allesamt durchgeschnitten. Keiner deiner Leute wird auch nur einen Ton hören, wenn du versuchen solltest, den Mechanismus zu benutzen. Übrigens eine ziemlich raffinierte Erfindung, aber jetzt ist sie völlig zwecklos. Es ist doch immer wieder erstaunlich, wie leicht eine einzige kleine Schwachstelle den klügsten Plan zunichte machen kann.«

Morgans Kiefermuskeln spannten sich an, doch er zuckte lediglich die Achseln. »Du solltest dir deiner selbst nicht so sicher sein, St. Ives. Ich habe Italien überlebt, und ich werde auch heute nacht triumphieren.« Er wies mit einer kleinen Kopfbewegung auf Baxters Hand. »Leg die Pistole hin, oder ich werde der jungen Dame hier nähertreten. Wir wissen beide, daß dir dieses verdammte Ding auf eine solche Entfernung nichts nützen wird, denn du bist noch nie ein guter Schütze gewesen.«

»Das ist wohl wahr.« Baxter legte seine Pistole auf einen Tisch in seiner Nähe. Dann sah er Charlotte an. »Ist alles in Ordnung mit dir, meine Liebe?«

Seine Stimme klang ausgesprochen ruhig und unbeteiligt, doch seine Augen glühten heißer als die Flammen im Kamin.

Charlotte mußte zweimal schlucken, ehe sie seine Frage beantworten konnte.

»Ja«, flüsterte sie. »Ich bin nicht verletzt. Was ist mit dir, Baxter?«

»Mir geht es bestens, wie du selbst sehen kannst.« Er wandte seine Aufmerksamkeit wieder Morgan zu. »Was, zum Teufel, hat das alles zu bedeuten?«

Morgan seufzte. »Anfangs habe ich deine Einmischung in meine Angelegenheiten als lästig empfunden, aber mit der Zeit habe ich eine faszinierende Herausforderung darin gesehen. Schließlich kann man das selbsttätige Wirken seines eigenen Schicksals wohl kaum ignorieren.«

»Das ist allerdings wahr.« Baxter trug immer noch seinen Mantel über dem Arm, als er langsam über den Teppich auf das nächste Fenster zuging. Dort blieb er stehen und sah mit einem versonnenen Gesichtsausdruck in die Nacht hinaus. »Übrigens ein interessantes Thema, das Schicksal. Die alten Philosophen haben daran geglaubt, daß der Charakter eines Menschen der Schlüssel zu seinem Schicksal ist.«

»In der Tat«, murmelte Morgan. »Dieser Auffassung schließe ich mich uneingeschränkt an.«

Charlotte beobachtete Judd mit Sorge und Anspannung. Er hatte die Pistole zwar noch in ihre Richtung gerichtet, doch seine Aufmerksamkeit galt ausschließlich Baxter.

In dem Moment drehte Baxter den Kopf und sah sie über seine Schulter an. Seine Gesichtszüge waren unergründlich, doch in seinem Blick lag eine Intensität, die sie faszinierte. Er bemühte sich, ihr eine Nachricht zu übermitteln. Er wollte, daß sie etwas unternahm. Sie konnte es ganz deutlich spüren.

Aber was war es, das er von ihr erwartete? fragte sie sich. Unter den gegebenen Umständen gab es nicht gerade viel, was sie hätte tun können.

Außer reden.

Natürlich. Wenn Baxter einen Plan hatte, und sie war sicher, daß er diesen Raum nicht ohne einen vorgefaßten Plan betreten hatte, dann wollte er zweifellos, daß sie Morgan Judd ablenkte, während er sein Vorhaben durchführte.

»Warum haben Sie sich die Mühe gemacht, uns heute abend hierherzubringen, Mr. Judd?« erkundigte sie sich in einem betont forschen Tonfall.

Morgan sah sie kurz an. »Es kommt nicht allzuoft vor, daß man die Gelegenheit hat, ein Gespräch mit Menschen zu führen, die meine wahre Leistung zu würdigen wissen.«

»Blödsinn. So eitel können Sie doch gar nicht sein, daß Sie uns nur deshalb gefangenhalten, damit Sie sich vor uns brüsten können.«

»Du täuschst dich in ihm, meine Liebe«, sagte Baxter. »Morgans Eitelkeit kennt keine Grenzen. Aber aus dem Grund hat er uns nicht entführen lassen, stimmt's, Morgan?«

»Wenn es auch noch so wohltuend ist, unter Menschen zu sein, deren Intellekt ausreicht, um die Erhabenheit meiner Pläne zu erfassen«, sagte Morgan, »dann muß ich doch gestehen, daß ich noch einen weiteren Grund dafür hatte, die Mühe nicht zu scheuen und euch beide heute nacht zu mir bringen zu lassen.«

»Wir sind dir zu schnell auf die Schliche gekommen, nicht wahr?« Baxter sah ihn mit einem flüchtigen Lächeln an. »Und jetzt willst du wissen, wie wir das angestellt haben.«

»Das hast du wieder einmal knapp und prägnant ausgedrückt, St. Ives. Ich habe geglaubt, es würde genügen, wenn ich mir diese Heskett vom Hals schaffe. Aber da man sich in solchen Dingen nie hundertprozentig sicher sein kann, habe ich vorsichtshalber jemanden damit beauftragt, ihr Haus zu überwachen. Der Schilderung dieses Mannes konnte ich eindeutig entnehmen, daß du derjenige warst, der in jener Nacht das Haus durchsucht hat. Und als ich dann erfahren habe, daß du dich auf intime Beziehungen mit Miss Arkendale eingelassen hast, ist mir klargeworden, daß sie die Frau gewesen sein muß, die dich in jener Nacht begleitet hat.«

Baxter nickte. »Dein Mann hat dir mitgeteilt, wir hätten in Drusilla Hesketts Haus etwas mitgenommen.«

»Irgendein Buch, hat er gesagt. Er hat mir berichtet, die Dame sei diejenige gewesen, die das Buch bei sich getragen hat, und er hat auch gesagt, er hätte den Eindruck gehabt, sie schiene das Kommando an sich gerissen zu haben.« Morgan stieß einen krächzenden Laut aus, der zweifellos ein Lachen sein sollte. »Ich konnte einfach nicht glauben, daß er tatsächlich recht haben könnte, aber ich habe trotzdem beschlossen, für alle Fälle ihr Haus durchsuchen zu lassen.«

»Sie haben den Skizzenblock gestohlen«, sagte Charlotte vorwurfsvoll.

»Als ich gesehen habe, daß dieser Block kein belastendes Material enthält, habe ich wieder einmal zu hoffen gewagt, daß sich damit alles erledigt hätte.« Morgan schüttelte den Kopf. »Aber ihr beide habt die Verbindung zueinander nicht abgebrochen.«

»Und du hast versucht, diese Beziehung zu zerstören, indem du erst Juliana Post mit einem Haufen Lügen zu Charlotte geschickt hast, und dann hast du Charlotte das Schreiben in die Hand gedrückt, in dem du sie warnst, daß man mir nicht trauen kann.«

Morgan zuckte die Achseln. »Offenbar konnte keiner der beiden Versuche ihr Vertrauen in dich erschüttern. Ich muß dir gratulieren, St. Ives. Ich hätte nie gedacht, daß du den nötigen Charme aufbieten könntest, um einer Frau eine derart rührende Loyalität abzunötigen. Wer hätte gedacht, daß du ein Romantiker bist?«

Baxter ignorierte ihn. »Weshalb, in Gottes Namen, hast du es für notwendig befunden, Drusilla Heskett zu ermorden?«

»Ich fürchte, Mrs. Heskett war ziemlich wahllos, wenn es um ihre Liebhaber ging. Sie ist eine sehr kurze Liaison mit einem Mann eingegangen, in den ich gezwungenermaßen ein gewisses Maß an Vertrauen setzen mußte. Ich vermeide es tunlichst, jedem meine sorgsam gehüteten Geheimnisse anzuvertrauen, aber manchmal läßt es sich eben nicht umgehen. Man kann schließlich nicht alles selbst erledigen. Man braucht einen Sekretär, der einem gewisse Dinge abnimmt.«

Charlotte war erstaunt. »Mrs. Heskett hat eine Liaison mit Ihrem Sekretär gehabt?«

»Nach allem, was man so hört, war sie in diesen Dingen nicht allzusehr auf ihren gesellschaftlichen Stand bedacht und hat sich niederen Schichten gegenüber als recht demokratisch erwiesen. Jedenfalls scheint es ganz so, als sei mein Sekretär eines Abends betrunken gewesen und hätte ihr eines meiner Medaillons gezeigt. Er hat ihr erzählt, er wüßte eine ganze Menge über mich und warte nur noch den rechten Augenblick ab. Er hatte die Absicht, mich zu erpressen, sowie ich die Macht und den Reichtum, den ich anstrebe, erst einmal an mich gebracht habe. Ich glaube, er ist sogar tatsächlich so weit gegangen, ihr zu versichern, er sei ein ausgezeichneter Heiratskandidat, da es um seine zukünftigen Aussichten blendend stünde.«

»Mr. Charles Dill«, flüsterte Charlotte. »Er war einer ihrer Verehrer.«

»Ja, allerdings.«

»Ich habe ihr von ihm abgeraten«, sagte Charlotte. »Mein eigener Sekretär hat in Erfahrung gebracht, daß Mr. Dill zu skrupellosen Geschäften neigt.«

»Damit hat er ganz richtig gelegen«, stimmte Morgan trocken zu. »Aber andererseits ist das für mich eine unerläßliche Voraussetzung, wenn ich einen Sekretär einstelle.«

»Wie haben Sie erfahren, daß sich Mr. Dill Mrs. Heskett anvertraut hatte?« fragte Charlotte.

Morgan zog eine schwarze Augenbraue hoch. »Ich habe es mir zur Gewohnheit gemacht, diejenigen, die am engsten mit mir zu tun haben, in regelmäßigen Abständen in einen Trancezustand zu versetzen, und dann befrage ich sie zu ihrer Loyalität mir gegenüber. Natürlich erinnern sie sich hinterher nicht an das Verhör.«

»Als du herausgefunden hast, daß Mr. Dill die Absicht hatte, sich gegen dich zu stellen, und daß Mrs. Heskett in seine Pläne eingeweiht war, hast du beschlossen, sie kurzerhand beide zu ermorden«, sagte Baxter, der immer noch am Fenster stand.

»Es war die einzig logische Vorgehensweise«, erklärte Morgan. »Dill konnte ich mir problemlos vom Hals schaffen. Nachdem ich das Verhör beendet hatte, habe ich ganz einfach stärkere Räucheressenzen in die Kohlenpfanne gelegt. Er ist nie mehr aus seiner Trance erwacht. Als man seine Leiche zwei Tage später gefunden hat, wurde angenommen, er sei an Herzversagen gestorben.«

»Und dann haben Sie sich Mrs. Heskett vorgenommen«, sagte Charlotte. »Sie haben zwei Anschläge auf ihr Leben ausgeübt, und als beide gescheitert sind, haben Sie ihr in ihrem eigenen Haus einen Besuch abgestattet und sie kaltblütig erschossen.«

»Es bietet sich nicht immer an, Räucheressenzen und Mesmerismus einzusetzen«, sagte Morgan. »Manchmal sind diese Mittel eben doch unpraktisch. Und außerdem halte ich es für klug, wenn man von Zeit zu Zeit seine Methoden ändert. Berechenbarkeit ist keine Tugend.«

Charlotte kniff die Augen zusammen. »Ich bezweifle, daß Sie übermäßigen Grund zur Sorge haben, wenn es darum geht, man könnte Ihnen allzu viele Tugenden zur Last legen.«

»Dieses lose Mundwerk bereitet mir wirklich viel Vergnügen.« Morgan sah Baxter an. »Was hast du in Mrs. Hesketts Skizzenblock gefunden?«

»Weshalb sollte er diese Frage beantworten?« Charlotte veränderte ihre Position auf dem Bett, denn sie war neugierig darauf, ob sie Morgans Aufmerksamkeit mit Bewegungen auf sich lenken konnte. »Sie werden uns ja doch umbringen, sowie Sie die Dinge erfahren haben, die Sie von uns wissen wollen.«

»St. Ives werde ich tatsächlich töten müssen«, stimmte Morgan ihr zu. »Ihm ist klar, daß ich es mir beim besten Willen nicht leisten kann, ihn am Leben zu lassen. Da er jetzt weiß, daß ich noch am Leben bin und kurz davorstehe, mein Schicksal zu verwirklichen, würde er nicht ruhen, ehe er meine Pläne zunichte gemacht hat. St. Ives ist ein verdammt hartnäckiger Kerl.«

»Dann erwarten Sie doch wohl kaum, daß er Ihnen sagt, was Sie wissen wollen«, sagte Charlotte mit lauter Stimme.

Morgan sah sie nicht an. Seine Aufmerksamkeit war weiterhin auf Baxter gerichtet. »Er wird es mir sagen. Ich bin nämlich bereit, mit ihm einen Handel über Ihr Leben abzuschließen, meine Liebe.«

Charlotte erstarrte vor Schreck und spürte, daß sie fröstelte. »Erwarten Sie bloß nicht, daß ich Ihnen das glaube. Ich stelle eine ebenso große Bedrohung für Ihre Pläne dar wie Baxter. Ich weiß genausoviel wie er. Und auch ich werde nicht ruhen, solange ich Sie nicht zu Fall gebracht habe.«

Morgan bedachte sie mit einem verächtlichen Blick. »Sie sind doch nur eine Frau und noch dazu nicht besonders charmant. Aber Sie besitzen ein paar ganz bemerkenswerte Eigenschaften, die für einen Mann in meiner Position recht reizvoll sind. Gegen Ihre Abstammung ist nichts einzuwenden, sie ist zwar alles andere als ausgezeichnet, doch für meine Zwecke reicht es.«

»Meine Abstammung?« Charlotte war sprachlos.

»Noch wichtiger ist jedoch, daß Sie einen für eine Frau durchaus hohen Intellekt bewiesen haben und auch Mut und

Kühnheit in einem Maß besitzen, in dem ich diese Eigenschaften meinen eigenen Nachkommen gern vererben möchte.«

»Gütiger Gott, Sir, Sie sind verrückt«, flüsterte Charlotte.

»Als meine Ehefrau werden Sie nicht in einer Ausgangsposition sein, in der Sie gegen mich aussagen können.« Morgan sah sie mit einem dünnen, grausamen Lächeln an. »Dafür eignet sich Ihre Ausgangsposition um so besser dafür, mich mit einem Erben zu versorgen.«

»Ihre *Ehefrau.* Das ist vollkommen ausgeschlossen.« Sie zog sich auf dem Bett auf die Knie und starrte Morgan wütend an. »Es gibt nichts auf Erden, was mich dazu bringen könnte, Sie zu heiraten, Sir.«

»Oh, doch, das gibt es durchaus.« Morgans kalter Blick grub sich einen kurzen und beängstigenden Moment lang in ihre Augen. »Mesmerismus.«

»Bei mir würden sich Ihre Techniken niemals bewähren.«

»Da wäre ich mir an Ihrer Stelle nicht so sicher. Ich arbeite täglich daran, sie zu verbessern. Die exakt richtig bemessene Dosis an Räucheressenzen in Verbindung mit der korrekten Anwendung meiner naturwissenschaftlichen Methode zur Herbeiführung eines Trancezustands wird dich in eine perfekte Ehefrau verwandeln, meine Süße.«

Charlottes Mund war plötzlich trocken. »Ich glaube nicht, daß eine noch so große Menge irgendwelcher Räucheressenzen und auch kein angewandter Mesmerismus meinen Haß auf Sie bezwingen könnte. Aber selbst dann, wenn es wahr wäre, könnten Sie nur mit einer vorübergehenden Wirkung rechnen. Früher oder später werde ich aus der Trance erwachen, und wenn es soweit ist, dann werde ich Mittel und Wege finden, um Sie zu töten.«

»Diese Aussicht sollte unserem Eheleben einen gewissen zusätzlichen Reiz verleihen, meinst du nicht auch?« Morgan stieß ein kurzes krächzendes Lachen aus. »Vielleicht läßt sich damit die unvermeidliche Langeweile ausmerzen, die eine allzu bereitwillige Frau zwangsläufig erzeugt.«

»Selbst, wenn es möglich wäre, und ich versichere Ihnen, daß nichts daraus werden kann, weshalb sollten Sie eine Frau heiraten wollen, von der Sie wissen, daß sie Sie rundum verabscheut?«

Morgans Lächeln hätte ihr das Gefühl reiner Schönheit vermitteln müssen, doch Charlottes Blut gefror zu Eis.

Ihre Frage wurde von Baxter beantwortet. Sein Tonfall war bar jeglichen Gefühls, und er sprach mit der Stimme eines distanzierten Wissenschaftlers, der eine sachliche Beobachtung anstellt. »Natürlich nur deshalb, weil du mir gehört hast.«

Charlotte konnte kaum noch atmen. Sie starrte Baxters breite Schultern an und brachte kein einziges Wort über die Lippen.

»Ganz genau«, sagte Morgan selbstzufrieden. »Jedes Mal, wenn du deine Schenkel spreizt, Charlotte, werde ich meinen Sieg über den einzigen Mann auskosten, der mir jemals das Wasser reichen konnte.«

»Sie sind wirklich verrückt«, flüsterte sie.

Wut blitzte in Morgans Augen auf. Er sah Charlotte verächtlich an. »Komm schon, meine Liebe, du stehst tief in meiner Schuld. Du bist eine Frau mit Ehrgefühl. Man sollte meinen, daß du dich erkenntlich dafür zeigen wolltest.«

»Was soll das heißen?«

»Ich war derjenige, der dafür gesorgt hat, daß dein Stiefvater am Morgen nach unserer ersten Begegnung in der Themse getrieben ist. Was hättest du getan, wenn ich dir Winterbourne nicht vom Hals geschafft hätte?«

»Sie haben ihn gewiß nicht meinetwegen ermordet«, schleuderte sie ihm ins Gesicht. »Sie haben es nur deshalb getan, weil er seine Spielschulden bei Ihnen nicht begleichen konnte.«

Morgan zog eine Schulter zu einem anmutigen Achselzucken hoch. »Ich gebe zu, daß du mich in dem Punkt durchschaut hast. Ich habe es tatsächlich nicht um deinetwillen getan.«

Baxter wandte sich unauffällig vom Fenster ab und ging auf den Tisch zu, auf dem der Cognac stand. »Sag mir nur eines. Wie ist es dir gelungen, in jener Nacht in Italien aus dem Schloß zu entkommen?«

Morgan riß schnell den Kopf herum. »Das reicht jetzt, St. Ives, kein weiterer Schritt.«

Baxter blieb stehen. »Von mir aus. Aber sei so gut, meine Neugier zu befriedigen.«

»Es gab einen versteckten Tunnel, der aus dem Laboratorium herausführte.« Morgans Mundwinkel verzogen sich. »Ich habe es gerade noch geschafft, den Flammen zu entkommen, aber ich konnte nicht schnell genug vor den Gasen davonlaufen, die sich gebildet haben, als die Chemikalien Feuer fingen. Beinah wäre ich daran erstickt.«

»Diese Gase haben deine Stimme zerstört, nicht wahr?«

Wut legte sich über Morgans Gesicht wie ein dunkler Schatten, den eine Gewitterwolke wirft. »Das hast du mir angetan«, krächzte er. »Und heute nacht wirst du es mir endlich büßen.«

»Wie können Sie es wagen?« schrie Charlotte. »Sie haben in jener Nacht versucht, Baxter zu ermorden.«

»Ruhe.« Morgan warf ihr einen verärgerten Blick zu, ehe er sich wieder an Baxter wandte. »Ich finde, wir haben lange genug in Erinnerungen geschwelgt.«

»Ich bin ganz deiner Meinung«, sagte Baxter.

»Erzähl mir jetzt, was du in Drusilla Hesketts Skizzenblock gefunden hast. Du mußt dort auf einen Hinweis gestoßen sein, der dich zu mir geführt hat«, sagte Morgan. »Wenn du es mir nicht gleich sagst, St. Ives, dann werde ich deine vorlaute Charlotte töten.«

»Wir sind auf eine sehr interessante Skizze gestoßen.«

»Baxter, nein«, sagte Charlotte. »Erzähl ihm nichts. Sonst tötet er dich.«

»Halten Sie den Mund, Miss Arkendale«, fauchte Morgan, »oder ich werde Sie zum Schweigen bringen.«

Charlotte machte prompt den Mund wieder auf, um ihm in allen Einzelheiten mitzuteilen, was sie von ihm hielt, doch dazu bot sich ihr keine Gelegenheit.

Ein unsichtbarer Windstoß ließ die schweren Draperien vor dem Fenster, an dem Baxter gerade noch gestanden hatte, mit einem lauten Knistern in Flammen aufgehen.

Morgan erstarrte einen Moment lang. Grauen zeichnete sich auf seinen gut geschnittenen Gesichtszügen ab. »Nein«, flüsterte er. »Nein, du verfluchter Kerl, *nein.*«

»Weckt das Erinnerungen in dir?« fragte Baxter mit ruhiger Stimme. »Ich kann dir versichern, daß es in mir Erinnerungen wachruft.«

Morgan versuchte sich zu fassen. Mit zitternden Händen richtete er die Pistole auf Baxter. »Ich werde dich jetzt töten. Die Information, die ich brauche, kann ich ebensogut von deiner Kleinen bekommen. Und es wird mir großes Vergnügen bereiten, ihr diese Antworten zu entlocken. Stell dir einfach vor, wie ich sie lieben werde.«

Charlotte sah, wie sich Morgans Faust fester um die Pistole spannte. Sie machte den Mund auf und stieß einen grauenhaften Schrei aus.

Morgan zuckte zusammen, als er den ohrenbetäubenden Laut hörte.

Mit einem gewaltigen Tosen loderte plötzlich das kleine Feuer im Kamin auf. Die Feuerzungen leckten beidseits um das Gitter herum, und die Krallen der gewaltigen Bestie suchten Beute.

»Nein.« Morgan wankte zurück und stieß gegen die Kante des breiten Bettes.

Von Feuersäulen umrahmt, ging Baxter langsam und zielstrebig auf Morgan zu. »Dir bleibt keine Zeit mehr«, sagte er. »Du mußt fliehen.« Die sengenden Flammen loderten hinter ihm auf, als er mit sicheren Schritten auf Morgan zutrat.

Charlotte wußte, daß er sich darauf verließ, Morgans Furcht würde über seine Mordabsichten siegen, aber sie wollte nicht einzig und allein auf diese Hoffnung angewiesen sein. Eine weitere Ablenkung war vonnöten.

Sie kniete immer noch auf dem Bett, als sie die Hände hob und die Seidenfransen der scharlachroten Bettvorhänge packte und mit aller Kraft daran zog.

Der schwere Betthimmel fiel herunter, eine Lawine aus blutrotem Stoff, und ein Teil davon landete auf Morgans Kopf und auf seinen Schultern.

Der restliche Stoff fiel auf Charlotte. Sie war unter einer Masse von staubigem rotem Samt begraben.

Morgans Wutgeheul hallte von den steinernen Wänden wider, ein Schuß löste sich aus seiner Pistole.

»*Baxter.*« Charlotte kroch unter den roten Vorhängen heraus und erstickte fast an dem Staub und dem Rauch, der durch den Raum zog.

Das Feuer breitete sich schnell aus. Vor dem flammenden Hintergrund rangen Baxter und Morgan unbarmherzig miteinander. Stahl funkelte im Schein des Feuers, als sie um den Besitz der anderen Pistole kämpften, die Baxter mitgebracht hatte.

Ein weiterer Schuß hallte von den Wänden wider.

Die Zeit schien stillzustehen, und keiner der beiden Männer rührte sich.

»*Baxter.* Oh, mein Gott.« Charlotte rutschte panisch an die Bettkante, doch der Strick hielt sie zurück. »*Baxter.*«

Morgan starrte Baxter mit verblüfften, weit aufgerissenen Augen an. Blut sickerte durch die schneeweiße Brust seines

Plisseehemds. »Nein, so kann es nicht enden. Ich muß mein Schicksal verwirklichen.«

Baxter wollte sich auf die Füße ziehen, doch Morgan klammerte sich an seinen Arm.

»Es ist mir bestimmt, über den goldenen Greif zu siegen«, flüsterte Morgan mit seiner brüchigen Stimme. »Hier ist etwas schiefgegangen.« Er unterbrach sich, um zu husten. »Es ist alles danebengegangen. Das kann doch nicht sein. Ich bin der Magier.« Blut quoll aus seinem Mund.

Er wollte noch etwas sagen, doch die Worte wurden von dem blutroten Strom geschluckt, der aus seinem Mund floß. Seine Hand löste sich von Baxters Arm und fiel auf den Teppich zurück und lag still da.

Baxter sprang auf und drehte sich zu Charlotte um. Sie sah, daß er seine Brille bei dem Kampf verloren hatte.

»Wir müssen von hier verschwinden.« Er kam auf sie zu.

»Ich kann diese Fesseln nicht lösen.« Erst jetzt empfand Charlotte echte Furcht vor dem Feuer, und Panik brach mit betäubender Macht über sie herein. »Ich habe ein Messer in meiner Handtasche, aber ich weiß nicht, wo meine Tasche ist. Sie haben sie mir weggenommen. Gütiger Gott, Baxter.« Sie starrte ihn an und fand keine Worte, um ihrem Grauen Ausdruck zu verleihen.

»Mein Mantel. Ich habe ihn fallen lassen.« Baxter sah sich um. »Wo ist er? Mach schnell.«

»Er liegt hinter dir auf dem Fußboden. Nicht mehr als drei Schritte entfernt.«

Er drehte sich um und folgte ihren Anweisungen. »Ja, das ist gut. Du kannst ganz ausgezeichnete Richtungsangaben machen, meine Liebe.« Er kramte in seinen Taschen und zog ein Messer heraus.

Damit eilte er zum Bett zurück. »Das habe ich dem Mann wieder abgenommen, der es vorher an sich genommen hatte.«

Er verließ sich ganz auf seinen Tastsinn, als er den Strick packte, ihn spannte und die Klinge ansetzte.

Sie war frei. Charlotte wäre vor Erleichterung beinahe zusammengebrochen.

»Komm schnell. Wir haben keine Zeit zu verlieren.« Er nahm sie an der Hand und zog sie von dem Bett herunter. »Du wirst vorausgehen müssen, Charlotte. Alles, was weiter entfernt ist, kann ich nur unscharf und undeutlich erkennen.«

»Ja, selbstverständlich.« Sie wäre fast über Morgans regungslose Gestalt gestolpert, als sie zur Tür lief. Sie warf einen Blick auf ihn und sah, daß eine große Menge Blut seine Hemdbrust und sein Jackett verfärbte. »Was ist, wenn er diesmal wieder entkommt?«

»Diesmal wird er nicht entkommen«, sagte Baxter mit gefühlloser Stimme. »Er ist tot.«

»Aber wie kannst du dir so sicher sein?« fragte sie, als sie auf die Tür zurannten.

»Selbst ich kann auf diese Entfernung mein Ziel nicht verfehlen.«

Charlotte stand schon fast in der Tür, als sie aus dem Augenwinkel etwas Goldenes funkeln sah. »Deine Brille.« Sie hob sie auf und drückte sie ihm in die Hand. »Eines der Gläser ist zersplittert, aber das andere scheint noch ganz zu sein.«

»Ich danke dir, meine Liebe.« Baxter hielt sich das unbeschädigte Brillenglas vor ein Auge. »Damit komme ich gut zurecht.«

Sie rannten zur Tür hinaus und durch den Korridor auf das massive steinerne Treppenhaus zu. Rauch schlängelte sich hinter ihnen her.

Der schwarzrote Raum verwandelte sich in ein tosendes Inferno.

Baxter schätzte, daß nahezu ein Drittel des oberen Stockwerks der Villa bereits in Flammen stand, als er und Charlotte die Eingangshalle des Hauses erreichten.

Er hörte Rufe in der Ferne. Das mußten Dienstboten und kleine Gauner sein, die in Panik geraten waren und vor dem Feuer flohen, schloß er. Das Chaos war ein Geschenk des Himmels. Es würde ihnen die Flucht erleichtern, denn es bestand immer noch die Gefahr, daß einer der Schurken versuchen könnte, sie aufzuhalten, da er nicht ahnte, daß sein Herr und Gebieter tot war.

»Siehst du irgendwo jemanden?« Er hielt sich das unbeschädigte Brillenglas vor das rechte Auge und suchte den Schatten nach Bewegungen ab.

»Nein.« Charlotte keuchte, doch sie verlangsamte ihre Schritte nicht. »Ich glaube, alle sind vollauf damit beschäftigt zu fliehen.«

»Ausgezeichnet.« Er spürte den eiskalten Wind, der durch die Eingangshalle wehte, und er sah Dunkelheit am Ende des langen Raumes. »Die Tür ist offen.«

»Es scheint ganz so, als hätten sich die meisten Hausangestellten bereits in Sicherheit gebracht. Wir sind im Treppenhaus niemandem begegnet, und wahrscheinlich will keiner der Dienstboten den Hausherrn retten.«

»Wie Morgan bereits bemerkt hat, ist es heutzutage sehr schwierig, zuverlässiges Personal zu finden.«

Sie erreichten die Haustür und traten hinaus.

»Es ist nirgendwo jemand zu sehen.« Charlotte starrte in die Schatten. »Welche Richtung sollen wir einschlagen? Ich habe keine Ahnung, wo wir sind.«

»Ich weiß es auch nicht, aber die Flammen werden gewiß die Aufmerksamkeit der Anlieger auf sich ziehen. Es muß doch Bauern und Anwohner in dieser Gegend geben. Komm, laß uns loslaufen.« Er nahm Charlotte an der Hand und sprang die Stufen hinunter.

»Baxter.«

Die Sorge in ihrer Stimme ließ ihn abrupt innehalten. Er drehte sich mit dem kleinen Taschenmesser in der Hand zu ihr um.

Eine dunkle Gestalt lungerte im Türrahmen.

»Na, so was. Ihr glaubt wohl, ihr könnt einfach davonlaufen.«

Der Mann hob eine Hand. Sogar ohne seine Brille bereitete es Baxter keinerlei Schwierigkeiten, den Umriß einer Pistole zu erkennen.

»Gütiger Himmel«, sagte Charlotte. »Sie sind doch der Schurke, der uns schon damals vor Mrs. Hesketts Haus aufhalten wollte.«

»Ja, aber diesmal kommt ihr mit euren Tricks nicht weiter.«

»Wir nutzen Ihnen jetzt nichts mehr«, sagte Baxter.

»Wenn sich der Magier soviel Mühe gemacht hat, euch zu fassen, dann sage ich mir, daß ihr von großem Wert für ihn sein müßt. Ich schätze, ich werde euch erst mal mitnehmen, bis ich weiß, was los ist.«

»Ihr Gebieter liegt tot in einem der Zimmer im oberen Stockwerk«, sagte Baxter mit ruhiger Stimme. »Heute nacht ist alle Arbeit, die Sie sich machen, umsonst. Verschwinden Sie lieber, ehe das Haus um Sie herum völlig niederbrennt.«

»Irgendwo muß hier doch Geld zu holen sein«, jammerte der Gauner.

Baxter seufzte. »Wenn Sie auf nichts weiter als Geld aus sind, könnten wir vielleicht zu einer Einigung gelangen.«

Die Miene des Gauners hellte sich auf. »Sie wollen mir ein Geschäft vorschlagen, Sir?«

Ehe ihm Baxter eine Geldsumme anbieten konnte, um den Handel zu besiegeln, ging hinter ihnen in der Eingangshalle ein Schuß los.

Mit einem Aufschrei, in dem Verwunderung und Schmerz

mitschwangen, griff der Gauner sich an seine Schulter und wankte in die Halle zurück.

»Baxter. Miss Charlotte.« Hamiltons Stimme hallte durch die Nacht. »Ist alles in Ordnung mit euch?«

Baxter drehte sich um und hielt die zerbrochene Brille vor seine Augen. Hamilton und Ariel kamen aus dem Schutz der Bäume auf sie zugerannt.

Hamilton hielt in jeder Hand eine Pistole, und das Halstuch flatterte außerordentlich verwegen um seinen Hals, und seine Stiefel blinkten. Der Nachtwind hatte seine Locken zerzaust. Er wirkte ausgelassen und überschwenglich, und er strahlte eine Aufregung aus, die einfach unverwechselbar war. Baxter kannte diesen Gesichtsausdruck von seinem Vater.

»Charlotte.« Ariel kam auf sie zugerannt. »Oh, Gott sei Dank. Ich habe mich ja so um dich geängstigt. Hamilton ist gekommen, als diese drei furchtbaren Männer gerade die Konstabler überwältigt und dich entführt hatten. Es ist uns gelungen, euch in seiner neuen Kutsche zu verfolgen. Sie ist wirklich erstaunlich schnell.«

»Was für eine kluge Idee.« Charlotte schlang die Arme um Ariel. »Du warst sehr klug und sehr tapfer.«

Hamilton steckte sich die Pistolen in den Gürtel. »Tut mir leid, daß ich erst so spät hier aufgetaucht bin, Bruder. Ein paar Meilen von hier habe ich die Fährte verloren. Es hat eine Ewigkeit gedauert, bis ich einen Bauern gefunden habe, der sich daran erinnern konnte, daß er gehört hat, wie eine Kutsche an seinem Haus vorbeigefahren ist. Er hat uns von diesem Haus erzählt und gesagt, außer den Dienstboten dürfte niemand auch nur in die Nähe kommen. Alles sei sehr geheimnisvoll, hat er gesagt. Ich habe mir ausgerechnet, daß es der Unterschlupf des Magiers sein muß.«

»Eine brillante Schlußfolgerung.« Baxter musterte mit einem breiten Grinsen die prachtvolle Erscheinung seines

Bruders. »Ich glaube tatsächlich, daß das, was man sich über die Earls von Esherton erzählt, wahr ist.«

Die Aufregung fiel allmählich von Hamilton ab. »Wie meinst du das?«

»Ganz gleich, was sie tun, sie tun es stilvoll.«

Hamilton blinzelte vor Verwunderung, und dann brach er in schallendes Gelächter aus. »Das liegt uns im Blut, Bruder. Alle männlichen Nachkommen der St.-Ives-Linie haben Stil. Ich habe nur eine ganze Weile gebraucht, ehe ich gelernt habe, deinen Stil zu erkennen. Aber jetzt muß ich sagen, daß er ziemlich einzigartig ist.«

Charlotte hob den Kopf von Ariels Schulter. Sie sah Baxter mit einem strahlenden Lächeln an, das er sogar ohne seine zerbrochene Brille deutlich wahrnehmen konnte.

»Sein Stil gehört zu den Dingen, die ich schon immer an ihm bewundert habe«, sagte sie.

20

Zwei Tage später lehnte Hamilton an einer der langen Werkbänke in Baxters Laboratorium und beobachtete mit Interesse, wie sein Bruder damit beschäftigt war, die Chemikalien und Gerätschaften zu sortieren, die auf der Arbeitsplatte herumstanden.

»Wie hast du es geschafft, daß die Vorhänge in Flammen aufgegangen sind, und wie hast du die Explosion im Kamin ausgelöst?« fragte Hamilton.

»Ich habe dir doch schon erzählt, daß ich ein Schächtelchen mit meinen neuentwickelten Blitzlichtern bei mir hatte.« Baxter polierte sorgsam einen kleinen Wedgwood-Schmelztiegel. »Charlotte hat Judd lange genug abgelenkt, und das hat es mir ermöglicht, zwei von den Röhrchen in den Falten des Vorhangs aufzubrechen. Und ein weiteres habe ich ins Feuer geworfen.«

»Das hast du sehr geschickt angestellt. Dann hat Morgan Judd also seinen Sekretär und Drusilla Heskett ermordet und ist davon ausgegangen, daß damit alles erledigt sei«, sagte Hamilton.

»Er hat die Tatsache nicht berücksichtigt, daß Mrs. Heskett jemandem erzählt haben könnte, daß sie fürchtet, einer ihrer abgewiesenen Verehrer wolle sie umbringen.« Baxter konzentrierte sich darauf, die grünen Glasflaschen, die alkalische und metallische Salze enthielten, in zwei Reihen anzuordnen. »Und er hat auch die Möglichkeit nicht eingeplant, daß Tante Rosalind darauf bestehen könnte, den Tod ihrer Freundin näher zu untersuchen Morgan hat dem weiblichen Geschlecht eine enorme Geringschätzung entgegengebracht. Er hatte schon immer den Hang, Frauen zu unterschätzen.«

»Und schließlich haben ihn die Damen dann zu Fall gebracht.« Hamilton grinste. »Das geschieht ihm recht.«

»Ja, allerdings«, antwortete Baxter mit einem Lächeln.

»Was glaubst du wohl, warum Mrs. Heskett eine Zeichnung von Judds Emblem angefertigt hat?«

Baxter zuckte die Achseln. »Darüber können wir nur Vermutungen anstellen. Charlotte ist der Überzeugung, Judds Sekretär hätte das Symbol in Mrs. Hesketts Skizzenblock gezeichnet. Möglicherweise hat er versucht, ihr die Prinzipien zu erklären, die Judds Mesmerismustechniken zugrunde lagen.«

Hamilton nickte. »Dann hat er das Diagramm also gezeichnet, um seine Erklärungen zu verdeutlichen?«

»Das kann schon sein. Mit Sicherheit werden wir es niemals sagen können.«

»Weißt du, Baxter, es klingt seltsam, aber jetzt wird mir klar, wie oft ich mir vorgenommen habe, in dem Zimmer im

Grünen Tisch, in dem unsere Zusammenkünfte stattgefunden haben, einmal einen Blick in den Schrank zu werfen. Ich wußte, daß der Magier über einen geheimen Eingang verfügen mußte, aber irgendwie ist es nie dazu gekommen, daß ich mich näher damit beschäftigt habe.«

»Ich habe den Verdacht, er hat dafür gesorgt, daß keines der Clubmitglieder geneigt war, sich näher mit seinen Angelegenheiten zu befassen.«

Hamiltons Lippen wurden dünner. »Du meinst, er hat seine Mesmerismustricks benutzt, um uns davon abzuhalten, das Zimmer genauer zu untersuchen?«

»Es sieht mir ganz Janach aus.« Baxter stellte den Schmelztiegel ab.

Er hatte es satt, Fragen zu beantworten. Er hatte sich in sein Laboratorium zurückgezogen, um sich der Aufgabe zu widmen, dort Ordnung zu schaffen. Er räumte immer dann gewissenhaft sein Laboratorium auf, wenn er in Ruhe über ein Thema nachdenken wollte. Er empfand es als beruhigend und wohltuend, Destillierkolben zu reinigen, Instrumente zu polieren und eine Inventur seiner Fläschchen und Gläser vorzunehmen, während er nachdachte.

Bedauerlicherweise waren seine Pläne, längere Zeit in sich zu gehen, gescheitert, als Hamilton vor zwanzig Minuten ins Haus gestürmt war. Er war begierig darauf gewesen, die Ereignisse der letzten Tage mit ihm zu besprechen.

»Es fällt mir schwer zu glauben, daß Drusilla Heskett eine Affäre mit einem Sekretär gehabt hat«, sagte Hamilton. »Baxter, glaubst du, daß sich die meisten Damen der besseren Gesellschaft auf unerlaubte Affären mit Gott weiß wem einlassen, vom Lakaien bis hin zum besten Freund des Ehemannes?«

»Ich nehme an, die Anzahl der Frauen, die sich auf eine solche Affäre einlassen, ist nicht größer als die Anzahl der Herren, die eine ähnliche Liaison mit der Gouvernante ihrer Kinder oder mit der Frau ihres besten Freundes eingehen.«

Hamilton zuckte zusammen. »Das ist nicht gerade eine erfreuliche Vorstellung.« Sein Gesicht wurde plötzlich ernst. »Ich glaube, mir würde es gar nicht gefallen, wenn ich feststellen müßte, daß ich mit einer Frau verheiratet bin, die sich einen Geliebten hält.«

»Das gehört ganz entschieden zu den Dingen, die wir gemeinsam haben.« Baxter sah sich einen zerbrochenen Destillierkolben näher an. »Ich frage mich, ob mein Glaser das wohl reparieren kann.«

»Miss Ariel würde ihre ehelichen Schwüre niemals brechen«, sagte Hamilton leise. »Sie ist eine tugendhafte Dame, die durch eine außerordentlich edelmütige Gesinnung glänzt.«

Baxter zog eine Augenbraue hoch. »Falls du mit dem Gedanken spielen solltest, ihr einen Heiratsantrag zu machen, sollte ich dich besser rechtzeitig warnen.«

Hamilton hob eine Hand. »Bitte, erspare mir jegliche Vorhaltungen. Mir ist durchaus bewußt, daß ich erst in ein paar Jahren mein Erbe antreten werde. Aber ich möchte dich daran erinnern, daß Vater in seinem letzten Willen mit keinem Wort erwähnt hat, ich könnte nicht schon vorher heiraten.«

»Das Problem hat nichts mit Vater zu tun. Mir ist vollkommen gleichgültig, ob du heiraten willst oder nicht. Und außerdem glaube ich tatsächlich, daß Miss Ariel eine ganz ausgezeichnete Gräfin abgäbe.«

Hamiltons Miene hellte sich auf. »Meinst du das wirklich?«

»Ja, aber ich sollte dir besser sagen, daß du, wenn du ihr einen Heiratsantrag machst, damit rechnen mußt, daß Charlotte deinen Ruf und deine persönlichen Angelegenheiten einer gründlichen Prüfung unterziehen wird. Ich versichere dir eidesstattlich, sie wird nicht zulassen, daß ihre Schwester einen Mann heiratet, der einen Hang zum Draufgängertum aufweist.«

Hamilton lächelte. »Mit anderen Worten, unser guter dahingeschiedener Vater ist nicht gerade eine Empfehlung für mich?«

»Nein, ganz und gar nicht.«

Hamilton atmete seufzend aus. »Dann ist es vielleicht sogar gut, daß ich ihm nicht in jeder Hinsicht nachschlage. Unter uns gesagt, ich habe keinerlei Interesse daran, kleinen Tänzerinnen nachzulaufen oder mich in Bordellen rumzutreiben. Ich wünsche mir von einer Ehe wahre Liebe und Zuneigung.«

Baxter sah ihn an. »Gütiger Gott, es ist dir wirklich ernst, nicht wahr?«

»Du meinst, ob ich Miss Ariel tatsächlich einen Heiratsantrag machen möchte? Ja. Mir ist noch nie eine charmantere und intelligentere Frau begegnet, und auch keine so tapfere junge Dame. Weißt du, Baxter, sie hat hartnäckig darauf bestanden, mich in der Nacht zu begleiten, in der wir Miss Charlotte und ihre Entführer verfolgt haben. Nichts, was ich gesagt habe, konnte sie davon abbringen. Auf der Fahrt hat sie sogar von mir verlangt, daß ich ihr zeige, wie man eine Pistole bedient, nur so, für alle Fälle. Sie ist sehr temperamentvoll und mutig.«

»Das scheint in der Familie zu liegen«, murmelte Baxter leise.

In der Eingangshalle waren Schritte zu hören. Rosalind erschien in der Tür. Sie trug ein blaßrosa Kleid, einen himbeerfarbenen Mantel mit Pelzbesatz und einen gewaltigen Hut aus rosa Satin. »Da bist du ja, Baxter. Ich habe dich schon überall gesucht.«

Hamilton nahm eine aufrechte Haltung ein. »Lady Trengloss.«

»Hamilton, guten Tag.« Sie wandte sich wieder an Baxter. »Warum hast du meine Schreiben nicht beantwortet? Gestern habe ich dir zwei Nachrichten zukommen lassen und heute morgen eine weitere.«

Baxter fragte sich, ob er sein Laboratorium wohl jemals wieder für sich allein haben würde. »Guten Tag, Tante. Lambert hat dich nicht angemeldet und mir gesagt, daß du zu Besuch gekommen bist.«

»Dein Butler konnte es kaum bewerkstelligen, mir die Tür zu öffnen«, erwiderte sie. »Mir ist die Geduld ausgegangen, und ich wollte nicht warten, bis er durch den langen Gang schlurft, um mich anzukündigen. Also, wirklich, Baxter, du mußt Lambert demnächst in den Ruhestand schicken. Wie kannst du diesen Haushalt mit ihm führen?«

»Er ist der einzige Hausangestellte, der länger als zwei Monate in meinen Diensten geblieben ist. Wenn ich ihn nicht mehr hätte, dann gäbe es keinen einzigen Menschen, der diesen verdammten Haushalt führt.« Baxter ließ die Scherben des zerbrochenen Destillierkolbens in einen Abfalleimer fallen. »Wolltest du etwas Bestimmtes von mir?«

Sie warf einen unwilligen Blick auf Hamilton und sah Baxter dann nachdenklich an. »Ich bin gekommen, um mich bei dir dafür zu bedanken, daß du das Geheimnis der Ermordung meiner lieben Freundin gelöst hast.«

»Das hast du schon getan.« Baxter nahm einen Staubwedel in die Hand und begann, ihn über den mit Chemikalien gefüllten Glasgefäßen zu schwingen. »Ich bin im Moment sehr beschäftigt, und wenn es sonst nichts mehr gibt, würde ich gerne weiterarbeiten.«

»Also gut, das ist nicht der einzige Grund, weshalb ich zu dir gekommen bin.« Rosalind kniff die Augen zusammen. »Es geht um eine Familienangelegenheit, die ich mit dir besprechen möchte.«

»Hamilton gehört zur Familie«, sagte Baxter.

Hamilton warf ihm einen erstaunten Blick zu und lächelte dann. »Das kann man wohl sagen.«

»Wie du wünschst.« Rosalind funkelte Baxter wütend an. »Ich werde ohne Umschweife zur Sache kommen. Hast du immer noch die Absicht, deine Verlobung mit Miss Arkendale zu lösen, da diese Angelegenheit mit Drusilla Heskett jetzt aus der Welt geschafft ist?«

Der Staubwedel verharrte in der Luft, und Baxter drehte sich langsam zu seiner Tante um. »Das ist eine persönliche Angelegenheit, die nur Miss Arkendale und mich etwas angeht.«

In seiner Stimme schwang etwas mit, was Rosalind eindeutig verblüffte. Sie blinzelte mehrfach schnell hintereinander. Ihre Lippen bewegten sich ein- oder zweimal, und dann sprudelte sie auf eine gänzlich ungewohnte Art heraus: »Schon gut, schon gut. Ich wollte doch nur sagen, daß . . .«

»Er fürchtet sich davor, um ihre Hand anzuhalten«, erklärte Hamilton in einem vertraulichen Tonfall. »Er glaubt, sie wird seinen Antrag einfach ablehnen.«

»Halt den Mund, Hamilton«, zischte Baxter durch zusammengebissene Zähne.

Hamilton grinste ihn unerschrocken an.

»Weshalb sollte sie ihm einen Korb geben?« fragte Rosalind. »Sie ist fünfundzwanzig, eine alte Jungfer ohne ein nennenswertes Vermögen, das für sie spräche. Ihr muß doch klar sein, wie unwahrscheinlich es unter den gegebenen Umständen ist, daß sie jemals etwas Besseres als Baxter finden wird.«

»Danke, Tante Rosalind«, murmelte Baxter. »Es ist doch immer wieder schön, zu hören, wie sehr sich die eigenen Verwandten hinter einen stellen.«

»Sie scheint Baxter sehr gern zu haben«, sagte Hamilton. »Das Problem besteht nur darin, daß sie absolut nicht auf eine Heirat versessen ist. Ariel hat mir erzählt, ihre Schwester sei der festen Überzeugung, daß eine Ehe ein entsetzliches Risiko für eine Frau darstellt.«

»So ein Blödsinn. Wir reden hier schließlich von einer Ehe mit Baxter.« Rosalind stieß ein wenig damenhaftes Schnauben aus. »Da kann von einem Risiko wohl kaum die Rede sein. Ich schwöre euch, ich kenne in ganz London keinen sanftmütigeren, umgänglicheren, gelasseneren, nüchterneren und ausgeglicheneren Mann.«

»Ich bin durchaus Ihrer Meinung.« In Hamiltons Augen funkelte hinterhältige Fröhlichkeit. »Man muß tatsächlich sagen, daß unser Baxter einfach nicht aus der Ruhe zu bringen ist. Kein anderer Mann ist so beständig, so zuverlässig und so vertrauenswürdig.«

Sämtliche Eigenschaften eines braven Spaniels, dachte Baxter. Er fuhr erbost mit dem Abstauben fort und fuchtelte noch wilder als vorher mit seinem Staubwedel herum.

»Was hat dieses ganze Gerede über Beständigkeit und Zuverlässigkeit zu bedeuten?« erkundigte sich Maryann, die plötzlich in der Tür stand. »Wovon redest du, Hamilton?«

Baxter stöhnte. »Verdammter Mist.« Wenn er zu den Leuten gehört hätte, die tatsächlich an das Schicksal glauben, sagte er sich, dann wäre er jetzt in Versuchung gewesen, sich einzubilden, er sei heute einem äußerst unheilvollen Los zum Opfer gefallen. Sollte er denn in seinem eigenen Laboratorium niemals Frieden finden?

»Hallo, Mutter«, sagte Hamilton. »Was tust du denn hier?«

»Ich wollte Baxter besuchen.«

Rosalind bot das notwendige Minimum an Anstand auf und begrüßte Maryann mit einem Nicken. »Lady Esherton.«

Maryanns Gesichtsausdruck erstarrte. »Lady Trengloss. Ich habe im ersten Moment gar nicht bemerkt, daß Sie auch zugegen sind.« Sie kehrte Rosalind den Rücken zu und sah ihren Sohn an. »Ich nehme an, du hast Baxter gerade eine Liste der Eigenschaften aufgezählt, die an einem guten Dienstboten besonders wünschenswert sind. Er kann wahrhaftig einen neuen Butler gebrauchen. Der, der mir gerade die Tür geöffnet hat, hat sich noch nicht einmal die Mühe gemacht, mich anzumelden. Er hat nichts weiter getan, als auf diese Tür zu deuten.«

»Wenn du es genau wissen willst, wir waren gerade dabei, Baxters herausragende Eigenschaften aufzuzählen«, sagte Hamilton. »Und wir sind zu der Schlußfolgerung gelangt, daß er sämtliche Voraussetzungen erfüllt, die erforderlich sind, um sich bei Miss Arkendale einzuschmeicheln.«

»Ach, wirklich?« fragte Maryann ausweichend. »Ich bin ganz sicher, daß die beiden sich gut verstehen werden. Baxter, ich möchte dich unter vier Augen sprechen.«

»Ich gebe heute keine privaten Audienzen, Maryann.« Baxters Hand schloß sich fester um den Staubwedel. »Wie du selbst sehen kannst, bin ich im Moment anderweitig beschäftigt.«

Maryann zog die Stirn in Falten. »Was, um Himmels willen, tust du mit diesem Staubwedel? Hast du denn keine Dienstmädchen im Haus?«

»Nein, aber das spielt in dem Fall keine Rolle. Ich habe es nie zugelassen, daß jemand anders in meinem Laboratorium aufräumt. Dienstmädchen haben die Angewohnheit, Flaschen mit Chemikalien fallen zu lassen und Instrumente zu zerbrechen.« Er stemmte die Hände in die Hüften. »Ich möchte euch jetzt alle bitten, mich in Ruhe zu lassen.«

Maryann war wütend. »Also, wirklich, du hast keinen Grund, gleich grob zu werden, Baxter.«

»Die Grobheit ist ein Bestandteil seines einzigartigen Stils«, murmelte Hamilton.

Maryann schenkte ihm keinerlei Beachtung und nahm

mit großer Würde eine aufrechtere Haltung ein. »Ich bin gekommen, um dir meinen Dank dafür auszusprechen, daß du dich für Hamilton eingesetzt hast.«

Hamilton verdrehte die Augen.

»Du brauchst dich nicht bei mir zu bedanken«, sagte Baxter mürrisch. »Hamilton hat seinen Teil dazu beigetragen, sich selbst und alle anderen zu retten. Er hat bewiesen, daß er in einer Krisensituation einen kühlen Kopf bewahrt, und falls ich zufällig jemals wieder in derart unerfreuliche Umstände geraten sollte, fiele mir so schnell kein anderer Mann ein, von dem ich mir lieber Rückendeckung geben ließe als von ihm.«

Hamilton lief dunkelrot an, und in seinen Augen schimmerte unbeholfene Dankbarkeit. »Du kannst jederzeit auf mich zurückgreifen, Baxter.«

»Das wäre also auch gesagt.« Baxter hob seinen Staubwedel, als handelte es sich dabei um einen Zauberstab, der es ihm ermöglichte, unerwünschte Gäste aus seinem Laboratorium zu entfernen. »Wäret ihr jetzt vielleicht alle so freundlich, euren Dank als angenommen anzusehen und von hier zu verschwinden? Ich habe zu tun.«

Ehe auch nur einer der Anwesenden etwas darauf erwidern konnte, nahm Baxter aus dem Augenwinkel eine Woge leuchtend gelben Musselins wahr. Als er sich umdrehte, sah er Charlotte in der Tür stehen, und Ariel folgte direkt hinter ihr.

»Miss Ariel«, rief Hamilton. »Und Miss Charlotte.« Er neigte den Kopf zu einer anmutigen Begrüßung und trat vor, um beide Frauen an den Händen zu nehmen. »Gestatten Sie mir, Ihnen zu sagen, daß Sie beide wieder einmal blendend aussehen.«

Baxter beobachtete, wie sich Hamilton galant über den Händen der Damen verbeugte. Er sollte eigentlich dasselbe tun, sagte er sich. Es gab tatsächlich ein paar Kleinigkeiten, die er von seinem jüngeren Halbbruder lernen konnte. Aber aus irgendwelchen Gründen schien er in dem Moment am Fußboden festgewachsen zu sein.

Er spürte, wie bei Charlottes Anblick seine Seele ausströmte und ihr entgegenstrebte. Sie wirkte so atemberaubend lebhaft, und ihre Anwesenheit ließ das Laboratorium augenblicklich sonniger wirken. Nein, es war nicht nur das Laboratorium, sagte er sich, sein ganzes verdammtes Leben hatte sich durch die Bekanntschaft mit ihr aufgehellt. Eine Zukunft ohne sie würde unbeschreiblich trostlos sein.

Sie war sein Stein der Weisen. Mochte Gott ihm beistehen, wenn er sie verlor.

»Charlotte«, sagte er liebevoll. Hamilton warf ihm einen beredten Blick zu. Baxter räusperte sich. »Miss Ariel. Ich wünsche den Damen einen schönen guten Tag.«

»Guten Tag.« Charlotte lächelte alle Anwesenden an, doch ihre Blicke fielen zuerst auf Baxter. »Wie ich sehe, sind wir nicht die einzigen Besucher.«

»Sie waren alle gerade dabei, sich zu verabschieden«, versicherte ihr Baxter schroff. »Ich habe nichts von deinem Eintreffen bemerkt, Charlotte. Wo, zum Teufel, steckt Lambert? Ich werde ihn bitten, Tee oder irgend etwas anderes zu servieren.«

»Er scheint gewissermaßen einen festen Posten neben der Haustür bezogen zu haben«, sagte Charlotte.

Ariel lachte. »Er behauptet, schon den ganzen Morgen herrschte hier ein so reges Kommen und Gehen, daß man unmöglich noch mehr von ihm erwarten könne, als die Tür zu öffnen.«

Hamilton grinste. »Wir versuchen alle, uns bei Baxter zu bedanken, doch er beharrt darauf, uns die Tür zu weisen.«

»Ich habe zu tun«, murrte Baxter.

Niemand schenkte ihm auch nur die geringste Beachtung.

»War das nicht eine unglaubliche Verkettung von Ereignissen?« sagte Ariel. »Wer hätte vorhersagen können, wie das alles ausgehen würde?«

»Ja, es war wirklich ungeheuerlich.« Hamilton lachte in sich hinein. »Der Magier muß verblüfft gewesen sein, als er erkannt hat, daß seine Machenschaften seinen alten Erzfeind Baxter angelockt haben.«

»Da wäre ich mir gar nicht einmal so sicher.« Charlotte stellte ihre große Handtasche auf eine Werkbank. »Ich glaube eher, er hat die Rolle, die Baxter in dieser ganzen Angelegenheit gespielt hat, als eine weitere Manifestation seines sogenannten Schicksals angesehen.«

Hamilton zog die Augenbrauen hoch.

»Ja, das könnte durchaus sein.«

Ariel schien von dieser Vorstellung fasziniert zu sein. »Ich muß schon sagen, daß ich mir Gedanken über etwas gemacht habe, das mir Charlotte an dem Tag erzählt hat, an dem sie Juliana Post das Leben gerettet hat. Sie hat gesagt, ihr sei aufgefallen, daß die Karte, die den Tod darstellt, auf den Fußboden gefallen war und mit dem Bild nach oben lag. Miss Post hat behauptet, sie hätte dem Magier immer nur die Zukunft gedeutet, die er hören wollte. Aber an jenem Tag hat sie ihm unabsichtlich sein wahres Schicksal vorhergesagt.«

Rosalind riß die Augen weit auf. »Ich schwöre es, da kann einem ein Schauer über den Rücken laufen, meint ihr nicht auch?«

Baxter sah sie finster an. »Was für ein hanebüchener Blödsinn. Miss Post hat uns selbst erzählt, daß sie diese Karte nicht aus dem Stapel gezogen hat. Miss Posts Rocksaum muß sie gestreift haben, als der Magier sie hochgehoben und zum Sofa getragen hat, und die Karte ist zufällig auf den Boden gefallen.«

Hamilton kniff die Augen zusammen. »Vielleicht war es doch kein reiner Zufall.«

»Mir scheint, es wäre schwierig, ein solches Omen auf einen reinen Zufall zurückzuführen«, stimmte Rosalind begeistert zu.

»Diese ganze Geschichte riecht förmlich nach einer mysteriösen Hand, die sich von der metaphysischen Ebene zu uns heruntergestreckt hat«, verkündete Ariel.

Maryann war fasziniert. »Das ist alles sehr merkwürdig.«

»Jetzt reicht es mir«, brüllte Baxter. »Die Situation war nichts weiter als das Ergebnis einer logischen Abfolge von Geschehnissen.«

»Wie meinen Sie das?« fragte Ariel.

Charlotte beantwortete ihre Frage. »In einem gewissen Sinne hat Baxter recht. Sämtliche Ereignisse sind von einer Art logischer Unvermeidlichkeit bestimmt gewesen. Schließlich muß Morgan Judd erkannt haben, daß er weitere Vorfälle in Gang setzte, als er Hamilton in den Club aufgenommen hat, dessen Mitglieder sich regelmäßig im *Grünen Tisch* getroffen haben.«

Maryann zog die Stirn in Falten. »Warum sagen Sie das?«

Charlotte sah sie an. »Judd muß gewußt haben, daß er früher oder später Baxters Aufmerksamkeit auf sich lenken wird, wenn er Hamilton in seinen grandiosen Plan einbezieht. Wenn Sie mich fragen, war er derart von seinem Vorhaben besessen, daß ein Teil seiner Persönlichkeit der Vorstellung nicht widerstehen konnte, dieses Risiko einzugehen. Ich habe den Verdacht, tief in seinem Innern wollte er, daß Baxter eines Tages erfährt, daß er damals in Italien überlebt hat. Er wollte sich damit brüsten und Baxter beweisen, daß er der klügere der zwei Alchemisten ist. Und er wollte Rache an ihm üben.«

»Ich verstehe.« Hamilton neigte den Kopf ein wenig zur Seite, als er darüber nachdachte. »Ich kann durchaus begreifen, daß Judd den Wunsch verspürt haben könnte, seine Überlegenheit unter Beweis zu stellen. Aber weshalb hätte er davon ausgehen sollen, daß es Baxter interessiert, was aus mir wird?«

Charlotte lächelte gequält. »Oh, ich bin sicher, daß er nie auf den Gedanken gekommen ist, Baxter könnte versuchen, Sie aus dem Club herauszuholen, ganz zu schweigen davon, daß er Ihren Freund Norris retten könnte. Judd hat lediglich vorausgesetzt, daß Baxter seine Seele ebenso wie er durch Ablehnung und Wut zerstört hatte. Aber er hat gewußt, daß er Sie dazu benutzen kann, Baxters Aufmerksamkeit auf sich zu lenken.«

»Und das, obwohl Baxter eine potentielle Bedrohung für seine Pläne dargestellt hat?« fragte Rosalind.

»Er hatte die Absicht, Baxter zu töten, nachdem er ihm seine Klugheit demonstriert hat.« Charlotte zuckte die Achseln. »Judd war sich selbst der schlimmste Feind. Seine Arroganz, seine Bitterkeit und seine grausame Veranlagung haben sich in seinem Innern zu einem teuflischen Gebräu vermengt, das ätzender als jede Säure war.«

Rosalind wurde nachdenklich. »Das heißt, Baxter wäre selbst dann, wenn ich ihn nicht gebeten hätte, Nachforschungen zu Drusillas Tod anzustellen, so oder so in diese ganze Geschichte hineingezogen worden.«

»Richtig«, sagte Charlotte. »Und mir ist gar nichts anderes übriggeblieben, als mich auf dieses Vorhaben einzulassen, weil Mrs. Heskett eine Klientin von mir war. Ich mußte mir ein klares Bild davon machen, ob sie tatsächlich durch die Hände eines Verehrers gestorben ist, über den ich Nachforschungen angestellt habe.« Sie lächelte Baxter verschmitzt an. »Da einzige an dieser ganzen Geschichte, was man auch nur im entferntesten für einen Zufall halten könnte, hat sich gleich zu Beginn zugetragen, als ich plötzlich feststellen mußte, daß ich einen neuen Sekretär brauche.«

»Und Baxter hat sich für den Posten beworben«, schloß Rosalind.

Baxter warf seinen Staubwedel hin. »Und selbst dann wenn sie sich nicht gerade nach einem neuen Sekretär umgehört hätte, hätte ich auf die eine oder andere Weise den Kontakt zu ihr hergestellt, denn die Spur von Mrs. Hesketts Tod führte direkt zu ihr.«

Hamilton zog die Augenbrauen hoch und sagte mit einer regelrechten Grabesstimme: »War es nun das Schicksal oder eine logische Abfolge der Geschehnisse? Wer könnte das schon entscheiden?«

»Ich kann es mit verdammter Sicherheit entscheiden« sagte Baxter nachdrücklich. »Und ich sage euch, daß es bei dieser ganzen Geschichte zu keinem einzigen Ereignis gekommen ist, das sich nicht logisch erklären läßt. Und hiermit erkläre ich diese Diskussion für beendet. Ich will, daß ihr alle augenblicklich aus diesem Laboratorium verschwindet. Raus mit euch.«

»Ihr habt ihn ja gehört«, sagte Hamilton heiter. »Wir sind hier nicht länger erwünscht. Laßt uns gehen.«

Baxter erlebte einen Moment lang größte Genugtuung. Er beobachtete, wie sich die ganze Schar der Tür zuwandte, und dann begriff er, daß sich auch Charlotte zum Aufbruch bereit machte.

»Verdammt noch mal, das gilt doch nicht für dich, Charlotte. Ich muß mit dir reden.«

Sie blieb stehen und sah ihn fragend an.

Hamilton schüttelte mit einer betrübten und vorwurfsvollen Miene den Kopf, als er alle anderen zur Tür hinausscheuchte. »Demnächst müssen wir uns wirklich einmal in Ruhe über deinen Mangel an Umgangsformen unterhalten, Baxter.«

Baxter spürte, daß sein Gesicht unangenehm warm wurde. »Sei doch so nett, Lambert auf dem Weg zur Tür anzuweisen, daß er uns im Laboratorium Tee serviert«, sagte er mürrisch.

»Und ein Gespräch über deine unseligen Probleme mit Hausangestellten steht auch bevor«, fügte Hamilton hinzu.

Baxter wartete, bis er hörte, wie die Haustür geöffnet und dann wieder geschlossen wurde, ehe er Charlotte ansah. Sie lächelte spöttisch.

»Worüber wolltest du mit mir reden, Baxter?«

Er räusperte sich. Dann nahm er seine Brille ab und begann, mit seinem Taschentuch die Gläser zu polieren. Auf die Art war es leichter, sagte er sich, denn er konnte ihr Gesicht jetzt nicht mehr ganz so deutlich sehen. Vielleicht würde es ihm gelingen, seine Argumente zusammenhängend vorzubringen, wenn er sich nicht von ihren wunderbaren Augen ablenken ließ.

Er drehte sich auf dem Absatz um und begann, durch das Laboratorium zu laufen. »Du erinnerst dich vielleicht daran, daß wir in der vorletzten Nacht gemeinsam auf den Stufen vor Morgan Judds Haus gestanden haben.«

»Es ist äußerst unwahrscheinlich, daß ich die fragliche Nacht jemals vergessen werde.«

»Nun ja, vielleicht erinnerst du dich nicht mehr genau daran, was du an jenem Abend gesagt hast.«

»Ich bin ganz sicher, daß ich alles mögliche gesagt habe. Schließlich hatten wir viel miteinander zu besprechen. Wir sind beide nur mit knapper Not entkommen.«

Baxter konzentrierte sich darauf, seine Brille zu putzen. »Ich beziehe mich auf diesen einen ganz speziellen Satz.«

»Ich verstehe. Und welcher Satz war das?«

»Du hast erwähnt, eines der vielen Dinge, die du an mir bewunderst, sei mein Stil.«

Einen Moment lang herrschte Schweigen.

»Ja«, sagte sie dann. »Der Stil, der den männlichen Nachkommen der St.-Ives-Linie angeboren ist. Äußerst beeindruckend.«

Baxter blieb vor dem Fenster stehen und setzte seine Brille

wieder auf. »Ich habe mich gefragt, ob es vielleicht noch etwas anderes gibt, von dem du das Gefühl hast, du könntest es bewundern ...« Er unterbrach sich, als sein Blick auf die drei Töpfe auf der Fensterbank fiel. »Gütiger Gott, Charlotte, die Gartenwicken.«

»Was ist mit ihnen?«

»Sie haben gekeimt«, rief er begeistert. Er nahm einen der kleinen Töpfe und wandte sich um, um ihr den winzigen grünen Keim zu zeigen. »Sieh nur. Es sprießt in allen drei Töpfen.«

»Das ist ja wunderbar.« Sie lächelte ihn mit liebevoll glänzenden Augen an. »Ich gratuliere dir.«

Er fühlte sich benommen. »Der Teufel soll mich holen. Vielleicht gibt es doch so etwas wie Vorzeichen und ein Schicksal. Charlotte, ich kann es dir ebensogut auch gleich ohne Umschweife sagen. Ich habe mich in dich verliebt.«

»Oh, Baxter.« Charlotte lächelte ihn an.

»Ich muß wissen, ob du glaubst, es bestünde eine Chance, daß du meine Liebe jemals erwidern könntest.«

Ihr Lächeln wurde noch strahlender. Ihre grünen Augen bargen sämtliche Geheimnisse des Steins der Weisen. »Ich glaube, ich habe mich schon an dem Tag in dich verliebt, an dem wir einander zum ersten Mal begegnet sind.«

Er starrte sie an, da er fürchtete, sich verhört zu haben. »Bist du ganz sicher?«

»Ich hatte solche Angst, daß du mich nicht liebst.«

Er stellte den Topf mit der Gartenwicke ab und zog Charlotte an sich. »Ich hatte geglaubt, das sei nicht zu übersehen.«

»Du hast gesagt, unsere Liaison sei dir zu unpraktisch«, rief sie ihm ins Gedächtnis zurück.

Er runzelte die Stirn. »So ist es auch. Sie ist verdammt unpraktisch. Charlotte, ich weiß, daß du nicht den Wunsch verspürst zu heiraten. Wenn du willst, daß wir so weitermachen wie bisher, dann werde ich mich deinen Wünschen fügen. Aber mir wäre es viel lieber, dich regelmäßig um mich zu haben. Ich möchte jeden Morgen, wenn ich mich an den Frühstückstisch setze, dein Gesicht sehen. Ich will dich nachts, wenn ich einschlafe, in meinen Armen halten.«

»Ja.«

Sie hob den Kopf von seiner Schulter und ließ ihre Finger durch sein Haar gleiten.

»Ich will in der Lage sein, dir die Ergebnisse meiner Experimente zu zeigen«, fuhr er fort. »Ich will lange ruhige Abende mit dir verbringen. Ich möchte dich bei deinen Nachforschungen beraten, denn ich habe den Eindruck, daß ich mich als ein anerkennenswerter Sekretär erwiesen habe.«

»Das kann man wohl sagen.«

»Mir ist durchaus bewußt, daß ich nicht gerade der romantischste Mann auf Erden bin.«

»In dem Punkt irrst du dich. Du bist der romantischste Mann, der mir jemals begegnet ist.«

Er starrte sie überrascht an. »Bin ich das wirklich?«

»Ja, ganz entschieden.« Sie lächelte wieder und stellte sich auf die Zehenspitzen, um ihn zu küssen. »Falls das ein Versuch sein soll, mir einen Heiratsantrag zu machen, dann lautet meine Antwort Ja.«

Epilog

Mitternacht
London, einen Monat später

Es war ihre Hochzeitsnacht.

Wie seltsam. Eine Hochzeitsnacht hatte sie nie in ihr Leben eingeplant.

Charlotte stützte ihre Ellbogen auf die Fensterbank, legte das Kinn auf die Hände und schaute in die Dunkelheit hinaus. Sie hatte einen hektischen Tag hinter sich, denn schließlich hatte sie und Baxter geheiratet, war in sein Haus eingezogen, und sämtliche Ereignisse waren von einer allgemeinen Spannung durchdrungen gewesen. Sie hätte eigentlich erschöpft sein sollen, aber nie zuvor hatte sie sich lebendiger gefühlt.

Sie wandte sich vom Fenster ab, als sie hörte, wie die Verbindungstür geöffnet wurde. Bei Baxters Anblick setzte ihre Stimmung zu einem Höhenflug an.

Er trug einen schlichten schwarzen Morgenmantel. Das goldene Gestell seiner Brille funkelte im Kerzenschein, und hinter den Gläsern leuchteten seine Augen vor Liebe und unverhohlenem Verlangen. Er sah sich mit tiefer Zufriedenheit in dem Zimmer um, als er auf sie zuging.

»Ein warmes Zimmer, ein bequemes Bett und alle anderen Annehmlichkeiten. Ich glaube, ich sagte dir bereits, daß die Ehe einem Mann von meinem Naturell weitaus mehr liegt als eine Affäre.«

»Ich gebe zu, daß eine ganze Menge für diesen Luxus spricht.« Sie lächelte ihn an und schlang ihre Arme um seinen Hals. »Trotzdem hoffe ich sehr, daß ich nie dahinterkommen muß, daß du mich nur geheiratet hast, um dir Mrs. Wittys Dienste in deinem Haushalt zu sichern.«

Er lächelte verschmitzt und zog sie eng an sich. »Ich gestehe, daß ich anscheinend immer unter einer gewissen Personalknappheit gelitten habe, aber ich wäre nicht so weit gegangen, nur deshalb zu heiraten, um endlich an eine Haushälterin zu kommen, noch nicht einmal dann, wenn es sich um eine so patente Frau wie deine Mrs. Witty handelt.«

»Es freut mich sehr, das zu hören.«

Als sie seinen kräftigen, festen Körper spürte, erwachte ein sehnsüchtiges Verlangen in Charlotte. Sie lehnte den Kopf an Baxters Schulter und kostete die Glücksgefühle aus, die in ihr aufstiegen.

Ein Teil von ihr hatte nach diesem Mann gesucht, sagte sie sich. Er war ihr wahrer Seelenverwandter. Schon von Anfang an hatte sie das Gefühl gehabt, daß eine undefinierbare Bindung zwischen ihnen bestand. Schicksal? Sie würde es niemals mit Sicherheit sagen können, und letztendlich spielte das auch gar keine Rolle. Sie und Baxter hatten einander gefunden.

»Weißt du«, flüsterte Baxter mit den Lippen an ihrer Kehle, »ich fange an zu glauben, daß sich mit den wissenschaftlichen Prinzipien der Chemie vielleicht doch nicht alles erklären läßt.«

»Möglicherweise sind manche der wirklich großen Geheimnisse nicht dazu gedacht, durch die Mächte der Naturwissenschaften enthüllt zu werden.«

»Das könnte durchaus wahr sein.« Er hob sie auf seine Arme und trug sie zum Bett.

»Ich habe von Anfang an gewußt, daß du ein Mann mit heftigen Leidenschaften und einem Hang zur Gefahr bist.«

Er ließ sie auf die Kissen sinken und beugte sich über sie. Seine Hände waren auf das weiße Laken gestemmt, und seine Augen hatten die Farbe von geschmolzenem Gold in einem heißen Schmelztiegel.

»Was für ein merkwürdiger Zufall«, sagte er mit leiser Stimme. »Ich habe mir, was dich angeht, eine ganz ähnliche Warnung erteilt: Hier hast du es mit einer Frau zu tun, die zu heftigen Leidenschaften neigt und einen Hang zur Gefahr hat, und das ist absolut nichts für dich, habe ich mir gesagt.«

Charlotte streckte die Hände aus und zog ihn zu sich herunter. »Offensichtlich waren wir beide füreinander bestimmt.«

»Ja, offensichtlich.« Baxter nahm sie in seine Arme.

In seinem Kuß lag das Geheimnis des immerwährenden Feuers, das die Alchemie der Liebe hervorbringt.